포포바의 문장은 지난 네 세기의 문학적 거장들과 비교해도 손색이 없을 정도로 뛰어나다. 작가는 능숙하고 성실한 문장으로 막대한 양의 자료를 녹여내 번득이는 발상, 이미지, 통찰의 흐름을 만들어낸다. 그 결과 역사적 사실이라는 뼈대에 힘줄과 피부를 입힌, 이 시대에 필요한, 시대를 뛰어넘는, 미래를 내다보는 역사서가 탄생했다.

〈배너티 페어〉

낯설지만 사랑스럽다. 야심 차고 도발적이며 범주를 넘나드는 책이다. 매혹적이며 아름답다.

〈뉴욕 타임스〉

네 세기에 걸쳐 위대한 여성들의 삶에 과학계, 문학계의 여러 인물들의 삶을 더해 엮어낸 복잡한 태피스트리 같은 책이다. 이 책에서 우리는 정교하게 연마된 지성들이 추는 왈츠 안으로 끌려 들어간다. 대부분 여성이며 대부분 성소수자인 이들은 모두 자신의 삶을 온전히 살기 위해 힘껏 노력한 인물들이다.

〈워싱턴 포스트〉

통렬하며 역동적이고 흡인력이 있다. 남성과 이성애자 중심 역사서의 틀에서 벗어난 이 책은 거절과 무시에 맞서 자신의 삶을 살아내고 자신의 세계를 창조하려 노력한 여성들의 삶을 보여준다. 풀러와 미첼, 카슨은 마침내 가장 훌륭한 전기 작가를 만난 듯하다.

〈북 앤드 필름 글로브〉

이제껏 과학과 시, 사랑과 배움, 연애가 어떻게 엮일 수 있는지를 이토록 완벽하게 탐구한 이는 없었다. … 더 읽고 싶어 몸이 떨릴 정도이다. 포포바의 글을 읽는 것은 연애와 마찬가지로 우리가 누릴 수 있는 최고의 기쁨이 될 것이다.

〈사이언스〉

책이 다루는 범위와 솜씨 모두 아연할 만큼 놀라운 작품이다. … 혁명적이고 시적인 전기다.

〈하버드대학교 크림슨〉

박식하기로 유명한 마리아 포포바의 웹사이트 '브레인피킹스'의 팬이라면 뛰어난 여성들과 그 주변 인물의 삶을 지성의 역사로 풀어낸 이 대담한 작품을 읽으며 마치 집처럼 편안한 기분이 들 것이다. 이 책은 복잡한 사상과 도전적이며 개성적인 인물들의 삶으로 독자를 초대하며, 그 안에는 좀더 곱씹어 생각할 만한 질문들이 가득하다.

〈북페이지〉

매혹적이다. 뛰어난 인물의 삶에 인간적 진실을 함께 엮어낸 인간 존재에 대한 이례적인 모자이크화가 탄생했다. 이 책은 시대를 뛰어넘는 상호 연결성, 이 광대한 우주 안에서 있을 법하지 않지만 필연적인 우리 삶들의 교차점을 펼쳐낸다.

〈북트립〉

대양처럼 깊고 창공처럼 높은 책, 정신과 영혼을 위해 차린 정성 어린 만찬이다. 뛰어나다는 말로는 부족할 작가인 포포바가 쓴 이 책은 과학, 문학, 예술 분야를 넘나들고 시대를 뛰어넘는 역사적 인물들의 얽히고설킨 삶을 통해 거대한 질문들을 탐구한다. 이 책의 우주에는 여러 주제를 품은 은하들이 가득하다. 어떤 작품과 비교할 수 없는 문학적 걸작이며 무엇보다도 사랑과 의미, 아름다움, 존재에 대한 책이다.

야나 타바니에르(TED.com)

마치 직접 목격한 것 같은 즉시성과 더불어 포포바는 네 세기에 걸쳐 각기 다른 분야에서 활약한 다양한 인물들을 잇는 연결고리를 포착하는 신비한 능력을 발휘한다. 시적이며 풍부한 상상력이 담겨 있다. 이 책은 그 자체로 한 권의 책이 어떻게 다른 책들에 영향을 미치고, 사상이 수백 년의 시간과 대륙을 가로질러 퍼져나가 새로운 발견을 위한 연쇄반응을 일으키는지를 보여준다.

〈더 타임〉

음악적이며 시적인 현대의 고전이다. 섬세하고 참신하다. 지금껏 읽은 그 어떤 전기보다 매혹적이어서 도무지 책장을 덮을 수가 없었다.

〈아이리시 타임스〉

복잡하면서도 끝까지 흡인력을 잃지 않는 이야기를 통해 저자는 전기, 문화비평, 저널리즘을 한데 엮어 인물들 사이의 연결고리를 주조한다. 디킨슨은 카슨이 성장하는 기반이 되고, 카슨은 미첼을 돌아보며, 미첼은 포포바 같은 인물이 나오길 고대했을 것이다.

〈커커스 리뷰〉

천문학, 사회 정의, 인간 의식을 훌륭하게 엮어낸 걸작이다. 광범위한 독자에게 새로운 생각을 소개하는 임무를 띤 이야기 작가들을 위한 오래된 교훈도 담겨 있다.

〈스라이브 글로벌〉

연금술적 작품이다. 작가의 손에서 전기는 물처럼 흐르는 금이 된다. … 이 책은 난해하고 복잡하지만, 포포바의 글은 간결하고 명료하여 독자를 책 안으로 끌어당긴다. 일부러 난해하게 보이기 위해 문장을 꼬아 쓰는 법이 없다. 책의 복잡함은 작가가 만들어내는 태피스트리에 반드시 필요한 것이기도 하다. 경탄의 마음, 감정, 사랑으로 가득한 책이다.

〈미시건 데일리〉

미국 작가 중에 마리아 포포바 같은 인물은 없다. … 책을 한 장 한 장 넘기면서 마리아 포포바와 그녀가 선택한 인물의 삶을 따라다니다 보니 어느 순간 한층 커다란 그림이 시야에 들어왔다. … 책을 깊이 읽고 존재론적 질문을 던지는 것이 어렵기보다는 즐거운 이들에게 이 책은 훌륭한 친구가 되어줄 것이다.

〈찰스턴 포스트 앤 쿠리어〉

진리의 발견

마리아 포포바 지음

독자로서, 그리고 문예비평가로서 웹사이트 '더 마지널리언 themarginalian.org'을 운영하며 자신이 읽은 책에 대해 쓴다. 이 웹사이트는 문화적으로 가치 있는 자료들을 모아놓은 미국 의회도서관의 영구적인 디지털 기록보관소 명단에 올라 있다.

저자는 브루클린에 있는 문화예술 공간 파이어니어 웍스 Pioneer Works에서 시를 통해 과학을 발견하는 연간 행사 '시로 표현되는 우주 The Universe in Verse'를 주최한다. 불가리아에서 음악과 수학에 심취하며 자랐다.

지여울 옮김

한양대학교 토목환경공학과를 졸업하고 토목 설계 회사에서 일하다가 현재는 출판 전문 번역가로 활동하고 있다. 《탐정이 된 과학자들》, 《넷플릭스처럼 쓴다》, 《내일 살해당할 것처럼 써라》, 《자살에 대한 오해와 편견》, 《실존주의자로 사는 법》, 《가장 오래 살아남은 것들을 향한 탐험》, 《열다섯이 묻고 여든이 답하다》 등을 우리말로 옮겼다.

FIGURING by Maria Popova

Copyright © 2019 by Maria Popova

진리의 발견

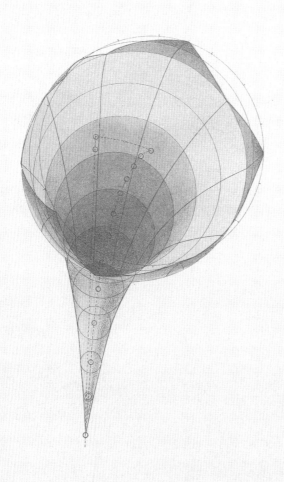

마리아 포포바 지음

지여울 옮김

다른

벨라에게

타인의 동의를 구하는 것은 자신의 인생을 계산과 운의 손에 맡기는 것과 같다. 계산에 수고를 들인다 해도 운을 막지 못하듯이 운이 계산에 드는 수고를 덜어주지도 못한다.

제르맨 드 스탈, 〈열정이 개인과 국가의 행복에 미치는 영향에 관한 논문〉(1796)

우리는 어떻게 해야 할까, 별들이 타오른다면
우리에 대한 뜨거운 열정으로, 하지만 우리가 보답할 수 없다면
동등한 애정이란 존재할 수 없는 것이라면
좀더 사랑하는 쪽이 내가 되도록 해야지

위스턴 휴 오든

차례

아름다운 삶은 다양한 형태로 존재한다

이 모든 것, 그러니까 토성의 고리와 아버지의 결혼반지, 해 뜰 무렵 하늘을 붉게 물들이는 구름, 포름알데히드 병에 담긴 알베르트 아인슈타인Albert Einstein의 뇌, 그 유리병의 유리를 구성하는 모든 모래알과 아인슈타인이 그 뇌에서 떠올린 모든 생각, 내 고향 불가리아의 릴라Rila 산맥에서 들리는 양치기 처녀들의 노랫소리와 그네들이 모는 양 떼의 모든 양, 챈스(영화 〈머나먼 여정Homeward Bound〉에 등장하는 개 — 옮긴이)의 복슬복슬한 귀에 난 모든 털과 메리앤 무어Marianne Moore의 땋아 내린 붉은 머리칼과 몽테뉴Montaigne가 키운 고양이의 수염, 내 친구 어맨다의 갓난쟁이 아들의 투명한 손톱, 버지니아 울프Virginia Woolf가 우즈강에 투신하기 전 외투 주머니에 채워 넣은 모든 돌, 인간이 만든 것 중 처음으로 성간우주에 진입한 물체에 실린 디스크를 구성하는 모든 구리 원자, 루트비히 판 베토벤Ludwig van Beethoven이 분노의 발작을 일으키다 쓰러져 청력을 잃고 만 그 마룻바닥에 깔린 떡갈나무 지저깨비, 무덤가에서 흐른 모든 눈물과 그 무덤을 찾아와 슬퍼하는 이들을 지켜본 모든 까마귀의 노란 부리, 갈릴레오 갈릴레이Galileo Galilei의 퉁퉁한 손가락을 구성하는 모든 세포와 그 손가락이 가리킨 목성의 위성을 이루고 있는 모든 기체와 티끌 분자, 내가 사랑하는 이의 북두칠성 모양 주근

깨와 내가 그녀를 사랑할 때 부드럽게 진동하는 축삭돌기의 모든 떨림, 우리가 끊임없이 현실을 파악하고 바꾸는 도구로 사용하는 모든 사실과 환상. 이 모든 것은 138억 년 전 한 점에서 폭발하여 존재하게 되었다. 우주의 시작은 베토벤의 〈교향곡 제5번〉을 여는 음표보다 조용했고, 자아(I)의 대좌에서 내려와 작아진 나(i) 위에 떠 있는 점보다 작았다.

이 사실을 알면서도 우리는 어떻게 여전히 독립된 개인이라는 환상, 타자라는 환상에 굴복할 수 있단 말인가? 마틴 루서 킹 주니어Martin Luther King, Jr.라고 알려진 원자의 우연한 집합이 "회피할 수 없는 상호 관계망"이라고 말했을 때, 월트 휘트먼Walt Whitman이 "너에게 속한 것과 마찬가지로 내게 속한 모든 원자"라고 시를 썼을 때 그들은 바로 이 번지르르한 허울을 간과했음이 틀림없다.

어느 가을 아침 샌프란시스코에 있는 친구 웬디 네 뒤뜰에 앉아, 죽은 시인의 편지를 읽던 중 나는 이 원자적 상호 관계의 일면을 슬쩍 들여다본다. 편지를 읽던 내 시야의 가장자리에 아른거리는 무언가를 따라 눈을 돌리니─주변시는 수천 년의 진화로 단련된 영광스러운 본능이다─기적 같은 장면이 펼쳐진다. 작고 반짝이는 붉은 잎사귀 하나가 허공에서 빙글빙글 돌고 있다. 땅으로 떨어지기 전 마지막 춤사위를 펼치는 듯이 보인다. 하지만 아니다. 잎은 그 자리, 땅에서 2미터 남짓 떨어진 허공에서 보이지 않은 곳을 중심으로 보이지 않는 힘에 이끌려 빙글빙글 선회하고 있다. 순간 나는 이처럼 인과관계를 쉽게 파악하기 힘든 현상이 일어날 때 어떻게 인간의 정신이 미신에 빠져드는지, 중세 시골 사람이 왜 마법과 요술에 기댈 수밖에 없었는지 잠시나마 이해한다. 하지만 그 앞에 한 걸음 다가서는 순간 잎사귀 위쪽에 가느다란 거미줄이 반짝이는 모습이 보인다. 바로 이 거미줄이 중력과 손을 잡고 이 기적같은 현상을 만들어낸 것이다.

거미가 잎사귀를 돌리려고 계획한 것도 아니고, 그렇다고 잎사귀가 거미줄에 걸리려고 의도한 것도 아니다. 단지 거미줄과 잎사귀라는, 목성의 위성을 궤도에 잡아두는 것과 똑같은 힘으로 회전하는 진자가 우연히 만들어졌을 뿐이다. 아름다움도 모르고 의미에도 관심 없는 영원불멸의 우주 법칙이 빚어내는 한순간의 기적적인 광경은 당혹감에 휩싸인 채 이를 보는 인간의 의식에는 아름다움과 의미로 가득해 보인다.

우리는 평생 우리 존재가 어디에서 끝나는지, 나머지 세계가 어디에서 시작되는지 알고자 애를 쓰며 살아간다. 우리는 존재의 동시성에서 삶의 정지 화면을 포착하기 위해 영원, 조화, 선형성이라는 환상에, 고정된 자아와 이해의 범위 안에서 펼쳐지는 인생이라는 환상에 기댄다. 그러면서 줄곧 우리는 우연을 선택이라 착각한다. 어떤 사물에 붙인 이름과 형식을 그 사물 자체라 착각한다. 기록을 역사라 착각한다. 역사는 실제로 일어난 일이 아니며, 판단과 우연의 난파 속에서 살아남은 것들에 불과한데도.

아름다움 같은 어떤 진실은 상상과 의미 부여라는 빛을 슬쩍 비출 때 가장 명확하게 보인다. 이 책에 소개된 인물들을 그리는 과정에서, 그 인물들의 궤도는 그 주인공에게는 알려지지 않은 채 교차한다. 이 교차점의 지도를 그리기 위해서는 몇 십 년 혹은 몇 세기를 두고 멀리 떨어져서 보아야 한다. 사실은 다른 사실과 이리저리 얽혀 한층 더 큰 진실의 음영을 드러낸다. 이는 상대주의가 아니다. 가장 광대한 규모의 사실주의이다. 우리는 한꺼번에 모든 것이 됨으로써 동시성을 관통한다. 우리의 이름과 우리의 성姓, 우리의 외로움과 우리의 사회, 대담한 야망과 맹목적인 희망, 보답 받지 못한 사랑과 부분적으로나마 보답 받은 사랑이다. 수평과 수직으로 뻗어나가는 삶은 비선형적인 방식으로만 파악되며 "전기biography"라는 직선의 그래프가 아닌 여러 측면과 여러 빛을 지닌 그림으로 나타난다. 삶이란 다른 삶과 얽힐 수밖에 없으며, 그 삶의 직물을 바깥에서 바라보아야만 인생의 핵심을 파고드는 질문에 어렴풋이나마 답을 구할 수 있다. 어떤 사람의 인격, 행복, 불멸의 위업을 빚는 요소는 무엇인가? 어떻게 우리는 관습과 불합리한 집단주의의 흐름에 맞서 주체성과 정신의 독립을 유지하는가? 천재적 재능이 있다면 행복하게 살 수 있는가? 명성을 얻으면 충분한가? 사랑이 있다면 충분한가? 두 차례의 노벨상으로도 검은 연구복을 입은 여자의 사진에서 뿜어 나오는 구슬픈 애수는 보상되지 못하는 듯 보인다. 성공은 충족감을 보장하는가? 혹은 혼인서약처럼 미덥지 못한 약속에 불과한가? 시작과 끝이 무로 장식된 찰나적인 존재인 우리는 어떻게 존재의 완전함에 도달하는가?

아름다운 삶은 헤아릴 수 없을 만큼 다양한 형태로 존재한다.

아름다움의 큰 부분, 우리가 진실을 추구하도록 부추기는 힘의 큰 부분은 보이지 않는 연결고리에서 유래한다. 사상과 사상 사이, 학문과 학문 사이, 특정 시대와 특정 장소에 살았던 사람들 사이, 선구자의 내면세계와 그들이 문화라는 동굴 벽에 남긴 자취 사이, 변혁의 횃불이 새로운 날을 밝히기 전의 어둠 속에서 고개를 살짝 끄덕이며 성냥을 건네주던 그 희미한 인물들 사이를 잇는 연결고리이다.

꿈을 꾸는 자만이 깨어난다

1

나는 이렇게 상상한다.

　격앙된 심정에 가라앉은 마음, 그리고 언짢은 기분의 호리호리한 중년 수학자가 뼛속까지 파고드는 독일의 1월 추위 속에서 마차에 몸을 싣고 있다. 이 수학자는 젊은 시절 가족 앨범과 친구의 앨범에 자신의 좌우명을 이렇게 적어 넣었다. "인간의 근심이여, 모든 것이 헛되도다." 고대의 시인 페르세우스Perseus의 시에서 빌린 문구였다. 수학자는 보통 사람이라면 무너지고 말 법한 비극을 묵묵히 견뎌왔다. 그리고 지금 그는 또 다른 비극을 피하려는 위태로운 희망을 품은 채 석고처럼 하얗게 얼음이 덮인 시골 들판을 달리고 있다. 크리스마스에서 나흘, 그의 마흔네 번째 생일에서 이틀이 지났을 무렵 여동생이 편지를 보내 어머니가 마녀 혐의로 재판을 받게 되었다고 알려온 것이다. 수학자는 사태가 이렇게 된 데 책임을 느끼고 있다.

　이 수학자는 세계에서 최초로 공상과학Science Fiction 소설을 썼다. 뜨겁게 논쟁 중인 니콜라우스 코페르니쿠스Nicolaus Copernicus의 지동설을 주창하는 재기 넘치는 우화로, 아이작 뉴턴Isaac Newton이 중력법칙을 정리하기 수십 년 전에 이미 중력 작용을 묘사하고, 컴퓨터가 등장하기 수백 년 전에 음성 합성 장치를 상상하고, 인간이 달에 발을 딛기 300년 전에 우주여행을 예언한 작품이었다. 이 이야기는 상징과 은유로 비판적인 사고를 유도하고 과학의 힘으로 미신을 물리치려는 의도로 쓰였지만, 오히려 글자를 모르는 나이든 어머니가 고발당하는 치명적인 결과로 이어졌다.

때는 1617년, 이 수학자의 이름은 요하네스 케플러Johannes Kepler이다. 아마도 세계에서 가장 불행한 남자인 동시에 역사상 가장 위대한 과학자일 것이다. 케플러는 자연보다 신이 더욱 세력을 떨치는 세계, 중력보다 악마의 존재가 더 가까운 세계에서 살고 있다. 모든 사람이 태양이 24시간마다 전능한 창조자가 빚은 완벽한 원을 그리며 지구 주위를 돈다고 믿는다. 지구가 태양 주위를 공전하는 동시에 축을 중심으로 자전한다는 급진적인 생각을 신봉하는 몇 안 되는 대담한 이들조차 지구가 완벽한 원 궤도를 따라 움직인다고 믿는다. 케플러는 이 두 가지 믿음이 모두 잘못되었다는 사실을 입증하는 한편 "궤도orbit"라는 용어 자체를 처음으로 만들어내고, 훗날 고전물리학이라는 조각상이 될 대리석을 캐낸다. 케플러는 최초로 일식을 예측하는 과학적인 방식을 개발하고, 천체가 물리적 힘에 따라 예측 가능한 타원 궤도를 그리며 움직인다는 사실을 입증하게 된다. 이로써 그는 처음으로 천문학의 수학과 현실의 물질세계를 연결시킨 최초의 천체물리학자가 된다. 이 모든 위업을 성취하는 동안에도 그는 천궁도를 그려 점을 치고, 새로운 동물종이 늪지대에서 솟아나거나 나무껍질에서 스며 나오는 등 자연발생적으로 창조된다는 이론을 신봉하고, 지구 자체가 혼이 깃든 존재로서 살아 있는 생물처럼 음식을 소화하기도 하고 병을 앓기도 하며 숨을 쉰다고 굳게 믿는다. 그로부터 세 세기 후 해양생물학자이자 작가인 레이철 카슨Rachel Carson은 지구를 보는 이런 관점에 과학을 덧대고 신비주의를 벗겨내 생태ecology라는 새로운 개념으로 재구성하여 대중에게 인식시킬 것이다.

케플러의 인생은 과학이 현실을 변화시키는 과정을 보여주는 증거라 할 수 있다. 이는 "테세우스Theseus의 배"라고 알려진 플루타르코스Plutarchos의 사고실험 속 자아의 변화와 같은 과정을 거친다. 고대 그리스 신화에서 아테네를 세운 왕인 테세우스는 신화 속 존재인 미노타우로스를 무찌른 후 의기양양하게 승전고를 울리며 배를 타고 위대한 도시로 귀환했다. 그 후 1000년 동안 승리의 상징인 테세우스의 배는 매년 승리의 귀환을 재현하기 위해 아테네에서 크레타섬으로 항해를 나섰다. 세월이 흐르면서 배는 점점 낡기 시작했고, 그에 따라 배의 부품이 하나씩 교체되었다. 판자를 새로 대고 노를 새것으로 바꾸고 돛을 새것으로 바꾸니 결국 원래 배에 있던 부품은 하나도 남지 않게 되었다. 플루타르코스는 묻는다. 이 배는 테세우스가 탔던 배와 같은 배인가? 견고하고 고정된 자아란 존재하지 않는다. 우리의 습관, 신념, 사상은 살아가는 동안 완전히 다른 모습으로 진화한다. 우리를 둘러싼 물리적·사회적 환경 또한 변화한다. 우리 몸의 세포 또한 대부분 교체된다. 하지만 그럼에도 우리는 스스로 "우리 자신"으로 남는다.

과학도 마찬가지다. 우리가 현실을 이해하는 방식은 과학의 발견을 통해 조금씩 변화한다. 그 현실은 우리에게 오직 조각으로만 모습을 드러낸다. 우리가 이해하고 분석하는 조각이 늘어날수록 그 조각으로 만든 모자이크는 한층 더 현실에 가까워진다. 하지만 이는 여전히 모자이크, 현실의 대리일 뿐이다. 아름다울지언정 완벽하지 않고 완성되지 않은 상태, 끝없이 변화해야 하는 대상이다. 케플러 시대에서 세 세기가 지난 후인 1900년, 켈빈 경Lord Kelvin은 영국과학협회British Association of Science의 단상에 올라 이렇게 선언한다. "현재 물리학에서 새로 발견될 것은 없습니다. 우리에게 남은 과제는 측정 방법을 좀더 정밀하게 다듬는 일뿐입니다." 같은 시간 취리히에서 젊은 아인슈타인은 시공간에 대한 혁신적인 개념으로 귀결될 착상들을 떠올리고 있었다. 아인슈타인이 정립하게 될 개념 덕에 우리는 현실을 이해하는 방식에서 근본적인 변화를 겪게 되었다.

가장 먼 곳을 보는 예언자일지라도 자신이 속한 시대의 지평 너머까지 볼 수는 없지만, 인간의 정신이 외부로 시선을 돌려 자연을 이해하고 내면으로 시선을 돌려 기존의 사실에 의문을 품는다면 그 하나하나의 변혁이 쌓이면서 지평선 자체가 변화한다. 우리는 자연과 문화로 팽팽하게 조인 확실성이라는 체로 세계를 거르지만, 아주 가끔 우연의 결과든 의식적인 노력의 결과든 망이 느슨해지면서 변혁의 씨앗이 그 사이로 빠져나오기도 한다.

케플러는 코페르니쿠스가 지동설을 발표하고 반세기 후 튀빙겐의 루터파 대학교에 다닐 무렵 처음으로 그 이론의 매력에 빠졌다. 대학에서 신학을 공부하던 22세의 케플러는 지구가 태양 주위를 도는 동시에 축을 중심으로 자전한다는 코페르니쿠스의 학설을 입증할 목적으로 달에 관한 논문을 썼다. 같은 대학 법학부의 크리스토프 베졸트Christoph Besold는 케플러의 달 논문에 심취한 나머지 이 논문에 대한 공개 토론회를 제안했지만 대학은 제안을 물리쳤다. 몇 년 후 갈릴레오는 케플러에게 보내는 편지에서 자신도 "오랫동안" 지동설을 믿었다고 쓴다. 하지만 갈릴레오는 아직 대중 앞에서 지동설을 지지할 엄두를 내지 못했고 30년이 지난 후에도 나서지 못한다.

케플러는 급진적인 사상 탓에 성직을 수행하기에 적합하지 않다는 평을 받았다. 대학을 졸업한 후 케플러는 나라 반대편으로 추방되어 그라츠에 있는 루터파 학교에서 수학을 가르치게 되었다. 하지만 케플러는 오히려 기뻐했다. 자기 자신이 정신적·육체적 측면에서 학자가 되기에 걸맞다고 생각했기 때문이다. "나는 어머니에게 신체적 기질을 물려받았다." 케플러는 훗날 쓴다. "이 기질은 다른 방식의 삶보다 학문을 하는 삶에 한층 적합하다." 세 세기 후 월트 휘트먼은 정신이 얼마나 육체에 신세를 지고 있는지 주목한다. "재능과 윤리의 순위가 위장의 순위보다 얼마나 뒤떨어지는지. 결정하는 것은 위장이라네."

케플러가 자신의 몸을 학문을 수행하는 도구로 여기는 동안 주위의 다른 육체들은 미신을 부추기기 위한 도구로 착취당하고 있었다. 그라츠에서 케플러는 악마에 쓰였다고 여겨지는 젊은 여자들이 잔혹한 구경거리가 되어 극적인 퇴마 의식을 받는 광경을 목격했다. 케플러는 한 여자의 배에서 밝은색 연기가 피어오르는 모습을 목격했고, 또 다른 여자의 입에서 딱정벌레들이 기어 나오는 모습도 보았다. 케플러는 대중을 꼭두각시 인형처럼 조종하는 왕과 성직자들이 그 통제권을 지키기 위해 능숙한 솜씨로 연기하는 모습을 보았다. 당시 교회는 오늘날의 대중매체와 같은 존재였고, 대중매체는 예나 지금이나 거짓 선전의 힘을 빌리는 데 전혀 주저하지 않는다.

얼마 후 일어난 30년 전쟁으로 종교 박해가 심해지면서 그라츠에서 살기가 점점 더 어려워졌다. 30년 전쟁은 유럽 대륙의 역사를 통틀어 가장 많은 생명을 앗아간 종교 전쟁이다. 프로테스탄트는 결혼할 때 강제로 가톨릭 의식을 따라야 했고 자식이 태어나면 가톨릭 세례를 받도록 강요받았다. 집마다 잇달아 습격을 받았고 이교적이라 여겨지는 책들은 몰수되고 찢겼다. 케플러는 갓 태어난 딸이 숨을 거두었을 때 가톨릭 신부를 부르지 않았다는 이유로 벌금을 물어야 했고 그 벌금을 낼 때까지 딸을 묻을 수도 없었다. 다른 곳으로 떠나야 할 시기였다. 가족의 생활 기반을 다른 곳으로 옮기는 일에는 고난과 희생이 따르겠지만 케플러는 이곳에 머문다면 더 큰 대가를 치러야 할 것이라는 사실을 알고 있었다.

재산을 잃는 것쯤은 중요하게 생각하지 않는다. 자연과 소명이 나에게 운명 지운 일을 성취할 기회를 잃는 쪽이 나에게는 훨씬 더 큰 문제다.

그렇다고 튀빙겐으로 돌아가 성직자가 되는 것은 생각조차 할 수 없는 일이었다.

현재 내 양심 상태로 그 분야에 갇혀 일을 하는 것보다 더 큰 불안과 염려로 나를 고문하는 일은 없다.

그 대신 케플러는 처음에는 과학적 명성이 높아진 것을 증명하는 기쁜 찬사로만 여겼던 일을 재고하게 되었다. 바로 보헤미아에 머물고 있던 덴마크의 저명한 천문학자 티코 브라헤Tycho Brahe가 초청한 것이다. 브라헤는 신성로마제국 황제(루돌프 2세―옮긴이)의 황실 수학자로 임명되어 일을 시작한 참이었다.

케플러는 500킬로미터가 넘는 험난한 길을 여행한 끝에 프라하에 도착했다. 1600년 2월 4일 브라헤는 천체의 움직임을 계산하는 자기 성으로 케플러를 맞아들였다. 풍성한 적갈색 콧수염이 친절한 마음으로 한층 더 붉게 타오르는 듯이 보였다. 케플러가 손님이자 제자로 머물던 두 달 동안 티코는 이 젊은 천문학자의 독창적인 이론에 깊이 감탄하여 다른 학자에게는 절대 보여주지 않은 자신의 관측 자료를 분석할 수 있도록 허락해주었고 자기 밑에서 계속 일하지 않겠냐고 제안했다. 그의 제안을 기꺼이 받아들인 케플러는 가족을 데리러 그라츠로 돌아갔다. 케플러가 다시 돌아간 그라츠는 종교 박해가 더욱 심해진 퇴보의 세계였다. 케플러가 가톨릭 개종을 거부하자 가족은 모두 도시에서 추방되었다. 그 어떤 고난이 있다 한들 프라하로 이주할 수밖에 없는 처지가 된 것이다. 케플러와 가족들이 보헤미아의 새로운 생활에 적응한 지 얼마 지나지 않아 다시 선택과 우연을 가르는 문이 열리면서 또 다른 갑작스러운 환경의 변화가 들이닥쳤다. 브라헤가 54세의 나이로 느닷없이 죽음을 맞이한 것이다. 브라헤가 사망하고 이틀 후 케플러는 브라헤의 뒤를 이어 신성로마제국의 황실 수학자로 임명되었고 티코의 관측 자료를 물려받았다. 훗날 케플러는 이 자료들을 광범위하게 분석하여 세 가지 행성운동법칙을 고안한다. 이 법칙은 인간이 우주를 이해하는 방식을 혁신적으로 바꾸어놓았다.

현실에 새로운 진실이 자리잡으려면 문화의 톱니바퀴가 몇 차례나 돌아가야 할까?

케플러의 시대보다 세 세기 전, 단테 알리기에리 Dante Alighieri 는 《신곡 La Divina Commedia》에서 영국과 이탈리아에 등장한 새로운 시계에 경탄을 표했다. "한 톱니바퀴가 돌아가며 다른 톱니바퀴를 움직인다." 이 기술과 시의 결합에서 시계태엽 우주에 대한 은유가 탄생했다. 계몽운동의 사상적 중심에 선 뉴턴이 물리학에서 시계태엽 우주의 은유를 사용하기 전에 이미 케플러가 시와 과학 사이에 다리를 놓았다. 첫 저서인 《우주 구조의 신비 Mysterium Cosmographicum》에서 케플러는 시계태엽 우주의 은유를 빌려와 여기에서 신학적인 면모를 모두 걷어낸 다음, 시계공 신의 존재를 삭제하고 그 자리에 천계를 움직이는 하나의 힘을 대입했다. "천계의 기계는 신이 창조한 생물이 아니며 오히려 하나의 추로 모든 톱니가 움직이는 시계장치라 할 수 있다." 천계의 기계 안에서 "이 복잡한 운동 전체를 통괄하는 힘은 단 하나의 자력이다." 이 힘은 단테가 썼듯이 "태양과 다른 별을 움직이는 힘인 사랑"이 아니다. 이 "하나의 자력"은 훗날 뉴턴이 공식화하는 중력이다. 이 힘에 대한 개념을 최초로 제안한 사람이 바로 케플러였다. 이 개념은 코페르니쿠스도 떠올리지 못했는데, 그는 태양이 행성을 움직이게 한다는 획기적인 발상에도 이 운동을 과학적 관점에 아닌 시적인 관점으로 생각하고 있었다. 코페르니쿠스에게 행성은 태양이 고삐를 잡고 있는 말이었고, 케플러에게 행성은 태양이 하나의 물리적 힘으로 돌리는 태엽장치였다.

1617년 어느 겨울날, 케플러가 어머니의 마녀재판에 가려고 서두르고 있을 무렵 비유가 아닌 말 그대로의 바퀴가 케플러 아래에서 돌고 있었다. 기나긴 마차 여행을 위해 케플러는 한때 친구였던 갈릴레오의 아버지인 빈첸초 갈릴레이Vincenzo Galilei가 쓴《고대와 현대 음악에 대한 대담Dialogo della Musica Antica et della Moderna》을 한 권 챙겨왔다. 이 책은 당시 음악을 다룬 가장 영향력 있는 논문이었다. 케플러는 수학만큼이나 음악에 몰두했는데, 이는 케플러가 이 둘을 서로 분리하여 생각하지 않았기 때문일 것이다. 3년 후 케플러는 음악의 힘을 빌려 자신의 획기적인 저서《세계의 조화Harmonices mundi》를 집필하고 이 책에서 "조화의 법칙"이라고 이름 붙인 행성운동법칙의 세 번째 법칙을 공식화한다. 수립하는 데 22년이 걸린 최상의 발견, 바로 행성 궤도 축의 길이와 궤도 주기의 비율을 밝혀낸 법칙이다. 이 법칙을 통해 역사상 처음으로 태양에서 행성까지의 거리를 계산할 수 있게 된다. 우주에 오직 태양계만이 존재한다고 알려진 시대에 천계의 측정이 가능해진 것이다.

어머니가 마녀로 처형되는 것을 막기 위해 케플러가 독일의 시골길을 달리던 그 순간, 로마의 종교재판소는 지구가 운동하고 있다는 주장을 이단이라고 선언하려 하고 있다. 이 주장을 하는 이는 곧 죽음으로써 처벌을 받게 될 것이다.

케플러는 온통 불행으로 점철된 삶을 살았다. 루돌프 2세가 죽자 케플러는 황실 수학자이자 신성로마제국 황제의 최고 과학 고문 자리에서 물러나야 했다. 비록 주 업무는 황족을 위해 별점을 치는 일이었지만 그 자리는 유럽 전역에서 가장 높은 과학적 명성을 누릴 수 있는 자리였다. 한편 케플러가 사랑해 마지않던 여섯 살 아들이 천연두에 걸려 목숨을 잃었다. "봄의 첫 아침에 피어난 히아신스"가 시들어버린 것이다. 케플러 자신도 어린 시절 이 병에 걸려 목숨을 잃을 뻔했으며, 그 후유증으로 평생 마맛자국으로 뒤덮인 얼굴에 나쁜 시력으로 살아야 했다. 첫 아내는 아들을 잃은 슬픔에 빠져 자신을 돌보지 않은 탓에 자신도 천연두에 걸려 세상을 뜨고 말았다.

케플러 앞에는 두 가지 세계관을 둘러싼 두 세계가 충돌하려 하고 있었다. 이 충돌에서 일어난 불꽃으로 우주에 대한 상상력에 불이 붙는다.

1609년 케플러는 최초의 SF 소설이라 할 수 있는 작품을 완성했다. 이 책은 이야기의 중심에 과학을 놓고 그 주위로 풍부한 상상력을 펼쳐낸 작품이다. 《꿈Somnium》이라는 제목의 이 책은 달나라로 항해를 떠난 어느 젊은 천문학자에 대한 이야기를 담고 있다. 과학적 장치와 극적인 상징이 넘쳐나는 이 작품은 문학적 상상력이 빛나는 걸작인 한편 그 가치를 헤아릴 수 없는 귀중한 과학 문서이기도 하다. 케플러가 더 대단한 점은 갈릴레오가 망원경을 발명하기 전에 이 책을 썼다는 점이다. 케플러 자신은 망원경이라는 것을 들여다본 적이 없었다.

케플러는 우리가 습관적으로 잊곤 하는 한 가지를 알고 있었다. 상상할 수 없는 일을 상상하고 체계적인 노력을 통해 그 상상을 현실로 이루어낼 때 우리가 지닌 가능성의 범위가 확장된다는 사실이다. 그로부터 몇 세기 후인 1971년 칼 세이건Carl Sagan, 아서 C. 클라크Arthur C. Clarke와 우주 탐험의 미래에 대해 나눈 대담에서 SF 소설의 창시자인 레이 브래드버리Ray

Bradbury는 상상에서 현실로의 변환을 정확하게 표현한다. "이는 인간의 본성에 있습니다. 낭만으로 시작해서 현실로 지어나가는 능력이죠." 동전과 마찬가지로 인간의 상상력 또한 양면을 지니고 있다. 미지의 것이 우리 앞에 입을 벌리고 있을 때 그에 대한 불안감을 미신과 신화라는 우리가 아는 확실성으로 채우는 것, 상식과 이성이 인과관계를 밝히지 못할 때 마법과 요술을 들먹이는 것은 바로 우리가 지닌 공상의 능력이다. 한편, 바로 같은 능력을 통해 우리는 기존의 사실을 뛰어넘고 습관과 인습으로 규정된 가능성의 한계를 뛰어넘어 전에는 상상하지 못한 진실의 새로운 정상에 도달할 수 있다. 동전이 어느 쪽으로 뒤집히는가는 그 상상력을 운용하는 인물의 용기, 자연, 문화, 인품의 어림할 수 없는 조합에 따라 결정된다.

크리스토퍼 콜럼버스Christopher Columbus가 아메리카 대륙으로 항해를 떠나고 한 세기가 조금 더 지났을 무렵인 1610년 봄, 케플러는 갈릴레오에게 보내는 편지에서 처음으로 《꿈》을 언급한다. 이 편지에서 그는 얼마 전까지만 해도 대서양을 횡단하는 항해가 상상조차 할 수 없던 일이었다는 사실을 지적하며, 친구의 상상력을 부추겨 행성간 여행 또한 앞으로 다가올 현실이 될 수 있다는 점을 일깨운다.

누가 믿을 수 있었겠습니까? 그 대양을 아드리아해나 발트해, 영국 해협의 좁은 바다보다 더 평화롭고 안전하게 횡단할 것이라고 말입니다.

케플러는 일단 "창공의 바람을 가를 수 있는 돛이나 배"가 발명되기만 하면 항해자는 성간우주의 어두운 공간을 더는 두려워하지 않을 것이라 상상한다. 이 미래의 모험가들을 염두에 두고 케플러는 갈릴레오에게 공동의 도전 과제를 제안한다.

그러니 얼마 후 이 모험을 떠나려는 여행자들을 위해 우리가 천문학을 확립해둡시다. 갈릴레오, 당신이 목성을 맡으면 내가 달을 맡겠소.

훗날 뉴턴은 중력의 기초가 되는 기본 힘에 대한 풍부한 이해와 강력한 미적분학을 바탕으로 케플러의 세 가지 행성운동법칙을 정교하게 다듬었다. 21세기를 25년 앞두고 캐서린 존슨Katherine Johnson은 케플러의 법칙을 이용하여 아폴로 11호를 달에 착륙시킬 궤적을 계산한다. 케플러의 법칙은 또한 인간이 만든 물체 중 최초로 성간우주로 나갈 보이저호Voyager의 길을 안내하는 데에도 적용되었다.

케플러는 갈릴레오에게 보낸 편지에서 《꿈》을 "달의 지리서"라고 언급했는데, 이 책에서 달에 도착한 젊은 탐험가는 달에 사는 주민들이 지구가 달 주위를 공전한다고 생각한다는 사실을 알게 된다. 달의 관점에서 우리의 창백한 푸른 점은 달의 창공으로 솟아올랐다 지는 것처럼 보인다. 이는 달 주민들이 지구를 부르는 이름 볼바Volva(공전을 의미하는 동사 revolve에서 따온 이름이다—옮긴이)에도 반영되어 있다. 케플러는 지구의 공전, 즉 우주적 불변성의 교리를 그토록 위협한 지구의 운동을 강조하기 위해 의도적으로 이런 이름을 선택했다. 책을 읽는 독자가 이미 달이 지구 주위를 공전한다는 사실, 고대부터 관찰되었으며 케플러의 시대에는 전혀 논란의 여지가 없는 사실을 알고 있다는 가정 아래 케플러는 넌지시 불온한 핵심 질문을 비친다. 에드윈 애벗 애벗Edwin Abbott Abbott의 《플랫랜드Flatland》보다 거의 세 세기 앞서 집필된 이 천재적인 우화를 통해 케플러는 묻는다. 어쩌면, 우주에서 지구가 고정된 중심점이라는 우리의 믿음은 볼바가 달 주위를 공전한다는 달 주민들의 믿음만큼 잘못된 것은 아닐까? 우리 발밑의 땅이 견고하고 움직이지 않는 것처럼 느껴지지만 우리 또한 달이 지구를 공전하는 것과 마찬가지로 태양 주위를 공전하고 있는 것이 아닐까?

《꿈》은 절대불변의 우주 중심에 지구가 있다는 고대부터 이어진 믿음을 무너뜨리고 코페르니쿠스가 주장한 태양 중심 우주라는 무시무시한 진실을 완곡한 방식으로 일깨우기 위해 집필된 작품이다. 하지만 《꿈》이 깨우기에 지구 주민의 잠은 너무도 깊었고 치명적이었다. 그 탓에 케플러의 연로한 어머니가 마녀라는 죄목으로 재판을 받게 되었다. 종교 박해가 막바지에 이르면서 수만 명이 마녀재판을 받았다. 70년 후 세일럼Salem을 마녀재판과 동의어로 만든 사건에 연루된 스물다섯 명의 희생자가 초라할 정도였다. 마녀로 몰린 이들은 대부분 여자였고, 그 죄를 추궁하거나 변호하는 역할은 아들이나 형제, 남편의 몫이었다. 마녀재판은 대부분 마녀로 고발된 이들의 처형으로 끝이 났다. 독일에서만 2만 5000명이 마녀로 처형되었다. 인구가 많지 않은 케플러의 고향에서도 어머니가 마녀로 고발당하기 몇 주 전에 여자 여섯 명이 마녀로 몰려 화형당했다.

케플러의 고난에는 어딘가 으스스한 인과관계가 있다. 아들에게 천문학의 매력을 일깨워준 이가 바로 어머니 카타리나 케플러Katharina Kepler였기 때문이다. 여섯 살의 케플러는 어머니의 손에 이끌려 집 근처 언덕에 올라 1577년의 대혜성이 하늘을 가로지르는 광경을 입을 딱 벌리고 지켜보았다.

《꿈》을 집필할 당시 케플러는 세계에서 가장 걸출한 과학자 중 하나였다. 관측된 자료를 면밀하게 분석하는 성실함은 교향악적 상상력과 조화를 이루고 있었다. 케플러는 티코의 관측 자료를 이용하여 10년 동안 70여 차례가 넘는 실패를 거듭하며 화성의 궤도를 계산하는 과업에 매달렸다. 산출된 화성의 궤도는 다른 천체의 궤도를 계산하는 기준이 되었다. 그 첫 번째 법칙으로 천체가 균일한 원을 그리며 움직인다는 고대의 믿음을 반박한 케플러는 다시 타원 궤도로 태양 주위를 공전하는 행성의 속도가 궤도의 위치에 따라 달라진다는 사실을 증명했다. 단지 수학적 가설에 불과했던 전의 모델과는 다르게 케플러는 우주를 가로지르는 화성의 실제 궤도를 발견했으며, 이 화성의 궤도를 이용하여 지구의 궤도를 산출했다. 이미 계산해둔 687일이라는 화성 공전 주기 동안 두 행성의 각이 어떻게 달라지는지 측정하면서 지구에 대한 화성의 상대적인 위치를 몇 차례에 걸쳐 관측했다. 이 작업을 수행하기 위해 케플러는 상상력에 감정이입이라는 도약을 더하여 자신을 화성에 투영했다. "감정이입empathy"이라는 단어는 세 세기가 흐른 뒤인 20세기 초에 이르러서야 흔하게 통용된다. 예술이 우리를 감동시키는 이유를 이해하기 위해 예술작품에 자신을 투영하여 상상하는 행위를 묘사하려고 감정이입이라는 단어를 현대 어휘에서 사용한 것이다. 케플러는 과학을 통해 자연이 행성을 움직이게 하는 법칙을 이해하기 위해 이 세상에 존재하는 가장 위대한 예술작품에 자신을 투영하여 상상했다. 그 행성 중에는 우리를 싣고 우주를 유영하는 천체도 포함되어 있다. 케플러는 삼각법을 사용하여 지구와 화성 사이의 거리를 계산했고, 지구 궤도의 중심점을 짚어냈으며, 한 걸음 더 나아가 다른 모든 행성 또한 타원 궤도를 따라 움직인다는 사실을 입증했다. 그 결과 그리스 천문학의 기반이었던 균일한 원운동의 개념을 무너뜨리고 천동설에 강력한 일격을 가했다.

케플러는 새로운 사실을 드러내는 결과를 1법칙과 2법칙으로 종합하여 자신의 저서《신천문학Astronomia nova》으로 묶어 발표했다. 이 업적은 책의 제목이 의미하는 그대로였다. 우주의 속성은 영구히 바뀌었고 우주 안에서 우리의 지위 또한 영구히 바뀌었다. 케플러는 그를 가르친 교수에게 보낸 편지에서 신학의 소명을 포기하고 더 큰 진실을 추구하는 과업에 뛰어든 일을 떠올리며 말했다. "제 수고를 통해 하느님은 천문학 안에서 찬양받으십니다."

《신천문학》을 발표할 당시 케플러는 지동설을 입증하는 수학적 증거를 충분히 확보하고 있었다. 하지만 케플러는 인간 심리에서 절대 변하지 않을 중대한 측면을 깨달았다. 과학적 근거는 너무 복잡하고 거추장스럽고 추상적이라 심지어 동료 과학자조차 이해하기 어려웠다. 과학이라고는 전혀 알지 못하는 대중은 말할 것도 없었다. 천계에 대한 편협한 시야를 넓히는 데 필요한 것은 과학적 자료가 아닌 바로 이야기였다. 뮤리엘 러카이저Muriel Rukeyser가 "우주는 원자가 아닌 이야기로 이루어져 있다"라고 노래하기 세 세기 전에 이미 케플러는 우주의 구성요소가 무엇이든 이를 이해시키는 일은 과학이 아니라 이야기의 과업이라는 사실을 잘 알고 있었다. 케플러에게 필요한 것은 새로운 수사학, 단순하면서도 재미있는 방식으로 지구가 공전한다는 사실을 설명하는 이야기였다. 그리고 그 결과로 탄생한 것이 바로 《꿈》이다.

프랑크푸르트 국제도서전은 중세 시대부터 세계에서 손꼽히는 풍성한 문학 시장이었다. 케플러 또한 자신의 책을 홍보하는 한편 다른 중요한 과학 논문의 소식을 듣기 위해 프랑크푸르트 국제도서전에 자주 참석했다. 그리고 바로 여기, 케플러가 생각할 수 있는 가장 안전한 발사대에《꿈》의 원고를 들고 갔다. 도서전에 온 다른 참석자들은 황실 수학자이자 천문학자인 케플러의 명성을 익히 알고 있었고, 과학자이거나 혹은 과학을 영리하게 우화적으로 풀어낸 이 이야기의 진가를 제대로 이해할 만큼 박식한 이들이었다. 하지만 어디선가 일이 잘못 풀려나갔다. 1611년 어느 즈음에《꿈》의 원고가 어느 부유한 젊은 귀족의 손에 들어간 이후 유럽 전역으로 퍼져나간 것이다. 케플러의 말에 따르면 이 원고는 심지어 존 던John Donne에까지 이르러 가톨릭교회에 대한 날카로운 풍자시 〈이그나티우스와 비밀 회의Ignatius His Conclave〉에 영감을 주기도 했다. 이발소에서 오가는 풍문을 통해《꿈》은 여러 형태로 모습이 바뀌었고 1615년 무렵에는 책을 안 읽는 사람과 글을 모르는 사람의 귀에까지 들어가게 되었다. 그리고 본질이 훼손되어 껍질만 남은 이야기는 케플러의 고향에까지 이르렀다.

"일단 대중 앞에 시가 발표되고 나면 시를 해석할 권리는 독자에게 넘어가게 돼요." 세 세기 후 실비아 플라스Sylvia Plath는 어머니에게 쓴 편지에서 말한다. 하지만 그 해석은 예외 없이 해석 대상보다 해석자에 대해 더 많은 것을 드러내기 마련이다. 작가의 의도와 해석의 간극은 언제나 오류들로 넘쳐날 수밖에 없지만, 특히 작가와 독자의 정서적 성숙과 지적 소양이 완전히 다르다면 더 심해질 수밖에 없다.《꿈》에 담긴 과학과 상징, 우화적 기교를 교양이 없고 미신을 믿으며 앙심을 품고 있던 케플러의 고향 마을 사람들이 이해할 리 없었다. 그 시골 사람들은 이 이야기를 자신이 할 수 있는 유일한 방식으로 해석했다. 문맥을 완전히 무시한 채 말 그대로의 의미만을 받아들이는 우둔한 방식이다. 특히 사람들은 이야기의 한 가지 요소에 주목했다.《꿈》에서 화자는 자신을 "천성적으로 지식을 추구하는 데 힘쓰는 인물"이며 티코 브라헤의 제자로 일한 적이 있다고 설명한다. 그 무렵 티코의 가장 유명한 제자이자 황실 수학자 자리를 물려받은 인물에 대한 이야기는 널리 알려져 있었다. 고향 사람들은 어쩌면 그 유명한 요하네스 케플러가 자기 고장 출신이라는 사실을 어느 정도는 자랑스러워하고 어느 정도는 시기했을 것이다. 어느 쪽이든 고향 사람들은《꿈》을 허구의 우화가 아닌 케플러 자신의 자서전적 이야기로 받아들였다. 그리고 이것이 문제의 씨앗이 되었다.《꿈》에 등장하는 주요 인물에는 화자의 어머니가 있었다. 이 어머니는 약초 의사로, 정령을 소환하여 아들이 달로 항해하는 일을 돕는다. 케플러의 어머니 또한 실제로 약초 의사였다.

그 뒤에 일어난 일이 누군가 악의를 가지고 의도적으로 꾸민 일인지 혹은 그저 무지에서 비롯된 불운한 사건이었는지 분명하지 않다. 나는 둘 다였다고 생각한다. 진실을 조작함으로써 무언가를 손에 넣으려는 이들은 종종 비판적 사고를 하지 못하는 이들을 먹이로 삼기 때문이다. 케플러의 서술에 따르면,《꿈》이야기를 어깨너머로 주워들은 마을의 이발사는 이 기회를 이용하여 카타리나 케플러를 마녀로 몰기로 했다. 마침맞게도 이발사의 남매인 우르줄라가 절교한 친구였던 케플러 부인과 서로 담판을 지을 일이 있었다. 우르줄라 라인홀트Ursula Reinhold는 카타리나 케플러에게 돈을 빌리고 갚지 않았다. 또 우르줄라는 이 노년의 미망인에게 남편이 아닌 다른 남자의 아이를 임신했다고 고백한 적이 있었다. 별생각 없이 경솔한 마음으로 카타리나는 이 남부끄러운 고백을 요하네스 케플러의 남동생에게 이야기했고, 그 역시 별생각 없이 그 사실을 이 작은 마을에 퍼트리고 다녔다. 추문을 가라앉히기 위해 우르줄라는 낙태해야 했다. 아직 의학적으로 조악한 수준이었던 낙태 시술을 받은 우르줄라는 심각한 후유증에 시달려야 했고, 이를 감추기 위해 자신이 마법 때문에 병에 걸렸다고 주장했다. 카타리나 케플러가 자신에게 요술을 걸었기 때문이라고 공공연하게 떠들고 다닌 것이다. 얼마 후 우르줄라는 스물네 명의 귀 얇은 마을 사람들을 꼬드겨 이 노파가 마법을 부렸다는 이야기를 하도록 만들었다. 한 이웃은 카타리나가 거리에서 딸아이와 팔을 스친 뒤 딸의 팔이 마비되었다고 주장했다. 푸줏간 주인의 아내는 카타리나가 근처를 지나가자 남편의 허벅지에 맹렬한 통증이 엄습했다고 맹세까지 하면서 말했다. 절름발이인 학교 교사는 10년 전 어느 날 밤 카타리나의 집에서 케플러가 보낸 편지를 읽어줄 때 양철 컵에 따라준 무언가를 마신 후 다리를 절게 되었다고 주장했다. 카타리나는 마법을 써서 닫힌 문을 통과하고 갓난아기와 동물들을 죽게 만들었다는 비난을 받았다. 케플러의 생각에 미신에 굶주린 시골 사람들에게 어머니가 마녀 행각을 벌였다는 근거를 준 것은 바로 《꿈》이었다. 결국 카타리나의 아들부터 자신이 쓴 이야기에서 어머니를 마녀로 묘사한 것이 아닌가. 이야기의 우의적 의미는 마을 사람들에게는 전혀 전달되지 않았다.

카타리나 케플러 본인도 사건 해결에 전혀 도움이 되지 않았다. 걸핏하면 사람들과 다투곤 하는 성마른 성미의 어머니는 처음에는 중상모략으로 우르줄라를 고소하려 했다. 현대 미국에서 먹힐 법한 인상적인 대응이었지만, 중세 독일에서는 오히려 불에 기름을 붓는 셈이었다. 발이 넓은 우르줄라의 가족이 지역 유지들과 끈을 댔기 때문이다. 그다음 카타리나는 하급 판사에게 은 술잔을 뇌물로 주면서 자신의 재판을 기각해달라고 부탁했다. 이 부탁은 즉시 죄를 인정하는 행위로 해석되었고 그 결과 민사 사건으로 끝났을 일이 마녀 행각에 대한 형사 재판으로 격상되었다.

이 소동의 한복판에서 할머니의 이름을 물려받은 케플러의 갓 태어난 딸이 뇌전증 발작으로 숨을 거두었고, 그 뒤를 잇듯 네 살짜리 아들이 천연두에 걸려 세상을 떠났다.

어머니가 마녀로 고발당했다는 소식을 접한 순간부터, 케플러는 자식을 잃은 슬픔 속에서도 6년 동안 이어진 어머니의 재판에 헌신적으로 매달렸다. 동시에 과학 연구도 소홀히 하지 않아 티코의 관측 자료를 물려받은 이래 계속 매달려온 주요 천체 목록을 끝내 완성하여 발표했다. 고향에서 멀리 떨어진 린츠에서 과학 연구에 몰두하면서도 케플러는 카타리나를 변호하는 각종 탄원서를 썼으며 꼼꼼하고 정확하게 변호문을 작성했다. 케플러는 증언을 기록한 재판 기록과 심문 기록을 요구했고 그다음에는 한 번 더 나라를 가로질러 고향을 찾아가 감옥에 갇힌 카타리나와 마주 앉아 몇 시간 동안 이야기를 나누면서 오래전에 떠난 이 작은 마을의 사람들과 사건들에 대한 정보를 수집했다. 치매에 걸렸다는 주장에도 일흔이 넘은 노모의 기억력은 놀라울 정도였다. 카타리나는 오래전 일어난 일을 아주 자잘한 부분까지 세밀하게 기억하고 있었다.

케플러는 어머니가 뒤집어쓴 마흔아홉 가지의 "치욕의 쟁점"을 하나씩 논박하는 일에 착수했다. 과학적 방법을 이용하여 어머니가 마을 사람들에게 행했다고 주장되는 초자연적이고 악마적인 행위 뒤에 숨은 합리적인 원인을 찾아내려 한 것이다. 케플러는 우르줄라가 낙태 시술을 받았다는 사실을 입증했다. 팔이 마비되었다던 10대 소녀는 벽돌을 너무 많이 날라 팔이 마비된 것이라는 사실을 알아냈다. 학교 교사가 다리를 절게 된 것은 도랑에 발이 걸려 넘어졌기 때문이며 푸줏간 주인이 요통에 시달리고 있었다는 사실도 증명했다.

하지만 케플러가 어머니의 혐의를 벗기기 위해 편지를 쓴 노력은 전부 허사로 돌아갔다. 이 시련이 시작되고 5년째가 된 해에 카타리나를 체포하라는 명령이 내려졌다. 8월의 어느 깜깜한 밤 무장한 경관이 카타리나 딸의 집으로 들이닥쳐 그곳에서 카타리나를 체포했다. 소란스러운 소리를 들은 카타리나는 나무로 된 이불 상자 안에 숨었다. 이 무더운 계절에는 흔히 그렇듯 발가벗은 채였다. 어떤 기록에 따르면 끌려가기 전에 옷을 걸치는 것이 허락되었다고 한다. 다른 기록에 따르면 사람들의 동요를 막기 위해 옷을 입지 않은 채 상자째 들려나가 심문을 받기 위해 감옥에 갇혔다고 한다. 증거를 재구성하려 했던 케플러의 노력은 모두 허사가 되었다. 이런 모욕을 겪으면서도 카타리나가 침착한 태도를 유지했다는 사실 자체가 카타리나에게 불리한 증거가 되었다. 체포와 심문을 겪으면서 카타리나가 눈물을 흘리지 않았다는 사실 또한 노파가 뉘우치지 않고 악마와 계속 연락을 하고 있다는 증거로 언급되었다. 법정에서 케플러는 자신의 금욕주의적인 어머니가 눈물을 흘리는 모습을 단 한 차례도 보지 못했다고 설명해야만 했다. 어린 자식들을 남겨둔 채 남편이 세상을 떠났을 때도, 자식들을 홀몸으로 키우는 그 오랜 세월 동안에도, 노년에 접어들어 수많은 이들을 먼저 떠나 보냈을 때도 카타리나는 눈물 한 방울 흘리지 않았다.

카타리나는 마녀 행위를 인정하지 않으면 바퀴에 큰대자로 매달리게 될 것이라는 위협을 받고 있었다. 바퀴에 매다는 형벌은 자백을 이끌어내기 위해 흔히 사용된 잔혹한 방법이었다. 그 시대의 기대 수명을 이미 수십 년 넘긴 이 노파는 체포된 이후 열네 달 동안 어두운 감옥에 갇혀 무거운 쇠사슬이 달린 족쇄를 찬 채 돌바닥에서 잠을 자면서도 내내 침착함을 잃지 않으며 위협을 견뎌냈고 그 어떤 혐의도 자백하지 않았다.

결국 케플러는 안정된 생활과 일자리를 버리고 30년 전쟁이 한창 기승을 부릴 무렵에 가족을 데리고 고향으로 돌아왔다. 나는 이 기운 빠지는 귀향길에서 케플러가 애초에 왜 자신이 《꿈》을 썼을까 후회했을지, 어떤 진실에 이토록 크나큰 개인적 희생을 치를 가치가 있을까 의심을 품었을지 궁금해진다.

오래전 튀빙겐에서 공부할 무렵 케플러는 플루타르코스의 《달의 얼굴The Face on the Moon》을 읽었다. 이는 브리튼 북쪽에 있는 제도로 여행을 떠난 한 여행자에 대한 신비로운 이야기로, 그 섬들에 사는 주민들은 달로 통하는 비밀 통로를 알고 있다. 플루타르코스의 이야기는 과학적인 요소가 전혀 없는 순수한 허구지만 15세기 후 케플러가 《꿈》에서 사용하는 것과 똑같은 단순하지만 영리한 장치를 이용하여 독자의 인간 중심적 편견을 뒤흔든다. 플루타르코스는 달에도 생명이 존재할 수 있다는 가능성을 제시하는 방식으로 우리처럼 공기를 호흡하며 사는 동물에게는 바닷속에서 살아간다는 것 자체가 상상하기 어려운 일이지만 그럼에도 바다에 생명이 존재한다는 사실을 지적한다. 우리가 해양 생물의 존재를 인정하고 헤아릴 수 없는 바닷속 현실의 경이로움에 완전히 눈을 뜨게 되는 것은 플루타르코스의 시대에서 열여덟 세기가 지난 후, 레이철 카슨이 시적인 과학 글쓰기라는 새로운 미학적 장을 열어 인간이 아닌 바다 생물의 관점에서 지구를 바라볼 수 있게 만들어줄 무렵의 일이다.

케플러가 플루타르코스의 책을 읽은 것은 1595년이다. 하지만 지동설을 설명하기 위한 도구로 우화의 방식을 빌려야겠다고 진지하게 생각하게 된 것은 1605년 일식을 관찰한 후였다. 이때 일식을 관찰하며 케플러는 행성의 궤도가 타원일 것이라는 생각을 떠올렸다. 플루타르코스는 우주여행을 형이상학적 개념으로만 다루었지만 케플러는 이를 진정한 물리학을 설명하기 위한 도구로 이용하여 중력과 행성 운동을 탐구했다. 이를테면 허구의 우주선 이륙을 묘사하면서 케플러는 항해자가 우주로 나가려면 지구가 끌어당기는 장력에서 벗어날 필요가 있다고 지적하고 이 과정에서 자신이 생각하고 있는 중력에 대한 가설을 명료하게 표현한다. 한 걸음 더 나아가 케플러는 지구 중력의 당기는 힘에서 벗어나려면 큰 힘이 필요하지만 일단 중력이 미치지 않는 "아이테르aether(그리스 신화에서 신들이 머무는 높은 곳의 하늘을 말한다—옮긴이)"로 나아가면 우주선을 움직이는 데 동력이 거의 필요 없다고 묘사한다. 케플러는 오늘날 우리가 말하는 관성의 개념을 일찍부터 이해하고 있었다. 뉴턴이 물체는 외부의 힘이 가해지지 않는 한 일정한 속도로 움직인다는 제1운동법칙을 발표하기 몇십 년 전의 일이다.

통찰력과 재미를 겸비한 어느 단락에서 케플러는 달 여행자에 맞는 신체 조건을 묘사한다. 이는 오늘날 우주비행사 훈련 과정을 미리 내다본 듯하다.

게으른 사람은 안 된다. … 뚱뚱한 사람도, 쾌락에 탐닉하는 사람도 안 된다. 평생 말을 타며 보낸 사람, 종종 인도제도로 항해를 다녀오는 사람, 건빵과 마늘, 말린 생선과 맛없는 음식으로도 연명할 수 있는 사람을 찾는다.

세 세기 후 초기 남극 탐험가였던 어니스트 섀클턴Ernest Shackleton이 낸 남극 탐험 대원 모집 공고도 이와 비슷하다.

위험한 여정에 함께할 대원 모집. 적은 급료, 혹한과 칠흑의 어둠 속에서 몇 달을 보내야 함. 위험의 가능성이 상시함. 무사 귀환을 보장할 수 없음. 성공할 경우 명예와 보상이 따름.

당시 페기 페러그린Peggy Peregrine이라는 여자가 열의 넘치는 여자 3인조를 대표하여 남극 탐험에 관심을 보였을 때 섀클턴은 냉담하게 대꾸했다. "탐험대에 여자를 위한 자리는 없소." 그로부터 반세기 후 러시아에서 발렌티나 테레시코바Valentina Tereshkova는 케플러의 법칙에 따라 궤도를 계산한 우주선을 타고 지구의 대기를 벗어난 최초의 여성 우주 비행사가 된다.

미신에 대항하여 이성을 행사하는 몇 년의 노력 끝에 케플러는 마침내 어머니의 마녀 혐의를 벗길 수 있었다. 하지만 이미 75세의 노모는 마녀재판의 충격과 난방이 되지 않는 감옥에서 혹독한 독일의 추위를 겪은 후유증을 끝내 극복하지 못했다. 1622년 4월 13일 감옥에서 나온 지 얼마 지나지 않아 카타리나는 세상을 떠났다. 케플러는 먼저 떠나보낸 사람들의 기나긴 목록에 그 이름을 더했다. 250년 후 에밀리 디킨슨Emily Dickinson은 케플러의 유산을 차용한 은유를 시로 읊는다.

우리가 잃는 이들은 모두 우리의 일부가 돼

초승달이 여전히 머무르듯이

무언가 달 같은 것이, 어둠이 자욱한 밤

조수의 힘에 의해 끌려오듯이

어머니의 죽음을 뒤로하고 몇 달이 지난 후 케플러는 크리스토프 베졸트에게 편지 한 통을 받았다. 30년 전 케플러가 달에 대해 쓴 논문을 옹호한 이 친구는 지금 변호사로 성공을 거두고 법학대학 교수로 재직하고 있었다. 카타리나의 소식을 전해들은 베졸트는 이런 사건에 눈을 감는 무지와 권력 남용을 적발하기 위해 노력한 끝에 케플러의 고향을 다스리는 공작을 설득하여 한층 더 큰 도시이자 미신을 덜 믿는 슈투트가르트의 대법원에서 승인하지 않은 마녀재판을 금지하는 법령을 통과시켰다. "자네나 자네 어머니의 이름은 법령에 언급되지 않는다네." 베졸트는 오랜 친구에게 보내는 편지에서 이렇게 썼다. "하지만 다들 이 법령 뒤에 자네 어머니 사건이 있다는 걸 알고 있어. 자네는 전 세계에 헤아릴 수 없을 만큼 큰 은혜를 베푼 셈이야. 언젠가 자네 이름은 이로 인해 칭송받게 될 걸세."

케플러는 법령이 선포된 데서 위안을 찾지 못했다. 어쩌면 케플러는 정책의 변화는 문화의 변화와 전혀 같지 않으며 다른 시간의 척도 위에 존재한다는 사실을 이미 알았을지도 모른다. 남은 생애 동안 케플러는 《꿈》에 주석을 다는 일에 집착하듯 매달렸고, 그 결과 본문과 맞먹는 분량의 각주 223개를 달게 되었다. 이야기의 상징과 은유에 대해 과학적 근거를 정확하게 설명하여 미신적으로 해석할 여지를 완전히 봉쇄하기 위해서였다.

96번 각주에서 케플러는 분명하게 "《꿈》 전체의 가설은 지구의 운동에 대한 주장 또는 지구가 운동하지 않는다는 기존의 인식에 기반을 둔 주장에 대한 반박"이라고 명시했다. 146번 각주에서 케플러는 프톨레마이오스적인 편견에 대한 "유쾌한 응수"로 이 우화를 생각해냈다고 주장하면서 이 주장을 몇 번이고 강조했다. 케플러는 상식적인 직관의 착각에서 벗어나 과학적 진실의 돛을 올리기 위해 선구적이고 체계적인 노력을 기울였다.

모든 이가 지구가 고정되어 있으며 별이 지구 주위를 도는 것이 자명하다고 말한다. 나는 달 주민의 눈에는 달이 고정되어 있으며 우리의 지구, 그들의 볼바가 달 주위를 도는 것이 자명해 보일 것이라 말한다. 달 주민들이 달에서 보는 관점이 잘못된 것이라 말한다면 나는 똑같은 논리를 들어 지구 주민이 지구에서 느끼는 감각에 근거가 없다고 반박하려 한다.

다른 각주에서 케플러는 중력을 "자력과 비슷한 힘, 서로 끌어당기는 힘"이라고 정의하며 그 주요 법칙을 다음과 같이 설명했다.

서로 끌어당기는 이 힘은 두 물체가 서로 멀리 떨어져 있을 때보다 가까이 있을 때 더 커진다. 그러므로 서로 가까이 있을 경우 두 물체는 떨어지는 일에 한층 강하게 반발한다.

또 다른 각주에서 케플러는 중력이 보편적인 힘으로 지구 너머의 물체에도 영향을 미치며 지구에서 일어나는 조수 간만은 달의 중력 때문에 발생한다고 설명했다. "지구와 달의 관계를 나타내는 가장 뚜렷한 증거는 바다의 밀물과 썰물이다." 뉴턴 법칙의 중심이자 오늘날에는 너무 당연한 상식이 되어 초등학생조차 중력의 명백한 근거로 알고 있는 이 사실을 케플러 시대의 과학계는 전혀 인정하지 않았다. 여러 면에서 옳은 주장을 했던 갈릴레오는 그만큼 많은 면에서 틀린 주장을 하기도 했다. 이를테면 갈릴레오는 혜성이 지구에서 피어오르는 연기의 일종이라 생각했다. 관측 결과에 따라 혜성이 예측 가능한 경로로 움직이는 천체라고 주장하며 갈릴레오의 주장을 반박한 것은 티코 브라헤였다. 이때 브라헤가 관측한 혜성은 바로 여섯 살의 케플러가 보고 마음을 빼앗겨 천문학에 전념하게 된 바로 그 대혜성이었다. 갈릴레오는 밀물과 썰물이 달의 중력 때문에 발생한다는 주장을 부정하는 데서 그치지 않고 케플러를 비웃기까지 했다. 갈릴레오는 "그 개념은 내 머릿속에서 전혀 이해되지 않는다"라고 썼다. 갈릴레오는 개인적인 편지뿐 아니라 그의 기념비적인 저작인 《두 가지 주요 세계관에 관한 대화Dialogo sopra i due massimi sistemi del mondo》에서도 케플러를 비웃었다. "[케플러는] 지구에 한정된 운동에는 정통할지 모르지만 달이 바다를 지배한다는 생각에 귀를 빌려주고 찬동을 표했다. 말도 안 되는 헛소리이자 유치하기 짝이 없는 생각이다."

케플러는 어머니가 마녀재판을 받게 된 가장 직접적인 계기라고 생각한 부분에 특히 주의를 기울여 각주를 달았다. 바로 주인공의 어머니가 아홉 개의 정령을 소환하는 장면이다. 이 장면에 대한 각주에서 케플러는 이 아홉 정령이 그리스 신화에 등장하는 아홉 명의 뮤즈를 상징한다고 설명했다. 좀더 뜻을 감춘 문장에서는 이 정령을 이렇게 묘사했다. "특히 나에게 친절했던 정령은 모든 정령 중에서도 가장 온화하고 순수했으며 스물하나의 문자로 불렸다." 케플러는 이 "스물하나의 문자"가 Astronomia Copernicana, 즉 코페르니쿠스적 천문학을 가리킨다고 각주를 달았다. 주인공에게 가장 친절했던 정령은 우라니아Urania로, 천문학을 관장하는 뮤즈이다. 케플러는 천문학을 모든 과학 중에서도 가장 신뢰할 수 있는 과학으로 여겼다.

모든 과학의 정령이 그 안에 친절함과 선의를 품고 있지만(그런 이유로 이 정령들은 마녀나 점쟁이들이 상대하는 사악하고 백해무익한 정령과는 거리가 멀다…) 천문학의 정령은 천문학이 다루는 대상의 본질상 특히 더 그렇다.

한 세기 반이 지난 후 태양에서 일곱 번째 자리에 있는 행성을 발견한 천문학자 윌리엄 허셜William Herschel은 이 행성에 케플러가 언급한 뮤즈의 이름을 따서 우라누스Uranus(천왕성)라는 이름을 붙였다. 당시 독일 어딘가에 살고 있던 젊은 베토벤은 새로운 행성을 발견했다는 소식을 듣고 악보의 여백에 이렇게 적었다. "우라니아의 별에서는 내 음악을 어떻게 생각할까?" 다시 두 세기가 지난 후 앤 드루얀Ann Druyan과 칼 세이건은 소리와 그림으로 이루어진 인류의 초상인 골든 레코드를 만들면서 베토벤의 〈교향곡 제5번〉을 보이저호에 실어 우주로 떠나보낸다. 이 레코드에는 또한 로리 스피걸Laurie Spiegel이 케플러의 《세계의 조화》에 영감을 받아 작곡한 곡이 수록되어 있다.

케플러는 우화를 통해 전달하려고 한 폭넓은 정치적 의도를 숨기려 하지 않았다. 어머니가 세상을 떠나고 1년 후 케플러는 한 천문학자 친구에게 편지를 썼다.

이 시대의 외눈박이 윤리를 납빛으로 칠하는 것이 그토록 큰 죄일까? 이런 글을 통해 지구를 떠나 달의 관점에서 보도록 주의를 이끄는 일이 그토록 큰 죄가 될까?

인간의 심리에 대한 천재적인 통찰을 다시 한번 발휘한 케플러는 사람들의 무지라는 괴물을 일깨우려면 상상 속 이야기에 등장하는 다른 사람들의 무지를 통하는 편이 나을 것이라고 생각했다. 케플러는 달이 우주의 중심이라고 믿는 달 주민의 신념이 얼마나 어리석은 것인지 알게 되면 지구 주민 또한 지구가 우주의 중심이라는 확신에 의문을 던질 수 있는 식견을 갖추게 되리라 희망했던 것이다. 그로부터 350년 후 영향력 있는 선집을 위해 열다섯 명의 유명한 시인들은 "시에 대한 성명"을 밝혀달라는 요청을 받는다. 그중 유일한 여성 시인인 드니스 레버토브Denise Levertov는 시의 가장 중대한 사명은 "충격을 넘어서는 방식으로 잠든 사람들을 일깨우는 것"이라고 말한다. 이것이 바로 케플러가 《꿈》으로 이루고자 한 목표였을 것이다. 《꿈》은 사람들을 눈 뜨게 하기 위한, 과학의 시에 바치는 그의 세레나데였다.

1629년 12월 케플러는 이미 가벼운 주머니를 털어 《꿈》을 출판할 비용을 마련했고 직접 조판을 시작했다. 처음 여섯 쪽을 조판하는 데 넉 달이 걸렸고 돈이 바닥났다. 케플러는 가족을 사강Sagan에 있는 임시 거처에 머물게 하고 이미 쇠약해진 몸을 이끌고 라이프치히로 가서 50플로린을 빌렸다. 이는 숙련된 장인이 1년 동안 버는 돈과 맞먹는 액수였다. 그다음 케플러는 가장 두꺼운 양말을 신고 권총과 화약병을 허리에 차고 낡아빠진 검은 양털 망토를 걸친 다음 뉘른베르크로 발길을 재촉했다. 뉘른베르크에서 케플러는 자기만큼이나 여위고 굶주린 당나귀를 한 마리 샀다. 금방이라도 쓰러질 듯한 두 생물은 가을비를 뚫고 100킬로미터를 걸어 레겐스부르크로 향했다. 이곳에서 케플러는 바이에른 법정에 출두하여 오스트리아 채권을 팔 수 있는 허가를 받아 그 돈으로 빚을 갚고 《꿈》의 출판 작업을 마무리할 작정이었다. 도시에 도착하여 훗날 그의 이름을 물려받게 될 지인의 집에 짐을 풀고 난 며칠 후 케플러는 갑작스러운 병으로 그만 쓰러지고 말았다. 본래 자주 열이 오르고 몸이 아팠던 터라 케플러는 자신의 병을 그다지

심각하게 생각하지 않았다. 증상을 완화하기 위해 사혈을 했지만 의식이 들락날락하기 시작했다. 목사가 불려왔다.

1630년 11월 15일 정오 요하네스 케플러는 숨을 거두었다. 쉰아홉 번째 생일을 여섯 주 앞두고 있었다. 사흘 후 케플러의 유해가 루터파 교회 묘지에 안장되는 동안 목사는 소리를 높여 선언했다. "하느님의 말씀을 듣고 지키는 이들은 축복받을지니." 소위 하느님의 말씀이라는 것을 두고 축복받지 못한 이들이 벌인 축복받지 못한 30년 전쟁으로 이 묘지는 파괴되고 케플러의 유해는 흔적도 없이 사라진다.

케플러의 장례식이 있던 밤, 인간의 언어를 알아듣지 못하는 영원한 힘에 의해 보름달이 지구의 그림자를 가로지르는 월식이 일어났다. 이 힘은 자연을 구성하는 근본적인 진실의 하나로, 케플러는 우주의 모국어, 즉 수학을 사용하여 이 진실을 이야기했다. 그리고 339년 후 인류가 최초로 그의 법칙으로 계산한 궤도를 따라 달에 발을 내디디면서 케플러의 《꿈》은 실현된다.

* * *

코페르니쿠스의 지동설은 최초로 인간의 자만심에 도전장을 내민 위대한 사상이다. 그 후 몇 세기에 걸쳐 세계 질서가 여러 차례 새롭게 편성되는 동안 인간의 자만심에 대한 도전은 진화론부터 시민권, 동성결혼까지 수없이 많은 형태로 모습을 바꾸어 나타난다. 이 모든 도전에 사회는 케플러의 고향 주민들이 보인 것과 비슷한 수준의 적대적인 반응을 보인다. 우주의 중심이든 권력 구조의 중심이든, 중심에 있는 것은 그 대가로 진실을 희생할지언정 계속해서 중심에 남아 있어야 한다. "정확하게 똑같은 충돌들이 지금과 마찬가지로 계속해서 존재해왔다. 단지 배경과 의상이 조금씩 바뀌었을 뿐이다." 19세기 중반 랠프 왈도 에머슨Ralph Waldo Emerson은 자신의 일기에 쓴다.

케플러가 처음 《꿈》에 대한 착상을 떠올린 일식이 있은 지 정확하게 250년 후인 1852년 〈뉴욕 헤럴드New York Herald〉에 여성권리대회Woman's Rights Convention에 대한 기사가 실렸다. 이 기사를 쓴 사람은—여자가 남자와 동등한 존재라는 주장을 맹렬하게 반대하는 사람이었다—이 대회에는 "여자의 매력이라고는 찾아볼 수 없는 노처녀들"과 여자이긴 하나 "기질이 사내 같아 자연이 그 성별에 실수를 한 것 같은, 꼬끼오 하고 우는 암탉처럼 남자인 체하는 여자들"만이 참석했다고 썼다. 이 논평 기사는 지나치게 흥분한 나머지 비논리의 정점을 찍었다.

신체적 힘이나 정신적 힘의 관점에서 여자가 남자와 동등하다는 것이 사실이라면 이 세계가 시작된 후로 현재에 이르기까지 모든 시대에 걸쳐, 모든 나라와 지방에서, 모든 다양한 인간종에서, 남자는 어떻게 정치·사회·가정의 영역에서 지배권을 잡고 여자는 어떻게 복종해왔단 말인가? … 그렇다면 처음에 어떻게 여자가 남자의 지배를 받게 되었고 지금 세계 전체에 걸쳐 남자에 종속된 것인가? 여자는 그 성별에서 기인한 속성 탓에 남자에게 종속될 수밖에 없는 운명이다. 이는 검둥이negro가 지금, 그리고 앞으로도 영원히 백인종보다 열등한 것과 마찬가지이다. 여자는 다른 조건에 있는 것보다 남자의 지배를 받는 편이 행복하다. 그것이 여자의 본성이 규정하는 법칙이기 때문이다.

어머니의 마녀재판을 겪고 난 후 케플러는 몇 세기나 시대를 앞선 주장을 펼친다. 이 주장은 심지어 "지성에는 성별이 없다"라는 17세기 프랑스 철학자 프랑수아 풀랭 드 라 바르François Poullain de la Barre의 획기적인 선언보다 더 앞서나간 것이었다. 유전학의 개념이 등장하기 훨씬 이전인 케플러의 시대에 자녀는 골상학적·기질적 측면에서 어머니를 닮는다고 여겨졌다. 같은 별자리 아래 태어났다는 이유에서였다. 그러나 케플러는 어머니와 자신이 얼마나 다른 사람인지, 그 세계관과 운명이 얼마나 다른 길을 걷는지 날카롭게 인식하고 있었다. 온화한 성미의 뛰어난 과학자인 케플러는 세계를 뒤엎으려 하고 있었고, 변덕스러운 성미에 불학무식한 여자인 카타리나는 마녀재판에 회부되었다. 생계를 위해서 그리던 천궁도가 실제로 한 사람의 인생 항로를 결정하는 것이 아니라면 케플러는 과연 어떤 것이 우리의 인생 항로를 결정하는 것인지 궁금해하지 않을 수 없었다. 그리고 케플러는 인과관계를 따져 묻는 과학자였다. 사회심리학이 공식적인 학문 분야로 자리 잡기 250년 전에 케플러는 이미 어머니가 애초에 이런 문제에 휘말리게 된 원인이 교육의 혜택을 받지 못했다는 사실에 있다는 결론에 이르렀다. 과부였던 카타리나는 사회에서 소외될 수밖에 없던 한편, 무지에서 비롯된 믿음과 행동은 악마의 소행으로 오해받기 쉬운 처지였다. 가장 대담하고 사변적인 방식으로 자연철학을 깊이 파고드는 《세계의 조화》 4부에서 케플러는 한 장을 할애하여 "형이상학적·심리적·점성술적" 문제를 다룬다.

나는 나와 같은 성위 아래 태어난 여자를 한 명 알고 있는데, 그 성미가 아주 불안하다. 이로 인해 그 여자는 학습에 불리할 뿐 아니라(여자에게 놀라운 일은 아니다) 마을 전체를 소란으로 몰아넣는다. 그 자신의 불운한 운명을 쓰는 것은 바로 그 여자 자신이다.

그리고 이어지는 문장에서 케플러는 문제의 이 여자가 바로 자신의 어머니임을 밝히고, 어머니에게는 케플러 자신은 누릴 수 있던 특권을 누릴 기회가 없었다고 기술한다. "나는 여자가 아니라 남자로 태어났다"라고 케플러는 쓴다. "천공을 아무리 뒤진다 해도 점성술사는 성별의 차이를 찾을 수 없다." 케플러는 성별의 차이에서 비롯되는 운명의 차이는 천공에서 결정되는 것이 아니라 이 땅 위 문화의 작용에 따른 성별 구조에서 비롯된다고 주장한다. 어머니를 불학무식하게 만든 것은 어머니의 본성이 아니라 이 세계에서 결정한 사회적 위치였다. 이 세계가 지적인 깨달음과 자아실현의 기회를 하늘의 별만큼이나 불변의 자리에 고정시켜 놓았기 때문이었다.

마리아 미첼

운의 개념 다르는 법

2

마리아 미첼Maria Mitchell은 낸터킷Nantucket 섬의 베스털가 1번지에 있는 작고 소박한 집의 거실에 서 있다. 훗날 미첼의 말대로 "꾸밈도 없고 예쁘지도 않은" 곳이지만 가족의 애정이 묻어 있는 집이다. 미첼 옆에는 반짝반짝 윤이 나는 황동 빛깔의 망원경이 떼어낸 창유리 사이로 고개를 내밀고 있다. 2월의 얼음장 같은 바람이 불어왔지만 설렘으로 가슴이 부푼 미첼은 추위를 느낄 새도 없다. 물을 가득 채운 유리그릇을 매달아 놓은 덕에 방은 무지갯빛으로 물든다. 미첼은 큰 갈색 눈을 들어 검댕을 묻힌 유리 조각을 통해 점점 어둑해지는 정오의 하늘을 올려다본다. 일식이 시작되는 순간 초를 셀 준비를 마친 것이다.

집 2층에는 이전에 벽장이었던, 미첼의 아버지가 열 명의 퀘이커교도 자녀가 함께 쓰도록 서재로 바꾼 방이 있지만 실제로 그 서재를 쓰는 사람은 마리아뿐이다. 그 방문에는 미첼이 단정한 글씨로 적은 쪽지 한 장이 붙어 있다. "미첼은 바쁩니다. 문을 두드리지 마세요."

1831년 살을 에는 듯이 추운 겨울의 어느 토요일이다. 정오가 21분 지난 시각, 집과 언덕과 항구가 금속성을 띠는 빛으로 물들면서 마치 은판 사진 같은 모습으로 변하기 시작한다. 나는 자갈을 깐 좁다란 골목길에서 베토벤을 흥얼거리며 걷던 누군가가 문득 노래를 멈추는 모습을 상상한다. 젊은 고래잡이 청년이 작살에 몸을 기댄 채 고개를 들어 하늘을 바라보는 모습을 상상한다.

이곳에서 북쪽으로 150킬로미터 떨어진 콩코드에서는 부분 일식으로 기괴한 분위기를 풍기는 하늘 아래 랠프 왈도 에머슨이 스무 살 젊은 나이에 결핵으로 세상을 떠난 사랑하는 아내를 이제 막 묻었다.

점점 짙은 청록빛으로 물들어가는 하늘을 배경으로 달은 미끄러지듯 태양을 가로지르기 시작하고 하늘에 새겨진 초승달 모양의 태양이 점점 가늘어진다. 117초를 세는 순간 마침내 하늘에는 반짝이는 반지 모양의 빛만이 남고, 마리아는 금빛 테두리를 한 시간의 포신을 들여다본 듯 으스스한 기분에 휩싸인다.

열두 살인 마리아는 우주의 웅장함과 수학의 견고한 확실성에 매혹되어 있다. 그 번득이는 지성은 시대와 장소의 한계에도 빛이 흐려지지 않는다. 당시 여자는 선거권이 없었고 전 세계 어디에서도 고등 수학과 천문학을 정식으로 교육받을 수 없다. 여자는 미국 정부에 전문 기술직으로 고용된 적이 한 번도 없다. 마리아 미첼은 선거권을 획득할 때까지는 살지 못할 테지만 수없이 많은 최초의 여성이 될 것이다. 미국 최초의 여성 천문학자, 최초의 미국예술과학아카데미American Academy of Arts and Sciences 여성 회원, "금성의 계산자"로 미국 정부에 "전문 기술직"으로 고용된 최초의 여성이다. 마리아가 하게 될 일은 1인 항법장치 같은 것인데, 뱃사람의 항해를 돕기 위해 천체의 복잡한 움직임을 계산하는 일이다.

마리아가 일식을 관측한 해에 유럽에서 제일가는 과학의 후원자였던 덴마크 국왕이 천문학 분야에 큰 상을 만들었다. 망원경으로 새로운 혜성을 최초로 관측하는 인물에게 당시 상당한 재산인 금화 20닢 가치의 금메달을 수여하겠다는 것이었다. 혜성을 발견하는 일은 결코 시시한 위업이 아니며, 단순히 요행으로 일어나는 일도 아니다. 관찰자는 참을성 있게 우주의 황야에서 작고 흐릿하며 꼬리도 없는 혜성의 머리가 발하는 빛을 분간해내야 한다. 불쑥 출현하는 혜성의 존재를 감지하려면 이미 존재하는 천체의 지도를 익히 알고 있어야 한다.

몇 해 동안 마리아 미첼은 밤마다 자신의 망원경을 하늘로 향한 채 조용하고 체계적으로 밤하늘을 샅샅이 뒤지며 이미 눈에 익은 천체들을 배경으로 새롭게 출현할 혜성의 모습을 찾았다. 29세가 된 해의 어느 가을 저녁 마리아는 부모님이 주최한 저녁 식사 모임에서 조용히 빠져나와 지붕 위에 올라 망원경 앞에 앉는다. 항상 입는 수수한 퀘이커식 의복, 스스로 "군복"이라 부르는 옷으로 몸을 감쌌다. 나는 1847년 10월의 첫째 밤 10시 30분, 이 침착한 성품의 젊은 여성이 눈앞에 나타난 광경에 자신도 모르게 소리를 지르며 깜짝 놀라는 모습을 상상한다. 그런 다음 마리아는 아버지를 지붕으로 불러내 광대하게 펼쳐진 우주의 배경에서 자신이 포착해낸 중대한 의미를 지닌 빛의 조각을 보여주었을 것이다. 망원경으로 관측할 수 있는 새로운 혜성을 발견한 것이다.

그날 밤 마리아 미첼의 마음이 가득 차오른 것은, 그리고 남은 수십 년의 생애 동안 마리아를 이끄는 원동력이 되어준 것은 국왕의 메달도 아니었고 전 세계적으로 인정받는 명성도 아니었다. 새로운 것을 발견할 때의 순수한 설렘, 미지의 것으로 이루어진 거대한 암석에서 지식의 작은 조각을 직접 깎아낼 때 느껴지는 희열이었다. 이는 모든 참된 과학자를 이끄는 근본적인 동기이다.

마리아는 혜성의 발견을 공식적으로 발표하기를 주저했지만 마리아의 아버지는 하버드천문대Harvard Observatory에 이 소식을 알려야 한다고 주장했다. 아버지는 이를 애국적인 행위라 포장하여 딸을 설득했다. 마리아는 자신을 위해서가 아니라 미국의 천문학을 위해 혜성을 최초로 발견한 권리를 주장해야 했다. 미국의 천문학은 아직 요람기에 머물러 있었고, 유럽 기관들의 위엄과 1000년을 이어온 중동과 중국의 신용에 전혀 경쟁이 되지 못했다. 하지만 여기에 자연의 힘이 개입했다. 가장 기본적인 생활도 자연의 힘에 좌우될 수밖에 없는 이 작은 섬에 폭풍이 몰아치면서 우편물 수거가 이틀 정도 지연된 것이다. 10월 3일 미첼의 혜성 발견 소식을 담은 편지가 아직 하버드로 향하고 있을 무렵 역시 같은 혜성을 관측한 유럽의 어느 천문학자가 지역 천문 기관에 그 사실을 보고하고는 손 빠르게 메달을 가져가버렸다.

10월 7일 낸터킷섬에서 출발한 편지가 하버드천문대에 도착하자마자 하버드대학교 총장은 마리아 미첼의 발견이 미국 천문학계가 처음으로 중대한 위업을 달성할 기회라는 사실을 알아차렸다. 이는 아직 태동기였던 하버드대학교를 위해서도 놓칠 수 없는 기회였다. 하버드에서는 그해 최초의 대학원 교육 과정인 로런스공과대학Lawrence Scientific School을 출범한 터였다. "단순히 기술적인 세부사항 때문에 미첼이 메달을 잃게 된다면 참으로 안타까운 일입니다." 학장은 코펜하겐에 있는 미국 대사에게 호소했다. 이 소식은 금세 유럽에 퍼져나갔다. 구세계의 과학계는 따뜻한 연대감과 고결함을 보이며 마리아 미첼이 먼저 혜성을 발견했다는 사실을 인정하고는 메달을 미첼에게 넘겨주었다. 그 메달은 순금으로 된 지름 8센티미터 남짓의 원반인데, 앞면에는 덴마크 국왕의 초상이 얕은 돋을새김으로 새겨져 있고, 뒷면에는 그리스 신화에서 천문학을 관장하는 뮤즈인 우라니아의 모습이 새겨져 있었다. 미첼이 혜성을 발견하고 네 달 후 왕립천문학회Royal Astronomical Society에서 발행하는 학회지에는 "미첼 씨의 혜성Miss

Mitchell's Comet"에 대한 기사가 실렸다. 이 혜성은 낭만이라고는 찾아볼 수 없는 C/1847 T1이라는 이름이 붙기 전까지 한 세기 반 동안 "미첼 씨의 혜성"이라는 이름으로 알려지게 된다. 미첼은 이 학회지에 혜성의 궤도를 담은 독창적인 계산식을 제출했다. 이는 상당히 대단한 업적이었는데, 이 혜성이 수학적으로 복잡한 쌍곡선 궤도를 따라 움직이기 때문이었다. 거의 반세기 후 마거리타 팔머Margaretta Palmer는 "미첼 씨의 혜성"의 불규칙한 궤도를 연구해 예일대학교에서 여성 최초로 천문학 박사학위를 받는다. 아주 오래전 우주 저편에서 시작되어 지구 옆을 지나 다시는 우리의 태양계로 돌아오지 않을 부메랑 모양의 궤도이다.

미첼이 혜성을 발견하기 몇 달 전 랠프 왈도 에머슨은 처음 출간한 시집에서 이런 시를 썼다.

가짜들에 넌더리가 나는구나, 그것도 아주 금세
나는 저기 자유로운 혜성과 함께 간다
혜성과 함께 우주로 나간다

그로부터 몇 달 뒤 미첼은 혜성을 관측한 공로를 인정받아 여성 최초로 미국예술과학아카데미의 회원이 되었다. 임명장에는 "Sir"라는 남성용 존칭 대신 "Fellow"라는 중성적 단어가 사용되었고, 그 위에는 "명예 회원Honorary Member"이라는 말이 연필로 적혔다. 아카데미의 또 다른 여성 회원은 거의 한 세기가 지난 후에야 들어온다. 미첼 다음으로 아카데미 회원이 된 여성은 인류학자인 마거릿 미드Margaret Mead이다. 하지만 미첼은 이런 명예에 마음이 흔들리거나 하지는 않았다. "별의 빛에 비하면 메달은 사소한 것이다." 훗날 미첼은 쓴다. "이 세상에 정말로 중요한 것은 단 하나인데, 그것은 바로 선량함이다."

그 후 몇 년에 걸쳐 랠프 왈도 에머슨, 허먼 멜빌Herman Melville, 헨리 데이비드 소로Henry David Thoreau, 엘리자베스 피보디Elizabeth Peabody, 프레더릭 더글러스Frederick Douglass 같은 인물들이 낸터킷섬을 방문하여 이 열두 살 소녀가 한때 일식의 고리와 별, 가능성으로 가득한 반구형 창공을 올려다보았던 그 망원경을 들여다본다. 미첼의 망원경은 당시 하버드천문대의 망원경보다 성능이 아주 떨어지지는 않았지만 두 세기 전 갈릴레오가 우주를 뒤흔든 망원경보다 그렇게 좋은 것도 아니었다.

두 세기 후 박물관이 된 미첼의 생가를 방문한 나는 그 망원경의 차가운 놋쇠 몸통 옆구리에 움푹 팬 네 개의 상처를 몰래 손으로 쓰다듬으며 이 자국이 어쩌다 생겼는지 궁금해한다. 어린 마리아 미첼이 어느 날 무거운 퀘이커 복장에 발이 걸려 넘어지는 모습을 상상한다. 마리아는 이 무거운 황동 도구를 짊어지고 지붕의 노대에 오르려고 여덟 단의 좁다란 나무 계단을 오르던 중이었을 것이다. 망원경과 함께 작은 관측 공책과 고래 기름으로 타오르는 등불을 들고 갔을 것이다. 젊은 시절 매일 밤을 그렇게 보냈을 것이다.

마리아의 감춰진 지성은 몇 번이고 계속해서 사회가 드리운 어두운 그늘을 뚫고 솟아오른다. "삶에 별빛을 섞으십시오." 마리아는 훗날 여성 천문학자들을 위한 첫 수업이 열린 배서대학에서 학생들에게 말한다. "그러면 하찮은 일에 마음이 괴롭지 않을 겁니다."

그럼에도 우리는 높이 솟은 문화의 장벽에 대항하는, 불가능을 뛰어넘는 명료한 이야기를 갈망한다. 모든 인간의 삶에 얼룩져 있는 사소한 일, 복잡한 사정, 사람됨의 모순을 모두 지워버린 이야기를 갈망한다. 하지만 미첼의 삶에서 찾을 수 있는 해답보다 그 인생이 불러일으키는 의문에 주목할 때, 그 인생은 더없이 흥미롭게 다가온다. 우리는 몇 가지 질문을 떠올린다. 그녀를 키워낸 곳은 어디인가? 한 사람이 가능성의 새로운 지평을 열 수 있도록 허락해준 곳, 미첼이 감히 그 시대의 문화가 강요하는 모습 이상의 존재가 될 수 있다고, 스스로 될 수 있다고 생각하는 사람이 될 수 있다고 믿게 만들어준 곳은 어디인가? 어떻게 무로부터 무언가가 출현하는가? 이 질문은 우주에 대해서 던질 때도 당혹스럽지만 자아에 대해서 던질 때는 완전히 어리석다고 할 수 있다. 스스로 만들어진 인간이란 존재하지 않는다. 마리아 미첼은 수학에 뛰어난 재능을 타고났다. 그리고 타고난 과묵함과 고집스러움으로 그 앞에 놓인 문화적 장애물들을 묵묵히 헤치고 나아갔다. 하지만 미첼은 또한 타고난 본성 말고도 여러 요소가 빚어낸 산물이기도 했다. 보기 드물 정도로 사랑이 넘치는 가정에서 성장했고 보기 드물게 박식한 어머니가 있었으며 보기 드물게 가족과 함께하는 아버지가 있었다. 아버지는 특히 미첼을 지적으로 동등한 상대로 대우해주었다. 미첼은 수학이 저 높은 곳에 있는 추상적 도락이 아닌, 항법에 반드시 필요한 실용적인 도구였던 바닷가 마을에서 성장했다. 또한 퀘이커교도였는데, 퀘이커교에서는 남자와 여자를 동등하게 교육해야 한다고 주장한다. 그리고 천문학이 길고 지루한 겨울밤을 보내는 즐거운 놀이로 자리 잡은 고립된 섬에서 자랐다. 인생의 말년에 미첼은 자신이 업적을 이룰 수 있던 원천을 타고난 수학적 소질에 아버지의 꾸준한 격려가 더해진 결과라고 말하면서 이렇게 덧붙인다. "그 장소가 지닌 분위기 또한 내 정신을 여기로 이끄는 데 큰 영향을 미쳤다."

어린 시절에 이미 라틴어를 깨우치고 남북전쟁 전에 라틴어를 구사하는 몇 안 되는 천문학자 중 하나였던 미첼은 아마도 "genius loci", 즉 "장소의 정신"이라는 뜻의 라틴어를 알고 있었을 것이다. 오늘날 "genius"라는 말은 개인의 속성을 뜻하는 용어로 사용되지만 본래 이 말은 "loci"라는 단어와 합쳐져 "한 사람의 개성을 만드는 어떤 장소의 무시할 수 없는 역할"이라는 뜻을 담고 있다. 혜성처럼 다가오는 기회와 조수처럼 밀려오는 환경 안에서 우리를 지금 우리의 모습으로 만드는 자아의 해안선이 형성된다. 우리는 앞을 가로막는 장애에 모든 비난을 덮어씌울 수 없듯이, 우리가 이룬 위업에 대해 모든 공을 독차지할 수도 없다. 그리고 인생에서 일어나는 모든 요소에 어떤 것이 행운이고 어떤 것이 불운인지 구분하는 일은 종종 까다롭다. 미첼이 여자로서, 뛰어난 지적 능력을 갖추고, 19세기에, 작고 고립된 고래잡이 마을에서 태어난 일은 행운이었는가, 불행이었는가? 다른 시대, 다른 장소에서, 다른 신체로 태어났다면 미첼은 좀더 멀리 나아갈 수 있었을까? 더 큰 업적을 성취하고 더 행복하게 살 수 있었을까? 인간의 교만함을 인정하지 않고는 이 질문에 대답하기란 불가능하다. 우리가 좋거나 나쁘다고 분류하는 일에, 우리가 희망이나 두려움이라 부르는 것에 전혀 신경 쓰지 않는 우주 안에 살아가면서 어떤 일은 불행이라 부르고 어떤 일은 행운이라 부르다니 인간이란 얼마나 교만한가. 인간의 정신은 순수하고 공정한 확률이라는 개념을 그 자체로나 언어적으로나 이해하고 싶어 하지 않는 것처럼 보인다. 우리는 심지어 "기회"라는 단어에도 다양한 주관적 의미를 불어넣는다. 세렌디피티serendipity의 공범, 자유의지의 반대말, 사랑의 다른 이름, 혹은 개의 이름으로.

마리아 미첼은 그 정체성을 규정하는 기본 요소조차 보통과는 거리가 멀었다. 마리아라는 이름은 수 세기 동안 기독교 세계에서 가장 흔히 사용된 여자 이름이다. 하지만 그 이름은 오늘날 영어에서 사용되는 스페인식 발음을 따르지 않고 전통적인 라틴식 발음을 따라 "məˈrīə"라고 발음된다 (영미권에서 Maria라는 이름은 보통 스페인식으로 "머라이어"로 발음된다—옮긴이). 마리아의 이름은 그 어머니가 가장 좋아하는 작가였던 마리아 에지워스Maria Edgeworth를 따서 지은 것이다. 선구적인 영국계 아일랜드 작가로 진보적 정치 관념의 바탕 위에 과학을 살짝 곁들인 사실주의적 아동문학을 쓰는 작가이다. 에지워스는 잔 다르크Jeanne d'Arc와 사포Sappho, 그리고 몇몇 성녀와 함께 오귀스트 콩트Auguste Comte가 편찬한 《실증주의자 달력 Le Calendrier Positiviste》에 이름을 올린 몇 안 되는 여자 중 한 명이다. 《실증주의자 달력》은 세계를 뒤바꾼 558명을 다룬 기념비적인 문화적 전기로, 유클리드Euclid와 피타고라스Pythagoras에서 시작하여 케플러, 갈릴레오, 베토벤, 밀턴Milton을 아우르는 "전 시대와 국가를 통틀어 가장 위대한 인물"들로 채워졌다. 《실증주의자 달력》은 그레고리력을 대신하여 "실증적인" 태양력을 만들려는 콩트의 계획에 따라 지어졌다. 28일로 구성된 열세 달이 1년이며 각각의 날에는 종교 성인의 이름 대신 세속적 문화의 영웅, 즉 과학자, 시인, 철학자, 화가, 발명가, 탐험가의 이름이 붙어 있다.

마리아 에지워스의 이름을 따서 딸의 이름을 지은 것은 순전히 독학으로 이루어낸 리디아 미첼Lydia Mitchell의 깊은 학문 수준을 생각할 때 별로 놀라운 일은 아니다. 리디아는 낸터킷섬에 있는 읽을 수 있는 책을 모조리 독파한 유일한 인물이었다. 섬에 있는 두 공립도서관의 장서는 물론이고 도서관이라는 사치를 누릴 만큼 부유한 가문의 개인 장서에 이르기까지 섬에서 리디아가 손을 대지 않은 책이 없었다. 리디아는 심지어 도서관이 보유한 장서를 모조리 읽어치우기 위해 도서관 두 곳 모두에서 사서로 근무하기도 했다.

리디아는 역시 독학으로 공부한 천문학자인 윌리엄 미첼William Mitchell에게서 자신과 동등한 지적 능력을 발견했다. 윌리엄은 여덟 살의 나이에 토성의 고리와 사랑에 빠진 사람이었다. 또한 리디아는 윌리엄과 함께 그 시대에는 보기 드문 것을 이루어냈다. 단순히 편의와 필요에 따른 결혼이 아니라 깊고 열정적인 헌신으로 이루어진 결혼 생활이다. 윌리엄은 사랑하는 가족과 멀리 떨어지는 일을 견딜 수 없다는 이유로 하버드대학교 진학을 포기했다. 배를 타고 바다에 나가 있는 시간이 많은 대부분의 낸터킷 남자들과는 다르게 윌리엄은 점점 더 커져가는 가족의 곁을 지켰고 바다로 나가지 않고도 가족을 부양하기 위해 학교 교장, 보험 중개인, 유언 집행자, 은행원, 양초 제작자 등 이런저런 직업을 전전했다. 이런 경향은 두 부부의 길고 사랑 넘치는 결혼 생활 내내 계속되었다.

리디아와 마찬가지로 윌리엄 또한 성실함과 반항심이라는 상반된 성향을 지니고 있었다. 퀘이커교도였던 윌리엄은 퀘이커교의 교리에서 몇몇 가치를 포용했다. 노예제의 폐지, 교육의 중요성, 성별에 상관없는 동등한 교육의 기회 같은 가치들이다. 윌리엄은 자신의 딸들이 아들들과 똑같이 기본 교육을 받아야 한다고 주장했고, 딸 중 한 명이 다른 자녀들보다 훨씬 뛰어난 과학적 소질을 보이기 시작하자 그 우수한 재능에 걸맞은 격려와 기회를 제공했다. 한편 노예제 폐지를 옹호한 윌리엄은 자신의 집을 지하철도Underground Railroad 조직(노예제가 폐지되기 전 노예들이 북부의 자유주로 도망칠 수 있도록 도운 조직―옮긴이)의 기착역으로 만들었다. '지하철도'에서는 천문학이 핵심적인 역할을 했는데, 주로 밤에 이동해야 했던 도망 노예들은 강을 끼고 북두칠성의 아프리카식 이름인 호리병박 자리를 따라가라는 조언을 들었다. 계속해서 북극성을 따라가면 방향을 잃지 않고 자유주가 있는 북쪽으로 갈 수 있었기 때문이다. 윌리엄은 노예가 수확한 목화로 만든 옷을 거부하면서 어려운 살림에도 아내와 딸들에게 명주로 만든 옷을 입혔다. (수십 년 후 마리아가 미국 최초로 과학계 명사의 자리에 올랐을 무렵 수많은 이들이 마리아의 "수수한 검은 드레스"를 언급했다. 하지만 이 수수한 드레스는 실제로 명주로 만들어진 옷으로, 마리아 가족의 은밀한 행동주의의 흔적이었다. 마리 퀴리Marie Curie 또한 검은 드레스 한 벌 말고는 다른 옷은 필요 없다고 주장하면서 결혼식을 할 때나 매일 연구실에 갈 때나 똑같은 검은 드레스를 입은 것으로 유명하다. 과연 마리 퀴리가 과학계에서 여성의 길을 닦은 이 문화적 선배와 검정 드레스라는 공통점이 있었다는 사실을 알고 있었을지 궁금하다.)

마리아가 여덟 살이 되었을 무렵 윌리엄은 그 사촌인 월터 폴저Walter Folger와 함께 미국 최초의 과학 학회 중 하나로 손꼽히는 낸터킷철학학회Nantucket Philosophical Institution를 공동 설립했다. 월터 폴저는 밴저민 프랭클린Benjamin Franklin의 사촌으로, 낸터킷의 밴저민 프랭클린이라고 불렸다. 1831년 말, 마리아가 일식을 관측한 지 열 달 후 낸터킷철학학회는 여성도 회원으로 받아들이기 시작했다. 유럽의 대다수 과학 학회에서 여성 회원을 받아들이려면 수십 년의 세월이 더 흘러야 했다. 구세계의 판테온이라 할 수 있는 런던왕립협회Royal Society가 처음으로 두 명의 여자 회원을 받아들인 것은 1835년이다. 한편 낸터킷철학학회에서는 여성 회원을 받기 시작한 지 1년도 채 지나지 않아 여성 회원의 수가 남성 회원만큼 불어났다. 당시 열세 살이던 마리아와 그 자매들, 어머니는 여성으로서 가장 먼저 이 학회의 회원으로 이름을 올렸다.

낸터킷철학학회가 설립되고 1년 후 낸터킷섬 최초의 공립학교가 문을 열었다. 퀘이커교도가 가혹한 종교 박해를 받던 시대, 미국의 몇몇 대학에서 퀘이커교도의 입학을 금지하던 시대에 태어나 섬에서 자라며 제대로 된 정식 교육을 받아본 적 없는 윌리엄 미첼이 이 공립학교의 초대 교장으로 임명되었다. 이후 3년 동안 윌리엄은 여교사를 여러 명 고용했다. 마리아가 열 살이었을 무렵 〈낸터킷 인콰이어러Nantucket Inquirer〉에는 교육의 평등을 주장하는 마리아의 아버지를 칭찬하는 기사가 실렸다. 이 기사에서 기자는 윌리엄이라는 본보기를 염두에 둔 채 질문을 던졌다.

지식의 범위를 넓히는 것이 교육을 받는 사람의 행복을 직접적으로 보장한 다면 왜 이 물길을 우리 인간종의 여자 쪽으로 자유롭게 흐르게 놔두지 않 는단 말인가? "좀더 사나운 성질의 성별"이 지금 누리고 있는 것처럼 말이다. … 여자는 남자만큼 상상력을 활기차게 발휘할 수 없다는 말인가? 그렇지 않 다면 여자의 정신이 깊고 무한하고 광활한 곳, 장엄한 고요 속에서 구르는 무수한 은빛 구체를 응시할 특권을 누리지 못하는 이유가 무엇인가?

마리아가 자신의 인생의 항로를 밝혀준 일식을 목격한 지 몇 달 뒤에 윌 리엄은 공립학교 교장 자리에서 물러났다. "남녀가 반반인 50명의 학자를 위한" 개인 학교를 직접 설립하기 위해서였다.

윌리엄은 퀘이커교의 신앙 중에서 평등의 가치는 적극적으로 수용했지 만 맹목적인 신앙을 거부했고, 그 외의 다른 퀘이커교 교리는 자신의 윤리 적 감수성에 따라 선별적으로 받아들였다. 퀘이커교에서는 음악을 도덕성 을 부식시키는 존재로 생각하지만 어느 날 윌리엄이 잠시 집을 비운 사이 한 딸이 몰래 피아노를 집에 들여놓자 윌리엄은 차마 피아노를 집에서 내 치지 못했다. 그 후 미첼의 집에는 피아노가 있게 되었다. 가장 대담하게 교 리를 거스르는 행동은 물을 채운 유리그릇을 거실에 매달아 햇살이 비칠 때마다 거실을 무지갯빛으로 물들이게 하는 것이었다. 색의 사용을 금지하 는 퀘이커교로서는 괘씸한 광경이 아닐 수 없었다. 누군가 왜 유리그릇을 매달아 놓았냐고 물어보면 윌리엄은 빛의 양극성을 연구하는 중이라고 대 답했다. 물론 아름다움을 감상하는 것이 유일한 목적인 독창적인 만화경을 과학에 필요한 도구로 합리화시키기 위해 그 자리에서 아무렇게나 꾸며낸 변명이었다. 윌리엄은 아름다움에 대한 갈망을 진실 추구와 함께 인간 정신을 떠받치는 불가분의 두 가지 기둥이라고 보았다. 오랜 시간이 지난 후 마리아는 자신의 일기에 이렇게 쓴다.

나는 이제 막 별의 색을 구분하는 법을 배우기 시작하면서 벌써 새로운 즐거움을 발견하는 중이다. 베텔기우스성은 놀라울 정도로 붉은빛을 발하고 리겔성은 노란빛을 띤다. 별의 색을 관찰하는 일에는 보석 수집품을 감상하거나 가을꽃이 만발한 정원을 감상하는 것과 같은 종류의 즐거움이 있다.

혜성을 찾아 망원경으로 밤하늘을 샅샅이 뒤지는 와중에도 미첼은 천상의 만화경 같은 광경에 감탄한다.

그토록 오랫동안 이 밤하늘의 매력을 몰라보았다니, 참으로 이상하다. 각기 다른 별들이 발하는 색조들이 참으로 미묘하게 다르다.

그로부터 한 세기가 지났을 무렵 워싱턴에서는 또 한 명의 소녀가 별과 사랑에 빠진 채 매일 밤 침실 창문 너머를 올려다본다. 어느 날 마리아 미첼의 전기를 읽은 후 이 소녀는 인생을 뒤바꾸는 깨달음을 얻는다. 별을 바라보는 일을 직업으로 삼을 수 있다는 것과 여자도 천문학자가 될 수 있다는 것이다. 소녀는 미첼이 개척한 길을 따라 배서대학에 진학하고 졸업한 후 천문학자가 되어 암흑물질의 존재를 최초로 입증한다. 이 소녀는 바로 베라 루빈Vera Rubin이다.

1965년, 마리아 미첼이 배서대학 최초의 천문학 교수로 임명된 지 정확하게 100년 후 루빈은 당시 세계에서 가장 성능이 뛰어난 망원경이 설치되어 있던 팔로마천문대Palomar Observatory를 이용하는 허가를 받는다. 여자로서는 최초이다. 훗날 루빈은 아름다움이 지닌 마법과 진실 추구 사이의 불가분성을 고찰한다.

가끔 나에게 묻는다. 은하가 보기 흉했어도 나는 은하를 연구했을까? … 은하들이 마음을 사로잡을 만큼 아름답다는 사실이 전혀 영향을 미치지 않은 것은 아니라고 생각한다.

10대 중후반을 보내면서 마리아 미첼은 고등수학에 더 깊이 빠져드는 한편 틈틈이 시에 몰두했다. 열다섯 살까지 미첼은 아버지가 운영하는 학교에 다녔다. 처음에는 공립학교였고 나중에는 사립학교였다. 열다섯이 되어 고등수학을 완전히 터득하자 미첼에게 더는 무언가를 가르쳐줄 수 있는 학교가 없었다. 낸터킷섬에도 없었고 전 세계 어디에도 없었다. 여자가 고등교육을 받을 수 있는 교육 기관은 당시 어디에도 없었기 때문이다. 열일곱 살에 미첼은 스스로 작은 학교를 열었다. 이 10대의 교사에게 처음으로 입학하고 싶다고 다가온 어린이들은 세 명의 "포르투갈인" 소녀들이었다. "포르투갈인"은 당시 낸터킷섬에서 자신들끼리 모여 사는 소수의 어두운 피부색 이민자들을 비하하여 가리키는 지역 은어였다. 1년 전 낸터킷공립학교에서 인종차별을 없애려 했을 때 학부모들의 격렬한 항의가 빗발친 사태를 가까이서 목격한 미첼은 자신의 학교에 유색인종 학생을 받아들인다면 다른 수많은 부모, 특히 부유한 부모의 지원이 끊어질 수 있다는 사실을 잘 알고 있었다. 하지만 어린 소녀가 배움의 기회를 달라고 간청하자 미첼은 그녀의 남은 인생 동안 따라다니게 될 확고한 신념에 따라 마음의 결정을 내렸다. 이 세 소녀는 미첼의 학교에 입학한 첫 학생이 되었으며 얼마 후 여섯 살에서 열네 살에 이르는 학생들이 미첼의 학교에 다니게 되었다.

하나의 커다란 교실에서 모든 학생과 함께 공부하며 미첼은 윌리엄 셰익스피어William Shakespeare에서부터 구의 기하학에 이르기까지 학생들의 정신을 확장시키기 위해 애썼다. 하지만 학교의 성공을 만끽하기도 전에 미첼은 낸터킷 애서니엄Nantucket Atheneum의 관장으로 일해달라는 제안을 받았다. 당시 미첼은 열여덟 살이었다.

1798년 리버풀은 전 세계의 본보기가 되는 새로운 문화기관을 설립했다. 고대 그리스 신화에 나오는 지혜와 배움, 예술의 여신의 이름을 딴 애서니엄atheneum은 새로운 사상을 떠올리고 토론하려는 목적으로 만들어진 사회 기관이었다. 그 후 20년 동안 뉴잉글랜드주와 대서양을 면한 중부 해안 지방 곳곳에 지성을 제련하는 신전들이 고대 그리스 건축 양식을 본따 세워졌다. 공공 도서관과는 다르게 애서니엄은 그 지역 주주들이 공동 소유하는 경우가 많았고 각 애서니엄마다 각기 다른 배타성과 포용성의 정책을 펼치고 있었다. 필라델피아 애서니엄은 아예 여자가 건물 안에 들어갈 수조차 없었다. 미국에서 가장 먼저 세워지고 가장 규모가 큰 보스턴 애서니엄은 작가이자 노예제 폐지론자인 리디아 마리아 차일드Lydia Maria Child의 첫 소설이 성공을 거두자 1824년 그녀의 입회를 허가했지만 훗날 차일드가 인종 간 결혼을 지지한다는 이유를 들어 그녀를 제명했다. 한편 낸터킷 철학학회의 가치에 기반을 두고 설립된 낸터킷 애서니엄은 다른 모든 곳과는 여러 면에서 달랐다. 이름의 철자를 짓는 방법에서부터 차별을 두었고, 인종과 소득 수준에 상관없이 모든 사람에게 열려 있었으며, 여자의 입회를 허용하는 데 그치지 않고 이곳을 이끄는 우두머리 자리에 여자를 임명했다.

애서니엄 관장으로 재직한 지 11년째이자 혜성을 관측한 지 몇 달이 지난 후 미첼은 미국 해군에서 아직 초기 단계에 있는 《항해력Nautical Almanac》 제작을 위한 "금성의 계산자Computer of Venus" 일자리를 제안받았다. 수리천문학자들로 채워진 열한 개 일자리 중 하나였다. 연봉은 500달러로 애서니움 관장 연봉의 다섯 배였다. 애서니움 관장 자리를 겸직해도 좋다는 조건 아래 해군의 제안을 받아들인 마리아는 그 뒤로 20년 동안 해군에서 계산자로 근무하게 된다.

낸터킷 애서니엄의 관장 책상은 애서니엄이 세워지기 전 유니테리언파 교회였던 건물의 가장 뒤편에 자리 잡고 있었다. 마리아 미첼이 학생들이 과학 서적을 찾는 일을 돕고, 젊은이들에게 좋은 소설을 권해 주고, 도서관이 소장할 책을 선정하여 주문하면서 앉아 있던 자리는 바로 교회의 제단이 있던 곳이었다. 사람들이 없는 시간에 애서니엄은 마리아 전용 알렉산드리아 도서관이 되었다. 마리아는 유럽에서 가장 저명한 천문학자들이 최근 발표한 저작을 읽고, 독학으로 독일어를 익혔으며, 밀턴에서 엘리자베스 배럿 브라우닝Elizabeth Barrett Browning에 이르기까지 시를 탐독했다. 엘리자베스 배럿 브라우닝은 동시대를 살아간 시인 중 마리아가 가장 흠모한 시인이다. 나는 훌쩍 키가 큰 마리아가 애서니엄의 책상에서 몸을 구부린 채 시를 따라 그 커다란 갈색 눈을 움직이는 모습을 상상한다. 집중하느라 굳게 다물고 있던 도톰한 입술이 이따금 특히 아름다운 구절을 따라 읽느라 자신도 모르게 달싹이는 모습을 상상한다.

생산적이고 발전적인 시간이었다. 아침에는 뉴턴을, 저녁에는 밀턴을 읽으며 시간을 보낸 이 여성은 훗날 천문학과 시의 교차점을 깊이 고찰한 결과 〈밀턴의 '실낙원'에 나타난 천문학The Astronomical Science of Milton as Shown in "Paradise Lost"〉이라는 글을 쓰게 된다. 마리아 생전에는 발표되지 않은 이 글은 1894년 〈포엣로어Poet-Lore〉 6호에 수록되었다. 〈포엣로어〉는 현재 출간되고 있는 잡지 중 가장 오래된 시 전문 잡지로, 미첼이 세상을 떠난 해에 자신들을 "문학에 내재된 혁명적인 본질을 믿고 있는 진보적인 셰익스피어 학자"라고 묘사하는 두 사람이 창간했다. 바로 샬럿 포터Charlotte Porter와 헬렌 아치볼드 클라크Helen Archibald Clarke이다. (헬렌은 동성결혼이 법적으로 인정받기 훨씬 전부터 배우자의 성을 따서 자신이 쓴 문학 작품에 H. C. P.라고 서명했다.) 〈포엣로어〉 초기 호는 라이너 마리아 릴케Rianer Maria Rilke와 헤르만 헤세Hermann Hesse, 라빈드라나트 타고르Rabindranath Tagore의 작품을 다루었고, 또한 안톤 체호프Anton Chekhov의 《갈매기Chayka》를 최초로 영어로 번역하여 소개했다. 밀턴에 대한 미첼의 글은 조지 엘리엇George Eliot이 스스로 선택한 길 위의 고독에 대해 쓴 편지와 나란히 실렸다.

인생의 말년에 이르러 배서대학의 한 학생에게 실은 혜성을 발견하기보다는 위대한 시를 쓰고 싶었다고 고백한 미첼은 밀턴에 대한 글에서 이렇게 썼다.

어린 시절 밀턴을 읽으면 밀턴의 천국과 지옥이 우리 안에 달라붙게 된다. 우리는 이를 잊을 수 없으며 다른 천국과 지옥을 알지 못한다. 우리는 밀턴의 시구를 떠올리지 않고는 해돋이를 볼 수 없다.

"이제 아침이 동쪽 나라에서 그 장밋빛 발걸음을 내딛으며
동방의 진주로 이 땅을 물들이며 다가온다."
[…]

천문학적 관점에서 읽는다면 밀턴은 그 시대 천문학의 시적인 역사가라 할 수 있다. 밀턴이 태어난 해는 망원경이 발명된 지 16년째가 되던 해이다. 당

시 일곱 개의 행성이 발견되었다. 갈릴레오는 목성의 위성, 토성의 고리, 달 표면의 요철을 세상에 널리 알렸고 시간의 흐름이 그 정당성을 증명하게 될 지구의 운동을 두려움에 몸을 떨며 선언했다.

우주의 중심에서 인간을 쫓아낸 태양중심설로 유혈이 낭자하던 시대, 은하의 개념이 아직 아득했던 시대에 밀턴은 지동설을 옹호했으며, "어쩌면 모든 별이 하나의 세계"일지도 모른다고 상상했다. 태양의 구성 요소가 밝혀지기 아주 오래전, 밀턴은 그 물리적 구조를 정확히 기술했다. "빛의 액체를 받아 마시는 작디작은 구멍들이 무수히 뚫려 있다." 종교재판소에 투옥되어 있는 늙고 완전히 눈이 먼 갈릴레오를 만나고 온 밀턴은《실낙원Paradise Lost》전체에 걸쳐 갈릴레오와 그의 발견을 암시적으로 언급했다. 《실낙원》1편 650행, "우주는 새로운 세계를 창조해낼 수도 있다"는 구절은 영어 단어인 space가 광대한 우주의 "공간"이라는 의미로 처음 사용된 사례로 여겨진다. 밀턴이《실낙원》을 집필했을 무렵에는 그 자신도 완전히 눈이 멀어 딸들이 시를 받아 적어야 했지만 어린 시절 혜성을 여러 차례 목격한 밀턴은 혜성이라는 천문학적 현상과 관련하여 그 시대에 만연한 미신을 한껏 극적으로 표현한다.

사탄이 일어섰다

전혀 두려움이 없는 기세로, 마치

북극의 하늘까지 이르는 거대한 뱀주인자리를 길게 가로지르며

그 무시무시한 꼬리에서

질병과 역병을 흩뿌리며 불타는 혜성처럼

미첼은 혜성에 대한 구절을 통찰력 있게 분석했다.

밀턴은 여러 면에서 그 자신의 시대를 훌쩍 앞서 있었으나 이따금 그 시대에 만연한 미신에서는 벗어나지 못했다. 어쩌면 밀턴 자신이 진지하게 미신을 믿었던 것은 아니며 오직 시적 심상을 불러일으키기 위해 이를 사용했을지도 모른다.

미첼과 생일이 몇 달밖에 차이 나지 않는 월트 휘트먼은 오히려 천문학자가 되어 시의 기교라는 짐을 내리고 우주라는 자연 그대로의 시를 자유롭게 누리려 했는지 모른다. 인생의 말년에 휘트먼은 자신의 공책에 이런 의문을 기록한다. "달에 대해 시나 문학에서 아직 언급하거나 암시하지 않은 측면이 남아 있기나 한가?" 미첼이 밀턴에 대한 글을 머릿속에서 구상하고 있을 무렵 휘트먼은 《풀잎 Leaves of Grass》의 서문에 이렇게 썼다.

하늘, 천체, 숲, 산, 강은 작은 주제가 아니다. … 하지만 사람들은 시인이 평범한 현실의 사물에도 항상 존재하기 마련인 아름다움과 가치 이상의 것을 표현해주기를 기대한다. … 시인이 현실과 그들의 영혼을 잇는 길을 가르쳐주기를 바란다.

미첼은 밀턴의 시적 재능과 천문학적 선견지명에 칭찬을 아끼지 않았지만, 성별에 따라 영혼을 두 갈래로 나누어 묘사한 일을 비난했다. 미첼은 시인이 "지금 시대가 여성에게 요구하는 모습처럼 이브를 지적이고 학구적인 존재로 그리지 않았다"는 점을 슬프게 생각했다.

나는 아직 어린아이였음에도 분개하는 마음이 들었다. 밀턴은 이브를 천사의 말을 주의 깊게 듣지 않고 그 중요한 시점에 꽃을 돌보러 가야 한다고 묘사했다. 그 결과 시인은 교활하기만 하고 무지한 여자의 모습을 보여준다. 내 생각에 이브는 어린애처럼 구는 대신 그 자리에 남아 귀를 기울이고 질문을 던지고 열렬한 관심을 보였어야 했다(《실낙원》 8편에서 아담이 천사에게 천체의 운행에 대해 묻자 이브가 자리를 뜨는 장면을 이야기한 것이다―옮긴이).

이브가 어떤 사람이 될 수 있으며 어떤 사람이 되어야 하는지에 대한 미첼의 조숙한 관점은 단지 부모의 영향을 받아서 생긴 것이 아니었다. 미첼가의 자녀들은 자라면서 전 시대를 통틀어 가장 위대한 과학자는 누구인가 하는 질문에 아버지의 열정적인 답변을 똑같이 따라 하는 법을 배웠다. "허셜이지!" 윌리엄 미첼에게 허셜은 곧 윌리엄 허셜, 독일에서 출생하여 영국에서 활동한 위대한 천문학자이며 천왕성의 존재를 발견하고 왕립천문학회의 초대 회장을 맡은 인물을 의미했다. 하지만 마리아가 존경하는 마음을 품고 그토록 자주 외친 그 이름은 십중팔구 세계 최초의 여성 천문학자 캐럴라인 허셜Caroline Herschel(윌리엄의 누이동생)을 의미했을 것이다.

캐럴라인 허셜은 열한 살에 티푸스를 앓아 목숨을 잃을 뻔한 탓에 왼쪽 눈이 상했고 정상적으로 성장하지 못했다. 지구에서 보낸 아흔여덟 해의 생애 대부분의 시간 동안 캐럴라인은 130센티미터 남짓한 몸집으로 6미터에 달하는 망원경의 기단부에 자리 잡고 앉아, 하나 남은 잘 보이는 눈으로 하늘을 올려다보며 살았다. 캐럴라인은 환경과 선택의 접점이 만드는 길을 따라 이 전례 없는 자리에 도달했다.

허셜 가의 고향인 하노버에 정치적 불안이 드리우자 윌리엄의 아버지는 두 아들이 전쟁에 징집되는 것을 막으려고 이들을 영국으로 보냈다. 영국에 도착한 빌헬름Wilhelm은 이름을 윌리엄으로 바꾸었다. 열네 살부터 오보에와 바이올린 신동으로 인정받고 신예 작곡가로 이름을 알린 윌리엄은 영국에서 음악가로 생계를 꾸려나가려 노력했다. 한편 고향에 있던 윌리엄의 어머니는 캐럴라인이 결혼을 하기에는 너무 외모가 추하다고 생각한 끝에 캐럴라인이 하녀로서 살아갈 수 있도록 가르치기 시작했다. 아들만 득실거리는 집안에 홀로 살아남은 딸인 캐럴라인은 훗날 자신을 집의 신데렐라였다고 묘사한다. "시녀나 하녀가 된다고 생각하니 도저히 참을 수 없었다"고 캐럴라인은 자신의 회고록에서 상기한다. 깊이 애착을 느끼고 있던 아버지가 캐럴라인의 열일곱 살 생일 바로 전에 발작을 일으켜 세상을 떠나자 캐럴라인은 암담한 미래밖에 보이지 않는 이 집에 머물 이유가 더는 없었다. 하지만 어머니는 캐럴라인이 영국에 있는 오빠 윌리엄을 찾아가는 데 반대했다. 캐럴라인보다 열두 살이 많고 오빠라기보다 아버지에 가까웠던 윌리엄이 대신 간청해도 아무 소용이 없었다. 그럼에도 캐럴라인은 몇 달, 몇 년 동안 고집을 꺾지 않았다. 한번은 자포자기한 심정으로 자기 없이도 살림을 꾸려나갈 수 있도록 가족들이 2년 동안 넉넉히 신을 만큼의 양말을 한꺼번에 떠놓기도 했다. 그리고 이 고집스러운 결심에서 비롯된 행동 덕분에 마침내 어머니의 마음이 누그러졌다.

캐럴라인은 영어 단어 몇 개밖에 모르는 채로 영국의 배스Bath에 도착했다. 그나마 그것도 여행 중간에 주워들어 배운 것이었다. 캐럴라인은 가수 훈련을 받아 윌리엄의 공연에 따라다니며 반주 가수로 활동하겠다는 결심을 하고 있었다. 하지만 반주 가수가 된 후에도 캐럴라인은 평생 변하지 않을 오빠 윌리엄에 대한 충절 때문에 명망 있는 축제에서 공연해달라는 요청을 받았을 때도 오빠가 지휘하지 않는 공연에서는 노래하고 싶지 않다는 이유를 들어 요청을 거절했다.

한편 윌리엄은 천문학과 사랑에 빠져 음악가 활동을 중단하기로 결심했다. 관측 기구를 사기에는 가난했고 돈을 빌리기에는 자존심이 강했던 윌리엄은 반사경 만드는 법을 독학으로 익혀 망원경을 만들기에 이르렀다. 캐럴라인은 윌리엄의 충직한 조수가 되었고 그 뒤로 무려 41년 동안이나 계속해서 윌리엄의 곁을 지키게 된다. 관측 능력은 뛰어났지만 수학적 재능이 없던 윌리엄은 관측 결과의 기록과 복잡한 수학 계산을 전부 여동생에게 맡겼다. 망원경을 들여다보는 기나긴 밤 동안 캐럴라인은 윌리엄에게 음식과 커피를 가져다주었고 난롯불이 꺼지지 않게 돌보는 한편 윌리엄이 지루한 시간을 견딜 수 있도록《천일야화The Arabian Nights》와《돈키호테Don Quixote》를 읽어주었다. 그로부터 한 세기 후 엘리자베스 배럿 브라우닝은 이런 시를 쓴다.

> 이 세계에서 남자 기사도는 소멸되었지만
> 여자는 마지막 순간까지 기사로서 편력을 이어나간다
> 세르반테스가 좀더 위대했더라면
> 돈키호테Don Quixote의 돈Don을 도나Dona로 썼을 텐데.

캐럴라인의 회고록에 따르면 윌리엄은 "시계의 태엽을 감고, 비망록을 작성하고, 도구를 운반하고, 막대로 땅을 측정하는 일"에 캐럴라인의 도움을 요청했다. 에이드리언 리치Adrienne Rich는 자신의 시〈천체투영관Planetarium〉에 캐럴라인의 회고록에 나온 이 문장을 엮어 허셜을 비롯한 여러 무명의 여성 천문학자에게 경의를 표한다. 윌리엄의 망원경에 들어가는 반사경 하나를 말뚝으로 만든 진흙 거푸집에서 주조해야 했을 때 캐럴라인은 엄청난 양의 거름을 막자사발에 넣어 열심히 빻은 다음 몇 시간 동안이나 가는 체로 걸러내는 작업에 매달려야 했다. 당시 캐럴라인의 일기는 대부분 이런 식이었다. "천체 기록지를 만들기 위해 종일 종이에 줄을 그었다. 아침에는 셔츠를 만들기 위해 주름 장식을 잘라냈다."

줄긋기와 바느질 사이에서 캐럴라인은 천문학에 대한 사랑을 키워나가고 있었다. 이 사랑은 점점 성장하는 기술과 "목소리가 들릴 만한 거리에 사람이 하나도 없는, 이슬이나 흰 서리가 내린 풀밭 위에서 별이 반짝이는 밤하늘을 바라보며 지내고 싶은" 충동을 먹고 자라난 사랑이었다. 항성 목록 베껴 옮기는 법을 배운 캐럴라인은 자신이 베끼는 목록에서 비어 있는 자리를 발견하기 시작했다. 항성 목록을 옮기는 작업은 무수한 날을 꼬박 매달려야 하는 녹록치않은 작업이었는데, 캐럴라인은 몇 년 동안 존 플램스티드John Flamsteed가 작성한 유명한 항성 목록을 베껴 옮기는 일에 몰두해 있었다. 초대 왕실천문학자인 존 플램스티드는 뉴턴에 반박하여 혜성 또한 행성처럼 닫힌 타원 궤도를 따라 태양 주위를 공전하는 천체로, 그 궤도가 행성보다 훨신 클 뿐이라는 가설을 처음으로 제안한 인물이었다. 플램스티드가 40년에 걸쳐 정리한 3000개의 항성 목록은 티코 브라헤의 천체 지도에 있는 별의 기록보다 분량 면에서 세 배나 많은, 캐럴라인의 시대에 참고할 수 있는 최고의 천문 자료였다. 하지만 캐럴라인 허셜은 플램스티드 항성 목록에서 두 가지 중대한 문제점을 발견했다. 첫째, 이 목록은 제대로 된 색인 없이 별자리에 따라 정리되어 있었다. 둘째, 생략된 별과 계산 오류가 곳곳에서 넘쳐났다. 캐럴라인은 우선 이 항성 목록에 정확한 색인을 작성했고, 북극거리(천구의 북극과 천체가 이루는 각, 천체의 위치를 파악하는 기준으로 사용된다—옮긴이)와 별의 밝기 정도를 기준으로 하늘을 재구성했다. 그다음으로는 직접 관측을 통해 플램스티드 항성 목록의 오류를 바로잡는 일에 착수했다. 찰스 다윈Charles Darwin이 "오류를 바로잡는 것은 새로운 진실이나 사실을 발견하는 것과 마찬가지 혹은 그 이상으로 훌륭한 공로이다"라고 말하기 한 세기 전의 일이다.

1782년 여름 32세의 캐럴라인은 자신의 항성 목록을 만드는 과업을 시작했다. 이듬해 캐럴라인은 처음으로 독립적인 발견을 했다. 유명한 메시에Messier 천체 목록에서 누락된 성운을 발견하고 결정적으로 현재 메시에110이라고 알려진, 안드로메다은하와 짝을 이루는 왜소타원은하를 발견한 것이다. 오빠 윌리엄이 사망한 지 6년 후 허셜은 왕립천문학회에서 금훈장을 받은 최초의 여성이 되었다. 이는 그 시대에 과학계에서 이룰 수 있는 가장 훌륭한 업적으로, 또 다른 여성인 베라 루빈이 이 훈장을 받기까지는 다시 168년의 세월이 흘러야 한다.

마리아 미첼에게는 캐럴라인 허셜이라는 훌륭한 본보기가 있었지만 허셜에게는 아무도 없었다. 캐럴라인이 남긴 편지와 회고록은 고집으로 헤쳐온 쓰라린 인생에 대해 담담하게 서술하고 있다. 그 편지와 회고록을 이리저리 들추어 보다 나는 루실 클리프턴Lucille Clifton이 쓴 시의 한 구절을 떠올린다.

나와 함께 축하하지 않겠어?
내가 어떤 모습으로 삶을 빚어왔는지를
내겐 본보기 같은 건 없었지
[…]
내가 스스로 만들어낸 거야
여기 이 다리 위에
별빛과 진흙을 잇는 다리지

미첼이 혜성을 관측하고 아홉 주 후 허셜은 세상을 떠났다. 미국의 이 젊은 천문학자가 자신이 낫으로 풀을 베어둔 길에 포석을 다지며 나아가는 모습을 보지 못한 것이다. 캐럴라인에게 별빛과 진흙을 잇는 다리 위에서의 자기 창조란 결코 은유가 아니었다. 말 그대로, 그것도 자주, 허셜은 진흙탕 속을 긴 치맛자락으로 헤치고 다녔다. 항성 목록을 작성하기 위해 망원경으로 하늘을 관측하려면 영국의 축축한 땅 위를 이리저리 걸어 다녀야 했기 때문이다. 1783년 마지막 날, 캐럴라인이 쓴 일기에 등장하는 한 사건은 이런 측면을 잘 보여준다. 구름이 잔뜩 낀 저녁 캐럴라인은 잠시나마 열린 시계를 활용하기 위해 서둘러 길을 나섰다. 발이 푹푹 빠질 정도로 쌓인 눈밭을 뛰어가던 캐럴라인은 발이 미끄러져, 망원경을 회전시키기 위해 고안한 장치 위로 넘어졌다. 이 장치는 푸줏간 주인이 쓸 법한 갈고리 두 개로 만든 장치였는데, 그중 하나가 허벅지를 찔러 겨울 관측을 위해 껴입은 열네 켤레의 스타킹을 뚫고 뼈까지 닿았다. 캐럴라인은 일기에서 그 사건을 이렇게 기록했다.

> 윌리엄은 소리를 질렀다. "서둘러!" 나는 불쌍한 목소리로 외칠 수밖에 없었다. "갈고리에 꿰였어요!" 윌리엄과 일꾼이 바로 달려와주었지만 나를 일으키기 위해서는 살점을 50그램 정도 떼어버려야 했다.

허셜은 며칠 후 의사에게 보일 수 있게 될 때까지 상처에 붕대를 감고 버텼다. 의사는 이 상처를 보고 "군인이 이런 부상을 입는다면 병원에서 여섯 주 동안 간호를 받으며 입원할 자격이 주어질 것"이라고 말했다. 허셜은 이 일기를 사무적인 어투로 끝맺는데, 여기에서 우리는 허셜의 과학에 대한 초인적인 헌신을 엿본다.

주위가 온통 어둠으로 뒤덮인 곳에서 이토록 거대한 기계를 이용하여 관측하는 일에 위험이 따르지 않을 수 없다. 머릿속을 온통 채운 생각 중 내 몸의 안전에 대한 생각이 가장 마지막이 되는 경우에 특히 그렇다.

행복한 말년을 보내던 무렵 인생을 돌아보면서 허셜은 이렇게 썼다. "나는 다른 이들이 고생이라고 생각할 법한 일을 즐거운 마음으로 떠맡았다." 평생 허셜은 2510개 성운의 위치를 밝혀냈고 여덟 개의 혜성을 발견했다. 개인 관측자가 이룩한 업적으로는 놀랄 만한 수치이다.

고대부터 혜성은 인류를 옴짝달싹 못하게 만들어왔다. 혜성의 출현은 예측할 수 없다는 점에서 규칙을 규명하고자 하는 인간의 마음, 인과관계를 밝히려는 열망, 예측할 수 없는 것과 무작위적인 것을 악마와 동일시하는 원시적 본능을 헤집어 놓는다. 그런 까닭에 혜성은 가뭄과 기근, 유혈 사태의 전조로 여겨졌고, 천문학을 통해 혜성을 둘러싼 미신적인 미혹이 모두 벗겨진 후에도 오랫동안 대중의 상상력에 큰 힘을 발휘해왔다. 혜성―영원으로부터 버려진 티끌과 우주먼지로 이루어진 얼음 덩어리―은 마치 휴일처럼 주기성의 닻이 되어 우리 존재의 불확실한 흐름 속에서 우리를 붙들어 매고 인생의 짧디짧은 시간의 마디를 띄워주는 역할을 한다.

세상을 떠나기 다섯 해 전 페미니즘의 기본서인 《여성의 권리옹호A Vindication of the Rights of Woman》를 쓴 메리 울스턴크래프트Mary Wollstonecraft가 38세의 나이로 죽음의 침상에 누워 있을 무렵 캐럴라인 허셜이 발견한 혜성 중 하나가 하늘에 출현한다. 허셜이 혜성을 발견한 공로로 왕립천문학회 입회 허가를 받은 해 미주리에서 한 아기가 태어난다. "나는 1835년 핼리혜성과 함께 출현했다." 이 아기가 자라 1909년에 집필한 자서전에는 이렇게 쓰여 있다. "이 혜성은 내년에 다시 출현할 예정인데 나는 혜성과 함께 사라지기를 고대한다." 그리고 실제로 그렇게 되었다. 핼리혜성은 75년에서 76년을 주기로 지구의 창공을 가로지르는 혜성으로, 새뮤얼 클레멘스Samuel Clemens가 태어난 해인 1835년 11월 30일 지구의 창공을 지나갔다. 그리고 1910년 4월 21일 그가 마크 트웨인Mark Twain이라는 이름으로 사망한 해에 다시 한번 지구의 창공에 모습을 드러냈다. 생일을 맞으며 우리는 우리가 한때 잉태되지도 못한 존재였다는 가혹한 현실을 깨달으며, 우리 존재가 필연적이라는 달콤한 환상에서 깨어난다. 마찬가지로 우리는 혜성을 맞으며 우주의 생애는 우리 자신의 생애와 비교할 수 없을 만큼 규모가 크고 우리와는 전혀 상관없는 주기에 따라 운행된다는 사실을 깨닫는다.

마리아 미첼

무엇을 읽고 무엇을 얻었는가

3

마리아 미첼은 어릴 적부터 수학이 자신의 소명이라는 사실을 자각하고 있었고, 이는 평생 변하지 않았다. 한편 미첼은 수학과 무관한 소명도 서서히 키워나가기 시작했다. 우주에 대한 소명을 보완하는 세속적이고 인도주의적인 소명은 바로 사회 개혁이었다. 미첼은 수학을 대하는 것과 똑같은 엄격함과 헌신으로 이 소명을 이루기 위해 노력했다.

애서니엄의 관장으로 재직하는 동안 미첼은 정기적으로 대중 강연회를 열었다. 낸터킷 애서니엄을 찾은 강연자 중에는 프레더릭 더글러스도 있었다. 더글러스가 처음으로 대중 연설을 한 곳이 바로 이곳이었다. 그가 노예 신분에서 탈출한 지 3년이 되던 해인 1841년 8월의 어느 날, 긴장한 기색이 역력한 23세―미첼과 같은 나이였다―의 젊은 청년은 낸터킷노예제반대대회Nantucket Anti-Slavery Convention를 위해 애서니엄에 모인 여러 인종의 500명 청중 앞에서 단상에 올랐다. 연설이 얼마나 마음을 움직였던지 그가 연설을 마친 순간 다음 차례로 연단에 오르려고 대기하고 있던 윌리엄 로이드 개리슨William Lloyd Garrison이 벌떡 일어나 청중에게 몸을 돌리고 이렇게 외쳤다. "지금 우리가 들은 이야기를 한 게 누구입니까? 물건입니까? 누군가의 재산입니까? 아니면 사람입니까?" "사람입니다! 사람입니다!" 대강당은 사람들의 외침으로 메아리쳤다.

미첼은 남은 생애 동안 더글러스와의 우정을 소중히 여겼고 인생의 마지막 해에 더글러스를 기리기 위한 모임에 참석하려고 노구를 끌고 여행을 감행하기도 했다. 낸터킷에서 연설을 하고 4년 후 더글러스는 자서전에 이렇게 쓴다.

나 자신에게 진실한 것이 우선이다. 다른 사람의 비웃음을 사는 위험을 감수하는 것이 나 자신을 속이면서 스스로 혐오하는 것보다 훨씬 낫다. 아주 어린 시절부터 나는 노예제도가 그 거짓된 손아귀 안에 영원히 나를 구속하지는 못할 것이라는 깊은 확신에서 위안을 얻었다.

마리아 미첼은 10년 후 일기에 이와 똑같은 심정을 토로한다. 당시 미첼은 더글러스가 아프리카계 미국인의 권리를 옹호했던 것처럼 여성의 권리를 옹호하고 있었다.

내 인생에 대해 말할 수 있는 최고의 칭찬은 이 인생이 근면한 인생이었다는 것이며, 나에 대해 말할 수 있는 최고의 칭찬은 내가 아닌 다른 사람인 척하지 않았다는 것이다.

애서니엄의 연단에 오른 또 다른 뛰어난 지성으로는 랠프 왈도 에머슨이 있다. 콩코드의 현인으로 불리던 에머슨은 15년 전 유니테리언파 교회에서 성찬 의식을 둘러싼 논쟁을 벌인 끝에 유망한 목사직을 사임하면서 뉴잉글랜드를 떠들썩하게 만들었다. 에머슨은 성찬 의식이 우상 숭배이며 미개한 의식이라고 주장했다. 에머슨이 이런 주장을 펼치기 250년 전, 케플러 또한 일치신조Formula Concordioe라고 알려진 루터파 교회의 신조에 동의하기를 거부했다. 사회에 극적인 파장을 일으키며 성직에서 물러난 후 에머슨은 연설가로 생계를 꾸려나가고 있었다. 마리아 미첼이 역사적으로 큰 의미를 남길 혜성을 발견하기 몇 달 전, 강의를 하러 낸터킷섬을 찾은 에머슨은 마리아에게 망원경 보는 법을 배웠다. 에머슨은 카시오페이아자리의 성운과 작은곰자리의 쌍성雙星을 보고 경외심에 사로잡혔다. "달은 마치 자기 집인 양 이곳을 찾아온다. 하지만 그늘은 찾아볼 수 없다." 에머슨은 자신의 일기에 낸터킷에 대해서 이렇게 썼다. "황량한 바람이 불어오는 곳, 몸을 피할 데도 없는 곳, 바람이 불 때면 이 섬에서는 많은 것들이 공기 중에 휩쓸려 다니다가 만나서 반갑다는 듯이, 얼굴로, 눈으로 날아 들어온다."

8년 후 미첼은 아름다움을 주제로 한 에머슨의 강연을 듣게 되었다. 그날 저녁 미첼은 자신의 일기에 환희의 심경을 토로했다.

빛의 광선이 파도처럼 물결치는 느낌이었다. 이따금 유성이 빛의 길을 가로질렀다. 대단히 마음을 사로잡는 강연이었다. 흔하디흔한 생각뿐 아니라 흔하디흔한 표현도 없다는 사실이 놀라웠다. 그는 우리가 읽지 않은 책을 인용했고 우리가 들어보지 못한 일화를 이야기했다.

이 유성처럼 화려한 강의에서 에머슨은 "아름다움은 지적인 정신이 이 세계를 연구하길 선호하는 형식이다"라고 주장하면서 괴테를 인용했다. "아름다움은 자연법칙의 현현이며, 이 겉모습을 제외한 자연의 비밀은 우리에게 영원히 숨겨져 있었다."

아름다움을 지적 호기심을 한데 모으는 렌즈로 여기는 관점은 바로 미첼 자신이 우주를 보는 방식이었고, 어쩌면 모든 재능 있는 이들이 우주를 보는 방식일 것이다. 아름다움은 우리의 호기심과 궁금증을 자석처럼 끌어당기며 우리에게 어서 발견하라고, 인간이 붙인 이름표의 껍질 아래 숨어 있는 것들을 말 그대로 드러내고 벗겨내라고 손짓한다. 우리가 인지하는 아름다움이란 어쩌면 진실을 암호화하여 담고 있는 일종의 언어일지도 모른다. 진실을 계속해서 재현하고 모방하는 것으로 진실을 전달하려는 이 아름다움의 언어는 수학만큼 우주의 모국어라고 할 수 있다. 아름다움의 언어는 시각의 눈으로 인지하고, 수학의 언어는 정신의 눈으로 인지한다는 점이 다를 뿐이다. "아름다운 풍경에 감탄하지 말라." 에머슨은 일기에서 스스로 훈계했다. "아름다움의 필요성에 감탄하라. 그 밑에 우주가 숨어 있으니."《사슬에 묶인 프로메테우스Promētheús Desmṓtēs》의 영역본 서문에서 27세의 엘리자베스 배럿 브라우닝은 이렇게 썼다.

> 자연이나 예술, 물리학이나 윤리학, 창작이나 추상적 추론에서 나타나는 모든 아름다움은 각기 다른 거리와 각기 다른 위치에서 볼 수 있는, 하나의 원형적인 아름다움이 드러나는 여러 상이라 할 수 있다.

프레더릭 더글러스 또한 아름다움이란 사람을 움직이는 한층 깊은 원동력이라고 생각했다. 하지만 더글러스가 생각한 것은 조금 다른 성격의 원동력이었다. 즉 지적인 고찰을 일으키는 원동력이라기보다는 진실의 폭로라는 행동을 촉구하는 원동력이었다. 낸터킷에서 처음으로 연설한 지 25년 후에 더글러스는 '사진과 진보Pictures and Progress'라는 제목의 통찰력 넘치는 강연을 한다. 이 강연에서 조형 미술과 정치 개혁을 연결시키며 더글러스는 아직 초기 단계를 벗어나지 못한 사진 기술이 불평등을 뒤엎는 일에 도움이 될 것이라고 주장한다. 사진을 통해 우리 본성이 구체적인 형태로 드러날 수 있기 때문이다. "우리 내면의 본성에 형태, 색, 공간 같은, 선명한 개성을 이루는 모든 속성을 부여한다면, 이는 뚜렷한 관찰과 고찰의 대상이 됩니다." 사진을 통해 현실과 이상의 균열을 적나라하게 드러냄으로써 우리는 가장 높은 소망을 이루게 될 것이라고 더글러스는 주장한다.

삶의 사실과 대비되는 삶의 사진, 현실과 대비되는 이상, 여기에서 비판이 가능합니다. 비판이 없는 곳에는 진보도 없습니다. 진보에 대한 욕구는 비판을 통해 눈앞에 드러난 후에야 느낄 수 있는 것이기 때문입니다. 사진과 사진이 주는 깨달음을 통해 우리는 현실의 결핍과 이상의 완전함을 짚어낼 수 있습니다.

시인과 예언가, 개혁가는 모두 사진을 만드는 이들입니다. 사진을 만드는 능력이야말로 그들의 힘과 성취에 숨은 비밀입니다. 그들은 현재의 모습을 고찰함으로써 우리가 어떤 모습이 되어야 하는지 깨닫고 그 간극을 메우기 위해 노력합니다.

망원경으로 금성의 위상을 관찰했을 때, 갈릴레오는 처음으로 우주의 중심이 지구라는 주장을 직접 부정하는 "사진"을 보았다. 천동설에 따르면 금성은 지구의 위치에서 볼 때 절대 빛을 발하는 모습일 수 없다. 태양의 저 뒤쪽에 있어야 하기 때문이다. 하지만 갈릴레오의 눈앞에 금성이 환하게 빛을 발하고 있었다. 시적이고 예언적이며 개혁적인 광경이었다. 이 광경은 천동설의 이상과 우주적 현실의 양립할 수 없는 모순을 최초로 드러내는 사진이었다. 이 사진으로 우주의 개념이 뒤집히고 우주의 중심에서 인간이 영원히 쫓겨난다. 하지만 갈릴레오는 여전히 신을 이야기했으며 지적으로 동등한 상대로 여겨 속내를 털어놓던 맏딸을 수녀원으로 보내 버렸다. 갈릴레오는 여전히 그 시대의 공기를 호흡하고 있었다. 그러나 갈릴레오가 개인적으로 어떤 영적인 견해를 가지고 있었다 해도 관찰과 비판적 사고를 버팀목 삼아 종교 교리에서 멀어진 것만은 사실이다.

마리아 미첼은 갈릴레오보다 훨씬 어린 나이에 종교 교리에서 멀어졌다. 직접 밤하늘을 관측하며 천문학을 연구하고, 애서니엄에서 과학 서적을 탐독하고, 뉴잉글랜드에서 가장 진보적인 연설가들과 교류한 결과 미첼은 종교의 규범적인 교리에 의문을 품게 되었다. 미첼은 결코 퀘이커교의 중심에 자리한 윤리적 가치를 저버리지 않았으며 세계에서 가장 유명한 여성이 된 이후에도 수수한 퀘이커식 복장을 입었다. 하지만 1843년 미첼은 자신의 경험과 비판적 사고 앞에 허물어지고 마는 종교 교리를 더는 인정할 수 없었다. 스물다섯 번째 생일이 지나고 한 달 후 미첼은 낸터킷섬의 프렌드 교파(퀘이커 교파를 가리키는 공식 명칭이다—옮긴이)에서 공식 탈퇴했다. 미첼은 종종 설교를 듣기 위해 유니테리언파 교회 예배에 참석하기는 했지만 다시는 교회에 적을 두지 않았다. 당시 이단으로 취급받던 유니테리언파는 미첼이 태어나기 얼마 전 윌리엄 엘러리 채닝 William Ellery Channing 목사가 소개한 교파로, 진보적이고 인문주의적인 교리를 내세우며 신화적 존재가 아닌 인간의 마음속에서 신성을 찾으려고 했다. 훗날 미첼은 자신이 가르치던 학생들에게 말한다. "우리는 기본적인 수학 공식 외에 그 어떤 것도 자명하다고 여겨서는 안 됩니다. 모든 일에 의문을 품어야 합니다."

퀘이커 교회에서 탈퇴하고 1년 후에 미첼은 그에 상응하는 세속적인 모임을 공동으로 설립했다. 이 모임은 "지성의 확장과 증진"에 전념한다는 목표를 지닌 문학 모임으로, 스물두 명의 여자와 스물두 명의 남자로 구성되었다. 모임의 회원은 반드시 "정해진 몫의 창작품을 제출해야" 한다. 이 모임의 한 가지 중요한 목표, 즉 다른 회원 모두에게 즐거움과 이익을 주는 목표를 수행하기 위해서이다." 매주 월요일 미첼 자신도 이 모임에 자신이 지은 시를 제출했다. 그중 한 편에서 미첼은 결혼을 하지 않기로 한 선택과 자기 자신의 시간과 생각의 주인으로 남아 있을 수 있다는 보상을 노래한 다. 아직 20대밖에 되지 않은 미첼은 그 시대에 이미 노처녀로 취급받고 있 었다.

> 한밤중의 산책에서도 배울 것이 산더미
> 홀로 걷는다면 말이야
> 신사가 동행하면 오직 말, 말, 말뿐이지
> 나 자신의 시선과 지성은 있을 곳이 없겠지

다른 시에서 미첼은 몸이 아파 병상에 누운 어느 젊은 여자를 상대로 이 렇게 이야기한다.

> 고귀한 숙녀분, 나는 저 멀고 먼 섬에서 왔답니다
> 언덕이 항상 푸르고 부드러운 하늘이 언제나 미소 짓는 곳이지요

이 시는 다음과 같은 구절로 끝을 맺는다.

> 나를 받아 주세요, 거절하지 말아 주세요. 축복을 내게 주세요
> 내 삶과 그대의 삶을 합쳐 그대와 영원히 함께하고 싶으니

낸터킷섬에서 멀리 떨어진 곳에 사는, 미첼의 시적 자아가 자신의 삶을 합치고 싶어 했던 이 고귀한 숙녀는 과연 누구였을까?

아마도 아이더 러셀Ida Russell이었을 가능성이 높다.

마리아와 아이더가 어떻게 만났는지에 대해 지금 남아 있는 기록은 없다. 생일이 몇 달밖에 차이 나지 않는 이 두 여성은 서로 완전히 다른 세계에서 태어났다. 러셀은 아버지가 스웨덴에서 미국 대사로 근무하던 1818년 스웨덴에서 태어나 매사추세츠에 있는《실낙원》의 작가 이름을 딴 도시에서 살았다. 하지만 이 두 여성은 낸터킷섬과 밀턴 사이의 거리를 뛰어넘어 무척이나 가까운 사이가 되었다.

미첼은 일기에 자신의 감정을 거의 토로하지 않았다. 일기에 기록하기에는 자신의 감정이 별로 중요하지 않은 것이라 생각해서인지, 그 지성의 빛이 인간의 영역을 훨씬 넘어선 곳을 향해 있던 탓에 자기 자신에 대해서는 잘 알지 못해서 그랬는지는 알 수 없다. 하지만 아이더에 대한 감정만큼은 예외였다. 드물게 감정에 대한 내적 성찰이 등장하는 일기에서 마리아는 슬픔에 잠겨 쓴다.

어젯밤 편지 두 통을 받고 기분이 좋아졌다. 한 통은 리지 얼Lizze Earle이 보낸 편지이고 다른 한 통은 아이더 러셀이 보낸 편지였다. 동성에 대한 사랑은 허영심으로 유발되거나 아첨으로 유지되는 것이 아닌 까닭에 소중하다. 이 사랑에는 거짓이 없고 꾸밈이 없다. 살면서 이 사랑을 충분히 누렸음에 감사한다. 나를 그토록 사랑해주는 이들이 가정에서 아내의 자리에 앉은 이들에게나 걸맞은 사랑으로 나를 사랑해준다는 것에 가끔 미안한 마음이 든다. 그리고 그들이 나를 잘 알지 못하기 때문에 나를 그토록 사랑해주는 것이라고 생각하면 겸허한 마음이 든다. 나와 같은 마을에 살았다면 나를 더 잘 알았을 테고, 나를 사랑하는 마음이 줄었을 것이다. 리지를 생각하는 마음과 아이더를 생각하는 마음은 전혀 다르다. 나는 리지를 마치 자매를 사랑하듯이 사랑한다. 아이더에게는 흠모하는 마음에 더 가깝다. 아이더가 다른 사람에게 관심을 보이면 질투심이 든다. 이 감정은 좀더 "사랑"에 가까운 것으로, 리지에게 느끼는 감정인 애정보다 관대하지 못하다.

어떤 두 사람의 마음에 무슨 일이 일어나는지는 아무도 알지 못한다. 심지어 그 마음을 품고 있는 두 사람조차 실은 잘 모르는 경우가 많다. 하지만 미첼이 살던 세계와 시대에 존재했던 동성애 관계의 복잡한 우주를 몇 년 동안이나 연구하고 어떻게 청교도적 자부심이 자연스러운 인간의 성을 억누르는지 잘 아는 사람으로서 나는 아이더가 마리아의 일생의 사랑이었을 것이라고 생각한다.

아이더 러셀은 명민하고 아름답고 사교적인 여성으로, 남자와 여자 모두의 마음을 끌어당기는, 자석 같은 매력을 지닌 보기 드문 인물이었다. 러셀의 모습은 조지 힐리George Healy의 유명한 그림인 〈헤인 위원에게 답하는 웹스터Webster Replying to Senator Hayne〉의 청중에서도 찾아볼 수 있다. 이 그림은 매사추세츠주와 사우스캐롤라이나주South Carolin의 상원의원이 남북전쟁이 일어나기 직전 연합의 유지 문제를 두고 벌인 기념비적인 토론을 묘사한 작품이다. 7년 동안 공을 들여 놀라울 정도로 세밀하게 완성한 이 그림에서 화가는 거대한 청중석을 150명의 인물 초상으로 채워 넣었다. 화가는 남자를 아래층에 두고 여자를 발코니석에 배치했는데, 창작의 자유를 발휘하여 청중석을 "그 시대의 가장 아름다운 여성들"로 채워 넣었다. 그림에 그려진 사람이 실제로 그날 토론에 참석했는지는 상관없었다. 당시 열두 살의 소녀였던 아이더 러셀이 실제로 토론회에 참석했을 가능성은 낮다. 하지만 사람들 사이에 널리 알려진 아이더의 사랑스러움을 접한 화가는 젊은 처녀의 모습을 한 아이더를 마지막 완성작 안에 그려 넣었다. 이 그림은 보스턴의 상징인 패뉴얼홀Faneuil Hall에 걸린 가장 큰 작품이 된다. 2017년 3월 전 주지사와 매사추세츠 부주지사로 선출된 최초의 여성, 재무장관으로 선출된 최초의 여성, 주지사 후보 등이 포함된 여성 다섯 명이 이 그림 아래 앉아 2016년 선거에서 힐러리 클린턴Hillary Clinton의 패배를 떠올리며 새로운 여성 지도자 세대의 등장을 촉구하는 초당적인 모임을 열었다. 이 토론에 참가한 전 대학 총장이자 매사추세츠 부주지사인 케리 힐리Kerry Healy는 그 순간의 분위기를 이렇게 포착한다. "실패는 성공으로 이어지는 원천이다." 그로부터 한 세기 반 전에 마리아 미첼은 일기에 이렇게 썼다.

어디서든 한 번도 실패해보지 못한 사람은 결코 위대해질 수 없다. 실패는 위대함을 판가름하는 진정한 시금석이다.

막 20대에 들어섰을 무렵 아이더 러셀은 마거릿 풀러Margaret Fuller가 주최하는 획기적인 사교 모임에 참석했다. 마거릿 풀러는 미첼이 존경하는 지성인 중 하나였다. 1839년 새로운 패러다임을 만들어낸 논문《19세기 여성Women in the Nineteenth Century》을 발표하기 훨씬 전, 29세의 풀러는 보스턴에서 "여성을 위한 대화"라는 모임을 개최했다. 에머슨이 인용한 모임 안내장에서 풀러는 이 모임의 정신을 이렇게 규정했다.

"우리는 무엇을 하기 위해 태어났는가?" "우리는 어떻게 그 일을 할 것인가?"라는 질문에 성실하고 열성적으로 답하기 위한 모임이 있을 수 있을까요? 나는 그런 뜻 높은 모임을 시작해보려 합니다.

보스턴을 떠나 뉴욕으로 가기 전의 5년 동안 풀러는 보스턴에서 지적으로 가장 깨어 있는 여성을 불러 모아 그리스 신화와 신화에서 빠질 수 없는 천문학의 면면을 발판 삼아 아름다움, 진실을 비롯한 인생의 위대한 질문들에 대해 대화했다.

풀러의 "대화" 모임에 감복한 아이더와 이복동생인 어밀리아Amelia는 브룩 농장의 몇 명 되지 않는 평생회원 자리에 지원했다. 브룩 농장은 보스턴에서 15킬로미터 떨어진 곳에 있는 농장으로, 2년 전에 전 유니테리언 목사인 조지 리플리George Ripley와 아내 소피아Sophia가 초월주의의 이상에 기반을 두고 설립한 이상주의적 공동체였다. 절반은 지성적 공동체이며 절반은 공동 출자를 통한 농업 회사 성격을 띠고 있던 브룩 농장은 그 유지 비용을 대부분 리플리 부부가 그 농장에서 운영하는 학교의 수업료로 충당하고 있었다. 브룩 농장은 공동체 주민에게 농장에서 맡은 일에 따라 성별에 관계 없이 이득을 나누어준다고 약속했다. 공동체 주민들이 사상을 토론하고 정신적 삶을 누릴 여가를 마련하기 위한 장치였다. 소설가 너새니얼 호손Nathaniel Hawthorne은 브룩 농장의 초기 출자자 중 한 명이었다. 마거릿 풀러는 공동체의 정식 일원으로 가입한 적은 없지만 농장을 자주 드나들었고 이곳을 마치 지성인의 피난처인 양 선전했다. "브룩 농장에서는 어떤 사람은 종일 쟁기질을 하고 어떤 사람은 종일 창밖을 바라보며 그림을 그리는데, 두 사람 모두 같은 액수의 돈을 받는다." 리플리가 그토록 일원으로 맞고 싶어 했던 에머슨은 일기에 이렇게 썼다. "나는 설득되고 싶었다. 마음이 녹아내리고 싶었다. 숭고한 열정에 몸을 내맡기고 싶었다. 눈 앞에 펼쳐진 인간의 경건함이 지닌 새로운 여명의 빛 앞에서." 하지만 에머슨은 그러지 못했다.

아이더와 여동생이 1842년 가을 공동체의 일원으로 합류했을 무렵 브룩 농장 안에서는 이상과 현실이 아름답지 못한 형태로 충돌하고 있었다. 재정 운영 방식은 실행 불가능함이 증명되었고, 창립 정신의 한껏 고양된 이상주의는—훗날 아이더의 여동생이 묘사한 바에 따르면—"메마르고 음울한" 생활로 변해버렸다. 호손은 브룩 농장에서 극적으로 탈출한 후, 초기 투자금을 돌려달라고 요구하고 있었다. "차라리 세관에서 일할 때가 더 구속받지도 않았고 지긋지긋하지도 않았다. 내 정신과 마음이 한층 더 자유로웠다." 호손은 치를 떨며 분개했다. "하느님, 감사합니다. 내 영혼이 똥 무더기에 파묻히지 않게 해주셨습니다."

모순되는 이상으로 내면이 양분된 아이더 러셀은 자신에게 허용되는 것과 자신이 할 수 있는 것 사이에 불안정하게 선 채, 가능성의 지평에 한계를 그어놓은 시대의 관습이라는 조수에 휩쓸려 갈피를 잡지 못하고 있었다. 21세 때 아이더는 이미 자신의 고향 밀턴에 에머슨을 초청하여 정치적으로 대중을 일깨우는 강연을 주최한 적이 있었다. 반면 노예제 반대 결의안 때는 폐지 반대 투표자 명단에 이름을 올린 24명 안에 아이더가 들어 있다. 250표의 찬성자 명단에는 프레더릭 더글러스, 윌리엄 개리슨의 아내, 헨리 데이비드 소로의 어머니와 누나가 이름을 올렸다. 아이더는 미첼의 과학적 성취를 미국과 여자의 승리라고 칭찬을 아끼지 않는 한편 마리아에게 "연단의 여자platform women"만은 되지 말아달라고 간청했다. 즉 그 시대에 가장 커다란 사회 개혁의 두 가지 방향, 아프리카계 미국인과 여성의 권리를 대중 앞에서 옹호하지 말아달라고 부탁한 것이다. 두 사람이 모두 36세가 되고 아이더가 병상에 눕게 된 1854년, 미첼은 자신의 일기에 두 사람이 나눈 대화를 기록한다. 이 대화에서는 미첼의 너그러운 이상주의와 쾌활한 재치에 더해 동요하는 마음을 엿볼 수 있다.

열흘 전 아이더 러셀을 만나러 갔다. 병을 앓은 뒤 그녀의 몸과 정신이 어떻게 변했는지 직접 확인하고 싶은 마음도 있었다. 아이더는 전과 변함없이 그대로 아이더였다. … "연단의 여자"에 대한 혐오감도 그대로였다. "연단의 여자"란 아이더가 노예제를 반대하고 여성 권리를 부르짖는 사람들을 일컫는 말이다. 나는 아이더에게 그 사람들에 대해 그렇게 경멸하듯이 말하지 말아 달라고 부탁했다. 나 또한 돈이 필요하면 천문학에 대한 글을 쓴 다음 강연을 하게 될 수도 있다고 항상 생각해왔기 때문이다. "마리아, 하지마." 아이더가 말했다. "딴 걸 해. 차라리 남편을 구해!"

(나) 뭐라고? 어떤 변변치 못한 남자가 나랑 사랑에 빠진단 말이야?

(아이더) 글쎄. 그렇다면 강이 있잖아.

(나) 그렇지. 독약도 있고 단도도 있지. 하지만 나는 그 어떤 것에도 마음이 끌리지 않는걸!

하지만 곧이어 마리아는 드물게 감정을 내비친다.

아이더는 항상 내게 감정을 많이 표현한다. 아이더는 정말로 내게 마음이 끌리는 것처럼 보인다. "이게 정말 현실일까?"라고 의문을 품는 것은 내 천성에 깃든 악마일 것이다. 하지만 누군가에게 이토록 큰마음을 받고 있다는 사실을 잘 믿지 못하는 이유는 내가 다른 사람의 애정에 너무 깊은 의미를 부여하고 다른 사람에게 애정을 주는 일에 너무 인색하기 때문일 것이다.

아이더에게 느끼는 애착이 너무 강렬해진 것에 불안을 느낀 마리아는 우리의 정서적 우주에서 애정이라는 중력의 중심을 단 한 사람에게 두기보다는 여러 사람에게 나누어 주면서 각각의 사람에게 서로 다른 욕구를 충족해야 한다는 결론에 이르렀다. 어떤 사람은 우리에게 지적인 자극을 줄 수 있고 어떤 사람은 "그를 알고 지냄으로써 좀더 유연하고 쾌활해질 수 있으며 좀더 행복해질 수 있게 된다." 어떤 사람은 "마치 여름날의 햇살을 받아 마음이 따스하게 데워지는 것처럼" 우리 안에 "따스한 애정"이 자랄 수 있게 해준다. 1855년 새해 첫날 일기에서 마리아는 한곳에 애정을 집중하기보다 마음을 독립시킬 것을 결심한다.

우리가 마음속에서 그리는, 우리에게 꼭 들어맞는 친구는 세상에 존재하지 않는다. 우리의 본성이 요구한다고 느끼는 신적인 속성을 다 갖추고 있는 인간은 존재하지 않기 때문이다. … 그러므로 우리는 일련의 집단과 교제하며 이 집단 전체에 친구라는 이름을 부여한 다음 친구라는 단일한 임무를 위해서 이 집단을 이리저리 조합하여 이용한다. 이 집단 밖에서 우리는 한 명씩 친구를 사귈 수도 있다. 우리는 그런 개별적인 친구들도 모두 사랑하지만 집단의 친구 쪽을 더 많이 사랑할 수밖에 없다.

정신의 완벽한 독립은 환상에 불과하다. 우리는 우리가 선택하여 가까이 지내는 사람들의 사상과 판단을 흡수할 수밖에 없다. 미첼은 가장 유명세를 겪을 무렵에도 자아의 망상에 빠지지 않을 수 있던 이유인 그 타고난 겸허함으로 이 상호 의존성을 깨닫는다.

어떤 종류의 친구라 할지라도 우리는 우리가 스스로 자각하는 것보다 훨씬 더 그들의 영향을 받는다.
우리 중 누가 사랑하는 이들의 인정을 염두에 두지 않은 채 말하고 행동하는가? 다른 사람의 동의는 일종의 두 번째 양심이 아닌가? … 우리는 동료의 도움을 받아 우리 자신을 지지한다. 우리는 비난을 통해 우리의 양심을 일깨워줄 수 있는 이들로 주위를 채운다. … 비난받는 일은 약점이 아니다. 우리 자신이 나머지 세계보다 훨씬 뛰어나다고 생각하면서 무언가를 판단할 때 외부의 도움이 필요 없다고 생각하는 것은 거만한 것 이상이다. 우리는 다른 이들에게 의지하도록 태어났고 우리의 행복은 다른 사람의 손에 쥐어져 있다. 우리라는 인물의 형태는 주위 사람들에 의해 주조되며, 색을 부여된다. 우리의 감정이 부모의 영향을 받는 것과 마찬가지이다.

이튿날, 서른일곱 번째 생일을 앞두고 아이더는 갑작스레 세상을 떠났다. 밀턴의 신문에서는 사인을 "심장 질환"이라고 명시했다. 마리아는 누구도 대체할 수 없는 인연이 갑작스레 끊어져버린 일로 깊은 상심에 빠졌다. 아이더를 잃은 일은 마리아에게 "느닷없고 가차 없는 일격"이었다. 나는 휘트먼의 시구를 실현하는 마음 아픈 증거로 망원경에 매달려 있는 마리아의 모습을 상상한다. "마음을 가라앉히고 정신을 열기 위해서라면, 그리고 좀 더 나아가 죽음과 재능의 수수께끼를 풀고 싶다면 한밤중 별빛 아래 앉아 생각해보라."

평소라면 감상벽에 자리를 내어주지 않았을 마리아의 일기 한쪽에는 작고 네모난 공백이 있다. 지금은 어디론가 사라져버린 신문 조각이 붙어 있던 자리이다. 아마도 신문의 부고 기사였거나 신문에 실린 아이더의 은판 사진이었을 것이다. 이 상실에 대한 상실된 기록을 둘러싸고 있는 것은 미첼의 소용돌이치는 필체이다. 공백 위쪽으로는 "고결한 정신은 맹렬한 힘으로 불타오르며 뚜렷해진다. … 아이더는 나보다 뛰어났다"는 말이 쓰여 있다. 공백 옆쪽에 마리아는 아이더를 위해 이렇게 썼다. "행동하고 도전하는 것은 태어남으로써 주어진 권리였다." 공백 아래쪽 모서리에는 "다재다능하며 수정 같은 사람, 모든 면에서 반짝이는 빛이 흘러나왔다"라고 쓰여 있다. 미첼의 어린 시절 집에 걸려 있던, 황동 망원경 위로 무지개색 빛을 뿌리던 유리그릇을 떠오르게 하는 은유이다. 슬픔으로 기진맥진한 상황에서도 미첼은 아이더의 사망 소식이 가져다준 비통함에서 한 걸음 더 나아가 인생에 대한 슬픔 어린 고찰을 기록한다.

친교를 나누는 집단이 작아질수록 자연스럽게 그 집단의 일원들은 우리 마음을 좀더 강한 힘으로 움켜쥐는 듯 보인다. 우리가 사랑하는 이들을 한 사람 한 사람 우리보다 먼저 떠나보낸다는 것은 나이듦의 슬픈 자비이다.

몇 년 동안 미첼은 여행을 떠날 돈을 저축하면서 유럽 여행을 꿈꿔왔다. 유럽은 이미 오래전 세상을 떠난 미첼의 수많은 영웅이 머물다 간 고향의 땅이었다. 미첼이 가장 존경하는 미국의 영웅은 유럽을 여행하는 일을 지성적·정치적으로 깨어 있는 미국인이라면 응당 수행해야 할 윤리적 책무라고까지 표현했다. "단지 사진에 불과했던 것들이 갑자기 현실로 다가온다." 미첼이 혜성을 발견하고 몇 달 후 로마에서 마거릿 풀러는 이렇게 썼다. "먼 곳에서의 간접적인 암시나 이차적인 파생물은 이제 문제가 되지 않는다. 우리는 직접 사물의 양식을 목격하며 그 전체 직물의 무늬를 이해한다." 아이다가 세상을 떠난 다음 해, 유럽 여행이라는 미첼의 꿈은 현실의 형태를 갖추기 시작했다. 미첼은 20년 동안 일해온 애서니엄에 사직서를 제출했고 여행 채비를 갖추고 여행 경로를 계획하는 한편 오랫동안 만나기를 염원한 존경하는 지성과 동류의 정신을 실제로 만날 수 있으리라는 기대에 부풀었다. 미첼은 유럽의 지도적인 천문학자들을 만날 계획을 세우고 있었는데, 그중에는 박식한 천문학자이자 왕실천문학회의 공동 설립자이며 윌리엄의 아들이자 캐럴라인 허셜의 조카로 고모의 손에 이끌려 천문학의 길에 들어선 존 허셜 경Sir John Herschel도 있었다. 또한 미첼은 시인 엘리자베스 배럿 브라우닝과 수학자 메리 서머빌Mary Somerville, 박물학자 알렉산더 폰 훔볼트Alexander Von Humboldt, 미국을 떠나 로마에서 살고 있는 젊은 조각가 해리엇 호스머Harriet Hosmer를 만나러 갈 작정이었다. 호스머는 미첼이 과학계에서 그런 것처럼 예술계에서 여성에 대한 신기원을 이룬 인물이었다. 얼마 후 미첼은 외국의 언어를 듣고 외국의 땅을 여행하면서 "숫자는 공통 언어이다"라고 쓴다. 그로부터 거의 한 세기가 지난 후 제2차 세계대전의 폭력적인 불화가 정점에 치달을 무렵 알베르트 아인슈타인의 억센 억양의 부드러운 목소리를 타고 '과학이라는 공통 언어The Common Language of Science'라는 제목의 화합을 촉구하는 연설이 방송을 통해 런던에서 세계로 퍼져나가게 된다.

1857년 7월 미첼은 뉴욕에서 증기선에 올랐다. 다른 배와의 충돌을 가까스로 피한 끝에 미첼이 탄 배는 열흘 후 리버풀에 도착했다. 그날은 바로 미첼이 서른아홉 번째 생일을 맞은 날이었다. 곧이어 미첼은 리버풀에서 가장 있을 법하지 않은 미국 영사에게 소개된다. 바로 너새니얼 호손이다. 4년 전 이 소설가는 미국의 열네 번째 대통령으로 선출된 대학 친구인 프랭클린 피어스Franklin Pierce에 의해 미국에서 가장 수입이 많은 외국의 영사 자리에 임명되었다. 피어스는 대통령 선거에서 승리를 거두게 된 데 선거 기간에 호손이 자신을 위해 쓴, 자신을 상당히 이상적으로 그려낸 전기가 큰 역할을 했다고 생각했다. 소설가는 지금 예술가의 꿈을 접은 아내 소피아 피보디Sophia Peabody와 함께 세 자녀를 키우며 리버풀에서 상류 사회의 생활을 누리고 있었다.

소피아의 큰 언니인 엘리자베스는 교육 개혁가이자 미국 최초의 영어

유치원 창립자이자 미국에 처음 출간된 불교 경전의 번역가이기도 했다. 엘리자베스는 한때 호손을 "바이런 경Lord Byron보다 잘생긴 남자"라고 평한 적이 있었다. 하지만 미첼은 이 모든 것을 다 가졌다고 일컬어지는 남자에게 전혀 깊은 인상을 받지 못했고 일기에 이렇게 썼다.

> 호손은 전혀 잘생기지 않았으며 그가 쓴 책의 저자가 지닐 법한 외모로만 보인다. 약간 이상하고 기묘하다. 마치 지구 사람이 아닌 듯하다. 눈은 크고 푸른빛이 도는 회색을 띠고 있으며, 그 머리칼은 양옆으로 삐죽하게 뻗쳐 있다. 머리가 얼마나 뻗쳐 있는지 그를 보기만 하면 자연스럽게 빗과 솔과 몸단장 도구가 생각난다.

어쩌면 미첼이 매번 기분이 언짢고 아무 일에도 관심이 없으며 불평불만 투성이인 호손이 전혀 잘생기지 않았다고 생각한 것은 아름다움이란 좀 더 깊은 곳에 있는 진실의 층, 현실의 본질에 대한 호기심이라는 층에 뿌리를 내리고 있다고 믿고 있었기 때문일지도 모른다.

그다음 세기에 시인 에드너 세인트 빈센트 밀레이Edna St. Vincent Millay가 배서대학에 입학한다. 미첼이 확립한 포괄적인 과학 교과 과정을 열심히 공부하면서 밀레이는 초기의 소네트에서 이렇게 읊는다. "유클리드만이 아름다움의 맨 모습을 보았지."

케플러가 그 업적을 일부 인용하기도 하고 반박하기도 했던 기하학의 아버지 유클리드는 과학적 확실성의 기반을 처음으로 마련한 인물이다. 순수 유클리드 기하학에서 삼각형 내각의 합은 언제나 180도이다. 이는 최초의 수학적 증명으로, 이를 통해 인간의 판단이나 의견에 흔들리지 않는 진실의 존재가 입증되었다. 바로 이 번갯불이 내리친 후 지식의 나무는 철학과 순수과학으로 나뉘었다.

유클리드의 《원론 Stoicheia》은 뉴턴의 《자연철학의 수학적 원리 Philosophiæ Naturalis Principia Mathematica》와 나란히 역사상 가장 영향력이 큰 과학 교과서로 남아 있다. 유클리드가 사망한 후 몇 세기 동안 유클리드 기하학은 공간을 이해하는 유일한 기준이었다. 이 발견은 원근법의 발달을 통해 예술의 형태에도 영향을 미쳤다. 원근법, 본래 "기하학적 도해"라고 불린 이 기술 덕분에 건축과 조형 미술이 최초로 3차원 세계로 진입할 수 있었고, 그 혜택이 다시 과학 분야로 돌아갔다. 갈릴레오가 그린 달 그림은 아주 혁신적이라 할 수 있는데, 그 까닭은 갈릴레오가 원근법을 적용하여 달의 산맥과 계곡의 지형을 묘사했기 때문이다. 이로써 달이 공기 같은 물질로 이루어진 완전히 매끄러운 표면을 가진 구체가 아니라 지구만큼이나 단단하고 울퉁불퉁한 천체라는 급진적인 사실이 밝혀졌다. 달은 천상의 존재가 아닌 '물질'이었던 것이다. 갈릴레오가 달을 그리기 불과 몇 달 전 영국의 수학자이자 천문학자인 토머스 해리엇 Thomas Harriot은 역사상 최초로 망원경으로 관찰한 달의 모습을 그린 인물이 되었다. 당시 유클리드는 피렌체에는 전해졌지만 아직 영국에는 이르지 못했다. 원근법을 배우지 못하고 유클리드가 가르친 투영기하학을 몰랐던 해리엇은 달을 무늬가 새겨진 메달처럼 보이는 얼룩덜룩한 원반으로 묘사했다. 해리엇이 보지 못한 것을 갈릴레오가 볼 수 있었던 것은 바로 "장소의 정신", 그의 정신의 재능인 동시에 그가 살았던 시대와 장소의 작용 때문이었다.

하지만 유클리드의 공간기하학은 처음에는 너무도 비현실적이고 막연했기 때문에 마치 마술사의 재주처럼 보였다. 유클리드 기하학이 진실의 구현으로 인정받은 것은 갈릴레오와 르네 데카르트 René Descartes가 이를 현실 세계를 표현하는 수학적 시詩의 지위에 올려놓은 후의 일이다. 데카르트는 바로 그 데카르트 평면으로 기하학 도형과 대수학 방정식을 결합했다. 유클리드 기하학은 맨 모습의 현실이었으며 그것은 아름다웠다.

아름다움의 목적과 의미는 마거릿 풀러가 개최한 "대화" 모임에서 가장 활발하게 토론되는 주제 중 하나였다. 1841년 로마 신화에 등장하는 지혜의 여신 미네르바Minerva에 대해 이야기를 나누던 중에 여러 참가자가 "아름다움의 원칙"에는 지혜에 대한 어떤 정의가 그 요소로 포함되어야 한다고 주장했다. 풀러는 우선 아름다움을 정의해야 한다고 말했다. 풀러는 모임에 참석한 여자들에게 각자 생각하는 아름다움의 정의를 말해보라고 요구했다. 어떤 이는 아름다움을 "이해할 수 있는 무한"이라고 규정했다. 다른 이는 "존재를 하나로 묶는 중심적인 힘"이라고 주장했다. 브룩 농장의 공동 창립자인 소피아 리플리는 아름다움이란 "전체"가 구현된 모습이라고 지적하며 이를 "진실을 드러내는 틀"이라 정의했다. 하지만 풀러는 중재자 역할에 충실하여 이 모든 정의가 또한 사랑과 진실에도 적용될 수 있다고 지적했다. 풀러는 참석자들에게 좀더 깊이 생각해보라고 요구하면서 다음 모임까지 좀더 적확한 정의를 내려 짧은 글로 써오라는 숙제를 냈다.

그해 에머슨은 자신의 일기에 이렇게 적었다.

밀턴의 존재 혹은 부재는 인간 역사의 결과에 매우 두드러진 영향을 남길 것이다. … 내일이라도 밀턴처럼 옛것의 은혜를 입지 않고 밀턴보다 훨씬 더 새것에 헌신하는 사람이 태어날지도 모른다. 하지만 그 역시 밀턴처럼 아름다움이란 옷을 입고 있을 것이다.

"대화" 모임에서 이루어진 아름다움에 대한 토론은 풀러의 모임에 외경심을 품고 참석한 어린 소피아 피보디의 정신에 깊이 각인되었다. 모임이 있고 17년 후 소피아 호손이라는 이름으로 마리아 미첼과 함께 유럽을 여행하게 된 소피아는 카트리나 왕비의 무덤에서 아치형 천장을 채운 부채꼴 모양의 늑골 궁륭을 올려다보며 생각한다.

천장의 한 부분을 따로 떼어놓고 본다면 별 혹은 꽃 사이로 떨어지는 불화살처럼 보인다. 성당의 나머지 다른 부분들도 이런 인상을 더한다. 그리스 건축 양식과 고딕 건축 양식을 비교한다면 그리스 건축 양식은 명료하고 논리적으로 이해할 수 있는 것으로, 이성의 방식을 통해 수학적으로 진실에 도달하는 것처럼 보인다. 이 폭넓은 진실은 아름답고 확실하게, 균일하고 우아한 기둥들 위에 우리 눈에 완벽하게 대칭을 이루는 사각형 박공과 함께 서 있다.

소피아는 이런 그리스 건축을 고딕 건축과 비교하며 고딕 건축은 "기하학적 추론을 혼란스럽게 만들고, 이미 확립된 규칙에 반항하며, 공인된 예술의 범주 밖으로 거침없이 뛰쳐나가고, 불처럼 타오르고, 꽃과 무지개처럼 빛나며, 자유를 갈구하는 새처럼 날아오르고, 영혼처럼 절대 만족을 모른다"고 표현한다. 소피아는 이렇게 결론짓는다.

대성당은 실제로 인간의 영혼을 망라한 모습을 하고 있다. 한편 그리스 신전은 그 이성적인 부분, 결의와 안정되고 완성된 공리, 규정된 원리들만을 보여준다. 우리에게는 두 가지 모두 필요하다.

유클리드 기하학에 따라 조성된 돔 천장 아래 서서 소피아는 진실 대 아름다움이라는 강제적이고 한정적인 양극성을 끊어내는 대신 진실과 아름다움, 즉 수학에 속하는 순수한 명료함과 철학과 예술에 속하는 거칠게 소용돌이치는 생각의 결합을 촉구한다.

항상 울적했던 소피아의 남편은 시스티나 성당 바깥에 앉아 "이 춥고 눅눅하고 불결하고 고약한 냄새가 나고 부패하고 파렴치한 도시"에 불만을 쏟아내고 있다. 너새니얼 호손은 일기에서도 푸념을 멈추지 않는다. "세계 어느 곳보다 이 도시가 가장 싫다." 그동안 소피아는 자연사박물관Museum of Natural History에 있는 갈릴레오 제단을 방문한다. "현 레오폴트 대공이 아주 오래전 완전히 무너져 내린 갈릴레오의 마음을 위로하기 위해 세운, 갈릴레오에게 바치는 일종의 사원이다." 일기에서 소피아는 어떻게 진실이 아름다움을 낳는지, 또한 어떻게 진실이 비극을 낳을 수 있는지 고찰한다.

[갈릴레오는] 감옥에 앉아 있으면서 상상이나 할 수 있었을까? 그 손가락조차 후세에게는 참으로 소중한 유물이 된다는 것을! 하지만 그가 확고하게 버텨주었다면, 자신이 발견한 진실을 부인하지 않았으면 좋았을 텐데. 그 사실이 끝도 없이 슬프다.

호손 부부와 함께 여행을 하던 마리아 미첼은 일기에서 이와 나란히 이어지는 고찰을 기록하며 여기에 수직적인 감상을 덧붙인다. 오랫동안 갈릴레오를 "단순한 관측자나 발견자가 아닌 철학자"로 생각해온 미첼은 그의 진실이 낳은 비극뿐 아니라 그의 승리도 놓치지 않는다.

과학의 역사에서 이보다 슬픈 장면을 알지 못한다. 오랜 과학 연구로 늙고 지친 갈릴레오가 마음이 약해지고 의지가 무너진 채 언짢은 얼굴이 곧 고문이 되는 재판관 앞에서 몸을 떨며 자신이 진실로 알고 있는 것을 거짓이라고 선언하는 장면이다. 그리고 종교의 역사에서 이보다 나약하고 불쌍한 장면을 알지 못한다. 성스러운 교회가 갈릴레오 앞에서 몸을 떨며 자신들이 가진 신의 책에 기록되지 않는 진실을 자연의 책에서 발견했다는 이유로 그를 비난하는 장면이다. 교회는 자연의 책 또한 신의 책이라는 사실을 잊은 듯 보인다.

두 가지 진실이 모순될 수 없다는 생각을 사람들이 받아들이는 것은 어려워 보인다.

허먼 멜빌

유한에서 무한을 추구하다

4

마리아 미첼은 자신과 너새니얼 호손이 시간을 뛰어넘은 복잡한 사랑의 삼각관계에서 두 꼭짓점을 이루고 있었다는 사실을 알았더라면 그에게 좀더 호감을 느꼈을까, 아니면 훨씬 더 싫어하게 되었을까?

호손이 소피아 피보디를 만난 것은 15년 전의 일이었다. 보기 드문 재능을 가졌지만 자존감이 낮은 소심한 소녀였던 소피아는 이제 막 예술가로 발을 내디딘 참이었다. 소피아는 오래 이어진 신경성 두통으로 몸이 쇠약해진 나머지 거의 침대에 누워 지내야 했다. 선장의 아들이었던 호손은 어린 시절 고아가 된 후 사회의 인정을 받으려고 고군분투하던 무명 작가였다. 호손은 얼마 후 당대 가장 인정받는 작가 중 한 명이 되는데, 그렇게 되기까지 마거릿 풀러가 큰 역할을 했다. 당시 미국에서 가장 신뢰받는 문화적 유행의 선두 주자였던 풀러는 호손의 첫 단편집을 읽고 감탄한 나머지 실제로는 전혀 아는 바가 없는 호손에 대해 "우리가 상상한 그 어떤 작가도 이토록 예리하면서도 풍성한 재능을 보여주지 못했다"라고 쓴다. 풀러는 일기에 이 책의 작가가 여자이며 "세일럼에 사는 누군가"일 것이라는 첫인상을 기록한다.

항상 어둡고 시무룩한 표정의 호손과 약혼한 직후에 30대의 소피아는 엘리자베스 피보디의 서점에서 개최된 풀러의 "대화" 모임에서 20대의 아이더 러셀과 처음 만났다. 아이더 러셀은 풀러의 모임에 참석하는 데 필수 조건인 지적인 호기심을 갖추고 있었을 뿐 아니라 누구도 저항하기 어려울 만큼 아름다웠다. 두 여자 사이에 싹튼 관계가 얼마나 깊어졌던지 호손은 금세 질투심에 휩싸였다. 1841년 가을에 쓴 편지에서 호손은 소피아에게 아이더가 아닌 자신의 품에 안길 것을 간청한다.

내가 가장 사랑하는 사람, 쓸 말은 아무것도 없습니다. 편지를 쓰기 시작할 때도 할 말은 아무것도 없었어요. 다만 내가 그대를 한없이 사랑한다는 걸 알려주고 싶었지요. 이제 그대가 알았으니 더는 아무 말도 덧붙일 필요는 없겠지요. 하느님 제발, 월요일 저녁에 그대를 만나게 해주시길. 내가 그대의 품에 돌아가기 전에 그대가 아이더 러셀을 찾아간다면 나는 도저히 견딜 수 없을 거예요.

소피아는 결국 아이더가 아닌 호손을 선택했다. 두 사람은 이듬해 7월에 결혼식을 올리고 폭우가 쏟아지는 저녁, 소피아가 자신의 일기에서 "천계의 포화"라고 묘사한 낮은 천둥에 포위된 채 길을 떠났다.

그 후 얼마 지나지 않아 호손 자신도 이와 비슷한 강렬한 연애 감정이 존재하는 우정에 휘말린다. 1850년 8월 5일 호손은 버크셔에서 열린 문학 모임에서 허먼 멜빌을 만났다. 호손은 46세였고, 마리아 미첼이 첫 번째 생일을 맞던 날 태어난 멜빌은 이제 막 31세였다. 두 남자는 서로가 지닌 지성에 강렬하게 이끌렸다. 이 이끌림은 적어도 멜빌에게는 지성적인 차원에서 육체적인 차원으로 넘어간 듯 보인다. 며칠 뒤 이 젊은 작가는 호손의 단편집 《낡은 대저택의 이끼 Mosses from an Old Manse》에 대해 〈리터러리 월드 Literary

World)에 비평문을 기고하면서 "버몬트에서 7월을 보내는 버지니아 사람"이라고 서명했다. 의도적으로 신분을 숨긴 이 서명은 그 어떤 것도 사실이 아니었다. 멜빌은 뉴욕 사람이었고, 그달은 8월이었으며, 당시 멜빌은 매사추세츠에서 지내고 있었다.

거의 7000단어에 이르는 이 비평문은 실로 비평의 형태를 띤 사랑 노래였다. "이 벽지에서 깊고 숭고한 본성의 한 남자가 나를 사로잡았다. … 그 거침없고 마녀 같은 목소리가 내 안에 울려퍼진다." 멜빌은 여름의 초록빛이 한창인 뉴잉글랜드의 시골 외딴 농장에서 호손의 이야기를 읽었다고 썼다. "이 남자의 부드러운 환희를 통해 나는 꿈이라는 거미줄에 사로잡혔다." 칭찬하려는 의도로 쓴 마녀의 비유가 호손의 마음을 동요시켰을 것이라고는 멜빌은 생각지도 못했을 것이다. 호손은 본래 너새니얼 하손Hathorne이라는 이름으로 태어났지만 자신의 선조인 존 하손John Hathorne과의 관계를 끊으려고 일부러 성에 w를 집어넣었다. 존 하손은 세일럼의 마녀재판을 주도한 판사로, 비난을 감수하려는 다른 판사들과는 달리 이 살인 사건에서 자신이 맡은 역할을 결코 뉘우치지 않았다. 이 어두운 가족사를 모르는 멜빌은 자신이 "호손의 마력"에 사로잡혔다고 썼다. 처음에는 그가 쓴 글이 발산하는 마력에 사로잡혔고 그다음 이런 글을 쓸 수 있는 작가라면 마땅히 지녔을 법한 개성이 발하는 마력에 사로잡혔다. 아름다운 책의 책갈피 안에서 누군들 그 작가를 사랑하지 않을 수 있단 말인가? 그리고 그 작가를 현실 세계에서 만나 친구가 되었을 때 그 글이 암시하는 것처럼 멋진 개성을 지닌 사람이라는 것이 증명된다면 누군들 그 사람과 사랑에 빠지지 않을 수 있단 말인가? 멜빌은 자신이 그렇게 되리라는 사실을 예측하고 있었다.

어떤 사람도 훌륭한 작가의 작품을 읽으며 그 작품을 한껏 음미하는 동안에
는 그 작가와 그 정신에 대해 이상적인 상을 품을 수밖에 없다. … 유머 감각
과 사랑이 재능이라 부를 수 있을 만큼 이토록 높은 수준까지 발달한 사람
은 없다. 이런 사람이 또한 이런 특징에 반드시 따라올 수밖에 없는 위대하
고 깊은 지성을 지니지 않았을 리가 없다. 그 지성은 마치 다림추처럼 우주
로 뚝 떨어진 지성일 것이다. 어쩌면 사랑과 유머 감각은 그저 위대한 지성
이 세상을 보는 눈일지도 모른다. 이런 정신에 존재하는 위대한 아름다움은
그저 그 정신의 힘에서 비롯되는 소산일 뿐이다.

멜빌은 호손을 셰익스피어에 비유한 다음 이어서 쓴다.

이 거짓으로 가득한 세상에서 진실은 겁에 질려 숲을 가로지르는 하얀 비둘
기처럼 날아갈 수밖에 없다. 오직 날카로운 눈길 앞에서만 진실은 자신의 모
습을 드러낸다. 셰익스피어를 비롯하여 "진실을 이야기하는 예술"의 다른 위
대한 거장들도 이런 눈길을 지니고 있었다. 다만 그 방식이 은밀하고 단속적
이었을 뿐이다.

혹시 열아홉 살의 왕성한 독서가였던 에밀리 디킨슨이 멜빌의 이런 감
상을 읽고 흡수한 다음 훗날 자신의 대표적인 시구가 될 "모든 진실을 말해
줘. 하지만 비틀어서 말해줘"로 바꾸어 표현한 것은 아닐까? 창작 작품은
기존의 사상과 심상을 변환하여 새로운 조합으로 만들어내는 과정에서 탄
생하기도 한다. 한편 멜빌 자신은 바로 이 비평에서 그 점을 경고했다. "명
심하라. 진정한 독창성에도 모방이라는 혐의가 제기되는 경우가 많다."
　"나는 후대를 대표하여 선언한다"라고 멜빌은 평론에서 큰 소리로 고한

다. "지금까지 미국 문학에서 가장 뛰어난 머리와 가장 뛰어난 심장을 지닌 작가는 바로 너새니얼 호손이다." 비평을 집필하는 과정에서 멜빌은 글을 쓰기 시작한 지 24시간 만에 "호손에 대한 사랑과 존경심이 점점 더 넘쳐나게 되었다"는 사실을 깨닫는다. 호손이 쓴 특히 매력적인 구절을 인용하면서 멜빌은 "이런 문장은 평범한 마음을 가진 사람은 도저히 쓸 수 없다"라고 주장한다. 멜빌의 주장에 따르면 이 뛰어난 필치는 이를 쓴 작가의 "유연함의 깊이, 모든 존재의 형태에 대한 가없는 연민, 편재하는 사랑"을 나타내는 증거이며 이런 필치를 구사하는 작가는 그 시대의 유일무이한 존재가될 수밖에 없다. 훗날 호손은 멜빌의 마음속에서도 유일무이한 존재로 자리잡게 된다.

그 후 멜빌과 호손은 몇 달 동안 열정적으로 편지를 주고받고, 빈번하게 방문했다. 멜빌이 호손에게 보낸 편지는 오직 열 통만 남아 있지만 두 사람은 고작 10킬로미터 떨어진 곳에 살고 있었고, 상당히 자주 만났다. 멜빌은 "브랜디 한 병과 시가를 나누면서 우주에 대해 논의합시다"라고 호손에게 보낸 초대장에 썼다. 그리고 두 사람은 밤이 깊도록, 호손의 일기에 따르면 "시간과 영원, 이 세계의 것들과 다음 세계의 것들, 책, 출판사, 가능한 것과 불가능한 것들 모두에 대해서" 이야기를 나누었다. 기록으로 남겼지만 파괴된 모든 것의 행간에는 말했지만 글로 쓰지 않은 모든 것, 느꼈지만 말하지않은 모든 것이 담겨 있다.

호손에 대한 멜빌의 마음은 《모비딕Moby-Dick》을 집필할 때 가장 격렬하게 타올랐다. 멜빌은 이 책을 호손에게 헌정했는데, 제목이 적힌 책장을 넘기면 곧바로 "그 재능을 존경하는 마음의 증거로, 이 책을 너새니얼 호손에게 바친다(이 헌정사에서 멜빌은 호손의 이름을 Nathanial로 잘못 표기했다—옮긴이)"라는 헌정사가 실려 있다.

11월의 어느 날, 저녁 식사 자리에서 허먼은 침착함을 잃을 만큼 흥분을 감추지 못한 채 정성스레 서명한 《모비딕》한 권을 너새니얼에게 증정했다. 지금은 전설적인 존재가 된 이 소설의 주인공은 낸터킷에서 배를 타고 알려지지 않는 존재를 향해 항해를 나선다. 나는 항상 시무룩한 얼굴을 하던 호손이 책장을 넘기다 헌정의 말을 보고는 확 타오른 기쁨의 빛을 애써 억누르는 모습을 상상할 수 있다. 다음 세기에 버지니아 울프도 자신의 획기적인, 성별이 뒤바뀌는 주인공이 등장하는 소설인 《올랜도Orlando》를 가지고 비슷한 행동을 한다. 《올랜도》는 울프가 연인이던 비타 색빌웨스트Vita Sackville-West에게 영감을 받아 쓴 소설로 훗날 비타의 아들에게 "문학계에서 가장 길고 가장 매혹적인 연애편지"라는 평을 받는다. 이 책이 출간되던 날 비타는 소포를 받는데, 그 안에는 《올랜도》의 인쇄본 한 부와 특별히 니제르 가죽으로 장정하고 책등에 그녀의 머리글자를 새긴 버지니아의 육필 원고가 들어 있다.

　이 감동적인 증정식 이후 《모비딕》은 출판계에서 전혀 다른 운명을 맞게 되었다. 1851년 출간된 이 책은 뉴욕의 〈리터러리 월드〉에서 혹독한 비평을 받았고, 이 비평으로 이 책에 대한 미국인의 반응이 결정되어버렸다. 그 후 《모비딕》은 수십 년 동안 세간의 관심에서 멀어진다. 〈리터러리 월드〉에 글을 쓴 비평가의 가장 큰 불만은 이 소설이 "인생에서 가장 신성한 결합"을 "모독하고 더럽혔다"는 것이었다. 이스마엘과 퀴케그가 "결혼 침대"를 함께 쓰고 아침에 서로의 팔 안에서 눈을 뜨는 장면을 묘사한 것이 동성 간의 성적인 관계를 암시한다는 비난이었다. 열흘 후 호손은 그 비평의 둔감함에 비탄의 뜻을 표하면서 《모비딕》이 멜빌이 지금까지 쓴 작품 중 가장 뛰어나다고 칭찬하는 편지를 보냈다. 이 "환희를 불러일으키는 편지"에 감동하여 거의 광란 상태에 빠져든 멜빌은 당장 답장을 썼다.

당신의 심장은 내 가슴 안에서 뛰고 내 심장은 당신의 가슴 안에서 뜁니다. 두 심장 모두 하느님 안에서 뛰고 있습니다. … 참으로 이상한 기분입니다. 그 안에는 희망도 없지만 절망도 없습니다. 만족스럽다, 바로 그런 기분입니다. 무책임하지만요. 하지만 부도덕한 데라고는 없습니다. 나는 지금 내 존재의 가장 깊은 곳의 느낌에 대해 말하고 있습니다. 단순히 우발적인 기분을 말하는 게 아닙니다.

호손, 당신은 어디에서 왔습니까? 무슨 권리로 내 생명의 술병에서 술을 마십니까? 내가 그 술병에 입술을 대었을 때, 보세요, 그 병은 당신의 병으로 내 것이 아니었습니다. 그 저녁 식사 자리에서 신성이 빵처럼 부서지고 우리가 그 빵조각이 된 것만 같은 기분입니다.

조심성 없이 드러낸 과격한 열정으로 한층 냉정한 호손과의 관계가 망가질 수도 있다는 점을 깨달은 멜빌은 잠시 이성으로 자신을 다잡으려다 곧바로 그 이성을 저버린다.

친애하는 호손, 대기 중의 회의주의가 지금 내 안에 스며들었습니다. 당신에게 이런 편지를 쓰다니 정신이 어떻게 된 것이 아닌지 의심이 듭니다. 하지만 믿어주세요, 고귀한 페스투스여! 나는 미치지 않았습니다. 하지만 진실은 항상 앞뒤가 맞지 않기 마련이지요. 이토록 위대한 마음들이 서로 부딪칠 때는 조금은 깜짝 놀랄 만한 충격이 느껴지는 것이 당연할 겁니다.

서명한 다음에도 멜빌은 열에 들뜬 듯한 추신을 덧붙인다.

펜을 멈출 수가 없군요. 이 세상에 [마법사들이] 가득하다면 내가 뭘 할 생각인지 아십니까? 이 집의 한쪽에 종이 공장을 만들 겁니다. 그리고 내 책상 위로 풀스캡판 크기의 종이가 끊임없이 풀려나오게 만드는 겁니다. 그리고 그 끝없이 펼쳐지는 종이 위에 수천 가지, 수만 가지, 수억 가지 생각을 적을 겁니다. 전부 당신에게 보내는 편지라는 형식으로 말이에요. 신성한 자석이 당신 안에 있으며 내 안의 자석이 그에 반응합니다. 어떤 자석이 더 클까요? 바보 같은 질문이군요. 그건 전부 하나인데 말입니다.

멜빌의 격렬한 감정에 호손은 큰 충격을 받았다. 호손은 신성한 자석의 인력을 뿌리쳤다. 멜빌은 이 자석이 작용을 시작한 호손에 대한 비평을 쓸 때부터 이런 결말을 예측하고 있던 것처럼 보인다.

호손에게는 어두운 부분이 있다. … 그 어둠은 나를 꼼짝 못 하게 만들고 내 마음을 사로잡는다. 하지만 그 어둠은 호손 안에서 어쩌면 너무 크게 자라 있는지도 모른다. 어쩌면 그 어둠이 드리운 그늘 때문에 호손은 우리에게 자신의 빛을 한 줄기도 나누어 주지 않을지도 모른다.

호손이 자신의 냉담한 어둠 속으로 물러나 버린 후 멜빌은 열정적인 사랑의 마음을 응답받지 못하는 이들만이 아는 비통함에 시달렸다. 멜빌은 남은 40년 동안 이 슬픔을 안고 살아갔다. 인생의 마지막 해에 집필한 시 〈애가Monody〉에서 멜빌은 이 슬픔의 고통을 찬미했다.

그를 알았고 그를 사랑했지
오래 이어진 외로움의 끝이었지
그다음 서로의 삶에서 멀어졌네

누구의 잘못도 아니었지만

이제 죽음이 그의 생을 확정했으니

내 노래여, 나를 조금이라도 편안하게 해주길!

그가 은둔해 살고 있던 겨울의 언덕

눈으로 가득 덮인 하얀 휘장 위로

집 한 채 없는 그곳을 눈새가 날아가네

물결치듯 늘어선 전나무 아래

지금은 눈과 포도 덩굴로 뒤덮인 그 안에

가장 수줍은 포도가 숨어 있다네

　1852년 8월, 호손이 자신에게서 냉담하게 돌아서기 바로 얼마 전 멜빌은 편지를 썼다. 그는 최근에 낸터킷섬을 방문한 이야기를 하면서 "그 섬의 여자 중에 가장 인내심이 강하고 끈기가 있으며 가장 순종적인 여자"를 언급했다. 멜빌은 마리아 미첼의 집에서 열린 모임에 참석하고 미첼의 망원경을 들여다보고 돌아온 참이었다.

　멜빌이 세상을 떠난 후 그의 원고 중에서 미첼을 원형으로 쓴 미발표 시 한 편이 발견되었다. 〈즐거운 모임 후 위협적인 아모르 상 아래에서 지은 시 After the Pleasure Party, Line traced under the Image of Amor Threatening〉라는 제목의 이 시에서 멜빌은 "미국의 우라니아"에 대해서 쓰면서 그녀를 "사포의 지성을 지닌 베스타 여신", 즉 가정을 지키는 처녀신이 동성의 사랑을 노래하는 시인의 반항적 지성을 지닌 모습으로 묘사했다. 멜빌이 미첼을 그리스 신화에 등장하는 천문학을 관장하는 뮤즈에 비유한 것은 다른 숨은 뜻 없이 과학계에서 미첼의 명성을 상찬하려는 의도였다. 하지만 거의 정확하게 겹치는 두 사람의 인생이 끝날 무렵 "우라니아"라는 표현에는 다른 의미가 따라 붙게 되었다. 당시 사회학계와 의학계에서는 이성애 규범에서 벗어나는 성적 특질을 표현할 용어를 찾고 있었고, 제3의 성을 지칭하는 용어로 "동성애homosexual"라는 용어가 등장하기 이전에 "우라니아인Uranian"이라는 표현이 채용된 것이다. 처음에는 "남자의 몸에 태어난 여자의 정신"을 뜻하는 용어로 사용되다가 점점 더 의미가 확대되어 신체적 표준에서 규정하는 것과는 다른 성적 지향을 지닌 이들, 즉 오늘날 우리가 "퀴어queer"라고 부르는 사람들을 지칭하는 용어로 자리 잡았다. 마거릿 풀러는 1845년이라는 이른 시기에 이미《19세기 여성》에서 결혼하지 않은 이모와 삼촌, 이성애적 규범에서 벗어나기로 선택한 독신 남녀를 사회의 "정신적 · 윤리적 이스미얼"이라고 칭송하고, 전형적인 독신녀를 "세계의 황혼의 절반을 구성하는 우라니아"라고 묘사했다. 얼마 후 오스카 와일드Oscar Wildes는 편지에 이렇게 쓴다. "우라니아적 사랑을 열등하다고 인정했다면 내 인생이 바뀌었을 텐데. 나는 이 사랑을 고귀하다고, 다른 사랑의 형태보다 더 고귀하다고 여긴다."

멜빌은 와일드보다 우라니아적 사랑에 훨씬 더 모순된 태도를 보였다. 미첼에게 영감을 받아 집필한 시의 중심에는 헛되게 끝나버린 애정과 이루지 못한 욕망의 슬픔이 서려 있다. 멜빌은 이 시에서 이 슬픔은 "그 어떤 것으로도 달래거나 치유할 수 없다"고 노래하며 "성별에 얽매인" 존재의 슬픔을 탐구한다. 결국 그 시대는 이런 종류의 사랑이 이루어질 가능성이 바늘 구멍만큼이나 좁은 시대였다. 멜빌이 노래한 "미국의 우라니아"는 지중해 여행에서 만난 연인이 될지도 모를 인물과 과학에 대한 사랑 사이에서 갈등한다. 멜빌은 자신이 미첼에게 품었던 의문에 목소리를 부여한다. 미첼은 과연 자신의 성적인 욕망을 지적인 열정으로 승화했는가?

우라니아가 아직 모른다면 누가 알 수 있겠는가
즐거운 모임이 이미 기억에서 사라졌는지
우라니아가 중압감 속에서 살아왔는지
요동치는 마음과 반항적인 마음을 억누르면서

미첼이 풀러를 그토록 존경한 이유는 그녀가 마음과 정신을 대담하게 서로 교차했을 뿐 아니라 자신이 성별의 "완전히 극단적인 이원성"이라 부른 것을 선구적으로 비판하면서 "완전히 남성적인 남자도, 순수하게 여성적인 여자도 존재하지 않는다"라고 주장했기 때문이었다. 미첼을 원형으로 하고 어쩌면 풀러에게서도 영감을 받은 것이 분명한 시에서 멜빌은 강제적인 분할의 폭력에 대한 우라니아의 비탄을 노래한다.

왜 당신은 우리를 반쪽으로 만들었는가?
그것도 서로 이어진 존재로서. 이로써 우리는 노예가 된다
서로 이어진 존재가 한 번도 만나지 않는다면
자아는 완전하지 못한 것처럼 보이기 마련이니
눈먼 우연에 운명을 맡기는 도박을 해야 한다니
반쪽을 만나 짝을 이루는 이들은 극히 드물다
우주의 조롱인가, 폭군의 실수인가?
인간의 완전함을 동강동강 흩어내어
삶의 문 안으로 그 조각들을 던져 넣은 것은?

미첼이 호손과 유럽에서 만나 함께 이탈리아를 여행하는 동안 호손 자신도 제대로 정리하지 못한 멜빌과의 관계에 대해 말을 꺼냈을 가능성은

아주 낮다. 미첼이 아이더 러셀과의 관계에 대해서 말을 꺼냈을 가능성도 마찬가지이다. 두 사람은 모두 상대의 우라니아적 반쪽을 만난 적이 있지만 그 만남은 말하지 않는 것, 입에 담을 수 없는 것의 장막을 덮어쓰고 있었다. 그 결과 좌절된 운명의 이중적 교차점은 보이지 않는 곳에서 숨어 나오지 못했다.

고립과 소외, 자기 자신을 "타자"로 인식하는 경험은 바로 이 가시성의 장막에서 비롯된다. 이 장막은 동류의 슬픔으로 슬퍼하고 동류의 갈등으로 갈등하는 다른 수많은 이를 보이지 않게 감추며 자기 자신의 본성마저도 외면하게 만든다. 이 장막을 걷어내야만 우리는 타자화의 손아귀에서 벗어날 수 있다. 멜빌과 미첼의 시대에서 한 세기가 지난 후 미국의 시인인 오드리 로드Audre Lorde는 "우리가 가장 상처 입기 쉬운 상태를 드러내어 보여주는 일은 또한 우리에게 가장 큰 힘을 부여하는 원천이기도 하다"라고 쓴다.

한편 보이지 않는 것, 말하지 않은 것의 공백은 후대 사람들의 질문으로 채워진다. 사람들이 보편적으로 궁금해할 법한 세부 사항에 대한 질문들이다. 마리아 미첼과 아이더 러셀은 처음에 어떻게 서로에게 마음이 끌렸을까? 두 사람 사이에 무슨 일이 있었을까? 너새니얼 호손은 왜 멜빌의 사랑이라는 신성한 자성을 끝끝내 물리쳤을까? 우리는 결코 알 수 없다. 어쩌면 그들 자신도 완전히 알지는 못했을 것이다. 진부하지만 꼭 짚고 넘어갈 필요가 있다. 어떤 두 사람 사이에 무슨 일이 일어나는지는 누구도 알지 못하며 그러므로 함부로 판단할 수 없다. 어쩌면 그 일을 겪는 당사자도 잘 모를 것이다. 우리가 우리 자신에 대해서 잘 모르는 것과 마찬가지이다. 단 한 가지 분명한 사실은 친밀함의 종류는 "우라니아인" 혹은 "퀴어" 혹은 다음 시대에 등장할 그 어떤 꼬리표로도 규정되지 못한다는 점이다. 인간의 마음이란 하나의 고대 괴물에서 나온 것이라 어떤 꼬리표를 달고 있든 모두 같은 열정으로 포효하고 으르렁거린다. 우리 인간은 자연의 본질과 인간의 본질이라는 두 가지 문제에서 구분하고 분류하고 싶은 충동을 느끼기 마련이다. 이 충동은 우리가 유한한 것 안에 무한한 것을 담고, 혼돈 안에 질서를 세우고, 발판을 만들어 좀더 높은 진실에 도달하기 위해 노력하게 만드는 아름다운 추진력이 될 수 있다. 한편 이 충동은 또한 우리를 제한하는 한계가 되기도 한다. 어떤 것에 이름을 붙이면서 우리는 그 이름을 본질 자체라고 오해하기 때문이다. 우리가 사랑의 종류에 붙이는 그 어떤 꼬리표로도 우리가 할 수 있는 사랑, 다양한 형태로 나타나 이 모습에서 저 모습으로, 다시 이 모습으로 끊임없이 활기차게 형태를 바꾸는 사랑을 절대 정의할 수 없다. 어떤 이름으로도 두 마음과 그 마음을 품은 두 육체 간에 흐르는 복잡한 감정을 감히 포용할 수 없다.

"무한한 대상에 유한을 강제하는 일은 어렵다. 그리고 모든 대상은 무한하다." 호손에 대한 애정 넘치는 비평문의 끝에 멜빌은 썼다. 멜빌의 감상은 실로 고대 그리스 수학의 유산에 뿌리를 내리고 아르키메데스Archimedes까지 거슬러 올라가는 심오한 의견이다. 아르키메데스는 수리물리학의 선구자이며 파이의 값을 정확하게 추정해낸 최초의 인물이다. 우주에 있을 수 있는 모래알의 개수를 헤아리는 과업을 시작한 아르키메데스는 어쩌면 우주가 무한한 존재가 아닌 유한한 존재라고 주장한 최초의 인물일지도 모른다. 우주의 유한성 개념은 2000년이 지난 후에도 급진적인 주장으로 남아 있다. 21세기의 여명에 천체물리학자 재너 레빈Janna Levin은 무한은 재미있는 개념이기는 하지만 실제로 자연에서 무한이 관찰된 적은 없다고 일깨워준다. "우리는 본질적으로 같은 물질로 이루어져 있다"라고 재너는 쓴다. "우주를 구성하고 있는 직물은 우리의 몸을 구성하고 있는 것과 똑같은 실과 똑같은 직조술로 짠 것이다. 우리 모두가 유한한 존재인데 이 우주, 시공간만은 무한할 것이라 생각하는 일은 어리석기 짝이 없다."

이 무한의 개념과 우리 자신의 유한성이라는 당황스러운 간극에 관해 마리아 미첼은 일기에 이렇게 쓴다. "우리는 모든 힘을 기울여 손을 앞으로 뻗지만 그저 무한을 숨기고 있는 장막의 극히 일부만을 움켜쥘 수 있을 뿐이다." 그리고 북쪽으로 160킬로미터 떨어진 곳에서 미첼보다 한 살 많고 초월주의적 위대함에 잔뜩 취한 소로는 자신의 일기에 이렇게 적어 넣는다. "내 인생은 무한성을 띠고 있다."

우리의 깊이, 그리고 우리의 한계를 측정하기 위해서는 냉정하고 침착한 정신이 필요하다.

엘리자베스 배럿 브라우닝

감각 너머의 진실을 향한 열정

5

스코틀랜드에 사는 중년의 수학자는 해가 뜨기 훨씬 전에 일어나 뉴턴과 함께 몇 시간을 보낸다. 날이 밝으면 네 자녀의 엄마로 항상 바쁘게 굴러가는 살림을 돌보느라 생각에 집중할 시간이 없기 때문이다. 훗날 메리 서머빌은 회고록에서 이렇게 쓴다. "남자는 언제나 일을 한다는 구실로 시간을 마음대로 쓸 수 있다. 여자에게는 그런 핑계가 용납되지 않는다."

어린 시절 서머빌은 해가 떠 있는 동안 그림을 그리고 피아노를 치면서 보냈다. 메리가 밤새 유클리드를 읽느라 집에 초가 모자라게 되었다는 사실을 안 부모님은 당장 양초를 압수했다. 메리는 아버지가 어머니에게 했던 말을 기억했다. "어떻게든 이 사태를 끝내야 해, 안 그러면 언젠가는 정신병원에 갇히고 말 거야." 메리는 굴하지 않았다. 이미 유클리드의 저작 여섯 권을 전부 암기했기 때문에 메리는 밤새 환히 불을 밝힌 머릿속 방에서 수학을 탐험하며 보냈다.

서머빌은 마리아 미첼이 숭배하는 영웅 중 생존해 있는 몇 안 되는 사람 중 한 명으로, 미첼이 유럽 여행에서 가장 만나고 싶어 한 인물이었다. 두 과학자는 한 가지 특별한 명예를 공유하고 있었다. 10년 전 캐럴라인 허셜이 세상을 떠난 후 서머빌은 영국 왕립천문학회에 적을 올린 유일한 여성이었고, 미첼은 미국예술과학아카데미에 이름을 올린 최초이자 아직도 유일한 여성 회원이었다. 스코틀랜드에서 만난 두 과학자는 세 번의 오후를 함께 보냈다. 비장의 무기, 즉 존 허셜 경의 아내가 써준 소개장을 들고 이곳에 도착한 미첼은 "이 뛰어난 여성과 만나본 적이 있는 사람이라면 누구나 그녀를 더 존경하게 될 것"이라는 인상을 품은 채 이곳을 떠났다. 일기에서 미첼은 서머빌을 "작고 순전하다"라고 묘사했다. 반짝이는 파란 눈에 이목구비가 뚜렷한 서머빌은 일흔일곱이라는 나이보다 20년은 더 젊어 보였다. 그 나이를 짐작할 수 있는 것은 오직 약해진 청력뿐이었다. "서머빌 부인은 마치 남자처럼 아주 신속하고 분명하게 이야기한다. 하지만 그것 말고 남자 같은 특징은 찾아볼 수 없다"라고 미첼은 일기에 썼다. "온화하고 여성적이다. … 격식을 차리지 않고 친근하며 허식이나 냉담함은 전혀 찾아볼 수 없다."

이런 소묘를 바탕으로 마리아 미첼은 2년 후 대중 매체에 처음으로 발표하는 글인 〈애틀랜틱 먼슬리Atlantic Monthly〉에 실린 인물 소개 기사에서 이 스코틀랜드 과학자를 묘사한다. 이 기사에서 미첼은 서머빌을 엘리자베스 배럿 브라우닝, 캐럴라인 허셜과 함께 그 시대에 "각자 선택한 길에서 남자를 상대로 성공을 거둔 몇 안 되는 여성 천재"로 꼽는다. 훗날 미첼은 배서대학에서 자신이 가르치는 학생들의 야심을 고취하기 위해 메리 서머빌과 해리엇 호스머 같은 여성의 인생을 인용한다. 한 강의에서 미첼은 재능에 대한 책임과 타고난 소질을 갈고 닦아야 할 필요성을 강조하면서 맹렬하고 지치지 않는 근면함으로 노력해야 한다고 주장했다.

모든 여자가 천문학자, 수학자, 예술가가 되어야 한다고 주장하는 것은 아닙니다. 하지만 어떤 여성이든 자신이 선택한 일에 완벽을 기하려고 노력해야 한다고 생각합니다.

그 분야가 예술이거나 문학, 과학이라면 우리는 평생 쉬지 않고 끊임없이 노력해야 합니다. 다른 사람보다 더 재능을 타고났다면 그만큼 더 노력해야 합니다. 타고난 재능만큼 노력해야 할 의무가 더 늘어나는 셈입니다. … 세상에서 "천재"라고 부르는 사람들이 얼마나 흔들리지 않고 노력을 이어가는지, 얼마나 끊임없이 수고를 들이는지 생각해보십시오. 내 말을 믿어도 좋습니다. "태어나는 것이지 만들어지는 것이 아니다"라고 말해지는 시인이란 실은 그 타고난 재능을 위해 성실하게 노력하는 사람입니다. 뉴턴은 자신의 능력이란 결국 전부 "끈기 있는 사고"라고 말했습니다. 근면한 사고, 근면한 수고, 확고부동한 목적의식이 있다면 못할 일은 없습니다.

우리 여성들이 우리가 가진 모든 권리를 활용하고 있습니까? 우리에게는 지식을 좇아, 진실을 좇아 끊임없이 계속해서 노력해나갈 권리가 있습니다. 평생에 걸쳐 연구할 우리의 권리를 누가 부정합니까? … 우리에게는 또 다른 권리가 있습니다. "남자들이 자신의 일을 잘해내는 것과 마찬가지로" 우리가 하는 일을 잘해낼 권리입니다. 나는 우리가 이 권리를 사용하지 않는 것이 염려스럽습니다.

과거의 누구보다 자기 일을 잘해내는 여성은 그것으로써 모든 여성 동지를 돕습니다. 비단 현 시대의 여성뿐 아니라 다음 세대의 여성들까지 돕게 됩니다. 비록 작은 일일지라도 그 여성은 인류를 움직이는 것이며 그것은 성장입니다.

미첼이 스코틀랜드를 방문하기 30년 전 46세의 서머빌은 최초로 자외선의 자성을 연구한 과학 논문을 발표한다. 이 논문으로 서머빌은 만화경의 발명가인 데이비드 브루스터 경Sir David Brewster에게 "유럽을 통틀어 가장 비범한 여성, 여성의 부드러움을 전혀 잃지 않고 일류의 자리에 오른 수학자"라는 상찬을 받았다. 새로 설립된 실용지식보급협회Society for Diffusion of Useful Knowledge의 영향력 있는 설립자인 브로엄 경Lord Brougham은 서머빌의 논문에 감탄하여 서머빌에게 "프랑스의 뉴턴"이라 불리는 피에르시몽 라플라스Pierre-Simon Laplace의 수학 논문을 번역하는 작업을 맡겼다. (30여 년 후 소로는 실용지식보급협회에 트집을 잡으며 "차원 높고 유용한 지식"의 보급을 위해서는 "실용적인 무지의 보급"이 필요하다고 주장한다.) 서머빌은 노벨상을 받은 폴란드 시인 비슬라바 심보르스카Wislawa Szymborska가 제안한 "번역이 번역으로 존재하길 그만두고 … 제2의 창작물이 되는 보기 드문 기적"이라는 개념에 필적하는, 경탄할 만한 수준의 결과물을 내놓았다. 단순히 수학을 번역하는 데 그치지 않고 수학 개념을 확장하여 일반 독자들이 쉽게 이해할 수 있도록 만든 것이다. 바로 라플라스의 난해한 수학 사상을 대중화했다고 할 수 있다. 한 세기 전에 프랑스에서 뉴턴의 저작에도 이와 비슷한 일이 일어났다. 수학 신동인 에밀리 뒤 샤틀레Emilie du Chatelet가 당시 논쟁의 한복판에 있던 뉴턴의 저서(만유인력의 법칙을 처음으로 발표한《프린키피아》이다—옮긴이)를 번역서 이상의 걸작인《프린키피아 마테마티카Principia Mathematica》로 대중에게 소개한 것이다. 샤틀레의 연인이자 협력자였던 볼테르Voltaire는 그녀를 익살스럽게 "뉴턴 뒤 샤틀레 부인"이라고 부르는 한편 진심으로 그녀에게 "호라티우스Horatius와 뉴턴을 합친 듯한 재능"이 있다고 생각했다. 뒤 샤틀레는 뉴턴의 저서를 번역하면서 독창적인 생각이 많이 가미된 주석을 달아 현대 세계를 형성하게 될 개념들을 대중의 머릿속에 심어주었다. 이 저서는 유럽 과학혁명의 중심이 되었으며, 오늘날까지 프랑스 표준 교과서 중 한 권으로 남아 있다.《프린키피아》를 번역하고 갈고 닦는 과정에서 뒤 샤틀레는 훗날 에너지보존법칙이라 알려지게 될 법칙을 독창적으로 연구했다. 빛의 속성에 대한 그녀의 통찰력은 사진의 발명으로 향하는 길을 닦았다. 뒤 샤틀레는 철학자이자 경제학자이며 풍자가인 버너드 맨더빌Bernard Mandeville이 1714년 집필한《꿀벌의 우화The Fable of the Bees》를 번역하면서 그 번역본의 서문에서 이렇게 썼다.

내가 왕이라면 이런 과학 실험을 해보고 싶다. 인류의 절반을 잘라내버리는 학대를 개혁하는 실험이다. 모든 여자가 인간에게 주어진 모든 권리를, 무엇보다도 지성의 권리를 행사할 수 있도록 허가해주는 것이다.

몇 년 동안의 연구 끝에 1831년 서머빌은 라플라스를 다룬 저서인《천계의 구조The Mechanism of the Heavens》를 발표했다. 이 책은 즉각 성공을 거두었고 유럽 과학계 거물들의 관심을 끌었다. 서머빌이 당대의 가장 위대한 과학자라고 생각한 존 허셜은 서머빌에게 따뜻한 격려의 편지를 보냈다. 서머빌은 남은 생애 동안 이 편지를 소중히 간직했다.

서머빌 부인에게
당신의 원고를 무척 즐겁게 읽었습니다. 주저 없이 최고의 존경을 표합니다. (당신이 이 말을 진심으로 믿어주리라 확신합니다.) 지금처럼 계속 정진하시면 보기 드문 기념비를 세우게 될 것입니다. 명성보다 더 큰 가치를 부여할 것, 바로 가장 유용한 업적을 이룩하게 될 것입니다. 라플라스가 자신의 위대한 저작을 다룬 이 해설서를 읽을 때까지 살지 못한 것이 얼마나 유감인지요! 이 업적을 통해 당신은 순수과학 분야에 큰 자극을 선사하였습니다. 나는 오직 그 자극이 너무 강한 것을 염려할 뿐입니다.

서머빌은 또 다른 영광스러운 편지를 받았다. 마리아 미첼이 그 이름을 딴 작가 마리아 에지워스가 편지를 보내온 것이다.

오랫동안 나는 뱃속에 먹이를 잔뜩 넣은 보아뱀과 같은 상태였어요. 그런데 방금 몸을 움직이는 능력을 회복했습니다. 당신이 이 책에 불어넣은 위대함과 광대함으로 내 정신이 얼마나 확장되었는지! … 당신의 저서로 내가 얼마나 큰 즐거움을 누렸는지 말로만 전할 수 있을 뿐이에요. 덕분에 내 머릿속에서 떠올릴 수 있던 그 모든 생각 이상으로 우주의 장대함에 대한 개념을 확장시킬 수 있었습니다.

에지워스는 서머빌이 음파의 전달을 다룬 부분에서 특히 "장대한 개념뿐 아니라 아름다운 문장"에도 감명을 받았다고 썼다.

지구의 표면에서 어느 정도 높은 곳에 이르면 폭풍우의 소음이 멈추고 천둥소리도 더는 들리지 않는다. 그 드넓은 영역에서 천체는 영구하고 장엄한 고요 속에서 자신의 궤도를 돈다.

몇 년 후 에지워스는 서머빌에 대해 존경의 마음을 담아 "그녀는 별 사이에 머리를 두고 있지만 발은 지구의 땅을 단단히 딛고 있다"라고 쓴다.

미첼처럼 서머빌도 종교 교파와 교리 때문에 곤란을 겪었다. 서머빌은 종교적 논쟁이 주위를 휘몰아치고 있을 때도 "양심의 자유에 대해 고결한 이상을 품고 있었기 때문에 어떤 사람의 의견에 크게 휘둘리지 않았다"라고 회고했다. 그 대신 서머빌은 "본질적으로 종교적 관점이 크게 다른 이들과도 충실한 우정과 사랑을 나누면서" 살아가기로 선택했다. 회고록에서 서머빌은 종파에 대한 자신의 신념을 이렇게 요약했다. "나의 종교적 신념은 아주 확고하다. 하지만 내가 집필한 모든 책에서 나는 전적으로 과학적 주제에만 내용을 한정했다."

그 무엇보다 서머빌은 위대한 과학자와 위대한 사람만의 특징을 지니고 있었다. 바로 자신의 의견을 확고하면서도 느슨하게 쥐고 있는 능력, 기발한 가설에도 귀를 기울이며 새로운 증거에 비추어 자신의 의견을 기꺼이 바꿀 준비가 되어 있는 능력이다. 서머빌의 딸은 어머니에 대해 이렇게 이야기했다.

젊은 시절의 의견을 나이가 든 후에도 고수하는 일은 그리 드문 일이 아니다. 어느 시기에 고착된 후에는 새로운 사상이나 가설을 이해하고 인정하는 능력을 잃어버리는 듯 보인다. 그런 사람은 결국 시대에 뒤처진다. 한때 대중의 의견을 앞서 이끈 사람들도 예외가 아니다. 하지만 어머니는 그렇지 않았다. 새로운 생각이든 새로운 이론이든 기꺼이 환영하고 받아들였으며 진지하게 관심을 보였다. 새로운 생각이 기존의 확신과 모순되어도 상관없었다. 어머니의 이런 특징은 평생 변하지 않았으며, 이 덕분에 어머니는 이전 세대와 동시대의 철학자뿐 아니라 새로운 세대의 철학자들에게도 공감할 수 있었다.

《천계의 구조》를 통해 과학적 명성을 얻은 일로 서머빌은 이 책을 쓰는 동안 감당해야 했던 따분한 일과를 어느 정도 보상 받았을 것이다. 이 책을 집필하는 동안 서머빌은 부유한 가정에서 수학 교사로 일하면서 가족을 부양했다. 서머빌이 가르치던 학생 중에는 에이더Ada라는 이름의 소녀가 있었는데, 애나벨라 밀뱅크Annabella Milbanke 남작 부인의 딸이자 시인 바이런 경Lord Byron의 하나뿐인 적법한 자녀였다. 바이런은 수학에 뛰어난 남작 부인과 사랑에 빠졌지만, 그 짧고 격렬한 결혼 생활이 끝내 무너져버리고 만 후 처음 자신을 매혹했던 바로 그 특징들을 못 견딜 정도로 불쾌하게 여기게 되었다. 한때 자신이 "평행사변형 공주"라고 숭배했던 여성을 이제 냉정하고 계산적인 "수학계의 메데이아"라고 비꼬았다. 부인에 대한 조롱은 바이런의 서사시 《돈 후안Don Juan》에서 불멸성을 얻어 후대에 전해진다. "그녀가 가장 좋아하는 과학은 수학이었지. … 마치 걸어 다니는 계산기였어."

바이런이 계산적이라고 불쾌해한 것은 바로 애나벨라가 이혼을 하기 위해 취한 행동이었다. 애나벨라는 딸을 임신한 지 얼마 지나지 않아 남편이 근친상간을 저지르고 있다고 의심하기 시작했다. 그 상대는 바이런과 배다른 남매인 오거스타Augusta로, 의심이 들었을 때는 이미 뱃속의 아이가 고모의 이름을 물려받은 후였다. 오거스타 에이더가 태어나고 다섯 주가 지난 후 애나벨라는 변호사를 통해 바이런 경에게 별거를 요구하면서 자신의 요구를 들어주지 않으면 바이런의 연애 행각을 대중에게 공개하겠다는 간접적인 암시가 담긴 통고를 보냈다.

이 최후통첩을 심각하게 받아들인 바이런은 영국을 떠난 후 다시는 돌아오지 않았다. 그는 유럽 전역을 방랑하며 떠돌다 이탈리아에서 시인으로 이름을 알리려 애를 쓰던 퍼시 셸리Percy Shelley를 만나 7년 동안 함께 살았다. 방랑하는 중에도 내내 바이런은 에이더의 작은 초상화를 소중히 간직했고, 찾아온 손님이 닮았다고 말해주면 만면에 희색을 띠었다. 한편 바이런은 딸이 물려받은 유산을 크게 걱정하고 있었다. 바이런을 찾은 어느 사람의 이야기에 따르면, 딸이 아빠를 닮았다는 이야기를 듣고 초상화를 집어 들더니 한숨을 내쉬었다고 한다.

이 아이가 영민하다는 말을 들었어요. 그렇지 않으면 좋았을 텐데. 무엇보다 이 아이한테 시적 감성이 풍부하지 않으면 좋겠습니다. 그런 재능이 장점이라 한다면 그 장점을 위해 지불해야 할 대가가 너무 커서 내 자녀만큼은 그걸 피했으면 좋겠다고 기도하게 됩니다.

홀로 어린 딸을 키우면서 애나벨라는 태만한 아버지의 "시적인" 영향력을 끊어버리기 위해 수중에 있는 가장 강력한 해독제를 쓰기로 했다. 애나벨라는 에이더가 네 살 때부터 수학을 비롯한 과학을 가르쳤고 자신이 아는 가장 뛰어난 수학자인 서머빌을 가정교사로 고용했다.

한편 바이런은 그리스로 가서 오스만제국으로부터의 독립 전쟁에 참전했다. 오스만제국은 그리스가 북쪽으로 국경을 면한 나라이자 내 고향인 불가리아를 다섯 세기 동안 지배한 바로 그 이슬람 제국이다. 바이런은 그리스의 전장에서 36세의 나이로 세상을 떠났다. 당시 에이더는 여덟 살이었다. 세상을 떠나기 바로 얼마 전 바이런은 친구에게 속마음을 털어놓았고 친구는 그 대화를 기록으로 남겨 두었다.

나는 종종 수십 년의 시간을 뛰어넘는 공상에 빠집니다. 언젠가 딸이 내 작품을 읽으며 나를 알게 될 그날을 기대하면서 현실의 결핍을 위로합니다.

10대가 되었을 때 에이더는 수학에서 출중한 재능을 발휘했고 그 시대에 이미 비행 기구를 설계할 계획을 세울 만큼 성숙했다. 하지만 에이더는 아버지가 그럴 것이라 희망한 대로 아버지의 정신에 따라 움직였으며 자신의 중요한 일부, 삶 자체의 중요한 일부라 느끼는 부분에 대한 억압에 저항했다. 바로 시적인 공상 능력이었다. 십대다운 반항심을 분출하며 에이더는 어머니에게 편지를 썼다.

> 엄마는 나한테 철학적 시를 허락해주지 않을 거예요. 하지만 순서를 바꾸면
> 어때요! 시적인 철학, 시적인 과학은 허용해줄 건가요?

에이더는 부모가 불만과 자랑이라는 두 가지 감정을 품을 수밖에 없도록 "영민한" 동시에 "시적 감성이 풍부한" 사람으로 성장했다. 훗날 그녀가 극찬받게 될 재능은 어쩌면 바로 어린 시절부터 서로 모순되며 심지어 공존할 수 없다고 여겨지는 열정과 소질을 결코 포기하지 않으려는 의지에서 비롯된 것일지도 모른다.

에이더가 열아홉 살이 되었을 때 서머빌은 이 젊은 여성을 자신의 오랜 친구인 괴짜 수학자 찰스 배비지Charles Babbage가 주최하는 사교 모임에 데리고 나가기 시작했다. 에이더가 이제 곧 러브레이스Lovelace 백작이라는 작위를 받게 될 윌리엄 킹William King과 결혼하기 얼마 전의 일이었다. 결혼한 뒤 에이더의 성은 바이런에서 러브레이스로 바뀌었다. 그로부터 23년 후 유럽을 여행하던 마리아 미첼은 그동안 만나보고 싶어 했던 노년의 배비지를 우연히 만난다. 어떤 모임이 열린 런던의 응접실 문턱에서 밤 11시에 마주친 것이다. 미첼은 마침 나가던 중이었고 배비지는 들어오던 중이었다.

서머빌이 러브레이스를 배비지에게 소개하고 얼마 후 러브레이스와 배비지는 힘을 합쳐 세계 최초의 컴퓨터로 널리 인정받게 될 기계, 즉 해석기관Analytical Engine을 만드는 작업에 착수했다. 공동 연구를 하던 중 러브레이스는 이탈리아의 군 공학자가 쓴 〈해석기관의 초안Sketch of an Analytical Engine〉이라는 제목의 과학 논문을 번역했다. 이 논문을 번역하면서 러브레이스는 원문보다 2.5배 많은 65쪽에 이르는 일곱 개의 각주를 붙였다. 이 각주 중

하나에는 본질적으로 최초의 컴퓨터 프로그램이라 할 수 있는 내용이 수록되어 있으며, 이로써 러브레이스는 세계 최초의 컴퓨터 프로그래머라는 이름을 얻는다. 때는 1843년으로 당시 러브레이스는 27세였다.

러브레이스와 배비지를 소개해준 해인 1834년 서머빌은 다시 한번 중대한 논문을 발표했다. 〈물리적 과학의 관계에 대해서On the Connexion of the Physical Sciences〉라는 제목의 이 논문에서 서머빌은 각각 떨어져 있던 학문 분야였던 천문학, 수학, 물리학, 지질학, 화학을 우아하고 박식한 방식으로 하나로 묶어냈다. 이 논문은 순식간에 19세기 과학 분야 베스트셀러가 되었다. 서머빌은 이 논문을 쓴 공로로 새로운 길을 여는 최초의 영광을 캐럴라인 허셜과 함께 나누게 되었다. 이듬해 이 두 여성은 나란히 왕립천문학회에 들어간다.

그로부터 18년 후 〈뉴욕 타임스The New York Times〉는 처음으로 미첼을 언급한 기사에서 그녀를 서머빌, 러브레이스, 허셜과 같은 지위에 올린다. 〈뉴욕 타임스〉는 1852년의 영국 선거를 보도하는 기사에서 영국의 한 후보자가 여성 권리를 옹호하던 중에 다른 세 명의 선구적인 여성 과학자와 함께 "미첼 씨"의 이름을 언급했다는 소식을 전했다. (후보자는 미첼을 "뉴욕 출신"이라고 잘못 언급하는데, 이를 두고 〈뉴욕 타임스〉의 기자는 미국을 하나의 도시로 묶어 취급하는 무지의 징표에 이의를 제기했다.) 미첼의 출신지를 잘못 언급한 일을 지적하면서 기자는 이를 5년 전 미첼이 혜성을 발견하여 유명 인사가 되었다는 사실을 다시 한번 대중에게 각인시키는 기회로 삼았다.

서머빌의 〈물리적 과학의 관계에 대해서〉가 발표되고 몇 달 후에 영국의 저명한 학자이자 한때 뉴턴이 연구원으로 몸 담았던 트리니티대학의 학장인 윌리엄 휴얼William Whewell은 이 논문을 칭찬하는 말로 가득한 비평을 썼다. 휴얼은 서머빌의 라플라스 번역본을 공부하는 수업을 트리니티대학의 고등수학 과정에서 이수해야 할 필수 과목으로 만드는 데 중추적인 역할을 한 인물로, 이 비평에서 서머빌을 가리키기 위해 "과학자scientist"라는 말을 처음으로 고안해냈다. 그 당시 흔하게 사용된 "과학의 남자man of science"라는 표현은 당연히 여자에게 적용할 수는 없었고, 또한 휴얼이 여성의 정신에만 존재하는 "특유의 계몽적인 빛"이라 생각한 것에도 적용할 수 없었다. 이 계몽적인 빛이란 발상을 통합하고 겉으로 보기에 전혀 다른 분야를 연결하여 현실을 보는 하나의 뚜렷한 렌즈로 수렴하는 능력이다. 서머빌이 그 모든 분야에 깊은 지식을 가지고 논문을 쓰기는 했지만 휴얼은 서머빌을 물리학자나 지질학자, 화학자로 부를 수 없었기 때문에 그 모든 것을 하나로 합쳐 "과학자"라는 용어로 묶어냈다. 어떤 학자들은 휴얼이 1년 전 이미 새뮤얼 콜리지Samuel Coleridge와 나눈 편지에서 이 용어를 생각해냈다고 주장하지만 이에 대한 증거는 없다. 오늘날 우리가 알 수 있는 것은 휴얼이 서머빌에게 경의를 표했다는 분명한 사실뿐이다. 누구나 볼 수 있도록 인쇄본으로 남아 있는 이 비평에서 휴얼은 서머빌에게 "진정한 과학의 인간person of true science"이라는 찬사를 보낸다.

시를 써 상을 받은 적도 있던 휴얼은 서머빌의 논문에 대한 비평을 존 드라이든John Drayden의 〈밀턴에 대한 시Lines on Milton〉를 연상시키는 개작 시로 끝맺는다. 〈밀턴에 대한 시〉에서 드라이든은 호메로스Homeros와 베르길리우스Vergilius, 밀턴에게 시대와 문명을 뛰어넘는 시의 삼두집정관의 왕관을 씌우고 시라는 형태가 점진적으로 완성을 향해 나아가는 모습을 묘사한다.

서로 다른 시대에서 태어난 세 명의 시인들
그리스, 이탈리아, 영국의 광채가 빛났다
첫 시인은 사고의 고결함을 초월했고

그다음 시인은 존엄함을 초월했으며

마지막 시인은 두 가지 모두 초월했으니

자연의 힘이 더는 나아가지 못했다네

처음 둘을 합쳐 세 번째를 만들었으니

휴얼은 이 시에 등장하는 세 개의 왕관을 과학계의 세 여성, 알렉산드리아의 히파티아Hypatia와 볼로냐의 마리아 아그네시Maria Agnesi, 그리고 메리 서머빌에게 수여하는 것으로 고쳐 쓰고 서머빌을 물려 내려오는 재능의 정점으로 표현한다.

서로 다른 시대에서 태어난 세 명의 여성

그리스, 이탈리아, 영국의 광채가 빛났다

거장의 시적인 정신이 날아오르는 일이 드문 가운데

오직 이 셋의 정신만이 과학의 가장 높은 곳으로 날아올랐다

첫 번째는 잔혹하게 찢긴 왕관으로

사람들이 그 명성을 시기하고 그 학식에 당황했지

두 번째는 어두워지는 그늘의 색조를 통과하여

결국은 푸른빛 수도회에서 길을 잃었지

처음 둘과 걸맞은 세 번째이자 훨씬 행복한 이는

현명하지만 유쾌하고 박식하지만 유명하며

수많은 이들의 사랑을 받고 얼마 안 되는 이들에게 가치를 인정받았으니

세계를 가르치지만 누구에게도 "파랗다"고 불리지 않았다네.

서머빌을 칭찬하기 위해 쓴 시지만 여기에서 휴얼은 그 시대에 만연한

고정 관념을 눈감아준다. "파랗다"는 것은 "파란 양말bluestocking"에서 따온 표현으로, 당시 지적인 여성, 정신의 삶을 누리기 위해 여성성과 가정을 희생했다고 여겨지는 여성을 경멸적으로 일컫는 말이었다. 비록 메리 서머빌이 그런 여자가 아니라고 하기는 했지만 그 뒤에는 재능 있는 여성 대부분이 그렇다는 암시가 숨겨져 있다.

얄궂게도 "파란 양말"이라는 용어는 여자가 아니라 남자가 벌인 괴짜 행각 때문에 처음 만들어졌다.

마거릿 풀러가 보스턴에서 "대화" 모임을 열기 한 세기 전, 아일랜드의 지식인인 엘리자베스 버시Elizabeth Vesey와 영국의 사회개혁가인 엘리자베스 몬터규Elizabeth Montague는 힘을 합쳐 선구적인 사교 모임을 열기로 했다. 여자들을 불러 모아 문학과 정치 이야기를 나누는 모임이었다. 가끔 남자들이 이 모임에 참석하기도 했다. 언젠가 이 모임에 멋쟁이 식물학자인 벤저민 스틸링플릿Benjamin Stillingfleet이 지나치게 눈에 띄는 파란 털양말을 신고 나타났다. 모임의 여자들은 그의 옷차림에서 배움에 대한 진정한 열정이 아니라 허영에 빠져 지적인 척하는 지식인의 모습을 발견했다. 모임에 참석한 여성들은 대화에 열중한 나머지 유행에는 신경을 쓸 여력이 없었다. 하지만 어찌 된 일인지, 아마도 언어가 권력 구조를 반영하기 때문일 텐데, "파란 양말"이라는 말은 그 모임에 참석하는 여성들을 가리키는 말이 되었다. 반세기 후에 캐럴라인 허셜은 비꼬는 데라고는 전혀 없는, 사실을 사실대로 언급하는 솔직한 어투로 이 이중 잣대를 정확하게 지적한다. "허영심이 하나도 없는 여자가 있을까요? 남자는 있습니까? 단지 이런 차이가 있을 뿐입니다. 신사분들 사이에서는 이 허영심이라는 필수품이 흔히 야심으로 포장되기 마련이지요."

비록 사회의 고정 관념을 그대로 답습하기는 했지만 휴얼은 각기 다른 학문 분야의 연결고리이자 교차수분의 매개자로서 서머빌의 유례없는 재능을 완벽하게 파악하고 있었다. 10년 후, 마거릿 풀러가 《19세기 여성》을 집필하는 해에 에이더 러브레이스는 "모든 것은 자연적으로 서로 이어져 있으며 서로 연결된다"라고 쓴다. 스무 살의 엘리자베스 배럿 브라우닝은 서머빌이 첫 논문을 발표한 해에 출간된 정신의 본질을 다룬 자신의 첫 시집에서 재능의 주요 특징으로 "사실의 연결고리를 사고의 연결고리와 통합시키는 대담한 연계" 능력을 꼽는다. 서머빌의 〈물리적 과학의 관계에 대해서〉가 발표되고 25년 후에 마리아 미첼은 이 논문을 "물리적 과학의 모든 분야에 걸친 방대한 사실들이 서머빌 부인의 생각이라는 섬세한 거미줄로 연결되어 있다. 그 지식의 방대함은 오직 훔볼트Humboldt에 필적한다"라고 칭송한다.

하지만 이 논문이 발표되었을 때 모든 사람이 과학에 대한 서머빌의 공헌을 인정한 것은 아니었다. 서머빌은 정보를 통합하고 교차수분하면서 지식의 총합보다 더 큰 통합된 지혜를 이끌어냈다. 이런 통합과 교차수분의 가치는 기존 지식의 양이 늘어날수록 기하급수적으로 높아지게 된다. 하지만 이 점을 제대로 이해하지 못한 스코틀랜드의 철학자 토머스 칼라일Thomas Carlyle은 서머빌이 독창적인 연구는 전혀 하지 않았다고 주장했다. 당시 19세기 조형 미술에서 여성의 길을 닦고 있던 젊은 조각가 해리엇 호스머는 칼라일의 주장을 조각조각 난도질한다. 서머빌을 옹호하는 편지에서 호스머는 칼라일을 비웃는다.

칼라일의 머릿속에서는 여자가 두드러진 역할을 한 적이 한 번도 없는 것이 분명해요. 하지만 남녀를 떠나서 이 복잡한 문제들에 대해 이토록 뚜렷한 통찰력을 발휘한 사람은 없었어요. 학생들의 머릿속에 이런 문제들을 이토록 분명하게 전달하는 뛰어난 능력을 보여준 사람도 없었어요. 이런 통찰력과 전달 능력은 분명 독창성의 일면이라 볼 수 있습니다.

휴얼은 칼라일이 깨닫지 못한 독창성을 볼 수 있었다. 과학을 즐겼던 만큼 시도 즐겼던 시인인 이 케임브리지의 명사는 서머빌이 모든 시대를 통틀어 뛰어난 과학 작가만이 이룰 수 있는 보기 드문 성취를 이루어냈다는 사실을 알고 있었다. 가장 먼저 서머빌은 과학의 추상 개념을 친숙하게 설명했고, 그다음으로 그 개념과 다른 추상 개념과의 관계, 현실 세계와의 연관성을 설명했으며, 마지막으로 이 만화경 같은 관점을 통해 수준 높은 진실을 밝히며 독자를 매혹시켰다. 여기에서 진실은 단순한 정보가 아닌 시적인 이해가 가미된, 소로가 말한 "높은 차원에서의 유용한 지식"이었다.

하지만 23년 후 트리니티대학을 방문했을 무렵 마리아 미첼은 23년 전과는 전혀 다른 휴얼을 만나게 되었다. 한때 시대와 관습을 뛰어넘는 참신한 시선으로 세계를 보았던 남자는 반세기 동안 케임브리지 학계에서 오만함을 뼛속까지 흡수한 끝에 극심한 상처를 입었다.

미첼은 저택 창문에 드리운 벨벳 커튼에서 시작하여 지나치게 격식을 차리며 저녁 식사 시중을 드는 제복을 갖춰 입은 여섯 명의 하인에 이르기까지, 속속들이 케임브리지의 허식으로 가득한 휴얼의 생활이 영 마음에 들지 않았다. 미첼은 "영국 사람은 자부심이 강하다. 영국 사람 중에서도 케임브리지 사람이 가장 자부심이 강하다. 휴얼 박사는 케임브리지 사람 중에서도 가장 자부심이 강하다"라고 일기에 썼다. "케임브리지 사람에 따르면 트리니티대학의 학장은 전 세계의 학장이기도 하다!" 한편 미첼은 휴얼 박사가 회색 머리칼이 세었음에도 "보기 드물게 잘생겼다"는 점도 눈여겨보았다. "그 입 주위에 못된 성미를 드러내는 표정을 짓고 있지 않을 때는 말이다." 하지만 그 못된 성미는 두 사람이 만날 때마다 불쑥불쑥 튀어나오는 듯 보였다.

두 과학자가 서로 만나는 자리를 마련해준 그리니치천문대 관장의 아내는 미첼과 휴얼이 처음 만난 순간부터 서로 "화나게 만든다"는 사실을 알아차렸다. 하지만 왜 그랬을까? 휴얼에게 피그말리온 콤플렉스가 있어 자신의 힘으로 서머빌을 유명 인사로 만들고 서머빌의 뛰어난 재능을 대중의 상상력 속에서 살아 숨 쉬게 만들면서 대단한 희열을 느꼈을지도 모른다. 그래서 이미 과학계에서 이름을 떨치고 있던 미첼을 상대로는 이런 일을 벌일 여지가 없어 실망했을지도 모른다. 과학적 견해가 서로 달랐을 가능성도 있다. 4년 전 휴얼은 지구 밖에 존재하는 생명체의 가능성을 부인하는 창조론적 논문을 발표한 적이 있다. 앨프리드 테니슨Alfred Tennyson은 이 논문을 읽고 잘 알려진 바와 같이 이렇게 말했다. "삼류의 태양을 도는 삼류의 행성에 살고 있는 우리만을 위해 우주가 창조되었다는 것은 결코 상상할 수 없는 일이다."

미첼은 휴얼의 비아냥거리는 말투를 싫어했고 휴얼이 "자존심과 높은 자부심 탓에 무례할 정도로 오만한 태도"를 보인다고 생각했다. 휴얼이 이룩한 업적을 존경하는 한편 미첼은 자신 앞에 있는 가면을 쓴 이 남자와 사이좋게 지낼 수 없다고 생각했다. "휴얼 박사는 마음에 와닿는 아름다운 시를 쓰지만 그와 함께 있으면 이 남자가 그 시를 쓴 장본인이라고 믿기 어렵다." 미첼은 휴얼이 "미국인에 대해 아주 혹독하게 군다"는 사실을 알게 되었고 휴얼이 에머슨을 비방했을 때에는 경악을 금치 못했다. 한 번도 반대 의견을 내는 데 주저한 적이 없는 미첼은 휴얼 앞에서 콩코드의 현인에 대한 존경의 마음을 분명하게 밝혔다. 나는 미첼이 냉담한 태도로 노여움에 불타는 큰 갈색 눈을 반쯤 내리깔고 한없는 경멸을 반은 숨기고 반은 드러내는 모습을 떠올릴 수 있다. 이에 대한 반격으로 휴얼은 시에 대한 미첼의 취향을 얕잡아 보고 특히 최근에 출간된 엘리자베스 배럿 브라우닝의 《오로라 리Aurora Leigh》를 좋아한다는 미첼을 비웃었다. 《오로라 리》는 사랑을 좇는 인생과 재능을 좇는 인생 사이에서 갈등하는 어느 젊은 여자의 인생을 그린 이야기시이자 무운시無韻詩이다. 이 여자는 사회에서 예술가로서 강한 목소리를 내지만 사회는 전통이라는 핑계로 그 목소리를 침묵시키려 한다. 엘리자베스 배럿 브라우닝을 숭배하는 미첼의 마음이 유럽의 그 어떤 박식한 과학자를 존경하는 마음과도 비교할 수 없을 정도로 크다는 사실을 휴얼이 알고 있을 리가 없었다. 그 마음이 얼마나 강렬했던지 한 친구가 미첼에게 일종의 비공식적인 소개장으로 배럿 브라우닝이 소유하던 책을 한권 주면서 주인에게 돌려주고 오라고 했을 때에도 미첼은 도저히 시인의 집 문을 두드릴 용기조차 내지 못했을 정도였다. 대서양을 건너 존경하는 시인의 집 앞까지 왔지만 미첼은 자신과 자신의 영웅을 가로막고 있던 나무문 앞에 꼼짝없이 서 있다가 결국은 책을 문 앞 계단 위에 놓아둔 채 몸을 돌리고 말았다.

바Ba—엘리자베스 배럿의 어린 시절 애칭—는 여덟 살이 되기 전부터 시를 썼다고 알려졌다. 가장 처음 쓴 시는 강제 징병을 비난하는 내용의 시였다. 열두 남매의 맏딸인 바는 어린 시절부터 극심한 신경성 두통과 근육통에 시달렸으며 이 통증은 40여 년의 인생 동안 그녀를 따라다닌다. 오늘날에는 엘리자베스 배럿이 저칼륨혈증주기성마비를 앓았을 것이라고 추정한다. 이 병은 근육 내 칼륨 양이 부족해지면서 급격하게 근육이 약해지고 격렬한 통증 발작이 일어나는 희귀질환이다. 열일곱 살 때 엘리자베스는 《정신에 대한 에세이, 그 외 시들Essay on Mind, and Other Poems》이라는 제목의 첫 시집을 익명으로 발표했다. 서문에서 그녀는 시를 "이해하고자 하는 열의"라고 표현하면서 "시인은 대상에서 반사되는 빛을 생각으로 포착한다"라고 주장했고 "정신의 산물"을 철학적 산물과 시적 산물로 분류했다. 엘리자베스 배럿 브라우닝의 작품은 이 두 가지 분야 모두에서 정점에 오르며 시인은 그 시대의 가장 영향력 있는 작가의 반열에 오르게 된다. 그리고 배럿 브라우닝의 《오로라 리》는 오늘날이라면 바이러스라고 묘사될 만큼 큰 반향을 불러일으킨다.

《오로라 리》에서 주인공인 오로라는 결혼을 거부한 채 예술가로 활동하며 생계를 꾸리기 시작한 연후에 예술을 부인하면 사랑이 빈곤해지듯이 사랑을 부인하면 예술이 빈곤해진다는 사실을 깨닫는다. 오로라는 시인을 "고결한 거짓말쟁이, 어둠을 좇는 몽상가, 태양과 달을 과장하여 표현하는 이들"이라며 거들떠보지 않는 비평가들을 상대로 시인을 옹호한다. 오로라는 시인을 "상대적이며 비교적이며 일시적인 진실이라는 형태로 진정한 진실을 이야기하는 유일한 화자"라고 표현한다. 한 세기 후 가장 넓고 높은 차원에서 그 자신도 시인의 범주에 속하는 제임스 볼드윈James Baldwin은 배럿 브라우닝의 주장을 되풀이한다.

> 시인은(나는 이 말로 모든 예술가를 지칭한다) 결국 우리에 대한 진실을 알고 있는 유일한 사람이다. 군인은 알지 못한다. 정치가도 알지 못한다. 성직자도 알지 못한다. 연합 지도자도 알지 못한다. 오직 시인만이 알고 있다.

배럿 브라우닝은 그 시대의 명사로 자리 잡기 전까지 당시에도 보기 드물 만큼 수많은 불행을 극복해야 했다. 그녀에게는 비극적인 사건이 쉴 새

없이 밀려들었고 여기에 극심한 고통이 따르는 질병의 발작까지 더해졌다. 34세 생일을 앞두었을 무렵 남동생 하나가 열병으로 세상을 떠났고 여기에 더해 엘리자베스가 가장 사랑했던 동생마저 항해 중 사고로 목숨을 잃었다. 엘리자베스는 그 사고가 자기 탓이라고 생각했다. "완전히 미쳐버릴 뻔했다"고 엘리자베스는 훗날 회고한다. 이듬해 병이 악화되어 고통이 한 단계 더 심해졌을 무렵 엘리자베스의 아버지는 딸을 병자용 마차에 실어 런던으로 데리고 갔다. 엘리자베스는 런던 윔폴가의 어두운 2층 방 침대에 갇히다시피 한 채 7년을 살았다. 옆을 지키는 것은 사랑하는 스패니얼 개 플러시뿐이었고 바깥세상과는 오직 편지를 통해서만 교류했다. "지하 감옥에 갇힌 사람들이 벽에 좌우명을 새기는 데 마음을 쏟는 것과 마찬가지였다." 플러가 배럿을 찬미하는 〈뉴욕트리뷴〉의 기사를 쓰며 인용한 단락에서 시인은 이렇게 이야기했다.

내게 시는 삶 자체만큼이나 진지한 것이었다. 그리고 내게 삶은 아주 진지한 것이었다. 이 두 가지 모두 놀이였던 적은 한 번도 없었다. 시의 마지막 목적이 즐거움이라고 착각한 적은 단 한 번도 없었다. 한가로이 여가를 위해 시를 쓴 적도 없었다. 나는 지금까지 일을 일로서 수행해왔다. 나 자신의 존재와는 전혀 상관없는 단순한 수작업이나 두뇌 노동은 아니었지만 나는 그 존재를 가장 완벽하게 표현하기 위해 노력해왔다. 그리고 그 결과 나는 대중 앞에 시를 내놓는다. 내가 목표했던 것을 기준으로 판단하기 때문에 나는 그 어떤 독자보다 내 작품의 불완전함을 깊이 통감한다. 그러나 한편으로는 경이롭고 진실하다고도 느낀다. 경이와 진실로 쓰인 작품은 경이와 진실의 사고 속에서 보호받아야 마땅하다.

감옥 같은 병실에 고립된 배럿은 맹렬한 속도로 시를 쓰면서 고요한 생활의 결핍을 메웠다. 그 결과 배럿은 문학적 성공을 거두게 되고 로버트 브라우닝Robert Browning의 구애를 받게 되었다. "친애하는 배럿 양. 온 마음을 다하여 당신의 시를 사랑합니다." 엘리자베스보다 여섯 살 어리고 아직 무명에서 벗어나지 못한 시인이었던 브라우닝은 1844년 출간된 배럿의 시집에 말로 표현할 수 없을 정도로 마음을 빼앗겨 알지도 못하는 저자에게 편지를 썼다. "당신의 작품들을 온 마음을 다해 사랑합니다. 당신도 마찬가지로 사랑합니다."

그렇게 서신을 통한 교제가 시작되었다. 아버지가 이 사실을 알면 두 사람의 관계를 비난할 것이 뻔했기에 배럿은 이 교제를 비밀로 숨겼다. 그 결과 역사상 가장 아름다운 연애편지 모음집이 탄생하였다. 그로부터 2년 후 배럿과 브라우닝은 몰래 도망쳐 배럿의 병실이 있던 곳 근처의 한 교회에서 소박하게 결혼식을 올렸다. 가혹할 만큼 소유욕이 강했던 아버지가 엘리자베스의 상속권을 몰수하자 브라우닝 부부는 최근 메리 서머빌이 자리를 잡고 살던 피렌체로 거처를 옮겼다. 이 스코틀랜드의 수학자는 브라우닝 부부를 만난 순간 이들이 서로를 위해 헌신할 뿐 아니라 서로의 예술을 위해서도 헌신하는 모습에 감동을 받았다. "이 두 사람의 인생보다 더 행복하고 매혹적인 인생은 상상할 수가 없다. 동류의 두 영혼이 가장 드높고 고결한 소망을 통해 서로 결합되었다"라고 서머빌은 썼다. 브라우닝 부부의 이야기가 너무도 유명해진 나머지 이 부부를 흠모하는 대중이 부부의 사적인 삶에만 관심을 보이면서 부부의 작품 세계는 뒷전으로 밀려나게 되었다. 한 세기 후 버지니아 울프는 브라우닝 부부의 삶이 유명 인사를 추종하는 문화 탓에 창작 문화가 어떻게 껍질만 남게 되었는지를 보여주는 비극적인 사례라고 여긴다.

곱슬머리와 구레나룻이 있는 열정적인 연인들, 억압에 반항하며 사랑을 위해 도피하는 연인들. 브라우닝 부부는 이 시인들의 작품을 한 줄도 읽어보지 못한 수천의 사람들에게 이런 인상으로 알려져 있다. 브라우닝 부부는 요즘의 활발하고 생기 넘치는 작가 집단에서도 유독 눈에 띄는 인물이 되었다. 요즘 작가라는 인종은 회고록을 쓰고 서한집을 출간하고 사진을 찍는 현대적인 관습 덕에 살과 피가 있는 사람이 되었으며, 작가라는 단어는 이제 단순히 예전 같은 의미로 사용되지 않는다. 작가는 그들의 시가 아니라 그들이 쓰는 모자로 이름을 알린다. 사진 예술이 문학 예술에 얼마나 피해를 입혔는지는 이제부터 판단해야 할 문제로 남아 있다.

《오로라 리》로 엘리자베스 배럿 브라우닝은 전례 없는 유명 인사가 되었으며 그와 함께 남편인 브라우닝도 유명해졌다. 하지만 그녀의 걸작은 하룻밤의 성공이라는 신화와는 대척점에 있었다. 배럿은 이 작품을 10년 동안 품에 안고 키워왔다. 이 책이 출간되기 11년 전, 로버트에게 보내는 무척이나 아름다운 연애편지에서 엘리자베스는 어떤 책에 대한 구상을 이야기한다.

내 핵심 의도는 일종의 소설시를 쓰는 거예요. 시는 시지만 … 우리 사교 모임의 한복판으로 뛰어들고 거실이나 그 비슷한 곳, "천사도 발을 내딛기 두려워하는 장소"로 불쑥 찾아드는 그런 시예요. 그리고 그 시대의 인간을 가면 없이 맨얼굴로 마주하는 겁니다. 그리고 내가 생각하는 진실을 솔직하게 이야기하는 거예요.

브라우닝은 흥분과 열의가 가득한 답변을 보냈다.

이번에 당신이 쓰겠다고 한 시, 대담하기 짝이 없고 참신함과 활기가 넘친다고 당신이 묘사한 그 작품은 당신이 집필하게 될, 혹은 시인인 어떤 사람이 집필하게 될 유일한 시가 될 것입니다. 하느님과 사람에게 바칠 단 하나의 현실, 단 하나의 효과적인 봉사가 될 것입니다. 그것이 바로 내가 평생 하려고 노력해온 일입니다. 지금 당신이 나와 함께할 것이기 때문에 나는 그 목표에 훨씬, 훨씬 더 가까워지고 있습니다.

엘리자베스가 유명 인사가 된 후 그녀의 작품에 대한 로버트의 자부심이 얼마나 대단했던지, 로버트는 자존심을 희생하면서까지 아내의 작품을 칭찬했다. 심지어 자신의 작품을 출간해줄 출판사를 찾기 위해서 아내의 작품을 같이 보내야 했던 시절이 있었다는 이야기를 아무렇지도 않게 할 정도였다. 오늘날에는 엘리자베스보다 로버트 브라우닝의 이름이 훨씬 더 잘 알려져 있지만 당시 로버트는 삶의 대부분을 아내의 그늘 아래에서 지내야만 했다. 하지만 그런 사실을 전혀 유감스러워하지 않았고 평생 아내에게 감탄하는 마음을 잃지 않았다. 1855년 로버트는 두 권으로 된 시집《남자와 여자Men and Women》를 발표했다. 브라우닝 부부는 이 시집에 아주 큰 희망을 품었다. 하지만 이 시집은 사람들의 마음을 움직이지 못했고 비평가들에게는 퇴짜, 대중에게는 무시를 받았다. 그로부터 몇 달 뒤《오로라 리》로 엘리자베스가 새로운 명사의 반열에 오르자 로버트는 매우 기뻐했다. "이렇게 성공을 거두다니, 정말로 깜짝 놀랐어요." 성공을 믿을 수 없던 엘리자베스가 시누이에게 편지를 썼다. "황금 같은 마음을 가진 로버트도 이 일에 뛸듯이 기뻐하고 있어요. 이 모든 일에 자기 책이 성공을 거둔 것보다 훨씬 더 기뻐하고 있어요." 어쩌면 엘리자베스는 오로라가 다음과 같이 선언하는 모습을 쓰면서 아직 무명에서 벗어나지 못한 로버트의 처지와 그 작품에 대한 대중의 뼈아픈 무관심을 생각하고 있었을지도 모른다.

　　아무것도 얻을 수가 없다.
　　인색하게 구는 일로는. 책에 대해서는 한층 더하지
　　수익을 아무리 셈해 본들 참도 도움이 되겠다
　　강탈해봤자 소용이 없지. 오히려
　　도취되어 우리 자신을 잊고 빠져들 때
　　책의 깊은 곳으로 영혼을 앞세워 곤두박질치며 빠져들어갈 때
　　그 아름다움과 진실의 짠맛에 깊이 마음이 움직일 때
　　그때서야 우리는 책에서 올바른 무언가를 얻을 수 있게 된다.

　하지만 후세 사람들은 이 시의 진가를 제대로 평가하지 않는다. "작가의 운명은 브라우닝 부인에게 결코 친절한 적이 없었다"라고 버지니아 울프는 시간의 단절과 우리가 역사라 부르는 선택적 소거를 뛰어넘어 지적한다. "누구도 그녀의 작품을 읽지 않고, 그녀에 대해 토론하지 않고, 누구도 수고를 들여 그녀를 그녀의 지위에 올리려 하지 않는다."

　1856년에는 누구나 그녀의 작품을 읽고 토론했다. 한편 가부장적 사회와 전통주의자들은 그녀에게 마땅한 지위를 돌려주려는 작업에 착수했다. 배럿 브라우닝은 어머니들이 딸들에게 《오로라 리》를 읽도록 허락하지 않는다는 사실을 자랑스럽게 보고했다. 하지만 젊은 여자들은 몰래 이 시를 탐독했다. 여성이 지적 · 예술적 자주권을 지키고, 건조하고 의존적인 가정의 삶 대신 창조적인 일을 하며 살아가는 사회적 삶을 선택할 권리를 주장하는 이 책은 인상적이었고 충격적이었다. 그리고 그 핵심 주장 이상의 것으로 사회를 뒤흔들었다.

이 소설시의 화자이자 주인공 오로라는 영국인 아버지와 피렌체 출신 어머니의 딸로, 어릴 때 어머니를 잃는다. 아버지마저 세상을 떠나자 어린 오로라는 배를 타고 영국으로 실려가 차갑고 매정한 고모의 손에서 자란다. 고모는 오로라의 아버지가 외국인과 저지른 죄악의 살아 있는 증거로 오로라를 취급한다. 책에 파묻혀 혼자 공부하는 오로라의 곁을 지키는 유일한 벗은 사촌 롬니 리Romney Leigh뿐이다. 젊고 이상적인 사회개혁가인 롬니는 시인이 되겠다는 오로라의 소망을 비웃는다. 세상을 바꾸기 위한 활동에서 예술은 약해 빠진 수단이라는 것이다. 롬니는 오로라에게 행동주의에 비해, 사회 개혁을 통해 삶을 개선하려는 수고로운 노동에 비해 예술은 열등한 도구라고 말한다. 이에 답하는 오로라의 말에는 예술이 어떻게 삶에 영향을 미치고 고양시키는지 삶을 변화시키고 회복시키는 예술의 힘이 얼마나 큰지에 대한 엘리자베스 배럿 브라우닝의 생각이 담겨 있다.

> 예술이란 무엇이냐고
> 한층 폭넓은 규모, 한층 드높은 차원의 삶이지
> 소용돌이 모양의 선을 따라 조금씩 올라갈 때
> 계속해서 확장하고 상승하는 소용돌이를 따라갈 때
> 예술은 중대한 의미로 우리를 이끌어
> 무한을 갈망하는 모든 사물의 의미야
> 예술이란 삶이야. 우리가 살고 고통받고 투쟁하는 곳이야

롬니가 청혼하자 오로라는 자신의 소명이 이 세계를 더 나은 곳으로 만드는 일에 적합하지 않다고 생각하는 남자가 자기 자신은 아내로 적합하다고 생각한다는 사실에 분개한다. 청혼을 거절하며 롬니에게 큰 충격을 안겨

준 오로라는 런던으로 나가 작가로 일하며 살아가기로 한다. 삶을 통해 자신의 신조를 증명하려는 대담한 실험이다. 롬니는 마음에 상처를 입지만 한편으로 오로라의 용기 있는 신념에 감탄하면서 작별 인사를 고한다. 그리고 작별의 자리에서 예술이 인생에서 멀어져서는 안 된다고 충고한다.

> 생각해 봐, 예술이 진실로 드높은 삶이라 한다면
> 발을 딛고 일어설 한층 낮은 삶도 필요한 법이야
> 그토록 높이 손을 뻗기 위해서는 말이지
> 누구라도 발끝으로 설 수는 없는 법이야
> 안정적으로 두 발을 딛고 설 수 없는 곳에서는
> 그러니 기억해! 예술을 위해서 네 삶을 꼭 잡아 둬

런던에서 오로라는 극심한 가난에 시달리며 3년을 보낸다. "행복하고 고독을 두려워하지 않으며" "거의 특별한 재능처럼 여겨지는 끈기"를 가지고 일하면서 생계를 꾸리기 위해 상업적인 글을 쓰는 한편 시인으로서 자신의 예술을 연마한다.

> 살아가야 했으므로 나는 일을 해야 했다
> 살아가지만 가난한 탓에 삶 안에서 붙잡혀 있었다
> 한 손으로는 서점을 위해 글을 쓰고
> 다른 한 손으로는 나를 위해 글을 썼다
> 그리고 예술을 위해. 손발을 다 써서 헤엄치지 않으면
> 좀처럼 나아갈 수가 없으니. 나는 깨달았다
> 영국에서 살아 있는 시를 쓰며 살아가는 사람은 없다는 걸

이를 이해했기 때문에 나는 산문을 쓰기로 결심했다

내 살아 있는 시를 위한 자리를 만들기 위해서

저널리스트와 수필가로 자리를 잡은 오로라는 시집을 출간한다. 이 시집은 독창성의 승리라며 대중의 환영을 받고, 오로라는 명사의 지위에 오른다. 그런 오로라에게 어느 날 왈드머Waldemar 부인이 찾아온다. 상류층 상속녀인 부인은 자신이 롬니를 사랑한다고 고백하면서 롬니가 매리언 얼Marian Erle이라는 이름의 가난한 처녀와 결혼하려 한다는 소식을 전한다. 부인은 오로라에게 그 결혼을 막아달라고 간청하면서 고귀한 신분의 롬니가 초라한 신분의 여자와 결혼함으로써 위신을 떨어뜨려서는 안 된다고 말한다.

부인을 만난 오로라는 처음부터 부인과 그 "은빛 웃음"을 믿지 못한다. 부인이 눈꺼풀을 들어 올리는 모습에는 "마치 엄격하게 나라를 다스리며 자기 자신에게도 인정을 베풀지 않는 엄숙하고 진정한 여왕다운 표정이 서려 있다." 오로라는 사촌의 신부가 될 처녀를 찾아 그 결혼이 적합한지 스스로 판단하려 한다. 오로라는 학대받는 집에서 도망 나와 초라한 노동 계층으로 살아가고 있던 젊고 가난한 매리언 얼을 직접 만난다. 오로라는 매리언의 상냥함과 다정함, 삶에 대한 성실함과 롬니에 대한 사랑에 마음이 기운다. 오로라는 그 결혼을 기뻐해주는 것 말고는 달리 할 수 있는 일이 없다.

계급이라는 인간성을 말살하는 경계를 뛰어넘는 사랑이라는 급진적인 소재는 엘리자베스 배럿 브라우닝이 쓴 가장 전복적인 이야기 구성이다. 19세기 중반 사회·경제적 계급의 경계를 위반하는 일은 생각조차 할 수 없을 만큼 수치스러운 일이었고 그 점에서 《오로라 리》는 시대를 훨씬 앞섰다고 할 수 있다. 차별을 일으키는 요소로 가장 오래 남은 것은 성별도, 인종도, 성적 경향도 아닌 바로 계급이다. 인종 간의 결혼, 동성 간의 결혼에 대한 대중의 태도는 배럿 브라우닝의 시대에서 우리 시대로 넘어오는 동안 엄청나게 변화했다. 하지만 계급을 뛰어넘는 결혼에 놀라거나 비난하는 뜻을 담아 눈썹을 치켜올리는 경향은 그때와 비교하여 별반 달라지지 않았다.

《오로라 리》에서 관습과 예의범절에 가장 충격을 준 요소는 배럿 브라우닝이 전에는 한 번도 다루지 않았으며 부드럽게 표현하려는 노력조차 하지 않은, 강간에 대한 이야기이다. 결혼식 날, 이 결혼을 빈정거리는 하객들로 웅성거리던 교회 안에서 매리언 얼이 모습을 감춘다. 롬니는 크게 충격을 받고 슬픔에 잠긴다. 예의 바르고 온화한 성품의 이 처녀에게 크게 호감을 느낀 오로라 자신도 이 이해할 수 없는 행동에 크게 상처를 받는다. 그리고 시간이 흐른다. 영국에서 성공을 거두었지만 만족을 찾을 수 없던 오로라는 고향인 이탈리아로 돌아가기로 한다. 산맥으로 둘러싸인 "마법의 영역"이 있는 곳, "시간의 떨림과 함께 영원이라는 강에서 튀어오른 하얀 영혼 같은" 물살이 세차게 흐르는 강이 있는 곳이다.

피렌체로 돌아가는 길에 파리에 잠시 머물던 오로라는 거리를 오가는 분주한 사람들 속에서 매리언의 모습을 포착하고는 그 자리에 멈춰 선다. 매리언은 가슴에 갓난아기를 안고 있다. 알지 못하는 것을 이야기로 채우려는 인간의 기본적인 성향에 굴복한 오로라는 즉시 이 젊은 처녀가 자신의 사촌을 배신하고 비밀스럽게 바람을 피우다가 마침내 롬니를 버리고 그 연인을 따라갔다고 생각한다. 하지만 오로라가 매리언을 붙잡고 따져 물었을 때 오로라가 듣게 되는 진실은 상상했던 유혹의 이야기보다 천 배는 더 마음 아픈 이야기이다.

사람을 꾀는 데 능숙한 왈드머 부인은 결혼식 전에 롬니를 자신의 수중에 넣겠다고 결심하고는 매리언을 찾아가 그녀가 롬니에게 어울리지 않는 사람이라고 생각하게 만들었다. 그리고 롬니에게 그녀는 뜻 높은 개혁 운동의 이상을 달성하기 위한 자선의 대상일 뿐이라고 말했다. 그동안 마음속에서 떠나지 않던 의심을 확인하고 절망에 빠진 매리언은 런던을 떠나는 것밖에 선택의 여지가 없다고 생각했다. 매리언은 "공허하고 충동적이고 지루한 길 … 어디로든 이어지는 … 어디로든 먼 곳으로 이어지는 길"을 떠나면서 자신이 타는 배가 "시드니로 가든 프랑스로 가든" 전혀 신경 쓰지 않았다.

외국의 낯선 셋방에서 매리언은 강제로 마취약을 먹고 집단 강간을 당했다. 매리언의 인생은 처음 오로라가 생각했던 것처럼 유혹으로 바뀐 것이 아니었다. 살아 있는 죽음으로 단절된 것이었다.

프랑스에서는 늑대가 길 잃은 새끼 사슴을 유혹합니까?
그 발톱으로 새끼 양을 움켜쥔 독수리가
썩은 고기로 양을 유혹한 것입니까? 나도 마찬가지예요
나는 당신 말대로 유혹당한 게 아닙니다
그저 살해당했을 뿐이에요

매리언이 오로라에게 잿빛 진실을 열거하며 "남자의 유혹이 아니라 폭력이 나를 이렇게 만들었어요"라고 고백하는 장면에서 배럿 브라우닝은 강간이 피해자를 어떤 식으로 망가뜨리는지 가차 없이 묘사한다. 브라우닝의 묘사에 따르면 피해자는 이렇게 된다.

바닥을 뒹굴며 반은 횡설수설하고 반은 고함을 지르면서
저 하늘에 도대체 무슨 일이 일어난 것인지 생각합니다

도대체 어떻게 태양이 감히 빛날 수 있을까요?

하느님이 사라진 것이 분명한데

몇 주 동안이나 남자들에게 감금되어 폭행을 당하는 동안 매리언은 미쳐버리기 직전에 이르렀다. 매리언은 오로라에게 어떻게 풀려났으며 얼마나 고통스럽게 도망쳤는지 이야기한다.

그들은 내 눈빛이 두려워서 나를 풀어주었어요

고문하며 놀던 개가 미치면 무서워하는 소년들처럼요

나는 이곳저곳을 갔어요. 길과 마을을 지나, 넓은 평원을 지나

크고 낯선, 내 앞에 펼쳐진 외국의 땅을

포플러나무가 심어진 좁고 긴 길을 따라 어디든 걸었습니다

마치 무시무시한 해골의 손가락처럼 길게 이어진 길이었죠

햇살을 받으며, 달빛을 받으며, 끊임없이

지옥에서 밀려나온 나를 구하기 위해

나를 되찾기 위해 결심하고, 느리지만 확실하게…

하지만 도주는 불완전했다. 매리언은 임신 사실을 알게 된다. 육체와 영혼에 가해진 폭력으로 감정이 메말라버린 매리언은 삶으로 이어지는 유일한 탯줄인 아이를 낳아 키우기로 한다. 그녀를 "반은 죽고 전부는 난도질된 상태"로 만든 잔혹한 범죄의 보답으로 그녀의 몸에 "대가의 동전"이 새겨진 것이다.

충격적인 독백에서 매리언은 강간이 한 인간의 영혼을 어떻게 파괴하는지 묘사한다.

작은 돌 하나가 있었어요. 매리언 얼이라 불렸지요

끝도 없이 덮쳐오는 바다에 으깨지고 고문당했지요

예전의 모습은 산산이 부서지고 바뀌었어요! 죽음도 변화라면 말이에요

내가 말하지만 그 여자는 살해당했어요. 매리언은 죽었어요

이미 죽은 사람한테 뭘 할 수 있겠어요

신앙심이 있다면 찬송가를 불러주고 가세요

마음이 다정하다면 한숨을 쉬어주고 가세요

하지만 어찌 되었든 가주세요. 풀이 자라게 해주세요

그 초록빛으로 당신을 물리칠 수 있도록

그다음 나를 내버려 두세요. 좀 쉬게 해주세요. 이미 말했지만 나는 죽었다니

까요

아이도 나처럼 죽지 않게 하기 위해서

내 안의 어머니가 살아남았다면

그건 하느님의 기적이지 당신이 강요할 일이 아닙니다

나는 그것 말고는 살아 있지 않아요. 그 이상의 것이 아니에요

그저 어머니일 뿐이에요. 내 아이만을 위한

따뜻하지만 차갑고, 배가 고프고 두려워요

꽃향기도 조금 맡아보고 태양도 보아요

찬찬히 이야기하고 침묵을 지킵니다. 오로지 그를 위해서!

그러니 착각하지 말아주길 간청합니다

어쩌다가라도 나를 살아 있는 사람처럼 대하지 마세요

당신이 내 영혼에 못을 박았어도

나는 상처받지도 괴롭지도 않으니

매리언의 고백을 듣고 "죄책감과 비탄으로 마음이 무너져 내린" 오로라는 알지도 못한 채 함부로 생각한 일에 부끄러움을 느끼고 매리언에게 토스카나에서 함께 살자고 말한다. 그곳에서 세 사람은 가정을 꾸리고 함께 "한층 진정한 삶을 살아나갈 것"이며 아버지의 자리가 아쉽지 않도록 함께 아이를 키워나갈 것이다. "어머니가 둘이라면 아버지의 자리를 보상할 수 있으니." 피렌체에서 세 사람은 온화함을 공유하는 평화로운 생활로 정착한다. 매리언이 아이를 키우는 동안 오로라는 예술로 생계를 꾸리면서 시를 쓰고 새와 곤충, 뱀과 개구리, 그리고 주위를 채우고 있는 장려한 자연의 이름을 배워나간다.

어느 날 황금빛 토스카나의 달빛을 가르며 뜻밖의 인물이 찾아온다. 매리언의 운명을 전해들은 롬니가 드높은 윤리 규범에 이끌려 매리언에게 청혼을 하고 아버지 없는 아이에게 아버지이자 후견인이 되어주겠다며 찾아온 것이다. 하지만 그 강간 사건, 그 살인 사건으로 매리언은 자신의 아이를 제외하고는 다른 무엇도, 다른 누구도 사랑할 수 없는 유령이 되어버렸다. 또한 시간과 거리를 두고 생각한 결과 매리언은 자신이 롬니에게 품었던 감정이 처음부터 사랑이 아니라 숭배의 마음이었다는 것을, 그 고결한 성품과 자신에 대한 친절한 태도를 우러러보는 마음이었다는 것을 깨달았다. 숭배의 감정은 사랑이 아니라 사랑의 닮은꼴일 뿐이다. 매리언은 화를 내면서가 아니라 감사의 눈물을 흘리면서 롬니의 청혼을 거절한다. 그 거절 속에는 자신이 홀로 속죄를 감당할 수 있다는 확신, 아이의 어머니로서 홀로 만족스럽고 완전하게 살아가고 있다는 확신이 있다.

당혹감에 휩싸인 롬니는 자신이 항상 오로라만을 사랑해왔다는 사실을 깨닫는다. 헤어진 후로 롬니는 계속해서 오로라의 시집을 읽었고 젊은 시절 오로라가 자신을 거절하고 선택한 이상을 그 시집을 통해 훌륭하게 증명해냈다는 사실을 인정한다. 오로라 또한 오래전 롬니가 청혼한 일과 오만하게 자신의 예술을 무시했던 일에 대해 젊은 혈기로 화를 낸 이면에서 자신이 롬니를, 그 고결한 성품을 깊이 사랑했다는 사실을, 그를 사랑하기를 한 번도 멈추지 않았다는 사실을 깨닫는다.

그는 세상을 오해했지만
나는 나 자신의 마음을 오해했다

오로라는 자신의 미성숙한 이상에 의문을 제기한 롬니의 의견이 결국 옳았다는 사실도 깨닫는다. 예술은 삶보다 높은 곳에 매달린 고아한 샹들리에가 될 수 없으며 삶과 같은 높이에서 빛을 비추어야 한다. 두 사람은 공평하게 잘못을 했으며 지금 자신의 반쪽짜리 옳음을 하나로 합치려 한다.

말이 있었다
입 밖으로 새어나온 말 … 불 속에서 녹아버린 말
발작 같은 포옹과 … 그다음의 입맞춤 …
환희에 빠진 길고 고요한 밤
깊고 깊으며 떨리는 숨결은
말이나 입맞춤으로는 전해질 수 없는 의미를 전한다
[…]
어둠이여, 달이여, 별이여, 어둠의 환희여!
사랑의 위대한 신비여!
자아의 상실과 고통, 배신을 다 감싸 안으니
환희가 넘쳐난다. 조약돌 하나가

가득 찬 포도주잔에 떨어져 포도주를 넘치게 하듯이!

토스카나의 달빛 아래 사랑이 승리한다. 사랑은 다른 모든 것을 희생해야 하는 삶의 지고한 목표는 아니다. 하지만 사랑과 예술은 쌍둥이이자 동등한 것으로, 이 둘은 다른 하나를 위해 희생될 필요가 없다. 사랑과 예술은 모두 인간 정신의 드높은 곳을 떠받치는 기둥이다.

우리를 잘 사랑받게, 잘 사랑하게 하자
우리의 작품은 우리의 사랑으로 더 훌륭해질 것이며
우리의 사랑은 우리의 작품으로 더 달콤해질 것이다
두 가지 모두 서로에게 도움이 된다고들 한다
지금까지 태어난 모든 진정한 예술가와 모든 진정한 연인의 말에 따르면

배럿 브라우닝이 속죄의 마지막 장면에서 결론짓듯이 예술이란 진실과 변화의 도구이다. 예술은 인간의 마음을 변화시키고 인간의 마음을 통해 세계의 모습에까지 영향을 미친다.

세계는 늙었다
하지만 이 늙은 세계는 새롭게 시작할 시간을 기다리고 있다
그 시간을 위해 각각 개인 안에서 자라고 있는 새로운 마음은
서둘러야 한다. 무수히 많아져야 한다
인류의 새로운 왕조를 열기 위해서
그곳에서 시작하여 자연스럽게 자라나야 한다
새로운 교회와 새로운 경제, 새로운 법칙이 있는

새로운 사회에서는 자유를 허락하고
허위를 몰아내야 한다

*　　*　　*

《오로라 리》에서 배럿 브라우닝은 처음 떠올릴 때 세운 계획인 "사교 모임의 한복판으로 뛰어들고 거실로 불쑥 찾아드는" 작품을 실현했다. 하지만 대중적인 성공은 아버지의 거부로 인한 슬픔으로 무색해졌다. 배럿은 예술에서든 사랑에서든, 아버지가 자신의 독립을 절대 용납하지 않을 것이라는 사실을 잘 알고 있었다. 하지만 엘리자베스는 어째서인지 이 자아실현의 살아 있는 증거가 아버지의 얼음처럼 차갑고 완고한 마음을 녹일 것이라는 작은 희망의 불씨를 품었다. 1857년 1월《오로라 리》2판이 나왔을 무렵 엘리자베스는 여동생에게 혹시 아버지가 그 책에 대해 무슨 말이라도 하지 않았는지 알려달라고 부탁했다. 아버지는 아무런 언급도 하지 않았다. 엘리자베스는 슬픔에 잠겨 아버지에 대한 희망을 버리기로 했다. "감히 말하지만 아버지는 나에게, 그리고 내 작품에 전혀 관심이 없다." 간절히 바라는 하나의 사랑을 받지 못하는데, 수백만 이들의 찬양이 무슨 소용이 있단 말인가? 숭배의 마음처럼 찬양하는 마음 또한 사랑의 닮은꼴에 불과하다.

하지만《오로라 리》는 세계를 움직이게 된다. 어린 에밀리 디킨슨Emily Dickinson은 이 책을 읽고 큰 영향을 받았으며, 마리아 미첼은 밀턴의《실낙원》을 제외하고는 어떤 문학 작품보다 이 책에 매혹된다. 어쩌면 미첼은 배럿 브라우닝의 작품을 읽으며 "두근거리는 고동 너머의 삶에 대한 인식이자 감각 너머의 진실에 대한 열정"으로서 시와 과학 두 가지를 모두 정당하게 인정받은 기분을 느꼈을 것이다. 유독 혹독한 추위가 찾아온 1857년 1

월 미첼은 일기에 "힘든 겨울의 기록"이라는 제목을 붙여놓았다. 추위가 얼마나 혹독했던지 160킬로미터 북쪽에서는 온도계의 수은주가 영하 30도에서 올라오기를 거부했고, 소로의 잉크병이 얼어붙었으며, 망치로 양동이의 얼음을 깨야만 했다. 1월의 일기에서 미첼은 이렇게 쓴다.

추위가 닥쳐오기 직전《오로라 리》를 한 권 샀다. 이 책이 낸터킷섬에서 유일한《오로라 리》이므로 자유롭게 돌려 읽기 위해 애를 썼다.

마리아 미첼은 어쩌면 오로라 리가 상당 부분 마거릿 풀러를 모델로 삼고 있다는 사실을 알지 못했을지도 모른다. 전부터 풀러의 작품을 존경해온 배럿 브라우닝은 풀러의 짧은 생애 중 마지막 몇 달 동안 이 미국 작가와 만나 친구가 되었다. 마거릿 풀러 역시 이 시인을 "오늘날 세계에 알려진 가장 위대한 여성 작가"라고 생각하고 있었다. 미첼은 마거릿 풀러를 존경한 것과 같은 이유로《오로라 리》를 사랑했다. 한 젊은 여성이 스스로 셰익스피어를 읽고 다른 고전 작품을 연구하면서 혼자 힘으로 공부하고 충분히 강인한 성인이 된 후에 예술가이자 변화를 이끄는 주체로서 자신의 재능을 마음껏 펼친다는 이유에서였다.

미첼뿐 아니라 디킨슨의 마음을 사로잡은 이 시의 가장 깊은 매력은 예술과 삶을 서로 떼어놓을 수 없다는 점을 주저함 없이 주장한다는 점이다. 그리고 바로 예술과 삶의 불가분성에서 마거릿 풀러의 대중적 성공과 개인적 불안이 비롯된다.

마거릿 풀러

낳은 것은 더 낳은 것을 요구한다

6

"나는 탁월해지기로 했습니다." 열다섯 살의 마거릿 풀러는 한때 자신을 가르친 선생님에게 편지를 쓴다. 때는 1825년, 풀러는 어떤 정식 교육도 받을 자격이 없다. 그래서 풀러는 아버지의 결연한 지도 아래 스스로 자신을 쌓아올려왔다. 풀러의 아버지는 첫 아이가 아들이 아니라는 데 실망했으나 그 실망을 억누르고 맏딸을 지성이 있는 존재로 대우하기로 했다. 풀러가 처음 머리를 잘랐을 무렵 아버지는 마거릿의 머리를 신성한 지성의 성소로 비유하는 서정시를 지었다. 마거릿은 여섯 살 때 이미 라틴어로 된 책을 읽었다. 열두 살 무렵에는 아버지와 철학과 순수수학에 관한 대화를 나누었다. 마거릿은 얼마 후 자신을 "많은 것은 더 많은 것을 요구한다"는 말의 증거라고 묘사한다. 열다섯 살, 마거릿의 일상은 이런 식으로 흘러간다.

5시가 조금 못 되어 일어나 한 시간 동안 산책을 하고 아침을 먹는 7시가 되기 전까지 피아노를 연습한다. 그다음에는 8시까지 프랑스어 책, 장 샤를 시스몽디Jean Charles Sismondi가 쓴 남유럽 문학에 관한 책을 읽는다. 그다음에는 브라운 철학을 다룬 두세 편의 강연록을 읽는다. 9시 30분에는 퍼킨스 선생님의 학교로 가서 12시까지 그리스어를 공부하고, 학교가 파하면 암송한

다음 집으로 돌아와 저녁을 먹을 때까지 공부한다. 그다음에는 시간이 날 때 두 시간 동안 이탈리아어로 책을 읽는다.

오랜 세월이 흐른 뒤 마거릿은 자신의 놀라운 추진력에 자주 제기된 비판에 답한다. 이 추진력은 여자가 자신감 넘치는 의지를 보일 때 흔히 그러듯이 오만함으로 오해받아 왔다.

지나치게 거만하거나 야심만만하게 보일 수도 있었겠지만, 내가 자란 환경에서는 그것이 절대적으로 필요했다. 마음이 무너져 내리고 열의가 소멸하지 못하게 하기 위해서였다.

조숙한 소녀 시절을 거친 마거릿은 사람됨의 기본 요소를 연구하기 시작한다. "의지력만큼 사람의 차이를 확실하게 구별해주는 것은 없다." 마거릿은 여섯 쪽짜리 논평에서 앞으로 나아가려는 의지는 상상력과 끈기, 그리고 "미래에 대한 열정적인 자신감"으로 규정된다고 단정한다. 하지만 이 세 요소는 동등하지 않다. 마거릿은 다른 무엇보다 끈기를 중시하면서, 끈기는 성취를 향해 "줄기차게 노력하고 전진할" 힘을 준다고 주장한다. 이제 겨우 10대인 마거릿은 "정말로 진정한 의미에서 강한 의지란 경쟁이 있을 때 더 활기가 넘치며, 침착하고, 실패에 좌절하지 않으며, 천성상 한층 현명하다"라고 쓴다.

그 후 25년 동안 스스로 "야심이라는 전능한 동기"라고 부르는 힘에 따라 움직인 이 10대 소녀는 끈질긴 노력 끝에 여성 해방 운동의 기초가 되는 책을 쓰고, 미국에서 가장 신뢰받는 문학과 예술 비평을 쓰며, 뉴욕의 큰 신문사에 최초의 여성 편집자로 들어가 뉴스 편집실의 유일한 여성이 되는 한편, 교도소 개혁을 주장하고, 흑인 선거권을 지지하며, 미국 최초의 외국 종군 기자가 된다. 이 모든 업적을 마거릿은 만성적인 목의 통증에 시달린 채 이루어낸다. 선천적 척추 기형으로 발생하는 통증 탓에 마거릿은 글을 쓰려고 고개를 숙이는 것조차 힘겨웠고, 장애의 합병증으로 종종 격심한 우울증에 시달리기도 했다.

몇 번이고 되풀이하여, 마거릿은 "강인한 아름다움의 멈춤 없는 활동"을 위해 몸을 일으킨다. 마거릿은 자신의 영향력 있는 논평에 이름이 아니라 별 하나로 서명한다. 처음에는 저자의 성별을 숨기고 어떤 형태로든 기사의 신뢰성에 대한 선입견을 피하려고 고안한 장치였지만 얼마 지나지 않아 이 서명은 풀러의 신뢰할 만한 목소리를 나타내는 인장으로 널리 알려지게 된다. 문학은 풀러가 선택한 무기이다. "문학은 모든 인간성을 조명하는 매개체이다. 모든 지식과 경험, 과학, 이상, 그리고 우리 본성의 모든 실재가 모일 수 있는 중심이다." 전례 없는 명성이 가져다주는 공식적인 얼굴 뒤에서 풀러는 슬퍼하고, 개인적인 행복을 얻기 위해 애를 쓴다. 편견과 관습의 장벽을 무너뜨린 바로 그 명석한 두뇌의 파도가 결국 그녀의 마음을 집어삼킨다. 몇 번이고 되풀이하여, 풀러는 지적인 사랑의 열병에 시달리고, 보답받지 못한 사랑에 빠져든다. 하지만 어떤 사랑도 풀러가 가장 열망하는 것에 미치지 못한다. 바로 "존재의 충만함", 감정과 지성, 육체의 지고한 통합이다. 풀러는 짧은 인생의 마지막에 이르러서야 사랑에 육체가 필요하다는 사실을 깨닫게 된다. 그럼에도 풀러는 세계인으로서, 지구인으로서, 우주적 존재로서 살아가는 한편, 탐구적인 내면의 삶 또한 포기할 마음이 없다. "나만의 특별한 별 없이는 살 수 없다." 풀러는 마리아 미첼이 혜성을 발견했을 때와 같은 나이에 이렇게 썼다. "하지만 내 발은 땅 위를 딛고 있고 날개가 돋아날 때까지 그 위를 걷고 싶다. 나는 망원경뿐 아니라 현미경도 사용할 것이다."

열두 살 소녀였던 마리아 미첼이 일식을 관찰하고 별을 향한 자신의 소명을 발견한 지 몇 달 후, 21세의 마거릿 풀러는 초월적인 경험을 통해 "자신만의 특별한 별"에 도달했다. 훗날 풀러는 이 경험을 다른 모든 것을 삼켜버리는 "격렬한 슬픔의 극한"이라고 표현했다. 자아에 대한 모든 인식이 벗겨지는 깨달음을 통해 벌거벗은 자아의 상태에 도달한 마거릿은 그 어느 때보다 자기 자신이 될 수 있었다. 풀러는 일기에 이날의 경험을 기록한다. 추수감사절에 "정신적 갈등으로 힘이 다 빠지고 유치하고 어린애 같은 슬픔에 빠진" 기분으로 억지로 교회에 가야 했다. 풀러의 삶을 좌우하는 사람들 때문에 그녀 안에서 터져 나올 듯한 슬픔은 침묵해야 했다. 풀러는 훗날 회고한다.

나는 내 안에 위대한 힘, 아량, 유연함이 있다는 것을 느꼈다. 하지만 이런 힘이 있다는 것을 알아주는 사람은 하나도 없어 보였다. 그리고 이런 힘을 실제로 인생에서 사용할 일도 없어 보였다. 나는 고작 스물한 살일 뿐이었다. 과거에는 가치가 없었고 미래에는 희망이 없었다. … 하지만 내가 품은 뜻만은 아주 높아 보였다.

훗날 자신에게 "자연스러운 어린 시절이 없었다"고 회고하는 이 젊은 처녀는 신도석을 둘러보다 자신이 어린아이들을 부러워하고 있다는 사실을 깨닫는다. 일단 예배에서 해방되자마자 풀러는 들판으로 나가 몇 시간 동안 거의 뛰다시피 걷는다. "슬픔의 구름이 줄지어 느릿느릿 행진하고 있는 … 차갑고 파란 하늘 아래에서" 풀러는 몇 년 동안 자신 안에서 들끓고 있다가 이제 막 터져 나오기 시작한 생각들을 억누를 수 없다. "내가 있을 곳이 없는 세상으로 돌아가지 못할 것 같았다. … 어떤 역할도 수행해낼 수 없었고 더 살아 있는 것처럼 보이지도 않았다." 생각을 멈춘 풀러는 억누를 수 없는 생기로 살아 숨 쉬는 자연을 관찰하기 시작한다. 나무들은 "어둡고 고요했으며" 작은 개울은 "마르고, 소리도 나지 않고, 시든 낙엽으로 막혀 있었다." 그럼에도 "이 땅 위에서 자기 자리를 잃지 않았다."

불현듯 태양이 투명하고 달콤한 빛을 내리쬐었다. 죽어가는 연인의 마지막 미소 같았다. 추운 가을날 종일 불친절했던 태양이 베풀어주는 친절이다. 그 순간 진정한 햇살이, 한 번도 나를 떠난 적 없던 그 본래의 구체에서 발산된 햇살이 내 사고를 비추었다.

한 줄기 빛은 풀러의 어린 시절 기억을 비춘다. 계단참에 멈추어 서서 자신이 어떻게 여기에 존재하게 되었는지 궁금해하던 기억이다.

내가 이 마거릿 풀러처럼 보이는 것은 어찌 된 일일까? 여기에는 어떤 의미가 있을까? 내가 무엇을 해야 할까? 내가 똑같은 생각을 계속해서 몇 번이고 떠올린 모든 시간과 모든 방식이 기억났다. 한 영혼이 시간과 공간, 그리고 인간 본성이라는 한계 아래서 행동하는 법을 배우는 데 얼마나 오랜 시간이 걸리는지 깨달았다. 한편으로 또한 영혼은 반드시 행동해야 한다는 사실을 깨달았다. 영혼은 이 모든 허위를 진실로 만들어야만 한다는 것을 깨달았다. … 나는 자아라는 것이 존재하지 않는다는 걸 깨달았다. 자아의 개념은 모두 가짜이며 상황이 빚은 결과일 뿐이었다. 내가 괴로웠던 것은 단지 내가 자아를 실재하는 것으로 생각했기 때문이었다. 나는 오직 전체의 관념 안에서 살아가야만 한다는 것을, 그 전체가 내 것임을 깨달았다.

마지막 감상은 풀러가 가장 존경하는 문학적 영웅인 괴테에게서 빌려온
것이다. 석 달 만에 혼자 독일어를 배워 유창한 번역가가 된 풀러는 이후 괴
테의 작품을 열정적으로 탐독했다. 풀러가 세상을 떠난 봄, "전체the all"에 대
한 괴테의 개념은 호손에게 보내는 멜빌의 연애편지에서도 모습을 드러낸
다.《모비딕》을 마무리하며 환멸감에 젖어 있던 멜빌은 괴테의 환희에 짜증
을 낸다.

신봉자들이 그토록 숭배하는 괴테의 글을 읽다가 이런 문장과 마주쳤습니
다. "전체 안에서 살아가라." 이 말은 곧 개인의 정체성은 하찮은 것이라는 뜻
입니다. 좋습니다. 하지만 나 자신에서 벗어나 나 자신을 확장하여 꽃과 숲
에서, 토성과 금성에서, 고정된 별에서 느껴지는 생명의 감각을 느껴보라니,
이 얼마나 말도 안 되는 소리입니까! 여기 극심한 치통에 시달리는 한 친구
가 있다고 해봅시다. "내 친애하는 친구여," 괴테는 말하겠지요. "자네는 그
이 때문에 몹시 고통받고 있겠지만 전체 안에서 살아가야 한다네. 그럼 행복
해질 거야!" 괴테는 위대한 재능이 있는 시인이지만 그가 한 말 중에는 헛소
리도 만만치 않게 많았습니다. 내가 그동안 괴테를 읽어온 양을 생각하면 내
안에도 헛소리가 무지막지하게 많겠지요.

풀러가 괴테에 심취한 것은 멜빌이 비웃은 맹목적인 숭배가 아니라 괴
테를 깊이 연구한 끝에 얻은 존경의 마음이었다. 그 결과 풀러는 이 박식한
독일 시인에 관한 최초의 영어 전기를 쓴 작가가 된다. "괴테의 정신은 우
주를 포용했던 것 같아." 풀러는 친구인 제임스 프리먼 클라크James Freeman
Clarke에게 보낸 편지에서 이렇게 썼다. "괴테는 내가 지금까지 느낀 감정을
전부 이해하고 이를 아주 아름답게 표현해."

몇 달을 사이에 두고 같은 해에 태어난 풀러와 클라크는 짝사랑의 상처를 극복하는 과정에서 만났다. 풀러는 하버드대학교를 다니는 클라크의 친구에게 빠져 있었는데, 그 친구는 같이 다니는 친구 중에서 유일하게 풀러가 자신과 지적으로 동등하다고 인정한 상대였다. 하지만 이 지성과 열정을 결합하려는 열망은 끝내 무산되고 말았다. 어쩌면 신앙심을 묻는 남자에게 풀러가 대답한 방식에 문제가 있었는지도 모른다. 풀러는 자신이 "특히 미혹에는 전혀 관심이 동하지 않는" 사람이라고 대답하면서 그 시대가 남자와 여자에게 똑같이 요구하는 아무 생각 없는 독실함은 도저히 참을 수 없다고 말했다. "지금은 의견을 정하지 않기로 했어요." 열아홉 살의 마거릿은 상대 청년에게 말했다. "천성적으로 의지가 박약한 사람이라면 뚜렷한 종교가 필요하겠죠. 눈에 보이는 피난처이자 보호의 수단으로요. … 하지만 내 천성은 그렇게 약하지 않아요." 풀러가 어떻게 달리 생각할 수 있단 말인가? "삶에서 내 첫 경험은 죽음이었다." 훗날 풀러는 여동생의 갑작스러운 죽음을 떠올리며 쓴다.

　　죽음이 곳곳에 있고 상실을 겪지 않은 사람이 없던 19세기, 불멸을 이야기하는 종교적 수사는 죽음 후에 사랑하는 사람과 다시 만날 수 있다고 약속하면서 사람들이 계속 살아갈 위안이 되어주었다. 엘리자베스 배럿 브라우닝은 《오로라 리》에서 종교에 대한 의지가 얼마나 매혹적인지 묘사했다.

> 변화와 죽음이라는 앞뒤가 맞지 않는 이야기는
> 뒤섞이고 합쳐져 완전하게 표현되었다
> 영원한 삶이라는 듣기 좋고 아름다운 신비 안에서

　　삶을 향한 시들지 않는 욕망을 한낱 어리석은 짓으로 치부하는 것은 우리 시대가 지닌 특권이다. 우리는 이 특권을 아주 당연한 듯이 누리고 있다 하지만 이는 우주를 움직이는 노화라는 힘에 대항하여 우리의 몸이 조금 더 버틸 수 있도록 실험실에서 수고를 아끼지 않은 남녀의 노력으로 우리 손에 들어온 것이다. 하지만 그들도 노화의 속도를 아주 조금 늦추는 데 성공했을 뿐이다. 열두 살의 마리아 미첼이 일식의 장대한 광경에 감탄한 지 몇 주 후에 81세의 캐럴라인 허셜, "하루 24시간 중 단 한 시간도 고통에서 자유롭지 못했던" 허셜은 조카에게 편지를 썼다. "내 병은 치료할 수 없는 병이야. 자연의 '노화'니까. … 이 얼마나 충격적인 생각이니! '노화'하고 있다니!"

노화의 속도를 늦춘 지금도 자신의 필멸성을 깨달을 때 쉽게 충격을 받는 인간의 심리는 변하지 않았다. 필멸성과 마주할 때의 감정적인 격변은 이성으로도 달랠 수 없다. 누구도 이 감정에 면역이 없으며 가장 명민한 과학적 지성을 지닌 인물도 예외는 아니다.

1988년 리처드 파인먼Richard Feynman이 세상을 떠나고 얼마 후 제임스 글릭James Gleick이 걸작으로 완성될 이 물리학자의 전기를 집필할 때의 일이다. 글릭은 자료를 조사하던 중 무언가 이상하면서도 놀라운 것을 발견했다. 이것은 과학과 이성의 사도인 파인먼의 인물됨을 알고 있던 글릭의 생각을 완전히 뒤흔들었다. 바로 파인먼의 부인이 건네준 방대한 양의 서류 뭉치 안에 있던 범상치 않은 편지 한 통이었다. 미래에 노벨상을 받게 될 물리학자가 물리적으로 실재하지 않는 존재에게 쓴 편지로, 차마 억누를 수 없던 형이상학적 진실의 자취였다.

10대의 리처드는 고향 마을인 파라커웨이Far Rockaway의 해변에서 한 소녀를 만나 사랑에 빠졌다. 월트 휘트먼이 한때 "우유처럼 하얀 물마루가 굽이치는" 물속에서 벌거벗고 헤엄을 친 적이 있는 그 바다이다. 아름다웠고 지적으로 대담했던 알라인Arline은 철학과 예술에 열정을 품고 있었고 그 열정은 젊은 리처드의 과학에 대한 열정을 보충해줄 만했다. 풋풋한 사랑을 담은 눈빛의 연인은 무한한 행복의 가능성으로 가득 찬 미래를 꿈꾸었다. 하지만 원인을 알 수 없는 병으로 알라인이 이상한 증상에 시달리기 시작하면서 두 사람은 갑작스레 현실로 끌려 내려왔다. 알라인의 목에서 혹이 생겼다 사라지길 반복했고 달리 뚜렷한 원인 없이 고열에 시달렸다. 얼마 후 알라인은 장티푸스라고 여겨지는 병을 치료하기 위해 입원했다. 파인먼은 충격을 받았다. 파인먼이 그토록 깊이 신뢰하는 과학의 한 분야인 의학이 알라인의 병을 치료하는 데 무력했기 때문이었다. 파인먼은 의사에게 질문을 퍼부어댔고 질문을 통해 의사들이 과학적 방법에 근접한 방식으로 문제에 접근하도록 이끌었다. 그러는 동안 처음 병에 걸렸을 때처럼 설명할 수 없는 이유로 갑자기 알라인의 몸이 회복되었다.

하지만 건강이 회복된 듯이 보인 것은 일시적인 현상이었다. 다시 증상이 돌아왔고 여전히 그 원인을 구체적으로 파악할 수 없었다. 하지만 알라인이 죽음을 향해 가고 있다는 것만은 분명했다. 의사는 환자에게 예후를 숨기고 있었다. 하지만 비밀은 오래가지 못했다. 어머니가 우는 소리를 들은 알라인이 리처드에게 그 이유를 따져 물었다. 두 사람은 그게 얼마나 어려운 일이든 언제나 서로에게 진실할 것을 약속한 바 있었다. 리처드는 알라인이 죽게 된다는 소식을 전한 다음 알라인에게 청혼했다.

리처드가 박사학위를 따기 위해 공부하던 프린스턴대학교는 결혼을 하면 장학금을 취소해버린다며 리처드를 위협했다. 대학교에서는 결혼에서 비롯되는 감정적이고 실제적인 책임이 연구에 심각한 지장을 초래한다고 생각했다.

파인먼이 프린스턴대학교를 떠날 것을 심각하게 고민하기 시작할 무렵 확실한 진단명이 나오면서 상황이 완전히 뒤바뀌었다. 알라인은 보기 드문 결핵균에 걸린 것이었다. 노출의 원인으로 가장 가능성이 높은 것은 저온살균을 하지 않은 우유였다. 1941년 당시는 면역학이 아직 유아기에서 벗어나지 못했고 세균 감염에 대한 항생제 치료는 사실상 존재하지 않았다. 처음으로 페니실린을 의학적 용도로 활용하는 데 성공한 것은 1년 후의 일이었다. 이 시대에 결핵에 걸리는 것은 사형 선고나 마찬가지였다. 다만 중간에 잠깐씩 회복기가 있는 느린 죽음이라는 점이 달랐을 뿐이다. 리처드와 알라인은 이 사실을 용기 있게 직시하면서도 절망 속의 작은 희망을 버리지 못했다.

리처드의 부모는 대경실색하여 두 사람의 결혼을 어떻게든 말리려고 애를 썼다. "그런 식의 결혼이 불법이 아니라니 놀랍구나. 그런 건 법으로 금지해야 하는 거 아니니?" 리처드의 어머니는 몰인정하게 말했지만 사실 결핵이라는 오명이 젊고 재능 있는 아들의 미래에 어떤 영향을 미칠지 걱정이 태산이었다.

1942년 봄, 리처드는 빌린 스테이션웨건의 뒷좌석에 매트리스를 깔았다. 알라인의 집에서 알라인을 편하게 태워오기 위해서였다. 유령처럼 하얀 드레스를 입은 알라인은 환하게 빛나고 있었다. 리처드는 뉴욕항에 있는 페리 선착장으로 차를 몰았다. 스태튼섬에 있는 정부 청사의 형광등 불빛 아래 옆방에서 불러온 낯선 사람 두 명을 증인 삼아 리처드와 알라인은 서로에게 영원을 맹세했다. 감염을 염려한 리처드는 신부에게 입을 맞추지도 못했다. 결혼식을 마치고 리처드는 알라인을 부축해 천천히 계단을 내려온 다음 그대로 차를 타고 알라인의 새로운 집이 될 뉴저지의 브라운스밀스에 있는 자선병원으로 향했다.

제2차 세계대전이 정점으로 향하고 있을 무렵 미국에서 가장 촉망받는 물리학자 중 한 명이던 파인먼은 로스앨러모스의 비밀 연구소에서 진행되는 맨해튼계획Manhattan Project(원자폭탄 개발 계획―옮긴이)에 참여하였다. 알라인은 연구소 근처인 앨버커키에 있는 요양원에 들어갔다. 이 요양원에서 알라인은 리처드에게 암호로 편지를 썼다. 리처드가 수수께끼를 좋아한다는 사실을 알고 있었기 때문에 재미 삼아 해본 일이었다. 하지만 연구소를 관리하는 정보국 소속 군 검열관은 암호로 된 편지를 받아보고 당황했다. 이 작전의 기밀이 어떻게든 흘러나가지 못하게 막아야 하는 임무를 맡은 검열관들은 파인먼에게 암호화된 편지는 규칙에 어긋난다고 주의를 주고 검열관이 편지를 해독할 수 있도록 아내에게 암호 해독법을 첨부할 것을 부탁하라고 지시했다.

알라인은 단지 재미 삼아 암호를 썼지만, 당시 나라 전역에는 수천 명의 여성들이 정부를 위해 암호 전문가로 일하고 있었다. 마리아 미첼의 유산으로 나라에서도 손꼽히는 견실한 과학 교과 과정을 갖추고 있던 배서대학은 언어와 수학에 뛰어난 재능을 보이는 여성들을 구할 중요한 장소 중 하나가 되었다. 전쟁 중에 미국의 암호 해독 분야에서 일하는 인력의 절반 이상이 여성들로 이루어져 있었다.

정보부가 당황하자 알라인은 오히려 더 재미있어했다. 알라인은 편지에 구멍을 내기도 하고 잉크로 단락을 지워버리기도 했다. 심지어 직소 퍼즐을 만드는 장비를 우편으로 주문하기까지 했다. 편지를 퍼즐로 만들어서 검열관을 난처하게 만들기 위해서였다. 하지만 이런 변덕스러운 행동 뒤에는 리처드와 알라인이 그토록 필사적으로 외면하려던 어둠이 숨어 있었다. 바로 알라인이 죽어가고 있다는 사실이었다.

편지는 매일 두 사람 사이를 오갔다. 편지마다 리처드는 알라인에게 사랑한다고 썼다. 한 편지에서는 "아주 심각한 병에 걸렸어. 당신을 영원히 사랑하는 병이야"라고 썼다.

결혼한 지 2년 반이 지났을 무렵인 1945년 초 리처드와 알라인은 처음으로 사랑을 나누었다. 리처드는 알라인의 병약한 몸에 무리가 될까 두려워했고 알라인은 리처드에게 자신을 좀먹고 있는 치명적인 세균이 전염될까 두려워하고 있었다. 마침내 알라인은 더는 욕망을 억누를 수 없다고 하면서 리처드에게 사랑의 완성이 서로 더 가까워지는 계기가 될 것이라고 장담했다. 그리고 둘이 함께 애정을 품고 꿈꾸었던 인생으로 한 발 더 나아가게 될 것이라고 약속했다. 함께하는 새로운 경험을 통해 두 사람의 희망이 고조된 순간 알라인의 건강이 급속도로 나빠지기 시작했다. 몸무게가 38킬로그램까지 떨어졌다. 의학의 무력함에 격앙된 파인먼은 의학이 과학적 방법을 망가뜨리고 있다고 생각하게 되었다. 파인먼은 곰팡이균으로 만들어진 신약에 모든 희망을 걸었다. "계속 버텨줘." 리처드는 알라인에게 열심히 말했다. "확실한 건 아무것도 없어. 우리 인생에는 행운이 따르니까."

알라인은 피를 토하기 시작했다.

27세에 과학자로서 눈부신 경력의 위기에 선 리처드는 치명적인 사랑에 빠져 있었다.

1945년 6월 16일 로스앨러모스의 계산실에서 일하던 파인먼은 알라인이 죽어가고 있다는 요양원의 전화를 받았다. 파인먼은 동료의 자동차를 빌려 타고 요양원으로 갔다. 알라인은 이미 몸을 움직이지 못했고 눈만 가까스로 움직이며 파인먼의 모습을 쫓을 뿐이었다. 파인먼이 처음 과학의 길에 발을 디디게 된 것은 시간의 본성에 매혹되었기 때문이었다. 그리고 지금 알라인이 죽어가는 침대 옆에 앉아 있는 동안 시간은 확장되었다 수축했다. 그리고 밤 9시 21분 알라인은 마지막으로 작게 숨을 내쉬며 끝을 알렸다.

누군가를 떠나보내는 일에는 실무적인 일이 따르기 마련이며 여기에는 슬픔을 진정시키는 효과가 있다. 우리는 기꺼이, 거의 감사하는 마음으로 이 진정제를 받아들인다. 이튿날 아침 파인먼은 사랑하는 아내의 화장을 준비했고 아내의 개인 물품도 차근차근 챙겼다. 알라인의 증상을 기록한 작은 병상일지 마지막 쪽에 리처드는 과학적인 냉정함으로 기록했다. "6월 16일, 사망."

그리고 우리는 편지 상자 속에서 글릭이 발견한, 전혀 있을 법하지 않은 편지에 도달한다. 이 편지가 전혀 있을 법하지 않은 이유는 파인먼이 과학의 시험이나 이성의 입증을 받지 않은 아주 작은 형이상학적 억측도 아주 엄격하게 반박해왔기 때문이다. 알라인과 교제할 때 파인먼은 알라인이 데카르트를 열정적으로 좋아한다는 것에 화를 냈다. 리처드는 데카르트가 주장한 신의 완전함에 대한 "증거"를 이성의 옹호자라는 데카르트의 평판과는 정반대되는 지적 게으름으로 보았다. 리처드는 모든 사물에는 두 가지 면이 존재한다는 알라인의 주장을 장난스럽게 반박했다. 종이를 길게 자른 다음 반 바퀴를 꼬아 끝을 이어 붙여 뫼비우스의 띠를 만든 것이다. 뫼비우스의 띠에는 면이 하나밖에 없다. 파인먼은 신비롭게 보이는 모든 것은 단지 충분히 해명되지 못한 수수께끼로, 그 물리적 해답이 아직 발견되지 않았을 뿐이라고 믿었다. 알라인이 숨을 거두던 마지막 순간에도 이성에 대한 파인먼의 확신을 시험하는 일이 일어났다. 이상하게도 알라인의 방 안에 있는 시계가 정확하게 9시 21분에 멈춘 것이다. 바로 알라인이 숨을 거둔 시간이었다. 이런 기이한 현상을 접할 때 비과학적인 정신이 얼마나 신비로운 상상력을 발휘하는지 잘 알고 있던 파인먼은 이 현상의 원인을 논리적으로 생각했다. 파인먼은 요양원에 있는 동안 이 시계를 몇 차례 수리한 적이 있다는 사실을 떠올렸다. 간호사가 어두운 방 안에서 의료 기록을 작성하기 위해 사망 시간을 확인하려고 이 시계를 들어 올린 순간 이 허약한 기계 장치가 작동을 멈추어버린 것이 틀림없다고 결론지었다.

사람은 얼마나 뜻밖의 존재이며, 얼마나 애처로운 존재인가. 바로 이런 파인먼이 42년 후 글릭이 발견하게 될 편지를 쓴 것이다. 1946년 10월, 알라인이 세상을 떠난 지 488일 후에 알라인에게 쓴 편지이다.

사랑하는 알라인.

내 사랑, 당신을 깊이 사랑해.

내가 그렇게 말해주는 걸 당신이 참 좋아했다는 걸 알아. 하지만 당신이 좋아하니까 사랑한다고 말하는 게 아니야. 그 말을 쓰면 내 마음속 구석구석이 따뜻해지니까 그렇게 말하는 거야.

마지막으로 편지를 쓴 지 정말 오랜 시간이 흘렀어. 아마 거의 2년이 다 되어갈 거야. 하지만 내가 어떤지 잘 아니까 이해해줄 거라 생각해. 고집스럽고 현실적이잖아. 편지를 쓴다니, 말도 안 되는 일이라고 생각했어.

하지만 지금 내 사랑하는 아내를 잘 알기 때문에 그동안 미뤄온 일을 하는 게 맞다는 생각이 들었어. 한때 수도 없이 했던 일이지. 나는 당신을 사랑한다고 말하고 싶어. 당신을 사랑하고 싶어. 앞으로도 당신을 항상 사랑할 거야.

내 머리로는 당신이 죽은 다음에 당신을 사랑한다는 게 어떤 의미인지 잘 이해가 되지 않아. 하지만 나는 여전히 당신을 편하게 해주고 싶고 당신을 보살펴주고 싶어. 그리고 당신도 나를 사랑해주고 나를 생각해줬으면 좋겠어. 당신하고 어떤 문제를 두고 토론을 나누고 싶어. 작은 일이라도 함께해보고 싶어. 지금까지 그런 일을 할 수 있을 거라고는 생각도 못했어. 뭘 하면 좋을까? 우리는 같이 옷 만드는 일을 배우기 시작했잖아. 중국어를 배우기도 했고, 같이 영사기를 구하려고도 했지. 지금 내가 뭔가를 할 수 있을까? 안 돼. 나는 당신 없이 혼자고 당신이 바로 "새로운 생각을 떠올리는 여자"였으니까. 당신이 우리 무모한 모험을 이끄는 지도자였잖아.

몸이 아팠을 때 당신은 나한테 주고 싶었던 것, 나한테 필요하다고 생각한 것을 못 줘서 무척이나 걱정했지. 그렇게 걱정할 필요는 없었어. 그때도 말했지만 그럴 필요가 전혀 없었어. 나는 당신을 여러 가지 방식으로 아주 많이 사랑하고 있었으니까. 지금 보니 그게 훨씬 더 분명해졌어. 지금 당신은 나한테 아무것도 줄 수 없는데도 나는 이토록 당신을 사랑하고 있잖아. 당신은 내가 다른 누구도 사랑하지 못하게 길을 막고 서 있어. 하지만 나는 당신이 계속 거기에 서 있었으면 좋겠어. 당신은 이미 죽었지만 살아 있는 그 누구보다 훨씬 더 나으니까.

당신은 내가 바보같이 군다고 말하면서 내가 완전한 행복을 누리길 바라지, 내 길을 가로막고 싶지는 않다고 말할테지. 잘 알아. 2년이 지났는데도 여자친구가 없다면(내 사랑, 당신 말고 말이야) 아마 당신은 깜짝 놀랄테지. 하지만 당신도 어쩔 수 없는 일이야. 나도 어쩔 수 없는 일이고. 나도 잘 이해가 안 되는데 그동안 여러 여자를 만났고 다 괜찮은 여자들이었어. 나도 혼자 남고 싶지 않았지만, 두세 번 만나고 나면 그 여자들은 모두 재처럼 보였어. 나한테는 당신밖에 남아 있지 않아. 당신만이 진짜야.

내 사랑하는 아내, 정말로 사랑해.

나는 내 아내를 사랑해. 내 아내는 죽었어.

리치.

역사상 가장 위대한 과학자 중 한 명이 이성을 저버리고 불멸성으로 손을 뻗었다. 이는 진화에서 살아남은 우리의 사랑니처럼 이미 문화적으로 그 쓰임새가 사라졌음에도 살아남은, 억누를 수 없는 인간의 충동이다.

《오로라 리》에서 엘리자베스 배럿 브라우닝은 상실을 겪은 혼란스러운 정신 상태와 죽은 자와 이야기를 나누고 싶은 충동을 잘 그려냈다. 바로 파인먼이 더는 존재하지 않는 알라인에게 편지를 쓰도록 만든 충동이다.

> 죽음은 확실히 우리를 갈라놓는다
> 살아 있는 자와 죽은 자 사이에 무시무시한 차이를 두며
> 바벨탑에서 그런 것처럼 우리를 멀어지게 만드니
> 갑자기 서로 말이 통하지 않게 되는구나

불멸에 대한 믿음은 우리 조상이 살아가는 데 반드시 필요한 반응기제였다. 홍수처럼 넘쳐나는 때 이른 죽음과 노화에 대한 날카로운 자각에서 유일하게 붙잡고 버틸 한 줄기 삶의 지푸라기였다. 하지만 비판적으로 사고하고 삶의 근본적인 사실과 대면하기 시작한 마거릿 풀러는 불멸이라는 허구의 개념을 인정할 수 없었다. 랠프 왈도 에머슨 또한 자신의 일기에서 이 속임수를 비판한다. "속죄라는 신학적 체계를 완전히 불가능한 것으로 만든 것은 코페르니쿠스 천문학의 피할 수 없는 결과라고 생각한다." 몇 년 후 풀러는 신기원을 이루는 저서 《19세기 여성》에서 종교를 "교파와 교리에 대한 사랑이 아닌, 진실과 선에 대한 갈구"라고 규정한다. 그리고 지금 풀러는 자신의 불타는 지성과 확고한 영혼을 포용해줄 상대를 갈구하고 있었다. 하버드의 청년은 한때 풀러에게 사랑을 고백했음에도 아무런 설명도 없이 멀어졌다. 이 이해할 수 없는 행동 뒤에 남겨진 풀러는 혼란과 슬픔에 잠겼다.

제임스 프리먼 클라크와 마거릿 풀러는 서로의 사고방식에 익숙했고, 서로 비슷하게 사랑의 상처를 안고 있었기에 마음이 끌렸다. 마거릿이 자신보다 지성이 뛰어나다는 사실에 클라크가 겁을 먹지 않았다는 사실도 영향을 미쳤다. 처음에 두 젊은이는 연애하고 싶은 마음에 사랑에 빠지기 위해 열

심히 노력했다. 하지만 그 시도가 실패로 끝나자 두 사람은 제임스가 하버드신학대학에서 첫 해를 보내는 동안 같이 공부하는 친구가 되었고, 결국 평생 좋은 친구로 남게 되었다.

마거릿이 자신의 가장 심각한 두려움을 털어놓은 상대도 바로 제임스였다. 그 두려움은 "아무런 흔적도 남기지 못하고 죽는 일"이었다. 하지만 마거릿은 내면 가장 깊은 곳에 있는 두려움을 오직 일기라는 개인적인 공간에서만 인정했다. 바로 사랑을 모르고 살아가는 것에 대한 두려움이다. 마거릿은 자신이 "사랑받기에 적합하지 않다"는 의심으로 괴로워한다. 풀러가 사망하고 3년 후 제임스 프리먼 클라크가 마리아 미첼을 만나기 위해 낸터킷섬을 찾았다. 이 천문학자는 평소와는 다르게 자신이 그토록 존경하던 지성적 인물이 어떤 감정을 품고 살았는지 궁금증을 억누르지 못한다. 마리아 미첼은 클라크에게 풀러가 "사랑받을 만한 사람"이었는지 묻는다.

젊은 제임스와 마거릿이 같이 공부하면서 세운 첫 목표는 독학으로 독일어를 익혀 위대한 낭만주의 시대의 시인들과 철학자들의 저서를 읽는 것이었다. 마음과 정신의 적절한 결합이었다. 마거릿의 "많은 것"은 하늘 높이 날아올라 "더 많은 것"을 요구했다. 마거릿은 놀라운 속도로 독일어를 익혔고, 이에 깜짝 놀란 제임스는 마거릿을 따라잡기 위해 고군분투해야 했다. 고작 몇 주 만에 마거릿은 독일어를 유창하게 구사하게 되었고 괴테의 작품과 사랑에 빠졌다. 괴테는 금세 바이런을 밀어내고 마거릿 내면의 계관시인 자리를 차지했다.

괴테의 낭만주의에 한창 빠져 있을 무렵 마거릿은 이전의 하버드생과는 전혀 다른 부류의 사람과 사랑에 빠졌고, 이 사람에게서 전혀 다른 부류의 사랑을 느꼈다. 마거릿의 말에 따르면 "천사가 느낄 법한 사랑"이었다.

가냘픈 몸매에 검은 머리칼을 한 뉴욕 사람인 애나 바커Anna Barker는 자유사상을 지닌 퀘이커교도의 후손으로 마거릿보다 세 살 어렸다. 에머슨 또한 애나에게 매료되어 그녀를 "품위와 아름다움의 화신, 자연의 여왕"이라고 묘사한다. 그 시대의 가장 유명한 조각가였던 하이럼 파워스Hiram Powers는 대리석 흉상을 제작해 그녀의 보기 드문 사랑스러움에 불멸성을 부여한다. "나는 그 당시 스스로 알 수 있을 만큼 열정적으로 애나를 사랑했다." 풀러는 훗날 회고한다. "얼굴이 항상 눈앞에 어른거렸고, 목소리가 귓가에 울려 퍼졌다. 그 사랑스러운 모습을 둘러싸고 온갖 시적인 생각이 파도처럼 내 정신으로 밀려 들어왔다." 우리는 종종 우리가 되고 싶은 모습을 지닌 사람에게 마음이 끌린다. 마거릿은 애나에게서 자신과 비슷한 점과 자신과 반대되는 점을 모두 발견했고 둘의 관계를 "가장 상냥한 애나와 가장 무뚝뚝한 마거릿"이라고 규정했다. 제임스에게 보내는 편지에서 마거릿은 "내가 애나를 얼마나 사랑하는지 말한 적 있니?"라고 쓰기도 했다.

이 애정은 단지 한 사람만의 일방적인 착각은 아니었다. 애나 또한 거의 무한에 가까운 경애의 감정으로 마거릿을 대했다. 마거릿은 자신에게 "젊은 여자의 마음을 사로잡는 자석 같은 능력"이 있다고 제임스에게 자랑했다. 제임스조차 애나가 마거릿을 대하는 감정을 눈치챘을 정도였다. 제임스는 "그녀에게 그토록 사랑을 받다니, 정말 행복하겠다"며 감탄했다. 풀러가 세상을 떠난 후 풀러의 일기를 정리해 출간하면서 제임스는 이렇게 쓴다. "소녀와 소녀 사이, 여자와 여자 사이의 우정에서 풀러의 경우 열정이 섞이지 않은 것은 아니었다. 그리고 연애 감정으로 인한 희생의 시기도, 황홀한 도취의 시기도 있었다. 내 귀로 들은 이야기가 있지만 이를 쓰기에는 내 불경한 펜을 믿을 수가 없다."

마거릿과 애나는 무척 가까워졌고 가끔 같은 침대에서 잠을 자기도 했다. 그 침대에서, 그 두 몸 사이에 어떤 황홀한 도취가 일어났을까? 정신이 육체에게 행동을 취하라고 명령했을까, 혹은 절제하라고 명령했을까? 다시 한번 우리는 현상을 분류하고 꼬리표를 붙이고 싶은 충동과 마주한다. 이 충동에는 이런 꼬리표 자체가 아예 존재하지 않은 과거의 어떤 일들을 오늘날의 꼬리표로 묶으려는 시대착오적인 유혹이 따라붙는다. 그리고 어떤 일들은 그 어떤 꼬리표로도 규정할 수 없다. "여자가 여자와 사랑에 빠질 수 있고 남자가 남자와 사랑에 빠질 수도 있다는 것은 진실이다." 훗날 마거릿은 쓴다. "이 사랑은 천사가 느낄 법한 사랑이며, 이성 간의 사랑과 같은 법칙에 따라 규정된다."

마거릿은 담을 수 없는 것을 담는 가장 유연하고 광범위한 용기인 시로 몸을 돌려 애나에 대한 사랑을 여섯 편의 소네트 연작에 쏟아냈다. 그중 한 편에서 마거릿은 애나를 "남자의 소굴에서 멀리 떨어진 어느 섬"으로 데려가는 일을 상상한다. 풀러가 그리스 신화를 탐독했다는 사실을 고려할 때 그 섬은 십중팔구 레스보스섬("레즈비언"의 어원이 된 섬이다—옮긴이)일 가능성이 높다. 다른 소네트에서 풀러는 이렇게 쓴다.

부드러운 눈빛이 가장 다정한 사랑으로 빛날 때
나는 그대의 사랑스러운 얼굴을 보네. 애나! 아득한 곳에서
자석처럼 그대에게 이끌리는 듯하네

여기에서 다시 한번 호손에게 보내는 멜빌의 편지를 열정으로 가득 채운 신성한 자력의 개념이 등장한다. 이는 우연도 아니고 모방도 아니며 시와 과학이 오랫동안 서로의 상상력을 어떻게 부추겨왔는지를 보여주는 증거이다. 자성은 그 시대의 가장 흥미로운 과학 주제 중 하나였다. 실제로 풀러가 사랑하는 괴테는 과학과 시를 서로 연결하는 데 19세기 최고의 대가

였다.

유럽에서 가장 존경받는 시인의 자리에 올랐지만 괴테는 자신이 시인이면서도 과학자라고 생각했다. 괴테는 오늘날 우리가 사용하는 구름 이름을 정하는 데 크게 기여했다. 당시 루크 하워드Luke Howard라는 이름의 젊은 천문학자는 구름의 분류 체계를 고안하여 자비로 논문을 발표했다. 이 논문은 일상 영어가 아닌 라틴어 이름을 사용한다는 이유로 과학계의 거센 비난을 받았다. 주요 학술지를 빠뜨리지 않고 탐독하고 유럽의 선두적인 과학자들과 폭넓게 편지로 교류하면서 그 시대의 과학 흐름을 놓치지 않던 괴테가 하워드의 편을 들고 나섰다. 괴테는 구름은 인류 전체가 볼 수 있는 것이므로 특정 언어보다는 "모든 언어에서 인정받는" 이름을 가질 자격이 있다고 주장했다. 괴테는 자신이 유일하게 "선생님"이라는 호칭으로 부른 하워드를 야단스럽게 상찬하는 편지를 보냈고, 구름의 분류 방식을 대중에게 홍보하기 위해 자신이 가진 가장 강력한 무기를 제안했다. 괴테는 하워드의 논문을 살짝 변형하여 각기 다른 구름 종류마다 한 편씩 짧은 운율시를 썼고, 그 시에 각각 하워드가 제안한 구름의 라틴어 이름을 붙였다. 괴테는 심지어 그 시에서 이 젊은 과학자를 칭송하기도 했다.

무한에서 자신을 찾으려 한다면
우리는 반드시 구분하고 그다음 병합해야 하리라
그러므로 날개를 단 내 노래는 감사한다
구름과 구름을 서로 구분하게 해준 그 사람에게

10년 전 괴테는 생물의 형태와 구조를 연구하는 형태학을 처음으로 고안했다. 그리고 지금 괴테는 하늘의 형태학적 운명을 결정지었다.

괴테가 과학자라는 것은 아인슈타인이 바이올리니스트라는 것과 같은 의미에서이다. 즉 열의는 넘치지만 전문적이지는 않았다는 뜻이다. 과학 분야에서 괴테의 위대한 업적은 독창적인 발견에 있다기보다는 과학을 통합하고 대중화했다는 점, 과학에서 강렬한 은유를 뽑아내어 대중에게 전달하고 이를 몇 세기 동안 대중의 상상력 안에 각인시켰다는 점에 있다. 뉴턴에게 대항하기 위해 쓴 색과 감정에 관한 괴테의 이론은 당시 널리 유포되었지만 실제로는 과학적 근거가 없는 것으로 드러났다. 하지만 이 이론은 지각 작용인 공감각, 착시, 색채의 심리적 효과에 대한 놀라운 통찰력으로 가득하다. 이 분야에 대한 연구는 괴테가 죽고 오랜 시간이 지난 후에 이루어졌다. 하지만 과학에 가장 크게 영향을 미친 것은 그의 문학 작품으로, 몇 세대에 걸쳐 과학자들의 상상력을 자극하는 촉매제 역할을 해왔다. 이 사실을 증명하는 가장 유명한 사례는 아마도 니콜라 테슬라Nikola Tesla가 마치 환영처럼 찾아온 착상을 바탕으로 교류유도전동기를 발명한 이야기일 것이다. 테슬라는 부다페스트 공원에서 아름다운 일몰을 바라보던 중 무심코 괴테의 시를 암송하다가 회전하는 자기장이라는 착상이 떠올랐다고 한다.

빛은 물러나며 수고로운 우리의 하루를 끝내고,
저 멀리 길을 재촉하며 새로운 삶의 터전을 탐험한다
아, 어떤 날개도 이 땅 위에서 나를 들어 올릴 수가 없다
빛의 자취를 따라가기 위해, 그 뒤를 따라 훨훨 날아가기 위해

당시 과학과 시는 공생관계였다. 시인들은 시의 소재를 찾으려고 19세기 과학의 황금시대를 채굴했다. 콜리지가 새로운 은유를 찾기 위해 험프리 데이비Humphry Davy의 화학 강의를 일부러 찾아가서 들었다는 이야기는 유

명하다. 괴테 자신도 1817년에 발표한 선구적인 형태학 논문에서 시와 과학을 인위적으로 구분하는 일을 격렬하게 비난했다.

어느 곳의 누구도 과학과 시가 통합될 수 있다는 것을 인정하지 않는다. 다들 과학이 시에서 태어났음을 잊어버렸고, 시대가 바뀌면 두 분야가 좀더 높은 차원에서 친구로 만날 수 있다는 사실을 내다보지 못했다.

괴테가 예술과 과학을 결합해 만든 가장 상상력 넘치는 작품에 마거릿 풀러는 완전히 매혹되었고 이 작품을 통해 사랑을 이해하게 된다.

연애 관계에서도 그렇지만 과학에서도, 미지의 사실은 지식이 열렬한 환상을 정복할 수 있다고 상상하듯, 한 꺼풀씩 그 껍질이 벗겨졌다. 현실을 한참 벗어나는 환상은 결국 지식이 진보함에 따라 실체가 드러났다. 제트 엔진이 달린 가방, 시간 여행, 순간이동은 어디 있는가? 19세기 초반 새로운 화학이 등장하면서 가장 흥미진진한 가능성의 지평이 열렸다. 괴테는 화학에 기반을 두고 자신의 소설 《친화력 Die Wahlverwandtschaften》을 집필했다. 이 소설에서 괴테는 성적인 화학 물질의 개념을 개척하면서 억누를 수 없는 화학적 "친화력"이 연애 감정을 명령한다고 제안했다. 괴테는 이 명령의 힘이 아주 강력해서 그 어떤 인위적인 강제도 이 명령으로 맺어진 연인을 떼어놓을 수 없다고 묘사한다. 결혼의 속박도 예외는 아니다. 풀러는 이미 자아의 충만함을 얻기 위한 방식으로 결혼이라는 전통적인 관습에 회의를 품고 있었고 스스로 결혼 생활을 견딜 수 없을 것이라 의심했기 때문에 괴테의 논리에 한결 마음을 놓을 수 있었다. 괴테가 제안하는 개념에 따르면 풀러가 계속해서 사랑에 빠지는 일조차 자연스러운 것이었다.

기쁨 없는 결혼 생활을 하고 있던 에머슨도 괴테의 발칙한 개념에 깊이 영향을 받은 것이 분명하다. 에머슨은 얼마 후 풀러의 가장 복잡하고 범주를 뛰어넘으며 오래 지속되는 "선택적 친화력"의 상대가 된다. 에머슨은 일기에 이렇게 쓴다.

> 결혼은 일시적인 관계에서 그쳐야 한다. 결혼은 어떤 종류의 속박이나 강탈이라는 폭력 없이 자연스럽게 탄생과 절정, 쇠퇴의 단계를 거쳐야만 한다. 두 영혼이 각각 서로에게 품고 있던 호의를 소진해버리는 지경에 이르면 처음 만났을 때와 마찬가지로 평화롭게 헤어져야만 한다. 서로에게 멀어지는 것이 아니라 새로운 사회로 나가는 것이다. 새로운 사랑은 옛사랑이 떨어져 간 자리에 상처가 생기지 않도록 해주는 연고가 되어준다.

32세의 에머슨을 처음 만났을 무렵 마거릿 풀러는 25세였고 아버지가 갑자기 세상을 떠난 충격에서 벗어나지 못한 상태였다. 훗날 월트 휘트먼은 에머슨을 "육체적으로나 윤리적으로 마음을 끄는 힘이 있었고, 모든 면에서 무장하고 있었으며, 마음만 먹으면 지성뿐 아니라 감정 또한 마음대로 휘둘렀다"고 기억한다. "그저 한 남자일 뿐인 체하고 있지만 모든 것을 사랑하고 모든 것을 감싸 안으며 타당하고 명료했다. 마치 태양 같았다." 새로 재혼한 지 얼마 되지 않은 에머슨은 젊었을 때 세상을 떠난 시인인 첫 아내를 그리워하고 있었다. 그녀는 6년 전 결혼한 지 얼마 지나지 않아 결핵으로 세상을 떠났다.

극적인 소동을 일으키며 성직의 길에서 벗어난 에머슨은 보스턴에서 인생의 가장 중요한 문제에 어느 학파에도 속하지 않은 인문학적 관점을 제시하는 일련의 강연을 시작했고, 이 강연은 유명해졌다. 풀러는 뉴잉글랜드의 모든 이들이 숭배하는 이 현인을 직접 만나고 싶은 마음을 품고 있었다.

하지만 콩코드까지 그 평판이 알려진 이 젊은 여자를 만나고 싶다고 먼저 말을 꺼낸 이는 에머슨이었다. 그 후 두 사람은 여러 면에서 서로 인생에 큰 영향을 미치며 극심한 갈등을 빚게 된다.

혁신적인 교육 개혁가이자 출판 사업가인 엘리자베스 피보디가 두 사람이 만날 수 있도록 공식적인 자리를 마련했다. 8년 전 피보디는 10대 소녀였던 마거릿을 만나 드높은 정신의 명료함에 깊이 감명을 받은 적이 있다. "나는 우주를 보았다"라고 피보디는 훗날 풀러와의 첫 만남을 회고한다. 피보디는 미국 최초의 공공 유치원을 설립하고, 불교 경전을 영어로 번역하고, 미국 최초로 외국어 서적 서점을 열고, 성 아우구스티누스Saint Augustine의 《고백록Confessiones》을 영어로 출간하는 일들을 하기 훨씬 전에 이미 "초월주의Transcendentalism"라는 용어를 고안했다. 한 세대 전 독일의 철학자인 임마누엘 칸트Immanuel Kant는 자신의 정신 이론에 골머리를 썩다 "초월적 이상주의"라는 사상을 제안했다. 이 사상에서 그는 공간과 시간이 초월적이라는 개념을 제안했는데, 즉 우리가 시간과 공간을 객관적이고 물리적인 현실이 아니라 우리 앞에 보이는 주관적이고 직관적인 모습으로 경험한다는 것이다. 하지만 그 당시 뉴잉글랜드를 휩쓸던 철학 풍조를 설명하기 위해 "초월주의"라는 용어를 고안한 것은 피보디였다. 피보디는 칸트의 철학보다는 새뮤얼 테일러 콜리지가 사용한 "초월적"이라는 단어에 영감을 받아 이 용어를 만들었다. "사회의 형태로 존재하는 모든 것, 사고의 형태로 존재하는 모든 것은 유동 상태에 있다"라고 피보디는 썼다. 콜리지는 의식에 대해서는 칸트와 비슷한 맥락으로 생각했지만, 도덕적 양심이 외부에 있는 신의 손아귀에서 집행되고 결정되는 것이 아니라 개인 내면에 존재한다고 생각했다. 이 초월적 양심의 개념에서 피보디는 당시 뉴잉글랜드를 중심으로 새로 떠오르던 자립이라는 풍조와 유사한 점을 발견했다. 이 정신의 중심에는 개인의 개혁이 모든 사회적 개혁을 이끄는 원동력이라는 신념이 담겨 있다. 피보디는 이후 에머슨을 이 시대정신의 중심이라고 추어올리지만, 실제로 이 정신에 이데올로기적 틀을 부여한 것은 바로 피보디 자신이었다.

1835년 캐럴라인 허셜과 메리 서머빌이 왕립천문학회에 입회하는 기념비적인 일이 있은 지 얼마 후 대서양 건너편에서는 25세의 마거릿 풀러가 마침내 뉴잉글랜드의 지성적 왕국으로 들어가게 된다. 피보디가 자신의 어린 친구를 위해 콩코드에 있는 에머슨을 방문할 수 있도록 초대장을 구해 준 것이다.

처음 만났을 때 거침없이 자신의 의견을 강하게 표출하고 경의를 표하지 않는 풀러의 모습에 심기가 불편했던 에머슨도 천천히 풀러에게 마음이 기울었다. 에머슨의 마음이 풀러에게 향한 것은 어쩌면 풀러가 최근에 보스턴의 신문에 발표한 시 때문이었을지도 모른다. "F"라는 머리글자로만 발표한 이 시에서 풀러는 에머슨이 사랑하던 남동생의 죽음을 애도했다. 혹은 "자신이 아는 결혼은 모두 상호 간의 퇴화였다"라는 풀러의 대항문화적인 선언 때문이었는지도 모른다. 친구들에게는 왈도라는 이름으로 불린 콩코드의 현인은 훗날 엘리자베스 피보디에게 풀러가 이 말을 했다고 전했다. 왈도는 풀러의 지성을 칭찬한 피보디의 의견을 인정하면서 "풀러는 이해력이 아주 빠르다"고 썼다. 2년이 안 되어 풀러는 에머슨을 중심으로 전부 남자로만 구성된 초월주의자 모임에 참석하는 유일한 여성이 된다. 비슷한 지성을 지닌 자유주의자들이 산발적으로 모인 이 모임에 피보디는 초대받지 못한다.

정신의 교류로 시작한 마거릿과 왈도의 관계는 이내 지성 이상의 무언가에 이끌리는 관계로 발전했다. 적어도 얼마 동안 풀러는 이 무언가를 통해 스스로 존재의 궁극적 목표라고 생각한 "존재의 충만함"을 이루려는 희망을 품고 있었다. 한편 에머슨은 이 무언가를 감지하고는 몸서리치며 일기에 이렇게 쓴다. "누군가 나를 아는 것만큼 무서운 일은 없다."

마거릿 풀러

세상에 자신을 드러내기

7

에머슨과 만나기 몇 달 전 풀러는 처음으로 자신의 글을 대중매체에 발표했다. 제임스 클라크가 그녀의 글 몇 편을 자신의 잡지인 〈더웨스턴 메신저 The Western Messenger〉에 익명으로 실은 것이다. 그 호에서 풀러는 유일한 여성 작가였다. 프레더릭 더글러스가 "사진과 진보" 강연을 하기 5년 전, 이 잡지에 실린 글에서 풀러는 미지의 것을 탐험하기 위한 양식, 고차원의 의미에 도달하기 위한 수단으로 아름다움을 고찰했다.

재능을 마음껏 탐닉하는 일에는 그만의 아름다움이 있다. 이는 현명한 규칙에 자발적으로 굴종하는 것보다 훨씬 아름답다. 하나의 사진, 하나의 묘사에는 삶의 아름다움이 있다. 하나의 계획에 따라 배열되며 하나의 목표에 종속하도록 만들어진 사진과 묘사에는 한층 높은 아름다움, 삶에 따라 행동하는 인간 정신의 아름다움이 있다. 예술은 자연이지만, 새롭게 형성되고 응축되고 조화된 형태의 자연이다. 우리는 단지 멀리 있는 이들에게 우리 시대를 반영하는 단순한 거울이 아니다. 우리 정신은 그 나름대로의 정신을 지니고 있으며 그 정신에 따라 자신이 재창조하는 것에 빛을 비춘다.

특별한 빛을 창조하는 행위인 비판적 반성은 풀러가 저널리스트로서 쓰는 글 전체를 관통하고 움직이는 정신이 된다. 풀러의 사후 저명한 유니테리언 목사이며 여성권 옹호자이자 노예제 폐지론자로, 에밀리 디킨슨의 재능을 세상의 빛 아래 끌어낸 최초의 인물이자 풀러의 전기 작가인 토머스 웬트워스 히긴슨Thomas Wentworth Higginson은 이렇게 쓴다. "미국 작가 중에서 에머슨을 제외하고는 다른 사람의 정신에 이토록 진지한 생각의 씨앗을 수 없이 심어준 인물은 달리 없다."

초기 페미니스트이자 평등에 헌신한 투사였던 히긴슨은 자신의 신념을 실천하며 살았다. 31세 때 히긴슨은 도망 노예를 풀어주기 위해서 법원 청사의 문을 박차고 들어갔다. 41세 때 히긴슨은 대령으로 남북전쟁에 참전하여 최초로 연방에서 공인받은 흑인 대대를 지휘했다. 자신의 집을 지하철도조직의 기착역으로 만들어 수많은 노예를 탈출시킨 후의 일이었다. 50세 때는 미국여성참정권협회American Woman Suffrage Association의 공동 설립자이자 협회지의 편집자로 일했다. 히긴슨은 이 자리에서 14년 동안 일했다. 60대에 들어서자 히긴슨은 어머니를 잃고 아버지에게는 버림받은 마거릿의 조카였던 마거릿 풀러 채닝Margaret Fuller Channing을 데려다 키웠고, 마거릿 풀러의 전기를 썼다.

유니테리언 목사로 처음 성직에서 일을 하기 시작했을 무렵 히긴슨은 "꿈을 꾸는 자와 일을 하는 자, 영혼의 낮과 밤"이라는 제목의 설교문을 공책에 적었다. 실용적이지 않다는 이유로 예술가가 사라질 위험에 처한 물질주의 사회에서 시와 이득의 관계를 고찰하는 내용의 설교였다. 히긴슨은 우리 모두의 내면에는 꿈을 꾸는 자와 일을 하는 자가 공생하고 있다고 주장하면서 사회에서 실용성과 수익성의 제단 앞에 시를 희생하는 것은 실수라고 주장했다. "생각을 버리지 마십시오. 생각을 실현하십시오." 히긴슨은 공책에 이렇게 적었다. "허공에 성을 지어보지 못한 소년은 절대 땅 위에서도 성을 짓지 않게 됩니다." 허긴슨이 마거릿 풀러라는 인물에 마음이 끌린 것은 풀러가 꿈과 실천 그 어느 쪽도 희생하길 거부하고, 꿈꾸는 자와 실천하는 자로서 자신을 동등하게 엮어 "존재의 충만함"을 성취했기 때문일지도 모른다. 한편 풀러는 또한 진실과 아름다움을 나누길 거부하면서 이 두 가지가 합쳐져 의미를 낳는다고 주장했다. 풀러의 글을 읽고 풀러를 존경하게 되는 에밀리 디킨슨은 훗날 자신의 절묘한 시 〈나는 아름다움을 위해 목숨을 버렸다 I died for beauty〉에서 바로 이 부분을 포착한다. 이 시는 또한 진정한 시인에 대한 엘리자베스 배럿 브라우닝의 관점을 기반으로 삼고 있다. "순교자들처럼 아름다움을 위해 목숨을 버린 이들 / 진실을 위해서, 이쪽에는 이 두 가지밖에 없으니."

나는 아름다움을 위해 목숨을 버렸다, 그런 사람은 별로 없었다

무덤 안에 적응할 무렵

진실을 위해 목숨을 버린 이가

바로 옆 무덤에 몸을 뉘었다

부드러운 목소리로 내가 왜 죽었는지 물었다

"아름다움을 위해서요." 나는 대답했다

"나는 진실을 위해서요. 그 둘은 하나이니

우리는 형제군요." 그가 말했다

그래서 밤에 만나는 동족처럼

우리는 무덤을 사이에 두고 이야기를 나누었다

이끼가 우리의 입술을 덮을 때까지

묘비에 새긴 이름을 덮을 때까지

풀러는 대중매체에 발표한 글에서 아름다움을 의미를 추구하는 수단으로 인정했지만, 개인적으로는 아름다움을 적의를 품은 무관심으로 대했다. 어린 시절 마거릿의 아버지는 마거릿의 자세를 바르게 하려고 마거릿에게 어깨에 묶어놓은 북을 치면서 행진하라고 시켰다. 어린 시절 책을 너무 많이 읽어서 근시가 된 사팔뜨기 눈과 병으로 구부정해진 등 때문에 마거릿은 자신이 아름답지 않다고 생각하며 자랐다. "주위의 모든 이들이 아름다울 때 나 혼자 아름답지 않은 건 참 싫은 일이다." 마거릿은 슬퍼했다. 풀러의 남동생과 어린 시절부터 친구였던 히긴슨은 풀러를 "개인적인 매력이라고는 하나도 없고 무슨 일이든 대놓고 말하는 습관이 있었고, 1인칭 단수를 지나치게 많이 사용했다"고 기억했다. 즉 다시 말해 풀러는 구부정한 허리로도 자신의 신념에 따라 똑바로 서 있는 여자였다는 뜻이다. 당시는 여자가 자기 뜻을 굽히고 상대방에게 동의하는 경청자이길 요구하는 시대였다.

풀러는 어떤 방에 들어가든 사람들을 깜짝 놀라게 하는, 사회의 기대를 배신하는 정신과 영혼의 진동으로 그 방을 채웠다. 그 후 풀러를 보는 사람들의 인상이 변하기 시작했다. 다른 차원의 아름다움이 그녀의 존재를 감싸기 시작한 것이다. 소피아 피보디는 풀러가 자신의 활동 무대에 있을 때는 마치 고대 그리스에서 신령을 불러내 신탁을 기원하는 "삼각대 위의 무녀"처럼 보인다고 생각했다. 미국에 유니테리언 교회를 처음 소개한 영향력 있는 인물이었던 채닝 목사는 풀러에게 "당당한 매력"이 있다고 칭찬했다. 목사는 풀러의 가장 독특한 두 가지 신체적 특징으로 사팔뜨기 눈과 거의 초자연적으로 보일 법한 특이한 자세를 꼽았으며, 이 두 가지에 나름의 매력이 있다고 생각했다.

첫 번째 특징은 눈꺼풀을 거의 한 점이 될 때까지 찡그리는 것이었다. … 그

다음 순간 동공이 확대되면서 홍채에서 거의 빛을 뿜는 듯이 보였다. 이런 인상은 분명 그녀의 쉽게 매혹되는 기질에 기인한다. 두 번째는 등과 목 근육의 기묘한 유연성이었다. 그녀는 아주 단순한 동작으로도 다양한 감정을 표현했다. 온화한 기분이거나 깊은 생각에 잠겨 있을 때 목과 등은 백조처럼 우아하게 구부려졌다. 한편 그녀가 냉소적인 기분이거나 분개할 때는 목 근육이 마치 맹금류처럼 수축하여 갑자기 방향을 틀었다.

풀러는 자신이 육체가 없는 지성이 되기를 바랐을지 모르지만 정신은 그녀의 몸 안에 갇혀 있었다. 생각과 글로 생계를 꾸린다는 것은 여전히 불가능한 꿈처럼 보였으므로 풀러는 모든 성별에 열린 유일한 직업이었으며 지적인 삶을 영위하는 여자가 보수를 받으면서 일하기 위해 택할 수 있는 유일한 길인 교사 자리를 구하려 했다. 당시 교사는 여자가 결혼하면서 남편의 경제적 원조를 받기 전까지 잠시 거치는 직업으로 여겨졌지만 바로 한 세대 이전에 엘리자베스 피보디가 이 관습을 뒤집고는 교육을 결혼으로 가는 기착지가 아니라 자기 자신의 종착지로 만들었다.

피보디의 반항은 열두 살 때부터 시작되었다. 피보디에게서 "이단적인 성향"을 발견한 부모는 도덕적인 독실함을 강요했고, 그에 동의하지 않은 피보디는 "진실을 발견"하려는 목적으로 《구약성서》를 원문으로 읽기 위해 독학으로 히브리어를 익혔다. 열일곱 살이라는 아주 어린 나이에 피보디는 "아이들을 윤리적으로, 영적으로, 또한 지적으로 교육하는 일"에 헌신하는 학교를 이끌었다. 피보디는 마른 콩을 손으로 만지면서 배우는 혁신적인 수학 교육 방법을 개발하는 한편 "우리의 생각과 느낌을 가장 섬세한 색조와 변주로 표현하는 부호"인 단어에 대한 사랑을 마음 깊이 심어주는 방식으로 학생들에게 문법을 익히도록 종용했다. 열여덟 살 때는 어린 시절부터 공부해온 그리스어를 완벽하게 익히는 일에 착수했다. 이때 피보디가 고용한 가정교사가 바로 하버드대학교를 갓 졸업한 열아홉 살의 에머슨이었다. "소년의 정신에 최고의 것이라면 또한 '소녀'의 정신에도 최고의 것이야." 엘리자베스는 집에 있는 동생 소피아에게 편지를 써 소피아가 고전 작품을 열심히 읽도록 종용했다. 공부가 끝나고 엘리자베스가 에머슨에게 청구서를 요청했을 때 에머슨은 "받을 돈이 없다"고 대답했다. 자신이 가르칠 것이 아무것도 없음을 알았기 때문이다. 20대 초반이 되었을 무렵 엘리자베스는 당시 대학원 교육과 똑같은 과정을 스스로 공부했고, 교사라는 직업을 개혁하는 데 모든 활력을 쏟아부었다. 피보디가 선택한 교수 방법 중 가장 급진적인 것은 강의가 아니라 대화로 가르치는 방식이었다. 자신의 실험적인 학교를 통해 피보디는 보스턴의 문화 지형에서 중심적인 인물로 자리 잡았다.

피보디의 선례가 있은 지 10년 후 24세의 마거릿 풀러는 템플학교Temple School에서 보조교사로 첫발을 내디뎠다. 템플학교는 진보적인 정신을 지닌 철학자이자 이상주의적 교육 개혁가로, 훗날《작은 아씨들Little Women》을 쓴 저자의 아버지인 브론슨 올컷Bronson Alcott이 설립한 학교였다. 풀러는 피보디 집안의 세 자매가 라틴어와 수학, 지질학 과목에서 엄격한 수업을 통해 이 학교의 명성을 끌어올렸음에도 2년 동안 급료를 받지 못해 최근에 이 학교를 그만두었다는 사실을 알지 못했다. 풀러 또한 급료 없이 넉 달 동안 일한 뒤에 학교를 그만두었다. 그러나 그사이 풀러에게 깊은 인상을 받은 올컷은 가장 열렬한 지지자이자 숭배자로 남는다.

또 다른 야심을 품은 교육 개혁가가 풀러가 템플학교를 그만두었다는 소식을 듣고 그녀에게 새로운 상류층 학교에 일자리를 제안했다. 로드아일랜드주의 프로비던스에 있는 그린스트리트학교였다. 그린스트리트학교는 그리스 신전 양식을 본 따 지은 널찍한 새 건물에 자리 잡고 있었다. 올컷의 학교에서 교훈을 배운 풀러는 제안을 수락하기 전 두 가지 조건을 내걸었다. 교육 과정과 방식을 완전히 재량에 맡겨달라는 것과 1000달러의 연봉이었다. 이는 당시 하버드대학교 교수의 연봉과 맞먹는 액수였다. 오늘날 성별에 따른 임금 차이의 원인이 대부분 봉급 협상을 꺼리는 여자들의 성향에서 기인한다는 진실을 생각하면 당시 풀러의 제안은 참으로 대담한 것이었다. 풀러의 행동은 대단한 자신감과 용기에서 비롯된 것이었다. 이로부터 거의 30년 후 배서대학에서 마리아 미첼에게 교수 자리를 제안했을 때 미첼은 지성의 가치에 합당한 대가를 요구하는 것이 불편해 봉급을 스스로 절반 가까이 낮춘다. "내게 그만한 가치가 있다고 생각하지 않습니다!" 미첼은 배서대학에서 처음 제안한 1500달러의 연봉을 물리치고, 그 대신 자신과 아버지가 머물 방과 식대에 더해 연봉 800달러를 받는 일에 동의한다. 당시 배서대학의 남자 교수들은 일괄적으로 연봉 2000달러를 받고 있었다.

조건이 받아들여지자 풀러는 자신이 어린 시절부터 가르쳐온 남동생들을 하버드로 보낼 기회라 생각하며 프로비던스에 있는 학교에서 일하기로 결심했다. 하버드는 정작 그녀에게는 문이 닫혀 있었다. 미국 최초의 큰 경제 위기였던 1837년의 공황이 나라 전체를 휩쓸고 지나간 지 얼마 되지 않아 아직 나라가 충격에서 회복하지 못할 때였다. 항상 은유를 찾기 위해 과학을 뒤지던 에머슨은 이 사태를 이해하기 위한 모든 노력을 "지진이 일어난 다음 날 아침 지질학을 공부하는 격"이라 비유했다. 그린스트리트학교의 개교식 자리에서 연설을 한 에머슨은 그곳에 모인 교육자들을 향해 자신들이 맡은 소년소녀를 "자신이 될 수 있는 모든 것이 되고픈 갈망을 품게 만들라"고 권하고 "자신의 고귀한 본성을 믿을 수 있도록" 가르치라고 강조했다. 마거릿도 그 자리에 있었다. 에머슨은 또한 학생 안에 존재적 소망을 "단순히 돈에 대한 욕망으로 퇴보시키지 않도록" 노력하고 "[교사라는 직업의]

가장 중요한 비밀이 삶을 진실로 환원하는 것임"을 절대 잊지 말라고 당부했다.

풀러는 변화의 매개로 아름다움을 선택하고 자신이 맡은 반의 열 살에서 열여덟 살에 이르는 60명의 소녀들이 시를 통해 윤리학을 탐구하고 고전 문학으로 인간적인 면모를 더한 과학에 몰두하도록 만들었다. 풀러는 꽃병으로 꾸민 그랜드 피아노 옆에 서서 가르쳤다. 세계사를 가르칠 때는 특히 강인한 여성 위인의 삶을 강조했다. 문학 수업에서는 여성 저자의 작품을 읽으라고 요구했다. 자연사 수업에서는 그리스 신화를 이용하여 소녀들에게 거미에 대한 공포를 극복하도록 가르쳤다. 거미를 무서워하는 성향은 오늘날에는 거미공포증, 아라크노포비아arachnophobia라는 이름으로 알려져 있다. 풀러는 소녀들에게 아라크네Arachne의 신화를 들려주었다. 이 신화에서 야심 넘치고 재능 있는 여자였던 아라크네는 지혜와 공예의 여신인 아테나Athena에게 도전하여 직물을 짜는 대결을 벌이고 훨씬 뛰어난 작품으로 승리한다. 분노에 휩싸인 아테나는 아라크네를 거미로 만들어버린다.

하지만 풀러가 소녀들에게 준 가장 훌륭한 선물은 대화의 기술을 통해 자신의 생각을 표현할 수 있도록 만들어주었다는 것이다. 풀러는 여자들에게 이 능력이 퇴화되었다는 사실을 슬퍼했다. 여자가 남자의 지혜를 담는 저장소가 되기만을 요구받는 시대, "맨스플레이닝mansplaining"의 수신자 역할만을 강요받는 문화에서는 그렇게 될 수밖에 없었다. 맨스플레이닝이란 21세기 풀러인 리베카 솔닛Rebecca Solnit이 여자를 가르치려드는 남자들의 성향을 표현하기 위해 고안한 용어이다. 풀러는 교실을 대화를 위한 장소로 바꾸었다. 대화에 참가하는 데는 오직 한 가지 규칙만이 존재했다. 반드시 자신의 생각을 자유롭게 표현하는 것이었다.

풀러는 소녀가 말을 하게 만드는 것이 생각보다 훨씬 어렵다는 사실을 깨닫고 낙담했다. 이 난제로 골머리를 앓느라 풀러는 수업 외에 자신이 병행하던 힘겨운 과업을 제대로 수행할 수가 없었다. 바로 요한 페터 에커만Johann Peter Eckermann이 쓴 《괴테와의 대화Gespräche mit Goethe》를 번역하는 작업이었다. 이 번역은 자신의 독일 영웅에 대해 처음으로 영어로 전기를 쓰는 작가가 되려는 한층 야심 찬 계획의 일부였다. 하루에 여섯 시간밖에 잠을 자지 못하고 일을 했지만 진행은 느리고 고통스러웠다. "최선을 다해서 노력했지만 아주 조금밖에 일을 하지 못했어요." 8월 중순에 풀러는 에머슨에게 유감스럽게 말했다.

그로부터 2주 후 에머슨은 하버드에 사상적 충격을 안겨줬다. 자기 수양과 기존 체제에서의 독립을 촉구하는 이 연설은 그 선동성으로 하버드 당국의 분노를 샀다. 에머슨의 자립에 대한 호소가 얼마나 강렬했던지 연설문을 책으로 엮어 《미국의 학자The American Scholar》라는 제목으로 찍은 책자 500부가 모두 눈 깜짝할 사이에 팔려나갔을 정도였다. 보스턴의 대학자인 올리버 웬들 홈스Oliver Wendell Holmes는 이 연설에 미국 "지성의 독립선언"이라고 이름 붙였다. 에머슨은 이 연설에서 젊은이들에게 이 시대의 불확실성을 변화의 발판으로 이용하고 지성적인 미래를 향해 대담하게 도약하라고 촉구했다. "세계가 아름다운 구름처럼 우리 눈앞에 펼쳐져 있지만 심지어 그 아름다움조차 볼 수 없다. 무위는 비겁한 일이다. 대담한 정신 없이는 학자도 존재할 수가 없다." 상아탑이 아니라 인생이 가장 훌륭한 스승이라고 에머슨은 주장했다.

인격은 지성보다 더 높다. 사고하는 것은 기능이다. 살아가는 것은 기능의 실행이다. 흐름은 원천으로 거슬러 올라간다. 위대한 정신은 강인하게 살아갈 뿐 아니라 강인하게 사고한다. 그에게 자신의 진실을 전달하기 위한 기관이

나 매체가 없는가? 그는 여전히 진실을 살아간다는 아주 기본적인 방법에 의존할 수 있다. 살아가는 것이야말로 완전한 행동이다. 사고하는 것은 부분적인 행동이다. … 학자는 결코 시간을 낭비하지 않는다.

이듬해 에머슨은 다시 하버드를 찾아 하버드신학대학의 대학원생들을 상대로 더욱 선동적인 강연을 했다. 이 강연으로 에머슨은 30년 동안 하버드대학교 출입이 금지된다. 이 강연에서 에머슨은 관습을 희생하는 대가를 치르더라도 오직 진실을 이야기하는 것만으로 "우주는 안전하고 살 만한 장소가 된다"고 주장했다. 이런 방식으로 에머슨은 미국의 가장 촉망받은 젊은 신학자들에게 교회의 교리에서 몸을 돌리고, 그 대신 "중개자 없이 혹은 가면을 벗고 신을 사랑하라"고 부추기며 신성은 모든 존재에 깃들어 있다고 주장했다. "성소의 문은 낮이나 밤이나 모든 인간man 앞에 열려 있다"고 에머슨은 선언했다.

에머슨의 사상을 존경함에도 풀러는 "모든 인간"에 속하지 못했다. 하지만 풀러는 성소에 들어가고 싶었다. 성소의 비유는 풀러에게 오직 부분적으로만 은유였다. 미국 최고 지식의 요새로, 그리스 신전을 본 따 지은 보스턴의 애서니엄은 공식적으로 여자의 출입을 금지하고 있었다. 이사진의 특별 투표를 통해 엘리자베스 피보디의 애서니엄 출입이 허가되었을 때 피보디는 한 달 만에 책을 스물세 권이나 빌렸다. 자연스레 풀러는 배움에 대한 지칠 줄 모르는 열정을 자유롭게 충족시킬 수 있다면 여자들이 어떻게 변하게 될지, 그리고 사회 전체가 어떻게 변하게 될지 생각하기 시작했다. 그 통찰력 넘치는 강연에서 에머슨이 개인과 시민의 이상을 "남자의 사고"로 제시했다는 사실을 풀러는 놓치지 않았다. 만약 인류가 사고의 수확량을 두 배로 늘리고 "모든 여자"에게 문을 열고 대화에 "여자의 사고"를 도입한다면 성소는, 나라는, 세계는 어떻게 바뀌게 될까?

자신이 가르치는 소녀들에게 이미 실망한 적이 있음에도 풀러는 대화가 사고를 얽어맨 끈을 느슨하게 풀고 정신이 도약할 수 있도록 훈련하는 가장 좋은 방법이라는 신념을 포기할 준비가 되어 있지 않았다. "말은 사건이다." 한 세기 반이 지난 후 어슐러 K. 르 귄Ursula K. Le Guin("어스시 시리즈"로 유명한 SF 소설의 대가이다─옮긴이)은 말한다. "말은 무언가를 하고 무언가를 바꾼다. 말은 하는 사람과 듣는 사람을 모두 변화시킨다. 말은 에너지를 전하고 되받으며 증폭시킨다. 말은 이해 혹은 감정을 전하고 되받으며 증폭시킨다." 초월주의 운동에서 지고의 지성적 도구로 대화를 공식 채용하게 된 것은 전적으로 풀러의 공이다. 자유롭게 주고받는 말의 전류로 여성해방운동의 힘을 충전시킨 것도 풀러의 공이다.

1839년 여름 풀러는 여자를 위한 일련의 대화 모임을 구상했다. "사고를 체계적으로 할 수 있도록, 여자에게 결핍된 적확성과 명쾌함을 키울 수 있도록" 고안된 모임이었다. 풀러는 이 결핍 때문에 여자가 사회에 공헌할 기회가 막힌다고 생각했다. 풀러는 여자의 의견이 너무나 자연스럽게 무시되어온 탓에 여자가 "느낌을 생각으로" 바꾸는 데 필요한 비판적 사고라는 도구를 제대로 익힐 기회가 없었다는 결론을 내렸다. 풀러는 여자들이 "세상의 빛에 용감하게 맞서기 위해 립스틱이나 촛불의 도움이 필요 없도록" 정신을 훈련할 수 있으리라 믿었다. 풀러는 사회에서 여자의 대화라고 규정해놓은 잡담과 소문을 근절하고, 그 대신 "사고와 지식을 평가하고 이들을 상대적으로 적절한 자리에 배치하도록 노력하는" 모임을 이끌기로 했다. 다시 말해 통찰력을 키우고 단순한 사실을 서로 연결하여 깨달음을 이끌어내는 능력을 계발하는 것이었다. 주요 목표는 "우리는 어떻게 우리에게 있는 수단을 가장 효과적으로 이용하여 행동의 삶 위에 사고의 삶을 지어 올릴 수 있는가?"라는 질문에 대한 답을 찾는 것이 될 터였다.

풀러가 이런 생각을 브론슨 올컷에게 털어놓았을 때 올컷은 이를 "희망적인 사실"이라고 생각했고, 자신의 일기에 열변을 토했다.

풀러는 오늘날의 여성 중 가장 달변가로, 앞으로 사회를 뒤흔들 것이다. 그 재능에 어울리는 역할이다. 나는 풀러의 말을 들은 이들이 풍성한 사고를 수확한 다음 시대의 가슴에 비슷한 씨앗을 심는 힘이 될 것이라 믿는다.

풀러는 이 일련의 모임으로 문화에 대변혁을 일으키려 했다. 하지만 문화적 변혁을 이끄는 다른 모든 원동력과 마찬가지로 그 밑에는 개인적인 뿌리가 깊게 뻗어 있었다.

풀러가 자신의 대중적인 이미지를 결정짓게 될 대화 모임을 준비하고 있던 여름, 풀러의 사적 영역에서는 뒤숭숭한 소란이 벌어지고 있었다. 몇 달 전 마거릿은 자신이 전에 가르치던 학생과 다시 한번 중독적인 연애에 빠져들었다. 캐럴라인 스터지스Caroline Sturgis는 중국과 무역하는 거상의 열아홉 살 딸로 쾌활한 성품의 처녀였다. 두 사람이 더는 사제지간이 아니게 된 후부터 관계가 "강렬함을 띠기 시작했다"고 마거릿은 썼다. 두 사람은 몇 달 동안 함께 살 계획까지 세웠다가 캐럴라인의 아버지의 반대로 계획이 무산되자 비탄에 잠겼다. "캐리"는 전의 애나처럼 마거릿을 흠모하고 경애했다. 하지만 이내 캐리의 감정이 마거릿을 감당할 만큼 단단하지 않다는 사실이 드러났다. 마거릿의 정열은 흠모나 경애, 심지어 사랑보다 더 많은 것을 요구했기 때문이다.

마거릿 풀러는 남자와 여자를 경험하듯이 우정과 사랑을 경험했다. 남자도 여자도 아닌 제3의 성으로서였다. 한 세기가 지난 후 버지니아 울프는

"우리 안에는 두 가지 힘이 있다. 하나는 남자의 힘이고 하나는 여자의 힘이다"라고 주장하며 1000년 넘게 이어온 문화적 성별의 수사학을 전복했다. 울프는 남녀 양성의 정신이 최상의 정신이라고 주장한다. "잘 공명하고 잘 흡수하며 … 선천적으로 창조적이고 눈부시게 빛나며 연속된다." 풀러는 성별의 이원성을 비난하면서 "완벽하게 남성적인 남자도, 순수하게 여성적인 여자도 존재하지 않는다"고 주장했다. 울프와 시몬 드 보부아르Simone de Beauvoir가 등장하기 훨씬 전에 풀러는 이미 자신의 획기적인 저서 《19세기 여성》에서 남녀를 가르는 경계는 실제로 견고하지 않으며, 그 결과 일종의 변화가 진행되고 있다고 주장한다. "액체가 고체로 굳어졌다 다시 액체로 녹아내리는 것처럼" 남자와 여자도 "끊임없이 서로를 넘나들며 모습을 바꾼다."

풀러는 자신과 친밀한 관계를 맺는 사람들에게는 상당히 까다로웠지만 일단 어떤 사람을 자기 존재의 가장 깊숙한 곳에 들여놓기만 하면 그들에게 전부를 요구했다. 괴테의 "전체" 관념을 이미 맛보았는데 단순한 감정의 조각에 군침을 흘릴 이유가 어디 있단 말인가? 하지만 이토록 끝없이 모든 것을 집어삼키는 격렬한 감정은 결국 그 감정의 대상을 쫓아버리는 결과를 낳았다. 뛰어나고 아름다운 남녀들이 풀러를 지나쳐 갔지만 누구도 그 격렬함을 이해하지 못했고, 하물며 그 격렬한 감정에 보답하는 이는 더욱 없었다. 제3의 성을 부여받았지만 두 개의 극에서 모두 거부당하는 반자성의 존재였다.

1839년 봄 마거릿과 캐리는 해변의 휴양지로 여행을 떠났다. "전체"가 요구되었으며 그 요구의 상당 부분이 보류되었다. 캐럴라인은 훗날 회고한다. "마거릿이 자신을 사랑하느냐고 물었을 때 곧바로 그렇다고 대답할 수 없었다." 일단 마음을 주고 나면 망설임 없이 온 마음을 다해 사랑하는 마거릿은 캐럴라인이 감정을 보류하자 돌이킬 수 없이 큰 상처를 입었다. 여행 후에 캐럴라인은 마거릿에게 편지를 쓰면서 관계를 회복하려 애썼지만 마거릿은 냉담한 답장을 보냈다. 그 편지에서 풀러는 "캐리"라는 애칭 대신 "캐럴라인"이라는 이름을 사용했다. 두 사람이 친구로 남을 수 있다는 사실은 분명하지만 가까이 지낼 수 있을 것 같지는 않다는 내용이었다.

마거릿은 관계에 대한 갈망을 채워줄 다른 후보를 물색했다. 그 대상은 줄리아 워드 하우Julia Ward Howe의 명민하고 카리스마 넘치는 오빠, 마거릿보다 일곱 살 어린 새뮤얼 워드Samuel Ward였다. 두 사람은 4년 전인 1835년 여름 마거릿이 애나 바커와 사랑에 빠지고 난 얼마 후, 뉴욕 북부 지방의 경이로운 자연을 탐험하고자 허드슨강을 거슬러 오르는 배 여행에서 만난 적이 있었다. 두 사람 모두 애나의 사촌인 일라이자 패러Eliza Farrar의 초대를 받아 배 여행에 동참했다. 일라이자 또한 마거릿이 열여덟 살 무렵 잠시 열중한 적이 있는 멋진 여자로, 지금은 하버드대학교의 수학 교수와 결혼하여 지적으로 동등한 결혼 생활을 꾸리고 있었다. 그때 열여덟 살이었던 샘은 유럽에 있는 케플러의 모교인 튀빙겐대학교에서 헨리 워즈워스 롱펠로Henry Wadsworth Longfellow와 학우로 공부하다 얼마 전 미국으로 돌아온 참이었다. 유럽에서 공부한 샘은 독일어와 프랑스어를 유창하게 구사했고, 자기 앞에 펼쳐진 통상적인 비즈니스의 길을 마다하고 예술가의 길을 선택했다. 이 대담한 이상주의가 마거릿의 마음을 움직였다. 당시 마거릿은 첫 시집을 발표한 직후로 괴테를 번역하는 데 열성을 쏟고 있었다. 두 사람은 서로 마음이 끌렸고 샘은 마거릿에게 보스턴까지 바래다주겠다고 제안했다. 보스턴에서 마거릿은 샘을 애나에게 소개해주고 싶어 했다. 당시 마거릿은 애나에게 푹 빠져 있었고 샘은 아직 어렸기 때문에 둘 사이에 어떤 연애 감정이 피어나진 않았다. 하지만 그 여행으로 마거릿은 자신과 샘의 영혼이 같은 언어를 사용한다는 깊은 인상을 받았다.

3년 후 샘이 패러 부부와 함께 떠난 유럽 여행에서 돌아온 이후 두 사람은 다시 만나기 시작했다. 원래 마거릿도 이 여행에 함께 가자는 초대를 받았지만 그해에 아버지가 세상을 떠났고 그 충격에서 벗어나지 못했기에 집에서 칩거하고 있었다. 샘은 이제 21세가 되었고 마거릿은 28세였다. 마거릿은 얼마 전 출간된 괴테의 시선집에 다시 한번 유일한 여성 작가로 참여하여 자신이 번역한 괴테의 시를 성별이 모호한 S. M. 풀러라는 이름으로 발표한 참이었다. 이 시선집은 당시 10대였던 줄리아 워드 하우의 첫 문학 비평의 대상이 되었다.

어쩌면 마거릿은 샘에게서 자신의 남성적 자아의 분신을 보고 있었는지도 모른다. 자신이 되고 싶었지만 체질적으로 될 수 없는 모습을 샘에게 투영하고 있었는지도 모른다. 샘도 마거릿처럼 괴테를 번역하고 마거릿처럼 에머슨과 편지로 교류했다. 하지만 마거릿과는 다르게 샘 앞에는 고등교육의 기회와 문화적 특권이라는 신전의 문이 활짝 열려 있었다. 그리고 마거릿과는 다르게 샘은 악명이 높을 정도로 외모가 출중했다.

1839년 두 사람은 열심히 편지를 주고받았다. 캐럴라인이 마거릿에게 편지를 보관할 예쁜 상자를 하나 선물한 적이 있는데, 샘과 얼마나 편지를 주고받았던지 마거릿은 캐럴라인에게 상자를 하나 더 보내달라고 부탁해야 했다. 샘에게 받은 편지만을 따로 보관하기 위해서였다. "내가 살아 있는 동안 이 상자에는 샘의 편지만을 담아둘 것이다"라고 마거릿은 맹세했다. 그해 봄, 캐럴라인과의 관계가 극적인 양상을 띠는 동안 샘과 마거릿은 점점 많은 시간을 함께 보내기 시작했다. 둘은 함께 자연을 즐겼고 보스턴의 미술 갤러리를 돌아보기도 했다. 마거릿은 샘을 "라파엘로 Raffaello"라고 부르기 시작했다. 둘은 서로 달콤한 속내를 털어놓기도 했다. 하지만 다시 한번 마거릿은 자신이 한쪽으로 기운 친화력의 궁핍한 편에 서 있다는 사실을 깨달았다.

샘은 아무 말도 없이 멀어지기 시작했다. 편지에 미술 전시에 대한 이야기를 하면서도 같이 가자는 말은 꺼내지 않았다. 책을 보내주면서도 오직 책에 대한 비판적 의견만을 물었다. 마거릿은 처음에는 어리둥절했고, 그 다음에는 상처를 받았으며, 마지막에는 분노했다. 7월 중순 마거릿은 확신에 찬 분노를 쏟아내며 갑자기 냉담하게 마음이 돌아선 샘을 추궁했다.

나 같은 기질의 사람을 감히 마음대로 주무르려 하다니, 그토록 무례하지는 않을 거라 생각해. 한때의 변덕만으로 사람한테 이렇게 잘해줄 수는 없을 거라 생각해.

애정의 씨앗이 그대로라는 건 의심하지 않지만 그 씨앗은 껍데기 안에서 그대로 잠들어 있어. … 애정을 억누를 때 얼마나 쓸쓸한지, 희망이 계속 보류될 때 얼마나 지긋지긋한지, 소망이 뿌리째 뽑혀버릴 때 얼마나 스산한 기분이 드는지. 나는 그런 기분을 너무도 잘 알아. 불행한 가정에서 아픈 몸으로 태어났으니까.

샘이 지닌 가능성을 제대로 평가한 마거릿은 출중한 외모에 뛰어난 머리, 학식까지 겸비한 샘이 많은 이의 관심을 받는 대상일 수밖에 없다는 사실을 인정한다. 하지만 그다음 껍데기뿐인 구혼자를 물리치고 자신을 택한다면 도덕적 우월을 증명하는 행동이 될 것이라고 제안하면서 단 한 가지 요구의 창을 내지른다.

만약 네가 나와 같다면, 그토록 사소한 불가능은 간단히 짓밟을 수 있을 거야. 내가 사랑받을 자격이 있는 만큼 나를 사랑한다면 나를 보지 않고는 살아갈 수 없을 거야.

마거릿은 프랑스어로 샘을 기다릴 것이라고 말한다. 자신은 일에 파묻혀 지내고 있을 테니 충분히 시간과 여유를 두고 결정하라고 말한다. 하지만 그다음 마거릿은 항상 "더 많은 것을 요구하는" 사람답게 최후통첩을 내린다.

우리가 사랑하는 사이가 아니라면 아무것도 아닌 존재가 되어야 해. … 우리 둘을 묶는 것이 내 사랑 하나여서는 안 돼.

마거릿은 서명 없이 바이런의 〈오거스타에게 바치는 시 Stanzas to Augusta〉의 네 번째 연에서 한 구절을 인용하며 편지를 마친다. 이 시는 바로 바이런과 에이더 러브레이스의 어머니의 결혼 생활을 끝장나게 한 배다른 여동생에게 바이런이 바치는 연애시로, 영국 땅을 영원히 떠나기 직전에 쓴 시이다. "사랑받으면서도 그대는 나를 슬프게 하기를 꺼렸네." 마거릿은 샘 정도의 교양을 지닌 지식인이라면 당연히 이 시를 알고 있으리라 생각했다. 이 시는 이런 구절로 시작된다.

내 숙명의 날들은 이미 끝나버렸고
내 운명을 좌우하는 별은 이미 져버렸지만
그대의 부드러운 마음은 알기를 거부하는구나
수많은 이들이 쉽게 찾아내는 결점을

하지만 최후통첩은 정반대의 결과를 낳는다. 샘은 한층 더 마거릿에게서 멀어진다. 9월이 되자 샘을 단념하고 자존심을 지키고 싶은 마음과 샘이 아무 말도 없이 변했다는 사실을 믿고 싶지 않은 마음으로 갈가리 찢긴 채 마거릿은 샘에게 편지를 쓴다.

이제 나를 더는 사랑하지 않는구나. 네가 나와 더 가까워지기를 얼마나 빌었는데! 서로 떨어져 있을 때 만나고 싶다고 어떤 말을 했는데! 우리가 서로에게 전부가 되어줄 수 있다고 나한테 어떤 약속을 했는데! 그때는 너도 그 약속을 의심하지 않았을 텐데.

쓰라린 비탄에 젖은 마거릿은 샘에게 자신이 그를 만나기 전에는 "자연스럽게 평범한 애정이 생길 만큼 행복한 감정을 느낄 수 없는 사람"으로 스스로 생각했고 그래서 결점을 발견하는 순간 관계를 끝냈다고 고백한다. 하지만 마거릿은 샘에게는 그런 결점이 하나도 없었다는 사실을 되새긴다. "그대의 부드러운 마음은 알기를 거부하는구나 / 수많은 이들이 쉽게 찾아내는 결점을." 샘은 그녀에게 "영원"을 약속하기를 두려워하지 않았다. 마거릿의 편지는 모든 버림받은 연인의 심정을 큰 소리로 울부짖는다. 어떻게, 어떻게 사랑의 맹세가 단순히 쉽게 사라져버릴 수 있는가! 그 사랑의 감정은 도대체 어디로 가버렸는가!

너는 나를 최고의 친구, 가장 사랑하는 친구라고 부르지. 항상 나와 함께 있을 것이라고 말하지. 나는 네 애정의 깊이를 의심하지 않아. 네가 내 가치를 알고 있다는 걸 의심하지 않아. 하지만 달콤한 고백, 자연스럽고 즉각적인 애정 표현이 사라졌어. 영원히 사라진 걸까?

마거릿은 샘에게 솔직해지라고 강요한다. "너는 나와 같이 있고 싶지 않은 거야. 왜 그 사실을 나한테, 너 자신에게서 숨기려 하는 거야?"

당혹스러울 정도로 갑자기 애정을 거둔 것도 모자라 샘은 갑작스럽게, 아무 설명도 없이 예술가가 되려는 마음을 접고 은행가가 되기로 하여 마거릿의 마음을 아프게 한다. 실연의 아픔에 휩싸인 마거릿은 은행가가 되려는 샘의 결심마저 기꺼이 눈감아주려 한다. 샘이 마음을 돌려주기만 한다면 자신의 기다림마저도 자기희생으로 승화할 마음의 준비가 되어 있다. 마거릿 풀러가 쓴 편지 중 가장 무방비한 편지—얼마나 무방비한지 거의 자기희생에 이를 정도이다—에서 마거릿은 샘에게 간청한다.

기다릴게. 불평하지 않을게. 어떤 것도 강요하지 않을게. 마음의 불안을 버틸 수 있는 한, 사랑하는 마음으로 억누르고 있을게. 달려나가지 못해 불만족스러운 마음을 붙잡고 있을게. … 기다릴게. 나한테 가장 어려운 일이겠지만. 내가 그토록 많이 사랑한 그대를 위해 기다릴게. 절대 그대의 믿음을 해치거나 그대의 마음을 불쾌하게 하지 않을게. 절대, 절대 안 그럴게. 오직 그대만이 나를 지배하는 자리에서 내 사랑을 끌어내릴 수 있어. 내 자존심도 그럴힘이 없어. 그러니 하느님 도와주세요. 내가 이 맹세를 지킬 수 있도록 기도합니다.

흔한 비극이다. 억지로 사랑의 감정을 강요하는 일은 질투심에 휩싸여 공격하든, 자기희생적인 기분에 휩싸여 눈물 흘리며 간청하든 전부 등딱지 안에 들어간 거북이를 막대기로 쿡쿡 찔러 나오게 하는 것처럼 효과가 없다. 찌르면 찌를수록 거북이는 움츠러들 뿐이다.

그렇게 모든 것이 끝나버렸다.

다음 달, 캐럴라인과 샘으로 인한 잇따른 상처에 딱지가 덮이기 시작할 무렵 오래되고 강렬한 불꽃에 다시 불이 붙는다. 애나 바커가 예기치 않게 마거릿을 찾아온 것이다. 바로 마거릿의 "가장 오래되고 신성한 사랑"이다. 애나가 방문하는 동안 마거릿은 마침내 캐럴라인에게 답장을 쓰면서 고통스러운 애정의 불균형을 이해하려고 애를 쓴다. 1839년 10월, 대화 모임의 시작을 채 한 달도 남겨두지 않은 시점에서 마거릿은 편지를 쓴다.

캐럴라인, 난 너를 진실하고 고귀한 마음으로 사랑했어. 그리고 너를 훨씬 더 많이 사랑하게 되리라 생각했지. 다가올 미래를 위한 단단한 기반이 있다고 생각했어. 지금 이 시간 내 존재는 그 어느 때보다 충족되고 응답받고 있어. 사랑하는 이가 돌아왔거든. 내 희망뿐 아니라 상상마저도 모든 면에서 뛰어넘기 위해서 말이야. 지금에 와서 말이지만 네가 내 인생에서 그녀만큼 높은 자리를 차지하게 될 날을 고대한 적이 있었어. 나는 다른 여자들은 전부 자식 혹은 제자, 장난감, 지인으로 생각해왔지만 너희 둘만은 달랐어. 너희 둘은 내가 손을 맞잡을 수 있는 상대였어.

마거릿은 자신이 어떤 상처를 받았는지 제대로 이해할 수 없을 거라고 캐럴라인에게 쓴다. 그 상처는 그 어떤 "신성하고 고독한 숲길 산책으로도, 달빛 아래 그 어떤 사랑의 시간으로도" 치유될 수 없는 상처였다. 마거릿이 이렇게 솔직하게 말할 용기를 낸 것은 전적으로 애나가 찾아와 옛 희망에 다시 불이 켜졌다는 기쁨 때문이었다. 하지만 여기에는 마거릿이 아직 알지 못하는 사실이 하나 있었다. 무겁고 충격적인 사실, 마거릿의 환상을 검게 물들이고 희망의 진심을 무참히 삼켜버릴 사실이다. 애나가 보스턴에 온 이유는 비밀리에 샘과 약혼했기 때문이었다.

4년 전 마거릿이 서로 소개해주고 싶어 했던 두 젊은 남녀는 샘이 패러 부부와 함께 유럽을 여행하던 중 처음 만났다. 마거릿이 고향에서 아버지를 애도하고 있을 무렵 샘과 애나는 스위스에서 사랑에 빠졌다. 샘이 예술적 야심을 등지고 은행업으로 뛰어든 것은 애나의 부유한 가문에서 둘의 결합을 인정하지 않을까 걱정했기 때문이었다.

1839년 10월, 애나의 방문으로 며칠 동안 기쁜 마음에 젖어 있던 마거릿은 보스턴 신문에서 두 사람의 약혼 소식을 읽고 마음이 찢어지는 불신에 휩싸인다. 샘은 마거릿의 애정에 보답해주지 않고 마거릿을 배신했다. 은행업의 길을 택하기 위해 예술을 저버림으로써 두 사람이 공유한 이상을 배신했다. 하지만 마거릿이 열정적으로 사랑했던 두 사람의 이중 배신은 또 다른 차원의 일격이었다. (샘은 훗날 마지막으로 한 번 더 생과 사를 뛰어넘어서까지 마거릿을 배신하게 된다. 마거릿의 갑작스러운 사망 후 샘은 풀러를 기념하기 위해 풀러가 쓴 글을 모아 책으로 내는 작업에서 공동 편집자를 맡았다가 그만둔다.)

에머슨도 캐럴라인과 애나 두 사람 모두에게 좌절된 애정을 품고 있던 까닭에 약혼 소식을 듣고 "얼마간의 공포심"을 느꼈다. 에머슨은 어떤 혼란스러운 환상에 사로잡혀 머릿속에서 플라토닉한 관계의 오각형을 그리고 있었다. 에머슨과 마거릿, 캐럴라인, 애나, 그리고 샘이 그리는 오각형으로 "가장 지혜롭고 가장 아름다운 이들로 구성된 신성한 공동체"였다. 에머슨은 나머지 네 명에게 콩코드로 와서 자신의 곁에서 살라고 설득하던 중이었다. 에머슨의 아내인 리디언Lydian은 이 기하 구조의 일원이 되지 못했다. 무더웠던 8월, 마거릿과 캐럴라인, 애나가 사흘 동안 콩코드를 방문했을 무렵 이 오각형의 기하 구조는 더 견고해졌다. 말로는 표현할 수 없는 전류, 에머슨이 오직 시 안에서만 묘사할 수 있던 전류가 네 사람 사이에 흘러넘쳤다. 에머슨은 이 시에서 "마음과 마음 사이에서 그 의미가 드러나는" 거의 신비에 가까운 방식을 찬미했다. 하지만 에머슨은 간헐적인 방문으로 휙 지나가버리는 흔들림 이상의 것을 원했다. 에머슨은 일기에 썼다. "모든 사람이 이곳에 벽난로와 집을 두고 있다면, 지겹고 우울한 방문 대신 견고한 공동체적 만족을 얻을 수 있을 것이다."

애나의 약혼 소식을 듣고 왈도가 캐럴라인에게 보낸 편지는 희비극적인 자기기만의 울림으로 가득했다. 왈도는 이 편지에서 자신의 희망을 기세 좋게 설득하려 했다.

> 나는 [애나가] 자신만큼 총체적인 남자를 찾아 세계를 훑어봤지만 아무도 찾지 못하고는 이렇게 말했다고 생각했어. "나는 여자로서 내가 포기해야 하는 많은 부분을 이상적인 관계를 구축하여 보상해야겠다. 라파엘[샘]은 내 형제가 될 것이며, 그뿐 아니라 나는 언젠가 위대한 신들을 본 적이 있다는 평판을 듣고 있는 콩코드의 엄격주의자[왈도]를 선택해야겠다."

선택받지 못한 왈도는 애나가 지상의 행복을 위해 "이상적인 관계"를 저버린 일을 슬퍼하면서 "그 둘의 얼굴 어디에도 회한의 기색이 보이지 않는다"는 사실에 한층 더 어리둥절해한다. 샘과 애나는 자신들의 선택에 완전히 만족스러워 보이며, 왈도가 생각하는 것처럼 이 일로 자신들이 은총을 저버렸다고 생각하려 하지 않는다. 단념하는 마음으로 에머슨은 캐럴라인에게 보내는 편지를 이렇게 맺는다. "나는 그들을 불신할 수 없어. 하지만 자매여, 행복이란 참으로 저속한 거야."

왈도의 마지못한 축복과는 반대로 마거릿은 자신의 아픔을 딛고 일어서 초인적인 힘으로 감정을 다스리며 넓은 아량을 보여주려 했다. 샘에게 편지를 써서 갑자기 자신을 버린 일에 대한 죄책감을 해소해주려 한 것이다. 이 편지에서 마거릿은 가장 진실하고 빛나는 감정조차 영원할 수 없다는 사실을 인정했다.

나는 과거의 교제와 애정 표현을 이유 삼아 어떤 사람의 마음에 소유권을 주장하지는 않을 거야. 애정 표현이란 여름에만 볼 수 있는 꽃과 과실이니까. 가을이 오면 다시 차가운 바람도 불고 비도 오라고 하라지.

감정이 우리가 소유한 것 중에 가장 변하기 쉬운 것임을 인정하는 데는 흔치 않은 용기가 필요하다. 감정은 심지어 우리의 의견보다 더 변하기 쉽다. 여기에서 의견은 진정한 의미에서의 의견으로, 차용한 견해 혹은 한순간의 인상에서 비롯된 의견과는 질적으로 다르다. 이런 의견은 자기 자신과의 제대로 된 토론 끝에 도달하게 되는 것이다. 감정은 그렇지 않다. 감정은 우리 존재의 가장 깊은 불합리하고 비이성적인 곳에 고여 있던 지하수에서 새어나온 증기가 융합하여 만들어지는 것으로 다른 사람의 빛과 접촉하여 한순간 어떤 무지개를 흩뿌리지만, 이는 나타날 때처럼 순식간에 불가해한 방식으로 흩어지고 사라져버린다.

마거릿은 샘에게 보낸 편지에서 사랑을 당연한 것으로 여겨서는 안 된다는 뜻을 넌지시 전한다. 사랑은 순간순간 시시각각 변하는 조건을 맞춰주어야 유지된다. 지금은 샘을 위하는 마음으로 충고를 하고 있지만 정작 마거릿 자신은 이 생각과 제대로 타협하지 못해 남은 생애 동안 고군분투하게 된다. "진실과 명예, 고결한 천성은 서로에게 빚을 지고 있지만 사랑과 신뢰는 자유롭게 주는 선물이 아니라면 아무것도 아닌 게 돼."

그다음 마거릿은 상처 입은 마음이 상처를 준 이에게 행할 수 있는 최고의 선행을 베풀며 샘에게 애나와의 행복을 빌어준다.

내가 아는 네 천성은 나의 일부가 되었고 그 마음이 누렸던 사랑은 영원히 나와 함께할 거야. … 시간, 거리, 다른 목표들 탓에 너는 나를 잊게 되겠지. 하지만 나는 언제까지나 네 친구가 되는 것을 잊지 않을게. 매일 감사 기도를 할 때마다 네 삶을 생각하기를 잊지 않을게. … 신성한 시간에 널 맡기고 현재 널 비추고 있는 천상의 빛 안에서 살아가길. 네가 진정한 삶을 살아갈 때 난 기쁨의 눈물을 흘릴 거야.

샘과 애나는 그달 결혼식을 올렸다. 마거릿이 소용돌이치는 마음의 아픔을 제대로 이해하기까지는 2년이 더 필요하다. 샘과 애나의 결혼 2주년이라고 적힌 일기에서 마거릿은 애나에 대한 감정이 샘에 대한 감정보다 훨씬 강렬했다는 사실을 인정하고 자신의 사랑에 대해 쓴다.

이토록 시적인 방식으로 내가 깨닫기 시작한 이 일에 대해서 어떻게 생각해야 할지 아직 잘 모르겠다. 이 일에서 음악은 내가 예상한 대로 흐르지 않았고, 지금 나 자신의 정신이 그 일과 결코 떨어질 수 없어 보이는 것들과 화해를 한 것도 아니다. 하지만 그 당시 두근두근 뛰었던 사랑의 마음은 잘못 생각할 수 없다. 우리는 오직 매일 현명해지는 수밖에 없다. 그렇지 않으면 진실이 거짓이 되어버리므로.

어쩌면 마거릿이 샘을 잃는 일에 그토록 고통스러워한 것은 그것이 애나를 잃는 결과를 낳았기 때문일지도 모른다.

샘에게 이별의 편지를 보내고 세 주가 지난 뒤인 1839년 11월 6일, 마거릿 풀러는 훗날 "대화Conversation"라고 알려지게 될 첫 모임을 개최한다. 이

"대화" 모임에서 뿌려진 씨앗들은 20세기 페미니즘 운동으로 성장한다. 풀러는 29세다. 마리아 미첼이 처음 혜성을 발견한 나이와 같다. 풀러는 에머슨이 저녁에 유명한 강연을 하는 수요일 오전에 엘리자베스 피보디의 집에서 "대화" 모임을 열었다. 자립에 대한 현인의 강연을 들으러 보스턴을 찾는 여자들이 한 번의 외출로 두 가지 행사에 모두 참석할 수 있도록 하기 위해서였다. 하지만 풀러는 고의로 에머슨의 방식과는 완전히 반대되는 탐사 방식을 택했다. 위에서 아래로, 일 대 다수로, 하나의 드높은 지성이 수직으로 지혜를 내려주는 것이 아니라, 옆으로, 다수 대 다수로 동등한 지성을 지닌 사람들끼리 친밀한 대화를 나누는 것이었다. 풀러의 학식은 누구보다 대단했지만 풀러의 의도는 그 방에 모인 여자들이 자신의 정신이 중요하다고 생각하고 자기만의 생각을 대중 앞에 표현할 만큼 가치 있다고 여기게 만드는 것이었다.

스물다섯 명의 여자들이 그 해에 서른두 시간 동안 이어질 첫 모임에 참석했다. 대부분 풀러의 친구와 과거의 제자들이다. 피보디 자매가 세 명 모두 참석했고, 리디아 마리아 차일드와 브룩 농장이라는 이상향을 함께 설립하게 될 소피아 리플리도 참석했다.

그 모임에서 풀러는 존재에 심오한 질문을 던지는 수단으로 그리스 신화를 선택했다. 풀러는 매혹적인 달변으로 자신의 의견을 뚜렷하게 밝히면서 자신이 추구하는 목표의 본보기를 보여주었다. 첫 모임에 나온 한 참석자는 친구에게 보내는 편지에서 열광적으로 읊었다.

어디를 봐야 할지 알 수가 없었어. 여자와 소녀들이 모여 앉은 그 어느 곳에서도 참으로 다양한 인물, 문화, 진실과 아름다움에 대한 사랑이 넘쳐 흘렀거든. … 마거릿은 아름답게 옷을 차려입고(그랬다고 멸시하지는 마, 그래야 사진이 잘 나와서 그런 거니까) 내가 가능하다고 생각한 것 이상의 위엄과 기품으로 모임을 이끌었어. … 잘난 체하거나 지식을 뽐내는 말은 한마디도 나오지 않았지. … 다들 만족했을 것이라 생각해.

엘리자베스 피보디는 30세가 되었을 무렵 채닝 목사의 복음 토론 모임에서 자기 의견을 말해보라는 말을 들은 성인 여자가 위축되어 입을 열지 못하는 모습에 충격을 받았다. 피보디 자신도 풀러의 "대화" 모임이 생기기 몇 년 전에 여성을 대상으로 한 일련의 강연을 주최한 적이 있었다. 피보디는 풀러가 사망한 후에 감상이라고는 섞이지 않은 확신에 따라 이렇게 회상한다.

나는 그 자리에 참석한 사람 중에 [마거릿이 발표한] 최초의 성명들과 이따금 폭발하는 달변에 대해 말하지 않는 사람이 없었다고 생각한다. 그 달변은 대화의 기술을 가장 화려하게 뽐내는 것으로, 사람들이 단 한 번도 들어보지 못한 것일 뿐더러 심지어 전해 듣지도 못한 것이었다.

마거릿 풀러는 "자신만의 특별한 별"을 찾아낸 것이다. 그 별은 마거릿의 인생에 새로운 빛을 밝혀주었고, 마거릿이 사는 사회의 미래에도 새로운 빛을 밝혀주었다. 풀러의 대화 모임으로 여성이 품은 새로운 가능성의 지평이 열렸고, 마침내 세상의 절반인 여성이 품은 지성적이고 창조적인 잠재력을 낭비하고 싶어 하지 않는 세계로 향하는 길이 열렸다. 그 후로 5년 동안 "대화" 모임이 이어지면서 풀러는 미국에서 가장 학식 있는 여자라는 평판을 얻게 된다. 교육에서 시작하여 윤리학에 이르기까지 다양한 분야를 섭렵한 "대화" 모임은 "영향력" "실수" "교리" "이상" "이 세계의 삶을 자각하지 못하는 사람" 등을 주제로 이야기를 나누게 된다.

* * *

첫 대화 모임이 열리고 일주일 후 초월주의자 몇 명이 대화 모임에서 하는 일을 잡지라는 형태로 실현하기 위해 한자리에 모였다. 에머슨은 풀러에게 잡지의 편집자 자리를 제안하면서, 이 일을 하면 풀러가 어려운 살림을 해결할 수입을 얻을 것이라 약속했다. 풀러는 제의를 수락했다. 초월주의자들은 이 전례 없는 잡지를 〈다이얼 The Dial〉이라 불렀다. 공동 창간자인 브론슨 올컷의 금언집에서 따온 이름으로, 그 금언집 이름은 올컷의 두 딸인 애나와 루이저 메이가 지었다. 이 잡지는 기존에 존재했던 어떤 잡지와도 달랐다. 〈다이얼〉은 진정한 의미에서 미국 최초의 독립 잡지라 할 수 있다. 어떤 대학이나 교회에도 소속되어 있지 않으며, 종교적 사상이나 문학의 한 장르에 국한되지도 않고, 지적이고 독창적인 호기심으로 철학, 시, 과학, 법, 비평 등 모든 분야를 변화무쌍하게 다루었다. 에머슨은 이 잡지가 "다루는 범위가 방대하고 커서 모든 중대한 관심사에서 세대의 의견을 선도하게 될 것"이며 "삶이라는 총체적 예술"에 대한 일종의 입문서 역할을 할 것이라는 목표를 품고 있었다.

풀러의 목표는 심지어 한층 더 높았다. 서른 번째 생일을 보낸 지 얼마 후, 1840년 7월 4일 출간된 창간호 뒷면에 인쇄된 안내서에서 풀러는 "대중의 의견을 선도하는 데 그치지 않고 자립을 통해 어떻게 우리 정신이 살아 숨 쉴 수 있는지 알게 함으로써 개개인이 스스로 판단을 내릴 수 있도록, 좀 더 깊고 웅대하게 사고할 수 있도록 힘을 북돋는 것"을 목표로 삼겠다고 약속했다. 자립을 통해 살아 있음을 각성하는 것은 풀러가 "대화" 모임의 참가자들에게 불어넣고자 한 메시지였다.

그 시대의 잡지는 얇고 부드러운 표지에 광고가 대부분을 차지하는 요즘의 잡지와는 전혀 달랐다. 〈다이얼〉은 두께가 5센티미터에 달하는 두툼한 책으로 그 안에는 시와 장문의 글이 잔뜩 실려 있었다. 광고는 하나도 실리지 않았다. 교회의 교의와 상업주의를 완전히 포기함으로써 〈다이얼〉은 오직 편집자들의 이상에 따라 자유롭게 움직일 수 있었다. 편집자들은 이상주의가 전염되어 독자를 고무시키기를 기대했다. 한 세기 반 뒤에 E. B. 화이트E. B. White는 당시 득세하던 기득권 매체가 취해야 하는 태도와 결국 그렇게 하지 못하고 우스꽝스럽게 실패하고 만 모습을 지적한다. 화이트는 작가라면 "사람들을 낮추는 것이 아니라 높이 들어 올리는 데 도움이 되어야 한다"고 주장했으며, 반드시 "단순히 삶을 반영하고 해석하는 데 그치지 않고 삶에 영향을 미치고 삶을 형성해야" 한다고 주장했다. 〈다이얼〉이 지금 시작한 일이 바로 그것이었다.

"우리는 동포들에게 새로운 기회의 장을 열었다." 에머슨은 창간호의 "독자에게 보내는 말"에서 이렇게 선언했다. 창간호는 548쪽에 달하는 독창적인 글과 비평문 모음집이었다. 침묵과 공감, 북극광을 다룬 시들이 있었고, 내서니얼 호손의 새로운 동화(아내 소피아가 삽화를 그린)에 대한 비평과 태양계를 다룬 스코틀랜드 책에 대한 비평이 있었다. 아름다움, 단테, 이상에 대한 수필 사이에 풀러가 쓴 인상적인 글이 한 편 있었다. 〈비평가에 대한 짧은 논평A Short Essay On Critics〉이라는 제목이 붙은 이 글은 창간호에 수록된 풀러가 쓴 여덟 편의 글 중 하나였다. 이 글에서 풀러는 창작 문화에서 가장 과소평가되지만 중대한 책무에 대한 자신의 의견을 밝힌다.

비평이라는 이름이 붙은 수필은 대중에게 보내는 편지이다. 이 편지를 통해 은둔자의 정신은 자신이 받은 감명을 해방시킨다. … 비평가란 … 단순한 시인, 단순한 철학자, 단순한 관찰자에 그쳐서는 안 되며 이 세 가지를 모두 적절하게 조합해야 한다. 비평가는 [시인처럼] 날카로운 눈과 예리한 감각을 가지고 있어야 하지만 표현의 기관 또한 예리하다면 그는 시를 평가하는 대신 직접 시를 쓸 것이다. 비평가는 철학자처럼 탐구 정신으로 자극을 받고 일반화의 필요성을 느껴야 하지만 철학자들이 흔히 그렇듯 돌처럼 단단하게 굳은 방법론에 속박되지 않아야 한다. 또한 비평가는 관찰자 특유의 기질적인 날카로움을 지니고 이상적인 완벽함에 대한 애정을 품고 있어야 하며 이를 통해 작품 세부의 단순한 아름다움에 만족하거나 그저 작품에 대한 의견을 내는 데 안주하지 않아야 한다. … 비평가는 자유로워야 하며 모든 면에서 들려오는 불만의 목소리들이 주는 기계적이고 왜곡된 영향력에서 벗어나야 한다. 비평가는 우리가 사랑했던 것들을 현명하게 사랑하는 법을 가르쳐줄 것이다. 비평가는 비판과 식별, 심취와 경의의 차이를 알고 있기 때문이다.

이 잡지의 본부 역할을 했던 엘리자베스 피보디의 서점과 마찬가지로 〈다이얼〉은 보수를 염두에 두지 않고 열정만으로 꾸려나가야 했다. 편집자들은 상업적 성공을 목표로 삼지 않았다. TED 재단이 "널리 퍼져야 하는 생각들"을 표어로 삼기 한 세기 반 전에 이미 〈다이얼〉은 이를 단 하나의 목표로 삼고 있었다. 가장 많을 때 300명에 달했던 정기구독자에게 받는 구독료로는 제작 비용을 부담하기에도 빠듯했고 편집자에게 줄 돈도 없었다. 1841년 이 잡지를 출판한 보스턴의 작은 출판사가 파산하자 잡지의 운영은 엘리자베스 피보디가 이제 갓 세운 출판사로 넘어갔다. 이 출판사 또한 열정만으로 꾸려나가는 곳으로 이익을 남기지 못했다.

2년 동안 〈다이얼〉 매호에 몇 편씩 글을 집필하는 한편 편집자로도 쉬지 않고 수고했지만 풀러는 그 대가로 동전 한 푼 받지 못했다. 결국 편집자 자리는 에머슨에게 넘어갔다. 에머슨은 반은 농담조로 "순교자의 자리는 번갈아 맡읍시다"라고 말했다. 일기에 에머슨은 이렇게 썼다.

지속해야 하는가, 끝내야 하는가. 나는 결정해야 한다. 이는 잡지의 삶이냐, 죽음이냐의 문제로 보인다. 나는 이 잡지가 살기를 바라지만 내가 그 생명이 되기를 바라지는 않는다. 그렇다고 이 잡지를 인문주의자, 개혁론자의 손에 맡기고 싶지는 않다. 그들은 문자와 시를 거칠게 다루기 때문이다. 학자들의 손에 맡기고 싶은 생각도 없다. 그들은 감정이 없고 메마르기 때문이다.

〈다이얼〉에 수록된 글들은 미국 민주주의를 형성하는 초기의 몇 가지 사상을 탄생시키는 촉매 작용을 했다. 이 잡지에서 학문 분야를 넘나드는 새로운 생각들이 탄생했고 비평과 창작의 경계선이 흐려졌다. 〈다이얼〉은 무명 작가들이 글을 쓰는 도약판이 되어주기도 했다. 그중에는 젊은 나이에 실직 상태로 환멸감에 젖은 헨리 데이비드 소로라는 이름의 교사도 있었다. 한편 이 잡지는 독단적 교리가 우세한 미국에 감히 동양 철학을 소개하면서 영성에 대한 논의를 확장하기도 했다. 이는 극렬한 사상적 모반이자 도덕적이고 용감한 행동이었다. 〈다이얼〉이 소개한 동양 철학에는 공자와 오마르 카이얌Omar Khayyám의 작품, 엘리자베스 피보디의 번역으로 미국에서 처음으로 출간된 불교 경전 등이 있었다.

제임스 프리먼 클라크의 동생인 예술가 세라Sarah는 이 잡지에 대해 "여기 수록된 많은 글의 영혼은 외롭다"고 평했다. 어쩌면 세라는 기존의 취향에 맞추기보다는 수준을 끌어올리려는 의도를 품고 대중의 양심에 새로운 감성을 불어넣는 힘겨운 임무를 수행하는 개척자들의 외로움을 감지했을

지도 모른다. 이들은 그 대가로 "현상 유지"를 고집하는 요새로부터 심술궂은 비난을 감수해야만 했다. 과학에서 빌린 또 다른 은유를 사용하여 풀러는 얼마 후 이렇게 쓴다. "전류를 지나치게 많이 충전한 이는 주위 사람들의 두려움을 산다."

〈다이얼〉의 등장으로 겁에 질린 비난가들조차 이 잡지가 사고의 새로운 미학을 소개한다는 사실을 인식하고 있었다. 이를 악의 어린 시기심으로 보는 이들도 있었다. 편협한 생각을 가진 이들은 시기심에 사로잡혀 이들의 독창성을 능가하려 하지만 그런 시도는 항상 실패한다. 10년 후 유니테리언 목사이자 개혁가로 한때 초월주의 모임의 일원이었던 시어도어 파커Theodore Parker가 계간지를 창간하게 된다. 이 계간지에 대해서 토머스 히긴슨은 비꼬면서 이렇게 평한다.

[파커는] 새로운 계간지가 단지 턱수염 난 〈다이얼〉이 될 것이라 예언했다. 하지만 결과는 실망스러웠다. 온통 턱수염뿐이고 〈다이얼〉은 없었다.

마거릿 풀러

나는 위대한 천성을 지니고 있다

8

재정난으로 어려움을 겪고 있는 〈다이얼〉에 가해진 최후의 일격은 회계 수치가 아니라 인간관계의 기하학에서 왔다.

함께 일하는 과정에서 마거릿과 왈도의 관계는 복잡하게 부풀어 오른 끝에 우정의 경계를 넘어 영혼의 가족이라는 관계, 지성적인 열정을 나누는 관계에까지 이르렀다. 두 사람은 종종 숲으로 도피하여 철학과 시, 인생, 그리고 필연적으로 사랑에 대해 이야기를 나누었다. 왈도의 아내인 리디언 에머슨은 질투에 사로잡혔고 마거릿은 이를 더는 부인할 수 없는 처지에 몰렸다. 마거릿은 감정적 혼란을 논리 안에 은폐했고 일기에서 자신이 "어떤 책만큼도" 왈도를 가족에 대한 의무에서 멀어지게 하지 않았다며 자신의 행동을 정당화했다. 한번은 마거릿이 콩코드를 방문했을 때 리디언이 오후에 산책을 하자고 제안했다. 마거릿은 이미 왈도와 산책하기로 약속했다고 말하며 제안을 거절했다. 차분한 성품이었던 리디언은 갑작스레 울음을 터트렸고, 나머지 식구들은 어색하게 저녁 식사 접시를 내려다볼 수밖에 없었다. 마거릿은 다시 한번 일기에서 자신의 행동을 정당화했다.

필요 이상으로 왈도가 나를 가까이하는 것은 그의 인생이 애정보다는 지성에 중심을 두고 있기 때문이다. 왈도가 내게 애정을 품는 건 내가 그의 지성을 자극하기 때문이다. 나는 그 당시 리디언이 몸이 불편했을 거라고 생각하며 그 일을 잊어버렸다.

왈도는 누구에게도 갖지 못했던 유대감을 마거릿에게서 찾았다. 심지어 아내와 자녀에게서도 이런 유대감을 느낄 수 없었다. 왈도는 일기에 "나는 심연을 사이에 두고 가족을 본다"라며 괴로운 심경을 토로했다. "나는 그들에게 건너갈 수 없으며 그들도 내게 건너올 수 없다." 왈도와 마거릿은 자신들이 보이지 않는 벽의 이쪽에 함께 있다는 사실을 알아차렸다. 세계의 나머지는 벽의 반대편에 있었다. 하지만 두 사람 모두 이 보기 드문 유대감을 어떻게 다루어야 할지 알지 못했다. 이 유대감은 기존에 존재하는 어떤 틀에도 맞지 않기 때문이었다. 가장 가치 있는 관계는 흔히 우리가 이미 만들어놓은 어떤 관계의 틀에도 깔끔하게 들어맞지 않기 마련이다. 우리는 흔히 인생에서 일어날 것이라고 상상하는 관계의 원형을 규정해놓는다. 친구, 연인, 부모, 형제, 스승, 뮤즈 등이다. 그리고 우리는 하나의 틀에 맞출 수 없는 사람, 각기 다른 시기에 각기 다른 정도로 여러 개의 범주를 차지하는 사람을 만난다. 그럴 때 우리는 우리 자신을 확장시켜 그만의 자리에 맞는 새로운 틀을 만들어야 한다. 여기에는 자기 확장의 성장통이 따르며 이를 감수하지 못할 때 우리는 돌처럼 굳어지고 만다.

자신의 가장 믿음직한 능력에 기대어 왈도는 마거릿과의 복잡한 관계에서 비롯되는 감정의 혼란에서 빠져나오기 위해 애를 썼다.

할 수 있다면 했겠지만 저 멀리 어딘가에서 나는 내가 못 한다는 것을 안다. 이 기묘하고 차가우면서 따뜻하고 끌어당기다가도 밀어내는 마거릿과의 대화에서 내게 다가오는 빛과 그림자, 희망과 절망을 나는 제대로 설명할 수 없다. 마거릿, 내가 항상 경애의 감정으로 대하는 사람, 가까이 볼수록 존경의 마음이 커져가는 사람, 가끔 사랑까지도 하는 사람. 하지만 우리가 가장 가까워질 것을 약속하는 순간 그는 나로 인해 얼어붙고 나도 그로 인해 얼어붙어 입을 다물 수밖에 없다.

복잡한 것에 자리를 마련해주는 일, 익숙한 꼬리표를 초월하는 무언가를 억눌러 분류하고픈 폭력적인 욕망에 저항하는 일에는 참을성은 물론 도덕적 용기도 필요하다. 왈도는 그 용기를 끌어내지 못했거나 끌어내고 싶지 않은 듯이 보였다. "오, 천상의 인어에게든, 지상의 어부에게든 모든 신은 마녀의 개암나무 지팡이를 주었으니 … 나는 당신의 것이고 당신은 내 것이 되어야 합니다." 1840년 초가을에 보낸 편지에서 왈도는 마거릿에게 말했다. 하지만 바로 다음 날 왈도는 마거릿에게 하지 못한 말들을 일기에 쏟아부었다.

당신은 내가 당신을 사랑하도록 하겠죠. 내가 무엇을 사랑해야 할까요? 당신의 몸? 이 생각만으로 당신은 진저리를 칠 겁니다. 당신은 무슨 생각을 했고 무슨 말을 했을까요? … 지금 있는 것, 지금 되고 있는 것 말고는 다른 걸 사랑할 가능성을 못 찾겠습니다. 당신의 용기, 모험심, 싹트기 시작한 애정, 열린 생각, 기도, 나는 그런 걸 사랑할 수 있어요. 하지만 그밖의 무엇을 사랑할 수 있을까요?

육체 관계가 친밀함을 확인하는 시험장이라는 잘못된 개념 탓에 우리는 연애의 구성 요소를 오랫동안 오해해왔다. 친밀함을 재는 척도는 피부와 피부의 마찰 지수가 될 수 없다. 이는 두 사람이 다른 모든 것과 다른 모든 사람을 물리치고 두 사람만의 세계에 거주할 때 두 사람 사이에 흐르는 사랑과 신뢰, 기쁨과 평온의 정도이다.

어쩌면 왈도는 자신과 마거릿이 부인할 수 없는 친밀한 짝이라는 사실을 알고 있었을지도 모른다. 그랬기 때문에 왈도는 짝을 강요받는 기분이 들어 더더욱 털을 곤두세웠을지도 모른다. 그는 결국 자립의 월계관을 쓴 시인이었고, 독립된 남자에게는 "우주가 그의 신부"라고 믿은 사람이었다. 하지만 왈도는 자신을 독립된 개인으로 생각하면서도 어쨌든 결혼이라는 결합에 양보했다. 그 결과 신부는 왈도에게 감정적 행복을 의존했고, 왈도는 이를 무거운 짐으로 여기게 되었다. 왈도는 로마 신화에 등장하는 섬뜩한 일화를 암시하며 자신의 결혼 생활을 "메젠티우스의 결혼"이라고 불렀다. 메젠티우스Mezentius는 신화에 등장하는 잔인한 왕으로, 살아 있는 사람을 시체와 얼굴을 마주하도록 묶은 다음 죽게 내버려둔 것으로 유명하다. 왈도는 일기에서 격분을 토해냈다.

> 결혼은 이상이 아니라 실험이다. 두 사람의 견고한 결합은 영혼이 계획한 바도 아니고 예상한 바도 아니다. 영혼은 혼자이다. … 영혼은 그 자체로 우주이며 단 하나가 아니라 만 가지의 사랑받는 형태를 통해 자신의 진보를 실현해야 한다.

마거릿 또한 두 사람의 관계를 파악하기 위해 노력했다. 리디언이 갑작스레 눈물을 쏟은 일이 있고 사흘 뒤 마거릿은 전에 없던 솔직한 태도로 왈도에게 편지를 써서 자신에 대한 감정을 분명히 하지 않는 왈도를 비난하고 태도를 분명히 밝히라고 요구했다. 마거릿은 자신이 왈도가 자신에게 줄 수 있는 것 이상을 바라는지도 모른다는 점을 깨닫고 있었다.

우리는 서로 큰 존재가 되어야 해요. 내가 당신을 절망하고 버림받은 채로 내버려둔 것이 몇 차례인가요. 이 빛이 절대 내 불을 이해하지 못할 것이라고 말한 것이 몇 번입니까. 그 명료한 눈은 내가 주위를 채우는 법칙을 절대 이해하지 못할 겁니다. 그 단순한 힘은 다면적 존재가 되려는 내 욕구를 절대 해석하지 못할 겁니다.

마거릿은 리디언의 질투에 담긴 암시를 지적했다. 바로 왈도의 인생에서 마거릿이 단순한 동료에 머무르지 않고 연애 상대로 넘어가기 시작했다는 점이다. 마거릿은 왈도에게 자신은 결코 그 자리를 강탈할 의도가 없었다고 단언했다. 어쩌면 마거릿은 자기 자신에게 단언하고 있었는지도 모른다. 마거릿은 설사 자신에게 왈도를 유혹할 힘이 있다고 해도 그 힘을 쓰지 않을 것이라 말했다.

관계의 신성함을 모독하다니, 나는 당신만큼 그런 일과는 거리가 멉니다. 나는 어떤 권리도 요구하지 않아요. 진실한 감정 말고 다른 것에 휘둘리고 싶은 마음은 없습니다. 어떻게 고귀한 천사를 눈길 한 번으로 사로잡을 수 있다는 말입니까? 심지어 그 눈길조차 주지 않았는데 말이에요. 진실한 사랑이 없다면 불가능한 일입니다. 나는 강탈자가 아니에요. 나는 단지 내가 마땅히 받아야 하는 것만을 요구할 뿐입니다. 혹시라도 내가 그 경계를 긋는 데 실수를 했다면 그 선택받은 포도밭, 가장 아름다운 정원을 합법적인 소유주에게 기꺼이 돌려줄 것입니다.

마거릿은 둘의 관계를 이해하려고 애쓰는 동안 혼란스러운 기분이 들 수밖에 없다는 사실을 인정하면서 "이 불안한 흔들림과 불편한 정열은 언젠가 누그러지고 가라앉을 것입니다"라고 약속했다. 마거릿은 두 사람 사이에 무한한 가능성이 있다는 사실을 감지했지만 "무한에 대한 감각은 우리를 고갈시키고 드높입니다. 그러므로 나를 완전히 지배하지 못합니다"라고 말했다. 충족되지 못한 열정, 결코 완전히 소유할 수 없고 지배하지 못하는 무언가에는 저항할 수 없는 활력이 존재한다는 역설이다. 이런 열정은 이미 소유하는 것에서 오는 지루한 단조로움을 해소하는 강력한 해독제가 되어준다. 에머슨은 몇 달 후 발표한 가장 유명한 수필에서 "사람은 안정되길 바란다. [하지만] 안정되지 않은 만큼 그들에게는 희망이 남아 있다"라고 쓴다. 지금 에머슨은 이 깨달음의 윤곽을 일기에 적었다. "좁은 벽 사이를 우리는 걷는다. 한쪽에는 광기가, 한쪽에는 두터운 지루함이 있다." 마거릿은 에머슨의 마음이 극단으로 갈라져 있다는 사실을 감지하고 한쪽을 선택하라고 요구했다.

친구 안에서 "적"을 찾지 않았습니까? "거대하고 강력한 천성"을 찾지 않았습니까? 나는 아직 당신에게 아름다운 적은 아니에요. 언젠가 적이 되어야 할까요? 모르겠습니다.

하지만 마거릿은 왈도에게 그와 함께 있으면 "마치 집에 있는 기분"이 든다고 말하면서 이토록 만족스러운 사랑을 다시 찾을 수 있을지 모르겠다고 말했다. "또 어떻게 더듬거리며 헤매고 다녀야 할지 모르겠어요. 다른 영혼에서 내 자리를 찾으면서요."

하지만 에머슨은 자신 말고는 다른 누구에게서도 "집에 있는 기분"을 찾지 않았다. 이미 독립적인 기질 탓에 리디언과의 결혼 생활에 숨 막혀 하던 왈도는 또 다른 관계 속에 자신을 구속하는 일, 또 다른 기대의 무거운 짐 아래 영혼이 짓눌리고 시체와 함께 묶이는 일을 도저히 할 수 없었다. 하지 않을 작정이었다. 그달에 에머슨은 일기에서 브룩 농장이라는 이상향에 대한 의견을 보류한다고 썼다. 어쩌면 에머슨은 리디언과 마거릿의 관계를 말하고 싶었는지도 모른다.

나는 현재의 감옥에서 좀더 크기만 할 뿐인 다른 감옥으로 옮겨가고 싶지 않다. 나는 그 어떤 감옥에서도 탈출하고 싶다.

한 달에 가까운 숨 막히는 침묵 끝에 마침내 에머슨은 장황하고 고민이 가득한 편지로 마거릿에게 답했다.

친애하는 마거릿,
솔직하고 고결하고 감동적인 편지 잘 받았습니다. 하지만 그런 편지는 쓰지 않았으면 좋았을 것 같아요. 우리 관계에 대한 대화나 편지로 나를 끌어들이기 위해 애쓰지 말았어야 했어요. 내 모든 인격과 재능은 그 주제에서 멀리 떨어지라고 엄중하게 경고하고 있습니다. 나는 인간적인 기반 위에서 이성과 감성을 지닌 여성과 만나는 일이 만족스러웠고 행복했습니다. 함께 이성적인 대화를 나눌 수 있고 그 사람이 어딜 가든 지성과 힘과 명예를 지니고 있을 것이라는 확신을 품고 헤어지는 일은 즐거웠죠. 나한테 참 좋은 일입니다. 당신과의 만남은 나의 사고와 하루에 가치를 더해줍니다. 사회의 흐릿하고 자욱한 장막을 걷어주기도 하고요. 우리가 은거한 곳에서 보면 사회는 자주 그렇게 보이거든요. 우리는 영원히 지속되는 우정을 나눌 수 있어요. 그걸 건드리지 말아요. 이야기하지 말아요. 이 두 손 들어 환영할 만한 자연스러운 결연은 다달이 우리의 공기와 식단이 될 겁니다. 느리면 느릴수록, 중간에 간격이 많으면 많을수록 더 좋겠죠. 이처럼 형제와 가까운 관계에서 가장 강건하고 절대적인 이해가 자라나게 될 겁니다. 친밀하고 완벽한 친구이면서도 그 사실을 굳이 언급할 필요가 없는 관계죠. 하지만 내게 냉담하거나 몰인정하다는 말을 한다면 나는 흐르는 듯한 상태에서 얼음 조각이 되어버립니다. 내 안에서 수정이 맺히고 물방울이 얼어붙는 것이 느껴집니다. 다른 사람은 어떨지 모르지만 관계에 대해 이야기하는 건 나한테는 맞지 않아요. … 우리를 어떻게 생각하는지 묻는다면 나는 혼란에 빠져버릴 겁니다.

나흘 전 왈도는 마거릿에게 호소했다. "당신의 망원경을 들여다보게 해줘요. 당신이 내 망원경을 들여다보아도 좋고요. 보기만 하면 모든 게 설명될 겁니다." 그리고 지금 왈도는 서로가 서로에게 완전히 설명될 수 없다고, 서로 완전히 볼 수 없다고 주장하고 있다. 두 사람이 "마치 다른 나라에서 태어나 자란 것"처럼 근본적으로 다르다고 주장하고 있다. 태도를 보류하고 있다는 마거릿의 추궁을 맞받은 왈도는 오히려 마거릿 자신의 우둔함을 지적한다.

당신은 나를 완전히 이해한다고 말하죠. 하지만 당신을 나에게 이해시키지는 못합니다. 가끔 나는 당신 말을 듣지만 여전히 당신의 정신 상태를 이해하지 못할 때가 있어요.
하지만 우리는 지금껏 다른 사람보다 좀더 가깝게 지냈죠. 당신이 대담하고 친절한 여자라는 건 존중합니다. 나를 변치 않는 선의로 대해주어 기쁘게 생각해요. 선의가 아니라면 우리가 어떻게 서로 견딜 수 있을지 모르겠습니다.

편지 전체에 혼란스러운 감정이 파도치고 있다. 타협할 수 없는 일을 타협하려 애쓰고 있기 때문이다. 왈도는 마거릿과의 불꽃 튀는 비범한 관계를 잃고 싶지 않은 동시에 구속되고 싶지도 않다. 우리는 서로 다른 일을 원하기 때문에 고통을 겪기도 하지만 그보다 자주 다른 일을 원하길 원하기 때문에 고통을 겪는다. 왈도는 "광대하고 아름다운 힘"이 둘을 서로의 삶에 데려다주었다고 말하면서 두 사람을 하나의 별자리에서 빛나는 두 개의 별에 비유한다. 그리고 두 사람의 관계를 그대로 둔 채 더 많은 것을 요구하지 말고 흔치 않은 유대감을 있는 그대로 만끽하자고 요구한다.

우리가 지금까지 살아온 대로 살아요. 물론 좀더 좋고 풍성한 관계가 되었으면 합니다. 나에게 내 이야기 말고는 무슨 말을 해도 좋아요. 무엇이든 분명하게 대답하려고 노력할게요. 부디 당신을 섬길 수 있는 친절을 베풀어주세요. 나를 찾아와줘요. 당신을 찾아가게 해줘요. 당신에게는 재능과 인품이 넘치는 사람들을 끌어당기는 재주가 있고, 그런 당신을 바라보는 일은 언제나 즐거우니까요.

하지만 왈도는 관계에 대한 대화는 더 꺼내지 말아달라고 간청한다.

이 주제는 글을 쓰면서도 혼란스러워요. 나는 여기에 대해 할 말이 없습니다. 어쩌면 내가 하는 말이 다 틀렸을지도 모르죠. 앞으로 오랫동안 내가 이 일에 대해 다시 말을 꺼내리라고는 기대하지 말아주세요.

1년 전, 에머슨이 실패할 운명을 맞게 될 이상적 관계의 오각형을 마음에 품고 있던 시절, 그는 마거릿과 캐럴라인이 "영혼의 어떤 냉대"를 비난하자 이렇게 대답했다.

내가 수를 세고 무게를 재지만 사랑하지는 않는다니. 그런 비난을 들으니 굴욕적이고 슬픕니다. 내가 냉담하고 치우치지 않는 교류를 한다는 점은 인정하지만… 애정이 결핍되어 있지는 않아요. 내가 수를 세고 무게를 잰다면 나는 또한 사랑합니다.

에머슨을 개인적으로 만난 적이 없고 친하게 지내지도 않은 휘트먼조차 에머슨의 이 기질적인 한계를 직감적으로 알아차렸다. 에머슨을 열정적으로 존경하고 있음에도 휘트먼은 "차갑고 냉혹한 지성이 그를 지배한다"라고 말하면서 에머슨이 전형적인 뉴잉글랜드인으로, 냉담한 외관 뒤에 "강렬하고 끊임없이 타오르는 불 같은 감정, 사랑, 자만심"을 숨기고 있는 인물이라고 언급했다.

한편 대서양 건너에서는 엘리자베스 배럿 브라우닝이 사랑에 빠져《오로라 리》를 구상하고 있었다. 이 시에서 배럿은 이렇게 쓴다.

인생에서 확실한 것은
머리와 심장 둘 다 필요하다는 거야, 둘 다 활동해야 하고 완전해야 해
두 가지 모두 성실해야 하지. …
그리고 사고는 절대 사랑의 일을 대신할 수 없어!

두 사람이 처음 편지를 나누기 시작했을 무렵, 왈도는 마거릿에게 시를 번역하는 문제에 대해 의견을 제시한 적이 있었다. 이 의견은 서로의 내면

세계를 번역하는 문제를 완벽하게 표현하는 듯 보였다.

> 우리는 온통 미묘한 적개심으로 무장하고 있습니다. 우리가 만나는 순간 적
> 개심들이 활동하기 시작하면서 모든 시를 진부한 산문으로 번역해버리죠!
> … 모든 교제는 타협일 수밖에 없어요.

10년 후 독일의 철학자인 아르투르 쇼펜하우어 Artur Schopenhauer는 친밀
함에 존재하는 핵심적인 모순을 고슴도치 딜레마라는 철학적 비유로 설명
한다. 추운 겨울이면 고슴도치 한 무리가 온기를 찾아 떼를 지어 모인다. 서
로 가까이 다가갈수록 고슴도치들은 뻣뻣한 가시 때문에 서로 상처를 입히
기 시작한다. 몸은 따뜻해졌지만 상처를 입은 고슴도치들은 본능적으로 서
로 멀어진다. 하지만 다시 추위로 몸을 떨면서 서로의 몸이 주는 온기를 다
시 한번 열망하게 된다. 마침내 고슴도치들은 서로 상처를 입히지 않으면서
도 온기를 받을 수 있는 적절한 거리를 찾아낸다. 집단의 온기를 나눌 수 있
을 만큼 가깝지만 상처를 입을 만큼 가깝지는 않은 거리이다.

대화나 편지라는 직접적인 방식으로는 최적의 거리를 찾지 못한 마거
릿과 왈도는 대중 앞에서 간접적으로 이 문제와 마주하게 된다. 1841년 〈
다이얼〉을 만드느라 격무에 시달리면서도 보수를 전혀 받지 못한 마거릿
은 어떻게든 생계를 꾸려야 할 필요를 느끼고 새로운 "대화" 모임을 시작했
다. 남녀 모두에게 공개되는 "대화" 모임을 열 차례 열면서 전부 합쳐 20달
러의 입장료를 부과한 것이다. 당시에는 상당한 액수로 보스턴 문화회관에
서 열리는 강연료의 열 배에 달했다. 각 모임마다 약 서른 명 정도가 참석했
다. 참석자 중에는 에머슨, 올컷, 제임스 프리먼 클라크, 엘리자베스 피보디
가 있었다. 모임은 피보디가 새로 문을 연 서점에서 개최되었다. 이 서점은

위대한 낭만주의 시대의 외국 문학과 시집을 모아둔 이상적인 안식처로, 당시 미국 어디에서도 찾아볼 수 없는 책들을 갖추어 놓았다.

소피아 피보디가 사람의 마음을 끄는 아이더 러셀의 매력에 반한 곳도 바로 이 모임이었다. 아이더 러셀은 참석자 중 두 번째로 어렸다.

가장 나이가 어린 참석자는 캐럴라인 힐리였다. 훗날 유명한 노예제 폐지론자이자 여성권 옹호자인 캐럴라인 힐리 돌Caroline Healy Dall이 되는 이 총명한 열여덟 살 소녀는 남녀 혼성 "대화" 모임이 열리기 몇 달 전 피보디의 서점을 어슬렁거리다 수려한 판본의 《천일야화》를 발견하고 군침을 흘렸지만 책을 살 돈이 없다는 사실에 슬퍼했다. 힐리는 돈 대신 사회적 자본을 벌기 시작했고, 서점 주인인 피보디와 친해진 결과 풀러의 "대화" 모임에 서기로 고용되었다. 수년이 지난 후 힐리가 출간하게 된 이 필기록은 "대화" 모임에 관해 신뢰할 수 있는 유일한 기록으로 남았다. 힐리의 필기록은 아주 가치 있는 기록이기는 하지만 "대화" 모임을 기록으로 남긴다는 것은 전기를 사진으로 찍는 일과 비슷했다. 대화의 활력을 글로 담아낸다는 것이 본질적으로 불가능한 일이기 때문이다. 한 모임의 필기록에는 흥미로운 문장이 등장한다. "아이더 러셀은 기술이 아름다움과 결합한다면 지혜조차 반하게 만들 수 있다고 생각했다." 전부 그리스 신화에 등장하는 신을 빗댄 표현들로, 기술은 헤파이스토스, 아름다움은 아프로디테, 지혜는 아테나를 의미한다. 러셀의 의견은 은연중에 마리아 미첼의 업적을 떠오르게 한다. 지혜에 봉사하기 위해 아름다움에 초점을 맞춘 기술이라면 망원경 관측 말고 달리 무엇이 있단 말인가?

풀러가 모임을 다시 연 지 세 달 후 에머슨의 세계가 무너졌다.

가정에 불만은 있었지만 에머슨은 가장 역할에서 다시없는 기쁨을 느끼

고 있었다. 마거릿과 함께 콩코드 숲을 산책하며 대화에 몰두할 때도 에머
슨은 자주 사랑하는 아들을 팔에 안고 다녔다. 자신의 이름을 물려받은 아
들이었다. 에머슨은 부모가 자녀에게서 "그림 위에 투영된 무의식"을 발견
하게 된다고 생각했다. 부모의 아직 탐구되지 못한 자아가 자녀라는 새로운
형태로 나타난다는 것이다. 1842년 1월 에머슨의 그림이 망가져버렸다. 다
섯 살의 어린 왈도가 성홍열로 갑작스레 숨을 거둔 것이었다. 걸리기만 하
면 무조건 목숨을 잃게 되는 성홍열은 한 세기 뒤 페니실린이 보급된 뒤에
야 사라진다. "새처럼 가볍고 순수한 숨을 멈추었다." 이튿날 아침 슬픔에
잠긴 아버지는 "조숙한 지혜, 침착하고 당당한 품행, 더할 나위 없이 상냥한
마음을 지녔던 소년"에 대해 일기에 기록했다. "활기찬 호기심으로 집 안의
사소한 일, 사소한 상황 하나하나에 관심을 보였다." 에머슨은 고모에게 보
내는 편지에서 슬픔을 토로했다.

내 아들, 내 아들이 죽었습니다. … 이 세계의 경이로운 아이가 마치 꿈처럼
내 팔에서 빠져나가버리고 말았습니다. 그는 마치 샛별처럼 내 세계를 밝혀
주었는데. … 내가 감히 무언가를 다시 사랑할 수 있을까요?

소년의 소식을 들은 마거릿은 윌리엄 채닝 목사에게 편지를 썼다.

작은 왈도가 세상을 떠나다니 참으로 슬픕니다. 나는 살아 있는 누구보다 그
소년에게 많은 희망을 걸었는데. 아름다운 파란 눈의 소년이 잠든 무덤 위로
햇살이 비추고, 내가 다시는 그 소년을 볼 수 없다는 사실에 아무래도 익숙
해질 수가 없습니다.

에머슨은 이 잔혹한 시간의 단절을 이해하려고 애를 썼다.

그 아이가 조심스레 가져와 엄마한테 준 번데기는 아직 살아 있는데, 모든 사람의 아이 중 가장 아름다웠던 그 아이는 지금 여기 없다.

나는 이 사실을 전혀 이해할 수 없으며, 오직 그 비통함만을 안다. 설명할 수도 없고 어떤 위로도 찾을 수 없다. 오직 전환만이 있을 뿐이다. 오직 이 사건을 망각하고 새로운 대상을 찾는 수밖에 없다.

에머슨은 지성의 삶 속으로 은거해 산산이 부서진 마음을 추슬렀다. "내 삶은 시각적이며 실천적이지 않다." 에머슨은 일기에 썼다. "나는 사랑으로 불타오르지 않으며 선에 대해 고찰한다." 그리고 에머슨은 바로 이곳, 풀러가 주재하고 있는 "대화" 모임이라는 지적이고 윤리적인 사색의 결투장에 몸을 던졌다. 처음에는 좋은 발상으로 시작되었던 남녀 혼성 모임은 대인 관계에서 흔히 생기는 역학적 재난으로 끝이 났다. 남자들은 자신의 사상적 목표를 위해 잽싸게 대화를 가로채 끌고나갔고, 풀러의 중재를 무시하고 다른 여자들의 의견을 아무렇게나 깔아뭉갰다. 맨스플레인이 판치는 현장이었다. 이 대참사의 최후를 장식한 것은 바로 여왕과 왕이었다. 두 사람의 개인적인 긴장 관계가 공공의 무대에서 터져버린 것이다. "에머슨과 풀러는 피라모스Pyramus와 티스베Thisbe처럼 벽을 사이에 두고 만났다"고 캐럴라인 힐리는 기록했다. 오비디우스의 《변신 이야기Metamorphoses》에 등장하는 이 불운한 연인은 서로 이웃하며 살았지만 오직 벽에 난 구멍을 통해서만 교류할 수 있었다. 마거릿과 왈도의 개인적인 균열을 잘 몰랐던 힐리는 상황을 제대로 파악할 수 없었을 것이다.

하지만 두 사람은 보기 드문 정신의 고집스러움과 더 보기 드문 마음의 성실함을 무기 삼아 남다르며 질척이는 관계에서 어떻게든 빠져나올 수 있었다. 서로에게 서로가 어떤 존재인가에 대한 혼란스러운 대화가 오간 지 몇 주 만에 왈도는 브론슨 올컷이 예수님을 묘사하는 데 사용했던 구절, "이 우주에서 정주하지 않는 지위에 오른 존재"라는 표현을 마거릿에게 적용했다. 마거릿은 왈도를 자신의 예수였던 괴테의 지위까지 올릴 생각은 없었지만, 훗날 미국인 중에서는 에머슨에게 가장 큰 영향을 받았다는 사실을 인정했다. "나는 그에게서 내면의 삶이 의미하는 바를 처음으로 배웠다. 다양한 수원의 물들이 강물로 흘러들었지만 처음으로 샘을 열어준 사람은 바로 에머슨이다." 얼마 후 마거릿은 평생 집필한 모든 작품에 대한 권한을 에머슨에게 넘긴다. "'내가 사망하는 경우' 당신이 내 모든 상징과 장식의 완전한 목록을 가지게 될 것입니다." 에머슨은 마거릿에 대해 가장 직접적이고 순수한 칭찬의 말을 쏟아낸다. 풀러가 사망한 이후 에머슨이 공식적인 추도 자리에서 그랬듯 다른 사람을 감탄시키기 위해 꾸며낸 칭찬이 아니다. 에머슨은 일기에서 기탄없이 솔직하게 마거릿을 칭찬한다.

순수하고, 더러움을 정화할 수 있는 힘을 지닌 정신, 인간에 대한 믿음으로 충만하고 그 믿음을 고무시킨다. 사고의 풍부한 표현을 비교할 만한 짝을 찾기 어렵다. 그 풍부함은 아직 미지의 것으로 남아 있으며 인지를 초월한 것처럼 보이기 때문이다. ⋯ 그토록 풍부한 천성 옆에 서면 모든 천성이 초라해 보인다. 이 풍부한 천성은 깨끗하고 더럽고를 가리지 않고 자신이 가는 길에 놓인 모든 대상에 따스한 호박색 광선을 쏟아낸다. ⋯ 그녀의 우정과 비교하면 다른 사람과의 우정은 마치 거래처럼 보인다. 그녀가 자신의 길을 확고히 닦아나갔기에 다른 인간들은 자신들이 밟고온 길 외에 다른 길이 존재한다는 사실을 납득할 수 있다.

우리가 "사랑"이라는 단어로 무엇을 의미하든 이 말을 사용할 권리를 얻으려면 오직 상대를 알고자 하는 노력, 나를 알리고자 하는 노력을 들여야 한다. 마거릿은 왈도에게 사랑을 통해 또 다른 영혼을 알게 되는 일은 "그 사람의 성품을 지적으로 조사하는 것보다 진실하다"라고 말했다. 왈도는 마거릿이 자신을 아는 만큼 그녀를 잘 알았고 마거릿이 지닌 최고의 모습을 이끌어냈다. 그로부터 1년 후 마거릿은 일기에서 비슷한 생각을 털어놓는다.

나는 위대한 천성을 지니고 있다. 하지만 수많은 영역에서 아직 계발되지 않았으며 길들지 않고 분류되지 않은 야생 동물과 파충류들이 가득하다. 하지만 또한 희귀한 나비들과 아름답고 장대한 초목들이 태양과 별에 응답한다. 이 자연의 힘은 아직 조화에 이르지 못했다. 아직은 조화를 이루기보다는 활기를 주는 편에 속한다.

마거릿은 "여자의 마음에 깃든 남자의 야심"이라는 저주에 걸린 일을 평생 슬퍼해왔다. 그 점을 염두에 두고 마거릿은 덧붙인다.

여자는 무릎을 꿇고 부드러운 환희의 눈물을 흘리지만 메아리는 돌아오지 않으며, 다만 그 눈물에서 눈풀꽃과 제비꽃이 피어난다. 남자가 앞으로 뛰어나와 혼란스러워하지만 곧 눈이 멀고 다리를 저는 오이디푸스가 되어 돌아온다.

완벽하게 둘로 나뉘지 않는 성별에 대한 마거릿의 착상에 영향을 받아 에머슨은 자신의 일기에서 같은 역설을 두고 씨름한다. 마거릿을 향한 혼란스러운 감정을 분명히 하고 자신의 마음을 파악하기 위해 애쓰면서 왈도는 썼다.

> 뛰어난 지성과 훌륭한 양심을 타고난 남자는 남자-여자이므로, 자신의 또 다른 존재인 여자의 보완이 그리 많이 필요하지 않다. 그러므로 그 남자가 여자와 맺는 관계는 어떤 식으로든 뒤틀리고 불만족스러울 수밖에 없다. 그는 여자를 요구하지만 상대는 어느 때는 여자이고 어느 때는 남자이다.

마거릿 풀러는 자신이 "사랑받기에 적합한fitted to be loved" 사람인지 고민했다. 풀러가 선택한 단어는 호기심을 자극하는 동시에 비극적이기도 하다. 풀러는 타고난 자질을 의미하는 "사랑받을 가치가 있는"이라고 표현하지 않고, 마치 노력과 훈련으로 사랑에 자신을 맞출 수 있다는 듯이 "적합한"이라고 말했다. 캐럴라인과 샘, 그리고 왈도에 이르기까지, 마거릿은 자신이 열망하는 애정을 얻기 위해 부단히 노력했다. 하지만 그런 노력은 결국 상대를 떨어져나가게 만들었을 뿐이다. 마거릿은 자신의 천성을 억지로 쪼개어 생각할 수 없었다. 그 천성은 바로 그녀가 최고 수준의 업적을 성취한 힘이기도 했기 때문이다. 힘든 수고와 자기 주도에 익숙한 사람들, 의지력과 막대한 노력으로 커다란 성취를 이루어낸 사람들은 개인적인 삶에서 최고의 자기파멸적 믿음에 노출되기 쉽다. 사랑이 불가리아의 산맥에서 여름날 저녁 들려오는 양치기의 노래처럼 저절로 찾아오는 것이 아니라, 고행을 통해 얻어내야 하는 무언가라는 믿음이다.

"젊은 시절 나는 대부분의 힘을 인간관계에 소진했다." 풀러는 훗날 자신의 30대 초반을 회고하며 말한다. 하지만 바로 인간관계에 대한 불안, "목소리는 듣는 이를 찾아낸다"는 개인적 교류에 대한 끊임없는 갈증이 바로 풀러가 공적 생활에서 달성한 성취를 이루어낸 힘이었다. 이 힘을 통해 풀러는 교류의 장으로 "대화" 모임을 조직했고 성역할과 성역학에 대해 《19세기 여성》으로 질문을 던지며 사실상의 여성주의 운동을 시작할 수 있었다. 여러 면에서 20세기의 풀러라 할 만한 버지니아 울프는 풀러를 "손만이 아니라 온몸을 던져 글을 쓴 인물"이라고 평한다.

　구분할 수 없을 만큼 복잡하게 얽혀 있는 비극과 성공의 관계를 곰곰이 생각하다 나는 에이드리언 리치가 마리 퀴리에게 바친 시 〈힘Power〉의 마지막 구절을 떠올린다.

　　마지막 순간까지 부인한 듯 보인다
　　백내장의 원인에 대해
　　손가락 끝의 갈라지고 곪은 상처에 대해
　　더는 시험관이나 연필을 들지 못하게 된 순간까지

　　그녀는 유명한 여자로서 부인하며 죽었다
　　자신의 상처를
　　부인하면서
　　그녀의 상처는 바로 그녀의 힘과 같은 원천에서 나왔으니

　상처로 가득한 "인간관계"에 대한 집착은 풀러가 시작한 혁명의 정치적인 힘과 분리할 수 없다. 케플러의 점성술을 그의 천문학과 분리할 수 없고, 뉴턴의 연금술을 그의 물리학과 분리할 수 없는 것과 마찬가지이다. 에머슨도 마찬가지이다. 복잡한 인간관계의 오각형에서 작가이자 철학자

로서 그의 생각들이 탄생했다. 에머슨은 가장 유명한 수필 중 하나인 〈우정Friendship〉이라는 제목의 글을 풀러와 얽힌 대혼란 속에서 집필했다.

두 사람의 단순하지만 확고한 만남에서 무엇이 그토록 기분 좋은 것인가? 사고인가? 감각인가? 두근거리는 심장으로 다가설 때 재능과 진실의 발걸음과 모습은 얼마나 아름다운가? 우리가 애정에 심취할 때 지구는 변신한다. 겨울도 밤도 없다. 모든 비극, 모든 권태가 자취를 감춘다. 심지어 모든 의무도 사라져버린다. 그 뒤에 남겨진 영원을 채우는 것은 다른 무엇도 아닌 바로 사랑하는 사람의 빛나는 형상이다.

내면이 갈가리 분열되었다고 느낄 수도 있지만, 우리를 우리 자신으로 만드는 것은 바로 서로 다투고 있는 조각들의 총합이다. 우리는 조각나 있지만 분리할 수 없는 존재이기 때문이다.

마거릿 폴러

그녀는 앞을 보며 걸었다

9

1843년, 마거릿 풀러가 33세가 되던 해는 그녀에게 "기적의 해 annus mirabilis"
였다. 그 해 가을 풀러는 〈다이얼〉에 싣기 위해 "거장"에게 보내는 절절하고
괴로움으로 가득한 편지 한 통을 쓴다. 16년 전 세상을 떠났지만 예술계의
최고 거장으로 불멸의 명성을 얻은 베토벤에게 보내는 편지이다. 베토벤은
"모든 진실은 음악과 수학으로 구성된다"는 풀러의 명제를 입증하는 영원
한 증거이다.

내 유일한 친구에게.

슬픔에 매여 움직이지 못하는 상태를 다시 한번 깨뜨려준 일에 그대에게 어
떻게 감사를 표해야 할까요? 내 심장은 뛰고 있습니다. 나는 다시 한번 살아
가고 있습니다. 내가 그대에게 가치 있는 청중이라고, 내가 그대를 위해 존재
할 이유가 충분하다고 느끼기 때문입니다.

거장이여, 내 눈은 언제나 밝습니다. 나는 비록 가난하더라도 우주는 풍요롭
다는 것을 봅니다. 나는 내 슬픔이 하찮다는 것을 봅니다. 내 의지 안에서 나
는 포로가 아닙니다. 내 지성 안에서 나는 노예가 아닙니다. 그렇다면 애정이
마비된 탓에 내 삶 전체가 마비되는 것은 내 잘못일까요? … 베토벤, 나한테

는 그대만큼 깊은 영혼의 팽창을 발산할 만한 예술이 없습니다. 비슷한 틀조차 없습니다. 이렇게 말한다고 해서 다른 사람이 그렇듯 나를 주제넘다고 생각하지 말아주세요. 나는 항상 그대가 나를 반겨주고 알아줄 것이라 생각해왔습니다. 이 땅이 창조된 이래 이 땅 위에 살았던 누구보다 말입니다.

베토벤을 열정적으로 찬양하는 과정에서 풀러는 왜 베토벤은 재능을 발휘할 수 있었고 자신은 재능을 발휘하지 못하는가라는 불편한 질문에 도달한다.

여자로서 내가 물리적 법칙에 구속되어 있기 때문일까? 이 법칙이 영혼을 표현하는 길을 막고 있기 때문일까? 이따금 달은 나를 비웃으며 그렇다고 말하는 듯 보인다. 나 또한 그처럼 태양을 찾기 전까지는 홀로 빛나지 못할 것이라 말하는 듯 보인다. 불모의 차가운 달이여, 다른 이야기를 들려주렴!

하지만 다른 이야기를 들려줄 이는 달이 아니라 풀러 자신이다. 실은 이미 다른 이야기를 시작한 참이었다. 여섯 달 전 풀러는 자신의 첫 책인《호수의 여름Summer on the Lakes》을 완성했다. 이 책은 마리아 미첼이 밀턴만큼 열정을 쏟아 읽고, 토머스 히긴슨이 "서부 생활의 실제적인 향취와 정신을 보여주며 통계보다 진실된 무언가를 전달하는" 걸작이라고 칭송했다. 여행기이자 인류학 연구서, 정치적 논문인《호수의 여름》은 풀러가 고향인 뉴잉글랜드를 떠나 서부 지방으로 떠난 여행을 기록한 연대기이다. 그 해 봄 풀러는 제임스 프리먼 클라크와 그의 여동생인 예술가 세라와 함께 배를 타고 서부 지방으로 여행을 다녀왔다. 보스턴에서 마거릿이 무리해서 일을 하고 있다는 사실을 알고 있던 제임스는 함께 여행을 하자는 초대장을 시 형태로 써서 보내면서 사려 깊게도 50달러를 동봉했다. 아버지가 세상을 떠난 후 혼자 힘으로 가족을 부양하느라 고생하는 마거릿이 부담을 느끼지 않고 흔쾌히 여행 제의를 수락하도록 만들기 위해서였다. 자존심이 높았던 풀러였지만 이토록 사려 깊고 매력적인 제안을 차마 거절할 수 없었다. 풀러는 여행을 하며 잠시나마 숨을 돌릴 수 있을 터였다. 숲과 지평선과 새로운 풍경을 보며 쇠약해진 영혼에 활력을 불어넣을 수 있을 터였다. "전체"의 헤아릴 수 없는 조각의 일부를 들이마실 수 있을 터였다.

이 여행으로 풀러는 자신이 생각하는 것 이상으로 변화하였다. 여행에서 보고 들은 일을 역사적 자료로 보충하고자 하는 열망에 불탄 풀러는 하버드대학교 도서관에 장서 열람을 요청했다. 하버드대학교 도서관은 당시 미국에서 가장 큰 도서관으로 몇 년 전 엘리자베스 피보디가 한 차례 견학한 일을 제외하면 여자의 출입이 허락된 적이 한 번도 없었다. 그다음 풀러는 나이아가라 폭포의 장대함에 대한 묘사에서 시작해 강제 이주당한 아메리카 원주민 부족의 운명에 대한 신랄한 글에 이르기까지, 자신이 여행에서 경험하고 관찰한 일들을 기술하는 작업에 착수했다. 여행 중 아메리카 원주민의 운명에 공감하게 된 풀러는 그들과 함께 시간을 보냈다. 《호수의 여름》의 중심을 차지하고 있는 것은 바로 더 높은 진실에 대한 풀러의 탐구심이다.

감정으로 가득한 이 세계의 수많은 미혹과 환영 사이에서 명석한 지성을 사용할 수 있는 존재가 가장 잘 봉사하는 방법은 자신을 바르게 세우고, 어리석은 일을 피하고, 자신 앞에 어떤 힘든 일이 닥치든 그 일을 해내면서, 어떤 사실로도 보이지 않고 드러나지 않는 근원적 진실의 순간을 인식하는 것이다.

시적으로 표현된 산문에 이따금씩 등장하는 견해들은 시대가 지날수록 한층 진실성이 더해진다. 모든 투표용지에 쓰여 있어야 할 문단에서 풀러는 평한다.

이 나라에 ⋯ 필요한 것은 ⋯ 빈약한 이상주의자도 아니고 거친 현실주의자도 아니다. 눈은 천국을 읽고 있지만 발은 단단히 땅을 딛고 있는 남자Man이다. 손은 도구를 사용할 만큼 힘이 세고 재주가 있어야 한다. ⋯ 다른 사람에게 보편적으로 공감하면서도 자립해야 하며, 감정의 영역을 알고 있으면서도 감정의 노예가 되어서는 안 된다. 그 남자에게 이 세상은 단순한 풍경이나 덧없는 그림자가 아닌 위대하고 진지한 경기, 주의 깊게 임해야 하는 경기여야 한다. 이 경기의 상금은 가치가 영원하기 때문이다. 하지만 진정으로 경기에 임하면서도 다른 사람에게 속아 잃게 될 것에 마음 쓰지 않아야 한다. 과거에서 꿀을 저장하면서 그 꿀이 자신에게 적절히 유용할 것을 알고 있어야 한다. 포괄적인 눈으로 현재를 꼼꼼히 살피면서 황금빛 매력에 홀리지 않아야 하며 수많은 위험에 겁먹지 않아야 한다. 미래를 판별하는 재능인 선견지명이 있어야 한다. 미국을 위해 이런 남자가 존재할 때 미국을 이끌어 나갈 사상들이 표현될 수 있을 것이다.

하지만 가장 멀리 내다보는 예언자조차 시대의 지평선에 구속될 수밖에 없다는 것을 증명하는 증거로서 풀러는 이 이상적인 지도자를 계속해서 "남자Man"라고 표현한다. 한 세기 반이 조금 더 지난 후 조국의 과반수가 자신의 지도자로 여자를 선택했다는 사실을 알았다면 풀러는 얼마나 충격을 받고 얼마나 기뻐했을까?

풀러는 《호수의 여름》을 서른세 번째 생일인 5월 23일에 탈고했다. 자립에 대한 에머슨 풍의 정신에 열중하고 있던 젊은 헨리 데이비드 소로는 〈다이얼〉의 수익으로 인쇄비를 대고 자가 출판할 것을 추천했다. 하지만 이 잡지의 참담한 재정 상태를 잘 알고 있던 풀러는 리틀앤드브라운Little and Brown이라는 보스턴의 신생 출판사에서 책을 내기로 결심하고 10퍼센트의 인세 계약에 동의했다. 작가의 정체성으로 인해 편견이 생기는 일을 피하기 위해 풀러는 이 책을 S. M. 풀러라는 이름으로 출간했고 작가의 성별을 밝히지 않았다. 이런 선택은 20세기에 들어서도 논픽션이나 문학 분야에 글을 쓰는 몇몇 여성 작가 사이에 흔하게 나타난다. 해양생물학자인 레이철 카슨도 자신의 첫 책을 R. L. 카슨이라는 이름으로 출간했다. 본명으로 낸 책이 현대 환경 운동에 불을 지피기 이전의 일이다.

첫 책의 출간을 계기로 풀러가 "대화" 모임으로 성공을 거둔 이래 수면 아래에서 부글거리고 있던 적의들이 한꺼번에 쏟아져 나오기 시작했다. 가부장제 사회, 교조적 종교, 관습으로 무장한 모든 현상 유지의 요새들로부터 공격이 빗발쳤다. 전부 풀러가 서슴지 않고 도전한 상대들이었다.

한 비평가는 풀러의 뛰어난 대화 기술을 칭찬하는 의견이 있다는 점을 언급하고, 마치 모든 사람을 대변해서 말하는 듯한 편집상의 기교인 1인칭 복수 대명사를 활용하여 풀러를 조롱한다. "풀러의 글을 우리는 좋아하지 않고 몹시 싫어한다. … 풀러의 글은 … 순수하고 올바른 취향에 한참 뒤떨어지며, 특히 우리가 항상 여자에게 기대하는 깔끔함이 전혀 없다." 그는 풀러를 모욕할 의도로 이렇게 말했지만 아마도 풀러는 이를 칭찬으로 받아들였을 것이다. 그는 "풀러는 마음과 영혼까지 독일인이며" 바이런의 회의론과 "베티나 브렌타노Bettina Brentano(괴테, 베토벤과 같은 시대를 살며 가깝게 교제한 독일의 작가이자 소설가로, 베토벤의 불멸의 연인의 후보 중 한 명이다—옮긴이)의 따스한 여자의 마음에 끼얹어진 괴테의 냉담한 무관심주의"를 퍼트린다고 비난한다. 2000년 전 소크라테스Socrates에게 가해진 비난을 똑같이 되풀이하면서 이 비평가는 풀러의 가장 큰 죄에 초점을 맞춘다.

> 대화와 윤리를 통해 우리 보스턴 사회의 정신과 마음을 이토록 타락시킨 사람은 우리 중에 없었다. 풀러는 종교를 예술로 대체한다. 신성을 대체하는 것으로 … 풀러는 그저 아름다움을 제시한다.

하지만 바로 이런 이유 덕분에 1844년 출간된 《호수의 여름》은 출간 즉시 대성공을 거두었다. 곧장 제임스 프리먼 클라크의 여동생 세라가 삽화를 그린 특별판이 출간되었고 첫 해 700부가 팔려나갔다. 에머슨의 첫 책과 비교할 수 없을 정도로 대중의 취향에 들어맞은 성공이었다.

〈다이얼〉과 같은 해에 〈뉴욕트리뷴〉을 창간한 호러스 그릴리Horace Greeley는 《호수의 여름》을 읽고 크게 감탄했다. 그릴리는 "대화" 모임을 극찬한 아내 덕에 이미 풀러의 명성을 익히 알고 있었다. 그릴리는 풀러가 〈다이얼〉에서 일하고 있을 무렵 그녀를 찾아와 그녀 안에 자신과 같은 종류의 이상주의자가 살고 있음을 확인한 적도 있었다. 그릴리는 〈다이얼〉을 "이 나라에서 출간된 가장 뛰어난 잡지"라고 칭찬했으며 영향력이 〈다이얼〉의 몇 배에 이르는 자신의 신문에 풀러의 글을 몇 편 다시 싣기도 했다. 그리고 지금 그릴리는 풀러와 한층 가깝게 일하기를 바라고 있었다. 그릴리는 풀러에게 〈뉴욕트리뷴〉의 문학평론가이자 편집자가 되어줄 것을 제안했다. 이 제안을 수락하며 풀러는 미국 주요 신문사에서 편집자로 일하게 된 최초의 여성이자 전부 남자로만 구성된 〈뉴욕트리뷴〉의 편집실에 입성한 유일한 여자가 된다. 뉴욕에서 풀러의 경험은 엘리자베스 배럿 브라우닝이 《오로라 리》를 집필하는 바탕이 된다. 오로라 리도 풀러와 마찬가지로 대도시로 이

사 와서 펜으로 자신의 이름을 알리고 삶을 꾸려나간다.

> 나는 백과사전, 잡지를 위해서 글을 썼다
> 그리고 주간지에도 썼다, 내 이름을 숨기고
> 이름에 진흙을 묻히지 않기 위해서였다. 나는 배웠다
> 비평에서 "우리"라는 말을 사용하는 편집의 기술을

풀러가 뉴욕에 끌린 것은 단지 더 좋은 일자리에 대한 약속만이 아니었다. 자신이 왈도에게 바라는 것과 왈도가 자신에게 기꺼이 주려 하는 것 혹은 천성적으로 줄 수 있는 것 사이에 점점 커져만 가는 간극 때문에 몹시 화가 난 마거릿은 채워지지 않고 채울 수 없는 욕망으로 계속 상처받지 않으려면 왈도의 자력에서 벗어나야 한다고 생각했다. 당시 보스턴에서 뉴욕으로 이사를 가는 일은 오늘날 뉴욕에서 뉴질랜드로 이사를 가는 것과 맞먹는 일이었다. 이룰 수 없는 사랑이 남아 있는, 실망만이 계속된 장소를 떠나 다른 주로, 다른 대륙으로, 다른 세계로 떠나고 싶다는 생각을 누군들 떠올리지 않았겠는가? 뉴욕으로 떠나기 직전, 처음 만난 후 여덟 번째가 되는 기념일에 왈도에게 쓴 편지에서 마거릿은 그 점을 충분히 인정했다.

> [내] 실망은 단지 나 자신의 무지에서 온 것입니다. 그래서 당신이 천성적으로 주지 못하는 것을 계속해서 요구했지요.

하지만 왈도를 떠나 300킬로미터 떨어진 곳으로 이사를 갔다 한들 자신에게서는 1센티미터도 멀어질 수 없었다. 뉴욕에 도착하자 가장 먼저 왈도의 편지가 반겨주었지만 그 편지에서도 그는 다시 한번 마거릿에게 필요한

것을 채워주지 못했다. 편지는 마거릿이 "나태하다"라고 평할 만큼 짧았다. 심지어 필체마저도 실망스러웠다. "당신의 펜은 종이 위에서 다소 방종하고 게으르게 어슬렁거리더군요." 마거릿은 답장에서 그를 꾸짖었다. "나는 필요한 만큼 잊히고 무시당하는 일에 수긍합니다"라고 마거릿은 수동적 공격 성향을 보이는 체념 속에서 일했다.

뉴욕에 도착하고 얼마 후 마거릿은 자신에게 일종의 거울 역할을 해주었던 엘리자베스 피보디의 편지에 솔직한 답장을 보냈다. 엘리자베스에게 쓴다기보다 거울에 투영된 자기 자신에게 편지를 보내는 기분으로 크리스마스 다음 날 마거릿은 편지를 썼다.

어쩌면 당신 말처럼 나는 천성적으로 매우 신중한 건지도 모르겠습니다. 하지만 신중함은 수많은 인간관계에서 오는 크나큰 실망을 피할 수 있을 만큼 충분치 못했지요. 나는 사람들이 배려와 부드러움을 줄 수 있어 보였기에 그들에게 그것을 바랐어요. 나한테도 비슷한 잘못이 있다는 것을 알아요. 그럼에도 내 마음이 순수하고 지적인 사랑을 할 수 있다는 것도 알고요. 그래서 그들 또한 믿을 수 있습니다. 우리가 성장하면서 좀더 나은 사람이 될 수 있고 좀더 나은 행동을 할 수 있다고 말이에요.

마거릿은 이어서 엘리자베스를 인상적으로 분석한다. 이 분석은 적어도 어느 정도까지는 엘리자베스가 요청한 듯 보인다. 여기에서 마거릿은 거의 괘씸하게 보일 정도로 솔직하게 의견을 밝힌다. 이는 어쩌면 자신보다 나이가 많고 한때 자신에게 발판을 마련해준 그녀에게서, 장점과 고달픈 성격 등 모든 측면에서 자신의 모습을 너무 많이 보았기 때문일지도 모른다. 피보디는 마거릿이 자신만의 것으로 완성한 대화 모임의 원형을 마련했다. 또한 뛰어난 지성과 사나운 성미를 조화시키기 위해 힘겹게 노력했다. 자신의 연인이 될 수 없는 상대에게 지적인 측면에서 강렬하게 빠져들기도 했다. 또한 마거릿과 마찬가지로 극단적인 방식으로 사고하고 느끼고 살았다. 우리는 자신의 본성에 내재한 사소한 약점, 자아상에 가장 어울리지 않는다고 생각하는 약점을 다른 사람에게서 발견할 때 가장 냉혹해진다. 남을 탓하는 일은 나를 탓하는 일보다 언제나 쉽기 때문이다. 엘리자베스를 평가하면서 마거릿은 사실 자신을 평가하고 있었는지도 모른다.

개인적인 애착에 극단으로 치닫는 당신의 성향은 너무도 강렬해요. 당신이 이를 완전히 극복하지 못할까 걱정입니다.

당신이 우상처럼 받드는 사람들이 끝내 고마워할 줄 모르지는 않을 겁니다. 아마도 물러날 시기가 오면 그들은 당신의 마음을 공정하게 대하겠죠. 하지만 당신이 사람들을 너무 가까이 끌어당기는 바람에 사람들은 어쩔 수 없이 일시적으로 물러날 수밖에 없습니다. 지나친 열기와 숨 막히는 행동에서 사람이 자신을 보호하게 되는 것은 당연한 일이니까요.

이런 성향을 조금만 자제할 수 있다면 그들에게 필요한 신선한 공기를 어느 정도는 내어줄 수 있을 겁니다. 지금처럼 관대하게 대하고 공감해주면서도 지나치게 빠져들지 않을 수 있을까요? 그럴 수 있다면 모호함과 성급함과 혼란이 모두 사라질 겁니다. 나쁜 아니라 누구라도 당신을 이해하고 싶어 할 거예요. 인정해요. 나는 당신을 정당하게 대하지 않았습니다. 당신 안에는 내 소망에 적대적인 것들이 너무 많이 있어요. 특히 여자의 성격 부분에서 말입니다. 내가 어떻게 솔직하게 굴 수 있었겠어요? 하지만 나는 끊임없이 당신을 보고 있었습니다. 진심으로 고마운 마음을 느끼고 있었습니다. 당신이 참아야 했고 불쾌하게 여겼을 게 분명한 일들을 성심으로 너그럽게 받아준 일에 대해서요.

새로운 인생의 장을 열 시기였다. 풀러는 왈도에서 벗어나, 엘리자베스가 쌓아 올린 지적인 우주에서 벗어나, 자신을 괴롭히는 낡은 자아에서 벗어나 초월하기를 소원했다.

미국에서 가장 널리 읽히는 신문 중 하나인 〈뉴욕트리뷴〉에 합류한 풀러는 주류 출판물에서는 전례가 없던 예술 분야를 다루었다. 가장 구독자가 많은 시절의 〈다이얼〉보다 60배가 넘는 1만 5000명의 구독자를 상대로 마거릿은 문학 작품에 대한 시적인 비평을 쓰고, 주요 박물관과 소규모 갤러리에서 열리는 전시회에 관한 기사를 쓰고, 뉴욕필하모닉이 연주한 베토벤의 교향곡을 전면적으로 비평했다. "위대한 예술 작품은 위대한 사고를 요구한다. 혹은 적절하게 표현되는 아름다움에 대한 사고를 요구한다"는 자신의 신념에 따라 마거릿은 교훈적인 이야기와 청교도적 시라는 그 시대의 한계를 넘어 부상한 문학적 미학을 옹호했다. 풀러는 위대한 작가는 응당 일부러 거들먹거리면서 독자를 공격해서는 안 되며, 아름다움으로 전달되는 예리한 사고를 통해 진실과 의미를 드러내야 한다고 믿었다. 그리고 그 아름다움은 독자가 "사실의 매력에 자연스럽게 항복"하도록 만들 수 있어야 했다. 그 시대에 또 다른 문학의 유행을 이끌고 있던 에드거 앨런 포Edgar Allan Poe는 풀러의 글에 칭찬의 말을 아끼지 않았다. "나는 이를 능가하는 양식을 알지 못한다. 매우 통쾌하고 선명하며 간결하고 대담하고 명쾌하다."

풀러는 미국의 심장과 정신에게 괴테, 프리드리히 실러Friedrich Schiller, 조르주 상드George Sand를 비롯하여 유럽 문학 거장들의 작품을 소개했다. 풀러는 자신이 생각하기에 "이제 이 나라를 구성하게 될 젊은 세대에게 당대가 요구하는 기준보다 사고와 행동에서 더 높은 표준을 제시할 수" 있을 법한 작품들을 소개했다. 문학 작품을 개인적·정치적 차원의 한계를 끌어올릴 수 있는 강력한 버팀목으로 생각한 풀러는 문학을 사회 개혁과 사회 정의 구현의 수단으로 활용하는 데 거리낌이 없었다. 〈뉴욕트리뷴〉 지면을 빌려 풀러는 말했다.

문학은 어쩌면 인간의 모든 종과 계급 사이를 통역하는 거대한 상호 소통의 장으로 볼 수 있다. 문학은 형제 사이에서 이루어지는 서신 교환이다. 형제들은 여러 갈래로 나뉘지만 정신적으로 함께하기를 열망한다.

1845년 매사추세츠 반노예박람회Massachusetts Anti-Slavery Fair를 후원하기 위해 출간된 한 선집에 대한 열정적인 비평에서 풀러는 어느 젊고 유능한 작가의 작품에 주목했다. 바로 최근 도주하여 노예 신분을 벗어던진 프레더릭 더글러스의 작품이다. 더글러스는 20년 후에 '사진과 진보' 강연에서 예술이 진보의 도구라는 유명한 주장을 펼치게 된다. 노예제가 폐지되기까지 아직 20여 년을 앞두고 풀러는 〈뉴욕트리뷴〉의 지면에서 흑인의 선거권을 주장했다. 풀러는 허드슨 강변에 있는 싱싱여자교도소를 방문한 후 교도소 개혁을 주장했고, 신문 지면에서 어떻게 결혼의 복잡한 경제 구조와 일부일처혼의 가혹한 도덕주의가 결합하여 매춘의 증가라는 결과를 낳는지 토론하며 거대한 금기를 깨뜨렸다. 싱싱여자교도소에 수감된 죄수는 대부분 매춘 범죄로 투옥된 여자들이었다. 한편 풀러는 석탄 광산의 입구에서 화차를 타고 안으로 내려가는 경험을 해본 뒤에 광부들과 그 "가엾은 말들"이 처한 비인간적인 작업 환경에 분노했다. 말들은 영원히 햇빛을 보지 못한 채 비좁고 갑갑한 지하 마구간, "어두컴컴하고 깊은 곳"에 억류되어 있었다. 동물권에 대한 개념이 아예 존재하지 않던 시절, 풀러는 연민 어린 마음으로 정의에 대한 추진력을 인간의 성별, 인종, 계급의 차별을 뛰어넘어 다른 생물 존재에까지 확장했다. 풀러는 무거운 심정으로 그 말들이 "종일 좁은 궤도를 따라 화차를 끌면서 일을 하고 밤에는 건초를 먹으면서 신선한 풀을 먹는 꿈을 꾸는 것"이 틀림없다고 상상했다. 풀러는 뉴욕 외곽에 있는 노숙자보호소를 방문하고 정신병 환자를 수용하는 정신병원의 비참한 실태를 폭로했다. 풀러의 탐사 보도는 50년 후 넬리 블라이Nellie Bly가 쓴 《정신병원에서의 열흘Ten Days at the Mad-House》이라는 무시무시한 폭로의 바탕이 된다. 이 책은 정신병 환자의 치료 정책이 획기적으로 바뀌는 계기를 마련한다. 〈보이는 어둠Darkness Visible〉이라는 제목이 붙은 기사에서 풀러는 특유의 면도날 같은 수사법으로 사형을 둘러싼 논쟁의 종양을 잘라내고, 그 당시의 보편적인 여론에 반하여 사형을 잔혹한 행위라고 비난했다. 한 세기가 지난 후 윌리엄 스타이런William Styron은 이 기사의 제목을 우울증에 대한 자신의 유명한 회고록에 제목으로 빌려 쓴다.

교도소, 정신병원, 고아원으로 쳐들어가 학대 실태를 폭로하고 대중을 고무하여 변화를 요구하게 만드는 일과 월든 호숫가를 거닐며 정신적 삶을 철학적으로 사색하는 일은 다르다. 초월주의자 중에서 풀러는 현실 세계에서 자신의 신념을 시험한 유일한 인물이었으며, 펜을 이용하여 우리의 삶이 정의로운 사회에서 당연하게 누릴 수 있는 삶에 한층 가까워질 수 있도록 힘껏 노력했다. 한 세기 후의 레이철 카슨과 마찬가지로 풀러는 인간의 삶이 지구에 살고 있는 다른 생명들과 분리되어 있지 않다고 생각했다. 풀러에게 관념의 세계와 자연의 세계는 하나였다. 연애편지에서 마거릿은 자주 초록 들판과 꽃에 대해서 쓴다.

나는 그들의 생명을 통해 살아가고 여기에서 자양분을 얻어요. 어머니의 가슴에서 아기가 영양분을 빨아들이는 것과 마찬가지예요. … 땅과 가까이 있는 이 부드럽고 따스한 생명은 나한테 정말 좋은 영향을 미칩니다.

18개월이 조금 넘는 기간 동안 풀러는 〈뉴욕트리뷴〉에서 250편의 글을 발표했다. 풀러의 영향력과 많은 기사와 거침없는 사고방식을 통해 독자들은 한층 높은 정신의 미학을 향해 나아가게 되었을 뿐 아니라 비판적 사고의 기초를 익혔다. 풀러는 그전에 어떤 기자도 하지 못했고 아마 그 후에도 하지 못했을 만큼 다른 사람들의 정신에 진실과 아름다움의 씨앗을 심었다.

하지만 풀러의 가장 위대한 업적은 뉴욕으로 가기 1년 전인 "기적의 해"에 이루어졌다. 풀러는 "대화" 모임에서 탐구한 여성의 사회적 지위에 대한 착상들을 활용하는 한편 결혼 문제에 대해 에머슨과 빚은 갈등을 조합하여 〈위대한 소송, 한 남성 대 남성 전체, 한 여성 대 여성 전체The Great Lawsuit. Man versus men. Woman versus Women〉라는 제목의 비범한 글을 썼다. 1843년 7월 발간된 4호의 권두에 실린 50쪽에 달하는 이 글은 충격과 관심을 불러일으켰고 그 결과 이 호는 출간 즉시 절판되었다. 그릴리는 부지런하게 움직여 이 글의 축약본을 〈뉴욕트리뷴〉에 다시 실었다.

에머슨의 말에 따르면 "무언가를 좋아하는 법이 없던" 청년이었던 소로는 〈다이얼〉의 편집자로 자신의 글을 다듬어주던 여성이 쓴 이 걸작에 칭찬을 아끼지 않았다. 소로는 풀러의 글을 "훌륭한 작품, 풍부하고 즉흥적인 글쓰기로 손에 잡은 펜으로 이야기하듯이 써내려간 글"이라고 상찬하면서 이글이 위대한 예술의 세 가지 목표를 충족하는 본보기라고 보았다.

글쓰기에서 대화는 여러 겹으로 두껍게 포개져 있어야 한다. 예술 수준에 이른 글은 처음 정독할 때 일반적이고 평이하게 이해되어야 한다. 두 번째 정독에서는 준엄한 진실이 드러나야 한다. 세 번째 정독에서는 아름다움을 느낄 수 있어야 한다. 이렇게 글의 깊이와 현실성이 담보된 연후에야 우리는 글의 아름다움을 영원히 누릴 수 있다.

1844년 여름, 뉴욕으로 가기 전에 풀러는 허드슨밸리에서 일곱 주 동안 캐럴라인 스터지스와 함께 지냈다. 캐럴라인은 오랜 정열의 불꽃이 사그라진 후 풀러의 평생 친구로 남았다. 원래는 시끌벅적한 보스턴에서 벗어나 휴가를 보내며 기운을 차릴 작정이었지만 넘치는 지적 활력을 주체하지 못한 풀러는 그 사이 〈다이얼〉에 쓴 글을 확장하여 《19세기 여성》으로 완성했다. 새 시대의 문을 열어젖힌 책이라 할 수 있는 《19세기 여성》은 폭발적인 웅변과 엄밀한 수사학으로 미국 민주주의의 이상과 사회적 구조에 얽매인 불평등이라는 현실 간의 괴리를 폭로한다.

미국 여성의 "독립선언"이라 할 수 있는 이 책에서 풀러는 "여자의 진정한 본성을 탐구하는 일, 여자에게 정당한 희망을 부여하고 여자 내면의 기준을 마련하는 일"에 착수한다. 풀러는 여자의 "자립"(풀러는 아마도 자립을 의미하는 에머슨의 표현인 "self-reliance"를 의도적으로 피하기 위해서인지 "self-dependence"라는 용어를 사용한다)이 사회를 가장 크게 변화시킬 힘이며 사회를 진보의 길로 나아가게 만드는 원동력이 될 수 있다고 주장한다.

남자와 여자는 한 생각의 반쪽들이다. 나는 그 어느 쪽이 더 행복해야 한다고 주장하지 않는다. 나는 한쪽의 발전이 없다면 다른 한쪽이 영향을 받지 않을 수 없다고 생각한다. 내가 가장 바라는 소망은 이 진실이 명확하고 합리적으로 이해되는 일이며, 우리 시대의 딸과 아들이 삶의 조건과 자유를 똑같이 인식하며 살아가게 되는 일이다. … 여자는 … 이제 노를 크게 저으며 나아갈 필요가 있다. 딸들의 발전은 이 시대를 살아가는 아들의 개혁에 가장 큰 도움이 될 것이다.

43년 후 노년에 들어선 월트 휘트먼의 갈라진 목소리가 축음기의 밀랍 원통을 통해 들려온다. 이 시인이 남긴 유일한 녹음 기록이다. 휘트먼은 풀러의 사상에 바탕을 두고 미국이 "평등한 딸과 평등한 아들의 중심"이라고 선언한다. 휘트먼은 풀러를 매우 존경했으며 휘트먼이 세상을 떠난 뒤 그의 책상에서는 풀러의 〈뉴욕트리뷴〉 기사 묶음이 발견되었다. 27세 무렵 휘트먼은 풀러가 쓴 문학과 예술에 대한 논평집을 탐독했고, 미국 문학을 다룬 장을 찢어내 탐욕스러운 기쁨에 젖어 자신의 가장 소중한 보물 중 하나로 간직했다. 휘트먼은 〈브룩클린 데일리 이글Brooklyn Daily Eagle〉에서 《19세기 여성》을 "진심으로 기쁘게" 환영한다고 밝히면서 "여성의 정신에는 윤리와 취향 그 밖의 고차원적 문제를 논의할 수 있는 특별한 능력이 있으며, 이를 토론하는 특권을 마땅히 누려야 한다"고 주장했다. 인생의 말년에 이른 휘트먼은 풀러가 미국 문학이 지적이고 독창적인 목소리를 찾아야 한다고 주장하면서 미국의 자존심을 "깊고 깊게 절개"한 일을 극찬한다. 휘트먼은 성평등과 인종 평등에 대한 풀러의 사상에 깊이 영향을 받았고, 그 결과 영광스러운 인종의 다양성으로 다채로움을 뽐내는 나라를 꿈꾸었다. 그 나라는 "거대하고 뛰어난 나라, 감정적·신체적으로 완벽한 개인이 모인 나라, 한 성별뿐 아니라 다른 성별도 함께 존재하는 나라"였다. 사회 변혁을 이끄는 힘이 된 풀러의 문학적 유산은 《19세기 여성》을 집필하고 수십 년이 지난 후 휘트먼의 말을 통해 더욱 크게 울려 퍼진다.

역사상 처음으로 위대하고 단합되어 있으며 현실적인 "국민PEOPLE", 그 이름에 걸맞고 남녀를 가리지 않는 영웅적인 개인으로 이루어진 "국민"이 미국의 가장 중요하며 어쩌면 유일한 존재 이유가 된다. 이는 민주 정치의 결과인 만큼(다시 생각하니 그 두 배만큼) 민주적인 사회학, 문학, 예술(우리가 이에 도달할 수 있다면)의 결과일 것이다.

풀러는 《19세기 여성》에서 자유와 인간 존엄성의 의미를 맹렬하게 재검토하면서 "남자의 세계에서는 노예를 대하듯 여자를 대하는 풍조가 존재한다"고 지적한다. 풀러는 미국이 민주주의적 이상에 부응하려면, 신체적 차원뿐 아니라 정신과 영혼의 차원에서도 모든 속박에서 모든 인간 존재가 해방되어야 한다고 주장한다.

나무는 그 뿌리를 마르게 하는 벌레에서 자유로워지기 전까지는, 공기와 빛을 마음껏 받으며 성장하기 전까지는 꽃을 피울 수 없다. 누군가 희생해야 한다면 누구도 완전하게 자유롭고 고귀해질 수 없다.

《19세기 여성》을 집필하고 수정하는 동안 풀러는 종종 자신의 일기장을 착상을 다듬는 데 이용했다. 당시 일기의 한쪽에 풀러는 호기심을 자아내는 그림을 그려놓았다. 영원을 나타내는 고대 그리스의 상징으로, 자신의 꼬리를 물고 있는 뱀의 모습이다. 그 뱀이 그리는 원 안에 두 개의 직각삼각형이 포개져서 꼭짓점이 여섯 개인 별을 만든다. 풀러는 이 상징을 시로 봉해 놓았다.

끈기 있는 뱀이 원을 그리며 도네

죽음 안에서 그대의 삶을 찾을 때까지

신성한 처음의 이중적 형태

시간에 대한 전체적 사고를 품고 있으니

완벽한 둘이 서로 포옹할 때

남자와 여자, 흑인과 백인

영혼은 우주 안에서 죄를 씻고

어둠은 빛을 통해 결실을 내니

다이아몬드 태양의 중심에서

시간과 영원은 하나이네

*   *   *

보스턴에서 풀러의 "대화" 모임에 참석한 적이 있던 리디아 마리아 차일 드는 노예제 반대를 주도했고 아메리카 원주민의 권리를 초창기부터 옹호 하며 수많은 공격을 견뎌왔다. 차일드는 자신은 "감히 글로 쓸 엄두도 내지 못했던" 생각들로 가득한 풀러의 "대담한 책"을 보고 겸허함에 휩싸였다. 세 라 마거릿 풀러와 마찬가지로 자신의 중간 이름을 사용한 마리아 차일드는 그 시대 가장 성공한 작가 중 한 사람으로 손꼽히고 있었다. 수없이 많은 소 설과 단편, 역사서를 출간했고, 미국 최초로 어린이 잡지를 창간하기도 했 다. 또한 차일드는 19세기의 탁월한 재능을 가진 여성들을 열렬히 지지하 기도 했다. 자기보다 뛰어난 용기나 재능, 지성을 지닌 인물을 찾아내기만 하면 차일드는 그 인물을 시기하기보다는 열성적으로 찬양했다. 차일드는 엘리자베스 배럿 브라우닝이 로버트 브라우닝에게 보낸 연애편지에서 묘 사한 감상을 자신의 글에서 직접 실현했다. "아름다움은 아름다움입니다.

내 손에서 탄생했든 다른 사람의 손에서 탄생했든, 아름다움의 탄생 자체가 축복입니다!" 노예제를 반대하는 격렬한 목소리를 담은 글로 명성을 얻은 차일드는 자신의 힘과 유명세를 이용하여 당시 지성적 용기로 편협함과 관습에 맞서 싸우고 있던 인물들에게 대중의 관심을 집중시켰다. 그리고 지금 차일드는 〈브로드웨이 저널〉에서 풀러를 미국의 다른 누구보다 "뛰어난 지성을 지니고 총체적으로 사고하며 완전한 교육을 받은 여성"이라고 상찬했다.

한편 줄리아 워드 하우는 풀러의 때 이른 사망 후 반세기가 지난 뒤 풀러를 "자신 안의 정신적·윤리적 힘을 감히 인정한" 여성이라고 갈채를 보낸다.

앞을 바라보며 그녀는 걸었고 고무시켰다. 칭찬이나 비난에 신경 쓰지 않았다. 전해야 할 메시지가 있었다. 그 메시지의 완전한 의미를 그녀는 알지 못했다. [그 후로] 새로운 질서가 등장했고 스스로 자리를 잡았다. 세월이 흐르며 그녀와 직접 마주하고 대화를 나눈 사람들은 시간의 흐름에 휩쓸려 사라졌지만, 그녀와 정신적으로 동지라 주장하는 사람은 훨씬 더 늘어났다. … 어떤 고난과 실망도 삶과 삶의 조건에 대한 눈부신 해석의 빛을 어둡게 만들지 못한다. 이는 풀러가 그 시대의 남녀에게, 우리 시대의 남녀에게 남겨준 최고의 선물이다.

《19세기 여성》이 출간되었을 무렵 줄리아는 25세였다. 휘트먼과 멜빌과 같은 나이였고 마리아 미첼보다는 한 살 어렸다. 그리고 자신보다 열여덟 살이나 나이가 많은 남자와 이제 막 결혼한 참이었다. 줄리아가 불행하고 보기 드물 정도로 억압적인 결혼 생활을 견뎌낼 힘을 내는 데 이 책이 촉매제 역할을 했던 것은 분명하다. 그녀의 독재적인 남편은 자신이 가르치던 학생과 사랑에 빠져 결혼했지만, 아내의 야심에 위협을 느꼈고 아내의 문학적 뜻을 짓밟는 데 전력했다. 〈공화국의 전투가The Battle Hymn of the Republic〉(미국에서 애국심을 고취시키는 노래의 하나로 널리 알려져 있다―옮긴이)의 작사가로 이름을 알린 지 4년 후, 결혼 생활을 시작한 지 22년 후 줄리아는 회고한다.

> 결혼 생활 동안 남편은 내가 가치 있게 여기는 행동을 인정해준 적이 한 번도 없었다. 책, 시, 수필, 모든 것이 그의 눈에는 한심하고 금지해야만 하는 것들이었다.

풀러가 "기적의 해"를 맞아 《19세기 여성》이 될 글을 쓰고 있던 봄, 신혼이었던 하우는 보스턴에서 리버풀로 가는 증기선에 올랐다. 나중에 마거릿 풀러와 마리아 미첼이 따르게 될 바로 그 항로였다. 줄리아는 메리 피보디Mary Peabody 부부와 함께 유럽으로 신혼여행을 떠나는 길이었다. 메리도 역시 얼마 전 다소 갑작스럽게 교육 개혁가인 호러스 맨Horace Mann과 결혼하여 기쁨의 충격을 주었다. 메리는 피보디 자매 중 유일하게 미혼으로 남은 언니 엘리자베스에게 편지를 쓴다. "결혼식을 하고 있을 때 나는 이 엄청난 행복이 내 것이라는 사실을 이해하지 못하고 있다는 걸 깨달았어. 하지만 시간이 얼마 지나고 나니 이 모든 것이 마치 별처럼, 대양처럼, 태양의 일주처럼 자연스럽게 느껴졌어." 갑판 위에 메리와 나란히 선 줄리아 워드 하우는 메리와는 전혀 다른 결혼 생활로 들어서고 있었다. 앞으로 10년 동안 줄리아는 "불길하고 기이한 혜성" 같은 자신의 운명을 슬퍼하게 된다. "불길하고 기이한 혜성"은 줄리아의 아름답고 괴로운 자전적 시 〈마음의 천문학The Heart's Astronomy〉에 나오는 구절이다. 숨 막히는 결혼 생활을 10년 동안 견뎌낸 끝에 34세의 하우는 오귀스트 콩트에게 보내는 편지에서 자신을 "정열적이고 감성적이며 오해받고 자리를 잘못 찾은 여자"이자 "불공평한 운명"의 산물이라고 묘사했다. 이듬해 줄리아는 자신의 첫 시집인 《열꽃Passion Flowers》을 익명으로 발표했다. 바로 이 시집에 〈마음의 천문학〉이 수록되어 있다. 너새니얼 호손은 이 책을 유럽인이 반드시 알아야 할 과소평가된 두 책 중 하나라고 소개하면서도 하우의 도발적이고 외설에 가까운 시들이 "불행한 가정사를 완전히 보여준다"는 경고의 말을 잊지 않았다. 호손이 소개한 나머지 한 권은 몇 달 뒤에 출간된 소로의 《월든Walden》이었다.

하우의 시집을 출간한 보스턴의 출판사는 마리아 차일드, 에머슨, 트웨인, 소로, 호손 등 저명한 작가의 책을 출간한 곳이었다. 또한 이곳은 줄리아의 남편이 쓴 원고를 거절한 적이 있었다. 자신의 아내가 감히 이 출판사와 거래했다는 사실을 알고 분노에 휩싸인 남편은 아내의 몸에 대한 지배권을 행사하며 최후통첩을 했다. 성관계를 다시 시작하지 않으면 집에서 쫓아내겠다는 것이었다. 영혼을 파는 것과 같은 강간을 견뎌낸 후 하우는 언니에게 편지를 썼다. "요구될 수 있는 최악의 희생을 치렀어." 그 희생은 또 다른 임신이라는 결과로 이어졌다.

하우는 40세에 여섯 번째이자 마지막 아이를 출산했다. 다윈이 《종의 기원On the Origin of Species》을 발표한 해였다. 그녀는 이후 17년의 악몽 같은 결혼 생활을 더 견뎌냈다. "오직 책만이 나를 살아 있게 해준다"라고 줄리아는 이 30년에 걸친 툰드라기를 묘사한다. 결혼 생활이 33년째 접어들던 해, 남편의 장례식을 치르던 날 줄리아는 일기에 이렇게 기록했다. "오늘 나의 새로운 인생이 시작된다." 인생의 남은 나날 동안 줄리아는 노예제 폐지와 여성권을 지지하며 평등권을 위해 헌신하면서 글과 강연을 통해 "개인의 결함과 한계에도 불구하고 인류에게 희망을 전달할 수 있기"를 바라며 살아가게 된다.

남편이 사망하고 몇 달 뒤 하우는 배서천문대에서 열리는 "돔 파티"에서 마리아 미첼을 만났다. 미첼의 학생들과 가끔 초대되는 저명한 손님들이 함께 모여 이미 쓴 종이 조각에 천문학에 대한 즉흥시를 쓰는 놀이를 하는 모임이었다. 미첼은 낸터킷 애서니엄의 옛 정신을 천문대에도 불어넣어 이곳에서 긴급한 정치적·문화적 사안을 다루는 강연과 토론회를 개최했다. 유명한 "연단의 여자"인 엘리자베스 케이디 스탠튼Elizabeth Cady Stanton이나 애나 디킨슨Anna Dickinson 같은 인물들이 초청되었다. 하우는 1875년 봄에 천문대를 찾아 "품위 있는 사회가 정말 품위 있는가?"라는 주제로 강연을 했다. 이 강연에서 하우는 우리 사회가 야심과 표면상의 성취에 심취한 나머지 겉으로 내보이는 품위와 젠체하는 태도를 진정한 친절함을 구성하는 "선의의 내면적 품위"로 착각하게 되었다고 비난했다. 하우는 이 둘의 차이를 제대로 이해한다면 "계급과 부를 숭배하는 저속함에 빠지지 않을 수 있다"고 주장했다. 하우는 돔 아래 모인 여자들을 향해 미국인을 "품위 있게" 만드는 것은 민주적 이상주의와 평등에 대한 이타적인 충동의 조합이라고 제안했다.

일부분은 우리가 옛 영국과 유럽의 미개한 독재 정치에 굴복하지 않은 남자들의 피와 좀더 나은 사회를 위해 메이플라워호 항해를 감수한 남자들의 피를 물려받았기 때문입니다. … 일부분은 또한 사안의 필요성 때문입니다. 절대적인 사회적 우위가 없음을 인정할 때 우리 중 누구도 마음대로 자신이 더 우월하다고 여길 자유가 없습니다. 우월함은 우리의 소유가 아니기 때문입니다. 우리가 얼마나 이기적으로 굴 수 있는가와는 상관없이 다른 사람의 안위가 우리 자신의 안위보다 덜 중요하다는 가정에 따라 행동하는 일은 우리에게 결코 도움이 되지 않습니다.

[…]

개인에 따라 혹은 계급에 따라 특별대우를 한다는 전제는 결코 품위 있다고 할 수 없습니다. … 하지만 우리는 사람들이 계급에 따른 특별대우를 당연하게 여기도록 허용합니다. 돈을 쓰는 일보다 돈을 버는 일에 재능과 가치가 필요하다는 사실은 아주 쉽게 증명될 수 있습니다. 하지만 상류 사회에서는 일반적으로 돈을 상속받거나 결혼으로 돈을 얻은 이들이 돈을 직접 버는 이들보다 자신을 위에 놓는 일이 당연시되고 있습니다.

하우는 "품위 있는 삶을 일구는 최고의 토대는 진실함"이라고 주장했다. 아마도 이런 확신을 품고 있었기에 하우는 미첼에게 마음이 끌렸을 것이다. 미첼은 가식이라고는 찾아볼 수 없으며 겉치레에는 전혀 관심이 없는 여자였기 때문이다. 마리아 미첼이 태어난 해에 잉태된 하우는 이 천문학자가 세상을 떠나기 1년 전 최초로 미첼의 공식적인 전기를 쓰며 미첼을 자신의 "자매 행성"이라고 부른다. 그 두 여성이 살아온 인생의 길에는 마거릿 풀러와《19세기 여성》의 개척자적인 영향력이 놓여 있었다.

마거릿 폴러

자신을 좀더 사랑하는 법

10

현재는 잊힌 풀러의 걸작이 1845년 초반 처음 세상에 선보였을 당시 얼마나 열광적인 반응을 일으켰는지 파악하기는 거의 불가능하다. 이 충격적인 책이 남긴 여파가 얼마나 오랫동안 지속되었는지 파악하는 것도 어렵다. 판매고는 하늘 높이 치솟았고, 책은 나라를 가로질러 서부의 가장 먼 개척지까지 전해졌다. 런던에서 만든 해적판이 유럽에서 유포되기 시작했다. 미국의 지성과 정치 개혁의 중심지였던 뉴욕과 보스턴은 풀러가 제기한 금기와 대담한 질문들에 극과 극으로 나뉜 격렬한 토론으로 불타올랐다. 사회 관습과 법률의 결탁을 통해 결혼 제도로 고정된 경제 불평등을 둘러싼 여러 질문들이었다.

　풀러는 여자에게 남자와 동등하게 재산을 소유할 자격이 없다는 점을 비난했다. 재산 문제에서 여성의 법률적 권리는 자녀의 지위로 격하되기 때문이다. 1000년이 넘는 이 관습의 뿌리를 파헤치기 위해 풀러는—고대 그리스 문화를 사랑함에도—"지성적 인물"이라는 플라톤Plato마저 자신의 정치서에서 여자를 소유물로 취급했다는 점을 지적하며 플라톤의 우화적 대화 한 구절을 인용했다. "한 남자가 처음 생의 특권을 잘못 사용한다면 여자라는 형태로 격하될 것이다. 그다음 자신의 잘못을 만회하지 못한다면 새라는 형태로 격하될 것이다." 풀러는 메리 서머빌을 여자가 지닌 가능성의 예로 들면서 "가정이라는 좁고 편향된 시야"를 벗어던지고 동등한 교육 기회를 보장받는다면 "여자들은 우주가 얼마나 위대하고 풍부한 곳인지 한층 더 잘 이해하게 될 것"이라고 주장했다. 우주의 풍부함을 완전하게 바라볼 수 있는 시야를 확보해야만 여자들이 젊은 시절의 모든 노력을 단지 결혼 준비가 아닌 자신의 길을 개척하는 데 쓸 수 있을 것이라고 풀러는 단언했다. 결혼은 완전한 인생을 이루는 유일한 수단으로 모두에게 강요되는 것이 아니라, 인생의 다른 길보다 이 길을 좋아하는 이들이 자유롭게 선택할 수 있는 수많은 선택지 중 하나가 되어야 한다.

무한한 기회를 가진 존재가 어떤 관계에 국한된 제한적이고 배타적인 견해에 따라 취급되어서는 안 된다. 영혼에 자유로운 길을 터주고 몸과 정신의 기관이 자유롭게 발달하도록 내버려둔다면 그 존재는 앞으로 마주하게 될 모든 관계에 걸맞게 될 것이다.

풀러를 비판하는 사람들이 노래하는 불평의 합창에서 빈번하게 반복되는 후렴구는 "결혼이라는 주제에 대해 결혼하지 않은 여자가 왈가왈부할 자격이 없다"는 것이다. 이는 유명한 동화작가인 모리스 센닥Maurice Sendak 더러 자녀가 없으니 동화를 쓸 자격이 없다는 주장이나 백인은 인종 문제에 대해 비판적인 의견을 낼 자격이 없다는 주장, 남자는 여성주의 운동에 비판적인 의견을 낼 자격이 없다는 주장과 비슷한 수준의 궤변이다.

여자의 정신을 가사에만 가두는 것을 공공연하게 비난하면서 풀러는 "몸을 위한 음식과 불만이 아니라 정신을 위한 음식과 불이 있지 않으면 집이라 할 수 없다"고 주장하고, "인간 존재는 발전 없이 살도록 구성되어 있지 않다"라고 경고한다. 풀러는 이 책 전체를 떠받치고 있는 주장으로, 자립으로 가는 수단으로서 가능성의 확장을 강조한다. 풀러가 고전에 정통한 것을 생각할 때 풀러는 "가능성possibility"과 "힘power"이라는 단어가 posse라는 라틴어 단어에서 나왔다는 사실을 알고 있었을 것이 틀림없다. 역설적으로 《19세기 여성》에 대한 가장 근시안적인 비판 중 하나는 이 책이 새로운 가능성의 지평을 묘사만 할 뿐 그곳으로 가는 행동의 단계를 제시하지 않았다는 것이었다. 지금 자신이 고용한 작가를 둘러싸고 사람들의 이목이 집중되는 것을 기뻐하던 호러스 그릴리조차 이 책에 대한 상찬의 말에 이런 비판을 섞었다. "여자든 남자든, 이 책을 읽으면 무언가를 얻게 될 것이다. 하지만 책을 덮을 무렵에는 수많은 이들이 무엇을 어떻게 해야 할지 막연하고 어렴풋한 생각을 떠올리는 데서 그치고 만다." 당시 이런 비난은, 지금도 그렇지만 가능성 자체가 힘을 일으키는 역할을 한다는 사실을 모르는 데서 발생하는 것이다. 준비된 정신은 계발되고 고무된 행동으로 도약하기 위한 필요조건이자 촉매제이다. 마리아 미첼은 《19세기 여성》이 출간된 지 10년 후에 쓴 일기에서 이런 종류의 비판을 완벽하게 반박했다.

개혁가들은 자신의 논리에서 이 세계가 완전히 악인들과 배고픈 이들로 나뉘는 것이 아니라는 사실을 종종 잊곤 한다. 정신의 음식에 굶주린 사람들도 있다는 사실을, 정신의 욕구 또한 몸의 욕구만큼 중요하다는 사실을 잊곤 한다. … 또한 개혁가들은 사회의 사슬이 절대 끊어지지 않는다는 사실을 종종 잊곤 한다. 고리와 고리가 연결된 사슬은 함께 움직이기 때문에 한 남자를 그 동료들 위로 들어올릴 수 없다. 우리는 인류 전체를 들어올려야 한다. 뉴턴, 셰익스피어, 밀턴은 가난하고 무지한 사람에게 직접 이득을 주지 않았지만 그들 덕분에 인류 전체가 고양되었다. 그들은 출판사를 찾기 어려웠을지도 모르지만 몇 세기가 지난 후 출판사가 그들을 찾았고 독자들도 그들을 찾았다. 인류 전체가 들어올려진 것이다.

미첼은 《19세기 여성》을 읽으면서 정치적인 울림뿐 아니라 개인적인 울림을 느꼈을지도 모른다. 풀러는 언젠가 "여자 뉴턴"이 등장할 날을 꿈꾸었다. 하지만 미첼은 자신의 삶이 앞으로 다가올 몇 세대 안에 그 가능성을 현실로 바꾸는 데 큰 영향을 미칠 것이라고는 한 번도 생각하지 못한 듯하다. 미첼이 애독한 《오로라 리》에서 엘리자베스 배럿 브라우닝은 가장 격렬한 혁명에 불을 붙인 이들이 어떻게 자신이 붙인 불꽃을 모르는지에 대해 썼다.

> 최고의 인간은 최선을 다하면서
> 자신이 하는 일의 결과를 알지 못한다
> 세계에서 가장 쓸모 있는 사람은 그저 이용될 뿐이다. …

밀턴과 셰익스피어, 브라우닝의 나라를 여행하고 돌아온 미첼은 놀라운 환영의 선물을 받는다. 지름 13센티미터의 굴절망원경인데, 세계의 위대한 천문대에서 사용하는 망원경들과 성능이 맞먹는다. 이 망원경은 세계 최초의 과학을 위한 소액 기부 운동을 통해 구입되었다.

엘리자베스 피보디는 처음 망원경 구입을 계획한 지 수 년 만에 보스턴의 여성을 규합하여 기부금을 모은 끝에 구입 비용 3000달러를 마련할 수 있었다. 미첼이 유럽을 여행하기 위해 미국을 떠날 무렵 에머슨 또한 자신이 글을 쓰는 유명한 잡지의 지면을 빌려 모금 운동에 목소리를 보냈다.

유럽에서 마리아 미첼은 대중의 관심을 받고 학식과 교양 있는 이들의 존경을 받을 것이다. 한편 미국에서는 재능이나 학식에 명성이 따라붙지 않으므로 미첼의 이름은 상대적으로 잘 알려져 있지 않다. 우리 사회의 크게 잘못된 측면이다. 외국인들은 이 잘못을 당장 힐난한다. "당신들의 유명한 여자는 어디 있는가? 학식 있는 남자는 어디 있는가?" 하고 그들은 묻는다. 과시적인 장식이 넘쳐나는 집에 초대받으면 아무 생각 없이 낄낄거리는 소년소녀나 평범하기 짝이 없는 남녀가 있을 뿐이다. 이들은 아무것도 하지 않은 채 춤만 추거나 저녁 식사가 준비되었다는 소리가 들릴 때까지 하품이나 한다. 스스로 미국 사회를 한심하게 여기지 않기 위해서라도 우리는 이 점을 개혁할 필요가 있다.

유럽의 대표적인 천문 기관들을 돌아보는 동안 미첼은 자신만의 천문대를 꿈꾸었다. 아이더가 세상을 떠나고 한때 명민했던 어머니가 치매에 걸려 끝도 없이 추락하는 모습을 지켜보며 힘겨운 시간을 보내고 있던 미첼에게 대중의 기부로 구입한 망원경은 놀라운 선물이었다. 이 망원경은 미첼의 꿈을 이루는 첫 번째 물리적 주춧돌이 되었다. 한때 자신의 아버지가 설립자이자 교장으로 근무한 그리스 신전을 닮은 학교 건물 뒤편에 미첼은 단순한 구조의 3미터짜리 돔을 세웠다. 이 돔은 포탄을 만드는 메커니즘에 따라 회전하게 되어 있었다. 다윈이 《종의 기원》을 발표하기 한 달 전에 천문대는 문을 열었고 지금 낸터킷의 뉴턴이 된 미첼은 이 천문대 안으로 소년소녀를 맞아들이기 시작했다.

그전 해에 이탈리아를 여행하는 동안 미첼은 분광학에 대한 최신 연구의 메카인 로마천문대를 방문하고 싶어 했지만 이곳이 여자에게 문이 닫혀 있다는 사실을 알고 충격을 받았다. 당시 유럽에서 가장 박식한 여성으로 명성을 얻은 메리 서머빌도 입장을 거부당했다. 존 허셜 경의 딸도 입장을 거부당했다. 미첼은 빈정거림을 담아 일기를 썼다.

로마 교황의 기관들이 어떻게 움직이는지 무지했다. 실제로 이탈리아 전체에 대해서도 무지했다. 로마천문대를 방문할 수 있는지 물어보다니. 갈릴레오의 시대는 두 세기 전인 줄만 알았다. 나는 내 이단적인 발이 그 성역을 침범해서는 안 된다는 사실을 몰랐다. 여자의 옷자락이 배움의 자리를 스쳐 지나서는 안 된다는 사실을 몰랐다.

미국 외교관이 미첼 대신 압력을 가한 끝에 결국 미첼은 교황의 특별 허가를 받아 로마천문대에 들어갈 수 있었다. 해가 지기 1시간 30분 전 미첼은 안내를 받아 교회를 가로질러 천문대로 향했다. 미첼은 두 세기 전 갈릴레오를 재판에 회부한 바로 그 천체운동을 연구하기 위해 교황청에서 구입한 값비싼 장비들에 감탄했다. 미첼은 로마천문대의 고성능 망원경으로 성운을 관찰해보고 싶었지만 입관 허가가 일몰 이후로 연장될 수 없다는 말과 함께 서둘러 밖으로 내쫓겼다. 천문대의 뒷문을 통해 로마대학교 뒤편의 좁은 골목길로 쫓겨난 순간 미첼은 아마도 결심했을 것이다. 천문대를 짓는다면 우주와 교류하고 싶은 마음이 있는 모든 사람을 환영하는 곳으로 만들 것이라고.

풀러가《19세기 여성》으로 여성의 가능성에 불을 지핀 지 정확하게 20년 후 마리아 미첼은 새로 설립된 배서여자대학Vassar Female College에서 최초의 천문학 교수로 임명되었다.

이 학교는 미국이 번영하기 위해서는 여성의 지적인 해방이 노예 해방

만큼이나 중요하다고 생각하는 매슈 배서Matthew Vassar의 신념에 따라 설립되었다. 지난 30년 동안 여러 고등 교육 기관이 여성에게 문을 열었지만 배서대학은 하버드나 예일 수준을 목표로 삼는다는 점에서 새로운 교육의 차원을 열었다. 특히 배서대학은 과학 분야를 엄격하게 강조한다는 점에서 명망 있는 대학교들을 훨씬 능가했다. 남자를 성직자나 법률가로 키워낼 목적의 일류 대학교에서 과학은 사실상 존재하지 않는 학문이었다. 하지만 이 모든 진보적인 이상주의에도 불구하고 배서대학교는 여전히 그 시대의 산물이기도 했다. 원래의 대학 안내서에는 여자는 날이 어두워진 후에 외출해서는 안 된다는 규정이 있었다. 천문학을 연구하는 사람에게는 터무니없는 규정이었기에 미첼은 이 규정을 없애기 위해 학교에 항의해야만 했다.

끊임없이 변화하는 언어와 권력의 관계를 보여주는 일례로, 학교의 이름과 역할 사이에 자리 잡은 단어 하나를 두고 논쟁이 일어났다. 몇 년 전 다윈이 진화론의 여명에 불을 지핀 후로 "female"이라는 단어는 성 생식과 관련된 동물적인 어감을 품게 되었다. 이 언외적 의미를 일부 여성은 비인간적이라고 받아들였고, 일부 남성은 일부러 비인간적인 뜻을 담아 사용했다. 특히 여성 노예를 가리켜 "female"이라고 부르는 식이었다. 이전에는 대학교 설립에 대한 매슈 배서의 계획에 칭찬을 아끼지 않던 한 여성은 이 이름을 맹렬하게 비난하는 편지를 보내 매슈를 공격했다.

> female이라고요? 어떤 female을 말하는 겁니까? 당나귀 암컷입니까? "male의 반대의 뜻을 가진 여자로서 female입니다"라고 대답하기만 해봐요! 그렇다면 … 왜 여자의 성을 동물 수준으로 떨어트리는 겁니까?

이 여성은 이 논쟁을 유명 잡지의 지면으로 확장하여 학교 이름을 다시

지어야 한다고 주장했다.

> woman의 동의어가 아니고 결코 lady를 의미하지도 않는 "female"이라는
> 단어가 이 고결한 기관의 이름 안에 자리 잡는 것이 과연 적절한가? 관대한
> 설립자는 이 단어가 젊은 여성을 의미한다고 말한다. 성경과 앵글로색슨어
> 에 따르면 학교에 가장 어울리며 가장 멋진 이름은 "젊은 여성을 위한 배서
> 대학Vassar College for Young Women"이다.

언어는 사고의 내용이 아닌 사고를 담는 그릇으로 시간의 흐름을 타고
흘러내려온다. 우리는 이 그릇에 사고의 이중성과 모순을 모두 쏟아붓는다.
이 기사는 〈고디의 숙녀를 위한 책Godey's Lady's Book〉이라는 제목의 잡지에
실렸는데, 이 잡지의 이름은 "배서여자대학"과 통사적으로 유사한 형태를
하고 있다. 현대의 우리에게 중간에 있는 단어는 당시 "female"이라는 단어
가 거북하게 들린 것만큼 거북하게 들릴 수 있다. "숙녀lady"라는 단어는 마
거릿 풀러가 부수기 시작한 가능성의 한계와 관습의 사슬에 구속되어 있는
것처럼 들리기 때문이다.

1년이 지나기 전에 배서대학은 정문에 새겨진 학교 이름에서 "female"
이라는 단어를 지워버렸다.

마리아 미첼은 학교 이름을 둘러싼 논쟁에는 관심이 없었다. "숫자의 굳
건한 집단은 미사여구에 대항하는 강력한 적수이다"라고 생각했기 때문이
다. 미첼은 우주의 가장 순수한 언어로 이야기했고, 여성에게 힘을 실어주
기 시작한 것도 바로 이 수학을 통해서였다. 열여섯 살에서 22세에 이르는
열일곱 명의 학생과 첫 수업을 시작했을 때 미첼은 하버드대학교에서도 수
리천문학을 공부하는 남자들이 이렇게 많지 않을 것이라고 생각했다. 이

미 오래전에 하버드대학교는 1학년 이후 수학을 필수 과목에서 제외했다. 1851년에는 하버드대학교 전체를 통틀어 오직 두 명만 고등수학 과목을 선택했다. 두 사람마저 나중에 이수를 포기했다.

　미첼의 지도 아래 23년 동안 배서대학은 천문학과 고등수학 분야에서 하버드대학교보다 많은 학생을 배출했다. 미첼의 제자들은 오늘날 우리가 천체물리학이라 알고 있는 학문을 공부한 1세대 미국인이 되었다. 미첼이 엄격하게 수리물리학과 천문학 관측을 결합해야 한다고 강조한 결과였다. 얼마 후 하버드대학교는 수학을 필수 과목으로 다시 개설해서 미첼의 방법을 따라 하게 된다. 미첼은 천문대를 학생들이 직접 기구를 작동하며 배울 수 있는 체험관으로 바꾼 최초의 교수였다. 미첼은 학생들에게 도구를 쥐어주고 시간이 날 때마다 천문대의 자오환, 자오의, 망원경을 사용하도록 권했다. 마거릿 풀러와 마찬가지로 미첼은 기계적인 암기를 위해 지식을 위에서 아래로 전달하는 식이 아니라 질문과 비판적 사고를 장려하는 대화 형태로 강의를 진행했다. 미첼의 천문대 겸 강의실에는 메리 서머빌의 조각상이 있었는데, 그 옆에는 "질문의 책"이라는 제목이 붙은 공책이 한 권 놓여 있었다. 이 공책에 학생들은 대답하지 못하는 질문들을 적어 넣었다. 알 수 있을 테지만 아직은 알지 못하는 질문, 바로 과학의 진보를 이끄는 질문들이었다. 상급반의 마지막 시험은 계산을 통해 일식을 예측하는 것이었지만 미첼은 대학이 요구하는 대로 과제에 점수를 매기고 싶지 않다는 이유로 채점을 거부했다. "나는 지성을 점수로 매기지 않는다." 미첼은 반항적으로 썼다. 숫자에 대한 모든 신념에도 불구하고 미첼은 숫자의 한계 또한 잘 알고 있었다. 일반적인 지적 수준을 측정하는 IQ 검사가 심리학자들의 논쟁 끝에 결국 빛 좋은 개살구에 불과하다는 결론이 나기 한 세기 전에 이미 미첼은 대담하게 주장했다. "지성을 잴 수 있는 단위는 없다."

배서대학에서 가르치는 처음 3년 동안 미첼은 자신이 원래 하던 연구와 가르치는 일의 과중한 업무 사이에서 균형을 잡기 위해 애를 썼다. 여기에 더해 미첼은 《항해력》을 위해 엄밀한 수학적 계산도 병행하는 한편 병약한 아버지까지 돌보아야 했다. 심각한 수면 부족과 극심한 피로에 시달리면서 미첼은 마침내 일기에서 자신에게 경고하기에 이르렀다. "작년처럼 뇌를 혹사할 수는 없다. 그것은 자살 기도나 마찬가지이다." 1868년 50세 생일이 몇 주 지났을 무렵 미첼은 해군에 사직서를 내고 20년 동안 근무한 금성의 계산자 자리에서 물러났다. 사직 후 미첼은 일기에 썼다.

결심. 아버지보다 오래 살고 건강할 경우 봉급은 상관하지 않고 여성의 지적인 문화를 일구기 위해 노력을 쏟아부을 것.

한층 높은 차원의 목표를 이루려는 자기희생은 미첼에게는 추상적 개념과는 거리가 멀었다. 배서대학에서 일을 하기 시작한 날부터 10년 동안 미첼은 천문대 꼭대기에 자리한 기록실의 작은 간이침대에서 잠을 잤다. 이 천문대는 미첼의 사무실이자 강의실 역할도 했다. 대학에서는 재능이 있는 여자는 육체가 없는 정신이므로 생명에게 기본적으로 필요한 편안한 공간이 필요하지 않을 것이라 멋대로 생각했는지, 미첼에게 침실을 마련해주지 않았다. 천문대 지하실에는 미첼의 아버지가 지낼 수 있도록 임시변통으로 침실이 마련되었다. 10년 동안 미첼은 완전한 자주권을 누리며 살았다. 배서대학 교정에는 건물이 두 채밖에 없었는데, 대학 본관은 300미터 떨어져 있었고 천문대에는 오직 미첼과 그녀의 아버지만 살고 있었다. 하지만 미첼은 개인 생활을 전혀 누릴 수 없었다. 어린 시절 서재를 자기만의 계산실로 독차지하던 것과는 완전히 다른 환경이었다. 지금은 "미첼 씨는 바쁩니다.

문을 두드리지 마세요"라고 쓴 쪽지를 붙여놓을 만한 문조차 없었다. 매일 아침 눈을 뜨면 미첼은 침대와 그 위에 깔끔하게 정리해둔 베개 위로 벨벳 천을 덮어씌워 자신이 누리는 유일한 개인 생활(잠을 자는 것)의 흔적을 감추었다.

그동안 미첼의 남자 동료들이 받는 급료는 2000달러에서 2500달러로 올랐지만 미첼의 급료는 800달러 그대로였다. 하지만 미첼은 지성에 점수를 매길 수 없는 것처럼 삶의 가치와 목표를 봉급으로 측정할 수 없다는 점을 잘 알고 있었다. 15년 전 젊은 헨리 데이비드 소로는 《월든》에서 썼다.

낮과 밤을 기쁨으로 맞을 수 있다면, 삶이 꽃이나 달콤한 풀처럼 향기를 풍긴다면, 삶이 한층 유연해지고 별처럼 반짝거리며 영원에 가까워진다면 성공한 삶을 살고 있는 것이다.

《월든》이 출간되고 몇 달 후 소로는 미첼이 일하던 낸터킷 애서니엄의 강단에 서서, 성경 구절을 제목으로 붙인 강의를 하며 질문을 던졌다. "사람이 온 세상을 얻고도 제 영혼을 잃으면, 무슨 소용이 있겠는가?"

"영혼soul"이라는 단어에 우리가 어떤 신념과 가치, 개성의 조각을 담는다 해도 미첼이 자신의 영혼에 흔들리지 않는 충절을 지키면서 살았다는 사실은 변하지 않는다. 미첼이 자신의 영웅으로 삼은 인물, 시인, 과학자, 조각가에게는 두 가지 공통점이 있었다. 재능과 자신의 영혼에 대한 충절이다. 미첼은 마거릿 풀러에게 이 두 가지 특징이 모두 있다는 사실을 직감적으로 알고 있었고 그래서 풀러를 존경했다.

미첼이 구세계로 여행을 떠나기 10년 전, 스물여덟 번째 생일을 맞은 바로 그날, 마거릿 풀러는 보스턴에서 증기선을 타고 영국으로 길을 떠났다. 친구가 된 어느 가족과 함께였다. 퀘이커교도이자 사회개혁론자인 리베카 스프링Rebecca Spring과 마커스 스프링Marcus Spring 부부는 아홉 살 아들의 가정교사가 되어주는 조건으로 풀러가 내내 꿈꿔온 유럽 여행을 함께 가자고 제안했다. 풀러는 배를 타기 전, 애나와 샘 워드에게 편지를 쓰면서 10년 전 자신이 아버지를 애도하고 있을 무렵 두 사람이 함께했던 유럽 여행에 대해 이야기했다. 사랑에 빠진 두 사람이 풀러에게 마음이 떠나면서 이중의 상처를 남긴 여행이었다.

> 함께 가지 않았을 때 느꼈어. … 삶이 절대 보상해주지 못할 것을 잃었다고. 지금도 그렇게 생각해. … 그 여행은 괴로운 청춘을 보낸 후 내가 바란 것이 었어. 나는 그 경험을 누리고 영양분을 흡수할 준비가 되어 있었어. 여행을 갔더라면 내 재능에 날개를 달아줄 수 있었을 텐데. 새로운 생각을 떠올릴 수 있었을 뿐 아니라 실제로 지금 할 수 있는 것보다 훨씬 더 뛰어난 성취를 이룰 수 있었을 텐데.

삶의 항로에서 키를 잡고 있을 때 기회가 얼마나 중요한 역할을 하는지 인정하는 데는 용기가 필요하다. 동시에 기회라는 변수 안에서 개인적인 선택에 따른 결과에 책임을 지는 것 또한 마찬가지이다. 이 점을 용기 있게 인정하며 풀러는 덧붙인다.

> 운명이든 하늘의 뜻이든 어떤 이름으로 부르든 일부러 일이 이렇게 되도록 만든 것은 아닐 거야. 덜 운명적인 다른 길로 들어서며 나는 그동안 모든 면에서 최선을 다해 살아왔다는 생각이 들어. … 지금 유럽을 여행한다고 해서

내가 중대한 영향을 받을 것이라고는 생각하지 않아. 내 정신과 성품은 이미 상당 부분 형성되어 있으니까 많이 바뀌지는 않겠지. 다만 지식을 좀더 쌓을 수 있을 거야. 하지만 나는 꼭 가고 싶어. 이 여행이 나한테 중요하고 지금 하고 있는 일에 꼭 필요하다는 생각이 들어. 인내심을 가지고 노력한다면 지금 이라도 내가 중요한 일을 하지 못하게 막을 것은 아무것도 없어. 하지만 그 일은 저널리스트의 능력에 속하는 일일 테니 이를 위해 나는 관찰의 영역을 새롭게 넓혀야 해.

풀러는 이 여행이 저널리스트에게 좋은 기회라고 호러스 그릴리를 설득하면서 자신을 〈뉴욕트리뷴〉의 해외 통신원으로 일하게 해달라고 부탁한다. 결국 풀러는 주요 신문사에서 해외 통신원으로 일하게 된 미국 최초의 저널리스트가 된다. 뉴욕에서 쓴 작별을 고하는 칼럼에서 풀러는 독자에게 대서양 너머에서 "삶의 씨앗이 담긴 꾸러미"를 전달하겠다고, 구세계의 예술, 정치, 문화에 대한 사상들, 풀러의 고향인 신세계의 비옥하지만 개간되지 않은 지성적 토양을 풍요롭게 만들어줄 사상들을 전해주겠다고 약속한다.

풀러가 "거짓으로 가득한 분주한 시장"이라 묘사한 뉴욕을 떠난 데는 또 다른 중요한 이유가 있다. 얼마 전 크나큰 마음의 상처를 받은 것이다.

《19세기 여성》을 세상에 선보이기 직전인 1844년의 마지막 날, 엘리자베스 피보디에게 지나치게 솔직한 편지를 보낸 지 닷새 후 풀러는 송년파티에서 카리스마 넘치는 한 남자를 만났다. 제임스 네이선James Nathan이라는 파란 눈에 기타를 연주하는 독일계 유대인으로 직물 상인이었다가 지금은 월스트리트의 은행가로 일하는 남자였다. 풀러가 보기에 "여성적인 다정함과 감성이 풍부한" 남자였다. 풀러는 즉시 네이선에게 마음을 빼앗겼다. 한 달이 채 지나기 전에 두 사람은 "익명의 관계"가 되었다. 두 사람은 일하는 중간에 몰래 빠져나와 미술 갤러리로 낭만적인 일탈을 하기도 했고, 주말에는 이스트강의 강변을 네이선의 거대한 뉴펀들랜드 개를 데리고 거닐기도 했으며, 열정적인 연애편지를 쓰느라 밤을 지새우기도 했다. "당신 영혼이 천부적으로 갖추고 있는 시적인 특징과 대담함, 천진난만함, 열정에 닮은꼴의 내 영혼은 빠져듭니다." 풀러는 그에게 편지를 썼다. "어떤 인간도 타인의 순수한 부드러움에서 이토록 사랑스러운 자신감을 느껴봤을 것 같지 않아요." 마침내 마거릿은 상호 간의 연애 감정이 존재하는 관계에 빠져들게 된 것이다. "당신과 함께하는 것은 누구와도 다릅니다." 네이선에게 보내는 풀러의 연애편지는 열정과 지성을 섬세하게 짜 맞춘 보기 드문 것이었다. "책을 읽을 시간조차 없을 정도예요. 우리가 우리를 위해 쓰는 시만큼 시다운 시가 없어요."

하지만 마거릿이 알지 못하는 사실이 있었다. 마거릿이 자신의 시적인 열정을 종이 위에 쏟아붓는 동안 제임스는 아무도 모르게 함께 살고 있는 가난한 "영국 처녀"와 육체관계를 맺고 있었다는 사실이다. 마거릿이 차가운 현실을 제대로 이해하기까지는 어느 정도 시간이 걸렸다. 제임스는 사실 마거릿과 함께 인생의 시를 써나가는 일보다 자신이 쓴 여행기를 마거릿의 신문에 싣는 데 더 관심이 있었다. 우선 마거릿은 해명을 요구했다. 제임스는 마거릿이 사회 정의에 관심이 있다는 점을 이용하여 무일푼의 이민자를 보호하고 있을 뿐이라고 둘러댔다. 사랑에 빠진 이의 자발적인 무분별함 탓에 마거릿은 그의 말을 믿었고 그와의 관계를 지속하기로 했다. "우리는 하늘에 구름이 없는 것처럼 행동할 것입니다." 자신의 연인 비스무레한 사람에게 다른 연인이 있다는 추문이 자신의 대중적 이미지에 어떤 영향을 미칠지 생각하면서 마거릿의 머릿속은 고집스럽고 그릇된 고결함으로 가득 차올랐다.

자, 이제 … 마음을 정했습니다. 더는 두렵지도 않고 신경 쓰이지도 않습니다. 나 자신도 내가 쓰는 글 때문에 끊임없이 오해를 받아왔습니다. 비난으로 나는 상처받지 않습니다. 아무것도 잘못한 게 없기 때문입니다. 이미 현실의 무거운 짐이 내 평판 위에 얹혀 있기 때문에 가라앉지도 않습니다. 누가 진짜 돌을 가져와 나한테 매달기 전에는 말이에요.

마거릿은 어쩌면 "영국 처녀"와 경쟁해야 한다는 데 겁을 먹었을지도 모른다. 혹은 네이선을 상대로 태어나 처음으로 육체적인 욕망을 느꼈을지도 모른다. 이유야 어떻든 마거릿은 전에는 근처에 가는 것조차 허용하지 않던 성애적 관계로 한 걸음 다가가는 것을 허용했다. 하지만 마거릿은 선을 넘을 준비가 전혀 되어 있지 않았다. 제임스는 완전히 무감하지는 않더라도 둔했던 것이 틀림없다. 호기심과 승낙은 겉으로 보기에는 미묘하게 달라 알아채기 어렵지만 실로 엄청나게 큰 차이가 있다. 어느 늦은 봄날 제임스는 마거릿을 구석으로 몰아넣고 강압적으로 자신의 몸으로 마거릿을 압박했다. 충격을 받은 마거릿은 제임스를 뿌리쳤다. "안 돼요." 이튿날 아침 마거릿은 제임스에게 "모든 상냥한 감정을 그토록 모욕한 것이 무엇이었는지" 편지를 썼다.

어제는 어쩌면 내 인생에서 가장 슬픈 날이었을지도 몰라요. … 나는 당신이 그런 생각을 하고 있다는 사실을 인정할 수 없어요. 내가 당신을 그토록 믿게 만들어놓고는 말이에요. 당신이 어쩔 수 없었다는 건 알고 있지만, 왜 운명은 나를 당신 가까이 끌어들였을까요?

마거릿은 그날 뉴욕 거리를 정처 없이 걸었다. 타협할 수 없는 몸과 정신의 욕망으로 마음이 갈가리 찢기는 기분이었다. 그와 열정적인 관계가 되기를 열망하면서도 그렇게 된다면 자신이 중심에 두었던 정신과 영혼의 주체성이 마모되고 말 것이라는 예감에 괴로워했다. 마거릿은 스톡홀름증후군의 비통한 심리에 빠짐으로써 이 상황에 대처했다. "당신이 어쩔 수 없었다는 걸 알아요." 마거릿은 제임스의 행동을 정당화하면서 비난의 화살을 자신에게 돌렸다. "그렇다면 실제로 이 모든 불행을 유발한 것은 바로 나 자신이겠네요." 어쩌면 마거릿은 밀턴의 《실낙원》을 떠올리고 있었을지도 모른다.

정신은 그 자신만의 장소이니, 그 안에서는

천국이 지옥이 될 수도 있고, 지옥이 천국이 될 수도 있다

아무리 관계를 미화하려 한들 애정의 불균형을 보상할 수는 없다. 한쪽으로 기울어진 연애 관계가 시작된 지 다섯 달 만에 제임스 네이선은 배를 타고 유럽으로 떠났다. "영국 처녀"도 함께였다. 마거릿의 애원이 담긴 편지들은 반송되지도 않고 그의 뒤에 남겨져 비명을 질렀다. "더는 나를 소중히 여기지 않는군요. 오, 이스라엘이여!" 마거릿은 제임스가 떠나고 거의 1년 가까이 크게 울부짖었다. "지난 나흘 당신을 향한 욕망으로 고통스러울 지경입니다." 사랑하는 이에게 버림받은 혼란 속에서 의미를 찾으려 애를 쓰면서 마거릿은 슬퍼했다.

너무 많은 일이 일어났고 너무 많은 장애물이 우리를 가로막습니다. 아, 편지로는 제대로 전할 수 없는, 해야 할 말이 너무도 많아요. … 당신의 마음에 무슨 일이 있었고, 일어나고 있는지 나는 몰라요. 이 얼마나 잔인한가요! 그토록 가까웠던 관계에 이런 무지와 어둠이 따라오다니! 마치 따스한 아침에 갑자기 차가운 일식이 드리운 것만 같아요.

1846년 6월 마거릿이 유럽으로 떠나기 두 달 전, 드디어 제임스가 편지를 보내왔다. 자신의 여행기가 실린 〈뉴욕트리뷴〉을 구해줄 수 있는지 부탁하는 편지였다. 마거릿이 한창 열정에 들떴을 무렵 그를 위해 신문의 지면에 자리를 마련해주었기 때문이다. 마거릿은 답장에서 그해 가을 런던에서 그를 만나거나 소식이라도 들을 수 있기를 바란다는 뜻을 두 차례나 강조해서 적었다.

마치 전생처럼 느껴질 만큼 오래전에 나는 대륙을 가로질러 한 도시에서 시간을 보낸 적이 있다. 그곳은 불과 얼마 전 나에게 난생처음 마음의 상처를 안겨준 연인의 고향으로, 아직 내 도시가 되지 못한 곳이었다. 나는 800만 명의 사람들이 거주하는 소용돌이치는 벌집 같은 도시에서 딱히 어디를 간다는 생각도 없이 하릴없이 지하철을 타기도 하며 빈둥거렸다. 이성과 가능성을 무시하고 그녀와 마주치기를 바라고 있던 것이다. 나는 마거릿 풀러가 탄 증기선이 대양을 가로지르는 동안 그녀가 마치 그때의 나처럼 머나먼 도시의 군중 속에서 제임스 네이선과 마주치길 바라는 비이성적인 소망을 품는 모습을 상상한다. 개연성이란 결국 애정이라는 모호한 수단을 기꺼이 따르려는 이들을 위한 것은 아니다.

훗날 풀러는 가장 통찰력 넘치고 회고적인 자기 성찰을 보여주는 글에서 자신이 평생 마음 붙일 데가 없었다는 이야기를 한다.

아주 어렸을 때부터 나는 보통의 여자 같은 운명으로 태어나지 않았다는 것을 느꼈다. 나라는 인간을 감당할 사람은 절대 나타나지 않을 것을 알고 있었다. 내가 항상 기댈 수 있는 상대, 내가 항상 무언가를 배울 수 있는 상대는 어디에도 없을 것도 알고 있었다. 나는 이 땅 위의 순례자이자 잠시 머무는 사람일 뿐이었다. 들판의 새와 여우가 나보다 더 머리를 기댈 곳에 확신이 있을 터였다. … [나 같은] 이런 존재는 오직 마음 안에서 집을 찾을 수 있을 뿐이다.

이런 생각이 들 때면 … 어느 때는 슬퍼했고 어느 때는 자부심을 느꼈다. 나는 인생을 완전히 겪어보지 못하게 될 것이 슬펐다. 내 존재의 완전함을 절대 알지 못하게 될 것이 슬펐다. 하지만 가장 엄격한 방법으로 나를 시험하게 된다는 것이 자랑스러웠다. 내가 언제나 나 자신에게 돌아온다는 것이, 나 자신의 사제, 제자, 부모, 자식, 남편, 아내가 되어준다는 것이 자랑스러웠다. 수많은 이들에게 나는 자매가 되어주었고, 더 많은 이들에게 형제가 되어주었으며, 아, 정말 많은 사람에게 보모가 되어주었다! 수많은 영혼이 결혼할 때 나는 그 옆에서 신부와 시간을 함께 보내주고, 결혼 연회에서 포도주를 따르기 전에 항상 작별을 고했다. 그리고 연못 한가운데 피어난 백합이 별을 올려다보는 것처럼 내 시적인 시간에는 항상 내가 사랑하는 이가 있다. 벌들이 꽃을 방문하는 것처럼 내가 공감받고 싶을 때 찾아가는 또 다른 이도 있다. 하지만 … 모든 것이 좋다. 모든 것의 힘을 빌려 나는 우주가 쓰는 위대한 시의 의미를 해독할 수 있었다.

유럽으로 떠나기 12일 전 마거릿은 캐럴라인 스터지스에게 편지를 쓰면서 아마도 다시는 만나지 못하게 될 것을 염려했다.

마음에 엄청난 괴로움을 품고 가. 하지만 전혀 새로운 일도 아니지. 여기 머물러 있으면서 회피하길 바랄 수 있는 일도 아니고. … 사랑하는 캐리, 이것이 작별 인사라면(그러지 않길 바라지만) 내가 그 어느 때보다도 널 사랑하는 너의 것이라는 걸 알아주길.

모든 것이 영원할 것이라는 우리의 환상을 가장 크게 배신하는 것은, 상실의 가장 날카로운 비수를 꽂아 넣는 것은 마지막 순간을 돌이켜 생각하는 일이다. 다시 만나지 못할 것을 알고 있는 상대와 마지막으로 마주 앉았던 순간, 마지막으로 맞잡은 손의 감촉, 두 사람만 아는 언어로 속삭이다 아무 걱정 없이 함께 터트렸던 웃음. 그 순간에는 절대 알지 못했던, 결코 돌이킬 수 없는 마지막 순간들. 훗날 돌이켜 생각하면 마음이 무너질 듯한 충격을 받게 될 마지막 순간들이다. 상실의 월계관을 쓴 시인인 에밀리 디킨슨은 이 점을 아주 잘 알고 있었다.

우리는 우리가 가는지 알지 못하지- 우리가 갈 때 말이야
우리는 농담을 던지고 문을 닫지-
우리 뒤를 따라 들어온 운명이 빗장을 걸어
우리는 더 이상 말을 걸 수가 없어

마거릿과 캐럴라인은 다시는 서로 만나지 못했다.

열흘하고도 열여섯 시간 동안 "거대한 날개가 달린 괴물이 가늠하기 어려울 만큼 광활한 공간을 달려 나가는 것처럼 느껴지는" 배를 탄 끝에 풀러는 리버풀에 도착했다. 당시 대서양을 횡단하는 항로 중에서 가장 빠른 길

이었다. 풀러는 리버풀에 싼 학비로 노동자 계급의 남자는 물론 여자까지 가르치는 교육 체계가 자리 잡고 있다는 사실을 알고는 기뻐했다. 여기서는 영어를 비롯해 프랑스어, 독일어, 수학, 건축학, 미술에 이르기까지 포괄적인 교육이 이루어지고 있었다. 풀러는 이 교육 체계의 창안자가 자신의 교육 철학을 표현하면서 〈다이얼〉을 인용했다는 사실을 알고 더 기뻐했다.

9월 말 풀러는 런던에 도착했다. 런던에서는 풀러의 문학과 예술에 대한 논평집이 갓 출판되어 열렬한 갈채를 받고 있었다. 에머슨은 고질적인 여성혐오증으로 유명한 칼라일에게 소개장을 써주었다. 칼라일은 풀러를 "경쾌한 억양으로 말하는 별나고 바짝 마른 노처녀"라고 평했다. 그다음 "예상만큼 지루한 사람은 아니다"라는 말을 덧붙였다. 메리 서머빌을 독창적이지 않다고 물리친 가부장제의 월계관을 쓴 철학자의 입에서 나온 말 치고는 대단한 칭찬이었다. 풀러의 입장에서는 상반되는 감정의 평행선을 따라 의견이 두 갈래로 갈라졌다. 풀러는 "칼라일의 스코틀랜드인다운 특징과 마치 서명을 한 것처럼 독특한, 위대하고 풍부한 문장으로 말하는 방식"에 전적으로 마음이 끌렸다. "각 문장이 마치 이야기 시의 한 연처럼 들린다." 그러나 한편으로 칼라일이 가부장적 사고방식의 가장 나쁜 증상에 시달린다는 사실도 깨달았다. 칼라일은 자신이 말하는 소리와 자신의 머릿속에서 떠오르는 생각에 풀러보다 더 흠뻑 빠져 있었다.

칼라일의 말을 들을 때 가장 나쁜 점은 그의 말에 끼어들 수가 없다는 것이다. … 일단 그의 손에 잡히기만 하면 그의 말을 들어야 하는 완벽한 죄수가 된다. 그의 말을 가로막는 일은 물리적으로 불가능하다. 잠깐 반박할 기회를 잡기라도 하면 그는 목소리를 높이며 압박을 가한다.

풀러가 "그는 대화하지 않고 오직 열변을 토할 뿐이다"라고 묘사한 칼라일의 "압도적"이고 "고약한" 장황한 열변에서, 풀러는 한 개인이 구현하는 큰 문화적 현상을 보았다. 오만함을 미덕으로 여기는 문화는 그로부터 한 세기 반이 지나는 동안 정도가 더욱 심해졌을 뿐이다. 우리가 어떤 사람의 오만함과 자기주장의 정도를 그들이 지닌 가치의 척도로 오해하는 일이 점점 많아졌기 때문이다.

주목을 받는 인물에게서 흔히 보이는 불행이다. 절대 바꿀 수 없다든가 꼭 그렇게 되는 것은 아니라는 점이 다행이다. 주위의 어떤 지성에게도 숨을 쉴 틈이나 주도적으로 자신을 드러낼 기회를 허용하지 않는다. 그 결과 기분 전환을 하거나 가르침을 얻을 기회를 놓친다. 아무리 위대한 인물일지라도 가장 하찮은 이의 경험에서 지속적으로 배워야 한다. 칼라일은 누구에게도 기회를 주지 않으며 모든 반대의 목소리를 억누른다. 수없이 많은 총검처럼 날카로워 저항할 수 없는 재치와 말솜씨로 공격할 뿐 아니라 물리적으로 우위를 차지한다. 목소리를 높이며 자신의 적수에게 맹렬한 소리로 공격을 퍼붓는다. 다른 사람의 자유를 허용하고 싶지 않아 그러는 것은 절대 아니다. 오히려 자신의 주장에 상대가 남자답게 저항하는 것을 그보다 즐기는 이는 없다. 그저 충동에 따르도록 길들여진 정신의 습관 때문이다. 먹이를 발견한 매처럼 공격을 어떻게 멈추어야 하는지 알지 못한다.

모든 것을 칭송하는 마음을 품고 이를 기자 정신의 문학적 원동력으로 삼은 풀러는 칼라일의 성격에 대한 개인적인 반감을 이유로 창작자로서 그를 부당하게 평가하지는 않았다. 비극적인 결점이 없는 천재는 극히 드물고, 그 비극과 위업은 종종 같은 원천에서 나오기 마련이다. 〈뉴욕트리뷴〉

칼럼에서 풀러는 관대한 마음으로 칼라일에 대해 이렇게 썼다.

그는 실제로 오만하고 고압적인 인물이지만 그 오만함에는 편협함이나 이기심의 흔적이 전혀 없다. 그의 오만함은 타고난 것으로, 그에게 용을 무찌를 힘을 준 것은 바로 길들일 수 없는 이 원기였다.

인간 심리의 단순한 되먹임 구조 탓에 우리가 누구에게 얼마나 호감을 느끼는지는 상대가 나에게 얼마나 호감을 느낀다고 생각하는지에 크게 달라진다. 너그러운 해석이 너그러운 해석을 불러일으켜 칼라일은 새로 출간된 《19세기 여성》을 읽고 에머슨에게 편지를 썼다.

마거릿은 뛰어난 영혼이오. … 진정 담대한 정신을 지니고 있소. 또한 이 세대에서 글을 쓰는 여자 중에서도 가장 독특하기도 하지. 글을 쓰는 남자 중에서도 분명, 아주 보기 드문 존재요. 가끔 아주 시야가 좁아질 때가 있기는 하지만 진정으로 비상한 인물이오. 마거릿에게 경의를 표하며 떠나는 길에 행운을 빌겠소.

풀러는 유럽을 통틀어 가장 알고 지내고 싶었던 사람을 만나러 영국을 떠나 프랑스로 향했다. 바로 조르주 상드이다. 《19세기 여성》에서 풀러는 상드를 "그 존재만으로 그녀가 쓴 어떤 글보다 여성의 권리를 새롭게 해석할 필요성을 한층 잘 증명한" 인물이라고 제시했다. 당시 상드는 여성의 자유와 "존재의 충만함"에 대한 거리낌 없는 옹호, 남자 옷을 입고 커다란 여송연을 피우는 습관, 관습을 무시한 채 남녀를 가리지 않는 열정적인 연애로 엄청난 논쟁을 불러일으켰다. 상드의 연애 상대 중 가장 유명한 인물은 작곡가 프레데리크 쇼팽 Frédéric Chopin 이었다. (풀러는 "바흐가 가장 경이로운 별들을 발견한 천문학자라면 베토벤은 그 우주에 도전하는 인물이다"라고 평한 쇼팽의 의견을 높이 평가했다.) 뉴욕을 떠나기 전에 쓴 〈뉴욕트리뷴〉의 칼럼에서 풀러는 상드의 글을 칭찬했다. "상드의 글은 현재의 결혼 제도와 결혼에서 비롯되는 사회적 속박을 맹렬하면서도 체계적으로 공격한다." 그리고 상드의 작품이 개인적인 기질에서 비롯되었다는 점에도 감탄을 표했다. 상드는 삶에서 "결혼의 속박을 끊어냈을 뿐 아니라 사회와 교회의 구속에서 독립하여 다른 형태의 관계를 만들어냈다."

공식적인 소개장을 확보하려는 노력이 모두 실패로 돌아간 끝에 풀러는 용기를 내 파리에 있는 상드의 집으로 직접 찾아갔다. 엘리자베스 배럿 브라우닝의 문 앞까지 갔다 그냥 돌아온 마리아 미첼과는 다르게 풀러는 용기를 내 초인종을 눌렀다. 잠시 혼란스러운 상황이 벌어졌다. 상드는 처음에는 하인이 되풀이하며 말한 풀러의 이름을 알아듣지 못해 낯선 방문객을 그냥 돌려보낼 참이었다. 그 순간 상드는 그 이름이 자신도 얼마 전부터 만나고 싶어 했던 미국 작가의 이름이라는 사실을 깨닫고 현관으로 달려가 방문객을 반갑게 맞았다. 문가에 나타난 상드의 모습은 마치 정신의 은판 사진으로 찍은 것처럼 풀러의 기억에 잊지 못할 순간으로 남았다. 풀러는 상드의 얼굴이 초상화와는 사뭇 다르다는 사실을 알아차렸다. 훨씬 아름다웠고 "특히 이마의 윗부분과 눈이 아름다웠다. 아랫부분은 강하고 남자 같은 인상으로 강인한 기질과 강렬한 열정을 보여주고 있었지만 거친 데라고는 전혀 없었다." 이런 세부적인 외모는 이내 상드의 한층 더 인상적인 "선량함과 고결함, 전체에 충만한 힘, 눈에서 빛나는 인간적인 마음과 천성"에 가려졌다. 풀러는 한 친구에게 보내는 편지에 이렇게 썼다.

이런 여자를 만날 수 있다니 정말 행복했어. 인품이 크고 넓은 데다 그 안에 있는 모든 성품들이 정말로 다 훌륭해. 그녀를 사랑하게 되었고 앞으로도 계속 사랑할 거야.

풀러는 상드 안에서, 대담한 이상주의와 관습에 대한 저항 아래 깔린 기본적인 박애심에서, 여러 사람에게 애정을 쏟는 모습에서, 자신이 되고 싶었던 모습을 발견했다. 자신도 모르게 자신을 변호하는 말처럼 들리기도 하는 문단에서 풀러는 덧붙인다.

누구도 상드를 변호할 필요는 없어, 오로지 이해할 필요가 있을 뿐이지. 상드는 천성에 따라 대담하게 행동했을 뿐 항상 선의를 품고 있었어. 만약 동시대에 모든 부분에서 그녀의 흥미를 끌고 그녀를 지배할 수 있는 남자를 찾았다면 상드는 그 사람을 영원히 사랑했을 거야. 하지만 그런 사람이 존재할 가능성은 거의 없지. 그렇기 때문에 상드는 자연스럽게 애정의 대상을 자주 바꿀 수밖에 없었던 거야. 나는 상드의 너른 마음이 모든 종류의 포도 짜는 기구에서 풍부한 맛의 포도주를 몇 방울씩 짜낼 수 있었다고 확신해.

풀러는 조르주 상드에 대해 마리아 미첼이 메리 서머빌에 대해 느낀 것과 같은 감정을 품은 채 그녀의 곁을 떠난다. 어떤 여자보다 더 사랑하고 존경하는 마음, 마치 같은 태양으로 묶인 자매 행성처럼 여기는 마음이다.

하지만 파리에서 풀러가 만난 가장 중요한 인물은 바로 혁명적인 시인 아담 미츠키에비치Adam Mickiewicz였다. 폴란드의 위대한 시인인 미츠키에비치는 프랑스로 추방된 후 문학의 새 시대를 여는 예언자로서 폴란드 동포에게 추앙받고 있었다. 풀러보다 열한 살이 많은 미츠키에비치는 풀러가 뉴잉글랜드에 괴테를 소개한 것과 비슷한 열정으로 에머슨의 글을 파리에 소개했다. 그는 교회의 권위에 도전하라고 가르친 탓에 파리의 대학교에서 막 해고당한 참이었다. 처음 만난 순간부터 풀러는 "깊은 곳에 자리한 정신적 유대감"과 지성을 뛰어넘는 활력을 느꼈다. 그 활력은 풀러가 에머슨에게 결핍되었다고 비난했던 것이었다. 미츠키에비치에게서 풀러는 "건강하고 충만한 인간을 구성하기에 딱 맞는 지성과 열정의 비율"을 찾아냈다. 한편 미츠키에비치는 여성 해방을 힘껏 지지하여 풀러에게 깊은 인상을 남겼다. 《19세기 여성》을 읽은 시인은 자신을 따르는 젊은 신봉자들의 모임에 풀러를 초대했고, 그들 앞에서 여성 해방 시대가 도래했다고 선언하면서 마거릿 풀러를 이 시대를 이끄는 선도적이며 행동하는 예언가라고 소개했다. 훗날 미츠키에비치는 풀러를 "오늘날 세계에서 가장 결정적인 것을 접하고 앞으로 다가올 세대를 미리 이해할 수 있던 유일한 인물"이라고 평한다.

그중에서도 풀러의 마음을 가장 사로잡은 것은 미츠키에비치가 풀러에게 이야기하는 방식이었다. 시인은 동류의 지성을 존중하는 한편 솔직함의 화신 같은 태도로 예의범절의 책략 같은 것은 전혀 쓰지 않으며 이야기했다. 미츠키에비치는 풀러에게 윤리적 올바름을 핑계 삼아 방치했던 자신의 삶의 부분들과 직면해야 한다고 충고했다. 미츠키에비치가 말하려 했던 것은 바로 마거릿이 《19세기 여성》에서 "가까운 관계의 압박에서 벗어나" 삶을 초월한 "성인과 천재"의 선택으로서 찬양했던, 육체를 배제한 "외로운 지위"였다. 의미심장했던 첫 만남 후 시인은 풀러에게 편지를 썼다.

당신은 알 권리를 획득했고 처녀성에 대한 권리와 의무, 희망과 요구를 지니고 있어요. 당신에게, 당신을 해방하고 당신네 성별을 해방하는 첫걸음은 … 처녀로 남아 있는 것이 허용되는지를 아는 것입니다.

이 미츠키에비치의 의견과 한 세기 후 알베르 카뮈Albert Camus가 문학사에서 가장 날카롭고 난해한 첫 단락(《시시포스 신화》의 첫 단락이다—옮긴이)에서 제시하는 질문 사이에는 흥미로운 논리적 평행선이 존재한다.

오직 한 가지, 진정으로 심각한 철학적 문제가 있다. 바로 자살이다. 삶이 살아갈 가치가 있는가, 그렇지 않은가를 판단하는 것은 가장 근본적인 철학적 질문에 답하는 일이다. 부차적인 문제들, 세계가 3차원으로 이루어져 있는가, 그렇지 않은가, 우리 정신은 아홉 가지 범주로 구분되는가, 열두 가지 범주로 구분되는가 같은 문제들은 전부 나중에 생각해도 좋을 문제이다.

미츠키에비치는 육체에서 분리된 삶은 아예 삶이라 할 수 없다고 제안하는 듯 보인다. 풀러는 이 육화한 삶에 살아갈 가치가 있는지를 결정해야만 한다.

존경하는 마음에 매혹되는 마음이 더해지며 풀러는 습관처럼 얼마 동안은 이 열정 넘치는 지성과 사랑에 빠진 기분에 젖어 있었다. 이 시인이 깨어나기 시작한 풀러의 관능적 사랑의 상대가 될지는 아직 두고 봐야 할 일이지만, 그가 촉매제 역할을 한 것만은 분명했다. 함께 여행한 친구 리베카 스프링에게 보내는 스물네 쪽에 이르는 편지에서 풀러는 그 희미한 여명을 이야기했다.

내가 [미츠키에비치를] 사랑하는지 물었지. 대답할게. 그는 마치 음악이나 멋진 풍광처럼 나한테 영향을 미쳐. 그가 내 안에서 아름다움을 발견하는 순간 내 가슴은 기쁨으로 두근거려. … 하지만 내일 더 잘 사랑하게 될지 그건 잘 모르겠어. 베토벤의 음악을 사랑한 것처럼 아직 사람을 사랑해본 적이 없어. 그런데 지금은 베토벤 음악에도 무관심하게 되었는걸. 미켈란젤로Michelangelo 말고는 아무것도 생각하지 않을 정도로 그에게 열중한 시기도 있었지만 지난번에는 그의 살아 있는 손이 시스티나 천장에 남겨놓은 흔적을 올려다볼 마음도 들지 않았어. 하지만 이 두 거장을 사랑할 때 나는 나 자신을 완전히 그 안에 던져 넣으며 사랑했고 계산 같은 건 하지 않았어. 현실에서도 내가 충분히 사랑한다면 아마 그렇게 되겠지.

풀러는 곧 파리를 떠나 로마로 향했다. "로마를 보지 못한 이들은 인생을 살았다 할 수 없어요." 자신의 마지막 거처가 될 도시에서 풀러는 훗날 에머슨에게 편지를 쓴다. 몇 달 동안 미츠키에비치와 열렬하게 편지를 주고받은 끝에 풀러는 그를 애정의 상대가 아니라 새로운 자신으로 안내해줄 스승이자 절친한 친구로 여기게 된다. 여기에서 새로운 자신이란 "좀더 잘 사랑하는 법"을 배워 상대에 그 사랑을 줄 수 있는 사람이다.

여기에 변모에 대한 역설이 있다. 우리의 상상력은 세계가 돌아가는 방법에 대한 기존의 지식에 구속되어 있기 때문에 가장 위대한 변모가 어떻게 다가올지 우리는 전혀 예측할 수 없다. 친숙한 것들과 완전히 동떨어진 사건과 만날 때, 현실의 지도가 변화하고 우리는 완전히 새로운 존재가 되도록 떠밀린다. 고대 그리스인들은 기적 같은 발명품들이 쏟아진 끝에 지금 내가 비행기에서 무선 인터넷에 접속된 디지털 태블릿으로 플라톤을 읽을 수 있으리라고는 절대 상상하지 못했을 것이다. 이 역설은 문명과 마찬가지로 개인의 상상력에도 적용된다.

평생 마거릿 풀러는 오랜 친구가 써준 공식적인 소개장을 통해, 혹은 지인들의 비공식적인 인맥을 통해 자신에게 중요한 의미를 지닐 인물들과 만나왔다. 지성적으로 존경하는 인물들, 협력자, 대변자, 마음을 준 상대를 모두 그렇게 만났다. 우리의 선택은 우리의 환경을 조성하고, 환경은 다시 우리가 선택하게 될 기반을 다진다. 풀러가 이상적인 짝으로 원했던 상대는 풀러 자신이 알고 지낸 다양한 인물 안에서 풀러가 가장 소중히 여겼던 특징을 조합하여 만들어낸 것이었다. 에머슨의 독립적인 사고방식, 애나 바커의 자기애, 샘 워드의 세속적인 마음과 지적인 호기심, 미츠키에비치의 열정적인 솔직함 같은 특징이다. 누구도 풀러가 갈망하는 속성을 모두 갖출 수는 없었다. 한편 풀러는 이 친숙하지만 불완전한 속성들과 전혀 다른 것에 자신이 만족할 수 있다고는 상상하지 못했다. 정도는 다를 수 있겠지만 종류 자체가 달라질 수는 없었다.

　우리는 이미 가지고 있는 관계의 육분의로 사회라는 우주의 미개척지를 탐험한다. 우리가 새로 만나는 사람은 우리가 이미 알고 지내던 사람들과 크게 다르지 않다. 하지만 이따금 순수한 우연이 우리 삶에 끼어들어 우리가 어떤 통제 구조를 만들어놓든, 우리가 얼마나 선택이라는 환상을 사실로 착각하든, 무작위성이야말로 이 우주를 지배하는 군주라는 사실을 일깨운다.

마거릿 풀러

그녘 사랑은 노부시계 빛났다

11

1847년 4월 1일 성목요일 저녁이었다. 마리아 미첼의 혜성이 지구를 향해 돌진하고 있을 무렵 마거릿 풀러는 우연의 손에 이끌려 인생의 남은 날을 함께 보낼 남자를 만나게 된다. 이 남자는 풀러의 인연의 우주에 있는 누구와도 직접적으로 연결되지 않는 사람으로 풀러가 자신이 원한다고 생각한 누구와도 비슷하지 않았다. 에밀리 디킨슨은 "마음에는 문이 여러 개 있지"라고 노래할 것이다. 하지만 우리는 마음의 문 대부분을 편견으로 걸어 잠근다.

풀러가 죽기 직전까지 둘의 관계를 비밀로 감추었기 때문에 두 사람이 처음 만난 사정은 자기 보호라는 옅은 안개로 뒤덮여 있다. 여기에서는 풀러가 몇 안 되는 아주 가까운 친구에게조차 조심스럽게 일부분만 털어놓은 이야기를 주워 모아 가장 가능성이 높은 사실들을 소개한다.

마거릿은 성베드로대성당에서 길을 잃었다. 아마도 수천이 넘는 인파 중 성주간의 예배보다 시스티나 예배당의 천장에 그려진 미켈란젤로의 작품에 더 정신이 팔린 유일한 사람이었을 것이다. 예배자의 흐름에 휩쓸려 방향 감각을 잃은 마거릿은 함께 온 미국인 친구들을 찾아 헤매고 있었다. 둥근 천장으로 덮인 예배당 반대편에서 키가 크고 호리호리한 체격의 한 젊은 이탈리아 남자가 당황한 기색이 역력한 외국인을 보고 도와주겠다고 나섰다.

유일하게 남아 있는 한 장의 은판 사진에서 지오반니 안젤로 오솔리Giovanni Angelo Ossoli는 당당한 그리스풍 코 위에 차분하고 어두운 깊은 눈으로 우리를 빤히 응시한다. 섬세한 이목구비에서 풍기는 여성스러움은 잘 손질된 코밑수염으로 상쇄된다. 서로 마주한 두툼한 일자 눈썹은 경계심으로 살짝 치켜올려 있다. 선의로 가득한 조용하고 침착한 태도 어딘가에 애수의 분위기가 더해진 모습이 풀러의 마음을 움직인 것이 틀림없었다.

풀러는 사람으로 혼잡한 성당 안에서 그의 팔을 잡았다. 두 사람은 함께 풀러의 친구들을 찾았지만 결국 찾지 못했다. 찾기를 포기했을 무렵 저녁은 밤으로 접어들고 있었다. 마거릿은 처음 만난 날부터 마지막 날까지 그를 오솔리라고 불렀는데, 오솔리는 자신의 집이 반대 방향임에도 마거릿을 집까지 바래다주겠다고 제안했다. 오솔리는 영어를 할 줄 몰랐고 마거릿도 아주 기본적인 이탈리아어밖에 할 줄 몰랐기 때문에 그 45분의 산책에 생명을 불어넣은 것이 무엇이든 그것은 왈도와 산책할 때처럼 지적이고 재치 있는 대화는 아니었고 캐럴라인과 여행할 때처럼 감정의 토로도 아니었을 것이다. 풀러보다 열한 살 어리고 여섯 살 때부터 어머니 없이 자란 오솔리는 풀러의 문학적 명성을 전혀 알지 못했고, 풀러의 글을 한 자도 읽을 수 없었기에 풀러를 그 작품으로 존경할 수도 없었다. 하지만 무언가가 오솔리를 마거릿에게, 마거릿을 오솔리에게 끌어당겼다. 베토벤의 소나타가 주는 감동처럼 무언가 대뇌의 작용과는 관계가 없으며 말로는 표현할 수 없는 어떤 힘이었다.

성베드로대성당에서 오솔리와 처음 만나고 아흐레 후 리베카와 마커스 스프링에게 보내는 편지에서 마거릿은 자신의 연애사를 가장 간결하고 분석적으로 정리했다.

나는 한 번도 연애 상대로서 사랑을 구하지 않았어. 사랑은 항상 좋은 소식을 가져오는 천사처럼 내게 와주었어. 나는 그 천사를 고상하게 맞을 수 있기를 바랐지만 절대 그를 붙잡아 두고 싶지는 않았어. 영혼을 잡아두길 그만둔 인연에 나약한 마음으로 매달리고 싶지 않았어. 나는 항상 그런 식으로 행동해야 한다고 믿어. 실연의 상실감과 공허함에 괴로워한다 해도 말이야. … 내가 하나됨의 의미에서 사랑을 했는지는 모르겠지만 존재의 기쁨, 부재의 고통, 희망의 달콤함, 실망의 차가움을 느낄 수 있을 만큼은 사랑을 했어. 내 심장이 피를 흘린 것은 한 번이 아니었고 이런 경험을 하면서 건강을 해쳤지만, 정신적인 측면에서 나는 항상 내가 무언가를 얻었고 젊어졌으며 한층 당당해졌다고 생각해.

불행한 집착이 중독적으로 반복되는 이유는 실망감 자체가 마약 같은 효과를 낼 수 있기 때문이다. 재능을 가진 이들에게 지적인 면에서 흠뻑 빠져든 다음 서로 동등한 감정의 부재를 깨닫고 절망의 심연에 빠져드는 것이 그동안 풀러가 해온 하나의 일관된 감정 경험이었다. 이 익숙한 양식을 포기할 준비가 되지 않은 풀러는 다시 한번 "실연 후의 공허함"을 채우기 위해 열심이었다.

"어떤 식으로든 정신적인 우정은 맺지 않았어." 오솔리를 만나고 2주 후 풀러는 남동생에게 로마에서 보낸 시간을 보고하며 말했다. 오솔리는 풀러의 정형화된 연애 상대가 되기에 적합하지 않은 후보였다. 풀러는 이미 이 양식화된 관계에 다른 배우를 섭외해둔 상태였다. 풀러는 미츠키에비치의 소개로 미국의 젊은 화가인 토머스 힉스Thomas Hicks를 만났다. 풀러가《19

세기 여성)을 발표한 해에 미국을 떠나 유럽에 정착한 이 23세의 예술가에게서 36세의 풀러는 자신의 전형적인 환상을 투영할 준비된 영사막을 발견했다. 하지만 둘의 관계는 이전의 어떤 관계보다 더 빨리 시들어버렸고, 풀러는 얼마 지나지 않아 스스로 너무도 잘 알고 있는 "실망의 차가움"과 씨름하고 있었다. 4월 23일에 쓴 편지에서 힉스를 "사랑스러운 청춘"이라고 부르면서도 풀러는 그가 변덕을 부리며 자신에게 시간을 내어주지 않는다고 비난했다. "나는 항상 내가 보고 싶은 사람을 보기 위해 시간을 낼 수 있어. 다른 사람들도 모두 마찬가지라고 생각해." 버림받은 사람 특유의 반은 비난하고 반은 간청하는 방식으로 풀러는 힉스에게 함께 느꼈다고 생각한 영혼의 부딪힘을 알아달라고 탄원했다.

> 너는 내가 여기에서 만난 사람 중 눈에서 동류의 영혼을 발견한 유일한 사람이야. 나는 널 더 알고 싶고 널 사랑하고 싶어. 너도 나를 사랑하게 되었으면 좋겠어. 넌 네가 천성적으로 친절한 마음이 없다고 말했지만 사실이 아니야. 넌 누구보다 친절함의 음악을 듣고 동류의 정신에게 인정받는 것이 필요한 사람이야. 완전하고 자유로운 소통도 하지 않은 채 어떻게 내가 널 지나치게 둘 수 있지? 나는 이해가 안 돼. 네가 다른 강렬한 감정에 사로잡혀 있는 것이 아니라면 말이야. 얼마 안 있어 나는 여기를 떠나야 해. 네 삶을 조금 나누어주지도 않고 나를 떠나가게 하지 말아줘. … 나는 솔직한 애정으로 너와 이야기를 하고 싶었지만 그럴 수가 없었어. 뭔가가 방해하고 있어. 그게 뭘까? 답장 줘.

거의 2주 만에 답장을 보낸 힉스는 자신이 마거릿의 사랑을 받기에 어울리지 않는 사람이라고 선언했다. 힉스는 슬픔과 자기 연민으로 가득한 답장에서 이렇게 말했다.

나에 대해 전부 말하면 당신은 이 오두막에 불꽃이 남아 있지 않다는 걸 알게 되겠지요. 내 집에 들어오게 된다면 외롭고 야심 넘치는 남자의 난로에는 꺼져가는 불씨만이 남아 있다는 사실을 알게 될 겁니다. … 당신은 내 청춘을 이야기합니다. "인생"을 재는 것이 살아온 햇수입니까? 내 마음이 회색으로 세어버렸다는 걸 알지 못합니까?

이 젊은 예술가에게 크게 실망한 나머지 풀러는 예술 자체를 단념하기에 이르렀다. 풀러에게는 개인적 열정과 직업적 열정의 경계가 지성과 성애의 경계만큼 얇았기 때문이다. 고향에 있는 윌리엄 채닝 목사에게 편지로 낙담한 심경을 토로하던 풀러는 처음으로 문학과 예술에서 몸을 돌려 정치와 사회 개혁에 관심을 쏟겠다고 선언했다.

지금 나에게 예술은 중요하지 않아요. 정말 초월적으로 훌륭한 소수의 작품 말고는 좋다는 생각이 들지 않아요. … 나는 사람들의 상태, 그들의 관습, 그들이 무리를 이루는 모습에 관심이 갑니다. 미래가 다가오는 것이 보입니다. … 나는 다시 태어나야 해요.

관심의 대상을 예술에서 사회로 바꾸면서 풀러는 다시 젊은 오솔리에게 생각이 미치게 되었는지도 모른다. 오솔리는 지적이고 예술적인 교양은 부족하지만 오스트리아의 지배에서 독립하여 이탈리아를 통일시킨다는 대의에 투신하고 있었다. 풀러가 "우리 조국과는 깜짝 놀랄 만큼 다르다"라고 생각한 고귀한 이상이 담긴 대의였다. 두 사람은 함께 시간을 보내기 시작했다. 처음에는 풀러가 글을 쓰는 데 필요한 이탈리아 내부의 관점을 오솔리에게 듣는다는 이유에서였지만, 이내 풀러는 그와 함께하는 데서 무언가 새로운 것을 느끼기 시작했다. 오솔리는 풀러의 지성이나 업적 때문이 아니라 단지 풀러 자신만을 위해 그녀와 함께하는 시간을 소중히 여겼고 그녀 자체에 관심을 주었다. 오솔리는 풀러가 아주 오래전 하늘을 향해 던졌던 질문에 답을 가지고 있는 듯 보였다. "내가 이 마거릿 풀러처럼 보이는 것은 어찌 된 일일까? 여기에는 어떤 의미가 있을까?"

그 뒤로 일곱 주 동안 사랑이 피어나는 과정은 비밀이라는 장막을 덮고 있다. 하지만 두 가지 사실이 전해진다. 봄이 한창인 어느 날 오솔리가 마거릿에게 청혼했다는 사실과 마거릿이 그 청혼을 거절했다는 사실이다. 마거릿은 대중에게 발표하는 글에서 결혼을 "편의와 실용을 위한 계약"이라고 일축했고, 개인적인 편지에서는 결혼을 "타락한 사회 계약"이라고까지 비난했다. 결혼 자체를 꺼리는 마음과 나이 차이에서 느꼈을 어떤 가책을 제쳐둔다 하더라도 마거릿은 오솔리가 일깨운 감각이 무엇이든 그 느낌만으로는 두뇌에서 인지하는 불안을 떨쳐낼 수가 없었다. 천성적으로 다정한 성품에 확고한 도덕적 지침을 지닌 사람이지만 오솔리가 교육을 받지 않은 무학자라는 사실에서 비롯되는 불안이었다. 거의 2년 후 죽음을 맞기 바로 직전에야 풀러는 여동생에게 자신의 마음을 털어놓는다.

우리 만남은 운명적인 만남이었다고 해도 좋을 거야. 아주 금세 그는 삶을 함께하자며 손을 내밀었지만 나는 꿈에도 그 손을 맞잡을 생각이 없었어. 그를 사랑했고 그를 떠나기가 아주 괴로웠지만 말이야. 하지만 우리는 모든 면에서 맞지 않아 보였기 때문에 나는 한순간도 망설이지 않았어.

괴롭기는 하지만 망설임 없는 확신에 찬 풀러는 1847년 늦은 봄 로마를 떠나 북이탈리아로 향했다. 하지만 마거릿의 표현에 따르면 "무척이나 세심한 사람"은 자신의 존재를 그녀의 영혼에 깊이 각인시켰다. "다정하기 이를 데 없는 성품에 … 천성이 참으로 조화로운" 이 남자는 "이기심이라고는 찾아볼 수가 없고" 독선적이지도 않으며 자신에 대한 불안을 자기애로 감추지도 않았고 그저 "그 자신으로 존재하며 행복"했으며, "그 인품 안에 깃든 순수함과 단순한 힘"으로 삶을 버티고 있었다. 얼마 후 마거릿은 미국의 친구에게 편지를 쓴다.

오솔리와 함께 있는 것은 따스하고 상쾌한 숲으로 피신하는 것 같아. 보랏빛의 무언가가 내 삶으로 숨 쉬듯 스며들어 절대 사라지지 않으려 해.

괴테는 풀러가 태어난 해에 발표한 색과 감정에 대한 논문에서 보라색을 "활동적인 성품"과 "불안한 기분"에도 불구하고 "그 안에서 휴식을 찾을 수 있는" 색조라고 묘사했다.

두 사람이 우연히 만난 지 2년 만에 풀러는 둘을 이어주는 유대감의 중심에 자리한 감정을 처음으로 제대로 표현한다.

나는 오솔리를 가장 순수하고 부드럽게 사랑한다. 내 어머니와 어린아이들을 제외하면 오솔리처럼 나를 순수하게 사랑해준 이는 없었다. 어떤 이들에게 나는 나 자신을 알려야 할 의무를 지고 있었다. 어떤 이들은 삶을 재미있게 꾸미는 내 재능에 감탄하여 동경과 열정을 뒤섞어 나를 사랑했다. 하지만 오솔리는 단순한 마음의 이끌림으로 나를 사랑한다. 나와 함께 있는 일을 사랑하고 나를 돌봐주고 위로해주는 일을 사랑한다.

몇 년 전, 서른네 번째 생일을 앞두고 《19세기 여성》을 한창 집필하던 풀러는 자신의 일기에 절망적인 심정을 털어놓았다.

나는 지성으로 항상 극복해왔고 앞으로도 극복할 것이다. 하지만 그건 일의 절반도 아니다. 인생, 인생! 오 하느님, 삶은 달콤할 수 없단 말입니까?

오솔리의 다정함 속에서 풀러는 "인생, 인생!"의 초대장을 보았다. 몇 안 되는 이탈리아 친구에게 보낸 편지에서 풀러는 오솔리를 흔들리지 않는 자신감과 확고한 애정을 지닌 순수한 남자라고 묘사했다.

소위 지적 발달이라 할 만한 것은 전혀 없지만 순박한 천성과 순수하고 변치 않는 애정, 침착한 의무감을 지니고 있습니다. 재능과 열정을 지닌 인물에게서 큰 결점들을 많이 봐온 나에게는 오솔리의 이런 성품이 가장 가치 있어 보입니다.

풀러는 아무리 큰 재능이라 할지라도 다정함, 성실함, 흔들리지 않는 헌신의 결핍을 보상할 수 없으며 그 평계가 되어주지 못한다는 점을 이제 막 깨닫기 시작했다.

한편 강연을 하러 막 영국에 도착한 왈도는 마거릿의 심경 변화를 알지 못한 채 마거릿을 손짓하여 불렀다. "오, 사포여, 사포여, 내 친구여." 왈도는 이탈리아로 추방된 사랑의 월계관을 쓴 고대 그리스 시인에 빗대어 마거릿을 불렀다.

에머슨이 알지 못하는 것을 미츠키에비치는 알고 있었다. 이 폴란드 시인은 풀러에게 자기 존재의 모든 면을 포용하라고, 《19세기 여성》에서 열렬히 주장했던 권리와 자유를 바로 세우고 실현하라고 격려해주었다. 호의로 가득한 편지에서 시인은 열심히 설득했다.

당신은 남자답고 솔직한 문체로 여성의 해방을 호소하지 않았습니까? 당신이 쓴 대로 살아가고 행동하십시오. 내가 볼 때 당신은 그 모든 지식과 상상력, 그 모든 문학적 명성에도 불구하고 하인보다 못한 속박 속에 살아가고 있어요. 당신은 감정과 사상을 글로 표현할 수만 있으면 다른 것은 필요 없다고 스스로 설득했지요. 당신은 살아 있는 사람에게 자신의 계획과 욕망을 속삭이는 유령처럼 존재하고 있습니다. 스스로는 그 계획과 욕망을 실현할 수 없는 유령입니다. 여자로서의 삶에서 주장해야 할 권리가 있다는 사실을 잊지 마십시오. 에머슨이 잘 표현했어요. 사랑을 위해 모든 것을 주라고요. 하지만 이 사랑은 플로리안의 양치기나 남학생, 독일 숙녀 같은 사랑이어서는 안 됩니다. 당신한테 맞는 관계는 생물학적 요구에 응답하면서 항상 당신을 자유롭게 놓아두는 관계, 그를 통해 영혼이 발전하고 자유롭게 풀려나는 관계입니다.

미츠키에비치는 마리아 미첼이 혜성을 발견한 해에 출간된 에머슨의 첫 시집의 시구를 잘못 인용했다. 그가 인용하려 한 원래 구절은 "사랑에게 모든 걸 주어라"와 "사랑을 위해 모든 걸 버려라"이다. 미츠키에비치가 이 구절을 "사랑을 '위해' 모든 걸 주어라"라고 인용하며 저지른 사소한 실수로 이 구절에 함축된 뜻이 크게 달라졌다. 에머슨의 이 시는 루미Rumi의 영향을 받았을 가능성이 아주 크다. 페르시아의 시인이자 수피교 신비주의자인 루미는 여섯 세기 전 "진정한 인간이라면 사랑을 위해 모든 걸 걸어라"라고 썼다. 에머슨은 독일어 번역판을 통해 루미와 하피즈Hafiz의 작품을 접했고,

그중에는 위대한 페르시아 시인들의 작품을 유럽 낭만주의 문학에 소개한 괴테의 번역판도 있었다. 〈다이얼〉은 페르시아 시인들의 작품을 미국에 소개한 최초의 잡지였고, 에머슨은 페르시아 시에 대해 강연한 최초의 미국인이었다.

풀러는 자기 방어적인 태도로 답장을 쓰면서 미츠키에비치에게 그 편지가 "가혹하다"고 말했다. 하지만 미츠키에비치는 의견을 굽히지 않았다. 풀러가 완전한 인간으로 살아가길 바라는 마음에서 비롯된 충고였다.

> 당신의 육체 안에 자리 잡고 있는 내면의 삶을 잡으려고 노력하세요. … 당신은 여전히 셰익스피어, 실러, 바이런의 세계에서 정신적으로 살고 있습니다. 문학이 인생의 전부는 아닙니다.

풀러에게 이렇게 솔직하게 이야기해준 사람은 지금까지 아무도 없었다. 풀러 자신도 자신의 육체가 대뇌가 활동하는 만큼이나 살아갈 가치가 있다는 생각을 자신에게 허락한 적이 한 번도 없었다. 미츠키에비치가 제시한 질문은 풀러 자신의 의문으로 변해 크고 절박하게 메아리쳤다. 정신적 개념이 아니라 실재하는 현실인 사랑에 무엇이 필요한가에 대한 의문이었다. 완고한 이상이 어떻게 실제 삶의 달콤한 유동성을 속박할 수 있는지에 대한 의문이었다. "존재의 충만함"이 진정으로 의미하는 바가 무엇인지에 대한 의문이었다. 이런 의문이 솟아나면서 자아실현의 유일한 도구가 지적인 성취뿐이라는 풀러의 확신에 금이 가기 시작했다. 몇 년 동안 마거릿의 마음속에서는 이 불편한 의심들이 조금씩 싹을 틔워왔다. 어쩌면 정신의 삶을 육체의 삶에서 분리할 수 없을지도 모른다는 의심, 지적인 활동은 관능적 활동과 불가분의 관계일지도 모른다는 의심이었다. 그리고 지금 마음속의 의심들을 직접 들여다볼 기회가 찾아온 것이다. 마거릿은 어쩌면 오래전 샘 워드에게 받은 편지를 다시 읽어보았는지도 모른다. 마거릿은 그 편지를 읽고 마음이 흔들린 나머지 일기장에 그 편지를 옮겨두었다. 샘은 그 편지에서 오직 성적인 사랑의 완전함을 모르는 이들만이 육체적 사랑이 정신적 사랑보다 열등하다고 물리친다며 마거릿에게 충고했다. 샘은 애나 바커와 함께 마음의 열정뿐 아니라 몸의 열정까지 결합한 직후에 마거릿에게 편지를 보냈다.

나 또한 한때 플라토닉한 사랑의 가능성을 알았고 인정하고 있었습니다. 절대 선을 넘지 않는 사람들에게는 가능합니다. 그 앞에는 모든 높은 차원의 감정과 삶을 대하는 모든 고결한 견해가 존재합니다. 하지만 좀더 경험이 있는 이들에게는 그것은 미화되고 이상화된 것처럼 보입니다. XXXX라는 선을 "넘어본" 사람들에게는 좀더 차원이 높은 감정과 열정이 서로 나눌 수 없이 뒤얽힌 채 따라오기 마련입니다.

1847년 10월 마리아 미첼의 혜성이 지구의 하늘을 가로지를 무렵 마거릿 풀러는 로마에 있는 오솔리에게로 돌아왔다. "홍수처럼 쏟아지는 기쁨"에 몸을 맡기고 "약간은 어린아이 같은 수동적인 행복"에 백기를 든 것이다. 혁명적인 분위기가 감도는 가운데 둘은 "선을 넘었고" 연인이 되었다.

풀러는 둘의 관계가 변화한 것을 숨기기로 했다. 오솔리와의 관계가 알려지면 여성 해방의 투사로 대중에게 인식된 자신의 인상이 흐려지게 될 것을 걱정한 탓이었다. 하지만 관계를 숨겨야 했던 더 중요한 이유는 오솔리의 가족이었다. 오솔리의 가족은 몰락한 귀족의 후예로, 가톨릭 교단에 고용되어 있었다. 오솔리의 연로한 아버지를 비롯하여 세 명의 형 모두 교황 밑에서 일하고 있었다. 이미 막내아들의 급진적인 좌파 정치사상은 가족과 언제 터질지 모를 불화의 씨앗이었다. 직업이 없는 오솔리는 가족의 경제적 도움을 받고 있었고, 이 상황에서 신교도에 외국인인 데다 열세 살이나 나이가 많은 여자와 공개적으로 교제를 한다면 가족과 연이 끊어지게 될 터였다.

하지만 풀러는 두 사람의 결합에서 피어오르는 변화의 전류를 몇 명 되지 않는 가까운 친구에게 넌지시 알렸다. 캐럴라인 스터지스에게 보낸 편지에서 혁명의 최전방에 선 로마를 묘사한 글은 어쩌면 오솔리와의 결합을 뜻하는 이중적인 의미를 품고 있는 듯 보인다.

온 마음을 주면서 크게 들이마셔야 해. 정신과 육체 양쪽에 정말로 초월적인 일이거든.

크리스마스를 며칠 앞두고 마거릿은 임신했을지도 모른다는 사실을 깨닫고 충격을 받았다. 이미 38세에 가까웠고 만성적으로 허약했기 때문에 마거릿은 자신이 과연 출산 후에도 살아남을 수 있을지 걱정이었다. 미국에서는 낙태가 합법이었고 또 다른 임신을 감당할 수 없는 기혼 여성들이 선택하는 마지막 수단이 될 수 있었지만, 교황 치하의 로마에서 낙태는 사형에 처하는 중죄였다. 새해 첫날 남동생에게 보낸 소망의 말은 사실상 자기 자신에게 하는 말이었다. "과거의 상처를 치유하고 한층 큰 기쁨을 피워낼 씨앗을 여물게 하는 한 해가 되길." 하지만 불확실한 미래에 대한 불안감과 위태로운 몸 상태가 겹치면서 마거릿은 불행이 찾아올 것만 같은 예감에 휩싸였다. 아무에게도 임신 사실을 털어놓지 못한 채 마거릿은 고향으로 보내는 편지 이곳저곳에서 근심을 암시하면서도 그 이유는 감추었다. 마거릿은 남동생에게 동생이 자신의 무덤을 찾아오는 불길한 꿈을 꾸었다고 이야기했다. "무언가 가치 있는 일을 해낼 만큼 건강이 좋아질 것 같지 않아." 지난 2주 동안 "몸이 아주 안 좋았다"고 수수께끼처럼 말하면서도 그 이유는 구체적으로 밝히지 않았다.

마거릿은 그동안 가까운 친구들과 편지를 주고받으며 자신의 생활을 시시콜콜 털어놓는 데 익숙해져 있었지만 지금은 자신의 사정을 대략적으로밖에 말할 수 없었다. "공기가 너무 무거워서 식욕이 없어." 마거릿은 한 친구에게 말했다. "무엇이든 먹기만 하면 몸이 아파." 공기가 무거워서가 아니라 격심한 입덧 때문에 몸이 아프다고 털어놓을 수는 없었다. 에머슨에게 쓴 편지에서 마거릿은 임신에 대한 또 다른 암시로, 비관적인 "미래에 대한 악몽"을 언급했다.

마거릿의 근심에 무게를 더한 것은 그녀의 우주를 한때 찬란하게 장식한 이들과 단절되었다는 상실감이었다. 마거릿은 유럽으로 떠나온 이후 윌리엄 채닝에게 소식 한 줄 듣지 못했고, 1년이 넘는 시간 동안 캐럴라인 스터지스에게도 편지 한 통 받지 못했다. 마거릿은 특히 캐럴라인의 침묵에 괴로워했다. 캐럴라인이 결혼을 하고 인생의 새로운 장을 써나가고 있다는 사실을 알고 있었기 때문이다. 마거릿은 자신이 편지를 주고받는 상대에서 제외되었다는 사실에 슬퍼했다. "널 다른 이름으로 부르려니 참으로 이상한 기분이야." 마거릿은 캐럴라인에게 편지를 썼다. "하지만 필요한 일이라고 생각해." 그런 다음 "언제나 사랑하는 캐리에게, 사랑을 담아 너의 것인 마거릿"이라고 서명했다.

마침내 캐롤라인에게 편지를 받았을 때는 마거릿이 임신 사실을 알게 된 지 3주가 되었을 무렵이었다. 마거릿은 두 사람의 운명이 평행선을 걷는다는 사실에 쓸쓸한 감상을 담아 답장을 썼다. 두 여자의 운명은 일부는 선택하고 일부는 주어진 것으로, 사랑의 불변성과 지속성에 대한 변치 않는 본연의 의문으로 물들어 있었다. 마거릿은 처음 사랑에 빠진 순간부터 사랑의 영원함에 의문을 품었다.

우정을 지키기 위해 나는 많은 것을 지불했어. 심장에서 그토록 많은 피를 흘렸고 오랜 시간 수없이 많은 생각을 했지. 그런 우정마저도 모두 내게서 도망쳐버린 듯 보였기 때문에 나는 지금 인연을 이어갈 용기를 잃었어. 지금 네 편지를 받고 나는 네 삶에 사랑과 성취, 희망, 믿음이 있다는 확신을 받았어. 지금 너는 다른 사람과 운명을 함께하며 한 집에서 살아가고 있겠지. 인간애를 품고 함께 잠자리에 들고 함께 눈을 뜨겠지. 네 인생이라는 강물에 섬이 피어나겠지.

지금 나는 그 점에 대해 어떤 말도 할 수가 없어. 하지만 같은 상대를 영원히 사랑하는 일이 불가능하다고는 생각하지 않아. 한때는 그게 가능하다고도 생각했고 그걸 실감할 수도 있었지만, 지금 그 느낌은 사라져버렸어. 어쨌든 일시적으로나마 두 존재가 함께한다는 것은 참으로 멋진 일이라고 생각해.

아무리 위대한 사랑이라도 오직 "일시적"으로만 존재한다는 사실에 우리는 절망해야 하는가, 기뻐해야 하는가? 시간에는 탄성이 있어서 사랑의 깊이와 정도에 따라 수축하고 확장하지만 결국 그 양은 한정되어 있다. 책처럼, 삶처럼, 우주 자체처럼 유한하다. 그러므로 사랑의 승리는 용기와 성실함에 있다. 그 용기와 성실함으로 우리는 초월적인 일시성이 우리를 결합시켜주는 사랑의 순간을 살아가며, 똑같은 용기와 성실함으로 그 사랑을 떠나보낸다. 풀러가 코레지오Correggzio의 그림을 보고 외친 말, 전에는 알지 못한 아름다움에 압도되어 내뱉은 감탄에는 사람의 마음에 대한 더 큰 진실이 담겨 있다. "사랑의 달콤한 영혼이여! 하지만 나는 너에게도 곧 싫증이 나겠지. 하지만 그날 사랑은 눈부시게 빛났네." 한때 두 사람을 끌어당긴 자력의 일부는 서로의 가슴속에 영원히 남게 된다. 풀러는 이 사실을 잘 알고 있었고, 인생의 마지막 해에 제임스 프리먼 클라크에게 보내는 편지에서 이렇게 썼다.

한때 진심으로 결합되어 함께 신성한 불길을 키운 영혼은 서로의 삶에 완전한 타인이 되지 못해. 한 영혼이 다른 영혼에게 관심을 표할 때 그에 응답하는 떨림이 느껴지기 마련이야.

마거릿은 오솔리와의 인연이 덧없이 지나가버린 과거의 애정보다 오래 지속될지, 오솔리와의 관계가 과거의 집착과는 모든 면에서 다르다는 점이 여기에 영향을 미칠지 고민하고 있던 것이 틀림없다. 이제 갓 결혼하고 관습에 따라 어머니가 되려 하던 캐럴라인에게만큼은 마거릿도 미래에 대한 괴롭고 이중적인 심정을 털어놓을 수 있었다. 미래는 두려움과 완강함으로 가득 차 있으면서도 낙관주의의 위엄을 잃지 않은 듯 보였다.

나는 운명의 영역에 들어서고 있어. 너무 힘겨워서 죽음이라는 문을 제외하고는 출구가 보이지 않아. 여기에 구구절절 쓴다 해도 무슨 소용이 있겠니. 넌 멀리 있고 나를 도울 수 없는데. 그게 우연일까, 천사의 의지일까? 짐작도 못 하겠어. 내가 뿌린 씨앗을 거두지 않아도 된다는 희망을 품을 이유가 전혀 없어. 그리고 그런 희망을 품고 있지도 않아. 하지만 어떻게 견뎌야 할지 전혀 모르겠어. 전부 어둡고 슬픈 수수께끼일 뿐이야.

격동과 변환의 중대한 기로에서, 우리는 변화의 물결이 우리 자신과 우리 인생의 친숙한 부분들을 휩쓸어갈까 두려워한다. 하지만 우리는 새로운 물결이 어떤 생소한 기쁨과 만족, 어떤 미지의 존재를 가져다주게 될지도 예측할 수 없다. 우리의 상상력은 경험에 속박되어 있기 때문이다. 미지의 존재가 일깨우는 파충류적 공포심은 일단 눈을 뜨기만 하면 흉포하게 날뛴다. 그것이 개인적인 영역이든, 사회적인 영역이든, 문명의 영역이든 상관없다. 그 공포가 새로운 삶의 장에서 촉발되었든, 새로운 정치 제도로 촉발되었든, 새로운 세계 질서로 촉발되었든 상관없다. 종교재판소는 바로 이 같은 공포에 형태와 힘을 부여하여 1000년 동안 교회가 설교해온 신화의 위안에 안주하지 않고 우주가 한층 광대하며 신비를 품고 있다는 생각을 떠올린 사람들을 처벌했다. 혁명가가 된다는 것은 곧 상상력을 펼친다는 뜻이다. 친숙한 것의 한계를 뛰어넘고, 새로운 질서를 머릿속에 그리며, 새로운 질서 안에서 얻게 될 것이 잃어버릴 것이 주는 잘못된 위안을 뒤덮고도 남을 것이라고 상상하는 일이다.

마거릿 풀러

사랑과 진실, 아름다움은 하나이다

12

마거릿 풀러가 어두운 미래를 두려워하는 동안 혁명의 분위기가 풀러의 주위를 가득 채우고 있었다. 종교적 자유와 오스트리아 제국으로부터의 독립, 민주주의 정부에 대한 전망으로 가득한 낙천주의가 로마를 흠뻑 적시고 있었다. 이미 리소르지멘토risorgimento, 이탈리아 통일운동에 깊이 발을 담그고 있던 마거릿은 공화제의 대의를 자신의 대의로 삼았다. 어쩌면 이 대의가 개인적인 절망의 기운찬 대척점이 되었을지도 모른다. 풀러는 오래지 않아 "'나의' 이탈리아"라고 쓰면서 이 나라의 해방에서 자신이 "배우 혹은 역사가"의 역할을 하게 될 것이라 생각한다. 〈뉴욕트리뷴〉의 지면에서 풀러는 이탈리아혁명의 이상주의를 풀러 자신의 민주주의적 이상을 실현하지 못하는 미국이 지향해야 할 본보기로 제시한다. 한 세기 반 뒤의 우리를 깜짝 놀라게 하는 선견지명으로 가득한 편지에서 풀러는 에머슨에게 말했다.

나의 나라는 현재 번영으로 망가지고 이익에 대한 욕망으로 어리석어졌습니다. 노예제라는 범죄를 기꺼이 저질러 손을 더럽히고, 정의롭지 못한 전쟁[노예주인 텍사스의 병합을 둘러싼 멕시코-미국 전쟁이다]으로 불명예를 안았습니다. … 유럽에서는 역경의 가르침 한복판에서 고결한 영혼이 고군분투하고 있습니다. 이 영혼은 내 영혼을 응원하며 힘을 줍니다.

임신 첫 세 달 동안 풀러는 두통과 메스꺼움으로 괴로워하면서 오직 쌀밥밖에 넘기지 못했다. "피곤과 비탄에 지쳐버렸다. 가끔 침대에 누워 울다 그대로 죽어버리길 소원한다." 겨울에 40일 동안 계속해서 비가 퍼부어대는 통에 풀러는 산책을 할 수도 없었다. 높은 이웃집들에 가려 볕이 들지 않은 작은 아파트에서 몸도 마음도 너덜너덜해진 채 갇혀 있던 풀러에게 계속해서 쏟아지는 폭우는 아마도 원시시대의 비처럼 느껴졌을 것이다. 유아기의 지구가 식으면서 그 대기를 뒤덮은 습기를 잔뜩 머금은 구름이 갈라지며 퍼붓기 시작하여 몇 날, 몇 년, 몇 세기 동안 급류처럼 세차게 쏟아진 비는 지구 외피의 저지대를 모두 원시시대의 대양으로 채워버렸고, 그 대양을 자궁 삼아 무생물에서 생명이 탄생했다.

몇 년 전 풀러는 일기에 어머니가 되는 일에 대한 희망을 에둘러 표현한 적이 있다. "오로지 내 존재에서 태어난 존재가 있다면 나는 그토록 가만히, 냉담하게, 외로운 슬픔에 젖어 누워 있지만은 않을 것이다." 지금 그 확신은 흔들리고 있었고, 풀러는 자신을 진정하는 수단으로 일에 몰두했다. 계속해서 〈뉴욕트리뷴〉에 칼럼을 쓰면서 "단순한 혁명에서 그치지 않고 급진적인 개혁을 이끌어낼" 것이라 생각하는 격변 사태를 보도했다. 풀러는 임신한 몸에 시민권의 보호를 받지 못하는 상태에서도 계속 로마에 머물기로 했다. 얼마 후 풀러는 분쟁으로 갈라진 영원의 도시에 남은 유일한 미국 저널리스트가 되었다. 풀러는 교황청 수비대와 자유의 투사들이 총격전을 벌이는 동안 작은 휴대용 망원경으로 "모든 발포의 연기, 총검의 불꽃"을 관찰하고 혁명의 지도자들이 "천계의 불꽃"으로 얼굴을 빛내며 감동적인 연설을 하는 소리에 귀를 기울였다.

에머슨은 편지에서 어렴풋하게 언급한 것으로는 마거릿의 상황을 제대로 읽어내지 못했다. 다만 마거릿이 중대한 변화의 길목에 서 있다는 사실은 분명히 알아차렸다. 에머슨은 그 변화로 마거릿이 자신의 품에서 영원히 벗어나게 될까 두려웠다. 마거릿이 새로운 삶의 문턱에 서게 된 이후에야 왈도는 그동안 뒷걸음질만 쳤던 마거릿과의 결합을 고려했다. 어쩌면 그게 가장 큰 이유였을지도 모른다. 실행 가능성이 없는 안전한 환상이었기 때문이다. 이런 상황에서도 에머슨은 예전 마거릿의 요청에 대한 답을 애가체의 질문으로 에둘러 표현했다.

이제 예전에 우리가 이야기한 대로 합리적인 사회를 함께 건설하지 않겠어? 당신도 함께 말이야. 정취도 없고 아무것도 없는 [콩코드의] 땅에서 서로가 서로에게 적절하게 봉사하지 않겠어?

하지만 마거릿은 새로운 삶의 흐름을 타고 너무 멀리까지 떠내려온 나머지 전혀 있을 법하지 않은 상황에 이르게 되었다. 1848년 봄 언젠가부터 마거릿은 마거릿 풀러 오솔리로 살아가게 되었다.

마거릿의 결혼증명서는 발견되지 않았다. 실제로 풀러와 오솔리가 결혼했다면—마거릿의 편지에서 암시하는 간접적인 증거에 따르면—결혼식은 아마도 1848년 4월에 이루어졌을 것이다. 성베드로대성당에서 우연히 만나고 1년 뒤 마거릿이 임신 5개월에 접어들 무렵이다. 혁명으로 황폐해진 로마의 관문을 통과할 때 마거릿이 사용한 서류에서 그녀는 마르가리타 오솔리, 1820년에 태어난 이탈리아 시민으로 통했다. 실제 나이에서 10년이 사라지고 국적도 바뀌었다. 왜 결혼 후의 이름이 더 정확하지 않았을까? 반세기 전 메리 울스턴크래프트는 성적 욕망을 여성을 억압하는 공범으로 보고 이를 공식적으로 단념한 후 추방당한 미국인이자 그녀의 첫사랑이었던 조지 임레이George Imlay와 사이에서 아이를 임신하고 혁명으로 갈기갈기 찢어진 파리에서 딸을 낳았다. 메리 또한 자신의 조국을 떠나 타국의 국가적 대의에 참가하고 있었다. 그녀는 결혼 제도를 반대했지만 자신과 아기에게 미국 시민권이라는 보호장치를 제공하기 위해 아기 아버지의 아내로 등록되는 일을 승낙했다. 파리에 있던 그녀의 수많은 동포는 이런 보호를 받지 못한 까닭에 체포되거나 단두대에서 처형되었다. 임레이는 울스턴크래프트에게 자신을 대신해 업무를 처리할 권한을 주고 편지에서 그녀를 "메리 임레이 부인, 가장 좋은 친구이자 아내"라고 불렀지만 실제로 두 사람은 법적으로 결혼하지는 않았다.

풀러의 아버지는 울스턴크래프트의 근원적인 논문《여성의 권리옹호A Vindication of the Rights of Woman》에 나타난 정치적·지적 대담성에 크게 감탄하면서도 어떻게 저자가 결혼도 하지 않은 채 처녀성을 잃고 임신을 하면서 "얼굴에 흙칠을 할 수 있는지" 경멸하는 마음도 품고 있었다. 어쩌면 마거릿은 아버지에게 울스턴크래프트에 대한 존경과 경멸의 이중적인 감정을 물려받았는지도 모른다. 그리고 그 모습에서 자신이 결혼도 하지 않은 채로 임신한 것이 밝혀졌을 때 대중적 이미지에 큰 타격을 입을 것이라는 경고를 발견했는지도 모른다. 혹은 정신적으로는 속해 있지만 시민권적으로는 속하지 않은 혁명의 한복판에서 위험을 느끼고 결혼을 통해 시민권의 보호를 얻는다는 울스턴크래프트의 실용적인 본보기를 따른 것뿐일지도 모른다. 풀러와 오솔리가 실제로 결혼을 했는지는 알 수 없지만, 남은 짧은 인생 동안 풀러는 모든 문서와 편지, 서명 기사에 마거릿 풀러 오솔리라고 서명한다.

마거릿은 처음 미츠키에비치에게 이 비밀을 털어놓았고, 마침내 토머스 힉스에게도 비밀을 고백했다. 고향으로 보내는 편지에서도 이 비밀을 슬쩍 암시했다. 에머슨의 둘째 아들이 태어났다는 소식을 듣고 마거릿은 답장을 썼다. "아이들은 그 모든 결점에도 우리가 가질 수 있는 최상의 존재라고 생각해요."

한편 풀러가 깊이 발을 담그고 있던 혁명의 하늘에 어둠이 드리우기 시작했다. 한 해 전만 해도 이탈리아에서는 피우스 9세가 정치범을 사면한다는 결정을 내린 이후로 교황을 자유의 예언자로 칭송했다. 풀러 또한 독자들에게 교황을 "인류의 이익을 위해 견실한 일을 하는 데 마음을 쏟고 있는" 고결한 인물로 추어올렸다. 하지만 지금 피우스 9세는 바티칸 반역죄를 격렬하게 비난하면서 이탈리아 통일운동에 대한 지지를 철회하고 로마 사람들에게 오스트리아 제국의 지배에 동의하라고 촉구했다. 혁명의 물결이 유럽 전체를 휩쓰는 동안 배신당한 민중이 홍수처럼 로마로 밀려오는 것에 불안을 느낀 것이다. 프랑스에서 시작된 혁명은 이탈리아에서 최고조에 이르고 있었다.

풀러는 영원의 도시에 머물겠다고 결심했다. "나는 위대한 역사를 손에 넣고 돌아갈 것입니다." 풀러는 윌리엄 채닝 목사에게 말했다. "어쩌면 행동에 나서도록 소집될지도 모르겠어요." 유럽에서 순회강연을 하던 에머슨이 함께 미국으로 돌아가자고 제안했지만 풀러는 그 제안을 거절하며 이곳에 계속 머물겠다는 결심이 정치적 이상만큼이나 오래된 인간적 동기 때문이라는 점을 암시했다. "비록 사랑이 불완전하기는 하지만 그래도 나는 사랑할 사람을 원해요. 그 사람 없이는 숨을 쉴 수 없으니까요." 계절이 바뀔 무렵 풀러는 고향으로 보내는 또 다른 편지에서 변화를 이끄는 복합적인 힘에 대한 기쁨의 심경을 전한다.

여기 이탈리아의 봄에는 신들이 땅 위를 걷습니다. … 그 아름다움에 저항할 수 없어요. 하지만 사랑하는 이여, 내 극적인 운명은 너무도 깊습니다. 높이 솟는 배는 깊이 가라앉는 법이에요. 당신은 아마도 깜짝 놀랄 테지요. 당신이 나를 알던 시절과 비교해 지금 내 삶의 모습이 얼마나 달라졌는지 안다면 말이에요. 하지만 여전히 나를 사랑해줄 겁니다. 아무리 날씨가 달라진다 해도 여전히 같은 행성이니까요. … 나는 경험의 범위를 확장하고 있습니다. … 나는 비난 받을 일들을 해왔고 여전히 하고 있어요. 하지만 나라는 사람의 본질에서, 내 목표에서 나는 항상 같은 사람입니다.

삶에서 본질적으로 일어날 수밖에 없는, 상황과 성격의 격변 속에서 어떤 사람을 "같은 사람"으로 만드는 것은 무엇인가? 혼란과 노화를 향해 착실하게 나아가고 있는 우주 안에서 우리는 무언가 고정되고 영속된 것에 힘껏 매달려, 한순간에 사라져버릴 존재 안에 견고한 자아를 새겨 넣으려 애를 쓴다. 하지만 견고함이라는 것은 존재하지 않는다. 우리 몸의 모든 세포에 있는 모든 원자의 쿼크는 우리의 의식에 남아 있는 첫 기억, 첫 단어, 첫 키스 이후로 계속해서 대체되고 있다. 살아간다는 행위 안에서 우리는 다른 꿈을 꾸고 다른 가치를 소중하게 여기며 다른 사랑을 한다. 어떤 의미에서는 새로운 경험을 할 때마다 다시 태어난다고 할 수 있다. 그렇다면 무엇이 마거릿을 오래전 폭풍이 몰아치는 하늘을 향해 "내가 이 마거릿 풀러처럼 보이는 것은 어찌 된 일일까? 여기에는 어떤 의미가 있을까?"라고 질문을 던졌던 소녀와 "같은 사람"으로 만드는 것인가?

의미를 따져 묻는 것은 사람이 살아가는 데 필요한 기능이지만 우주의 차원에서 볼 때는 자연스러운 일이 아니다. 그러므로 의미란 우리가 찾아내는 것이 아니라 우리가 살아가는 삶을 통해, 우리가 심는 씨앗을 통해, 우리

개성을 조각하는 체계화된 원칙을 통해 만들어나가는 것이어야 한다. 마거릿 풀러라는 자아의 일관성은 예전 자신의 모습을 모두 받아들이고 그 어떤 모습도 포기하지 않으려는 마음에 있었다. 풀러라는 인물의 마트료시카 안에는 애정을 표현하지 않는 엄격한 아버지 밑에서 자란 신동이 있다. 그 신동은 지적인 성취를 통해 애정을 얻고자 노력했다. 또한 인류가 더 큰 잠재력을 발휘할 책임이 있다고 생각한 단호한 이상주의자도 있다. 계속해서 주기적으로 짝사랑을 반복하며 불만스러운 연애만을 하는 여자도 있다. 외로운 별 하나로 서명하며 독자들에게 손짓하던 작가, 생각하지 못한 생각을 생각하고 느껴보지 못한 느낌을 느끼도록 유도하는 작가도 있다. 독일어로 생각하고 이탈리아어로 연애편지를 쓰던 미국인이 있다. 죽음의 가능성과 맞서 싸우며 새로운 행복을 얻기 위해 노력하는 예비 어머니가 있다.

5월 말이 되어 임신 3기에 들어서자 풀러는 로마의 위험한 긴장 상태에서 잠시 떠나 있기로 했다. 로마를 떠나기 전, 이제 미국으로 돌아가게 된 토머스 힉스에게 풀러는 자신의 초상화를 그리게 했다. 이 초상화에서 베네치아풍 포치에 놓인 붉은 벨벳으로 덮인 소파에 앉아 있는 풀러의 뒤로 어슴푸레하게 펼쳐진 대양이 보인다. 뱃속의 새로운 생명 때문에 몸이 분 풀러는 창백한 얼굴로 자신만의 보이지 않는 세계를 애수에 찬 힘을 담아 응시한다. "사람들에게 내가 기꺼이 죽으려 했다고 전해줘." 마거릿은 힉스에게 유언을 담은 편지를 보내며 이렇게 부탁했다. 아이를 출산하다 혹은 혁명 전쟁 중에 목숨을 잃을 가능성이 높다고 생각했기 때문이다. "나는 자연스럽고 진실되기를 바랐지만 이 세계는 나와 화합하지 못했다." 오솔리가 시민군으로 로마에 남아 있는 동안 풀러는 힘겨운 사흘 동안의 여정 끝에 작은 산촌에 도착했다. 여기에서 풀러는 휴식을 취하는 한편 머릿속에서 훗날 "내가 살게 된다면 그 무엇보다 내게 가장 소중한 것"이라고 부르게 될 과업에 착수했다. 바로 이탈리아혁명 연대기를 쓰는 일이다.

1848년 9월 5일 이탈리아 산맥의 계곡 옆에 자리한, 버드나무 울타리로 둘러싸인 오두막에서 남편일지 모를 남자를 옆에 두고 마거릿 풀러 오솔리는 안젤리노 에우게니오 필리프 오솔리Angelino Eugenio Philip Ossoli를 낳았다. 부모는 새로 태어난 아기를 안젤리노를 줄여 니노Nino라고 불렀다. 출산에서 살아남은 것 자체가 이미 기적이었기 때문에 마거릿은 한계에 달한 자신의 몸에서 모유가 나오지 않는 일에 전혀 놀라지 않았다. 오솔리가 이탈리아 통일운동에 전념하기 위해 로마로 돌아간 후 풀러는 마을에서 유모를 고용했다. 유럽에서 머무는 동안 풀러는 〈뉴욕트리뷴〉에서 칼럼 한 편 당 10달러를 받으며 쉴 틈 없이 글을 쓰는 한편, 이곳저곳에서 돈을 빌리고 책의 인세를 미리 받기 위해 교섭하면서 아등바등 생계를 꾸리고 있었다. 그리고 지금 풀러는 다시 한번 가장이 되어 아기와 유모, 유모의 아기, 오솔리까지 혼자 힘으로 부양해야만 했다. 오솔리는 아직 직업이 없었고 정치적 견해가 다르다는 이유로 아버지에게서 받는 경제적 원조를 포기했기 때문이다. 풀러는 윌리엄 채닝에게 보내는 편지에서 이렇게 썼다.

나한테는 두 가지 괴로운 문제가 있어요. 건강이 너무 자주 나빠진다는 것과 돈이 부족하다는 것입니다. 두 번째 문제가 없었다면 첫 번째 문제는 신경 쓰지 않을 수 있었을 텐데. 아, 친애하는 윌리엄, 지금 돈이 있다면 얼마나 큰 도움이 될까요! 하지만 돈을 구할 수가 없어요. 너무도 힘듭니다. 아무 쓸모도 없는 돈을 가진 사람들이 너무도 많아요. 나한테 돈이 있다면 몇 달 혹은 며칠만이라도 행복하고 제대로 된 삶을 살아갈 수 있을 거예요. 당신에게 나한테 줄 돈이 없다는 걸 알기 때문에 마음 놓고 불평을 하는가 봐요. 한탄이라도 할 수 있으니 참 다행이에요.

풀러는 이미 오래전에 물질적 수단에 대한 초월주의적 경멸을 포기했다. 5년 전 글을 써서 받은 얼마 되지 않는 돈을 자신이 부양하는 남동생에게 보내면서 풀러는 이 문제를 장난 삼아 들쑤신 적이 있었다.

아무리 검약하면서 산다고 해도 이 순환 매체 없이는 살 수 없어. 네가 아무리 돈을 경멸한다 해도 말이야. 이 문제를 좀더 깊이 생각해본다면 돈이 예술과 문학의 창작에서, 문명인을 문명인으로 만드는 모든 것에서 없어서는 안 될 역할을 해왔다는 걸 알게 될 거야. 물론 모든 좋은 것들과 마찬가지로 돈 또한 남용될 수 있어. 하지만 돈이 없이는 네 호라티우스도 베르길리우스도 없었을 거야.

한 달에 9달러로 빌린 산촌의 오두막에서 풀러는 1센트로 "포도 한 바구니"를 사서 성찬을 즐길 수도 있었고 5센트면 하루 동안 먹을 무화과와 복숭아를 살 수 있었다. 마거릿은 남동생에게 보내는 세 장짜리 편지의 말미에 편지 한 장당 80센트가 든다는 사실을 숨기지 않고 말했다. 임신을 알게 된 첫 달, 새롭게 생겨날 가족을 부양해야 한다는 현실과 마주하고 있을 무렵 풀러는 동생에게 쓴 또 다른 편지에서 목적 있는 삶을 살아가며 생계를 꾸려나간다는 것에 대한 자신의 냉정한 철학을 구체적으로 표현했다.

세계가 "우리 자신"에게 돈을 지불할 것이라고 기대하는 일은 이치에 맞지 않아. 사회는 우리가 사회를 "위해서" 하는 일에 돈을 지불하지. 사회는 사회에 이득을 주기 위해 발휘되는 실용적인 재능에 돈을 지불해. 사상가에게는 생각에 대한 물질적 찬사로 돈을 지불하지. … 모든 걸 다 가질 수 없어. 많은 것을 가질 수도 없어. 선택은 차선과 차악 사이에 있을 뿐이야.

풀러는 지금 자신이 사회를 위해 할 수 있는 최선은 바로 그 혁명의 연대기를 쓰는 것이라고 확신했다. 이는 풀러가 차악 대신 기쁜 마음으로 선택한 차선이었다. 풀러는 이 연대기가 이탈리아뿐 아니라 인류 전체를 위해 자유와 평등의 이상을 고무시키는 데 일조할 수 있을 것이라 생각했다. 자유와 평등의 이상은 풀러가 인류의 번영에 꼭 필요하다고 오랫동안 생각해온 것이었다. 11월 초 불안한 마음을 뒤로한 채 풀러는 갓난아기인 니노를 유모에게 맡기고 로마로 돌아가기로 결심했다. 풀러는 범람한 강을 건너다 하마터면 죽을 고비를 넘기기도 했지만 마침내 로마에 도착했다.

정치적 소란이 한창이었으며 날씨마저 우울했지만 그래도 마거릿은 영원의 도시로 돌아오게 되어 몹시 기뻤다. 풀러는 교황청이 내려다보이는 집 꼭대기 층에 햇살이 잘 드는 방을 구했다. 아래층에는 "콧수염을 기른 꼴사나운 러시아 공주와 그 모자 끈을 묶어주는 하인"과 "좋은 마차를 가지고 있으며 돈을 모두 교회에 바치는 뚱뚱한 영국 숙녀," 발코니에서 새 여러 마리와 꽃을 가꾸며 남편과 아내 모두에게 "아모레토," 즉 작은 사랑이라 불리는 "거대한 검은 고양이"를 키우는 부부가 살고 있었다.

로마에서 마거릿은 어머니에게 수수께끼 같은 장문의 편지를 보냈다. 어머니를 안심시킬 요량으로 쓴 편지였지만 실제로는 어떤 부모가 읽더라도 당황할 수밖에 없을 것 같은 편지였다.

지금 나를 곤란하게 하는 상황에 대해서는 자세하게 쓸 수가 없어요. 어머니가 여기 있었다면 모든 걸 다 털어놓고 이야기했을 텐데. 한 번이 아니라 몇 번이고 밤의 고요를 틈타 내 슬픈 삶의 이야기에서 가장 기묘하고 낭만적인 장을 낭독했을 겁니다. … 어린 시절에는 더 많은 일을 하고 더 큰 존재가 되길 꿈꿔 왔지요. 하지만 지금은 막달라로 만족하고 핑계를 댑니다. "그녀는 많이 사랑했네."

마거릿은 평소 어머니를 애틋하게 생각하는 딸은 아니었다. 소녀 시절부터 어머니가 지성적으로 재미가 없고 온순하기만 한 사람이라고 생각해왔기 때문이다. 하지만 지금 자신도 어머니가 된 동질감에 마음이 누그러진 마거릿은 이렇게 덧붙였다.

어머니를 생각하는 것은, 그 천사 같은 성품을 기억하는 것은 언제나 나를 버티게해주는 최고의 힘이에요. 이런 어머니를 가진 이들은 정말로 행복합니다!

풀러가 로마로 돌아오고 얼마 안 있어 교황청의 문이 거의 불타버렸다. 교황이 새로 임명한 수상은 교황청으로 들어오기도 전에 칼에 등을 찔렸다. 수상의 고해신부는 창문에서 시위대를 향해 총을 쏘다 그 자신이 총에 맞았다. 풀러는 자기의 방에서 그 총성을 들었다. 이튿날 아침 풀러는 어머니에게 편지를 썼다.

이런 일 때문에 내 안전이 위태로워질 거라고는 염려하지 마세요. … 나는 정복자 편에 있거든요. 요즘 일어나는 사건들은 정말 흥미로워요. 내가 항상 바라마지 않던 나날입니다. 다만 개인적으로 신경 써야 할 일에서 자유롭다면 더 좋았을 텐데 말이에요!

풀러는 바이런의 시를 한 구절 인용하며 이탈리아에 헌신하는 자신의 마음을 묘사한다. "오 로마, '나의' 조국이자 영혼의 도시여!" 마거릿은 이 구절을 여러 편지에서 되풀이하여 인용하면서 항상 소유격 대명사에 밑줄을 그어 이탈리아를 자랑스러워 하는 심경을 표현한다. 한 편지에서는 이렇게 쓴다.

오 로마, "나의" 조국. 겨울의 습기가 끔찍하고 기후 때문에 게을러지기는 하지만 나는 세계 다른 어느 곳보다 이곳에서 살고 싶습니다.

어머니에게는 이렇게 쓴다.

물론 미국을 다시 보고 싶어요. 하지만 내가 결정한 시간에 내가 준비가 되었을 때 돌아갈 겁니다. 섣불리 돌아가 무너진 희망, 달성하지 못한 과업을 두고 눈물을 흘리고 싶지는 않아요. … 지금 집으로 돌아간다면 집, 사람들, 내내 바라온 시간에서 강제로 떠나온 기분이 들 거예요. 지금 이런 식으로 돌아간다면 … 나는 염려하지 마세요. 어떤 크고 강한 힘이 나를 이상하고 어두컴컴하고 가시투성이인 길로 이끌어요. 이 길을 가다보면 이따금 햇살이 내리쬐는 아름다운 풍경이 있는 공터가 나오는데, 그곳으로 들어가는 것이 내겐 허락되지 않습니다. 하느님이 우리를 이렇게 배치하셨다면 여기에는 의미가 없지 않을 거예요. 이것만은 말할 수 있습니다. 내 마음은 존중받고 있고 나는 한층 관대하고 겸손해졌습니다. 또한 정신적인 측면에서 많은 것들을 배우고 있어요. 물론 내가 바라는 것보다는 부족할지도 모르지만요.

인간을 날카롭게 관찰하는 사람이라면 누구나 그렇듯 풀러 또한 인간의 본성에 잠들어 있는 잠재력을 이끌어내는 조건들에 크게 관심이 있었다. 자신이 쓰는 문학적인 글에서 풀러는 사람의 결점을 관대하게 해석하며 독자에게도 어떤 사람의 결점을 성급하게 비난하기보다는 관용적으로 포용할 것을 권했다. 고대 그리스 신화에나 나올 법한 극단적이고 비극적인 결점 또한 마찬가지이다. 결점이란 모든 창조자, 모든 인간 존재의 천성이기 때문이다. 하지만 지금 풀러는 아무리 관대하게 해석하려 한들 한때 영웅이었던 인물의 몰락을 감싸줄 수 없다는 사실과 마주해야 했다. 한때 로마가 자유와 정의의 예언가로 칭송했던 교황은 "반동의 군대를 이끄는 악마"가 되었다. 교황은 자신이 나약하고 도덕적으로 줏대가 없는 사람임을 드러냈다. 진정한 시험의 순간, 즉 오스트리아 제국의 지배에 맞서 자국민의 권리와 가치를 지켜야 했던 순간 교황은 권력에 굴복하고 말았다. 수상이 암살된 지 일주일 후 교황은 신부로 위장하여 비밀 통로를 타고 로마에서 도망쳤다. 풀러는 "지금 양 당으로부터 버림받고 경멸받는" 이 남자에게 크게 실망했다. 풀러는 이 남자가 "위험 앞에서 꽁무니를 빼고 벽장으로 도망쳐 문을 닫고 조용히 기도나 하고 있다. 추기경들이 자기 이름을 오용하여 서약을 위반하고 있다는 사실을 뻔히 알면서도 모른 체한다"라고 묘사했다. 도덕적 용기를 보여주는 일은 이제 온전히 혁명가들의 몫이 되었다. 혁명가들을 지켜보며 풀러 내면에서 잠자고 있던 본성의 일부가 깨어났다. "내가 항상 꿈꾸어온 시간이다. 나를 둘러싼 남자들의 심장에서 타오르는 불이 나를 따뜻하게 해준다."

한편 사랑하는 이들에게 인생의 가장 깊은 비밀까지 털어놓는 데 익숙했던 풀러는 아들과 남편의 존재를 숨기느라 고생하고 있었다. "개인적인 운명이 어둠에 뒤덮이고 뒤엉켜 있다"는 의미심장한 말을 하면서도 어째서, 어떻게 그렇게 되었는지는 말을 아껴야만 했다. 풀러는 윌리엄 채닝에게 말했다. "나에 대해 쓰지 않는 것은 할 말이 너무나 많기 때문입니다. 당신이 알기를 바라는 일들이 있지만 제대로 된 방식으로 알게 되었으면 좋겠어요." 마거릿은 동생에게 자신의 새로운 인생에 대한 이런저런 사실을 밝히는 편지를 썼다가 부치기 전에 없애버린 적도 있다. 대신 캐럴라인에게 고백하는 편지를 쓰고, 그 편지를 봉하여 동생에게 보내면서 캐럴라인에게 전해달라고 부탁했다. 마거릿이 캐럴라인의 새로운 주소를 몰랐기 때문이다. 마거릿은 자세한 사정은 밝히지 않으면서 그물에 갇힌 자신의 처지를 윌리엄 채닝에게 설명했다.

나는 우리 나라에서 내가 할 수 있는 것보다 훨씬 더 완전하고 진실되게 살아왔습니다. 매일 기쁨과 고통, 행동과 고생으로 가득합니다. 관찰할 주제들은 말할 것도 없이 아주 많아요. 아직 그 총합을 계산하고 고찰해볼 시간이 없었습니다. 지금은 오직 살아가는 데만 전력하고 있습니다.

몇 달 동안 풀러는 아들을 보러 몇 차례 산촌에 들렀지만 결국 다시 로마로 돌아왔다. 외국인이라고는 찾아볼 수 없는 로마에서 풀러는 아직 승리에 이르지 못한 해방운동의 연대기를 완성하려 했다. 한편 유럽 다른 곳에서 일어난 혁명들은 대부분 좌절되거나 체계를 갖추지 못한 채 서로 경쟁하는 통에 우왕좌왕하다 그 기세를 잃고 말았다.

하지만 로마의 리소르지멘토에는 아직 희망이 있었다. 역사상 처음으로 도시에 지방 정부가 설립되었고 새로운 "삼색기" 아래 사람들이 거리를 행진했다. 교황은 가리발디Garibaldi와 나폴레옹Napoleon의 조카가 장악한 새로운 제헌의회를 지지하는 이를 파문할 것이라고 협박했다. 이 최후통첩에 대중은 한층 격분했다. 1849년 2월 8일 새벽 1시, 제헌의회는 새로운 주권 국가의 탄생을 선언했다. 풀러는 부의장이 새로운 공화국의 헌법을 크게 낭독하는 동안 의기양양한 기분에 휩싸였다. 각 법령이 선언될 때마다 카피톨리누스의 거대한 종소리가 울려 퍼졌고, 군중은 "비바 라 리푸블리카, 비바 이탈리아!Viva la Republica, Viva Italia!"라고 소리 질렀다. 헌법 제1조가 선언되었다.

교황제는 로마 국가의 임시정부 지위에서 사실상, 권리상 물러난다.

풀러의 평생에 걸친 이상과 가장 부합하는 제3조가 선언되었다.

로마 국가의 정부 형태는 완전한 민주주의 정부가 되어야 하며, 로마공화국이라는 영광스러운 이름을 취한다.

오솔리는 이제 시민군 대위로 승진했고, 모든 외국인 친구들이 도망가고 없는 도시에서 풀러는 이탈리아 공화주의자가 품어온 대의의 승리일 뿐 아니라 인간 정신의 최고 승리라고 할 수 있는 변화를 목격하고 갈채를 보내고 연대기를 기록했다. 봄이 되자 무력 충돌이 심해지고 도시가 포위 상태에 빠지면서 풀러는 티베리섬에 있는 병원에서 간호 인력을 통솔하는 자리에 임명되었다. 혁명의 선도적인 후원자인 벨지오이오소 공주가 최근 부상자들을 치료하기 위해 만든 병원이었다. 병원에 여자를 두는 일에 많은 사람이 반대했지만 공주는 의지를 꺾지 않았다. 풀러는 4월 30일 "경종이 울리지 않는다면 12시까지" 병원으로 나와 간호사들을 감독하고 근무 일정을 짜는 임무를 수행하라는 명령을 받았다. 사회개혁가이자 통계학자이며 에밀리 디킨슨이 훗날 "성스럽다"고 묘사하게 될 플로렌스 나이팅게일Florence Nightingale이 현대적 간호의 창시자로 업적을 이루기 수년 전의 일이었다.

마리아 미첼이나 마거릿 풀러와 마찬가지로 나이팅게일 또한 딸들도 아들과 똑같은 교육을 받아야 한다는 반체제적인 사고방식을 지닌 아버지 밑에서 자랐다. 플로렌스의 아버지는 유일한 자식인 두 딸에게 역사와 철학, 수학, 그리고 아직은 초기 단계인 통계학을 가르쳤다. 하지만 지성적인 삶에 몰두하는 길을 선택한 것은 바로 플로렌스 자신이었다. 부모님이 긴 신혼여행을 보낸 이탈리아의 도시에서 태어나 그 도시의 이름을 물려받은 플로렌스는 집안일을 가르치려는 어머니의 뜻을 강하게 무시했다. "플로렌스는 수학에 푹 빠져 있었다"라고 플로렌스의 언니는 말했다. "수학에 깊이 빠져 아주 열심히 공부했다." 어린 시절부터 플로렌스는 아버지와 심각한 정치적·철학적 토론을 벌였다. 열일곱 살 무렵 이미 내면의 윤리적 양심에 눈을 뜬 플로렌스에게 상류 사회의 삶은 일고의 가치도 없는 것이었다. 플로렌스가 간호사가 되겠다고 선언하자 충격을 받은 부모가 이를 반대했지만 나이팅게일은 단호하게 자신의 뜻을 밀고 나갔다. "나는 이 아이의 인생에 사랑의 인연이 나타날 것이라는 생각이 안 들어요." 딸이 봉사의 인생을 선택하는 모습을 지켜보아야 했던 어머니는 딸의 선택을 인정하면서도 슬픔에 잠겼다. "어린아이 같은 일은 이제 그만, 사랑도 그만, 결혼도 그만." 나이팅게일은 자신의 가치를 실현하며 살아가기 시작했을 무렵인 서른 번째 생일 일기에 이렇게 다짐했다. "나 자신을 위해 의미 있고 풍요롭게 살아갈 기회를 자발적으로 포기하다니, 내게는 자살처럼 보인다." 7년 후 줄리아 워드 하우의 남편이 극악무도한 최후통첩을 내렸을 때 줄리아는 남편에게 플로렌스 나이팅게일을 그토록 칭송하면서 어떻게 자신의 아내에게는 정신을 마비시키는 가사의 "심란함과 불화의 극단"에 굴복하라고 명령할 수 있는지 물었다. 남편은 만약 나이팅게일이 자신의 아내였다면 마찬가지로 그녀에게도 자신의 소명을 버리고 주부, "여편네"가 되라고 명령했을 것이라고 대답했다.

　"천재가 될 수 있는데, 누가 여편네가 된단 말인가?" 마거릿 풀러는 신혼의 하우 부부와 함께 증기선을 타고 유럽을 향해 떠나던 해에 발표한 《19세기 여성》에서 질문을 던졌다.

　마리아 미첼이 혜성을 발견하고 얼마 후인 1847년 11월 초 어느 청명하고 별이 반짝이는 밤, 플로렌스 나이팅게일은 로마에 도착하여 풀러와 오솔리가 연인이 된 장소에서 돌을 던지면 닿을 만한 곳에 숙소를 구했다. 그곳에서 나이팅게일은 이제 막 국방장관으로 임기를 마치고 신혼여행을 온 영국 정치가를 만나게 되었다. 그는 곧 나이팅게일의 평생 친구가 되어 크리미아전쟁 기간 동안 나이팅게일이 자원 간호 인력의 수장이 되도록 힘을 써준다. 나이팅게일은 서른여덟 명으로 구성된 간호사를 이끌고 전장에 나가 확실한 통계 자료를 이용하여 간호계에 혁명을 일으키고 위생 개념을 집대성하여 사람들의 생명을 구하게 된다.

　대소변이 2센티미터는 족히 쌓여 있던 크리미아반도의 병원에 도착한 나이팅게일은 엄격하게 도입하고 측정하고 기록해온 공중위생을 실천하는 한편 이미 전장에서 철수한 위생위원회에 책임을 물었다. 병원의 사망률은 나이팅게일의 노력으로 42퍼센트에서 2퍼센트로 감소했다. 나이팅게일은 자신의 방식을 다른 병원에도 적용한다면 수백만 명의 목숨을 구할 수 있다고 생각했다. 나이팅게일은 자신의 자료에 자신이 있었지만 그 자료를 통해 통계학에 무지한 대중과 통계에 무관심한 대중 매체를 설득할 수 있을지는 확신하지 못했다.

　불쾌한 주제에서 희망적인 사실을 보여주기 위해 나이팅게일은 파이 모양의 도표를 고안했다. 오늘날 나이팅게일의 장미 도표Rose Diagram라고 알려진 도표이다. 이 도표에서는 시간에 따른 사망률을 단순하고 우아한 도수분포도로 표현했다. 나이팅게일이 "맨드라미"라고 부른, 파란색, 빨간색, 검은색 쐐기 모양이 한 점을 중심으로 부채 모양으로 펼쳐진 도표는 위생 전략의 효과를 한눈에 명확하게 전달했다. 나이팅게일은 이 도표를 빅토리아 여왕에게 보내면서 "말을 알아듣지 못하는 대중의 머릿속에 전달하지 못하는 사실을 이제는 눈으로 전달하게 될 것입니다"라고 썼다. 나이팅게일이 이 선구적인 시각 자료를 발표하자 즉시 대소동이 벌어졌고, 곧 그녀는 왕립통계학회Royal Statistical Society 최초의 여성 회원이 되었다.

주요 정책에 큰 변화를 일으킨 후 나이팅게일은 영국에서 가장 유명한 사람 중 하나가 되어 크리미아반도에서 귀환했다. 〈런던 타임스〉에 그녀를 찬양하는 기사가 실린 후 나이팅게일은 "등불을 든 숙녀the Lady with the Lamp"라는 별명으로 불리게 되었다.

나이팅게일이 이 병원에서 "환자를 보살피는 천사"였다는 말은 결코 과장이 아니다. 가냘픈 체구의 그녀가 조용히 복도에 나타나면, 그 모습만으로도 모든 가엾은 환자들의 얼굴에 부드러운 감사의 표정이 떠오른다. 군의관들도 모두 퇴근한 밤, 길게 늘어선 환자들 사이로 어둠과 고요가 내려앉을 때, 그녀는 홀로 작은 등불을 손에 든 채 환자들을 둘러본다.

마거릿 풀러가 로마에 도착했을 때와 같은 나이로, 나이팅게일이 크리미아반도로 향하기 4년 전, 풀러 또한 고래 기름으로 밝힌 등불을 들고 깜박이는 불빛의 후광에 둘러싸인 채 병원의 복도를 다니며 부상당한 사람을 돌보고 또 돌보았다. 대부분 사춘기가 갓 지난 젊은 청년으로, 군사 훈련을 전혀 받지 않은 채 리소르지멘토에 합류한 이들이었다. 수많은 이들이 심각한 장애를 입었고 목숨을 잃었다. 풀러는 잘려나간 팔에 작별의 입맞춤을 하는 젊은 청년을 보았다. "위대한 사상은 잊었다." 풀러는 자신의 아들인 니노를 염두에 둔 채 슬픈 마음으로 썼다. "소중하게 길러온 자식들이 온통 상처 입고 신체를 절단당한 모습을 보아야만 하는 그 가여운 어머니들의 심정을 생각한다." 풀러는 다음 침대의 환자에게 다가가면서 그곳에 오솔리가 누워 있을지도 모른다는 생각이 들 때마다 얼마나 굳게 마음을 다잡아야 했을까? 당시 오솔리는 혁명의 최전선에서 싸우고 있었다.

풀러는 부상자들에게 책을 읽어주고 말을 걸어주었다. 회복기에 들어선 환자들은 삼각건을 매고 목발을 짚은 채 풀러에게 기대어 병원의 아름다운 정원을 산책했다. 광장 너머에서는 대포 소리가 울려 퍼지고 있었다. 15년 후 월트 휘트먼은 남북전쟁 당시 간호병으로 지원하여 복무한 경험을 회고한다.

사람과 사람 사이의 애정과 어루만짐에는 어떤 힘이 있으며 공감과 우정은 세계의 그 어떤 약보다 그 나름의 방식으로 환자에게 도움이 된다.

매일 오후 작열하는 태양 아래 풀러는 격심한 혁명의 한복판을 가로질러 오솔리가 복무하는 곳 근처, 피가 튀어 있는 벽을 지나 우체국으로 달려가 니노의 소식이 있는지 확인했다. 마침내 유모는 답장을 보내 니노가 "아주 잘 있다"고 확인해주었다.

풀러가 39세가 된 지 일주일이 지나고 니노가 태어난 지 8개월이 지난 6월 1일 극심한 공격이 로마를 집어삼켰다. 풀러는 "그날 최초의 빛이 비쳐드는 순간부터 마지막 빛이 사라지는 순간까지" 계속 이어진 "무시무시한 현실의 전투"를 자신이 묵고 있던 방의 발코니에서 생생하게 지켜볼 수 있었다. 풀러는 그날에만 300명이 넘는 이탈리아인이 죽거나 부상당했다고 추정했고 적군은 그보다 더 사망자가 많을 것이라 추정했다. 자신의 아들이 고아가 될지도 모른다는 가능성을 냉철하게 판단한 풀러는 아들의 출생증명서를 미국 대사에 보내 보관해달라고 부탁하고 부모가 내전에서 사망하는 경우를 대비하여 로마에서 가장 친한 친구인 에믈린 스토리Emelyn Story를 니노의 후견인으로 임명했다. 지금은 유창하게 구사하게 된 이탈리아어로 편지를 쓰며 풀러는 자기 생각은 전혀 하지 않은 채 오솔리에게 간청했다.

당신이 살고 내가 죽는다면 항상 니노에게 헌신해주세요. 다른 여자를 사랑하게 된다고 하더라도 항상 니노를 먼저 생각해주세요. 사랑하는 이여, 이렇게 간청하고 또 간청합니다.

사소한 표현 하나가 실제로 둘의 결혼이 필요에 의한 조치였을 것이라는 가설에 무게를 싣는다.

행여나 내가 죽는다면 이 서류를 다시 가져가도 좋아요. 원한다면 당신의 아내한테서 가져가는 것으로 해도 좋습니다.

"당신의 아내한테서 가져가는 것으로 해도 좋습니다"라니.

풀러가 가장 두려워한 것은 목숨을 잃는 일이 아니었다. "정말로 위험이 닥쳐왔을 때도 실제로 두려움을 느낀 적이 없어요"라고 혁명이 시작될 무렵 풀러는 어머니에게 보내는 편지에 썼다. 풀러가 무엇보다 두려워한 것은 자신이 인생을 바쳐 열렬히 사랑한 것들, 즉 로마가 1000년 동안 지켜왔으며 역사상 어느 도시보다 많이 가지고 있는, 아름다움과 진실에 대한 인류의 충동이 남긴 각인들이 사라지는 것이었다. 오스트리아 군대가 사흘 거리까지 진군해왔을 무렵 풀러는 영원의 도시에 폭격이 임박했다는 사실에 괴로워했다.

믿을 수가 없다. 도대체 어떤 나라가 이런 악명을 기꺼이 뒤집어쓰려 하는가? 도대체 누가 후손들이 물려받아야 할 가장 위태로운 유산을 강탈하는 짓을 하는가? 최근에 믿을 수 없는 일들이 너무 많이 일어난다.

1년 전 정신을 취하게 만드는 혁명의 분위기가 가득했을 무렵, 혁명이 아직 이상에 머물러 있고 희생을 치르지 않았을 무렵, 풀러는 정치를 위해 예술을 저버렸다. 하지만 지금 풀러는 단기적인 관점으로는 진보를 위해 반드시 필요해 보이는 그 전쟁의 폭력이 결코 "인류의 품위"에 도움이 되지 않는다는 사실을 깨달았다. 미래가 없는 제단에 과거의 피투성이 공물을 바치고 있을지도 모른다는 것, 그와 함께 어렵게 손에 넣은 지성과 상상력의 위업이 사라져버릴 수 있다는 것, 예술과 아름다움이 인류의 생명력이며 우리가 가진 가장 오래 지속되는 진실이라는 것을 풀러는 깨달았다. 라파엘의 저택이 포위 공격으로 파괴되는 모습을 지켜보면서 풀러는 에머슨에게 슬픈 심정을 토로했다.

로마는 파괴되고 있어요. 장엄한 참나무숲, 저택, 성스러운 아름다움이 머물던 곳, 영원히 세계의 소유물처럼 보였던 것들이 파괴되고 있습니다. 라파엘의 저택 … 그리고 다른 모든 아름다움의 성소, 모두 소멸되어야 합니다. 적군이 그곳에 숨어 총을 겨누어서는 안 될 테니까요. "나"는 못합니다. 도저히 할 수 없습니다!

친애하는 친구여, 나는 언젠가 내가 저 거대한 대양을 건너 고향으로 돌아갈 수 있을지 알지 못합니다. 하지만 여기 로마에는 더 머물고 싶지 않아요. 오 로마여, "나의" 조국이여! 내가 소중히 여긴 것들의 승리가 그대의 머리에 이런 파괴를 가져올 줄 어떻게 상상할 수 있었겠습니까?

마거릿은 영속적인 피난처를 갈망했다. 마거릿은 얼마 후 이런 글을 쓴다. "한때 내가 사랑했던 이들은 나를 좀처럼 실망시키지 않았다. 그리고 나는 그들을 영원히 사랑하게 되기를 바란다." 지금 마거릿은 활도를 손짓하여 부르고 있었다.

내가 다시 돌아갈 수 있을까요? 돌아갈 생각을 할 때마다 절망감이 듭니다. 돌아가는 길이 너무 멀고 힘겨워 보이기 때문이에요. 나는 인연의 끈에 묶여 있어요. 여기에서 내가 어떻게 살고 있는지 안다면 당신은 나를 지탱해온 절조에 감탄하게 될 겁니다. 큰 어려움 속에서도 시간을 들여, 적어도 관찰이라는 방식으로 쌓아올린 성취에도 감탄하게 될 겁니다. 할 수 있는 만큼 나를 사랑해주세요. 두렵고 무시무시하게 흔들리는 세상 속에서도 순수한 손이 있다는 것을 느끼게 해주세요. 건강하고 맥박이 뛰는 손이 나를 향해 있어 내가 마음만 먹으면 그 손을 잡을 수 있다는 것을 알게 해주세요.

창조에서 파괴로 선회한 혁명을 목격하며 혼란과 비통에 빠진 풀러는 자신이 로마에 계속 머물러야 할지 "의심으로 갈팡질팡하고 있다"는 사실을 깨달았다. 풀러는 이탈리아에 발을 디딘 후 처음으로 미국으로 돌아가는 일을 고민하기 시작했다. 미국으로 돌아간다는 것은 자신의 비밀을 폭로하는 것을 의미했다. 하지만 대중의 시선은 더는 문제가 되지 않았다. 풀러는 친구의 평판을 염려하고 있는 캐럴라인에게 단언했다.

나쁘게만 생각하려는 사람들이 가여워. 좋게 생각할 수도 있을 텐데 말이야. 하지만 마음대로 하라고 해. 그 시험을 통과하는 사람들이 세상에 이렇게나 많은걸. 우리가 벌벌 떨다 죽지 않게 지켜줄 만큼 충분히 많아.

고대의 이상이 무너져 내리는 모습을 지켜보면서 풀러는 인간성에 대한 자신의 가장 기본적인 신념을 의심하기 시작했다. 낙담한 풀러에게는 자신의 아기가 이 소란에서 멀리 떨어져 평화로운 둥지에 안전하게 있다는 생각만이 위안이었다. 하지만 생각만으로는 충분치 않았다. 더는 니노와 떨어져 있는 것을 견디지 못한 마거릿은 다시 한번 전쟁으로 참화를 입은 나라를 가로질러 산촌으로의 위험한 여정을 감수하기로 했다. 떠나기 전 마거릿은 남동생에게 편지를 썼다.

개인적인 소망이 이탈리아의 소망과 함께 무너지고 말았어. 새로운 내기를 했는데 그 내기에서 진 거야. 사는 건 정말로 힘겨운 것 같아. 하지만 당분간 자아에 대한 생각은 모두 묻어두고 그저 다시 힘을 내보려 해.

산촌에 도착한 풀러는 한층 더한 충격과 슬픔을 마주했다. 무너지는 혁명의 어둠 속에서 풀러를 이끌어주는 불빛이었던 니노의 천사 같던 파란 눈과 홍조를 띤 뺨이 "해골처럼 말라 비틀어졌고 아기다운 귀여움이라고는 찾아볼 수 없게" 변해버린 것이다. 마치 "두 개의 세계를 잇는 경계를 무기력하게 헤매며 심연 너머로 몸을 구부리고 있는" 유령 같은 모습이었다. 유모가 풀러가 준 돈으로 자기 아이만 배불리 먹이고 니노는 거의 죽기 직전까지 굶기면서 배가 고파서 우는 것을 진정시키기 위해 모유 대신 포도주를 먹인 것이다.

풀러는 아들이 죽을지도 모른다는 생각을 떠올릴 수조차 없었다. "나는 이미 너무 지쳐 있었고, 이 마지막 희망마저 무너지게 되면 감당할 수 없다." 니노가 다시 살아날 수 있도록 간호하던 중에 풀러는 호러스 그릴리가 사랑하던 아들이 에머슨의 아들과 같은 나이에, 케플러가 사랑하던 히아신스 같은 아들과 같은 병으로 세상을 떠났다는 소식을 들었다. 이제 비난을 받을까 두려워하며 낭비할 시간이 없었다. 마거릿은 새로운 인생의 진실을 과거에 사랑한 이들에게 알릴 마음의 준비가 되어 있었다. 마거릿은 윌리엄 채닝에게 선언했다.

나는 지금 엄마입니다. 작은 내 아이의 영혼은 그 연약한 몸의 신전을 점점 더 아름답게 꾸미고 있습니다. 그 몸이 얼마나 연약한지 그를 이 땅 위에 잡아 놓기 위해서는 아주 열심히 보살펴주어야 합니다. 하지만 그 미소는 참으로 소중한 보상입니다. 아이가 웃어줄 때면 살육과 압제의 비명 한복판에서도 마치 새가 된 듯한 기쁨을 느낍니다. 하지만 아이의 물건에 대해서는 받은 것이든 빌린 것이든 막대한 값을 치러야 해요.

니노의 아버지를 자신의 "다정한 친구이며 위대한 사상이나 책에는 무지한 사람, 순수한 감정과 순박한 천성을 통해 자신의 의무에 눈을 뜬 인물"이라고 묘사하면서 풀러는 다시 한번 대항문화적인 생각을 떠올리기 시작했다. 관계의 충만함과 관계의 영속성 사이에는 아무런 관계가 없으며 영속성이란 사실상 사랑에 자멸적인 도구가 된다는 생각이다. 사랑이란 특정한 시기에 특정한 갈증을 만족시키는 것이기 때문이다. 풀러는 채닝의 눈에 오솔리와 함께하는 길을 선택한 자신의 모습이 과거 연애할 때의 모습과는 사뭇 달라 보이리라는 점을 느끼면서 자신이 오솔리를 영원히 함께할 상대로 선택한 것이 아니라는 사실을 깨달았다. 풀러가 오솔리를 선택한 것은 인생의 특정한 시기에 특정한 영혼의 요구를 충족시키기 위해서였다.

세속적인 결합이 영원히 지속되는 완전한 결합의 시작을 의미한다면 우리는 결합하지 않는 편이 좋아요. 시간이 흐르고 나면 내가 다른 남자를 "더 좋아하게" 될 수도 있으니까요. 하지만 내 선택을 후회하지 않아요. 그 덕분에 나는 엄마가 되는 경험과 가장 성실하고 다정한 상대와 가정을 꾸리는 경험을 할 수 있었으니까요.

범성애주의polyamory가 청교도주의의 잔재를 느슨하게 만들기 한 세기 반 전에 풀러는 이렇게 덧붙였다.

이 관계에서 나는 정신적으로 자유롭고 그 또한 자유롭기를 바라고 있어요. 나는 거짓으로 가득한 세상에서 우리가 서로 어느 정도 진실을 유지할 수 있으리라 믿어요. 실제로 자녀가 있다면 관계가 깊어질 수밖에 없지만요. 이 타락한 사회 계약 안에서는 자녀가 없는 편이 서로 진실을 지키기가 더 쉬울 겁니다. 하지만 나는 아이를 너무도 갈망했고 아이 없이는 숨을 쉴 수가 없었어요.

니노가 첫 돌을 맞기 닷새 전 마거릿은 자신이 숨겨온 진실을 어머니에게 전부 털어놓았다. 긴 편지에서 한 장을 넘기고 나서 풀러는 "어떤 소식"

이 있는데 어쩌면 어머니한테는 처음에는 "비통하게" 들릴 수도 있다는 사실을 인정하지만 넓은 안목에서는 "기쁨"을 가져다주리라 희망한다고 쓴다. 이상할 정도로 말을 아끼고 가정법을 이용하면서 풀러는 쓴다. "어머니의 맏딸은 어쩌면 오래전에 원래 이름과는 다른 이름으로 불리고 있었는지도 모릅니다. 그리고 한 살이 된 아들이 있습니다." 한층 더 이상한 점은 오솔리를 자신의 "남편"이라 부르면서도 어머니에게 보내는 이 긴 편지 어디에서도 그의 이름을 언급하지 않았다는 사실이다. 당시 풀러가 쓴 수백 통이 넘는 편지에서 마거릿이 오솔리를 "남편"이라고 지칭한 것은 단 두 차례밖에 없었는데, 어머니에게 보내는 이 편지가 그중 하나이다. 여기에서도 풀러는 오솔리와의 관계를 설명할 때 계속 되풀이하던 후렴구를 다시 한번 반복한다. 오솔리는 교육을 받지 못하고 지성적인 야심도 없지만 신뢰할 수 있는 의무감을 지니고 있고 "아주 다정한 성품"을 지녔으며 마거릿의 영혼을 새로운 방식으로 보살펴준다는 것이다. 어쩌면 이 후렴구를 되풀이하며 마거릿은 자신의 내면에서 빚어지는 갈등에서 스스로 오솔리와의 관계를 이해하기 위해 애를 쓰고 있었는지도 모른다. 마거릿은 어머니에게 말한다.

나를 사랑하는 그의 마음은 아주 확고하고 다정합니다. 그가 달래주지 못하는 고통은 없어요. 내가 아플 때 그가 나를 위하는 마음은 오직 어머니의 마음과 비교할 만합니다. 그에게서 나는 집을 찾았어요. 그 집은 어떤 속박으로도 간섭받지 않는 곳입니다. 여러 불행과 근심 속에서 우리는 그만큼의 기쁨도 함께 누렸습니다. 자연의 아름다움과 우리 아이와 순수하고 다정한 모든 것들에 대한 기쁨을 함께 느끼고 누렸습니다.

예전에 사랑했던 상대와 전혀 다른 반려자를 고른 자신의 선택을 다른 사람에게 정당화하는 과정에서 풀러는 사랑과 인품, 자기 자신에 대한 인식을 계속해서 바꾸어나갔다. 만난 지 8년째 되는 날 마거릿은 격노하여 왈도에게 "당신은 지성이고, 나는 삶입니다!"라고 말한 적이 있었다. 마거릿의 연인이 될 뻔한 사람들은 자신의 마음을 스스로 세운 지성적 야심이라는 새장에서 몸부림치게 놔두고는 "존재의 충만함"을 바라는 마거릿의 열망에 오직 반쪽의 자신으로만 응답했다. 그 사람들의 망설이는 손길에 몇 번이고 상처를 받은 풀러는 마침내 인품을 결정하는 가장 고귀한 자질은, "인생, 인생!"을 위해 갖추어야 하는 자질은 정신이 아니라 마음과 영혼이라는 사실을 깨닫는다. 진실함, 꾸밈없는 다정함, 변하지 않는 애정이다.

오솔리에 대한 사랑의 중심에서 인품의 자질을 깨닫고 소중히 여기게 된 후에도 풀러는 인간관계의 일시성을 감상적으로 평가하지 않는다. 다시 한번 풀러는 대항문화적인 냉철함으로 모든 것이 영원하지 않다는 사실을 인정한다. 이 사실은 덧없지만 빛나는 현재의 순간에 존재하는 모든 것을 한껏 누려야 한다는 점을 한층 선명하게 강조한다.

나는 그가 나를 언제까지 이토록 많이 사랑해줄지 알지 못해요. 몇 년이 지나면 나이 차가 지금보다 더 커지겠죠. 인생은 더없이 불확실해요. 그래서 좋은 일들은 최대한 받아들이는 게 필요하다고 생각해요. 너무 자세하게 캐고 따지는 일에 가치가 있다고 생각하지 않아요.

어떤 순간이 영원히 지속되지 않음을 인식하면서도 그 순간의 풍부함과 달콤함이 흐려지지 않게 하려면, 그 순간을 더할 나위 없는 "존재의 충만함"으로 순수하게 누리려면 얼마나 마음이 단단해야 하는 것일까?

어린 시절부터 풀러를 따라다니던 필멸성의 유령은 지금 현실과 더 가까워져 있었다. 일시성과 직면하는 것을 피할 수 없다는 생각에 따라 풀러는 병과 굶주림을 간신히 이겨낸 아이에 대해서 썼다.

나는 마음속 깊은 결핍에 대해서 처음으로 만족을 찾았습니다. 하지만 지금은 사라져버리고 없는 사랑스러운 이들을 생각하면 나는 그를 잠시 빌렸을 뿐인 보물처럼 생각해야 합니다.

니노를 되살리는 데 모든 노력을 쏟아붓느라 풀러는 글을 쓰는 일을 제대로 할 수 없었고, 가족을 완전히 갈라놓은 혁명전쟁에서 오솔리가 교황에 충성하는 다른 가족과 반대편에 서면서 일부나마 가족의 재산을 상속받을 가능성도 완전히 사라졌다. 풀러 가족은 곤궁한 처지에 몰렸다. 풀러는 친구들과 지인에게 계속 편지를 보내 돈을 빌려달라거나 받을 돈을 미리 달라고 부탁하면서 이곳저곳에서 없는 돈을 열심히 끌어모아 가족을 좀더 안전하고 기후가 온화한 토스카나로 데려가기 위해 노력했다. 9월 말 가족은 피렌체에 도착했다. 이곳에서 니노는 살아 있는 이들의 땅에 그 자그마한 발을 다시 내디딜 수 있었다. 처음에는 조심스러웠던 발걸음은 이내 힘차고 쾌활하게 뛰노는 발걸음이 되었다. 매일 아침 잠에서 깨어난 니노는 타닥타닥 발소리를 내며 부모의 침실로 달려가 고사리 같은 손으로 커튼을 젖히고는 새로 난 네 번째 치아를 보이며 크게 웃고 춤을 추었다. "매일 자라나는 수수께끼"라고 묘사한 아이의 확고하고 단순한 환희 속에서 풀러는 새로운 차원의 행복을 느꼈다.

아이는 나에게 말로 표현할 수 없는 기쁨을 줍니다. 내가 전에 느꼈던 그 어떤 기쁨보다 훨씬 순수하고 훨씬 깊은 기쁨이에요. 가끔 자연에서 그런 기쁨을 느껴봤지만 이 아이가 주는 기쁨은 그보다 훨씬 친밀하고 사랑스럽습니다. 아들은 나를 아주 많이 사랑하고 그 작은 마음으로 내 마음을 꼭 끌어안았습니다. 그가 살아간다면 좋지 않은 씨앗을 뿌리지는 않을 거라고, 항상 그 자신을 위해서 더 좋은 방향으로 성장해나갈 것이라고 믿어요.

자기 자신의 마음속에서 새로운 방을 발견하는 일보다 정신을 고양시키는 일은 많지 않다. 어머니가 되는 경험으로 풀러 내면에서 완전히 새로운 공간으로 가는 빗장이 열렸다. "그동안 알아왔던 기쁨 중에서도 처음으로 완전하고 평온한 기쁨"이 있는 곳이었다. 풀러는 순수한 놀라움으로 감탄했다.

전에는 … 신성하고 부드러워 보이는 사랑을 느꼈습니다. "무한하게" 정화하고 보호하고 위로하기를 열망하는 사랑이었어요. 하지만 그 사랑은 지금 느끼는 사랑에 비하면 아무것도 아니에요. 자발적이고 의욕이 넘치는 어린 시절의 삶에 대한 순수한 천성은 한때 나의 일부이기도 했습니다.

새로운 사랑이 피어오르면 마음의 범위가 넓어지면서 기존의 사랑 또한 풍성해지기 마련이다. 니노를 위해, 니노와 함께 느끼는 "신성한 느낌이 뒤섞인" 달콤한 기쁨을 생각하며 풀러는 남동생에게 보내는 편지에 이렇게 썼다.

이 기쁨은 우리가 다른 관계에서 느끼는 감정과 정도만 다를 뿐 종류가 다르지는 않아. 우리는 우리가 만나는 모든 이들의 운명을 방해할 수도 있고 밝게 밝혀줄 수도 있어.

자신이 새로운 삶을 살아가고 있는 이 낯선 자리에서 풀러는 반사망원경을 통해 예전의 삶을 들여다보았다. 현재 결혼을 하고 자식을 두고 있는 샘과 애나 부부에게 풀러는 편지를 썼다.

사랑하는 애나, 너그러이 용서해 줘. 네가 잘 아는 것처럼 삶에 대한 내 열정이 너무도 강렬해서 이야기하기가 어려워. 친구들은 모두 자기 자리에 남아 있지. 친구들이 지금 내 사정을 아는 것보다 내가 그 친구들 사정을 더 많이 아는 것 같아. 해류 너머로 그들을 볼 수 있어. 그 모습이 딱 좋아 보이지만, 나는 그들에게 가야 해. 그들이 내게 올 수는 없으니까. 잘 있어.

"로마를 그리워하지만" 고대의 "이상적인 아름다움"이 전쟁으로 파괴된 폐허로는 돌아갈 수 없게 된 풀러는 마지못해 미국으로 돌아가는 일을 심각하게 고민하기 시작했다.

그 순간 미국이 그녀에게 돌아오는 것처럼 보였다. 예전의 삶과 이어지는 한 줄기 인연이 풀러의 현재를 가로지른 것이다. 어느 가을 저녁 풀러가 오솔리와 함께 집으로 돌아오는 길에 뜻밖의 만남이 이루어졌다. 거리를 걷던 풀러는 "작고 가냘픈 몸을 반듯하게 세우고 서 있는, 창백한 낯빛을 한" 사람을 보고 우뚝 멈추어 섰다. 풀러는 젊은 시절, 지금은 실패로 돌아간 이상향에서 만난 옛 친구의 모습을 단박에 알아보았다. "브룩 농장이 피렌체 거리를 걷고 있다고 생각해보라." 풀러는 믿을 수 없는 심정으로 썼다. 지금은 여행이 한결 쉬워지고 지구화가 가속되면서 공간과 문화가 이리저리 뒤섞여 이런 식의 조우가 훨씬 있을 법한 일이 되었지만, 당시에는 낯선 땅에서 아는 사람을 만난다는 것은 상상하기 어려운 일이었다. 풀러는 예전 브룩 농장 시절의 친구와 이야기를 나누면서 "과거 목가적인 가장무도회의 메아리에 귀를 기울이며 즐거움을 느꼈다." 포도 넝쿨의 덩굴손이 좁다란 피렌체 거리를 가로질러 반대편 건물의 테라스에 가서 닿는 것처럼 여기에 서 풀러의 두 가지 인생이 서로 만난 것이다.

피렌체에서 풀러가 만난 가장 중요한 인물들은 바로 문학계의 유명 인사인 로버트와 엘리자베스 배럿 브라우닝 부부였다. 풀러는 이탈리아에 도착한 이래 이 부부를 만나기 위한 소개장을 얻으려고 이리저리 손을 써보았지만 모두 실패했다. 풀러는 아주 일찍부터, 그리고 가장 열정적으로 브라우닝 부부의 작품을 칭찬한 비평가 중 하나였다. "바이런은 오직 그 자신에게 여자가 어떤 모습이었는지를 묘사할 수 있을 뿐이다." 풀러는 〈뉴욕트리뷴〉에 썼다. "한편 [로버트] 브라우닝은 여자가 그들 자신에게 어떤 존재인지를 보여줄 수 있다." 엘리자베스에 대해서는 "고결하고 활기 넘치는 착상에서, 영적 경험의 깊이에서, 고전 작품을 암시하며 구사하는 능력에서 지금까지 알려진 어떤 여성 작가보다 뛰어나다"라고 평했다.

마침내 풀러가 브라우닝 부부를 만났을 때 엘리자베스는 몇 차례에 걸친 유산 끝에 첫 아이를 막 출산한 참이었다. 펜이라는 이름의 아들은 니노보다 몇 달 어렸다. 엘리자베스의 만성 질환과 43세라는 나이에 비추어볼 때 펜이 태어난 것은 기적이었다. 43세면 그 당시에는 전부 할머니가 되었을 나이였다. 풀러는 이 아이를 만나보고 단순히 신체적 기적이 아니라 거의 형이상학적인 기적을 느끼고 감탄했다.

[브라우닝 부부의] 아기는 세상에서 가장 예쁘다. 토실토실한 몸에 보랏빛 눈으로 밝게 웃는다. 대홍수 후 새롭게 만들어진 존재처럼 보인다. 책을 쓰는 작가의, 그것도 그토록 사색적이고 슬픈 책을 쓰는 두 작가의 아이처럼은 보이지 않는다.

21세 때 메리 울스턴크래프트를 읽고 그 후로 20년 동안 여성 권리를 열렬히 옹호해온 엘리자베스 배럿 브라우닝은 풀러의 작품을 알고 있었고, 직접 풀러를 만난 순간부터 그녀에게 호감을 느꼈다. 하지만 엘리자베스 또한 풀러가 인생의 반려자로 오솔리를 택한 일에는 깜짝 놀랐다. 풀러 자신도 오솔리와 감성이 안 맞다는 점을 계속 고민하고 있었다. "전혀 기대하지 않았던 일인데 오솔리는 책에 대한 취향을 쌓아가고 있어"라고 풀러는 희망을 걸고 고향에 알렸다. 오솔리는 또한 풀러의 브룩 농장 시절 친구에게 이탈리아어를 가르쳐주는 한편 영어를 배우기 시작했다. "당신이 과거를 떨쳐버리길 내가 얼마나 바라는지 모릅니다." 예전에 풀러는 윌리엄 채닝에게 열심히 권한 적이 있었다. "단지 미래의 기원이라는 의미만을 남기고 말입니다!"

대양을 가로질러 집으로 가기 전에 풀러에게는 해결해야 할 훨씬 더 급박하고 현실적인 문제들이 있었다. 현재 풀러의 가족은 형편이 어려운 정도가 아니라 극빈한 처지에 몰려 있었다. 고생스럽게 노력해야 겨우 아이에게 먹일 우유와 빵을 구할 수 있을 정도였다. 마차 비용을 감당할 수가 없어 사소한 볼일을 보기 위해 먼 거리를 걸어 다녀야 했다. 풀러는 글을 써서 얼마 안 되는 돈을 벌었는데, 집에 난방이 되지 않은 탓에 집에서 풀러가 방해를 받지 않고 글을 쓸 수 있던 유일한 방은 2월 "이탈리아에서도 유례가 없던 추위"가 계속되는 동안 "사람이 살기에 적합하지 못한 곳"이 되었다. 풀러가 짓누르는 궁핍의 무게에 한탄을 늘어놓고 은근히 재정적으로 도와주길 바라는 마음으로 친구에게 쓴 편지들 때문에 지불하지 못한 우편 요금 고지서만 높이 쌓일 뿐이었다. 3년 전 친구 가족의 가정교사로 고용되어 유럽에 올 때 탄 증기선은 워낙 비싸 꿈도 꾸지 못했다. 대서양을 건너는 가장 싼 방법인 바람과 돛을 이용한 배 여행 또한 풀러가 현재 가진 돈보다 비쌌다.

하지만 풀러는 대서양의 다른 쪽에 가기만 하면 가족이 검소하고 행복하게 살아갈 수 있으리라 생각했다.

　　돈이 약간 있고 눈에 띄지 않게 조용히 살아갈 수 있다면 이탈리아가 다시 힘을 키우는 날까지 몇 년 동안 이탈리아를 떠나 있다 해도 그리 섭섭하지는 않을 거야. 미국의 위대한 호기심과 위대한 희망에 대한 공감을 새롭게 하고 싶어. 그곳 사람들을 위해 내가 할 수 있는 일을 하고 싶어.

　　"그곳 사람들"이 자신을 어떻게 받아들일지 풀러는 더 마음 쓰지 않았었다. 뉴잉글랜드의 동료들과 독자들이 한 남자와 비밀리에 결혼한 자신의 놀라운 인생을 알게 되었을 때 뒤따를 "사회적 문초"에도 평정심을 유지할 수 있었다. 남편은 다른 사람의 눈에는 전혀 지적이지 않은 사람으로 보였지만 그녀의 눈에는 "매일 더 사랑스럽고 선량하게" 보였다. 에밀리 디킨슨이 "심장은 정신의 수도이다"라고 선언하는 시를 읽을 때까지 살지는 못하겠지만, 풀러는 그 지극한 진실을 직접 살아가고 있었다.

　　풀러는 진정한 의미에서 자신을 사랑하는 이들이라면 자신의 선택을 인정하고 자신이 나름의 이상에 따라 살아왔을 뿐 아니라 그 이상을 진화시켰다는 점을 이해해줄 것이라 기대하고 있었다. 풀러는 자신의 개인적인 삶을 좁은 잣대로 판단하려는 이들을 물리쳐버렸다. "어디에나 있는 수준 낮은 이들은 무슨 일이든 잘 알지 못하면 무조건 나쁘다고 생각할 것이 틀림없다." 어쩌면 풀러는 엘리자베스 배럿 브라우닝에게 아기들이 만난 일을 편지에 쓰면서 가혹하고 성급하게 판단을 내리는 "수준 낮은 이들"을 생각하고 있었는지도 모른다.

아기들은 서로의 존재에 놀란 것처럼 보이지만 서둘러 알고 지내려 하지는 않습니다. 어쩌면 아기들은 사람에게는 하나의 세계가 숨겨져 있다는 걸 감지하고 있는지도 몰라요. 아기는 아직 성급하고 무정한 교류의 습관에 물들어 몰인정하게 변하지 않았습니다. 우리가 사회라 부르는 것은 금세 그런 습관을 형성하고 말겠지요.

윌리엄 채닝 목사에게 마거릿은 한편으로는 방어적이면서도 당당하게 편지를 썼다.

내 삶이 전체적으로 옳지 않다고 해도(이 거짓으로 가득한 세상에서 진실하게 살아가는 일이 너무도 어렵기 때문에) 완전히 잘못되었거나 완전히 무익하지는 않습니다.

그럼에도 마거릿은 엘리자베스 피보디와 왈도에게서 소식 한 줄 없다는 사실에 마음 아파했다. 지금쯤 두 사람은 분명 소식을 들었을 것이다. "무슨 말을 해야 할지 모르는 게 틀림없어." 마거릿은 여동생에게 보내는 편지에서 애써 합리화했다. "그 사람들한테 내키지 않으면 그 일에 대해 아무 말도 할 필요 없다고 전해줘. 그들에게 나는 전과 똑같은 사람이니까."

하지만 풀러는 전혀 "똑같은 사람"이 아니었다. 풀러는 전쟁을 목격하고, 어머니가 되고, 정치적 이상이 무너지고, 개인적인 행복의 새로운 지평을 발견하면서 스스로 느끼는 것 이상으로 변했다. 이토록 중대한 내면의 변화가 일어나는 작용은 상대성 이론의 작용과 유사하다. 훗날 아인슈타인은 자신의 인생에서 "가장 행복한 생각"을 했다고 회고하게 될 순간에 상대성 이론을 증명하는 사고실험을 떠올린다. 물리학을 전복시키고 뉴턴의 법칙을 획기적으로 다시 쓰게 될 사고실험이다.

정설로는 인정받지 못했지만 초기에 신문으로 유포되고 그다음에는 전기 작가들이 수없이 많은 형태로 전한 이야기에 따르면, 1907년 어느 날 아인슈타인은 취리히에 있는 특허청에서 일하다 창문을 내다보았다고 한다. 아인슈타인은 2년 전에 자신이 발표한 특수 상대성 이론이 뉴턴의 중력과 어떻게 조화를 이룰 것인지 고심하고 있었다. 그 순간 아인슈타인은 특허청 근처 건물의 지붕에서 공사 인부가 수직으로 곤두박질치며 떨어지는 모습에 시선을 빼앗겼다. 다행히 그 남자는 건물 아래 쌓여 있던 푹신한 쓰레기 더미 위로 떨어졌다. 전해지는 이야기에 따르면 아인슈타인은 이 일을 자신의 이론을 시험할 좋은 기회라고 생각하고 서둘러 밖으로 뛰쳐나가 방금 옥상에서 떨어져 정신이 없는 남자에게 이상한 질문을 던졌다고 한다. 예상치 못하게 추락하는 동안 어떤 보이지 않는 힘이 그를 땅으로 난폭하게 끌어당기는 것을 느꼈는가? 아인슈타인은 자유낙하하는 관찰자는 중력을 지각할 수 없으며, 그러므로 중력이 존재하지 않는 것처럼 느껴졌을 것이라 추론했다. 어리둥절한 인부는 그 추측을 확인해주었다. 그는 떨어지는 동안 아래로 끌어당기는 힘을 느끼지 못했다. 아인슈타인은 이 생각을 확장하여 현재 잘 알려진 엘리베이터 사고실험으로 발전시켰고, 엘리베이터처럼 작고 밀폐된 공간에서는 물리학 법칙을 어떤 식으로 측정하든 엘리베이터가 멈추어 있는지, 강력한 중력장 안에서 흔들리고 있는지, 우주를 가로질러 위쪽으로 가속하고 있는지 분간할 수 없다는 사실을 증명했다. 기준틀들이 상호적으로 가속되는 상황에서는 일반 상대성 이론은 또한 중력의 법칙이기도 하다.

마찬가지로 변화를 직접 경험하고 있는 사람의 내면은 아무리 높은 곳으로 급격히 상승한다고 해도 그 상승을 직접 감지하지 못한다. 풀러는 살아가는 동안 자신이 얼마나 크게 변했는지 알기도 하고 모르기도 했다. 풀러는 자신의 성품 안에 있는 힘과 진실성을 모두 끌어내 우연이 지배하는 외부 세계에서 들이닥친 변화와 내부 세계에서 자신이 선택한 변화를 고찰했다.

나는 이상한 충동에 따라 행동했다. 내 정신을 스쳐간 모든 생각을 분석할 수 없었다. 나는 기쁘지도, 슬프지도 않다. 좋든 나쁘든 나는 내 사람됨에 따라 행동한 것이다. … 나는 정신과 마음의 결합은 결혼이라는 일상생활의 협력 관계를 맺지 않을 때 한층 완전할 수 있다고 생각한다. 하지만 결혼 생활이 짐처럼 느껴지지는 않는다.

풀러의 새로운 인생에 대한 이야기를 듣고 "우리 시대에 결혼하지 않는 여자는 바람직하지 않으므로" 풀러가 더 행복할 것이라고 생각한다는 편지를 보낸 지인에게 풀러는 반항적인 태도로 답장을 썼다.

나는 반대로 생각합니다. 결혼을 하면 온갖 하찮고 따분한 일을 감당해야 하는 이런 사회에서는 오히려 미혼의 삶에서 누릴 수 있는 자유가 한층 소중하다고 생각합니다. 나는 내가 사랑하는 이들을 오직 좋은 모습으로만 보고 싶었어요. 오솔리와의 관계에서도 누구도 우리 관계를 알지 못했을 때가 가장 좋았습니다. 우리는 산속에서 며칠씩 지내기도 했고 로마의 폐허를 거닐며 아름다운 밤을 보내기도 했지요.

풀러는 두 사람의 결합을 기쁘게 만드는 요소는 자신이 《19세기 여성》

에서 그토록 혹독하게 비판한 사회적 계약이 아니라, 두 사람이 가정을 꾸리기 위한 동등한 상대로 만났다는 점이라고 지적했다. 두 사람은 "서로 위안이 되어주며 사소한 문제에도 서로 돕는" 관계인 한편 가사와 상관없이 "언제나" 함께 있는 것을 즐기는 관계였다. 두 사람의 사랑이 유일하고 강하다는 이유에 기대어 풀러는 일시성이 삶을 지배한다는 사실을 알면서도 그에 반해 다시 한번 영속성에 대한 갈망의 손을 들어주었다.

만약 그가 지금까지 해왔던 것처럼 계속해서 나를 사랑해준다면 그와의 관계는 헤아릴 수 없을 만큼 소중한 축복이 될 것이다. "만약"이라고 한 이유는 모든 인간의 애정이란 부서지기 쉽기 때문이다. 나는 그 사실을 알지 못했기에 너무도 큰 불행을 겪어야만 했다.

오솔리와의 영원한 사랑을 꿈꾸는 자신에게 반박하면서 마거릿은 오래전 에머슨이 했던 충고를 떠올렸을까? "영혼은 두 존재의 영속적인 결합이라는 의미에서 결혼이라는 것을 알지 못한다."

그럼에도 나는 그의 사랑이 영원하리라 믿어. 지금까지 수없이 많은 시험을 견디면서도 한 점 흠이 없었거든. 특히 내가 어느 때보다도, 앞으로 그럴 것보다도 훨씬 여러 면에서 비관적으로 굴면서 부당하게 행동했는데도 말이야. 부디 앞으로 그럴 일이 없길. 그 힘겨운 시간에도 그는 오직 나를 격려하고 응원할 생각밖에 하지 않았어. 그는 헌신적인 사랑을 할 줄 아는 사람이야. 여자의 사랑을 뛰어넘는 사랑이지.

캐럴라인에게 보내는 편지에서 풀러는 자신의 모순된 인식들을 화해시키고 현재라는 순간의 성역 안에서 살아가기로 한 선택을 말했다.

매일 오솔리는 평온함과 다정함을 전해줘. 그래서 미래를 제대로 생각할 수
가 없어.

1850년 봄 마거릿 풀러는 이탈리아 혁명의 어두운 측면에 완전히 눈을
뜨게 되었다. 혁명은 "고결한 취지와 고결한 행동이 낳은 많은 열매"를 맺었
다. 하지만 한편으로 혁명은 사실상 전쟁이었으며, 다른 모든 전쟁과 마찬
가지로 이상이 무엇이었든 "악덕과 만취, 정신적 방탕을 양산했고 가장 사
랑하는 이들을 갈가리 찢으며 눈물을 흘리게 만들었다." 사랑하는 오솔리,
니노와 함께하기 위해 미국으로 돌아가야 하는 시간이 다가왔다. "탕아는
'돌아가게' 되어 기뻐!"라고 풀러는 거의 전생처럼 느껴질 만큼 오래전 애나
바커에게 편지를 쓴 적이 있다. 지금 풀러는 로마에서 쓰는 〈뉴욕트리뷴〉의
마지막 칼럼에서 아쉬움을 토로했다. "어디를 가든 내 마음의 큰 부분은 언
제까지나 이탈리아에 남아 있을 것이다."

가난과 빚에 시달리고 있던 풀러는 열흘 만에 자신을 유럽에 데려다준
사치스러운 증기선의 뱃삯을 감당할 수 없었다. 뉴욕으로 가는 화물선이 증
기선보다 아주 싼 값에 승객을 몇 명 태워준다는 소식을 들은 풀러는 망설
였다. 오직 바람과 조류의 자비에 몸을 맡기는 상선을 타면 미국으로 가는
데 두 달이 넘게 걸릴 것이었다. 상선은 우편선이나 증기선처럼 튼튼하지도
않았고 항해 장비 또한 부실했다. 몇 년 전 풀러는 일기에 바다의 통계를 기
록한 적이 있었다. "'매 해' 영국에서만 500척이 넘는 배들이 난파하여 바다
밑으로 가라앉는다."

풀러는 이름 자체가 믿음직스러운 헤이스티Hasty 선장("신속한"이라는 뜻이

다—옮긴이)을 만나보고 선장을 동포들의 "가장 훌륭하고 가장 고결한 사람 중에서도" 친절한 사람이라고 생각했다. 풀러는 배 상태가 좋다는 것을 직접 확인한 후에야 두려운 마음을 극복하고 가족과 함께 엘리자베스호를 타고 미국으로 돌아가기로 마음을 굳혔다. 배는 5월 중순 풀러의 마흔 번째 생일 바로 전에 출발할 예정이었다. 풀러의 가족은 이 화물선의 살아 있는 화물로 탑승하게 될 터였다. 이 화물선의 다른 화물로는 150톤의 카라라 대리석, 명주 천, 그림, 하이럼 파워스가 조각한 조각상 등이 있었다. 이 조각상은 노예주와 자유주 사이의 양보할 수 없는 긴장을 완화하려는 노력의 일환으로 1850년 타협안이 통과되기 전인 3월 세상을 떠난 (노예제를 지지하는) 사우스캐롤라이나주의 상원의원을 조각한 조각상이었다.

출발하기 직전 마거릿은 어머니에게 짧고 어두운 편지를 써서 일부러 다른 배편으로 보냈다.

무슨 일이 일어나 이 땅 위에서 우리가 다시 만날 수 없게 된다면 어머니의 딸을 적어도 항상 자신의 의무를 다하려 한 사람이었다고 생각해주세요. 탁월함을 찾기 위해 활짝 열어놓은 정신에 따라 어머니를 항상 소중히 여기는 사람이었다고 생각해주세요.

내면 가장 깊은 곳의 갈등을 털어놓을 만큼 항상 의지해왔던 윌리엄 채닝 목사에게 마거릿은 두려움을 좀더 구체적으로 표현했다.

배를 탑니다. … 정말로 열심히 기도하고 있어요. 치료할 수 없는 병이나 울부짖는 파도에 아들을 바다에서 잃는 운명이 내 몫으로 떨어지지 않기를. 그렇게 된다면 오솔리와 안젤리노와 내가 함께 가게 되기를.

세 식구는 이탈리아에서의 마지막 밤을 브라우닝 부부의 집에서 보냈다. 풀러는 초조하면서도 여행에 대한 두려움과 "아이 때문에 떨리는 심려의 마음"을 숨기려고 애를 썼다. 타게 될 배의 이름이 위대한 시인의 이름과 같은 것이 좋은 징조임이 틀림없다는 농담을 하기도 했다. 크나큰 불안이 그녀의 존재를 뒤흔들고 있었다. "터무니없을 정도로 두려운 마음이 들어요." 출발 한 달 전에 풀러는 친한 이탈리아 친구에게 쓴 편지에서 이렇게 말했다. "여러 불안한 징조들이 계속 겹치면서 큰 불행이 다가올 것만 같은 기분이에요."

여기 평생 관습이나 운에 자신을 맡기길 거부해온 여자가 있었다. 생리적 특징과 문화가 막아놓은 천장을 뚫고 올라가 자아를 실현하기 위해 노력해온 여자가 있었다. 운이 우주를 다스린다는 것을 인정하면서도 그 안에서 베토벤이 했던 일을 해내리라 결심한 여자가 있었다. 운명이 청력을 앗아갔을 때 베토벤이 한 일은 바로 "운명의 멱살을 틀어쥐는" 일이었다. 이런 여자가 마음의 절반으로는 그게 얼마나 어리석은지 똑똑히 자각하면서도 나머지 마음의 절반을 미신에게 내주었다는 것은 공포가 우리에게 어떤 영향을 미치는지를 증명한다. 공포는 우리의 진화된 반응을 벗겨버리고 우리의 수준을 낮춰 가장 원시적인 반응을 보이도록 만든다.

브라우닝 부부에게 준 기묘한 작별 선물 또한 공포가 풀러를 사로잡고 있었다는 증거로 보인다. 평생 종교 교리에 저항해왔음에도 풀러는 니노가 브라우닝 부부의 어린 아들에게 선물하는 것처럼 꾸며 시인 부부에게 멋진 성경책을 선물했다. 책 안쪽에 쓴 헌정의 말도 이상했다. "안젤리노 에우게니오 오솔리를 기념하며."

풀러가 피렌체를 떠나기 바로 전 에머슨은 풀러에게 "지금은 우선 이탈리아에 머물러 있으라"고 애원하는 편지를 부쳤다. 에머슨 또한 뉴잉글랜드가 이 돌아온 탕아를 어떻게 받아들일지 걱정하고 있었다. 뉴잉글랜드에서는 아직 풀러와 오솔리가 어떤 관계인지 알지 못한 채, 온갖 추측만 난무하고 있었다. 여기에 풀러가 어린 연인과 아이를 데리고 돌아온다면 큰 충격을 받을 것이었다. 에머슨은 25년 전 토머스 칼라일의 주요 저서를 소개할 때 했던 것처럼 풀러의 혁명에 대한 비장의 책을 출간하고 대중화할 것을 제안했다. 에머슨은 편지에 썼다.

나는 확신하고 있어요. 이탈리아에 계속 머물러 있는 것이 당신에게 훨씬 유리할 거예요. 당신의 증언에 신뢰성을 더해줄 뿐 아니라, 새로운 평판과 경탄의 빛이 당신이라는 별을 비춰줄 겁니다.

이 편지는 미국의 떠도는 별의 손에 닿지 않았다. 그 별은 의심의 그늘을 짊어진 채 이미 고향을 향해 떠난 뒤였다.

5월 17일 풀러가 40세 생일을 맞기 엿새 전 세 식구는 엘리자베스호에 올랐다. 선원과 풀러의 가족 외에도 포유동물 네 마리가 함께 탔다. 선장의 어린 아내와 결국 고향으로 돌아가게 된 브룩 농장 시절의 친구, 뉴욕에서 새 삶을 살기로 결심한 젊은 이탈리아 여성, 그리고 마지막으로 염소 한 마리였다. 유모의 뱃삯을 감당할 수 없던 풀러는 염소를 구했고 최근 젖을 뗀 니노에게 염소젖을 먹일 작정이었다. 니노는 곧 선원들의 사랑을 독차지하는 배의 마스코트가 되었다. 특히 헤이스티 선장이 아이를 아주 예뻐했다. 선장이 니노를 아주 귀여워했기 때문에 선장이 "신경성 열"의 갑작스러운 발작으로 쓰러져 맹렬한 두통과 요통에 시달리자 풀러는 선장의 기분을 조금이라도 풀어주기 위해 일부러 니노를 데리고 선장실을 찾아갔다. 하지만 이튿날 빨갛게 부푼 농포가 선장의 몸을 뒤덮기 시작했다. 목구멍이 부어 아무것도 삼키지 못했고 숨조차 제대로 쉬지 못했다. 얼마 지나지 않아 수포는 검은색으로 변하기 시작했다. 기침으로 인한 경련은 곧 온몸을 뒤흔드는 고통 어린 몸부림으로 변해갔다.

천연두였다.

며칠 뒤 헤이스티 선장은 숨을 거두었다. 항해를 시작한 지 3주 째, 엘리자베스호가 지브롤터 항구에 도착한 다음 날 아침이었다. 배는 즉시 격리되었고, 의사조차 배 안으로 들어오지 못했다. 함부로 선장의 시체를 들여와 치명적인 질병을 육지로 옮길 위험을 감수하고 싶지 않았던 영국 정부는 선장을 깊은 바다에 수장하도록 명령했다. 수포가 남아 있는 유해가 지중해의 푸른 심연으로 가라앉는 동안 풀러는 흐느껴 우는 선장의 아내를 부축했다. 항구에 정박한 모든 배가 일요일 초저녁의 햇살 아래 일제히, 엄숙하게 깃발을 올렸다.

이탈리아의 산촌에 있을 무렵 풀러는 니노에게 천연두 예방 접종을 맞혔다. 천연두는 몇 세기 동안 수많은 부모에게서 자녀를 빼앗아간 병이다. 케플러와 에머슨도 천연두로 아이를 잃었다. 경험이 일천한 일등 항해사의 지휘 아래 엘리자베스호가 다시 외해로 나온 지 이틀 후 마거릿은 발진이 니노의 작은 몸을 집어삼키는 모습을 지켜보며 공포에 사로잡혔다. 눈에 난 수포 때문에 눈도 제대로 뜨지 못했다. 천사라는 이름의 소년은 고통 속에서 비명을 지르는 파충류 악마처럼 보였다. 마을 의사가 놓은 엉성하기 짝이 없던 예방 접종이 전혀 효과가 없었던 것이다. 예방 접종 기술이 발전하여 천연두가 지구에서 박멸되기까지는 130년의 시간이 더 흘러야 한다.

태어나자마자 죽을 고비를 넘긴 소년은 다시 한번 최후의 심연의 경계에서 빙글빙글 맴돌고 있었다. 두 달 전 친구의 어린 아들이 세상을 떠났다는 소식을 듣고 마거릿은 이렇게 썼다.

> 이런 소식을 들으면 이기적인 동정심으로 몸이 떨려. 나는 "내" 아이를 잃고는 살아갈 수 없을 것 같아. 어떻게 그렇게 할 수 있는지 매일 생각해.

질병이 니노의 몸 안에서 난폭하게 날뛰는 모습을 무력하게 지켜볼 수밖에 없던 마거릿은 자신이 할 수 있는 유일한 일을 했다. 바로 니노에게 노래를 불러주는 일이었다. 니노가 물집 잡힌 자그마한 손을 노랫소리에 맞추어 흔들기 시작하자 새로운 종류의 희망이 맹렬하게 마거릿의 존재를 집어삼켰다. 병이 난 지 아흐레 후 니노는 다시 눈을 뜰 수 있었다. 열나흘 째 밤 니노는 또다시 기적적으로 건강을 회복했다. 회복이 얼마나 기적적이었던지 마맛자국도 금세 사라졌다. 마거릿은 이에 대해 어느 정도 남의 시선을 의식하며 기뻐했다. 어머니에게 예쁘지 않은 손주를 만나게 하고 싶지 않았기 때문이다. 아주 오래전 마거릿이 어렸을 때 그녀는 자신이 "못생겼지만 똑똑한 아이"가 되어야겠다고 결심했다. 그리고 지금 마거릿은 자신이 가장 사랑하는 존재가 아름답기를 바랄 수밖에 없었다. 이런 마음은 허영심 때문이 아니며 가장 인간다운 인간성 때문이다. 이 인간성 안에서 모든 것, 즉 사랑과 진실, 아름다움은 하나이다.

살아남지 못할 위기에서 간신히 목숨을 건진 사람만이 느낄 수 있는 고양된 기분으로 마거릿은 태양의 아름다움을 한껏 들이마셨다. 한때 연애편지에서 "최고의 현실적 존재인 달"이라고 부른 적이 있는 빛 아래 마거릿은 다름 아닌 "신성함"을 품고 일렁이는 물결을 외경심에 차 바라보았다. 풀러가 레이철 카슨의 글을 읽었다면 크게 공감했을 것이다. "작은 배를 타고 육지에서 멀리 떨어진 곳에서 바라보는 밤바다에는 무언가 마음 깊이 스미는 데가 있다."

몇 주 동안 바람이 거의 불지 않아 선원들이 초조해하던 중에 갑자기 돌풍이 불어오면서 바다 위에 둥둥 떠 있는 작은 엘리자베스호를 목적지로 밀어주기 시작하자 풀러의 고양감은 한층 고조되었다. 7월 14일 배는 버뮤다 제도를 지나 넘치는 기쁨과 함께 고향의 해역으로 들어섰다. 헤이스티 선장이라면 택하지 않았을 예외적인 항로였다. 하지만 선장의 직무를 대행하고 있던 일등 항해사는 경험도 적었고 항해에 필요한 기초 과학 교육도 제대로 받지 못했다. 마리아 미첼이 열 살이 되기도 전에 할 수 있던 계산을 그는 하지 못했다. 경도를 계산하지 못하는 선장은 위도에만 의존하여 배를 조타했다. 경도를 계산하는 일은 고대부터 학자들을 괴롭힌 복잡한 수학 문제였다. 반면 위도는 태양의 위치, 혹은 지평선에서 볼 수 있는 다른 별의 높이와 시간을 조합하여 간단하게 계산할 수 있었다.

위도 0도, 즉 적도가 우주를 구성하는 물리적인 힘으로 고정된 우리 행성의 불변의 특징이라면 경도 0도, 즉 자오선은 1000년에 걸쳐 지정학과 인간의 다양하고 변덕스러운 판단에 따라 로마, 파리, 런던, 필라델피아, 상트페테르부르크, 예루살렘 등 각기 다른 지점으로 정해졌다. 실제로 자오선이 어디 있는지 안다고 해서 경도의 문제가 해결되지는 않는다. 경도를 측정하기 위해서는 장소뿐 아니라 시간이라는 요소도 염두에 두어야 하기 때문이다. 배의 경도를 계산하려면 배가 있는 바다의 정확한 시간과 이미 경도를 알고 있는 좌표, 일반적으로는 고향 항구의 시간을 알아야 한다. 지구가 24시간마다 360도를 자전한다고 생각할 때 지구는 한 시간마다 옆으로 15도씩 회전하고, 1도 회전하는 데 4분이 걸린다. 여기까지는 단순한 시간 계산이며 기본적인 산수이다. 하지만 위도에 따른 거리에 이르면 계산이 복잡해진다. 지구 전체에 걸쳐 경도 1도는 어디에서나 지구가 4분 동안 이동하는 거리이지만, 실제로 그 거리는 위도에 따라 109킬로미터(적도)에서 0킬로미터(극지방)까지 달라지기 때문이다. 그렇기에 조금만 계산 실수를 해도 배는 항로에서 멀리 벗어나게 된다.

몇 세기 동안 경도를 계산하는 신뢰할 수 있고 표준화된 방법을 찾는 과업은 큰 이권이 걸린 만큼 신비로운 측면을 띠게 되었다. 영구기관의 꿈처럼 사람들을 매혹시켰고, 연금술만큼이나 돈벌이가 된다고 여겨졌다. 경도 계산은 수없이 많은 학자를 비유적인 정신이상으로 몰고 가고 셀 수 없이 많은 선원을 현실적인 죽음으로 몰고 간 난제였다. 케플러에서 허셜에 이르기까지 모든 과학자의 관심을 사로잡았다. 갈릴레오마저도 과학과 자만심의 이중적인 유혹에 굴복했다. 스페인의 왕이 "경도를 발견하는 자"에게 평생 후한 연금을 지급하겠다고 제안했을 때 갈릴레오는 자신이 발견한 목성의 네 개 위성 궤도와 식蝕에 기반을 둔 경도 계산 체계를 고안하는 일에 착수했다. 갈릴레오는 자신이 발견한 목성의 위성들에 케플러의 제안을 따라 신화 속 주피터Jupiter의 연인들의 이름을 따서 이오Io, 유로파Europa, 가니메데Ganymede, 칼리스토Callisto라는 이름을 붙였다. 상을 준다는 발표가 있은 지 20년 만에 갈릴레오는 완성된 계산법을 제출했다. 하지만 왕의 자문위원회는 바다를 항해하는 작은 배 위에서는 창공에서 희미하게 보이는 목성의 위성을 식별하기가 너무 어렵기 때문에 이 계산법을 실행할 수 없다며 갈릴레오의 해결책을 각하했다.

갈릴레오는 굴하지 않았고 계산법을 보완하기 위해 정교한 장치를 발명하는 일에 착수했다. 기사가 쓰는 것과 같은 놋쇠로 만든 항법 투구로, 선원이 이 투구를 쓰면 눈에 잘 보이지 않는 목성의 위성을 쉽게 찾을 수 있다. 왼쪽 눈구멍으로는 육안으로 밤하늘에서 밝게 빛나는 목성을 찾은 다음 오른쪽 눈으로는 눈구멍에 부착된 작은 망원경을 통해 위성의 모습을 관찰하는 것이었다. 하지만 이 투구는 결국 실현되지 못했다. 갈릴레오는 온 유럽을 돌며 경도 계산에 대한 착상을 홍보한 끝에 그 보상으로 네덜란드 정부로부터 금사슬을 받았고 그 후 경도 계산에서 손을 뗐다. 갈릴레오가 사망하고 8년 후, 마거릿 풀러가 엘리자베스호에 탑승하기 정확히 200년 전 갈릴레오의 목성법은 경도를 계산하는 방법으로 널리 인정받게 되었다. 하지만 이 방법은 바다가 아니라 육지에서만 쓸 수 있었고, 항해 중 경도 계산 문제는 여전히 복잡한 수학 계산 문제로 남아 있었다.

엘리자베스호의 신임 선장은 그런 복잡한 계산은 할 수 없었다. 배가 예상치 못한 바람을 타고 버뮤다의 바다를 수월하게 지나갔을 때 선장은 자연이 자신의 부족한 수학 능력을 보상해주었다고, 운이 자신의 손을 들어주었다고 생각했다. 뉴저지 등대의 명멸하는 빛이 저 멀리 수평선 너머 나타났을 때 마치 하늘이 그를 돕는 듯했다. 선장은 승객들에게 짐을 싸고 하선할 준비를 하라고 명령했다.

찰스 다윈

살아남는다는 것의 진부함

13

1849년 마거릿 풀러가 미국으로 돌아가야 할지 고민하고 있을 무렵, 박식한 천문학자이자 캐럴라인 허셜의 조카인 존 허셜은 찰스 다윈에게 왕립해군에게 위임받아 야심 차게 준비하고 있던 열 가지 과학 분야 입문서 중 지질학 부문을 맡아달라고 부탁했다. (휴얼이 케플러의 유산을 기반으로 조수潮水에 대한 부문을 맡았다. 영국에서 마리아 미첼이 가장 좋아한 학자이자 위대한 동류의 영혼이었던 왕립천문학자 에리 박사Dr. Airy가 천문학 부문을 맡아 집필했다.) 다윈은 이 분야를 전혀 모르는 독자도 훌륭한 지질학자로 만들 수 있을 법한 입문서를 집필했다. 이 입문서에는 독자들이 "이 놀라운 세계의 역사를 좀더 완벽하게 만드는 데 공헌하는 고차원의 만족을 느끼도록" 만들려는 의도가 담겨 있었다.

원고를 보내면서 다윈은 허셜에게 편지를 썼다.

당신이 말한 활자 크기라면 이 글이 너무 길지 않을까 염려됩니다. 하지만 더 줄일 수 있을지 모르겠습니다. 다시 쓰는 것밖에 방법이 없는데, 그러려면 다시 끙끙거리며 힘겹게 일을 해야겠지요. 썩 마음에 들지는 않지만, 어떻게 하면 더 나아질지 고민해보아도 생각이 나지 않았습니다. 당신이 보고 수정이나 삭제를 해주시길 부탁드립니다.

완벽주의자로서 극단적인 불안에 휩쓸리곤 했던 다윈은 책을 편집하는 과정이 마음에 들지 않았다. 하지만 1850년 가을 입문서가 막 인쇄에 들어갈 무렵 전혀 다른 차원의 문제가 발생하여 입문서에 대한 불만은 다윈의 머릿속에서 완전히 사라졌다. 다윈이 사랑하는 아홉 살 딸 애니Annie가 정체를 알 수 없는 병에 걸린 것이다. 열 명의 자녀 중 둘째로 태어난 애니는 호기심의 샘이자 가족의 햇살이었으며 찰스가 가장 사랑한 딸이었다. 딸의 병세가 가벼운 병과 다르다는 사실을 깨달은 찰스와 에마Emma는 그 시대 의학의 권위자들이 병에 걸린 아이들에게 처방하는 치료법에 주목하기 시작했다. 바로 바닷물에 몸을 담그는 치료법이었다. 이 치료법은 "쇠약과 순환 장애" 같은 증상부터 어느 의학 백과사전에 따르면 "무기력하고 나태한 정신 상태"에 이르기까지 모든 증상을 치료하는 만병통치의 방법으로 여겨지고 있었다. 그 시대에 발간된 자연과학서이자 여행 안내서는 켄트주에 있는 해안 휴양지인 램즈게이트에서 열광적으로 유행하던 바다 수영을 이렇게 묘사했다. "몸을 바닷물에 갑자기 담그면 혈액이 기운차게 순환하면서 몸에서 열이 난다." 다윈은 바다에 몸을 담그며 건강을 회복하기를 바라는 마음으로 램즈게이트에 애니를 보냈다. 하지만 애니의 병세는 열과 두통으로 더 악화될 뿐이었다.

1년 전 다윈의 가족은 몰번의 온천 마을을 찾은 적이 있었다. 다윈이 제임스 걸리James Gully 박사가 새로 고안한 "찬물 치료법"을 시험해보고 싶었기 때문이었다. 당시 만성 질환에 시달리던 다윈은 어떨 때는 불면증에 시달렸고 어떨 때는 "매주 불쾌한 구토 증상"에 시달렸다. 다윈의 병은 정확하게 진단된 적도 없을 뿐더러 제대로 치료된 적도 없었다. 다윈은 조금이라도 증상을 완화할 방법을 필사적으로 찾고 있었다. 현대에 들어 제기된 가설에 따르면 다윈은 심각한 불안장애에 시달렸을 가능성이 있다. 걸리 박사가 쓴《만성 질환에서의 물 치료The Water Cure in Chronic Disease》를 읽은 다윈은 과학적 회의주의를 잠시 치워둔 채 의사에게 편지를 보내 치료를 받아보고 싶다는 뜻을 밝혔다. 다윈은 구토 증세가 지속되면 제대로 일을 할 수 없다는 점을 염려했다. 다윈은 가장 친한 친구에게 편지를 썼다. "증상이 절반만 줄어들어도 지금 2년 걸려야 하는 일을 여섯 달 만에 끝낼 수 있을 거야."

걸리 박사의 치료법은 박사 자신이 두 살배기 딸아이를 잃고 난 후에 개발한 것으로, 약물치료를 완전히 배제했다. 그 작은 아이는 당시 처방된 온갖 약으로 치료를 받았는데 그중에는 수은과 납, 비소 같은 중금속도 있었다. 그 결과 아이는 극심한 고통에 몸부림치며 죽었다. 딸을 잃은 아버지는 대안 의학을 고안하는 일에 착수했다. 여러 유명인사들이 그의 물 치료법을 받으러 왔다. 그중에는 테니슨과 플로렌스 나이팅게일이 있었고 여기에 찰스 다윈도 합류했다.

다윈을 변호하자면, 당시는 의학이 너무도 미숙한 수준에 머물러 있던 시대였다. 의학 분야에서 쓰는 방법이 종교에서 신앙 체계와 권력 구조를 유지하기 위해 사용한 형이상학적 속임수와 별반 다르지 않았다. 이런 속임수가 가능했던 이유는 현대 의학이 기반을 쌓아올리는 동안 과학과 의사과학을 구분하는 선이 몇 번이고 지워졌다 다시 그려졌기 때문이다. 다윈의 시대에는 우리 몸, 특히 여자의 몸에 대한 이해가 아주 빈약하기 그지없었고, 임상실험의 시대가 오기까지는 몇 세대라는 세월이 지나야 했다. 당시 의학 치료는 대부분 추측과 전승 지식, 일화적인 시행착오의 조합에 기반을 두고 있었다. 마거릿 풀러는 21세 때 두통으로 아무것도 할 수 없게 되자 피를 뽑는 사혈 치료를 받았다. 풀러는 남은 인생 동안 이 만성적인 두통에 시달렸다. 당시 사혈 치료는 광범위한 질병에 모두 적용되는 치료법이었다. 유아기에 일어나는 질환 대다수가 설사에서 산통, 열, 불안에 이르기까지 모두 치통으로 간주되는 시대였다. 또한 사망 기록에서 가장 흔하게 찾아볼 수 있는 영아 사망의 사인이 치통인 시대였다. 이 포괄적인 질환은 효과가 있다고 여겨지는 일련의 야만적인 치료법으로 치료되었다. 물집을 만들고 피를 뽑고 의심적은 약물을 마구 투약하는 식이었다. 부모들은 빨갛게 부어오른 영아의 잇몸을 소독도 하지 않은 조리 도구로 찔러댔고 그 결과 세균이 들어가 실제로 사망의 원인이 되기도 했다. 가장 흔히 처방되는 약은 염화제일수은 가루를 녹인 용액으로, 이 약을 아이가 침을 흘릴 때까지 먹였다. 침을 흘리는 것은 오늘날 급성 수은 중독 증상으로 널리 알려져 있다. 수은 치료를 받은 아이들의 혀가 평소보다 몇 배나 부어올라 물을 마시지 못해 탈수로 사망하는 경우도 많았다. 하지만 수은 치료가 시작된 후 반세기 동안이나 어떤 부모도, 어떤 의사도 수은이 사망 원인이라는 사실을 알아채지 못했다. 비록 수은 치료를 받고 살아남았다 해도 영구적인 신경 손상이 일어나기 때문에 평생 발작이나 떨림, 만성 피로 같은 증상을 안고 살아가야 했다. 수은이 체내에 평생 남아 있기 때문이다. 이 같은 사실은 수십 년 뒤에야 밝혀진다.

소피아 피보디의 개인적인 역사는 19세기 의학의 한계를 잘 보여주는 사례이다. 아기 때 자주 보챈 탓에 일찍부터 수은 치료를 받은 소피아는 어린 시절부터 끔찍한 두통에 시달렸고 그 탓에 소음에 아주 예민해졌다. 심지어 가족들이 식사하는 자리에 가지 못한 채 침실에 남아 있어야 할 정도였다. 식기가 쨍그랑하며 부딪치는 소리가 "몹시 괴로운 고문"처럼 느껴졌기 때문이다. 극심한 두통 때문에 소피아는 몸에서 영혼이 빠져나가는 것 같은 혼란스러운 상태에 빠지기도 했고, 정신을 잃기도 했고, 가끔 섬망 상태에 빠지기도 했다. 하버드에서 의학을 공부한 소피아의 아버지는 뜨거운 습포제로 피부에 수포가 잡히게 만들어 "체액"을 몸에서 빼내는 치료에 착수했다. "체액"이란 고대 그리스와 로마 의학에서 말하는 우리 몸에 존재하는 액체로, 질환을 일으키는 원인이라고 알려져 있었다. 소피아가 열일곱 살이 되기 전에는 "체액" 치료를 위해 거머리가 동원되었다. 어떻게든 치료 방법을 찾고 싶었던 소피아는 필사적인 심정으로 거머리에 희망을 걸었다. 희망이야말로 우리가 절망을 극복하는 유일한 방법이기 때문이다. 소피아는 자신이 쓴 글에서 거머리가 "비길 데 없이 귀엽고, 다정하고, 섬세하고, 부드럽고, 사려 깊고, 관대하고, 멋지고, 사욕 없고, 뛰어나고, 사랑스럽고, 우아하고, 박식하고, 품위 있고, 기민하고, 쾌활하고, 생기발랄하고, 아름다운" 생물로서 "우리를 고통에서 해방시켜주는, 생각할 수 있는 가장 고요하고 쉬운 방법"의 공급자라고 추어올렸다. 거머리 치료를 통해 일시적으로 고통이 경감된 것은 아마도 소피아가 품은 희망에서 비롯된 플라시보 효과 때문이었을 것이다. 플라시보 효과가 의학적 수수께끼라는 차가운 현실에 자리를 내어주고 다시 두통이 시작되자 거머리들은 "조그맣고 불쾌한 어둠의 도깨비들"이 되었다.

소피아는 일기에서 이 고통이 어떻게 "마치 좋은 친구처럼" 자신에게 착 달라붙어 있는지, 몇 시간에서 며칠까지 이어지는 두통이 습격할 때 몸에 어떤 증상이 나타나는지 자세히 묘사했다. 한편으로 이 모든 것을 집어삼키는 두통의 신체적·심리정신적 측면의 상호작용도 생생하게 그려냈다. 두통은 마치 "초자연적인 힘"처럼 그녀를 뚫고 지나가는 듯이 느껴졌다. 소피아는 두통이 시작될 무렵 정신-신체에 가해지는 격렬한 충격을 기록했다.

오늘 밤 나는 고통의 화신 같은 기분이다. 괴롭기 짝이 없는 이 아픔은 어디에서 오는 걸까? 마치 내 아마포 바늘보다 더 가느다란 혈관으로 뜨거운 금속이 길을 뚫고 나가기 위해 마구 밀고 들어오는 기분이다. 좁은 길에 막혀 부풀어 오른 혈관이 터질 듯한 느낌이 든다. 그리고 그와 함께 얼마나 신기한 정신의 고양감이 찾아오는지! 시야가 흔들리지 않고 잘 보이기만 한다면 그 어느 때보다 히브리어나 상형문자를 잘 익힐 수 있을 것 같은 기분, 어떤 난해한 문제도 모두 풀 수 있을 것 같은 기분이다. 나와 내 몸은 하나일까? 이 얼마나 불가사의한 일인가!

소피아는 종종 두통 초반 고양감이 찾아드는 시기를 예술가로서 일하는 데 이용하여 열에 들뜬 듯이 그림을 그렸다. 그러면 "극심한 동요감"과 "쿵쿵거리는 요동과 떨림"이 찾아와 다음 단계를 예고했다. "맹목적이고 섬멸적인 분노"로 들이닥치는 고통의 맹습이었다. 이 단계가 닥치면 "가죽끈으로 된 머리 장식"이 머리를 옥죄는 듯한 고통에 소피아는 "철저한 굴복"의 상태가 되었다. 이 극심한 고통의 폭풍이 몸을 휩쓸고 지나가버린 후에는 거의 초자연적인 고요함이 찾아들었다. 이 "진공 상태"는 머지않아 기운을 회복하고 잠시나마 숨을 돌릴 수 있는 휴식의 시기로 접어든다. 고통은 평생 아주 빈번하게 들이닥쳤고, 소피아는 휴지기의 며칠 혹은 너새니얼 호손과의 결혼을 앞두고 아주 흔치 않게 고통이 잠잠했던 몇 주를 제외하고는 "고통의 조용한 지배"에서 자유롭지 못했다. "내 의무는 분명해 보인다"라고 소피아는 쓴다. "고통 대신 환희를 통해서 성인聖人이 되는 것이다." 한 세기 후 프랑스의 철학자이자 정치운동가이자 급진적인 개혁론자인 시몬 베유Simon Weil는 고통이 주는 구원의 힘을 자신의 삶으로 증명한다. 프랑스에서 가장 경쟁적인 시험인 국가대학입학시험에서 일등을 한 베유(시몬 드 보부아르가 2등이었다)는 노동자의 권리를 위해 싸우면서 노동 계층이 처한 현실을 좀더 잘 이해하기 위해 신분을 숨기고 1년 넘게 자동차 공장에서 일했다. 그 후에는 스페인 내전에 무정부주의 시민군으로 참전하는데, 그동안 내내 보기 드문 신경 장애를 앓으면서 사람을 무력하게 하는 두통에 시달리고 있었다. 베유는 제2차 세계대전 때 굶주림으로 사망한다. 영국 요양소에서 결핵을 치료받는 동안 잘 먹어야 한다는 의사의 충고에도 베유는 독일군에게 점령당한 동포들이 배급받는 양 이상을 먹지 않겠다고 버텼다. 베유는 썼다. "운명이 우리에게 가하는 고통을 이용하는 편이 스스로 역경을 가하는 일보다 낫다."

소피아는 아마도 극심한 편두통에 시달린 것으로 보인다. 편두통이라는 용어는 소피아가 세상을 떠난 후에도 아주 오랫동안 알려지지 않았다. 아마도 이 복합적인 질환을 처음으로 진지하게 연구한 인물은 존 허셜일 것이다. 허셜도 자신이 "시각적 잔상"이라 이름 붙인 증상으로 괴로움을 겪었다. 뉴턴 또한 시각적 증상이 나타나는 편두통에 시달렸고 버지니아 울프의 정신 질환에도 이런 증상이 나타났다. 편두통의 시각적 증상은 두통 초기 고양감이 찾아오는 단계에서 소피아가 그림을 그리는 원동력이 되어준 환각 증상을 설명한다. 마리아 미첼이 유럽을 여행하며 허셜의 집을 방문한 지 얼마 후 허셜은 〈시각에 대하여 On Sensorial Vision〉라는 논문을 집필하기 시작했고 1858년 가을 리즈문학협회 Literary Society of Leeds에서 이 논문을 발표했다. 당시 다윈은 《종의 기원》을 마무리하고 있었다. 이 논문에서 허셜은 "시각적 잔상"의 발작이 일어날 때 나타나는 흥미로운 증상을 묘사했다. 이 증상은 정신의 눈뿐 아니라 실제 시각 기관에도 일어나는데, "완전히 규칙적이고 대단히 정교한 선"으로 이루어진 기하학적 문양들이 나선 모양으로 회전하면서 "일종의 만화경 효과"를 일으킨다. 허셜은 이 시각적 편두통이 정신과 신체의 얽힘, 지각 작용에 대한 생리와 심리의 얽힘을 관찰할 유일한 렌즈라고 생각했다. 그 증상을 겪는 이는 증상을 예민하게 자각하지만 이를 의지대로 조절할 수는 없는데, 허셜은 바로 여기에서 의식과 무의식을 연결하는 보이지 않는 실을 찾을 수 있다고 생각했다. 허셜은 썼다.

여기에서 당장 질문이 생긴다. 이 기하학적 연속체는 무엇인가? 그리고 이들은 신체 혹은 정신 구조의 어느 부분에서 어떤 방식으로 생성되는가? 그 문양들이 꿈이 아닌 것은 명백하다. 정신은 잠들어 있지 않으며 사고의 방향을 자각하며 활동하고 있다. 이런 기하학적 연속체가 불쑥 튀어나와 정신의 관심을 유도할 때 일련의 사고 과정이 이어지게 되고, 이를 통해 정신은 스스로는 택하지 않았을 방향으로 나아가게 된다.

허셜은 이 수수께끼에서 의식에 관한 더 큰 질문들을 이끌어냈지만 허셜이 던진 질문들은 허셜이 사망한 후로도 오랫동안, 현대 신경과학이 등장하기 전까지 주목받지 못한 채 남겨진다. 시각적 편두통에 관해 허셜이 제기한 놀라운 통찰은 그 당시 미숙한 의학계의 수준을 지나치게 앞섰기 때문에 한 세기가 넘는 동안 그대로 묻혀 있어야 했다. 허셜의 통찰이 비로소 조명받기 시작한 것은 영국에서 미국으로 이민온 젊은 신경학자인 올리버 색스Oliver Sacks가 두통 진료소에 새로 배정되어 이 주제를 연구하기 시작한 후의 일이다. 1970년 출간된 획기적인 저서《편두통Migraine》에서 색스는 다양한 종류의 편두통을 탐구하고 정신과 몸이 함께하는 이 섬세한 춤의 비밀을 폭로한다. 이 비밀 속에서 소피아 피보디가 일기에서 던졌던 질문, 몸과 "나"는 하나인가 하는 질문에 답할 실마리를 찾을 수 있다. 여기에서 "나"란 자아에 대한 인식을 구성하는 우리 의식 경험의 복잡한 상태를 의미한다.

의학계의 괴테라고 할 수 있는 색스는 《편두통》에서 사람을 무력하게 하는 이 정신-몸의 두통을 이해하고 치료하기 위한 접근 방식을 고찰한다. 당시로서는 완전히 획기적인 방식이었다.

어떤 환자는 약물로 치료할 수 있었고, 어떤 사람들은 관심과 흥미라는 마법으로 치료할 수 있었다. 가장 극심한 고통에 시달리는 환자들은 어떻게 해도 치료할 수 없었는데, 환자들의 감정 생활에 대해 끈덕지고 상세하게 질문을 던지자 상황이 달라졌다. 지금은 수많은 편두통 발작이 감정적 의미를 띠고 있으며 환자의 감정 전력과 그 결과를 상세하게 파고들기 전까지는 치료는 고사하고 편두통 자체를 제대로 파악할 수도 없다는 것이 확실해졌다.
그러므로 나는 일종의 연속적이고 이중적인 시야를 확보하는 것이 필요하다고 판단했다. 편두통을 신경계의 여러 범주에 잠재하고 있는 "구조"의 형태로 파악하는 동시에 어떤 감정적 혹은 생리적 목적을 위해 발현되는 "전략"으로도 보는 것이다.

질병에 대한 이같은 통합적 이해는 소피아 피보디의 시대에는 존재하지 않았다. 소피아의 병은 수은, 비소, 그리고 가장 흔하게 아편으로 치료되었다. 엘리자베스 배럿 브라우닝은 평생 그녀를 괴롭힌 만성 질환 때문에 열네 살 때부터 아편을 다량 복용했다. 엘리자베스의 병은 심리 상태와 눈에 띄는 관계를 보였다. 어린 시인의 건강이 급격하게 나빠진 것은 가족이 재산을 잃고 저택에서 셋방으로 이사를 해야 했을 무렵이었다. 남동생이 세상을 떠난 뒤에는 건강이 완전히 무너졌고, 그 결과 엘리자베스는 7년 동안 병실에 갇혀 생활해야 했다.

편두통에 관한 기본서가 되는 논문에서 색스는 감정과 몸이 상호 작용한다고 주장한 다윈의 기초 개념에 동의하며 이를 통해 만성 두통을 설명했다. 다윈은 어떤 생물은 고전적인 투쟁-도피 반응에 대안적인 반응을 보인다고 설명했다. 투쟁-도피 반응이란 위험이 닥쳤을 때 꼼짝할 수 없이 몸이 마비되는 반응이다. 다윈은 이 두 가지 반응 양식을 "적극적 두려움terror"과 "수동적 두려움dread"이라고 대비하여 표현했다. 색스의 주장에 따르면 편두통은 후자의 반응 기제에서 진화하여 나타나는 것으로 "인간의 신경계와 인간의 욕망이 복잡해짐에 따라 점진적으로 세밀하게 분화했다."

하지만 한 세기 반 전, 딸이 정체를 알 수 없는 병에 걸렸을 무렵 다윈은 그 시대의 의학적 구전 지식과 사람이 절대 끊어낼 수 없는, 기적을 바라는 희망 사이에 꼼짝없이 갇혀 있었다. 걸리 박사가 투시력을 신봉하며 대체로 비과학적인 생각에 끌리는 성향이라는 사실이 다윈의 마음속에 가시처럼 불편하게 걸려 있었지만, 다윈은 자신이 받은 물 치료법에 몹시 만족했고 기꺼이 박사의 치료법을 따르기로 했다. 박사의 물 치료법에는 "찬물 족욕과 배 지압"이 있었고 전매특허의 "땀 빼기 과정"도 있었다.

석 달 뒤 다윈 가족은 몰번을 떠났다. 1849년 6월 존 허셜에게 보내는 편지에서 찰스는 자신의 원고를 편집하는 과정에서 생긴 불만은 잠시 옆으로 제쳐둔 채 물 치료법의 "놀라울 정도로 몸을 회복시키는 효과"에 감격하는 심정을 털어놓았다.

여기 오기 전까지만 해도 건강이 완전히 망가진 상태였습니다. 현기증이 나고 손이 떨리고 격렬하게 토하는 일 없이 일주일을 보낸 적이 없을 정도였어요. 지금은 이 모든 증상이 전부 사라졌고, 이제 4~5킬로미터 정도는 거뜬히 걸을 수 있게 되었습니다. 생리적인 차원에서 가장 궁금한 것은 단순히 물로 피부를 격렬하게 자극하는 일이 어떻게 모든 내부 장기에 영향을 미칠 수 있는가 하는 문제입니다.

이 일을 이야기하는 것은 1년 전만 해도 돌팔이 의사의 수법이라고 생각했던 치료 방법에 감사하는 마음 때문입니다. 지금 가장 깊이 후회하는 일은 이 치료법을 몇 년 일찍 알지 못했다는 점입니다.

"찬물 치료법"으로 건강을 회복했지만, 애니가 심각하게 아프기 시작하자 다윈은 투시력과 동종요법을 비롯한 다른 유사과학에 대한 걸리 박사의 신념을 의심하는 과학적 회의주의를 옆으로 제쳐둘 수가 없었다. 다윈은 한 편지에서 비웃었다.

동종요법이라니, 심지어 투시력보다 더 화가 납니다. 투시력은 초월적인 믿음이고 한 사람의 평범한 능력에 의문을 제시할 뿐이지만 동종요법은 상식과 일반적 판단 능력이 모두 적용되는 문제이기 때문입니다. 두 가지 모두 엉망진창으로 망가져버린 것이 틀림없어요. 미소량만으로도 어떤 효과가 생긴다 해도 말이에요. … 병에 걸렸는데 아무런 조치도 취하지 않으면 얼마나 단순한 결과가 나타날지 아무도 모릅니다. 동종요법이나 다른 비슷한 치료법과 비교할 기준으로서 말이에요.

한편 대서양 건너에서는 피보디 자매의 나이 든 아버지가 의사와 농부로는 더는 가족을 부양할 수 없게 되자 은퇴 후 마지막 수단으로 동종요법에 손을 대기 시작했다. 아버지는 10년 전 마거릿 풀러가 "대화" 모임을 연 엘리자베스 서점에서 자신이 만든 동종요법 치료약을 팔았다.

다윈은 자신이 가장 사랑하는 자녀의 병을 이런 식으로 치료한다는 것을 생각할 수조차 없었다. 다윈은 딸의 건강을 전통적인 약물 치료법에 맡기기로 했다. 1850년 11월 다윈은 딸을 런던으로 데리고 가서 가장 유명한 의사에게 진찰을 받았다. 딸이 태어나는 순간을 지켜본 의사였다. 다음 달 아무 수확이 없던 두 번째 진찰 후 애니는 가슴이 붓는 증상에 더해 짖는 듯한 기침을 하기 시작했다. 다시 한번 의학에 배신당한 다윈은 절망에 빠졌다. 다윈은 마침내 자신의 신념을 꺾고 걸리 박사에게 도움을 요청하는 편지를 썼다. 그리고 걸리 박사의 지시에 따라 집에서 애니에게 물 치료를 하기 시작했다. 봄이 되면 몰번으로 찾아가 제대로 된 "물 치료"를 받을 작정이었다. 집에서 하는 치료에서도 다윈은 과학적인 엄격함을 발휘하여 여섯 가지 방법으로 이루어진 걸리 박사의 치료법을 실행하는 동안 일종의 의료 기록처럼 세심하게 애니의 상태 변화를 기록했다. 애니가 받은 치료에는 걸리 박사의 전매특허인 "척추 세척(얼음처럼 차가운 물로 적신 수건을 환자의 척추를 따라 문지른다)"과 "불 옆에서 땀 흘리기(이불을 둘둘 싸매고 있는 환자 곁에 알코올 등불을 피워 견딜 수 없을 만큼의 열기를 발산하도록 만든다)"가 있었다.

애니는 간헐적으로 몸이 좋아지는 듯했다. 근심에 쌓인 부모에게 치료 효과가 있다는 희망을 주기에 충분할 정도였다. 하지만 시간이 흐르면서 애니의 건강은 점점 악화되었다. 초봄이 되자 다윈은 집에서 하던 치료를 포기하고 의료 기록을 끝맺었다. 그리고 아홉 번째 아이를 임신한 지 7개월이 되는 에마를 집에 남겨 둔 채 애니와 다른 두 아이를 데리고 이틀 동안의 여행을 감행하여 몰번으로 향했다.

몰번에 머무는 동안 다윈은 일부러 챙겨간 몇 권의 책을 애니에게 읽어 주었다. 그중에서 다윈이 가장 좋아한 책은 메리 피보디가 쓰고 언니 엘리자베스가 출간한 식물 입문서인《꽃의 사람들The Flower People》이었다. 메리가 씩씩한 이상주의자 호러스 맨과 사랑에 빠지기 전에 어린이 독자를 대상으로 쓴 책이었다. 호러스 맨은 메리에 앞서 언니인 엘리자베스에게 구애한 적이 있었는데, 그때 엘리자베스에게서 자신이 평생 실천하게 될 이상을 배웠다. 맨과 뜻밖의 결혼을 한 지 10년 후에 메리는 인생에서 배운 것에 대해 고찰한다.

결코 사랑을 두려워하지 말라. 사랑의 지배력에 너 자신을 맡겨라. 그 사랑이 이 땅 위의 정신을 갈가리 찢어버린다 해도 사랑은 천상 위의 정신을 강하게 해줄 것이므로. 그런 사랑이야말로 불멸의 유일한 "증거"이다.

맨은 엘리자베스 피보디의 인도로 교육의 이상에 눈을 뜬 이래 공공 교육을 보편화하는 데 일생을 바쳤고 1859년 봄 감동적인 졸업식 연설에서 졸업생들에게 권했다. "인류를 위해 승리를 얻어내기 전에 죽는 일을 부끄러워하십시오." (한 세기 반 이후 천체물리학자 닐 더그래스 타이슨Neil deGrasse Tyson은 이 말을 자신의 묘비명으로 선택한다.) 이 연설을 하고 얼마 후, 다윈이 한창《종의 기원》을 마무리하고 있을 무렵 맨은 느닷없이 쓰러져 숨을 거두었다. 자신의 결혼만큼이나 갑작스러운 남편의 죽음에 망연자실한 메리 피보디는 다시 글을 쓰기 시작하며 작가의 길에서 구원을 찾는다. 다윈이 애니에게 읽어준 책을 쓴 이후 20년 동안이나 버려둔 길이다.

애니가 죽을 고비를 넘기며 자리에 누워 있는 동안 찰스 디킨스Charles Dickens와 그의 아내 또한 몰번에 있었다. 캐서린 디킨스Catherine Dickens가 병약한 몸을 추스르기 위해 물 치료를 받고 있던 것이다. 불과 얼마 전 아버지를 여읜 디킨스는 다윈이 애니와 함께 몰번에 오고 얼마 뒤에 아내인 케이트를 남겨두고 집으로 돌아가는데, 그곳에서 괴로운 소식을 듣는다. 디킨스의 막내딸로 디킨스가 자신의 소설《데이비드 코퍼필드David Copperfield》에 등장하는 어린 신부를 따라 이름을 지어준, 아직 채 한 살도 되지 않은 도라가 원인을 알 수 없는 발작 끝에 세상을 떠난 것이다. 10년이 지난 후 남편을 잃은 여동생에게 보내는 위로의 편지에서 디킨스는 슬픔이 완전히 가시게 되지는 않을 것이라고 말하며, 계속 살아가려면 "잃어버린 영혼을 정상으로 되돌리려면 실제적이고 성실하고 부단한 노력"이 필요하다고 쓴다. "생각을 안정시키고, 하루를 여러 부분으로 나누고, 규칙적으로 할 수 있는 일을 찾거나 그런 일을 만들고, 무엇에라도 몰두해야 한다. 이런 식의 기계적인 방법을 동원하여 정신의 노력을 도와야 한다." 이런 전략은 진부해 보이기까지 한다. 하지만 상실을 겪고 살아온 사람이라면 누구나 이 전략 안에서 생존이라는 필수적인 진부함을 알아볼 수 있을 것이다. 우리를 매어두는 밧줄이 풀리면 우리는 수면에 떠 있기 위해 손에 잡히는 대로 나무와 밧줄을 긁어모아 급조한 허약한 구명정에라도 매달릴 수밖에 없다.

1851년 4월 23일 애니 다윈은 아버지의 품에서 숨을 거둔다.

8년 후 《종의 기원》은 자연선택설을 주장하며 인간의 가장 기본적인 본능을 전복한다. 바로 개체의 소멸을 통해 종이 생존하고 진화하게 된다는 가설이다. 다윈은 죽음이 정의에 어긋나는 것이 아니며 생득적으로 자연스러운 일이라고 암시한다. 죽음은 공평한 우주 법칙의 일부이다. 도덕과 형이상학의 구속에서 벗어난 필멸성에는 비난하거나 자비를 구할 여지가 없다. "인생을 이렇게 바라보는 시각에는 위대함이 있다"라는 다윈의 말은 어쩌면 자기 자신에게 한 것인지도 모른다. 대서양 너머에서 에밀리 디킨슨은 스스로 "순회"라고 부른 삶과 죽음의 순환에 대해 고찰한다.

씨앗, 여름, 무덤

죽음이란 누구인가

누구에게?

아직 온기가 가시지 않은 애니의 시신 옆에서 다윈은 편지지 위로 펜을
끌어당겨 브리티시 제도 너머로, 찢어질 듯이 아픈 마음 너머로 에마에게
우주에서 가장 전하기 어려운 소식을 전하려 한다.
"은판 사진에 참으로 감사하오"라고 다윈은 쓴다.

윌리어미나 플레밍

하녀 출신의 천문 계산자

14

마거릿 풀러가 "대화" 모임을 시작한 해인 1839년 존 허셜은 한때 예술가 지망생이었다가 지금은 학자이자 아마추어 발명가가 된 헨리 폭스 탤벗Henry Fox Talbot에게 쓰는 편지에서 "사진photography"이라는 용어를 처음 만들어냈다.

6년 전 하원의원으로 선출된 젊은 탤벗은 이탈리아의 목가적인 시골인 코모 호수에서 신혼 생활을 즐기고 있었다. 코모 호수는 훗날 풀러가 좋아한 장소이자, 이곳에 마음을 빼앗긴 소피아 피보디가 너새니얼 호손과 교제하는 동안 그를 위해 환상적인 풍경화를 두 점 그린 곳이기도 하다. 이탈리아 호수의 아름다운 풍광에 마음을 빼앗긴 탤벗은 "카메라 루시다camera lucida", 즉 "빛의 방"이라 불리는 도구로 풍광을 스케치하는 일에 몰두했다. 두 세기 전 케플러가 처음으로 고안한 광학 기계 장치인 카메라 루시다는 절반만 은도금을 한 거울을 45도로 기울이고 이를 움직일 수 있는 금속 팔로 고정시킨 장치로 화가의 도화지에 사물의 상을 굴절시켜 비치게 만들어 화가가 풍경을 정확하게 베낄 수 있도록 해주었다. 이 단순하고 독창적인 장치를 이용해도 탤벗은 더 뛰어난 화가가 되지 못했다. 좌절의 슬픔 속에서 탤벗은 썼다.

프리즘 속에서는 모든 것이 아름다워 보이지만 프리즘에서 눈을 떼고 내 불성실한 연필이 종이 위에 남긴 흔적을 보면 침울해질 뿐이다.

10년 전 탤벗은 제도를 하기 위한 보조 기구로 카메라 오브스쿠라camera obscura를 사용하고 나서도 비슷한 실망을 겪은 적이 있었다.

라틴어로 "어두운 방"을 뜻하는 "카메라 오브스쿠라"라는 용어는 르네상스 후기에 등장하지만 이 기구 자체는 훨씬 전부터 몇 세기에 걸쳐 빛을 연구하는 목적으로 여러 형태로 만들어져 왔다. "카메라 오브스쿠라"는 넓고 어두운 방에 작은 구멍을 뚫으면 그 구멍 밖의 풍경이 방 안쪽의 구멍 반대편 벽에 거꾸로 맺히게 되는 원리를 이용한 기구이다. 16세기에 이르러 방은 상자가 되었고 작은 구멍에는 렌즈가 달리게 되었다. 그리고 카메라 오브스쿠라는 원시과학자protoscientists들의 손에서 예술가의 손으로 넘어갔다. 예술가들은 이 투영된 상을 실제 사물을 정확하게 베껴 그리는 데 이용했다. 카메라 오브스쿠라의 열렬한 지지자였던 레오나르도 다 빈치Leonardo de Vinci는 이 기구를 이용하여 원근법을 제대로 이해하고 표현하기 위해 노력했다. 요하네스 페르메이르Johannes Vermeer 같은 화가도 완벽한 세부를 표현하기 위해 카메라 오브스쿠라를 사용했을 가능성이 아주 높다. 엘리자베스 배럿 브라우닝이 1826년 발표한 시집 《마음에 대한 에세이An Essay on Mind》에서 썼듯이 "자연의 연필이 자연의 초상을 그린" 것이다.

그리고 결코 뿌리 뽑을 수 없는, 영원을 갈망하는 인간의 욕망이 승리를 거두었다. 재주 있는 지성들이 한순간의 투영된 상을 영원히 포착하기 위해 팔을 걷고 나선 것이다. 연금술이 화학에 자리를 내주면서 과학자와 발명가들은 비영구적인 빛과 그림자를 종이 위에 영구적으로 인쇄하기 위해 종이 표면에 수용성 화학 물질을 입히는 기술을 이것저것 시험해보기 시작했다.

그리고 아직 채 스무 살도 되지 않은 도공의 손에서 획기적인 발명이 이루어졌다. 그 도공의 이름은 토머스 웨지우드Thomas Wedgewood였다.

캐럴라인 허셜이 세상에 태어난 지 얼마 지나지 않아 자유사상을 지닌 몇 명의 지식인이 보름 이후 첫 번째 월요일마다 모이기 시작했다. 그들은 자신들을 "달의 남자들Lunar Men"이라고 불렀다. 처음 모임을 시작한 열네 명의 회원 중에는 찰스 다윈의 조부이자 철학자인 이래즈머스 다윈Erasmus Darwin도 있었다. 모임에서는 천문학, 화학, 식물학, 지질학, 자연사 등 다양한 분야의 논의가 오갔고, 이에 자극을 받은 이래즈머스는 전례 없는 성취를 이루었다. 1791년 그는 책 한 권 분량의 장편시인 《식물 정원The Botanic Garden》을 발표했다. 식물의 성 생식에 대한 새로운 과학을 시라는 형식을 빌려 과학적으로 정확하게 묘사한 이 책은 대중의 상상력을 사로잡았다. 단숨에 베스트셀러가 된 이 책은 미혼의 여자가 읽기에는 너무 외설적이라 여겨졌다. 3년 후 이래즈머스는 《동물생태학Zoonomia》에서 인간의 눈을 카메라 오브스쿠라에 비유하며 인간의 시각 구조를 설명했다. 그와 동시에 "달의 남자들" 창립 회원의 아들인 어린 톰 웨지우드는 전에 누구도 상상하지 못한 일을 상상했다. 화학 물질을 이용하여 카메라에 투영된 상을 영구적인 이미지로 잡아둘 수 있을 것이라는 생각이다. 달의 남자이자 증기 기관의 선구자였던 제임스 와트James Watt는 웨지우드의 실험 결과를 "은의 그림"이라 불렀다. 웨지우드가 이전 세기의 연금술사들이 달의 부식제라고 여긴 화학물질인 질산은을 사용했기 때문이다. "은의 그림", 훗날 "그림자 그림"이라는 이름을 얻게 되는 이 그림은 나뭇잎이나 곤충 날개 같은 작은 물체를 질산은 용액을 바른 종이 위에 놓고 그 종이를 빛에 노출시키는 과정을 통해 만들어진다. 한 가지 중대한 문제가 있었다. 이 한순간의 기적은 이

기적을 만들어낸 것, 바로 빛에 의해 파괴된다는 문제였다. 햇빛 아래 놓아두면 그림은 점점 검게 물들면서 그 위의 상이 모두 지워져버렸다. 이 그림은 빛에 의해 만들어졌지만 오직 어둠 속에서만 볼 수 있었다.

이 기술을 좀더 발전시키기도 전에 웨지우드는 어린 시절부터 시달려온 만성 질환에 굴복하고 말았다. 웨지우드가 34세의 나이로 숨을 거둔 후 웨지우드의 화학 실험을 위해 왕립연구소Royal Institution 지하에 있는 자신의 호화로운 연구실을 빌려준 친구 험프리 데이비Humphry Davy는 "은의 그림"을 만드는 과정을 짧막하게 요약하여 〈유리에 그림을 복사하는 방법, 질산은에 빛을 가하는 방식으로 상을 만드는 방법에 대한 설명Account of method of copying paintings upon Glass and of making Profiles by the agency of Light upon Nitrate of Silver〉이라는 논문으로 발표했다. 사진이라는 용어가 나오기 수십 년도 전에 사진 과학에 대해 발표된 최초의 논문이다.

한 세대가 지난 후 뉴턴이 한때 몸담았던 대학을 졸업한 탤벗은 화학 물질을 이용하여 현실에 존재하는 사물의 상을 종이에 맺히게 만드는 데 혈안이 되어 있었다. 당시 탤벗은 웨지우드가 세상을 떠났을 때와 같은 나이였다.

1835년 늦은 여름 캐럴라인 허셜과 메리 서머빌이 왕립천문학회의 일원이 되고 핼리 혜성이 지구의 밤하늘을 가로지를 무렵 탤벗은 8월의 밝은 햇살 아래에서 중대한 실험의 첫발을 내딛기로 결심했다. 탤벗은 새로운 종이를 만들었다. 처음에는 염화나트륨, 즉 소금과 물을 섞은 용액으로 종이를 칠한 다음 일단 말리고 나서 다시 한번 질산염으로 칠해 빛에 아주 민감한 염화은 종이를 만들었다. 탤벗은 동네 목수에게 작은 나무 상자를 만들어달라고 한 다음 그 나무 상자에서 일반적인 카메라 오브스쿠라라면 작은 구멍을 냈어야 할 위치에 접안 현미경을 부착했다. 그다음 자신이 만든 자줏

빛 염화은 종이를 작게 잘라 접안렌즈의 맞은편에 부착했다.

탤벗은 아내가 "쥐덫"이라고 부른 이 삐걱거리는 상자를 격자창을 마주하고 있는 선반 위에 노출을 위해 잠시 놓아두었다. 상자를 열어본 탤벗은 의기양양한 기쁨에 젖었다. 200개의 다이아몬드 형태 창유리가 하나도 빠짐없이 종이 위에 선명하게 찍혀 있었다. 이 엄지 손톱만 한 기적은 카메라 오브스쿠라의 상이 종이 위에 찍힌 최초의 사례로 기록된다. 세계 최초의 음화 사진이다.

탤벗은 자신의 위업에 기뻐했지만 박식한 정신이 곧잘 빠지곤 하는 만성 질환에 무릎을 꿇고 말았다. 다른 일에 열중하게 된 것이다. 탤벗이 당시 연구하던 중요한 주제에는 핼리 혜성 관측이 있었다. 어쩌면 탤벗은 혜성의 관측을 편지로 보고하여 존경하는 존 허셜의 인정을 받길 바란 것인지도 모른다. 탤벗은 결국 그 당시 대부분의 발명가가 그랬듯 "아마추어"였기 때문이다. 트리니티대학에서 공부했지만 공식적인 과학의 신전에는 탤벗이 설 자리가 없었다. 그리고 그 신전에서는 존 허셜이 군주로 군림하고 있었다. 이는 사람이 자신의 능력에 얼마나 무지할 수 있는지, 가장 총명한 이들조차 가면증후군(자신이 성공한 것이 운이 따른 것이라 생각하며 자신의 능력에 의심을 품는 심리 상태를 말한다―옮긴이)에 얼마나 흔들리기 쉬운지를 보여주는 사례이다.

탤벗은 모르고 있었지만 해협 너머의 파리에서는 루이 다게르Louis Daguerre라는 이름의 20대 예술가가 자신만의 실험을 하고 있었다. 다게르는 그 기술적인 성취를 널리 알리는 데 훨씬 적극적이었다. 훗날 프레더릭 더글러스는 이렇게 선언한다.

현대의 위대한 발견자이자 후대 사람들이 경의를 표해야 할 대상은 다게르가 될 것이다. 새뮤얼 모스Samuel Morse가 세상의 끝과 끝을 하나로 묶어주었다면 다게르는 이 세상을 사진 전시장으로 만들어주었다.

25세가 되었을 때 다게르는 프랑스 최초의 파노라마 화가 밑에서 도제 생활을 한 끝에 처음으로 파노라마 극장을 만들어 운영하고 있었다. 대규모 파노라마화에 빛의 효과를 더해 사람들에게 전시하는 극장이었다. 이 극장은 상업적 성공을 거두어 중요한 투자가들의 관심을 끌었다. 교육을 제대로 받지 않았고 지적인 호기심이 풍성하여 과학 분야에 아마추어적인 관심이 있던 것도 아니었지만, 완벽한 파노라마화를 만드는 일에 열중하고 있던 다게르는 카메라 오브스쿠라를 이용하여 이미지를 포착하는 일련의 실험을 시작한다. 다게르는 화학책을 탐독하는 동시에 크게 성공을 거둔 파노라마 극장 지하에 반은 화실이고 반은 실험실인 공간을 만들고는 2년 동안 강박과 야심이라는 힘에 쫓기며 매일 긴 시간 동안 촛불 아래에서 작업에 몰두한다. 아내인 루이즈Louise마저도 작업실에 들어오지 못하게 한다. 다게르는 책과 비커 사이에서 연금술사 같은 열정에 쫓겨 반쯤 미친 상태로 빛과 그림자의 단명성을 종이 위에 찍힌 상의 영속성으로 변화시키려 노력하고 있다. 한편 다게르는 파노라마 극장의 투자가들과의 계약 조건에 따라 1년에 몇 편씩 규모가 크고 품질이 뛰어난 파노라마화를 제작해야만 한다.

셀 수 없이 많은 실험이 실패로 끝난다. 그때 제대로 예의를 차릴 겨를이 없는 젊은 다게르는 선두적인 발명가를 찾아가 뻔뻔하게 자기를 소개하면서 그 발명가와 협력하기 시작한다. 니세포어 니엡스Nicéphore Niépce는 제대로 된 기술 교육을 받은 발명가이자 헬리오그래프heliograph를 발명한 인물로 다게르가 파노라마 극장을 설립한 해에 이미 헬리오그래프 방식을 이용하여 가장 초기의 자연 사진을 찍은 적이 있었다. 그 뒤 니엡스가 갑작스럽게 사망한다. 홀로 남은 다게르는 혼자 힘으로 실험을 하여 여러 차례의 시도 끝에 마침내 자랑스럽게 자신의 이름을 붙인 화학 공정을 탄생시킨다(은판 사진은 발명가의 이름을 따 다게레오타이프daguerréotype라고도 불린다—옮긴이).

이제 40세가 된 다게르는 풍부한 사업 경험에도 이 기술에 대한 투자자들의 관심을 끄는 데 실패한다. 다게르는 한 발 더 앞서나가 1839년 1월 7일 파리에서 열린 과학아카데미Academy of Science와 예술아카데미Académie des Beaux Arts의 합동 학회 자리에서 자신의 은판 사진 기술을 대중 앞에 공개한다. 여기에서 다게르는 놀라운 결과만을 보여주고 특허를 받은 상세 과정은 밝히지 않는다.

이 놀라운 소식을 전해들은 탤벗은 자신이 몇 년 동안 계획한 혁신이 이미 진행되고 있으며 자신이 아닌 다른 사람이 이 혁신을 이끌고 있다는 사실을 깨닫는다. 1월의 마지막 주 탤벗은 미칠 듯한 심정으로 허셜에게 편지를 보내 런던 왕립학회에서 자신이 이 발견을 발표해야 한다고 주장한다. "낭비할 시간이 없습니다. 파리 사람의 발명이 3주 먼저 시작되었기 때문입니다." 탤벗은 허둥지둥 서두르며 자신의 "빛의 그림 예술"에 대한 관심을 끌어모으는 일에 착수한다.

1939년 2월 28일에 쓴 편지에서 허셜은 탤벗의 새로운 이미지 제작 기술에 "빛그림photogeny"이라는 이름을 사용하는 것을 반대한다. "지금은 무너진 반 몬스Van Mons의 산열과 발광체 이론을 떠올리게" 한다는 이유에서이다(발광체는 영어로 photogen으로 탤벗이 제안한 photogeny라는 이름과 비슷하다—옮긴이). 허셜은 이 이름이 잘못된 이론을 연상시킬 뿐 아니라 단어 자체의 어감도 어딘가 부족하다고 주장한다. "이 이름은 억양의 변화가 없으며 석판인쇄술litography이나 구리조각술chalcography과 비슷한 데가 없다." 그 대신 허셜은 "photography(사진)"라는 용어를 제안하고 그날 저녁 일기에 이렇게 기록한다. "사진 한 상자를 만들어 폭스 탤벗에게 표본 아홉 개를 보냄."

3월 12일 허셜은 왕립학회에서 〈사진의 예술에 대한 기록 혹은 회화의 표현을 목적으로 한 화학적 광선의 활용Note on the Art of Photography or the Application of the Chemical Rays of Light to the Purposes of Pictorial Representation〉이라는 제목의 논문을 읽는다. "사진"이라는 단어가 처음 대중 앞에 선보인 순간이다.

탤벗은 "캘러타이프calotype"라는 이름으로 자신의 발명에 특허를 낸다. 그리스어로 "아름답다"는 뜻을 가진 "kalos"에서 유래한 말이다. 하지만 캘러타이프의 미학적 아름다움과 과학적 실용성에 대한 자부심에도 탤벗은 종이에 상을 고정하는 자신의 방식이 너무 느릴 뿐 아니라 상이 충분히 오랫동안 지속되지 않는다는 사실을 잘 알고 있다. 다시 한번 허셜이 해결책을 들고 개입하여 탤벗에게 티오황산염이라고도 하고 단순히 하이포라고도 불리는 티오황산나트륨을 사용해보라고 제안한다. 이 화학 물질은 얼마 후 가장 효과적인 사진의 정착제로 증명된다. 탤벗은 유럽을 순회하며 자신의 발명을 홍보하지만 탤벗보다 앞서 소개된 다게르의 기술은 이미 대서양을 건너갔다. 미국의 동쪽 해안 도시를 따라 이 프랑스인의 사진 기술을 사용하는 사진관들이 들불처럼 퍼져나가기 시작한다.

초창기 사진에는 두 가지 중요한 과업이 있었다. 예술을 포획하는 것과 과학을 자유롭게 풀어주는 것이었다. 19세기에는 조각과 회화가 유일하게 두각을 나타내는 조형 미술이었으며 소묘, 스케치, 판화 같은 다른 것들은 전부 조각이나 회화에서 파생된 부수적인 존재로서 이 둘을 위한 준비 과정에 불과했다. 새로운 형태의 미술, 새로운 과학이 등장할 때는 그 참조 대상으로 과거에 성립된 기존의 틀을 이용하기 마련이다. 이를테면 비유클리드 기하학이 그렇다. 은판 사진술이 처음으로 참조한 대상은 바로 조각이었다.

뉴잉글랜드에서 최초로 문을 연 은판 사진관인 사우스워스앤드호스Southworth & Hawes는 다게르가 파리에서 자신의 발명을 처음 선보이고 얼마 지나지 않아 보스턴을 사로잡았다. 그 후로 10년에 걸쳐 에머슨, 해리엇 비처 스토우Harriet Beecher Stowe(《톰 아저씨의 오두막》의 저자—옮긴이), 루이저 메이 올컷Louisa May Alcott(《작은 아씨들》의 저자—옮긴이) 같은 권위자들이 이 사진관을 찾아 카메라 앞에 앉았다. 가장 널리 알려진 프레더릭 더글러스의 초상 또한 이 사진관에서 찍은 것으로 알려져 있다.

사진관을 함께 연 두 동업자는 자신들이 신속하게 몸에 익힌 이 새롭고 매혹적인 기술의 미래를 내다보고는 이 기술이 새로운 예술의 한 형태로 자리 잡을 가능성을 점쳤다. 두 사람은 흥미롭게도, 그리고 영리하게도 카메라의 렌즈를 예술의 가장 오래된 형태이자 당시 부흥을 맞고 있던 조각으로 향했다. 사진이 탄생한 해인 1839년에 보스턴 애서니엄에서는 최초의 신고전주의 조각전시회가 개최되었다.

앨버트 사우스워스Albert Southworth와 조사이어 호스Josiah Hawes는 전시회에서 이 새로운 매체의 미학적 가능성을 시연할 가장 완벽한 피사체를 발견했다. 아무리 고전적인 아름다움을 지녔다 해도 살아 있는 사람은 노출에 필요한 시간만큼 앉아 있기가 어려웠고, 가만히 있는 자세는 부자연스럽기 마련이었다. 그와 달리 대리석으로 만들어진 조각 작품은 완벽에 가까운 아름다움을 발산하는 한편 카메라 앞에서 얼마든지 오랫동안 꼼짝도 하지 않고 버틸 수 있었다.

사우스워스앤드호스 사진관은 〈그리스 노예The Greek Slave〉의 은판 사진을 판매하면서 이름을 알렸다. 〈그리스 노예〉는 신고전주의 조각가인 하이럼 파워스의 가장 유명한 조각 작품으로, 족쇄를 찬 채 벌거벗고 있는 젊은 여자의 슬픔을 눈부신 표현력으로 묘사한 작품이다. 엘리자베스 배럿 브라우닝은 자신의 시에서 이 조각상의 시각적인 웅변술이 지닌 미묘한 힘을 표현한다. 그 시는 이런 구절로 시작된다. "사람들은 이상적인 아름다움은 들어갈 수 없다고들 말한다 / 고녀의 집으로는." 그리고 이런 구절로 끝맺는다. "강함을 때려눕히고 수치스럽게 하라 / 하얀 침묵의 우레에 의해, 전복시켜라." 〈그리스 노예〉는 1851년 런던대박람회 Great Exhibition에 전시되면서 전 세계적으로 명성을 얻은 최초의 미국 예술 작품이다. 이 조각상이 1848년 여름 보스턴에서 처음 공개되었을 때 〈보스턴 글로브〉에서는 그 당시 전시회에 출품된 모든 예술 작품을 통틀어 〈그리스 노예〉가 "고상한 취향을 지닌 이들에게 가장 탁월한 작품"이라고 보도했다.

사우스워스앤드호스 사진관은 전시회가 열리는 곳과 모퉁이 하나 사이에 있었고, 사진사들은 이 유명한 조각상을 작가의 허락도 받지 않고 사진으로 찍었다. 파워스의 조각에 대한 대중적인 열광을 기회로 삼아 사진관들은 이 조각상의 은판 사진을 판매하기 시작했고, 그 결과 은판 사진술의 개념이 조형 예술에 충실한 예술적 공정의 하나로 각인되는 효과를 낳았다. 그러나 사우스워스와 호스가 새로운 것과 전통적인 것을 교차시키며 떠올린 가장 창의적인 발상은 바로 고전주의와 신고전주의의 조각상 같은 자세를 취한 인간 피사체를 찍는다는 것이었다. 이 사진관에서 촬영된 사진 중 현재까지 남아 있는 100장이 넘는 사진에서 여자들은 거의 비슷한 자세를 취하고 있다. 가슴이 깊이 파인 야회복 덕분에 근접 촬영의 구도 안에서 여자는 거의 나체인 듯 보인다. 예의범절을 중시하던 시대였다는 것을 생각할 때 인상적인 미학이라 할 수 있는데, 이런 미학은 오로지 여자들이 사진가의 지시에 따라 당시 특히 유명했던 두 조각상의 자세를 따라할 때만 허용되는 것이었다. 그리스 신화에 나오는 물의 요정 클리티아의 고대 조각상과 하이럼 파워스가 로마 신화에 나오는 봄의 여신 프로세르피나를 조각한 흉상이다.

사우스워스앤드호스 사진관에서 찍은 가장 유명한 은판 사진은 1848년 마거릿 풀러가 로마의 파괴를 목격하고 있던 해에 찍은 앨버트 사우스워스의 자화상 사진이다. 골똘히 생각에 잠긴, 턱수염을 기른 얼굴이 왼편을 응시하고 있으며 머리 아래로 이어진 호리호리한 나체의 몸이 마치 헨리 폭스 탤벗이 찍은 유명한 파트로클로스Patroclus 흉상의 캘러타이프 사진을 연상시킨다. (탤벗은 이 사진을 찍으면서, 사진이 예술 작품을 복제하게 되면서 조각뿐 아니라 필사본과 회화에 이르기까지 시각 문화의 양상이 완전히 뒤바뀔 것이라 내다보고 자신의 파트로클로스 흉상 사진에 해설을 달아두었다. "이미 여러 아마추어들이 연필을 내려놓고 화학 용액과 카메라 오브스쿠라로 무장하고 있다.") 사우스워스의 얼굴에 난 털조차도 그가 찍은 다른 초상화 사진들과는 대조를 이루며 일부러 파트로클로스처럼 보이도록 연출되었다. 우연이겠지만 이 사우스워스의 사진은 가장 널리 알려진 헨리 데이비드 소로의 사진과 비슷해 보이기도 한다. 소로의 이 유명한 사진은 8년 후 작가의 초상 사진을 원하는 독자의 요구를 들어주기 위해 한 장당 50센트를 내고 찍은 세 장의 은판 사진 중 하나이다.

아름다움과 애수, 표면의 차분함과 내면의 동요를 융합하는 신고전주의 조각은 사진이라는 새로운 매체를 위한 미학적 기준이자 예술적 감성의 기준이 되었다. 신고전주의 조각이 성취한 또 다른 업적은 의도한 것은 아닐 테지만 대리석에 우리의 필멸성을 비추어 비교했다는 것이다. 사우스워스앤드호스 사진관에서 약속한 것도 바로 삶과 죽음을 넘어선 불멸성이었다. 사진관에서 가장 눈에 띄게 광고하던 은판 사진은 "갓난아기와 어린이의 사진"과 "고인의 초상 사진"이었다. 빛과 그림자의 단명성을 둘러싼 과학적 고투에서 탄생한 사진은 존재 자체의 일시성과 겨루는 예술로 성장하게 되었다.

사우스워스는 사진기 앞에 서는 사람들, 특히 여자들을 위한 기사를 몇 편 썼다. 예술적인 초상 사진을 찍으려면 어떻게 자세를 취해야 하는지 알려주는 기사였다. "은판 사진에서는 표정이 가장 중요하다"라고 그는 〈레이디스 얼매넉Lady's Almanac〉에 실은 기사에서 쓴다. "머리 모양이나 장신구, 레이스, 휘장, 옷, 자세 등은 모두 표정을 보조하는 역할에 불과하다. 표정은 적어도 편안해야 하며 상냥하면 더 좋다." 사우스워스는 사진이 물리적 모습을 담을 뿐 아니라 존재의 상태를 담는 초상이라고 생각했고 "신체적 상태뿐 아니라 정신적 상태가 가장 좋은 때를 골라 카메라 앞에 설 시간을 결정하라"고 충고한다. 그의 충고를 읽다보면 아름다움에 대한 이상이 어떤 식으로 변화해왔는지를 다소 불편한 마음으로 알게 된다. 토실토실하지 않고 가냘픈 몸은 숨겨야 하는 조금은 부끄러운 대상이었다. "목이 가늘고 쇄골이 보인다면 목까지 올라오는 레이스가 달린 옷을 입어야 한다. 유행이 아니어도 상관없다. 팔과 손에도 같은 조건이 적용된다. 윤곽이 풍만하지 않다면 그에 맞춰 적절히 옷으로 가리는 편이 좋다."

사우스워스는 자신의 기사에서 처음으로 초상 사진을 적법한 조형 예술 분야의 하나로 옹호하며 설득력 있는 주장을 펼친다. 그는 대중에게 권한다.

예술 자체에 믿음을 가져라. 예술을 과대평가하는 것보다 과소평가하는 일이 훨씬 더 위험하다. 사진은 회화나 조각처럼, 예술가의 정신 안에서 일깨워진 후 그 관념 안에서 실현된 느낌이나 감정을 표현하기에는 적절하지 않을

지도 모른다. 훨씬 더 고차원적인 완성도를 지니고 훨씬 더 보기 드문 지성으로 다듬어진 상태로 존재할 수도 있는 장면이나 인물이나 형태를 사진이라는 한계 속에서 창작해야 한다는 것이 예술가의 마음에 들지 않을지도 모른다. 하지만 사진가 또한 재능과 시적인 영혼의 지배를 받는 것이 틀림없으며 자신이 찍는 초상 사진의 인물을 평범한 본성보다 훨씬 높이 끌어 올릴 수 있다.

사우스워스는 이런 시적인 기질이야말로 사진가, 즉 예술가를 "독창성 없는 복사가의 수준으로 떨어지지 않게, 그 사진을 단순한 복사물의 수준으로 떨어지지 않게" 한다고 주장한다. 그의 주장에 따르면 화가와 조각가는 자신이 선택한 재료와 색으로 자신의 예술적 환상에 생명을 불어넣는 자유를 누리는 반면 사진가들은 빛과 그림자를 자유롭게 운용하면서 "독립적으로 행동, 표정, 인물을 넓은 범위까지 표현할 수 있다. … 우아한 움직임과 정지된 자세 속에서 아름다움을 계발할 수 있다. 이는 모든 예술의 첫 번째 목표이자 최고의 법칙이다."

20년 뒤 인도에서 태어난 영국인 줄리아 마거릿 캐머런Julia Margaret Cameron은 50세 생일 선물로 아들에게 카메라를 받은 이래 연초점soft-focus 초상 사진 분야를 개척했다. 캐머런은 자신의 시대에 가장 유명한 인물들을 사진으로 찍었다. 찰스 다윈, 로버트 브라우닝, 앨프리드 테니슨, 그리고 존 허셜도 캐머런의 카메라 앞에 섰다. 캐머런은 영리하게도 각 사진에 저작권을 등록해두었고, 그 덕분에 그녀의 사진은 오늘날까지 무사히 남게 되었다.

캐머런의 조카이자 버지니아 울프의 어머니는 캐머런이 가장 즐겨 찍은 피사체였다. 1926년 버지니아 울프는 캐머런의 사진을 모은 유작집을 자신이 세운 독립 출판사인 호가스프레스Hogarth Press에서 출간했다. 울프는 이 책의 서문에서 자기가 태어나기 전에 세상을 떠난 이모할머니의 일생을 기술했다. 가족에게 전해지는 일화와 편지를 통해 이모할머니를 알게 된 울프는 이렇게 쓴다.

빅토리아 시대의 편리함은 편지 쓰기의 예술을 죽여 버렸다. 우편물을 받기가 너무 쉬워졌기 때문이다. 100년 전만 해도 편지를 쓰려고 책상 앞에 앉는 숙녀는 논리와 절제의 확실한 이상뿐 아니라, 보내는 데 돈이 많이 들고 받은 이에게 큰 흥분을 일으킬 그 편지에 시간과 수고를 들일 가치가 있다는 사실을 알고 있었다. 러스킨Ruskin과 칼라일이 득세하고 1페니 우편이 정원사와 정원사의 아이와 달리는 당나귀에게까지 넘쳐흐르는 영감을 따라잡으라고 격려하는 시대에 자제심은 쓸모없는 것이 되었고 감정은 상식보다 숙녀에게 칭찬받을 덕목이 되었다. 그러므로 빅토리아 시대에 쓰인 개인적인 편지를 읽는 일은 가족의 거대한 기쁨과 슬픔에 파묻히고, 매일 실제로 매시간 그들의 기침과 감기와 재난을 공유하는 일이다.

울프가 말하고자 하는 바는 단지 편지 쓰기만이 아니라 그 글이 실린 책이 기념하고 있던 그 매체에도 적용된다. 실제로 지금까지 존재한 모든 기술과 앞으로 존재할 모든 기술에도 적용될 것이다. 울프는 사진이 앞으로 다가올 수십 년 안에 보편적인 기술로 자리 잡으면서 어떤 식으로 변화하게 될지 상상하지 못했을 것이다. 혹은 상상했을까? 디지털 사진이 가져오게 될 결과는 더욱 상상하기 어려웠을 것이다. 하지만 울프의 통찰력은 여전히 진실로 남는다. 어떤 매체를 통해 무언가를 전달하는 일이 쉬워질수록 우리는 그 안에 담길 내용을 점점 더 선별하지 않게 된다. 우리는 일상에서 마주하는 사소하고 평범한 것들을 전달한다. 단지 종이를 채우는 데(혹은 글을 입력하는 데, 영상을 올리는 데, 다음에 등장할 매체가 무엇이든 그 매체를 이용하는 데) 거의 수고가 들지 않는다는 이유에서이다. 점심으로 무얼 먹었는지를 쓴 편지는 인스타그램에 올리는 점심 사진으로 대체되고 이 사진에 우리는 빛과 그림자, 구도의 예술적 효과를 대체한다고 주장하는 기성품화된 필터를 적용한다. 사진 예술 또한 그 편리함 탓에 죽임을 당하고 있다.

여명기에 있는 모든 매체는 새롭게 시작된 사랑과 마찬가지로 끝없는 가능성을 향한 활기만으로도 반짝이며 빛난다. 앨버트 사우스워스가 사진 기술을 "모든 예술의 최고의 법칙"과 나란히 두고 이 신기술에 대한 창작의 지평을 넓히느라 바쁘게 일하는 동안 과학 분야에서도 마찬가지로 매혹적인 약속의 지평이 열리고 있었다. 모든 예술의 최고 법칙으로 자리한 초기 사진 기술은 모든 자연에서도 최고의 법칙이 되어 별에 관심을 돌렸고 천문학 분야에 느리지만 확실한 혁명을 시작하고 있었다.

사진이 발명된 지 거의 20년 후 마리아 미첼이 피렌체에 있는 메리 서머빌을 방문했을 때, 스코틀랜드의 학자는 새로운 미국 친구에게 별을 찍은 은판 사진을 보내달라고 부탁했다. 서머빌은 아직 그런 사진을 한 번도 본 적이 없었지만 사진 기술이 천문학계에 새로운 빛을 선사할 것이라 믿고 있었다. 그전 해 10월의 어느 저녁 미첼이 그리니치를 방문했을 때 영국의 천문학자들은 천문대에서 열린 파티에서 미첼을 대접하기 위해 위대한 "리바이어던"의 이야기를 들려주었다. 리바이어던은 영국계 아일랜드 천문학자이자 로스의 백작인 윌리엄 파슨스William Parsons의 성에 설치된 구경 180센티미터, 무게 16톤에 이르는 거대한 망원경이었다. 이 망원경은 미첼의 생일에서 정확하게 한 세기가 지날 때까지 세계에서 가장 큰 망원경으로 남게 된다. 10년 전 다른 은하의 존재가 밝혀지기 훨씬 전에 로스 경은 자신의 리바이어던 망원경을 이용하여 은하수 안의 성운으로 보이는 소용돌이 구조의 별무리를 관찰하고 이를 그림으로 그렸다. 소용돌이치는 모양의 M51, 오늘날 소용돌이 은하라고 알려진 이 별무리 판화는 유럽에서 가장 많이 복제된 천문학 그림이 되었고 반 고흐의 〈별이 빛나는 밤The Starry Night〉에 영감이 되었다. 갈릴레오가 처음으로 하늘을 향해 겨눈 원시적인 망원경과 크게 다르지 않은 망원경으로 마리아 미첼이 혜성을 발견한 지 몇 달 후 하버드대학교의 천문대에는 "위대한 반사망원경"이라는 이름이 붙은 거대한 망원경이 설치되었다. 구경이 미첼의 망원경보다 열 배 가까이 큰 이 망원경은 앞으로 20년 동안 미국에서 가장 성능이 좋은 망원경으로 남게 된다. 미첼은 망원경을 단순한 거대한 기계 장치 이상이라고 생각했다. 미첼에게 망원경은 기술의 성취일 뿐 아니라 인간 정신의 성취였다. 배서대학의 한 강의에서 미첼은 학생들에게 지식의 지평을 확대하는 수단인 창의력과 끈기를 가장 잘 보여주는 살아 숨 쉬는 증거로 앨번 클라크Alvan Clark를 소개한다. 클라크는 미국의 가장 뛰어난 광학기계 제조업자 중 한 명으로 배서천문대에 있는 망원경과 "미국의 여성"이 공동 출자로 구입한 망원경을 만든 인물이다.

> 망원경 제조업자인 클라크 씨는 단지 망원경 유리의 질을 더 좋게 만들기 위해 하루에 여덟 시간씩 여섯 달 동안 이 유리 앞에 서서 그 표면을 고운 가루로 끈기 있게 문지릅니다. 이를 단순히 손을 쓰는 노동이라고 생각할지도 모릅니다. 하지만 그 여섯 달이 끝날 무렵 그는 육안으로는 볼 수 없던 천체를 보이게 만들어주는 유리를 만들어냅니다.
>
> "설 자리를 만들어주면 지구를 움직여 보이겠다"라는 아르키메데스의 말을

알고 있을 겁니다. 클라크 씨는 전에 한 번도 본 적 없는 우주 저 먼 곳을 관통하는 유리를 만들어냄으로써 지구를 우주 가까이로 움직였습니다. 이 한 걸음은 비록 작지만 세계보다 한 발 앞선 걸음이며, 우리는 여기에서 이 남자의 위대함을 봅니다. 그 걸음을 어떻게 내디뎠는지는, 지성을 이용했는지, 마음을 이용했는지, 손을 이용했는지는 상관없습니다.

하버드천문대에 "위대한 반사망원경"이 설치되었을 무렵 천문대 소장인 윌리엄 본드William Bond는 은판 사진가인 존 애덤스 휘플John Adams Whipple과 친구가 되었다. 윌리엄 본드는 미첼과 아버지가 낸터킷섬의 퍼시픽은행 꼭대기에 작은 천문대를 만들 때 도와준 적이 있다. 휘플은 사진 기술을 전문 기술이 아니라 조형 예술의 도구로 생각하고 있었지만, 과학의 발전을 위해 이 기술을 기꺼이 활용했다. 두 남자는 천체 사진의 여명에 불을 지피게 되는 일련의 공동 연구를 시작했다. 연구를 시작한 지 4년째 되던 해인 1851년 휘플이 촬영한 천체 사진들에 전 세계는 감탄한다. 특히 달 사진은 마리아 미첼이《실낙원》에 대한 글에서 고대부터 지구의 단짝이었던 존재에 대한 가장 우아한 묘사라고 칭찬했던 밀턴의 시 한 구절을 연상시킨다. "이쪽을 바라보고 있는 구체의 면은 / 비록 반사된 빛이지만 이 빛을 되받아 빛난다." 다게르 자신도 1839년 1월 2일 자신의 발명을 발표하기 닷새 전 처음으로 달의 모습을 사진으로 찍은 적이 있다. 하지만 두 달 후 다게르의 작업실과 기록들은 화재로 사라졌고, 현재는 휘플의 사진이 달을 촬영한 가장 오래된 사진으로 남아 있다. 이 사진은 지금까지도 단순히 그 시각적인 아름다움만으로 보는 사람을 감탄하게 만든다.

본드와 휘플의 공동 연구는 하버드천문대에 있는 전 세계에서 가장 방대한 천체 음화 사진판 모음의 시작을 열었다. 이 방대한 시각 자료의 서고에서 하버드 계산자라고 알려지게 될 여자들이 우주의 속성에 대한 이해를 넓히기 위해 오늘날 그 수가 5000만 개에 이르는 천체 사진의 음화 유리판을 끈기 있게 분석하고 주석을 달며 씨름하게 된다.

하버드 계산자의 역사는 본드의 뒤를 이어 천문대 소장이 된 에드워드 찰스 피커링Edward Charles Pickering이 자신의 집에서 일하는 스코틀랜드 출신 하녀인 윌리어미나 플레밍Williamina Fleming이 뛰어난 수학적 능력을 갖추었다는 사실을 알게 되면서 시작되었다. 플레밍은 피커링이 천문대의 자료를 분석하려고 고용한 남자들보다 훨씬 뛰어났다. 피커링은 플레밍을 비상근 계산자로 고용했고, 얼마 지나지 않아 플레밍의 뛰어난 업무 능력과 근면함에 깊이 감탄한 나머지 남자들을 모두 해고한 후에 여자로만 구성된 팀을 꾸려 계산자 업무를 맡겼다. 피커링이 고용한 여자들은 모두 자신이 맡은 임무를 훌륭하게 수행해냈다.

천문대 계산자로 합류한 지 10년 만에 플레밍은 자신이 직접 분류한 1만 개 별의 분포를 기록한 400쪽에 이르는 일람표를 발표했다. 플레밍의 아버지는 스코틀랜드의 고향에 은판 사진술을 최초로 도입한 남자였다. 다른 계산자인 헨리에타 스완 레빗Henrietta Swan Leavitt은 업무 능력이 특히 뛰어나 다른 계산자들의 평균 급료보다 시간 당 5센트 많은 30센트를 받으며 일을 했다. 그녀의 계산 결과는 훗날 우주가 팽창한다는 에드윈 허블Edwin Hubble의 법칙을 증명하는 기초가 되었다. 청각 장애가 있는 애니 점프 캐넌Annie Jump Cannon은 천문대의 다양한 천체 자료를 접한 지 3년 만에 무려 2만 개의 새로운 색인 카드를 덧붙였고, 뒤죽박죽 섞여 거의 활용할 수 없던 데이터베이스를 하나의 일람표로 말끔하게 정리했다. 또 다른 계산자인 세실리어 페인Cecilia Payne은 별의 주요 구성 성분이 수소 가스라는 사실을 발견하면서 수소를 우주에서 가장 풍부한 원소의 지위에 올렸다. 이 기념비적인 발견으로 우주의 화학적 구성이라는 진실에 새로운 빛이 비치게 된다. 프랑스의 저명한 자연철학자인 오귀스트 콩트가 별에 대해 "우리는 어떤 방법을 동원하더라도 별의 화학적 구성이나 광물 구조는 절대 연구할 수 없을 것이다"라고 선언한 지 90년 후의 일이다.

페인이 처음 천문학에 매료된 것은 케임브리지대학교 부속 여자대학을 다니던 첫해인 1919년, 상대성 이론에 대한 아서 에딩턴Arthur Eddington의 수업을 들었을 때였다. 퀘이커교도이기도 했던 이 영국 천문학자는 그해 초 뉴턴의 중력 법칙 이래 가장 중요한 과학 이론을 증명하면서 아인슈타인을 유명 인사로 만들었다.

제1차 세계대전이 발발했을 때 에딩턴은 평화주의에 대한 신념에 따라 징집을 거부했다. 이 젊은 천문학자가 반역죄로 감옥에 갇히는 사태를 막기 위해, 상사였던 영국왕립천문학자는 에딩턴에게 중대한 과학적 임무를 맡겼다. 에딩턴은 4년 전에 완성된 일반 상대성 이론을 증명할 탐험대의 지휘를 맡게 되었다. 탐험대는 개기일식 때 별자리의 위치를 관측하여 강력한 중력장이 시공간을 구부리며 빛을 굴절하게 만든다는 아인슈타인의 예측 결과와 비교하는 임무를 수행하게 될 터였다. 태양이 달의 그림자에 가려지면 에딩턴은 지구에서 볼 때 태양의 바로 뒤쪽에 있는 히아데스 성단의 빛을 일식으로 어두워진 창공을 배경으로 관찰할 수 있을 터였다. 아인슈타인이 옳고 뉴턴이 틀렸다면 일식이 일어나는 동안 태양이 성단의 앞을 가로지르면서 그 강력한 중력장으로 시공간 자체가 구부러져 히아데스 성단의 별빛이 밤에 관측했던 본래 위치에서 굴절되어 보이게 될 것이었다. 에딩턴은 이미 밤하늘에서 몇 달 전 히아데스 성단의 위치를 관측해두었다. 1919년 5월 29일 개기일식이 일어나 그 초자연적인 장막이 아프리카 서해안에 있는 작은 프린키페섬을 뒤덮었고, 에딩턴의 관측 결과는 아인슈타인이 예측한 결과와 완벽하게 맞아 떨어졌다. 시공간과 현실의 구조에 대한 인류의 이해를 넓히는 가장 위대한 업적이 입증되는 순간이었다. "어머니, 오늘 기쁜 소식이 있습니다." 이 굉장한 소식을 전해들은 아인슈타인은 어머니에게 편지를 썼다.

그 해 후반 열아홉 살의 세실리어 페인은 사람이 가득한 케임브리지 강당에 앉아 그 탐험에 대해 이야기하는 에딩턴의 강연에 넋을 빼앗긴다. 페인은 훗날 회고한다.

그 결과는 세계에 대한 내 그림을 완전히 뒤집어 놓았다. … 내 기억에 아마 사흘 동안 잠을 자지 못했다. 내 세계가 너무나 흔들린 나머지 나는 거의 신경쇠약 같은 증상에 시달렸다.

이 뜻밖의 발견에 자극을 받은 젊은 세실리어는 대서양을 건너 하버드 천문대에서 마리아 미첼의 제자들과 함께 계산자로 일하게 되고 하버드대학교의 래드클리프대학에서 천문학 박사학위를 따는 최초의 여성이 된다.

페인은 박사학위 논문을 쓰며 우주의 화학적 구성에 대한 기존의 이론에 도전장을 내밀었지만, 지도 교수는 그 결과를 발표하지 말라고 말린 뒤 나중에 가서 자신이 그 발견의 공을 가로챘다. 자신의 연구 결과를 끝까지 밀고 나가지 못한 페인을 비난하기 앞서 우리는 시대의 압박에 밀려 자신의 혁명적인 발견을 철회해야 했던 갈릴레오를 기억해야 한다. 갈릴레오 시대의 성직자들은 오늘날 아이비리그 의복을 입은 남자들로 바뀌었을 뿐 여전히 권력을 쥐고 있으며, 자신의 권위에 대한 모든 도전을 묵살하거나 괴롭힌다는 점에서는 전혀 변하지 않았다. 그 후로도 페인은 연구를 계속했고 훗날 하버드에서 여성 최초로 학장의 자리에 앉는다.

그 시대의 분위기는 당시 하버드천문대에서 일하던 페인을 비롯한 다른 여성천문학자들과 수학자들이 "피커링의 하렘"이라고 낮잡아 불렸다는 데서도 알 수 있다. 요즘 시대의 분위기도 다르지 않다. 이런 식의 별칭들은 아직도 아날로그 공간과 디지털 공간에서 계속해서 나타나고 있다.

1920년대 에드윈 허블은 헨리에타 스완 레빗의 계산 자료를 기반으로 안드로메다 성운이 은하수에서 지구와 가장 멀리 떨어진 별들보다 훨씬 멀리 떨어져 있다는 사실을 발견하고 우주에는 우리은하 말고도 다른 은하들이 존재한다는 가설을 제안한다. (오래전 휘트먼은 "이 별들의 우주는 … 그 자체로 무한하며 암시적이지만 또한 무한을 더 넘어서고 훨씬 더 암시적인 세계이다"라고 썼다.) 허블 이후로 반세기가 지난 후 베라 루빈Vera Rubin은 M51 같은 은하들이 암흑물질로 유지되고 있다는 사실을 증명하면서 이전에는 순수한 이론적 가설에 지나지 않았던 물질의 존재를 확실하게 입증한다. 이 발견이 가능하게 된 것은 사진술의 자손 격인 분광사진술의 발달 덕분이었다.

천체 사진 분야의 선구자인 존 애덤스 휘플의 세대가 망원경의 한쪽 끝에 카메라를 장착하고 다른 쪽 끝을 우주로 향하기 시작하면서 우리는 수십억 광년이나 떨어진 곳에서 수십억 년 전에 빛났던 별의 모습을 처음으로 볼 수 있게 되었다. 우주에서 시간을 파는 상인이자 우주의 정복자인 별빛이 카메라의 렌즈에 담겼을 때 그 별은 이미 사라져버린 지 오래였다. 이제 새롭게 이해하기 시작한, 이제 겨우 이해하기 시작한 아주 오래된 시간을 배경 삼아 마치 깜빡이는 찰나 같은 우리 일생을 생각하니 불현듯 우리 존재의 덧없음이 우리를 아프게 찌른다. 우리는 혼돈과 엔트로피가 혼재하는 우주의 강물 위에서 아주 잠깐 섬을 이루었다가 다시 비존재를 향해 영원히 떠내려가는 존재일 뿐이다.

우리는 사진이 "불멸성을 부여한다"고 말하지만 실상 사진은 그 반대의 역할을 한다. 모든 사진은 덧없는 일시성으로 우리를 무너뜨린다. 사진을 볼 때 우리는 그 순간, 존재의 되풀이되지 않는 조각이 이미 지나갔으며 다시는 돌아오지 않게 될 것이라는 사실을 강제로 상기하게 되기 때문이다. 아주 오래전에 세상을 떠난 인물의 은판 사진을 들여다보면서 우리 자신도 반드시 죽게 될 것이라는 사실과 직면한다. 그 인물 또한 꿈과 절망을 품은 채 스쳐 지나는 한순간을 살아갔다. 지금 우리가 이 순간을 살아가는 것과 전혀 다르지 않았다. 사진을 통해 불멸성으로 한 걸음 다가가기는커녕 사진을 보며 우리는 죽을 수밖에 없는 유한한 운명 앞에 겸허해진다. 나이팅게일은 사진 찍히는 일을 거부했다. "나는 사람들의 기억 속에서 지워지길 바랍니다"라고 썼던 나이팅게일이 사진을 찍은 것은 오직 빅토리아 여왕이 요구했을 때뿐이었다.

나는 하버드대학교 천문대 서고 한가운데 서서 50만 개의 유리판에 둘러싸인 채 이런 일을 생각한다. 이 유리판에 주의 깊게 주해를 단 사람들은 이미 오래전 우주먼지로 돌아갔다. 나는 침착한 손가락, 생명으로 고동치는 분자로 합성된 원자들이 주의 깊게 유리판에서 종이 덮개를 벗기고 유리판을 조사하는 모습을 상상한다. 대서양 건너편에 있는 박물관의 유리병에 보관된 갈릴레오의 손가락, 한때 넘치는 생명으로 달을 가리켰던 그 손가락도 우리의 모든 확실성처럼 시들어버릴 것이다.

천문대 중앙에 있는 책상 위에는 애니 점프 캐넌이 확대경으로 천체 사진의 유리판을 조사하는 모습을 담은 기록 사진이 걸려 있다. 나는 스마트폰, 육체가 없는 계산자이자 상대성 이론에 대한 평범한 증거이며, 뉴턴이 알았던 모든 지식보다 더 많은 지식에 단번에 접속할 수 있는 도구를 꺼내 사진의 사진의 사진을 찍는다.

이제 곧 내 주위를 둘러싸고 있는 50만 개의 유리판에서 계산자들의 손글씨를 벗겨내 지우는 작업이 시작될 것이다. 한 세기 반이 지난 오늘날에도 가치를 가늠할 수 없는, 우주의 진화에 대한 소중한 천문학적 정보를 제공하는 사진들을 좀더 명확하게 보기 위해서이다. 그 여성들이 존재했다는 사실을 보여주는 마지막 물리적 자취가 이제 곧 사라지게 되는 것이다. 우주에 바치는 결코 멈추지 않는 엔트로피의 세레나데에는 감상적인 배음overtones이 들어갈 자리가 없다.

해리엇 호스머

예술가의 공격인 삶을 선택하다

15

미시시피강을 거슬러 오르던 증기선이 강변에 솟아오른 절벽으로 접근하고 있다. 새뮤얼 클레멘스라는 증기선 키잡이가 10년 후 마크 트웨인이라는 필명을 떠올리게 될 곳에서 그리 멀지 않은 곳이다. 지루해하던 남자들이 뻔뻔한 태도로 이런 절벽쯤 꼭대기까지 오르는 것은 일도 아니라는 자랑을 늘어놓는다. 한 남자가 비웃는 듯한 말투로 여자가 그렇게 산을 못 타는 게 아니라면 그 자리에 있는 숙녀분들 또한 등산에 합류해도 좋다고 말한다.

주머니에 손을 찔러 넣은 해리엇 호스머는 장난기 어린 미소를 지으며 턱을 쑥 들어 올리더니 내기를 하자고 제안한다. 호스머는 자신이 가장 먼저 정상에 오를 수 있다고 장담한다. 이 장면을 지켜보던 누군가는 훗날 호스머를 "말괄량이에 쾌활하고 운동선수 같던 여학생"으로 기억한다. 흥미를 느낀 선장이 배를 강둑에 대자 모두 출발한다. 해리엇, 그녀를 사랑하는 이들에게 해티Hetty라는 애칭으로 불리는 소녀는 점점 높아지는 초목지대를 이리저리 누비고 지나가 강변에서 150미터 솟아오른 언덕으로 뛰어오른다. 사람의 발길이 닿지 않은 소나무 숲을 가로질러 나무딸기 덤불을 헤치고 들쭉날쭉한 바위를 기어오른 끝에 절벽의 정상에 가장 먼저 도착한 해리엇은 승리의 표지로 손수건을 흔든다.

재미 삼아 했다가 지금은 감탄하게 된 선장은 그 절벽에 호스머산Mount Hosmer이라는 이름을 붙인다. 이 절벽은 지금도 그 이름으로 불리고 있다.

이 사건은 예상과 관습을 뛰어넘는 해리엇 호스머가 거둔 최초의 승리도 아니었고 마지막 승리와도 한참 거리가 멀다.

21세의 해리엇은 해부학 공부를 마친 자신에게 주는 작은 여름 선물로 미시시피강 모험을 떠났다. 해부학 공부는 그 등산 내기에서처럼 자신감 있게 단 하나의 목적을 향해 달려가는 계획의 중심이었다. 해리엇은 조각가가 될 계획이었다. 트렁크의 짐에는 세인트루이스대학교 의학대학에서 받은 졸업장이 들어 있다. 때는 1851년이다. 미국의 남자들이 다니는 대학교가 여자의 입학을 허가하기까지는 앞으로 수십 년의 세월이 남아 있다. 호스머는 고대 그리스 시대 이후 가장 유명한 조각가 중 한 명으로 손꼽히게 되며, 새로운 연금술사가 되어 싸구려 석회암을 값비싼 대리석으로 변환하는 방법을 발명하고, 자신의 운명을 직접 바꾼 피그말리온이 될 것이다. 여성의 길에 새로운 지평을 열고, 구세계의 판테온에 미국 예술을 위한 자리를 확보하고, 금전적인 성공과 타협하지 않는 독창적인 상상력으로 예술가의 삶에 본보기가 되며, 존재를 정의하는 새롭고 대담한 어휘와 함께 퀴어 문화를 열어나가게 될 것이다. 호스머는 또한 인생 말년의 수십 년을 영구운동기관을 발명하기 위해 소진하고 결국 파산하여 무명으로 숨을 거두게 될 것이다.

어떻게 한 사람이 최고의 성공을 거두는 동시에 한심할 정도의 실패를 겪을 수 있는가? 그 총합이 같다면 우리는 왜 성공에서 실패로 가는 이야기보다 실패에서 성공으로 가는 이야기를 추구하는 것인가? 우리는 왜 오래도록 서로 사랑했던 관계가 문제를 맞아 결국 끝나버리고 말았을 때 이 관계를 실패했다고 생각하는 것인가? 우리는 왜 셀 수 없이 많은 문제로 괴로움을 겪은 연애가 마침내 문제를 극복하고 평온한 사랑으로 정착하는 이야기를 찬양하는 것인가? 이는 우리는 왜 인생의 초반에 큰 업적을 이룬 후 인생의 말년에 빈곤에 시달리거나 세상에서 잊힌 채 죽어간 사람들의 이야기보다 그 반대의 이야기를 더 찬양하는 것인가? 우리가 영구 운동을 열망하는 것과 똑같은 충동 때문이다. 이 충동은 멈춤이 모든 사물의 궁극적인 속성이라는 사실을 인정하려 하지 않는 고집스러운 충동이다. 시간이 지나 멈추게 될 움직임이라도, 아무리 짧은 순간 일어나는 움직임이라도 축하해야 할 일이라는 사실을 인정하고 싶지 않은 고집스러운 충동이다. "아무리 노력을 쏟아붓는다 해도 망각에서 벗어날 수는 없다"라고 커트 코베인Kurt Cobain은 일기에 쓴다.

해리엇 호스머는 노력하는 일을 결코 두려워하지 않으며, 불가능한 목표를 향해 지치지도 않고 줄기차게 노력을 쏟아붓는다. 그 목표는 그녀가 만든 대리석 조각상에 우아하게 재현된 영구성을 향한 환상이기도 하고 영구 운동에 대한 집착이기도 하다. 호스머가 이런 목표를 품게 된 것은 어쩌면 인생의 여명부터 죽음이 그녀와 함께 있었기 때문인지도 모른다.

*　　*　　*

1830년 매사추세츠주의 작은 마을에서 태어난 해티는 여섯 살이 되기도 전에 갓난아기였던 남동생 두 명과 어머니를 결핵으로 잃었다. 유일하게 살아남은 자매였던 헬렌은 해리엇이 열두 살 때 같은 병으로 세상을 떠났다. 해리엇의 아버지는 가난한 집안에서 태어나 의사로 성공하여 상당한 부를 쌓은 인물이었는데, 슬픔과 절망 속에서 아직 어린 해티가 다른 가족을 모두 데려가버린 폐결핵에 걸리지 않도록 하는 것이 자신의 의무라고 생각했다. 아버지는 해티에게 말과 배, 활과 화살, 스케이트를 사주고는 "무조건 밖에 나가 놀라"고 가르치면서 혹독하게 몸을 단련하는 훈련 계획을 짰다. 아버지의 훈련 계획은 산에 오르고 헤엄을 치고 배의 노를 젓고 사냥을 하고 스케이트를 타는 활동으로 이루어져 있었다. 해티는 타고난 체력과 소년에게만 허용된 기운찬 열의로 이 모든 활동을 기쁘게 누렸다.

호스머 박사는 딸을 교육하는 데 많이 투자했지만 딸을 학교에 보내지는 않았다. 박사의 주장은 "'정신'은 평생 교육할 수 있지만 '신체'는 몇 년 동안만 발달할 뿐이다. 그동안 '신체'가 자유롭고 건강하게 성장하는 것을 방해하는 일은 그 어떤 것도 허용할 수 없다"는 것이었다.

해리엇에게 자연은 야외 활동을 하는 체육관일 뿐 아니라 관찰 활동을 하는 장이기도 했다. 해리엇은 강둑에 있는 진흙으로 자연을 모험하는 동안 마주친 야생생물들의 모형을 만들었다. 25년 후 로마에서 존경 받고 있던 호스머의 작업실을 방문한 마리아 미첼은 일기에 감탄의 심경을 기록한다. "호스머는 자신의 이상을 진흙으로 만들어낸다. 진흙을 매만지는 작은 손놀림 하나하나는 모두 그녀의 생각이다. 그녀는 진흙을 통해 사고한다." 자라면서 해티는 인형이 아니라 아버지의 서재에 걸려 있던 인간의 골격을 가지고 이 뼈대에 사촌의 옷을 입히고 음식을 먹이며 놀았다. 열여덟 살이 되자 해리엇은 500종이 넘는 나비를 표본으로 만들었고, 수없이 많은 파충류를 포름알데히드 병에 담아 보관했으며, 다양한 종류의 새와 동물을 박제했다. 해리엇은 애완동물로 뱀을 키웠고 타고난 불경심에 충실하게 뱀의 이름을 이브라고 지었다. 이브는 해리엇의 해부 탁자 위에 오르는 운명을 맞게되며 이를 계기로 해리엇은 해부학에 열정을 품게 된다.

1847년 가을, 마리아 미첼이 혜성을 발견하기 얼마 전 호스머 박사는 딸의 강건한 신체에 지성을 보충할 때가 되었다고 결심했다. 박사는 딸의 교육을 위해 세즈윅학교Sedgwick School를 선택했다. 매사추세츠주 버크셔카운티 중심가 레녹스에 있는 선구적인 "여학교"였다. 이 학교의 창립자인 엘리자베스 세즈윅은 자신의 교육 철학을 단호하고 명료한 이상으로 표현했다.

[젊은 학생들에게] 끈기 있고 주의 깊게 공부하는 습관을 길러주고, 태양 광선을 한 점으로 모으듯 자신의 힘을 하나의 목표를 향해 집중할 수 있는 습관을 길러주고, 지식의 습득 자체가 즐겁도록 지식욕을 자극할 수 있다면, 이런 방식을 통해 학생들의 정신적인 힘을 훈련할 수 있다면 말로 할 수 없을 만큼 훌륭한 일을 해낸 것이다. 학생들을 교과서에 나오는 지식의 수동적인 저장고로 만드는 것보다 훨씬 훌륭하다.

10년 전 엘리자베스 피보디도 이와 똑같은 생각을 소피아에게 보내는 충고의 편지에서 피력한 바 있었다.

남에게 보여줄 목적으로 공부하지는 마. 존경을 받기 위한 목적으로, 관심을 받기 위한 목적으로 공부하지 마. 기쁨을 얻기 위해 공부해. … 형이상학적·과학적·수학적 추론에 정신의 힘을 명민하게 사용하는 데서 솟아나는 기쁨을 느끼기 위해 공부해.

세즈윅 부인은 기지가 날카롭지만 규칙을 지키지 않는 해티 호스머를 위탁받았을 때 호스머에게 한쪽 눈을 찡긋하며 환영해주었다. "나는 야생 망아지를 길들이는 일로 명성을 얻었습니다. 어디 이 아이한테도 한번 시험해보지요." 부인은 소녀의 천부적인 야생성을 억누르기보다는 그 힘을 대단한 근면함으로 집중시키는 방법을 알려 주었다. 부인의 가르침은 평생 해리엇의 무기로 남는다. 훗날 해리엇의 가장 확고한 지지자가 되는 마리아 차일드는 큰 반향을 불러일으킬 전기적인 글에서 해리엇이 버크셔의 자연을 배회하고 다녔다고 기록한다. "시인의 눈으로 저녁 하늘의 별을 바라보고 … 진정한 예술가가 그렇듯 주위의 모든 존재의 형태를, 진부한 형태를 제외하고는 주의 깊게 관찰하고 … 매력적인 소녀들과 단단한 우정을 맺고 높은 차원의 지성들과 끊임없이 교류했다."

세즈윅학교는 해리엇에게 정신의 습관을 형성하는 것 이상의 역할을 해 주었다. 이 학교에서 해리엇은 마음의 습관을 조각했고, 레즈비언이라는 자신의 성적 지향과 정체성을 깨달았을 무렵에는 학교를 자기 발견의 피난처로 삼았다. 레즈비언이라는 용어가 대중적으로 자리 잡기까지는 아직 한 세기가 넘는 세월이 흘러야 한다. 과거를 이야기할 때 우리는 현재의 어휘라는 함정에 빠지기 마련이다. 여기에서 우리는 호스머의 시대에 여자를 사랑하는 여자로 살아가며 마주해야 했던 복잡하고 혼란스러운 감정적·육체적 관계의 생태를 짧게 줄여 레즈비언이라는 용어로 표현할 것이다.

모험을 좋아하는 쾌활한 성격이었지만 마음 아픈 소외감을 품고 있던 해리엇은 보스턴에 소속감을 느끼지 못한 듯하다. 어딘가 소외된 기분을 해리엇은 우울한 감정에 대한 가장 확실한 자기 방어 수단인 익살을 통해 표현했다. 〈1850년 보스턴과 보스턴 사람들Boston and Boston People in 1850〉이라는 제목의 익명으로 발표한 시에서 해리엇은 이 도시의 모습을 풍자적으로 묘사한다. 이 시에서 독자는 양성성을 지닌 불손한 태도의 화자를 따라 보스턴이라는 도시를 둘러보는데, 안내자는 도시의 상업적인 사고방식을 비웃으며 예술에 대한 원조가 없다는 사실에 슬퍼하고 따분하기 짝이 없는 전통적인 결혼 생활에 동정의 뜻을 표한다. 시의 행간에서 우리는 당시 해리엇이 자신의 성 정체성과 성적 지향을 서서히 깨닫는 중이라는 사실을 읽어낼 수 있다. 단조로운 집안일에 대해 이야기하던 중 해리엇은 자신이 "여자 쪽에 좀더 친절하게 구는 성향이 있다"고 고백하는가 하면 "미혼 아가씨", "이 땅 위의 훌륭한 노처녀 성인"으로 살아갈 용기를 내는 여자들을 찬양하기도 한다. 이런 표현 뒤에는 동시대 사람들로부터 이런 꼬리표가 붙은 여자들이 실제로는 역사에서 억압되고 비난 받은 레즈비언이었다는 날카로운 인식이 담겨 있다.

세즈윅학교에서 해리엇은 세인트루이스 출신의 수학에 재능이 있는 코닐리아 카Cornelia Carr라는 젊은 여자를 만났다. 코닐리아는 해리엇이 처음으로 연애 감정을 품고 젊은 시절의 연애시를 바친 상대이다. 코닐리아는 평생 해리엇에게 가장 충실한 친구로 남아 훗날 해리엇의 유언 집행자이자 전기 작가가 된다. 코닐리아의 아버지는 훗날 호스머의 가장 큰 후원자이자 두 번째 아버지 같은 존재가 되어준다.

해티가 레녹스에서 3년 동안 공부를 마친 후 진지하게 조각가의 길을 걷기로 했을 당시만 해도 미국에서 조각가로 성공을 거둔 여성은 한 명도 없었다. 유럽에서도 조각가로 두각을 나타낸 여성은 손에 꼽을 정도로 적었다. 보스턴에서 조각 모형을 만드는 수업을 듣고 밀랍으로 바이런의 두상을 처음으로 만들어본 해리엇은 그저 훌륭한 조각가가 아니라 위대한 조각가가 되기 위해서는 반드시 인간의 해부 구조를 완전히 터득해야 한다고 확신하게 되었다. 책과 아버지의 진료실에서 습득한 지식만으로는 부족했다.

해리엇은 의대에 들어가기로 했다.

가장 가까운 곳에 있는 하버드대학교 의과대학이 가장 자연스러운 선택지였지만 하버드에서는 이미 여자의 입학을 거절한 선례가 있었다. 하지만 해리엇은 좀더 개인적인 이유에서 다른 학교에 지원했다. 해리엇이 사랑하는 코닐리아의 아버지로 곧 해리엇 자신도 아버지라고 부르게 되는 웨이먼 크로Wayman Crow가 해리엇이 새로 설립된 세인트루이스 의학대학에 입학할 수 있도록 손을 써둔 것이다. 이 학교에 들어가면 코닐리아와 재회할 수 있게 될 터였다. 웨이먼 크로는 열두 살 때 이미 학교를 그만둔 뒤 직물을 거래하는 상인이 되었고, 열심히 일한 끝에 40세 무렵에는 세인트루이스에서 가장 부유한 사업가의 반열에 올랐으며, 마침내 주 상원의원으로까지 선출되었다. 얼마 전 크로는 훗날 워싱턴대학교가 되는 학교를 뉴잉글랜드 사람인 윌리엄 그린리프 엘리엇William Greenleaf Eliot과 공동으로 설립한 참이었다. 엘리엇은 마거릿 풀러가 10대 때 함께 지적인 토론을 벌인 상대 시인 T. S. 엘리엇의 할아버지이기도 했다.

스무 살 생일이 4주 지나고 해티는 세인트루이스 의학대학에 입학했다. 전공으로는 해부학과 화학을 선택했다. (바로 몇 달 전 영국 출신의 엘리자베스 블랙웰Elizabeth Blackwell이 뉴욕 북부의 작은 대학을 졸업하며 미국 최초로 의학 학위를 딴 여성이 되었다.) 매일 아침 해티는 고유의 상징이 된 갈색 보닛을 쓰고 3킬로미터가 넘는 진흙투성이 길을 걸어 학교에 갔다. 도착할 무렵에는 치맛자락이 온통 진흙으로 딱딱하게 굳었다. 그 미끈한 치맛자락 안에 권총을 숨기고 있다는 소문이 돌았다.

크로는 자신의 친구이자 의학대학 학장인 조지프 맥도웰Joseph McDowell에게 해리엇을 소개해주었다. 한 세대 전에 하이럼 파워스를 가르친 적이 있는 맥도웰은 해리엇을 자신의 비호 아래 받아들였다. 사냥과 박제를 한 적이 있어 피가 난무하는 해부를 하고 시체를 다루는 데 다른 학생들보다 훨씬 뛰어난 능력을 발휘한 호스머는 맥도웰 박사가 가장 총애하는 제자가 되었다. 박사는 강의하기 전 해리엇을 자기 사무실로 불러 개인 교습을 해주면서 함께 시체를 세부적으로 연구했다. 탄복한 교수의 말에 따르면 해리엇은 이 개인 교습에 "자연과 자연이 빚은 작품의 전시를 감상하는 즐거움으로 반짝이는 눈"으로 참여했다. 인간 근육 조직에 대한 해리엇의 정확한 묘사 능력은 레오나르도에 필적할 정도였다.

이 보기 드물고, 보기 드문 취급을 받는 "숙녀 학생"에 대한 소문은 금세 퍼져나갔다. 1852년 해리엇이 의대를 졸업하고 얼마 후 〈고디의 숙녀를 위한 책〉에 실린 한 기사는 해리엇을 학문 분야를 뛰어넘는 여성의 등대라고 강조했다. 호스머가 자신이 선택한 길에서 계속 정진한다면 예술 분야에서 "최고의 명성"을 얻으리라고 강조하면서 저자는 호스머가 문화에 간접적으로 미친 영향에 주목했다.

그녀는 "해부" 연구에서 여성 정신의 탁월함을 보여주면서 여자가 제 능력을 발휘할 수 있는 과학 분야가 의학이라는 사실을 간접적으로 증명했다. 여자가 의학을 공부할 수 있게 된다면 두각을 나타낼 것이다.

지적인 활력과 쾌활한 정신에도 불구하고 해티의 내면에는 슬픔의 저류가 조용히 흐르고 있었다. 미시시피강을 여행하는 중에도 해티는 절벽 꼭대기로 남자들과 달리기 경주를 했던 햇살 같은 자신감과는 정반대의 기분을 느끼고 있었다. 증기선을 타고 여행하면서 해리엇은 자신이 사랑하는 모든 이와 모든 것이 언젠가는 사라질 것이라는 자각과 씨름하고 있었다. 해리엇은 코닐리아에게 편지를 썼다.

이 거대한 세상에는 정말 많은 사람이 살고 있지만 그중에 우리가 마음을 쓸 수 있는 이들은 얼마나 적은지 모르겠어. 우리가 관심을 갖고 우리가 사랑할 수 있는 사람들 말이야. 인생의 거대한 조수는 밀려오고 흘러나가면서 우리와 전혀 상관없는 수백 명의 생명을 가져오고 그 대가로 우리 생명만큼 소중한 이들의 생명을 가져가버려. 그리고 낯선 사람들이 그 빈 자리를 채우지.

우리가 노력하여 얻은 그 어떤 것도, 존경도 보상도 재산도 잘 다듬어진 복근도, 우리에게 주어지고 필연적으로 잃게 될 수밖에 없는 타고난 재능을 보상할 수 없다는 사실을 체념하며 받아들이는 일은 일생에 걸쳐 성취해야 하는 과업이다. 채 스무 살도 되기 전에 이를 깨닫는 일은 어쩌면 비극이고 어쩌면 구원이며 어쩌면 둘 다 일지도 모른다. 해리엇 호스머는 인생의 아름다움과 비극을 공평하게 손에 쥘 수 있는 흔치 않은 성격의 소유자였다. 대학을 마치고 보스턴으로 돌아온 후 코닐리아와 헤어진 슬픔을 잊기 위해 해리엇은 열정적으로 예술에 몰두했다. 한때 야외 활동에서 발휘한 것과 똑같은 열의로 해리엇은 문화적 실내 활동에 전력했다. 당시 미국 예술계의 심장이던 보스턴 애서니엄을 자주 방문하고 보스턴 교향악단이 연습하고 공연하는 음악당인 트레몬트템플Tremont Temple도 자주 찾았다. 1851년 말 코닐리아에게 보내는 편지에서 해리엇은 이렇게 쓴다.

보스턴에서 금요일 오후마다 열리는 음악회 연습이 얼마나 즐거운지 아마 상상도 못 할 거야. 적어도 일주일에 한 번, 나는 인간성의 높은 차원을 경험해. 좋은 음악에는 우리를 고결하게 하고 행복하게 해주는 무언가가 있어. 금요일은 내 안식일로 진정한 의미에서 휴식을 취하는 날이야. 금요일 오전에는 애서니엄에 가서 아름다움으로 눈과 정신을 채운 다음 오후에는 트레몬트템플로 가서 또 다른 종류의 아름다움으로 귀와 영혼을 채우지. 그러니 내가 말 그대로 "아름다움에 취하는 것"이 아니겠어?

해리엇은 메디치의 비너스Venus de Medici, 피렌체에 있는 고대 그리스의 아프로디테를 묘사한 대리석 조각상을 노래한 바이런의 시를 한 구절 인용한다.

우리는 응시하고 고개를 돌린다, 어디인지 알지 못하며
아름다움에 압도되고 취했으니
마음이 충만함에 휘청거릴 때까지. 그곳에, 영원히 그곳에
승리에 도취한 예술의 전차에 사슬로 묶여
우리는 포로가 되어 선 채로 떠날 마음이 없다

시는 언제나 해리엇에게 개인적인 고양감과 직업적인 영감의 원천이 되어주었다. 해리엇의 신념에 따르면 예술가들은 "인간 본성의 학생이어야 할 뿐 아니라 문자의 학생이어야 한다." 그해 해리엇은 자신에게 너무도 익숙한 정서인 슬픔과 화려함을 교차해 구현한 듯 보이는 한 편의 시를 읽게 되고 그 시에서 자신이 만들고 싶은 조각상의 영감을 떠올렸다. 그 조각상은 해리엇에게 처음으로 갈채의 홍수를 가져다준다. 코닐리아에게 쓴 또 다른 편지에서 해리엇은 자신이 〈슬픈 헤스퍼Sad Hesper〉를 발견했다고 외친다. 테니슨의《인 메모리엄In Memoriam》에 수록된 131편의 짧은 애가 중 한 편으로, 해리엇은 이 시를 "최고로 훌륭한 시 중 한 편이며 영어라는 언어로 표현된 가장 아름다운 생각을 담고 있다"고 평한다. 이 시집에는 마거릿 풀러의 평생에 걸친 불안감의 중심에 자리한 심란한 사실이 실려 있기도 하다. "우리는 완전한 두뇌가 아니며 매력적인 가짜일 뿐이다."

테니슨은 원래《영혼의 길The Way of the Soul》이라는 제목이었던《인 메모리엄》을 1849년 완성했다. 거의 20년 전 22세의 나이에 발작을 일으켜 세

상을 떠난 사랑하는 친구를 추도하기 위해 쓴 시 모음이었다. 새로 등장한 종의 변이라는 과학 개념에서 영감을 받은 이 시집에서 테니슨은 다윈이 진화론으로 세상을 동요시키기 10년 전에 진화론적 착상을 탐구한다.

호스머를 그토록 감동시킨 시는 이렇다.

파묻힌 태양 위로 떠오른 슬픈 샛별
그와 함께 죽을 준비가 된 그대
그대는 모든 것이 희미해지는 모습을 지켜보고
점점 더 희미해지니, 영광이 실현되었다

북두칠성에서 떨어져 나온 별무리
해안으로 끌어올려진 배
그대는 문이 닫히는 소리에 귀를 기울이고
머릿속에서 인생은 어둡게 물들어간다

그리스 신화에서 저녁별인 헤스페로스는 새벽별인 포스포로스의 짝이다. 이 두 별이 실제로는 같은 "방랑하는 별," 즉 금성이며 다만 궤도의 위치에 따라 모습이 달라질 뿐이라는 사실을 처음으로 알아차린 인물은 피타고라스였다. 그 후 2000년이 지나 갈릴레오가 관찰한 금성의 상 변화는 천동설 우주의 관 뚜껑을 덮는 첫 번째 못이 된다.

저물 수밖에 없는 헤스페로스의 운명을 통해 죽음과 삶의 시소를 표현한 테니슨의 애가는 만물의 스러질 수밖에 없는 운명에 몰두하고 있던 호스머의 마음을 강하게 건드렸다. 1852년 초, 21세의 호스머는 자신의 첫 번째 이상적인 조각 작품에 생명을 불어넣는 일에 착수했다. 〈헤스페로스, 저녁별Hesper, the Evening Star〉이라는 제목이 붙은 이 조각 작품은 진지하면서도 평온한 얼굴을 한 젊고 아름다운 여자의 흉상이다. 시선은 밤과 낮, 존재와 비존재의 보이지 않는 경계를 응시하는 듯하고 땋아 올린 머리칼 위로는 전형적으로 다섯 개의 꼭짓점이 있는 별이 아니라 마치 태양처럼 일곱 개의 꼭짓점이 있는 별 모양의 왕관을 쓰고 있다. 남자인지 여자인지 알 수 없는 얼굴에 나체로 드러난 가슴에는 젖꼭지가 없으며 그 가슴 아래를 초승달처럼 휘어진 활이 받치고 있다.

하지만 해티에게 〈헤스페로스〉는 테니슨에 대한 헌정 이상의 것, 좀더 개인적인 차원에서의 헌정이었을지도 모른다. 그해 창작 활동의 고양감은 개인적인 불행으로 바닥까지 곤두박질쳤다. 코닐리아가 젊은 인류학자와 약혼했다는 소식이 들려온 것이다. 이 소식을 들은 해티는 "질투"의 발작에 휩싸였고 코닐리아가 결혼하기에는 아직 어리고 약혼자가 코닐리아를 부양하기에는 경제적으로 불안하다는 염려의 말 속에 자신의 질투심을 애써 숨기려 했다. 비록 코닐리아가 해티의 사랑에 보답해준 적은 없었지만 그럼에도 해티는 코닐리아를 잃게 되었다는 생각에 크게 상심했다. 자신에게 보내는 편지에는 약혼 이야기를 쓰지 말아달라고 부탁할 정도였다. 해리엇은 코닐리아에게 자신의 모델이 되어달라고 간청했다. "나에게 네 몸을 넘겨줘. 네 몸은 역사 속에서 명성을 얻게 될 거야." 자신의 인생을 형성하는 데 가장 결정적인 역할을 한 상실과 다시 한번 마주하게 된 해리엇은 비영속성에 대한 자신의 가장 강력한 대응 전략인 대리석을 꺼내들었다. 해리엇은 이 조각 작품이 "삶에서도, 죽음에서도" 기념비적인 존재가 될 것이라고 생각했다. 이는 코닐리아를 영원히 소유하는 방법, 결혼이라는 선택으로 이별을 고하고 있는 이상화된 사랑의 환상에 불멸을 부여하는 방법이었다.

해리엇의 요청에도 코닐리아는 더 멀어질 뿐이었다. 코닐리아도 해리엇을 몹시 사랑하고 있었지만, 그 마음은 양적인 면에서는 같았던 한편 그 질감에서 완연하게 달랐다. 코닐리아는 그 점을 점점 더 불편하게 여겼다. 코닐리아는 성적인 면에서 해티에게 전혀 매혹되지 못했다.

어쩌면 〈헤스페로스〉의 흉상은 실제로 코닐리아를 모델로 삼아 사랑하는 이가 내어주지 않은 몸 대신 두 사람의 불완전한 인연을 만들어낸 영역, 즉 마음과 정신의 모습을 묘사한 것인지도 모른다. 혹은 해리엇은 〈헤스페로스〉를 통해 테니슨의 서사시 뒤에 숨겨진 개인사를 재현하고픈 희망을 품었는지도 모른다. 시인 자신이 직접 털어놓은 이야기에 따르면 《인 메모리엄》을 집필하기 20년 전, 이 시에서 추모하는 친구가 세상을 떠났을 무렵 테니슨은 어린 시절부터 알고 지내던 에마 셀우드Emma Sellwood라는 젊은 여성과 사랑에 빠졌다. 테니슨은 에마에게 구애했고 그 마음을 얻었지만 에마의 정신과 윤리적 양심까지 얻어내지는 못했다. 에마는 시인의 무신론적 성향이 자신의 종교적인 성향과 화합할 수 없다고 생각했다. 테니슨의 이야기에 따르면, 에마는 시인의 청혼을 거절했어도 마음마저 떠난 것은 아니었기에 다른 구혼자들의 구애를 모두 물리쳤다. 서로 거리를 두고 침묵하면서도 10년이라는 세월 동안 정절을 지킨 시인은 에마에게 편지를 보내 혹시 생각이 바뀌었는지 물었다. 에마의 생각은 바뀌지 않았다. 다시 10년의 세월이 더 흐르는 동안 두 사람은 마음속에서 서로를 품고 있으면서도 떨어져 있었다. 그리고 《인 메모리엄》이 출간되고 일주일 후 테니슨은 에마에게 편지 한 통을 받았다. 이 시집의 진실하고 순수한 감성에 깊이 감동한 에마가 마침내 자신의 운명을 시인의 운명과 결합하기로 한 것이다. 두 사람은 그해 6월 결혼식을 올리고 얼마 지나지 않아 아들 둘을 얻었다. 테니슨은 《인 메모리엄》에서 추도한 친구의 이름을 첫아들에게 주었다.

혹시 〈헤스페로스〉가 호스머 자신의 《인 메모리엄》으로 코닐리아의 마음을 얻기 위한 마지막이자 가장 용감한 시도였다고 해도 호스머는 테니슨처럼 기적적인 심경의 변화를 일으키지 못했다. 코닐리아는 결국 젊은 인류학자와 결혼을 했다. 하지만 코닐리아는 새로 태어난 딸의 이름을 해리엇이라 지었고, 평생에 걸쳐 신문에 호스머를 칭찬하는 기사가 실릴 때마다 전부 오려내어 잘 모아두었다.

코닐리아를 잃고 상심에 빠져 있을 무렵 또 다른 만남이 찾아온다. 개인적으로나 직업적으로 호스머를 성장시킨 또 다른 촉매제가 될 만남이다.

1851년 가을 존 애덤스 휘플이 하버드의 위대한 반사망원경을 별로 향하고 있을 무렵 샬럿 쿠시먼Charlotte Cushman이 보스턴을 찾았다. 당시 미국에서 가장 유명한 배우인 쿠시먼은 유럽으로 건너가 완전히 정착하기 앞서 미국에 작별 인사를 하기 위한 여행을 하던 중이었다. 사진이 탄생한 해에 23세가 된 쿠시먼은 여동생이 연기한 줄리엣 옆에서 로미오를 연기하여 연극계를 깜짝 놀라게 만들었다. 당시에는 이에 상응하는 어휘가 없었으므로 다소 허술하고 시대착오적이지만 현대의 어휘를 적용한다면 쿠시먼은 "옷장 밖으로 나온 레즈비언out lesbian"이었다. 세즈윅학교의 동창생이 그녀를 호스머에게 소개해주었을 무렵 쿠시먼은 오랜 연인인 영국의 저널리스트 머틸더 헤이즈Matilda Hays와 함께 여행하고 있었다. 두 사람의 결합은 대중에게 널리 인정받고 있었다. 사우스워스앤드호스 사진관에서 찍은 가장 유명한 은판 사진에서도 두 사람은 전통적인 부부의 자세를 취하고 있다. 쿠시먼은 의자에 앉고 헤이즈는 그 뒤에 서 있으며, 두 사람 모두 허리 위로는 몸에 딱 맞는 남성용 옷을, 허리 아래로는 치렁치렁한 치마를 입었다. 엘리자베스 배럿 브라우닝은 두 사람의 관계를 "서로에게 영원히 귀속될 것을 맹세한" 두 사람의 "여성 결혼female marriage"이라고 이름 지었다. 엘리자베스 배럿 브라우닝은 이런 결혼이 "결코 드물지 않다"는 친구의 말을 듣고도 크게 놀라지 않았다. 이 여자들을 그저 자신의 천성에 충실하고 자신의 사랑에 충실한 사람들이라고 생각했기 때문이다. 얼마 후 엘리자베스는《오로라 리》에서 "진실한 삶을 살아가는 사람이라면 누구나 진실한 사랑을 하게될 것이다"라고 쓴다. (30여 년 후 헨리 제임스Henry James는 자신의 소설《보스턴 사람들The Bostonians》에서 "보스턴 결혼Boston marriage"이라는 용어를 널리 알린다. 어떤 남자에게도 의지하지 않고 경제적으로 독립한 두 여자의 관계를 이르는 말이다. 제임스는 아마 여동생 앨리스Alice와 캐서린 피보디 로링Katharine Peabody Loring의 관계를 모델로 삼아 이런 종류의 관계를 묘사했을 가능성이 높다. 헨리 제임스 또한 호스머를 만나본 적이 있었고 그녀를 "특히 강인하고 신선하며 흥미로운 성격의 인물"이라고 평했다.)

그해 가을 호스머와 35세의 쿠시먼은 만나자마자 서로 강하게 마음이 이끌렸다. 하지만 그 이끌림의 정확한 속성에 대해서는 아마 두 사람도 잘 알지 못했을 것이다. 아주 뛰어난 지성과 창조적인 활기를 지닌 인물과 만나게 되면 그 자석 같은 매력으로 마음의 나침반은 존경과 애정 사이에서 어지럽게 흔들린다. 어떤 사람과 함께하고 싶은 욕망과 그 사람처럼 되고 싶다는 욕망을 확실하게 구분하기는 종종 불가능할 정도로 어렵다. 호스머에게 쿠시먼은 성공한 예술가이자 공적인 삶을 살고 있는 퀴어 여성이라는 두 가지 측면에서 본보기가 되어주었다. 호스머의 뛰어난 예술적 감각을 높이 평가한 쿠시먼은 이 대담하고 엉뚱한 젊은 여자에게서 젊은 시절 자신의 모습을 발견했을지도 모른다. 쿠시먼은 호스머의 조각 작업을 독려하는 한편 몇 년 동안 로마에서 살았던 이야기를 들려주면서 호스머를 즐겁게 해주었다.

전류가 흐르던 세 주 동안 해리엇은 매일 밤 쿠시먼의 연극 연습에 동행했고 그녀의 분장실에서 오랜 시간을 보냈다. 12월 쿠시먼이 연인과 함께 유럽으로 돌아간 후 해리엇은 코닐리아에게 보내는 편지에서 슬픈 심정을 토로했다. 그 무렵 코닐리아와의 관계는 한층 안정된 우정으로 자리 잡고 있었다. "이 세계에서 우리가 어떤 사람을 만나고 그 짧은 시간 안에 애착을 느끼게 되는 게 참으로 이상하지 않아? 지금 나는 가장 친한 친구를 잃어버린 기분이야…"

얼마 후 성공의 파도가 덮쳐오면서 호스머는 외로움을 느낄 겨를도 없게 되었다. 1852년 〈헤스페로스, 저녁별〉이 보스턴에서 선을 보였다. 그 시대 여성의 재능에 가장 헌신적인 옹호자가 될 마리아 차일드가 이 작품을 눈여겨보았다. 차일드의 남편이 호스머 박사와 오랜 친구였기 때문에 차일드는 해리엇의 집이자 작업실을 방문할 기회를 얻을 수 있었다. 차일드는 시적인 상상력으로 구상되고 흠잡을 데 없는 기술로 정교하게 완성된 이 작품에 완전히 매료되어 〈뉴욕트리뷴〉에 호스머를 찬미하는 기사를 썼다. 당시 〈뉴욕트리뷴〉은 마거릿 풀러 덕에 예술 분야에 대해 미국에서 가장 신뢰할 만한 목소리로 자리 잡고 있었다. 필자의 이름 없이 실린 이 기사의 제목은 〈예술 분야에 떠오른 샛별A New Star in the Arts〉이었다.

차일드는 해리엇 호스머를 가장 열렬하게 믿고 지지하는 사람이 되었다. 이 관계는 이타주의의 역설을 잘 보여준다. 차일드는 이 젊은 조각가를 존경하고 좋아했지만 한편으로는 여성 참정권이라는 자신의 대의를 주장하는 데 이용할 수단으로도 보았다. 훗날 차일드는 호스머가 소녀 시절 갈매기 알로 만든 잉크병에 펜을 담그면서 호스머에 대한 회고록을 집필한다. 이 회고록에서 차일드는 호스머가 의학을 공부한 일을 사회 전체에서 가능성의 지평을 넓히는 개척적인 사례로 추어올린다.

이는 관습의 문제이다. 진보하는 사회에서 관습은 항상 변화하기 마련이다. 동양인들은 여자가 얼굴을 가리지 않고 대문 밖으로 나가는 일을 수치스럽고 품위 없고 심지어 위험한 일이라고 여긴다. 하지만 유럽인과 교류하면서 그들은 여자들이 범죄를 저지르거나 유발하지 않고도 하느님이 내리신 공기를 자유롭게 숨 쉴 수 있다는 사실을 서서히 배워나가고 있다. 유럽인들도 사회를 진보시키기 위해 더 많은 걸음을 내디뎌야 한다. 유럽인들은 여성의 영혼이 자유롭게 숨 쉰다 해도 어떤 해악도 일어나지 않는다는 사실을 배워야 한다. 나는 플로렌스 나이팅게일, 해리엇 마티노Harriet Martineau(영국의 최초의 여성 사회학자라고 여겨지는 인물이다―옮긴이), 로사 보뇌르Rosa Bonheur(프랑스의 동물 화가이다―옮긴이), 해리엇 호스머를 비롯한 수많은 여성에게 숭고한 충동에 따라 여성의 권리를 증명해준 일에 개인적으로 감사의 뜻을 표한다. 이들은 단순히 관습에 불과한 규율에 얽매이지 않고 그것이 무엇이든 자신이 잘할 수 있는 일을 할 수 있다는 것을 증명해주었다.

호스머는 쿠시먼이 들려준, 국적을 버린 예술가들과 퀴어 여성들이 모여 살고 있는 로마 공동체의 이야기에 마음을 빼앗겨 자신의 인생을 좌우할 또 다른 중대한 결정을 내렸다. 훌륭한 거장들에게 가르침을 받기 위해 로마로 건너갈 결심을 한 것이다. 10년 전 마거릿 풀러는 어머니에게 보내는 편지에 "로마를 보지 못한 이들은 인생을 살았다 할 수 없어요"라고 썼다.

로마로 떠나기 4주 전 해티는 "아버지" 웨이먼 크로에게 편지를 썼다. "새로운 삶의 전야를 맞은 기분이에요. 지구가 더 크게 느껴지고 하늘은 더 청명하며 이 세계가 더 넓어 보입니다." 미국 정부에서 예술 분야를 지원하는 국가 기금을 마련하기 한 세기도 더 전에 해리엇은 쓴다.

아버지는 지금 현재의 삶에 내가 얼마나 속속들이 불만을 품고 있는지 알지 못합니다. 나는 지금보다 세 배 정도는 더 성과를 내야 해요. 이 달러와 센트의 땅에서는 영혼과 생각이 꽁꽁 묶여 있는 기분입니다. 이탈리아의 공기는 영감을 품고 있을 것이라 생각해요. 그곳에서는 누구나 직관적으로 예술적인 사고를 할 수 있을 것이라 믿어요. 이 나라의 영광스러운 특권이 이탈리아의 웅대한 예술과 하나로 결합할 수 있을까요? 그렇다면 이 땅에서 완전함이 탄생할 텐데… "잘 살자, 잘하자, 그럼 모든 일이 잘될 것이다"는 말을 좌우명으로 삼을 작정입니다.

22세 생일을 앞두고 해리엇은 해부학 학위 증서와 〈헤스페로스〉 은판 사진 두 장을 들고 이탈리아에서 자리를 잡도록 도와줄 아버지와 함께 배를 타고 유럽으로 떠났다.

같이 배를 탄 친구 중에는 21세에 그레이스 그린우드Grace Greenwood라는 필명으로 정치적 각성을 촉구하는 시를 써 명성을 얻은 후 마거릿 풀러를 본보기로 삼아 저널리스트의 길로 뛰어든 작가이자 사회개혁가인 세라 제인 리핀콧Sara Jane Lippincott이 있었다. 마리아 미첼이 혜성을 발견했을 때와 같은 나이인 그린우드는 새로 생긴 〈뉴욕 타임스〉의 봉급 명단에 이름을 올린 최초의 여성이었다. 그녀는 이 신문에 글을 쓰고 있었으며, 유럽을 여행하며 예술 기사를 쓰는 새로운 임무를 맡고 유럽으로 향하던 중이었다. 이미 호스머의 작품에 반한 그린우드는 자신이 쓰는 기사에서 호스머를 크게 칭찬했고 호스머에게 관심이 있는 미국 독자들이 호스머의 빛나는 경력의 시작을 거의 실시간으로 따라갈 수 있도록 소식을 전하는 역할을 떠맡았다.

유럽에 도착한 호스머는 친구와 연인으로 구성된 임시 가족과 함께 로마의 중심지에 집을 한 채 빌렸다. 샬럿 쿠시먼과 머틸더 헤이즈, 해리엇과 아버지, 그레이스 그린우드로 구성된 가족이었다. 그런 다음 호스머는 마음의 "가장 소중한 소망"이었던 일을 실행하러 나섰다. 영국의 위대한 조각가인 존 깁슨John Gibson에게 조각을 배우는 일이었다. 국적을 버리고 로마에 모인 예술가 공동체의 비공식적인 제왕 같은 존재였던 깁슨은 선구적인 신고전주의 조각가인 안토니오 카노바Antonio Canova 밑에서 수학했다. 깁슨 밑에서 조각을 배우고 싶다는 지원자들은 수도 없이 많았지만, 깁슨은 그중 아무도 제자로 들이려 하지 않았다. 그때 한 조각가가 호스머를 대신하여 깁슨에게 〈헤스페로스〉의 은판 사진을 보여주었다. 이때 깁슨이 했다고 전해지는 말은 훗날 여러 차례 인용되는데, 초기의 문체가 화려하고 과장된 호스머의 전기들에서 꾸며낸 말인지 정말 깁슨이 실제로 이렇게 말했는지는 알 수 없다. "이 젊은 숙녀를 내게 보내게. 내가 가르칠 수 있는 것이 있다면 전부 배우게 될 걸세." 깁슨이 무슨 말을 했는지는 분명하지 않지만 깁슨이 무슨 일을 했는지는 논란의 여지가 전혀 없다. 깁슨은 해리엇을 유일한 제자로 받아들였고 한때 카노바가 작업하던 자신의 작업실에 그녀의 자리를 마련해준 뒤 주의 깊게 해리엇을 가르쳤다. 그리고 귀를 기울여주는 모든 사람에게 해리엇의 "천부적인 재능의 놀라운 깊이"에 칭찬을 아끼지 않았다. 깁슨은 해리엇에게 책과 주형, 제판을 주어 연구하게 했고 해리엇의 기교를 연마하기 위해 조각상을 주고 복제하라는 숙제를 내주었다. 호스머는 스승의 모든 가르침을 지칠 줄 모르는 열정과 근면함으로 모두 흡수했다. "그는 나의 스승입니다." 호스머는 웨이먼 크로에게 보내는 편지에 썼다. "매일 그를 더 많이 사랑하게 됩니다. 그의 눈이 지켜보는 아래 작업을 합니다. 모든 면에서 이보다 더 좋을 수 없습니다."

깁슨의 밑에서 1년 동안 수학한 끝에 호스머는 〈헤스페로스〉 이후 처음으로 독창적인 조각 작품을 만들 준비를 갖추었다. 다음 작품은 고대 그리스 신화에 등장하는 또 다른 여성의 흉상으로, 남자가 지배하는 사회에서 여자의 지위, 권리, 운명에 대해 여러 겹의 의미를 전달하고 질문을 던지는 작품이 될 것이었다. 바로 메두사의 흉상이다.

여러 판본 중에서 호스머가 선택한 신화에서는 아름다운 메두사는 바다의 신인 포세이돈에게 아테나의 신전에서 강간당한다. 지혜의 여신은 이 모독적인 범죄에 벌을 내리기로 한다. 하지만 신화를 창작한 이들이 남자였다는 사실을 짐작할 수 있는 지점으로, 질투심에 휩싸인 아테나는 강간을 저지른 포세이돈을 징벌하기보다 가해자의 관심을 끌었다는 이유로 메두사를 벌한다. 아테나는 사랑스러운 처녀를 보기만 해도 소름이 끼칠 정도로 추악한 고르곤으로 만들어버린다. 그 모습이 어찌나 추악한지 남자들은 그녀를 보기만 해도 돌로 변해버린다. 당시 호스머의 고향에서는 강간을 법으로 고발하는 일이 거의 불가능했다. 아내에게는 남편이 요구하는 성관계를 거부할 법적 권리가 전혀 없었고, 수없이 많은 백인 남자들이 흑인 여자들을 강간하고도 법적으로나 사회적으로 전혀 처벌을 받지 않았다. 그런 시대에 메두사를 조각한다는 것은 선견지명이 있는 대담한 선택으로, 고대부터 여자를 보호해주지 않는 사법제도의 끔찍한 결함과 피해자를 비난하는 사회를 고발하는 행동이었다. 모든 것을 피해자 탓으로 돌리는 문화는 사실상 오늘날까지 지속되고 있다.

메두사는 위대한 거장들이 자주 다룬 주제였지만, 관습적으로 아테나의 벌을 받아 괴물로 변한 모습으로 묘사되기 마련이었다. 호스머는 변화의 순간을 포착하기로 선택한다. 1854년에 완성된 흉상에서 메두사는 머리카락이 뱀으로 변하기 시작한 순간의 당당하고 아름다운 여성의 모습으로 표현된다. 호스머는 로마 외곽의 자연에서 실제로 뱀을 잡아와 뱀으로 변하기 시작한 메두사의 머리카락을 표현했다. 뱀을 죽일 정도로 마음이 모질지 못했던 호스머는 뱀을 클로로포름으로 마취시킨 다음 세 시간 반 동안 석고 안에 넣어 거푸집을 만들고는 다시 야생으로 돌려보냈다. 호스머의 〈메두사〉는 소재의 선택, 변칙적인 묘사, 살아 있는 뱀에 대한 처우가 합쳐져 권력과 피해자 의식, 자비심 사이의 복잡한 관계를 한 눈에 볼 수 있도록 구현한 작품으로 탄생한다.

같은 해, 호스머는 또 다른 독창적인 작품을 제작하여 비슷한 주제를 표현했다. 다프네Daphne의 흉상이다. 아폴로의 욕정에서 도망치던 아름다운 님프는 아폴로에게 따라잡힌 마지막 순간 아버지인 강의 신 라돈의 자비에 의해 월계수로 변신한다. 바라지 않았던 남자의 폭력적인 열정을 피하기 위해 자신의 여자다움과 인간성마저 포기해야 했던 또 다른 여성이다. 호스머가 대리석으로 그려낸, 어딘가 헤스페로스와 비슷해 보이는 다프네는 엷은 미소를 띤 채 시선을 내리깔고 있으며 드러난 젖가슴 아래를 월계수 가지가 곡선을 그리며 떠받치고 있다.

호스머는 다프네 상을 "첫 자식"이라 표현하고는 자신의 인생을 뒤바꾸어준 후원에 감사하는 마음을 담아 이 작품을 대서양 너머 자신의 후원자이자 코닐리아의 아버지, 친애하는 "아버지"인 웨이먼 크로에게 보냈다. "가족 전체에 보내는 사랑의 표지, 셀 수 없이 많은 후의에 대한 아주 작은 보답"이었다.

그해 11월 〈리버레이터Liberator〉에 실린 〈다프네〉와 〈메두사〉에 대한 비평에서는 이 작품들이 "호스머의 재능과 성공을 보여주는 설득력 있는 증거"라고 칭찬했다. 이 비평 바로 아래에는 새로 설립된 터프츠대학교에 여자에게도 문을 열라고 촉구하는 서명 기사가 실렸다. (더프츠대학교는 이 요구를 받아들이지 않았다. 남녀를 같은 조건으로 입학시키기 위한 이사회의 투표가 이루어지기까지는 반세기의 세월이 흘러야 한다.)

해티가 공부하던 시절 세즈윅학교을 자주 찾았고 이 기운 넘치는 소녀에게 크게 호감을 느낀 유명한 영국 여배우 패니 켐블Fanny Kemble은 로마를 찾아와 해리엇이 점점 명성을 쌓아가는 모습을 옆에서 지켜보았다. 켐블은 웨이먼 크로에게 보고했다.

나는 해리엇이 크게 명성을 얻을 것이라고 생각해요. 흔치 않은 예술적 재능을 타고났을 뿐 아니라 원기 왕성하고 끈기도 있고 노력까지 하니까요. 재능이 있는 곳에 필요한 특징들이죠. 여자가 유효한 방식으로 소유하거나 실행한 적이 별로 없던 특징이기도 하고요.

그다음 켐블은 이렇게 덧붙였다.

하지만 해티의 유별난 점들은 사람들 사이에서, 그리고 세계에서 성공하는 데 방해가 될 거예요. 나는 해티를 위해서라도 그 유별난 점들이 너무 두드러지거나 별스럽게 보이지 않기를 바랄 뿐이에요. 어쩌면 한 사람에게 특별한 재능과 매력을 기대하면서 동시에 다른 사람과 다르지 않기를 바란다는 게 사리에 맞지 않을지도 모르지만요.

이런 말이 켐블의 입에서 나왔다니 이상한 일이었다. 켐블은 해리엇의 "유별난 점들"에 지대한 영향을 미친 장본인으로 자주 언급되기 때문이다. 노예제 폐지의 대의에 동조하던 켐블은 부유한 상속자와 결혼했지만 남편이 가족의 노예 매매업을 물려받은 후 이토록 다른 가치관을 가진 사람과 결혼 생활을 더는 유지할 수 없다는 사실을 깨달았다. 켐블은 훗날 남북전쟁에 대해 호스머에게 편지를 쓴다. "세계의 역사가 시작된 이래 악마와 그 작업을 전복시키는 데 이토록 많은 조짐이 있던 적이 없었어." 그 험악했던 이혼을 이끈 동기가 정말 정치적 견해가 달라서였는지, 아니면 이성에 대한 사랑을 더는 견디지 못하게 되었기 때문인지 우리는 아마도 영원히 알 수 없을 것이다. 하지만 레녹스에서 10대인 해리엇을 처음 만났을 무렵 켐블은 이미 독신 여성으로, 평생 남자 옷을 즐겨 입고 여자와 함께 있고 여자의 구애를 즐기면서 살아가는 사람이 되어 있었다.

켐블은 해리엇에게 계속해서 큰 힘이 되어주었고 애정 어린 격려를 아끼지 않았다. 한 편지에서 켐블은 해리엇에 대한 애정 어린 마음을 이렇게 표현했다.

> 내 작고 귀여운 해티 … 사소한 일도 큰일도 전부 [말해주렴.] 작업하는 거, 계획하는 거, 구상하는 거 모두 말이야. 무얼 하고 있어? 무슨 생각을 하고 있어? 요즘에는 어떤 형태의 아름다움과 우아함에 몰두하고 있니? 네 아름다운 별의 자매 중 누구를 진흙이나 대리석으로 "고정"시켰니? 아니면 그 예쁜 창조물들이 떠다니고 있는 네 하늘은 여전히 아직도 "유랑하고" 있니?

자신이 점점 유명세를 얻고 있다는 사실을 의식한 22세의 호스머는 사진작가를 고용하여 초상 사진을 찍었다. 하지만 자신의 "유별난 점들"을 "두드러지거나 별스럽게 보이지 않게" 하기는커녕 오히려 더 강조하고 나섰다. 의도적으로 자신의 대중적 이미지를 당시 유행하던 "자유 여성emancipated female"이라 알려진 이미지에 맞춘 것이다. 그 시대에는 "자유 여성"이란 말이 칭찬의 의미로만 쓰인 것은 아니었다. 이 초상 사진에서 호스머는 매일 입는 작업복을 입고 있다. 이는 흔치 않은 결정이었는데, 당시 여자가 작업복을 입고 사진을 찍는 경우는 극히 드물었기 때문이다. 또한 이는 대담한 결정이기도 했는데 호스머가 통상적으로 남자 옷을 입고 조각을 했기 때문이다. 호스머의 의도는 분명했다. 자신이 창작 노동을 하는 일상적인 작업 중에 사진이 찍혔다는 인상을 불러일으키는 것이었다. 소금 종이 사진에서 뚜렷한 상을 얻으려면 적어도 한 시간 이상 노출해야 했기 때문에 호스머는 카메라 앞에 서서 마치 살아 있는 조각상처럼 장난꾸러기 같은 미소를 유지해야 했을 것이다. 소금 종이 기법은 1830년 초반 탤벗이 발명하여 초상 사진을 찍는 데 사용한 기법으로, 존 허셜의 도움을 받아 캘러타이프로 완성되기 이전의 방법이었다.

해리엇의 사내 같은 외모는 종종 사람들의 입에 오르내렸지만 그런 말을 하는 사람들은 언제나 호스머가 입는 옷과 짧은 고수머리가 그녀의 천성에서 발산되는 듯 보인다는 애정 어린 말을 덧붙였다. 깁슨은 종종 남자한테 하듯 해리엇을 성으로 불렀다. "친애하는 작은 호스머." 그리고 호스머가 자신의 다른 어떤 제자도 따라오지 못할 정도로 "유능한 녀석"이라고 썼다. 호스머는 마리아 미첼에게도 강렬한 첫인상을 남겼다. "말쑥한 모자에 짧은 재킷을 입은 작고 예쁜 소녀가 재킷 주머니에 손을 찔러 넣고 있었다." 미첼이 찾아간 로마의 작업실에서 호스머는 안으로 뛰어들어오더니 다른 예술가와 "생기 넘치고 활발한 태도로 이야기를 나누기" 시작했다. 호손 부부도 그곳에 있었는데 소피아는 일기에 "처음 본 순간부터 그녀가 좋아졌다"라고 썼다. "아주 솔직하고 쾌활했으며 독립적이고 성실했고 꾸밈이 없었다. 빈틈없고 힘이 넘쳤지만 버릇 없지는 않았다."

성마른 성미의 전통주의자이자 가부장제에 젖은 너새니얼 호손조차 조금 주저하기는 했지만 호스머에게만큼은 그녀 자신이 될 수 있도록 허락해 주었다. 호손은 호스머를 "작고 활발하고 빈틈없는 인물로 품위가 없지 않다. 솔직하고 천진하며 거침없고 직설적이다"라고 묘사하면서 남자 같은 옷차림을 언급했다. "남자가 입음직한 옷깃이 있는 셔츠에 넥타이를 매고 에트루리아 금으로 만든 브로치를 달고 곱슬머리 위에 마치 그림처럼 보이는 벨벳으로 만든 모자를 썼다." 그리고 이렇게 썼다.

참으로 독특한 인물이지만 실제로 자신의 모습인 것처럼 보인다. 짐짓 꾸미거나 만들어낸 부분이 하나도 없다. 그러므로 나는 그녀에게 무엇이든 자신에게 맞는 것을 입어도 좋다고, 그 내면의 여성성이 이끄는 대로 행동해도 좋다고 전적으로 허락했다.

하지만 결국 호스머에게 매혹된 호손은 관대해진 마음을 비비 꼬아 관습에 항복하고 만다.

하지만 그녀가 나이가 들었을 때 어떻게 될지는 잘 모르겠다. 젊은 여자한테는 예뻐 보이고 충분히 용납될 수 있는 복장일지 모르지만 나이가 들었을 때의 단정한 예의와는 어울리지 않기 때문이다.

호손은 훗날 자신의 마지막 소설인 《대리석의 목양신The Marble Faun》에서 호스머에게 영감을 받아 창작한 인물을 등장시킨다. 호손은 그녀의 옷차림을 정체성의 주장이라기보다 젊은이다운 반항이라고 해석했다. 하지만 호스머는 자신의 정체성을 한창 개척해나가는 중이었다. 로마는 번영하는 예술가 공동체와 고국을 버린 퀴어 여성들이 함께 모인 공동체가 있다는 점에서 그녀의 "낙원"이 되었다. 해리엇은 코닐리아에게 편지를 썼다.

내가 한 번이라도 행복한 적이 있었는지 묻지 마. 내가 지금 행복한지 묻지

마. 하지만 정신의 연속적인 상태가 아주 유쾌한지, 기쁨에 넘치는지 물어봐 줘. 그럼 나는 "그래!"라고 대답할게. 이 땅 위에서 사람이 이토록 만족하며 살 수 있을 것이라고는 상상도 못 했어. 지금 여기 나처럼 말이야. 나는 로마 말고 다른 어디에서도 살고 싶지 않아. 낙원의 문을 열어주고 모든 사도를 던져 준다 해도 말이야. 나는 여기에서 많이 배우기도 하고 일도 많이 하고 있어. 미국에서 10년에 걸쳐 했을 일을 여기에서는 1년에 해치우고 있지. 미국은 어떤 면에서는 위대하고 영광스러운 나라이지만 예술가들에게는 여기 로마가 훨씬 더 좋은 곳이야.

호스머의 확신은 달이 지날수록 더욱 깊어만 갔다. 여기에서 우리는 개인적인 재능이라 부르는 것에 미치는 "장소의 정신genius loci"의 중대한 영향력을 다시 한번 확인한다. 그해 가을 해리엇은 코닐리아에게 편지를 썼다.

낙원에서 쫓겨나 이곳으로 올 수 있었다면 참 완벽하다고 생각했을 거야. … 여기 더 오래 있을수록 다른 곳으로 간다는 생각이 한층 더 무섭게 느껴져. 다른 곳에서 행복할 수 있다는 게 불가능하게만 보여. 아버지는 이 세상의 모든 장소 중에서 워터타운이 자신을 위한 장소라고 말씀하시지. 나는 이 세상의 모든 장소 중에서 로마가 나를 위한 장소라고 말하겠어. 영접의 이쪽에 있는 어떤 것도 앞으로 25년 동안 내가 미국에 가서 살게 하지는 못 해.

2주 뒤 해리엇은 다시 한번 코닐리아에게 환희의 마음을 전했다.

로마 말고 다른 곳에서 사는 일은 도덕적으로, 신체적으로, 지적으로 불가능해. 로마에서는 모든 것이 완전히 달라서 미국으로 돌아가는 일이 마치 다른 별로 가는 것처럼 느껴져.

    호스머는 "별"이라는 뜻으로 "sphere"라는 단어를 사용했는데 여기에는 이중적인 의미가 있다. … 이 단어가 지닌 이중적인 의미이며 별이라는 의미에서, 호스머는 미국으로 돌아가는 것이 마치 다른 별로 이주하는 것 같다고 표현했을 것이다. 하지만 "sphere"라는 단어는 "영역"이라는 의미로도 사용되며 특히 남자에게는 "공적인 영역," 여자에게는 "가정의 영역"을 부여하는 "분리된 영역"이라는 수사법에서 주로 사용된다. 즉 해리엇 호스머는 아내로 살아가는 가정의 삶이 아니라 예술가로 살아가는 공적인 삶을 결심한 것이다. 미국에는 호스머를 위한 자리가 없었다. 지금 호스머는 기쁜 마음으로 문화적 난민이 되었고 로마의 퀴어 예술가들이 모인 하위문화의 메카에 정착했다.

가능성의 본보기가 되다

16

로마는 호스머에게 자기 발견을 이루는 연금술사의 솥이 되어주었다. 이런 솥에서는 기묘한 연금술이 일어나 우리를 기존의 모습과 전혀 다른 모습으로 변모시킨다. 지금 이 한순간에 우리는 우리의 자아가 확고하다고 주장하지만 실제로 그 자아는 오직 한순간만 존재할 뿐 계속해서 변모를 거듭한다. 다른 몸과 다른 정신, 다른 생각, 다른 가치관, 다른 신념을 지니기에 예전의 모습을 거의 알아볼 수조차 없을 정도이다. 한 자아가 다른 자아를 낳고, 그 자아가 또 다른 자아를 낳는 식으로 변화가 계속되면서 줄줄이 이어진 탯줄의 사슬은 우리를 과거에 속박하는 동시에 새로운 미래로 자유롭게 해방시킨다. 이 사슬은 평상시에는 보이지 않게 숨어 있다가 아주 드물게 지금 우리가 그토록 확신하는 자아를 과거의 자신을 향해 만만치 않은 힘으로 끌어당긴다. "지금 내 인생은 그 당시와는 전혀 달라졌어." 호스머는 레녹스에서 보낸 10대 시절을 떠올리며 썼다. "나는 전혀 다른 방식으로 생각하고 느껴. 예전의 몸을 어딘가 놓아두고 새로운 몸을 찾은 기분이야. … 이런 변화들로 20년은 더 나이를 먹은 기분이 들어."

《오로라 리》에서 엘리자베스 배럿 브라우닝은 "낯선 땅에서의 완벽한 고독" 속에서 새롭게 시작하는 이례적인 자아의 재창조를 묘사한다.

새로운 땅에서 우리는 될 수 있다.

그때까지 아니었지만,

그때도 아니었지만, 단지 우리가 그렇게 되려고 선택하는 존재가

그리고 이곳에서 우리는 "우리 자신을 지배"할 수 있다.

새로운 생명들이 살아 숨 쉬는 새로운 세상

새로운 해와 새로운 달, 새로운 꽃, 새로운 사람들, 아!

어느 누구에게도 지배받지 않는다!

[…]

우리 생의 가장 놀라운 해방이다

죽음에 버금가는. 이는 육체를 벗는 일이다

아픔이 없이

코닐리아에게 보내는 또 다른 편지에서 해리엇은 자신의 부활에 대해 의기양양하게 이야기했다.

이탈리아의 공기에는 무언가가 있어. 다른 것을 제쳐놓는다 해도 이 공기만으로 연옥을 집처럼 느끼게 만들어주지. 요즘 해가 뜨는 순간부터 해가 지는 순간까지 만족스러워. 미국에서는 이토록 차분하고 안정된 만족감을 맛본 적이 없어.

해리엇의 평온한 생활에 가끔 활기 넘치는 사교 생활이 끼어들었다. 해리엇은 롱펠로, 윌리엄 메이크피스 새커리William Makepeace Thackeray, 앤소니

트롤럽Anthony Trollope을 비롯한 유럽 지식인 사회의 왕족들과 교류하기 시작했다. 하지만 해리엇은 사교 생활이 예술 활동을 방해하지 않도록 주의를 기울였다. "어느 정도까지는 사교 생활의 재미를 누리는 것이 맞다고 생각해." 해리엇은 코닐리아에게 말했다. "하지만 어려운 것은 충분한 것과 지나친 것 사이에 선을 긋는 일이지."

23세가 되던 해 해리엇은 로버트와 엘리자베스 배럿 브라우닝 부부와 친구가 되었다. 17년 후 엘리자베스가 세상을 떠나기 전까지 부부는 이 젊은 예술가에게 아낌없이 애정을 주는 부모 같은 존재로 남게 된다. 한 친구에게 보내는 편지에서 배럿 브라우닝은 해리엇의 강렬한 첫인상을 자세히 묘사했다.

> 호스머 양은 … 젊은 미국의 조각가로 나와 로버트가 참으로 예뻐하는 아이야. 완벽한 "자유 여성"으로 정도를 벗어난 삶을 살면서도 순수함으로 모든 비난의 그림자를 벗겨내고 있어. 호스머 양은 이곳에서 혼자(22세인데) 살고 있고 아침 6시부터 밤까지 열심히 작업해. 위대한 예술가가 응당 그래야 하듯이 말이야. 허식이라고는 하나 없고 꾸밈없는 태도로 일을 하지. 장밋빛 뺨과 어린애 같은 보조개가 그런 태도와 참 잘 어울려. 그 넓은 이마와 높은 목표보다는 말이야.

호스머는 브라우닝 부부의 사랑 이야기와 부부가 서로의 예술을 한껏 지지하는 모습에 완전히 마음을 빼앗긴 나머지 두 사람의 손을 석고 모형으로 뜨게 해달라고 부탁했다. 부부가 좋다고 하자 해리엇은 자신의 가장 이례적인 작품, 부부가 맞잡은 손의 청동 조각상을 만들어 부부의 사랑을 기념했다. 너새니얼 호손은 《대리석의 목양신》에서 이 작품을 "두 드높고 시적인 삶의 특징과 영웅적인 결합"을 보여주는 상징으로 묘사하며 이 작품에 불후의 명성을 부여한다. 다정함을 품고 악수를 하듯 서로 맞잡은 두 손의 청동상, 부부에 대한 경의를 담은 호스머의 작품은 마거릿 풀러가 《19세기 여성》에서 가치 있는 결혼의 유일한 형태라고 허용한, 서로 동등한 지위에서 이루어진 결혼을 물리적인 형태로 구현하여 보여준다.

자신의 작품을 만드는 한편 호스머는 의뢰받은 작품을 제작하면서 먹고 살 만큼의 돈을 벌기 시작했다. 해리엇은 이 성과에 거의 이해하기 어려울 정도로 전율을 느꼈다. 해리엇은 코닐리아에게 쓴 편지에서 특유의 날카로운 통찰과 가벼운 익살을 섞어 이야기했다.

지금 경제적으로 독립하게 되니 무시무시할 정도로 여자다운 기분이 들어. 왜 이렇게 거룩한 기분이 드는지 설명하기가 어렵네. 너도 아마 그 기분을 "실감하지"는 못할 거야. 우리 친애하는 엘리자베스 피보디 씨가 레녹스에서 나무를 실감한 것보다는 말이야. 피보디 씨는 걷다가 나무와 부딪쳤는데 왜 그랬는지 질문을 받자 "네, 나무를 보긴 했지만 실감하지는 못했어요."라고 대답했대.

특유의 익살스러운 성격 아래 호스머는 진지한 태도를 취하고 있었다. 당시 여성 예술가로서는 특히 급진적이고 오늘날 창작 활동을 하며 살아가는 사람들 사이에서도 별로 지켜지지 않는 태도이다. 바로 예술가는 진가를 알아주고 찬사를 받은 것 이상으로 작품에 돈을 지불받아야 한다는 입장이다. 자신이 조각가가 될 수 있도록 후원해준 웨이먼 크로에게 호스머는 이렇게 썼다.

"명예"보다 더 반짝이는 통화로 대가를 받아야 할 시간이 되었습니다. "명예"는 기계를 반짝이게 할 뿐 기계 자체를 돌리지는 못해요. 지금 이 순간 나는 귀금속보다 훨씬 더 반짝거립니다.

호스머는 결혼이 여자가 먹고살기 위해 선택할 수 있는 가장 일반적이고 거의 유일한 길이었던 사회에서 대안적일 뿐 아니라 거의 아무도 가지 않는 길을 택했다. 주위의 동료가 모두 결혼하는 모습을 지켜보며 호스머는 크로에게 쓴 편지에서 말했다.

나를 빼고 다들 결혼을 하고 있어요. … 결혼하고 싶은 마음이 든다 해도 예술가한테는 결혼할 권리가 없어요. 남자는 어쩌면 괜찮을지도 모르지만 부부의 의무와 책임이 훨씬 더 무겁게 부과되는 여자의 경우 예술가가 결혼한다는 것은 윤리적으로 잘못된 일이라고 생각해요. 일이나 가정 중 하나를 방치할 수밖에 없을 테니까요. 결국 현모양처가 되지도, 뛰어난 예술가가 되지도 못하게 될 겁니다. 내 야심은 후자가 되는 거예요. 그래서 나는 통합의 매듭으로 영원히 지속되는 불화를 계속해서 봉합해나갑니다.

해리엇이 결혼에 대해 느끼는 적대감이 재능을 가로막는 장애물로 생각해서인지 결혼이 오직 이성애에만 유효하다는 사실에서 비롯된 것인지 구분하기는 어렵다. 10년 후 해리엇은 한 여자를 만나고 그를 상대로 자신을 "남편"이자 "결혼한 아내"라고 칭한다. 이 관계는 죽음이 둘을 갈라놓을 때까지 25년 동안 지속된다. 하지만 지금 해리엇은 크로에게 보낸 편지에서 암시하듯이 오직 자신의 예술과 결혼한 상태였다.

예술을 마주할 때는 철저한 끈기가 있어야 합니다. 예술은 너무 어렵고 예술에서 탁월한 실력을 나타내기 위해서는 오직 오랜 시간 정진해야 하기 때문입니다. … 예술가들이 극복해야 할 어려움의 절반이라도 사람들이 알 수 있다면, 자신 앞에 펼쳐지는 길의 시작이라도 보기 위해서 예술가들이 각기 다른 분야의 공부를 얼마나 많이 해야 하는지를 사람들이 조금이라도 알 수 있다면, 사람들은 예술가의 결점이나 더딘 발전을 차마 책망할 마음이 들지 않을 텐데 말이에요. 이에 대한 유일한 해결책은 내가 알기로는 근면과 끈기뿐입니다. 근면과 끈기에 예술에 대한 진정하고 성실한 사랑이 더해진다면 여기에서 무언가가 탄생한다는 것은 확실합니다.

한편 미국에서는 호스머의 노력이 빚은 이른 결실이 예술의 위업이자 여성의 위업으로 사람들의 관심을 모으고 있었다. 〈리버레이터〉에 실린 기사는 메리 울스턴크래프트의 말을 인용하며 시작되었다. "남자들의 관념적인 권리가 토론과 해명을 견뎌낸 것이라면 여성들의 권리 또한 같은 시험을 받는 것을 두려워하지 않을 것이라고 유추할 수 있다." 이 기사에서 캐럴라인 돌은 호스머의 〈헤스페로스〉를 "새로운 삶과 빛, 행동하고 깨닫게 될 새로운 힘"에 대한 약속으로 충만한 걸작이라 칭송하면서 이 작품을 초기 페미니즘의 상징으로 삼았다. "이는 크나큰 위업이다"라고 돌은 썼다. "지난해 이 대륙에서 만들어진 가장 아름다운 예술작품의 하나를 21세도 안 된 여자가 구상하고 제작했다는 사실이다. 이 조각가는 현재 햇살이 비치는 이탈리아에서 자신의 능력을 연마하고 있다."

1857년 마리아 미첼이 유럽으로 떠나려고 짐을 싸고 있을 무렵 호스머는 자식을 여읜 어느 부유한 이탈리아 부인으로부터 세상을 떠난 어린 딸 줄리엣을 기념하는 비석을 만들어달라는 의뢰를 받았다. 호스머가 제작한 대리석의 애가에서 줄리엣은 임종의 자리에 기대 누워 삶과 죽음의 경계를 고요히 맴돌고 있다. 이 비석은 외국 예술가가 제작한 작품 중 이탈리아 성당 안에 설치되는 것을 허락받은 최초의 작품이 되었다.

작품 의뢰를 받아 일을 하는 동안에도 호스머는 자신의 가장 위대한 걸작이 될 작품 두 점을 구상하고 있었다. 호스머가 자연스럽게 착상을 떠올린, 아름다움과 비극의 교차점을 완벽하게 표현하게 될 이 두 작품은 가부장적 사회에서 여성의 권리를 이전의 작품보다 훨씬 더 큰 목소리로 호소하게 될 것이다.

1856년 엘리자베스 배럿 브라우닝의 《오로라 리》가 "여성은 … 어떤 일을 하기 전에 자신이 할 수 있는 일을 증명해야만 한다"라고 주장하며 예술에 대한 여성의 권리선언이 되어 막 인쇄소에 들어가고 있을 무렵, 호스머는 베아트리체 첸치Beatrice Cenci의 조각상을 만들고 있었다. 16세기에 살았던 젊은 여성 베아트리체 첸치의 비극적인 이야기와 그 이야기를 감싸는 신화는 반권위주의적인 이탈리아인의 상징으로 자리 잡아 로마 혁명의 촉매 역할을 했다.

베아트리체의 아버지는 폭력적이고 타락한 귀족으로, 자기 딸을 계속해서 강간했다. 그녀는 교황청에 범죄를 고발했지만 교황청은 그녀를 보호하거나 아버지를 처벌하려는 조치를 전혀 취하지 않았다. 결국 베아트리체는 자신의 힘으로 자신을 구원했다. 베아트리체는 오빠와 계모의 도움을 받아 암살자를 두 명 고용하여 자신을 학대하는 이를 암살하려 했다. 암살자들은 아버지를 독살하려 했지만 독은 아버지의 생명을 앗아가지 못했다. 베아트리체는 이 임무를 수행할 사람은 자신밖에 없다는 사실을 깨닫고는 직접 학대자를 처단했다. 강간범의 눈에 대못을 박아 넣어 죽였는지, 망치로 때려 죽였는지는 판본에 따라 다르다. (호스머는 베아트리체가 사용한 복수의 도구가 자신이 매일같이 교묘한 솜씨로 휘두르는 도구인 끌과 나무망치와 유사하다는 걸 알아차렸을까?) 그제서야 교황청은 형벌을 내리기 위해 몸을 일으켰고 1599년 오랫동안 그녀를 고문한 끝에 대중 앞에 구경거리 삼아 작은 도끼로 베아트리체의 목을 베었다. 호스머가 로마에 도착하기 2년 전에 베아트리체가 고문당했던 감옥을 방문한 마거릿 풀러는 "의심할 여지 없이 바로 여기에 이브에게 내려진 저주 이야기의 토대가 있다"라고 평했다.

베아트리체의 이야기에 감동한 시인 퍼시 셸리는 1819년 5막으로 된 시극으로 이 이야기를 부활시켰다. 셸리의 좋은 친구였던 바이런 경은 이 시극의 주제에 "본질적으로 극적인 데가 없다"고 평했다. 바이런은 여성권에는 전혀 관심이 없었다. 셸리의 시극은 유명해졌고 이 시인의 일생 동안 재쇄를 찍은 유일한 작품이 되었다. (이 시인은 로마에 묻혔다.) 17세기에 그려진 베아트리체의 유명한 초상화를 모사한 그림은 오늘날 로마에서 모나리자의 모사화가 유행하는 것만큼 19세기 로마에서 널리 유행했다. 하지만 시를 사랑했던 호스머의 성향을 생각할 때 베아트리체의 이야기가 품은 인간 드라마에 눈을 뜨게 해주고 조각 작품을 만들 영감의 씨앗을 심어준 것은 셸리의 시극이었을 가능성이 높다.

호스머는 처형당하기 직전, 처형을 위해 특별히 세워진 교수대 위에 고문에 지쳐 누운 모습으로 베아트리체를 묘사한다. 한쪽 팔 위에 터번을 감은 머리를 누이고 교수대 밖으로 걸쳐 내민 손에는 묵주를 쥐고 있다. 삶과 죽음의 경계를 떠도는 것처럼 절망과 위엄의 경계를 떠도는 호스머의 베아트리체는 운명의 비극과 최후의 순간이 발하는 아름다움이 극렬히 대비되어 깊은 인상을 남긴다. 섬세함과 강렬함을 동시에 담고 있는 이 뛰어난 작품을 보고 쇄도하는 감정의 물결에 압도되지 않기란 불가능하다.

호스머가 〈베아트리체 첸치Beatrice Cenci〉를 완성했을 때 깁슨이 "더는 가르칠 게 없다"라고 외쳤다는 사실은 널리 알려져 있다. 10년 전 유럽을 여행하며 그리스와 로마 시대의 고전주의 조각상을 둘러본 마거릿 풀러는 이 작품들이 "서부 대평원의 별이 빛나는 밤처럼 우리 마음을 감각의 드넓은 바다에 띄우지는 못한다"고 한탄했다. 풀러가 살아서 호스머의 신고전주의 작품 〈베아트리체 첸치〉를 보았다면 이 작품에서 고대 세계의 조각상에 결핍된 우주의 생동감을 발견할 수 있었을지도 모른다.

호스머의 걸작은 처음 런던의 왕립미술원Royal Academy of Art에 전시되었다. 이곳에 여자가 학생으로 입학하기까지는 3년을 기다려야 한다. 그리고 이 기관에서 처음으로 여자를 교수로 고용하기까지는 한 세기 반이 넘는 시간을 기다려야 한다. 이곳에 여자가 교수로 입성하게 된 것은 2011년, 설립된 지 243년 만의 일이다.

〈베아트리체 첸치〉가 거둔 성공의 날개를 달고 호스머는 자신의 걸작을 가지고 미국으로 돌아가 순회 전시에 나섰다. 보스턴에서 호스머를 다시 만난 마리아 차일드는 그녀가 5년 전에 떠난 소녀와 "똑같이 솔직하고 꾸밈없는 아이"라는 사실을 알게 되었다. "예술에 대한 열정이라는 아름다움을 손상시키는 어떤 허식도 없었다." 미국 순회 전시를 하는 중에도 빨리 로마로 돌아가 작업을 시작하고 싶은 마음뿐이던 호스머는 자신의 또 다른 중요한 걸작으로 남게 될 작품의 밑그림을 그리기 시작했다. 바로 〈사슬에 묶인 제노비아Zenobia in Chains〉이다. 자신의 운명을 스스로 책임진 여성에 대한 또 다른 경의의 표시이자 권력과 피해자 의식의 관계를 날카롭게 고찰하는 작품이다.

제노비아는 3세기 무렵 현재 시리아 지역에 있던 나라의 여왕이었다. 단 둘뿐인 고대의 유명한 여왕 중 하나로, 다른 한 명의 여왕인 클레오파트라Cleopatra보다 정치적으로 훨씬 더 흉폭한 성향을 보였고 훨씬 더 비극적인 결말을 맞았다. 수 세기 후 마거릿 풀러는 어쩌면 제노비아 여왕을 염두에 두고 《19세기 여성》의 이 구절을 썼을지도 모른다. "왕좌에 앉는 여성은 항상 유명해진다. 남자들의 눈앞에서 펼쳐지는 여왕의 삶은 남자들의 상상력을 자극하여 여자의 가능성에 눈을 뜨게 만든다."

지적이고 의욕 넘치고 박식했던 여성으로 땅의 정복만큼이나 정신의 정복을 중요하게 생각했던 제노비아는 자신의 궁정에 학자를 환영하는 분위기를 조성했고 국가에서 평등을 주창했다. 제노비아가 통치한 나라는 다양한 민족, 문화, 종교를 지닌 사람들이 서로 어울려 사는 곳이었다. 270년 제노비아는 로마제국을 침공한 후 동로마 영토의 대부분을 정복하고 이집트를 합병했다. 그 후 2년 동안 제노비아는 계속해서 자신의 제국을 넓혀나갔다. 그때까지 제노비아의 나라는 형식적으로 로마 황제의 지배권 아래 있었는데, 마침내 제노비아는 완전한 독립을 선언했다. 그 후로 이어진 유혈의 전쟁 끝에 로마군이 승리를 거두었고 제노비아 여왕을 생포해 로마로 유배했다.

경의와 반박을 오가는 호스머의 〈제노비아〉는 하이럼 파워스의 〈그리스 노예〉와 미학적으로는 비슷하지만 개념적으로는 정반대의 인상을 준다. 〈그리스 노예〉는 경매에서 팔려나가기 직전의 젊고 연약한 나체의 여자를 묘사한다. 노예에게 성적인 매력을 입히고 미화한 파워스의 선택은 조각가 자신이 아메리카 원주민의 피를 일부 물려받았다는 점을 생각할 때 더 당혹스럽다. 파워스의 유명한 작품을 비판하는 사람이 전혀 없지는 않았다. 그중에서도 대표적으로 엘리자베스 배럿 브라우닝은 자신의 시 〈그리스 노예The Greek Slave〉에서 억압에 굴복한 수동적인 체념을 묘사한 파워스의 조각상과의 대척점을 그려냈다. 또한 《이상한 나라의 앨리스Alice's Adventures in

Wonderland》의 원작 삽화를 그린 것으로 유명한 삽화가 존 테니얼John Tenniel 은 유명한 풍자 잡지인 〈퍽Puck〉에 실린 풍자만화에서 경매대 위에서 파워스의 조각과 같은 자세를 취하고 있는 흑인 여성의 모습을 묘사했다. 그리고 그 밑에 "버지니아 노예인 파워스의 그리스 노예의 시중꾼으로 추천"이라는 설명을 붙였다.

파워스의 무력한 나체 조각상과는 다르게 실물보다 크게 표현된 호스머의 〈제노비아〉는 포로로 잡힌 여왕의 모습을 묘사한다. 해리엇은 코닐리아에게 보내는 편지에서 "이 상 옆에 있으면 나는 낙타 옆에 있는 쥐처럼 보여"라고 썼다. 여전히 여왕다운 예복을 입고 왕관을 쓴 채 로마 거리의 행렬에 강제로 동원된 여왕은 힘이 넘쳐 보이는 한 손으로 족쇄가 채워진 양 손목을 잇는 사슬을 강하게 움켜쥐고 있다. 마치 사슬을 끊고 탈주하는 일을 의지력으로 억누르고 있는 듯 보인다. 2미터가 넘는 높이에서 내려다보고 있는 제노비아의 지성적인 얼굴에는 평온함이 흐르며 패배로는 손상시킬 수 없는 위엄이 풍긴다. 자신의 가치를 위해 최선을 다해 싸웠다는 자부심으로 빛나는 위엄이다.

호스머는 이 작품을 통해 다른 유명한 예술작품에서 다룬 여왕의 이미지를 전복시킬 의도를 품고 있었다. 5년 전 너새니얼 호손은 브룩 농장의 이상향 공동체를 소재로 쓴 연애 소설에서 제노비아라는 이름의 인물을 등장시켰다. 마거릿 풀러를 모델로 한 제노비아는 뛰어난 지성과 아름다움을 지닌 독단적인 인물로, 지나친 자부심으로 고통을 겪는다. 그 관대한 펜으로 호손에게 문학적 경력의 길을 열어준 여성에 대한 배은망덕한 묘사가 아닐 수 없었다. 호손의 제노비아는 결국 스스로 파멸의 길로 빠져들어 물에 몸을 던져 자살한다. 호스머가 아직 어렸을 무렵, 호스머의 어머니가 세상을 떠난 해에 출간된 또 다른 소설에서는 좀더 역사와 가깝지만 문학적으로 재해석된 이야기가 등장했다. 이 소설에서 여왕은 끝내 위엄을 잃고 "몰락한 제노비아"로 전락한다.

호스머의 제노비아는 비록 사슬에 묶여 있지만 억누를 수 없는 힘과 도덕적 승리감을 내뿜는 여성이다. 여러 신문사에 동시에 실린 이 작품에 대한 상찬에서 마리아 차일드는 호스머의 말을 인용했다. "나는 그녀를 어떤 종류의 열정이나 감정을 내보이기에는 긍지가 넘치는 여인으로 만들려고 노력했습니다. 비록 포로의 몸이지만 정복되지 않는 인물이며 내면에 침착함과 위엄을 갖춘 강인한 인물입니다."

작품을 발표한 시기도 이보다 더 적절할 수 없었다. 1857년 미국 대법원은 드레드 스콧Dred Scott 사건에 대해 흑인 노예는 미국 시민권이 없으므로 자유주에서도 법적 권리를 지닐 수 없다는 판결을 내렸다. 노예제 폐지론자들에게는 강렬한 일격이었다. 이 판결로 노예제 폐지를 위한 싸움이 후퇴하는 듯했다. 이 인권의 대의에 찾아온 중대한 위기의 순간 수많은 여성 해방 운동가들이 노예제 폐지 운동으로 넘어갔다. 노예제 폐지와 여성 해방의 대의는 처음부터 동류의 것이었기 때문이다. "누구를 희생해야 한다면 누구도 완전하게 자유롭고 고귀해질 수 없다"라고 마거릿 풀러는 《19세기 여성》에서 썼다. "하나의 창조적인 기운, 하나의 쉴 새 없는 폭로를 이어가도록 하자. 이 힘이 어떤 형태든 취하게 만들고 과거로 인해 이 힘이 남자나 여자, 흑인이나 백인에 얽매이지 않도록 하자." 타고난 천성을 이유로 사회에서 소외된 이들은 다른 천성으로 소외된 이들에게 공감할 수밖에 없다. 하지만 소외된 집단은 자신만의 노력으로는 사회의 중심으로 이동할 수 없다. 이것이 힘의 역설이다. 그러기 위해서는 상대적으로 힘과 특권에 가까이 있는, 같은 대의를 지닌 동류 집단이 이끌어주는 힘이 필요하다. 백인 여성들은 노예제 폐지론자들의 비밀스럽지만 공공연한 조력자가 되었고 호스머의 〈

사슬에 묶인 제노비아〉는 여성의 운명과 노예의 운명을 하나로 묶는 연결고리로 우뚝 서게 되었다.

호스머는 거의 3년 동안 이 걸작을 완성하는 데 매진했다. ("바보가 아니고서야 누구도 한 작품을 만드는 데 얼마나 오래 걸리는지 묻지 않아." 깁슨은 호스머가 처음 조각가로 발을 내디딜 무렵 말한 적이 있었다. "그러니 사람들이 무슨 생각을 하든 신경 쓰지 마.") 하지만 완성의 기쁨은 젊은 조각가의 삶에 일어난 몇몇 중대한 변화들과 개인적인 불행으로 흐려지고 말았다. 우선 쿠시먼과 헤이즈가 맹렬한 질투가 난무하는 싸움 끝에 헤어지면서 사실상 해리엇의 가족이었던 로마 집의 식구들이 뿔뿔이 흩어지게 되었다. 더욱이 쿠시먼이 코닐리아의 여동생과 관계를 맺으면서 혼란스러운 상황은 더 악화되는데, 이 여동생이 쿠시먼의 조카와 결혼하게 되면서 이단적인 구성의 가족이 탄생한다. 한편 호스머는 〈제노비아〉의 거대한 크기 때문에 깁슨의 작업실에서 나와 홀로 작업하게 되었다. 호스머가 새로 얻은 작업실은 천창이 있고 한쪽 구석에 작은 오렌지 나무 화분이 있는 넓은 다락방이었다. 지금 호스머가 있는 곳은 자신이 한껏 누려온 낙원이 아니었다.

아무것도 없는 상태에서 자신의 새로운 공간을 만들기 위해 애를 쓰고 있던 그때 호스머는 엘리자베스 배럿 브라우닝이 불시에 세상을 떠났다는 소식을 접했다. 브라우닝은 몇 년 동안 호스머에게 어머니이자 지적인 대모 같은 존재였다. 슬픔에 잠긴 해리엇은 코닐리아에게 편지를 썼다.

그녀는 내 마음과 기억 속에 살아 있어. 내가 지금까지 알아온 완벽한 사람들이 그렇듯이 말이야. 그녀를 만나고 그녀의 친구로 인정받은 일을 나는 내 인생에서 가장 행복한 사건 중 하나로 영원히 기억할 거야. 그녀의 인품을 아는 사람이라면 누구라도 이 적의로 가득한 세상에서조차 인간 본성이 어느 정도의 아름다움을 이룰 수 있는지 알 수 있을 거야.

호스머에게 가해진 마지막이자 가장 강력한 일격은 호스머가 1862년 런던의 일류 전시회에서 〈사슬에 묶인 제노비아〉를 선보일 준비를 하고 있을 무렵 일어났다. 그해 4월 호스머의 아버지가 세상을 떠난 것이다. 해리엇은 이제 고아였고 돌아갈 곳이 없는 처지가 되었다.

호스머의 개인적인 혼란 이후 런던 전시회에서 처음 공개된 〈사슬에 묶인 제노비아〉는 상반된 반응을 불러일으켰다. 어떤 이들은 이 작품이 너무 전통적이라는 이유로 물리쳤고, 어떤 이들은 전례 없는 걸작이라고 추어올렸다. 이 작품을 중심으로 호스머라는 떠오르는 별을 시기하는 마음들이 모여들었다. 런던 신문에 실린 익명의 기사는 〈사슬에 묶인 제노비아〉를 호스머가 아니라 직공들이 만들었다는 주장을 펼쳤다. 또 다른 기사는 깁슨이 그 조각상을 조각했고 제자가 공을 차지하도록 내버려두었다는 암시를 비추었다. 호스머는 조금도 망설이지 않고 신문사를 명예훼손으로 고소했다. 곧 정정기사가 발표되었다. 소송 과정에서 악의적인 헛소문을 퍼트린 범인이 조지프 모지어Joseph Mozier라는 사실이 밝혀졌다. 모지어는 호스머처럼 고국을 떠나 활동하던 미국 조각가로, 오래전부터 자신보다 훨씬 성공한 호스머에 시기심을 품고 있었다. 그는 특히 최근 호스머가 미국에서 상원의원으로 가장 오래 재직한 토머스 하트 벤턴Thomas Hart Benton의 중요한 기념비를 의뢰받았다는 사실에 한층 화를 내고 있었다. 자주 풍자시를 썼던 호스머는 훗날 〈로마의 카페 그레코에 대한 침울한 노래The Doleful Ditty of the Roman Caffe Greco〉라는 장편 시에서 이 사건을 익살스럽게 표현한다. 이 시에서는 유명한 예술가 카페를 자주 찾는 오만한 남자 단골손님의 대사가 등장한다.

친구들이여, 이제 숙고할 시간이다
필사적인 태도를 취할 시간이다
그렇지 않으면 여기 우리의 자매 예술가들이
우리를 이 땅에서 몰아낼지니

참으로 힘겹구나. 우리는 마침내
진흙에서 경쟁 상대를 만났다
행복했던 오랜 시간을
우리 마음대로 하면서 보냈건만

호스머가 〈사슬에 묶인 제노비아〉 작업에 착수할 무렵 깁슨은 인생과 예술에 대해 앞을 내다본 듯한 충고를 담은 편지를 보냈다. 그 편지에서 깁슨은 이렇게 조언했다.

명성의 길에는 수많은 장애물이 존재하기 마련이지. 이 장애물을 극복하고 훌륭한 작품을 만들려면 정신의 평정을 유지해야만 해. 시기하는 이는 행복할 수 없으며 악의를 품은 이들도 마찬가지야. 아름다운 착상을 낳으려면 내면의 평화를 유지해야만 해. 네가 작품을 시작하고 싶어 초조해한다니 기쁘구나. 그 초조함은 사랑, 예술에 대한 사랑이니. 그런 마음을 더 많이 느낄수록 우리 영혼은 야심으로, 탁월해지고 싶은 야심으로 더 강하게 불타오르게 된다.

억지로 일으킨 논쟁의 먼지가 가라앉자 호스머는 〈사슬에 묶인 제노비아〉의 작품성을 인정받아 구세계 예술의 판테온인 로마예술원 Academy of

Rome의 회원 자격을 얻었다. 호스머의 성공으로 여러 곳에서 상찬의 목소리가 쏟아져 들어왔는데, 그중에는 메리 서머빌의 칭찬도 있었다. 그전 해에 호스머와 쿠시먼은 깁슨과 함께 여행하던 중에 서머빌을 방문한 적이 있었다. 깁슨이 이 수학자와 오랜 친구였기 때문이다. "모든 예술 중에서도 가장 어렵고 치밀한 분야에서 눈부신 성공을 거둔 일에 마음 깊은 곳으로부터 축하를 보냅니다." 1863년 2월 스코틀랜드의 수학자는 호스머의 조각 작품 사진을 몇 장 받은 데 대한 답장에서 썼다. "이 작가를 다시 한번 만날 때까지 살았으면 좋겠어요. 그녀가 거둔 우리 성별의 승리를 내가 얼마나 자랑스러워하는지 말해주고 싶거든요." 서머빌은 익살스럽게 덧붙였다. "나는 여전히 '하늘과 별들에 대한 터무니없는 소리'를 그 어느 때보다 많이 쓰고 있어요. 지구상에 있는 것들에 대해 인간적으로 죄를 지으면서 말이에요." 서머빌은 회고록에서 호스머라는 인물에 대한 감탄을 기록했다. "그녀는 우리 성별이 가장 고차원의 예술 분야에서 재능과 독창성을 발휘할 수 있다는 사실을 작품으로 증명했다."

이듬해 호스머는 2미터가 넘는 자신의 여왕과 함께 순회 전시를 위해 미국으로 돌아왔다. 보스턴에서만 거의 1만 5000명에 달하는 사람들이 처음 며칠 동안 〈사슬에 묶인 제노비아〉를 보기 위해 갤러리를 찾았다. 그 후로도 갤러리는 매일 사람들로 북적였다. 보스턴 신문에 실린 또 다른 상찬의 기사에서 마리아 차일드는 "서양 여왕의 손으로 빚어진 동양 여왕의 대리석 화신"에서 "인간에 대한 애정 어린 탐구"를 보았다고 썼다. 미국의 주도적인 노예제 폐지론자 중 한 명이었던 매사추세츠 상원의원 찰스 섬너Charles Sumner도 "미국 예술가가 새로운 형태의 시로 이루어낸 이 작품을 보니 대단히 기쁘다"며 환희의 심경을 표현했다. 《톰 아저씨의 오두막Uncle Tom's Cabin》의 저자인 해리엇 비처 스토우도 뉴욕에서 열린 비공개 전시에 열띤 마음으로 참석한 후 노예 상태에 대한 섬세하고 심오한 표현에 감동을 받았다. "넌 항상 진실한 마음을 품은 아이였지"라고 호스머의 소녀 시절 스승이었던 세즈윅 부인은 호스머가 미국에 온 후에 편지를 썼다. "성공을 하고도 망가지지 않고 오히려 성장했구나."

호스머는 명성에 집착하지 않는 넓은 마음으로 자신의 새로운 지위를 받아들였다. 그리고 자신의 성공을 이용하여 다른 여성 예술가들을 돕는 일에 나섰다. 자신 또한 열렬한 후원자와 지지자들이 없었다면 여기까지 올 수 없었다는 사실을 너무도 잘 알고 있었기 때문이다. 웨이먼 크로에게 보내는 편지에서 호스머는 자신이 입은 은혜에 감사의 마음을 표했다.

어떤 직업에 있어서든 그렇겠지만, 특히 예술 분야에서는 "시작"을 잘하는 일이 정말 중요합니다. 우리 양키들이 말하듯 시작이 좋으면 모든 일이 잘되어 나가니까요. 궁금합니다. 이렇게 좋은 시작을 하지 못하는 젊은 예술가들은 어떻게 해야 할까요? … 나는 행운의 별이 떠오르기 시작하는 경력의 초반에 인정 많은 친구 혹은 후원자의 도움을 받지 않은 예술가에 대해서는 전혀 들어본 적이 없습니다.

호스머가 자신의 날개 아래 받아들인 젊은 예술가 중에는 조각가인 에드머니어 루이스Edmonia Lewis가 있었다. 체로키족 어머니와 흑인 아버지 사이에서 태어나 아메리카 원주민 사회에서 자란 루이스는 오벌린대학Oberlin College에 입학했다. 오벌린대학은 여자를 학생으로 받아들인 최초의 대학일 뿐 아니라 소수민족 여성의 입학을 허락한 최초의 대학이었다. 하지만 이곳 또한 편견 없는 목가적인 장소는 아니었다. 같이 수업을 듣던 백인 두 명이 루이스가 대접한 향료를 넣은 포도주를 마시고 몸이 안 좋아지자 포도주에

독을 탔다며 루이스를 비난하고 나섰다. 루이스 자신도 그 포도주를 마셨지만 아무 해도 입지 않았다는 사실은 문제가 되지 않았다. 소문은 자유주의적 분위기의 오벌린대학 교정 너머까지 퍼져나갔다. 어느 날 저녁 수업을 마치고 혼자 집으로 돌아가던 길에 루이스는 습격을 받았고, 들판으로 끌려나가 잔인하게 얻어맞고 내버려졌다. 루이스는 간신히 목숨을 구했지만 그 후 체포되었다. 루이스를 공격한 이들은 어떤 처벌도 받지 않았다. 메두사와 베아트리체 첸치에게 일어난 똑같은 정의의 왜곡이 몇 세기를 넘어 재현된 것이다. 루이스는 카타리나 케플러가 마녀 혐의로 고발당했을 때만큼이나 똑같이 논리적으로 일관성 있고 사실적으로 설득력 있는 증거에 따라 급우를 독살하려 했다는 혐의로 고발되었다. 오벌린을 졸업한 어느 유능한 흑인 변호사가 나서서 루이스의 혐의를 벗겨줄 수 있었다. 얼마 후 보스턴으로 나온 루이스는 성공한 조각가 밑에서 공부한 끝에 호스머의 발자취를 따라 15년 전 호스머가 처음으로 로마에 발을 디뎠을 때와 같은 나이에 로마를 찾아오게 되었다.

로마에 도착한 루이스는 마리아 차일드에게 편지를 썼다. 마리아 차일드가 노예제 폐지와 여성 권리에 얼마나 헌신하고 있었는지를 생각하면 그녀가 루이스와 친구가 된 것은 참으로 당연한 일이었다.

보스턴의 숙녀분이 나를 호스머 씨의 작업실로 데려다주었습니다. 여기에서 내가 얼마나 환영을 받았는지 아신다면 안심할 수 있을 거예요. 호스머 씨는 내 손을 친근하게 잡고는 말해주셨어요. "오, 루이스 양, 여기에서 보게 되다니 참으로 기뻐요!" 그리고 계속해서 내 손을 잡은 채 진실된 입술로 참으로 좋은 말들을 해주셨어요.. … 그 후로도 호스머 씨는 나를 찾아주었고 우리는 자주 만나고 있습니다.

루이스는 아프리카계 미국인으로는 유일하게 19세기 미술계 주류의 인정을 받은 예술가로 성장했다. 1876년 미국에서 열린 최초의 공식적인 세계박람회에서 선보인 1.4톤에 달하는 대리석 조각 〈클레오파트라의 죽음The Death of Cleopatra〉은 죽음을 미화하지 않고 대담하고 노골적으로 묘사하면서 아름다움과 비극의 정점을 찍은 작품으로, 미국관에서 가장 주목할 만한 작품이라는 찬사를 받았다. 이 조각상에는 호스머의 〈사슬에 묶인 제노비아〉의 메아리가 울려 퍼지고 있었다.

1858년 호손 부부와 함께 호스머의 작업실을 방문했을 당시 마리아 미첼은 자신의 성공을 이용하여 다른 사람이 성공할 수 있는 기회의 장을 넓히려는 호스머의 헌신에 깊은 감명을 받았다.

그녀의 작품에 어떤 예술적 비평을 한다고 해도 호스머가 평범함을 넘어서는 예술가라는 사실을 부인할 수 없다. 하지만 호스머는 여자로서는 그녀 자신으로 존재하며, 예술에서는 그녀 자신을 훨씬 초월한다. 만약 로마에서 성공하기 위해 열심히 노력하는 어떤 예술가에게 친구가 필요한 순간이 온다고 하자. 성공한 사람이 손에 꼽을 정도로 적은 로마에 사는 수천 명의 예술가 중에 친구가 되어줄 이는 바로 해리엇 호스머이다. 나는 로마에 있는 다른 미국인들이 집 문과 마음의 문을 굳게 닫아버릴 때 호스머가 불우한 예술가, 가난하고 교육받지 못하고 매력이 없는 미국인에게 손을 내밀어준다는 걸 알고 있다. 다른 미국인들이 외면하는 성공하지 못한 예술가에게 해리엇 호스머는 도움의 손길을 내밀어주었다.

미첼과 호손 부부가 호스머의 작업실을 방문한 유일한 유명 인사는 아니었다. 방랑하는 작가, 예술가, 유럽 왕족의 끊임없는 행렬이 호스머의 작업실을 찾았다. 그중에는 영국 왕세자(그는 호스머의 조각 작품을 몇 점 구매했다)와 네덜란드 여왕(호스머는 여왕을 알아보지 못하고 그저 매력적이고 박식한 방문객으로만 생각했다), 독일의 왕세자비(호스머의 "발가락을 묘사하는 특출난 재능"에 감탄을 표했다), 추방당한 나폴리 왕국의 왕비(왕비는 호스머의 연인이 되며 훗날 호스머는 왕비와의 관계를 "내 인생의 연애"라고 회고한다. 왕비는 또한 살아 있는 여자로 호스머가 유일하게 조각한 대상이기도 했다)도 있었다.

호스머의 작업실을 방문한 유명 인사 중에는 한스 크리스티안 안데르센Hans Christian Andersen도 있었다. 안데르센은 이야기를 지어내는 뛰어난 재능이 있었지만 자기 소외감이라는 괴로움에 시달리고 있었고, 호스머는 이 사실을 직감적으로 알아차렸다. 후원자 아버지에게 보내는 편지에서 호스머는 안데르센을 "링컨처럼 키가 크고 마른 체격에 검고 곧은 머리카락을 길게 기르고 있는데, 상냥함과 슬픔으로 얼굴이 어둡게 그늘져 있어요"라고 묘사했다. 그러고는 덧붙였다. "안데르센이 좀더 친절한 요정의 세계에서 살고 싶어 하는 것은 그가 겪고 있는 괴로움 때문인 것 같아요. 요정의 세계 안에는 무정한 인간성의 손길이 닿지 않을 테니까요."

안데르센의 괴로움은 그 불안정하고 이중적인 마음이 반목하는 데서 비롯된 것이었다. 모든 전기에서 증명하는 바에 따르면 그는 동정으로 죽었다. 몇 년 동안 안데르센은 스웨덴의 오페라 가수인 예뉘 린드Jenny Lind에게 마음을 바치고 있던 한편 에드바르드 콜린Edvard Collin을 위해 강렬한 성애적 사랑을 남겨두고 있었다. 콜린은 안데르센이 소년 시절에 만난 애인으로, 안데르센이 일생에서 가장 강렬한 감정을 느낀 상대였다. "내 여자다운 천성과 우리 우정은 비밀로 남아야만 해." 한스는 에드바르드에게 쓰는 편지에서 말했다. "나는 예쁜 칼라브리아 계집애처럼 널 연모해. … 널 향한 내 마음은 여자의 마음이야." 한편 린드는 여성스러운 매력이 최고조에 이른,

당대 가장 성공한 여성 예술가 중 한 명이었다. 안데르센은 린드에게 정열적이고 뿌루퉁한 심정을 토로하는 편지를 보냈고 보답 받지 못한 숭배의 마음을 담아 유명한 동화인 〈나이팅게일The Nightingale〉을 썼다. 〈나이팅게일〉을 쓰고 얼마 후 안데르센은 기차 승강장에서 린드에게 어색한 청혼 편지를 건넸다. 안데르센은 린드의 마음을 얻지 못했지만 이를 통해 린드는 "스웨덴의 나이팅게일"이라는 별명을 얻게 되었다.

예뉘 린드는 특별히 천문학에 관심이 많았다. 미국 순회공연을 하고 있을 무렵 린드는 기회가 닿기만 하면 천문대를 방문했다. 린드는 미국 순회공연으로 벌어들인 35만 달러가 넘는 돈을 전부 기부했고, 그중 대부분을 스웨덴에 무료 학교를 세우는 데 사용했다. 1850년 9월 마지막 날 해리엇 호스머가 자신의 "귀와 영혼"을 음악으로 채워 "아름다움에 취하기" 위해 자주 찾은 보스턴의 트레몬트템플에서의 첫 번째 공연을 앞두고 린드는 토성을 보기 위해 하버드천문대를 찾았다. 린드는 거대한 망원경에 눈을 갖다대자마자 그만 깜짝 놀라고 말았다. 그 안에서 불덩이처럼 빛나는 유성의 모습이 보였기 때문이다. 한 기자는 이 일을 두고 "미국을 순회하는 위대한 가수를 따라다니게 될 크나큰 영예의 징조"라고 평했다.

미국 순회공연을 하던 린드는 서반구에서 처음으로 문을 연 공립 천문대인 신시내티천문대Cincinnati Observatory도 방문했다. 린드처럼 기회가 될 때마다 천문대를 찾은 샬럿 쿠시먼 또한 이 천문대의 망원경을 들여다본 적이 있었다. 쿠시먼의 조카인 플로런스 쿠시먼Florence Cushman은 1920년대 하버드 계산자의 일원으로 합류하게 된다.

호스머가 다음 작품의 제작에 착수할 무렵 쿠시먼은 로마에 있었다. 〈잠자는 목신The Sleeping Faun〉은 1865년 더블린박람회Dublin Exposition에서 전시되었다. 런던의 〈타임스〉는 박람회에 출품된 모든 조각 작품 중 이 작품이

"단번에 사람들의 관심을 사로잡고 감탄을 자아낸다"라고 선언하면서 고전 예술이 시작된 유럽 각국의 예술가들이 작품을 출품한 이 전시장에서 이 젊은 미국 여성 예술가의 작품이 가장 주목받고 있다는 사실에 경탄했다. 이 조각상은 박람회 개회식 날 바로 판매되었다. 조각상을 구매한 사람은 맥주 제조업자이자 박애주의자인 벤저먼 기니스enjamin Guinness로 당시 아일랜드에서 가장 부유한 남자였다. 개회식 전날 열린 비공개 전시회에서 〈잠자는 목신〉을 처음 본 기니스는 이 작품에 마음을 빼앗겼고 5000달러를 제안했다. 이 조각상은 판매 대상이 아니며 후에 미국의 다른 전시회에 전시될 예정이라는 이야기를 듣자 기니스는 액수를 두 배로 올렸다. 이런 이야기가 오갔다는 소식을 들은 호스머는 자신의 작품에 대한 그의 열정에 감동하여 기니스에게 작품을 판매하는 데 동의했지만, 나중에 덧붙은 5000달러는 기니스에게 돌려주었다. 그 돈을 받는 일이 올바른 일이라고 생각하지 않았기 때문이다. 호스머의 고결한 성품을 보여주는 이 일화에는 한층 어두운 측면이 있다. 호스머가 그 시대의 수없이 많은 한계를 뛰어넘었음에도 여자의 가치, 여자가 만든 작품에 대한 가치에 대해 가장 뿌리 깊이 박혀 있는 문화적 편견을 완벽하게 극복하지 못했다는 사실이다. 배서대학에서 제안한 급료를 반으로 깎았던 마리아 미첼 또한 이런 편견을 극복하지 못했던 것은 마찬가지였다.

1867년 봄 호스머가 훗날 자신의 인생에서 가장 중대한 날로 기억하게 될 날이 다가왔다. 부유한 스코틀랜드의 미망인이자 어린 딸을 둔 미술품 수집가인 애시버튼 부인Lady Ashburton, 루이저Louisa가 해리엇의 작업실에 걸어 들어온 것이다. 해리엇은 루이저의 "모나게 자른 머리칼과 고전적 미를 지닌 위엄 있는 이목구비, 얼굴에 인간적인 매력을 부여하는 날카롭고 짙은 눈동자"에 매료된 나머지 넋을 잃고 그 자리에 선 채 그녀를 바라보았다. 호스머는 루이저의 얼굴이 10년 전 이탈리아 박물관에서 본 로마 시대의 유명한 주노 조각상과 꼭 닮았다고 생각했다. 루이저의 시선이 해리엇과 마주치자 그 인상적인 얼굴이 살아 숨 쉬며 움직이기 시작했다. "아름다운 미소에 이어지는 음악처럼 풍성한 목소리가 질문을 던지자 그제야 나는 정신을 차릴 수 있었다." 목소리에서는 어떤 화학 작용이 일어나는 것일까? 어떤 작용이 일어나기에 마치 페로몬에 취한 것처럼 즉각적이고 신비롭게 사람의 마음에 열정을 불러일으키는 것일까? 해리엇이 이 인상적인 방문객의 목소리, 그 세이렌의 노래를 처음 들었을 때 그녀는 37세였고 루이저는 40세였다. 처음에는 후원자와 조각가의 관계, 우정의 관계로 만나기 시작한 두 사람은 페루자 여행을 기점으로 연애 관계로 휘말려 들었다. 처음 만난 지 1년 뒤의 일이었다. 해리엇은 사랑하는 연인에게 쓴 편지에서 말했다. "불과 일주일 전만 해도, 우리는 지금까지 그래왔듯 좋은 친구이며 그 밖에는 아무것도 아닌 관계로 로마를 떠났지요. 하지만 그때와 지금 사이에 어떤 일이 일어나 우리는 사랑하게 되었고 지금 우리는 그 사랑에 묶여 있어요." 애시버튼 부인은 호스머의 기존 작품을 몇 점 구입하고 호스머가 독자적인 작품을 제작하도록 영감을 불어넣으면서 해리엇의 연인이자 후원자, 뮤즈, 조각가 자신이 루이저를 부르던 말처럼 "너그러운 당신"이 되어주었다. 얼마 지나지 않아 해리엇은 애시버튼 부인을 자신의 "반려자"라고 말하면서 자신을 루이저의 "남편," 혹은 "결혼한 아내"라고 지칭하게 된다. 루이저에게 로마에서 함께 생활하자고 조르면서 해리엇은 이렇게 약속한다. "당신이 이곳에 온다면 나는 모범이 될 만한 아내(혹은 남편, 어떤 것이든 당신의 마음에 드는 것으로)가 되겠습니다." 그 후로 25년 동안 두 사람은 각기 다른 사람을 만나면서도 서로 결혼이라고 생각하는 관계를 끝까지 고수한다. 당시

아내를 여읜 로버트 브라우닝은 한때 애시버튼 부인과 금세 끝나게 될 연애를 하기도 한다.

애시버튼 부인과 처음 만났을 무렵 호스머는 조각가로서 명성을 높여가는 지극히 중요한 시점에 있었다. 1866년 당시 막 암살당한 에이브러햄 링컨Abraham Lincoln을 기념하는, 워싱턴 D. C.에 세워질 기념비 제작을 두고 경쟁이 선포되었다. 이 기념비는 승리와 비극을 담은 이야기의 마지막을 장식하게 될 터였다. 그로부터 10년 전 샬럿 스콧Charlotte Scott이라는 이름의 노예가 소유주로부터 자유를 얻은 후 노동의 대가로 급료를 받기 시작했다. 1865년 링컨이 암살되었다는 소식을 전해들은 스콧은 큰 충격을 받았다. "링컨 씨는 우리 유색인종의 친구였습니다." 스콧은 선언했다. "그리고 나의 친구였습니다!" 스콧은 링컨을 기리기 위한 기념비를 만들기로 결심하고 스스로 이 과업에 착수했다. 자신이 받던 5달러의 급료 전부를 전 주인이자 현재의 고용주에게 맡기면서, 암살당한 평등의 친구를 기리는 기념비를 세우기 위한 기금을 조성해달라고 부탁한 것이다. 샬럿의 행동은 널리 퍼져나갔고 크라우드펀딩이라는 말이 등장하기 한 세기 반 전에, 한때 노예였던 이들이 하나둘 기념비 기금에 자신의 급료를 기부하기 시작하면서 기금 조성을 위한 풀뿌리 운동이 궤도에 오르게 되었다. 하지만 기금 운동의 책임은 결국 세인트루이스의 전시 구호 기관으로 넘어갔다. 좋은 의도로 시작된 운동의 끝에서 기념비 제작의 최종 결정권이 백인의 손으로 넘어간 것이다.

이 기념비를 위해 호스머가 제출한 계획은 실로 기발하고 대담했다. 이 조각의 초안에서 링컨은 거대한 흑인 네 명에게 둘러싸여 있다. 이 네 명의 흑인은 아프리카 미국인이 거쳐 온 역사의 네 단계, 즉 경매, 노예, 자유, 시민권의 모습을 상징한다. 이들을 연합의 주를 상징하는 서른여섯 명의 여자가 에워싼다. 지금까지 쌓아온 명성과 최근 〈사슬에 묶인 제노비아〉로 거둔 성공, 마리아 차일드 같은 지도적인 노예제 폐지론자들과의 오랜 교류 덕분에 호스머는 경쟁에서 유리한 고지를 점하고 있었다. 얼마 후 호스머는 세인트루이스 전시 구호 기관의 장으로부터 기념비를 의뢰하겠다는 공식적인 편지를 받았다. 유명 언론사는 호스머를 축하하는 기사들을 내보내기 시작했다.

그러나 1868년 당국에서는 호스머의 야심 찬 계획을 실행할 만큼 기금이 충분하지 않다고 발표했다. 호스머는 자신도 기금 조성을 돕겠다고 제안했지만 결국 기념비를 제작할 자격을 잃게 되었다. 기념비 제작의 기회는 끝내 18년 전 예뉘 린드의 흉상을 제작하며 조각을 시작한 토머스 볼Thomas Ball에게 돌아갔다. 호스머의 계획이 돈이 많이 드는 것이었다는 사실을 부정할 수는 없지만, 어쩌면 이 계획은 당국 결정권자들의 눈에 지나치게 진보적이며 당시 분열된 국가에서 논쟁을 일으킬 작품으로 보였을지도 모른다. 예술가로서 성공하고 자립한 퀴어 백인 여성이 흑인의 존엄성과 점점 커져만 가는 문화적 힘을 축하하는 것이기 때문이다. 호스머의 계획 대신 채택된 조각상은 이성애자 백인 남자가 구상한 것으로 링컨의 발밑에 남자 노예가 무릎을 꿇고 있는 모습을 묘사함으로써 기존에 존재하는 권력 구조를 긍정하는 것이었다. 이 조각상이 완성되기 전에 열다섯 번째 수정 헌법이 승인되면서 흑인 남자에게 선거권이 주어지게 되었다. 하지만 여자에게는—백인이든 흑인이든—아직 선거권이 없었다.

링컨 조각상을 둘러싼 소란이 정점에 이를 무렵 호스머는 특이한 사진을 한 장 찍었다. 그 인상적인 사진에서 자그마한 몸집의 해리엇은 장난기 어린 미소를 띤 채 팔짱을 끼고 남자들에게 둘러싸여 있다. 사춘기 소년에서 노인에 이르는 다양한 연령층의 남자들은 해리엇이 로마의 작업실에서 고용하고 있던 스물네 명의 일꾼이었다. 〈호스머와 그녀의 남자들Hosmer and

Her Men〉이라는 제목이 붙은 이 사진은 원래 장난으로 찍은 것이었지만 훗날 호스머가 정치적으로 각성하게 되는 전조가 되며 호스머의 유산을 굳게 다지는 역할을 한다. 링컨의 기념비를 제작할 기회를 박탈당한 일을 계기로 호스머는 마침내 여성 권리 운동에 직접적으로 뛰어들게 되기 때문이다. 링컨 기념비 제작을 홍보하려고 미국을 방문했을 무렵 호스머는 미국의 최초의 여성 목사 중 한 명인 피비 앤 해너포드Phebe Ann Hanaford의 설교를 들은 적이 있었다. 설교에 감동한 호스머는 해너포드에게 편지를 썼다.

자신의 길이 다른 곳에 있다고 느낄 때 잘 다져진 길을 벗어날 힘을 지닌 모든 여성에게 경의를 표합니다. 필요하다면 비웃음을 사는 한이 있더라도 일어날 수 있는 용기를 지닌 모든 여성에게 경의를 표합니다. 이는 처음에 우리가 삼켜야 할 쓰디쓴 약이지만 나는 이 약이 정신의 구원에 필요한 강장제라고 생각합니다.

하지만 호스머가 직접 경험하고 있는 변화는 그녀가 바라는 방향으로만 흘러가지는 않았다. 한 세대 전에 마거릿 풀러가 겪은 로마 혁명은 현재 중대한 정치적 · 시민적 격변의 최고조에 이르고 있었고, 해리엇으로부터 몇 미터도 떨어지지 않은 곳에 수류탄이 떨어지면서 눈앞에서 로마의 풍광을 바꾸어놓고 있었다. 이탈리아의 목가적 생활이 허물어지는 동안 호스머가 젊은 시절 신고전주의 조각을 찬미하던 미국 사람들의 취향 또한 바뀌어가고 있었다. 남북전쟁 이후 낡은 제퍼슨식 이상에 대한 반성의 물결이 일어났고, 그 결과 신고전주의가 유행에서 빠르게 뒤처지기 시작했다. 나라를 발전시킬 수단으로 과학과 기술이 대두되면서 정확함을 숭배하는 풍조가 생겨났고, 고전 예술의 이상적인 형태보다 사실주의적 표현이 인정받기 시작했다. 호스머는 다시 한번 자신을 발견해야만 했다. 예술을 등진 호스머는 어린 시절 관심이 있던 과학으로 눈을 돌려, 대리석을 대신할 수 있는 대안적인 합성 물질을 만드는 일에 착수했다. 대리석 같은 질감을 재현하면서도 더 빠르고 쉽게 작업할 수 있으며 비용도 적게 드는 소재를 개발하려 한 것이다. 몇 번에 걸친 화학 실험 끝에 1876년 호스머는 새로운 소재를 개발하는 데 성공했고 자신이 발명한 소재에 "석화 대리석"이라는 이름을 붙였다. 석화 대리석은 1879년 미국과 이탈리아 두 나라에서 특허를 받았다.

자신을 재발견하는 시기에 호스머는 하룻밤 만에 《1975년, 예지몽1975: A Prophetic Dream》이라는 제목의 공상과학극을 쓰기도 했다. 호스머는 이에 농담조로 "셰익스피어의 영혼이 도와주러 왔었어"라고 말했다. 그해 호스머는 앞으로 20년 동안 매달리게 될 영구기관을 발명하는 과업에 착수했다. 비영속성을 궁극적으로 차단하는 장치이자 물리학적 불가능에 대한 도전이었다. 한때 호스머가 해부도에서 상대가 될 만하다고 인정받은 레오나르도는 네 세기 전에 비웃으며 말한 적이 있었다. "영구기관을 찾는 이들이여, 지금까지 얼마나 헛된 망상을 추구해왔는가? 연금술사한테 가서 네 자리를 찾아라." 하지만 자신의 공책에서 레오나르도는 스스로 움직이는 펌프 기관의 밑그림을 두 개 남겨두었다. 또 다른 물리학적 불가능에 대한 도전이다.

학문 분야를 넘나드는 호기심은 창조성과 독창성을 발휘하는 데 없어서는 안 될 요소이다. 하지만 어떤 분야의 중요한 미해결 난제를 해결하기 위해서는 그 분야에 대한 깊은 전문적 지식이 필요하다. 비록 마지막 해결의 통찰을 떠올리기 위해 주변 분야의 폭넓은 도움을 받는다 해도 그곳까지 가는 과정에는 전문 지식이 필요하다. 마리아 미첼은 《실낙원》을 천문학적으로 분석한 글에서 이 점을 직관적으로 깨달았다. "밀턴은 오직 현상에 국한했을 경우 매우 정확하다. 하지만 일단 추론을 하기 시작하면 그는 천문학자가 아닌 시인처럼 추론한다."

호스머는 과학자라고 하기에는 어려웠다. 의학 공부는 오직 예술의 해부학적 정확도를 갈고닦기 위한 수단에 불과했으며 인조 대리석 발명 또한 오직 화학에 대한 기초 지식만으로 이루어진 것이었다. 영구기관을 발명한다는 것은 물리학의 기본적인 법칙을 전복하는 일이었는데, 호스머는 이 분야를 전혀 공부하지 않은 터라 자신의 과업이 헛된 노력에 불과하다는 사실을 이해하는 데 필요한 초보적인 지식조차 없었다. 물리학 분야에서 호스머는 과학자가 아닌 예술가처럼 추론했다. 야심은 자기 인식에서 벗어날 때, 자신의 능력에 대한 현실적인 자각에서 떨어져 나가기 시작할 때 왜곡되어 오만함으로 변질되기 마련이다. 영구기관을 만들려던 호스머는 고대부터 내려온 불멸의 수수께끼, 특이점의 문제를 해결하겠노라고 선언한 현대의 실리콘밸리 기업가만큼이나 오만했다. 재능에는 여론이나 관습이 불가능하다고 여기는 일과 물리적으로 불가능한 일을 구분하는 능력이 포함되어 있는 것이 분명하다.

호스머와 같은 해에 태어난 에밀리 디킨슨은 이렇게 쓴다.

우리는 반죽을 가지고 놀아
반죽이 진주가 될 때까지
그다음 반죽을 떨어뜨리고는
우리 자신을 바보라고 생각하지

1898년 68세의 해리엇은 자신이 만든 영구운동기관의 모형을 관 모양의 상자에 담아 코닐리아에게 보내면서 이 발명품을 오직 "그것"이라고만 지칭했다. 하지만 바보들의 꿈에 대한 호스머의 헌신은 뉴턴의 연금술에 대한 헌신 혹은 케플러의 점성술에 대한 헌신보다 더 한심하지 않다. 오히려 이 헌신은 우리의 재능과 순수함의 공통된 원천에 대한 감동적인 증거로 읽을 수 있다. 가끔은 초월적이고 가끔은 자멸적으로 불굴의 의지를 가지고 불가능을 향해 손을 뻗는 일이다.

다시 한번 에이드리언 리치가 마리 퀴리에게 바친 추모의 시가 떠오른다.

> 그녀는 유명한 여자로서 부인하며 죽었다
> 자신의 상처를
> 부인하며
> 그녀의 상처는 바로 그녀의 힘과 같은 원천에서 나왔으니

대리석으로 인간 삶의 가장 위태로운 감정적 진실인 불멸성을 표현한 호스머의 탁월함은 삶의 중단에 맞서는 기계적인 대안을 창조하고자 했던 열망과 같은 뿌리에서 나왔다. 우리의 물리적 현실을 지배하는 성장과 노화의 피할 수 없는 흐름에 간섭하기 위한 꿈이 아니라면 영구기관의 착상은 달리 무엇이란 말인가?

1903년 애시버튼 부인이 76세에 유방암으로 세상을 떠난 후 73세였던 해리엇은 평생 우울한 감정을 피하고 활력이 넘치는 편지만 써왔던, 거의 신념처럼 지켜오던 습관을 어기고 코닐리아에게 편지를 썼다 "살아온 중에 가장 슬픈 한 주를 보냈어." 두 달 후에도 슬픔은 더 깊어졌다. "상실감은 매일 점점 더 커져만 가. 이 상처를 치유할 방법은 없어. 앞으로도 영원히 없을 거야." 아주 어린 시절부터 깊은 상실을 경험했고 대리석으로 구현되는 영속성의 환상에 인생을 바쳐온 이 여성은 여전히 반세기 전 미시시피강의

증기선 안에서 코닐리아에게 고백했던 두려움을 안은 채 살아가고 있었다. 그 어떤 것도 지속되지 않는다. 인생은 상실의 중지와 시작을 겪으며 계속 이어지고 우리가 사랑하는 모든 이는 결국 우리 곁을 떠나고 만다. 이런 그녀가, 그리고 우리가 영구 운동을 열망하는 일이 그렇게 놀랄 만한 일인가?

호스머의 유산은 그녀가 창조해낸 작품이나 결국 실패로 돌아간 발명품, 대리석의 영속성이나 영구기관이라는 현실 도피성 꿈에 있지 않다. 호스머의 유산은 바로 그녀 자신의 존재, 자신의 삶을 살아가기로 한 선택을 통해 다른 이들에게 가능성을 넓혀주고 그들의 삶을 확장시켜 준 방식에 있다. 호스머 이후에 태어난 모든 여성 예술가, 어떤 식으로든 자신이 "타인"으로 존재했던 문화 한복판에서 의미 있는 삶을 살고자 노력한 모든 창조적인 사람들, 동성애자임을 숨길 이유가 거의 없어진 문화 안에서 편안하게 커밍아웃할 수 있던 모든 퀴어 남녀들은 해리엇 호스머에게 빚을 지고 있다. 우리의 존재를 받치는 기반에는 호스머의 원형적인 유전자의 무늬가 새겨져 있다.

마리아 미첼이 로마의 작업실을 방문했을 때 호스머의 성별에 반하는 행동보다, 심지어 각별한 근면성보다 더 마음을 빼앗긴 부분은 바로 이 젊은 조각가가 가능성의 본보기가 되어주었다는 점이다. 호스머가 스스로 만들어간 주체적인 삶과 대조되어 미첼이 캐럴라인 허셜에게 품고 있던 존경심에 오랫동안 따라붙던 거북한 심경의 정체가 분명하게 드러났다. 평생 자신을 부정하며 산 허셜의 삶은 평생 주체적으로 살아온 호스머의 삶과 대극을 이룬다. 미첼은 이제 자신이 영웅으로 삼았던 인물의 모습을 한층 분명하게 볼 수 있었다. 캐럴라인 허셜은 뛰어난 재능이 있으면서도 스스로 오빠 윌리엄에 대한 "종속감"이라고 부른 감정에 사로잡혀 자신의 재능에 충실하지 못한 천문학자였다. 존 허셜은 자신의 집을 방문한 미첼이 돌아가려 할 무렵 캐럴라인이 쓴 관측 기록의 일부를 선물로 주었는데, 캐럴라인은 자신의 손으로 쓴 기록에서조차 모든 문장을 "W. H.의 생각에는…," "W. H.의 말로는…"이라는 서두로 시작했다. 캐럴라인은 왕립천문학회 회원임을 증명하는 메달을 받은 후 존에게 쓴 편지에서 "대단하고 과분하며 전혀 예상치 못한 영광"이라고 말했다. "처음에는 이 이례적인 명예에 감사하는 마음보다는 충격적인 마음이 더 컸어." 캐럴라인은 조카에게 솔직한 심정을 털어놓았다. "여자가 지나치게 주목받으면 얼마나 위험한지 너무나 잘 알고 있기 때문이야."

　일생의 말년에 이르러 미첼은 캐럴라인 허셜에 대한 자신의 이중적인 감정을 정리하면서, 재능을 자유롭게 발휘할 기회가 꼭 필요하다고 주장하는 글을 대중 앞에서 발표할 기회를 얻었다. 1885년에 쓴 허셜 가의 유산에 대한 글에서 미첼은 캐럴라인 허셜의 삶이 "모든 여성을 위한 교훈이자 자극제"라고 말하면서 고통스러운 자기 부정에 대한 현실적인 경고가 되어준다고 썼다. "존재할 권리가 없는 존재도 있는가?" 미첼은 허셜을 염두에 두고 질문을 던지는 한편 "이 잘못은 오직 부분적으로만 그녀의 잘못일 뿐"이라고 평한다. 허셜의 재능은 그녀의 "장소의 정신"에 구속되어 있었기 때문이다. 이 장소의 정신은 곧 시대의 정신이기도 하다. "모든 인간에게는 그 자신에게 할당된 시대가 각기 따로 있는 모양이다"라고 버지니아 울프는 《올랜도》에서 썼다. 우리가 우리 자신이 된 것은 많은 부분 우리가 있는 장소, 우리가 있는 시대에서 비롯된 결과이다. 하지만 용기와 자존의 삶을 살았던 인물들은 자신의 삶을 통해 앞으로 다가올 세대의 정신이 머물 장소와 가능성의 지도를 다시 그린다. 미첼은 이렇게 쓴다.

　여성이 과학 분야에서 독창적으로 연구할 능력이 있는가라는 질문을 논의하는 것은 여성에게 동등한 기회가 주어지기 전까지는 무의미하다. 우리는 라플라스를 번역한 서머빌 부인, 조각상을 제작한 해리엇 호스머, 시를 쓴 브라우닝 부인, 드넓은 창공 아래에서 밤하늘을 관측한 캐럴라인 허셜 같은 인물들이 자신의 삶으로 일구어낸 결과를 어림할 수 없다. 신념에 헌신하고 의무에 충실한 삶은 모든 시대에 영향을 미친다.

미첼은 71세의 나이로 세상을 떠나기 직전까지 배서대학에서 학생들을 가르쳤다. 미첼이 세상을 떠난 후 〈뉴욕 타임스〉에는 〈여성 천문학자The Female Astronomer〉라는 제목의 간략한 전기 기사가 실렸다. 이 기사에서는 평범한 여자의 관심사를 무시하고 과학에 정진하는 길을 택한 미첼의 선택을 조명한다. 추도 기사를 맺는 문장에서는 새로운 길을 개척하는 데 공헌한 수많은 인물이, 호스머를 비롯하여 미첼이 존경한 수많은 개척적인 인물이 "의무에 충실한 삶"을 통해 의식적으로 혹은 무의식적으로 택한 폭넓은 선택지를 언급한다. 이들은 자신의 삶을 바꿈으로써 세계를 변화시켰다.

그녀 주위에 있던 이들은 재능을 가진 것이 얼마나 불리할 수 있는지를 보았다. 재능 있는 이들은 높이 올라가지만 너무도 자주 홀로 올라가야만 한다. 그 아래의 평원에서 즐거운 대화가 오가는 소리를 들으면서도 그 대화에 함께할 수가 없다.

에밀리 디킨슨

시인의 탄생

17

호리호리한 체격의 10대 소녀가 윤기 흐르는 제비꽃 다발을 쥔 채 은판 사진 밖을 빤히 응시하고 있다. 머리칼을 단정하게 빗고 벨벳 천으로 된 띠를 목에 두른 소녀의 개암빛 눈동자와 붉은 머리칼은 흑백 사진 속에서 어둡게 가라앉아 보인다. 그 넓은 이마 어디에도 이 소녀가 세계에서 가장 작품을 많이 쓰고 독창적이며 신비에 싸인 시인 중 한 명이 될 것이라는 조짐은 찾아볼 수 없다. 후세 사람들에게 그녀의 이미지는 열여섯 살에 찍은 이 한 장의 사진, 시간의 책갈피에 눌린 크로코스꽃으로 고정된다(그리스 신화에서 크로코스는 인간의 몸으로 불멸의 님프에게 이루어질 수 없는 사랑의 마음을 품었고, 이를 가엾게 여긴 신들이 그를 꽃으로 만들어주었다. 크로코스는 샤프란의 다른 이름이기도 하다—옮긴이). 출처가 확실한 유일한 사진이다. 한 세기 반 동안 먼 곳을 응시하는 소녀의 눈, 넓은 이마, 도톰한 입술은 투영과 해석의 화폭이 되어 여러 세대의 사람들이 여기에 조용한 인내, 강렬한 열정, 쾌활한 재능의 모습을 그리게 된다. 훗날 에밀리 디킨슨은 이렇게 쓴다. "재능이란, 애정의 연소이다. 사람들이 생각하는 것처럼 지성이 아니라 헌신에서 비롯되는 고양감이다. 이를 할 수 있는 능력에 비례하여 우리는 재능을 경험한다."

31세 때 디킨슨은 이름을 붙이지 않았고 이름을 붙일 수도 없는 애정의 불꽃으로 괴로워하게 된다. 현재까지 남아 있는 그녀의 편지에서 이 일을 직접 언급한 것은 단 두 차례에 불과한데, 디킨슨은 그중 하나에서 이를 "공포"라고 부른다. 그리고 이 공포를 우리에게 전해진 것만 1789편에 이르는 시로 옮긴다. 편지지에, 낡은 봉투에, 장 볼 거리를 적은 종이에, 프랑스제 초콜릿 포장지에, 약국 전단지에, 재활용된 신문의 여백에 일종의 죽음으로 적어 넣는다. 이 수수께끼 같은 참화의 결과 디킨슨은 홈스테드Homestead라는 이름으로 불린 애머스트Amherst의 집, 작고 햇살이 잘 드는 남서쪽 침실에 스스로 자신을 가두는 은둔 생활로 들어간다. 자신을 "집 안의 베수비오 화산"이라고 칭한, 의미를 그리는 세밀 화가는 하얀 옷을 입고 엘리자베스 배럿 브라우닝의 초상화 아래 앉아 자신이 보고 이해한 진실을 수학만큼이나 복잡하고 강력한 상징적 언어라는 암호에 담아 폭발시킨다. 그녀의 진실이자 인간의 진실이다.

"진실은 너무 드문 것이라 진실을 이야기하는 일은 참으로 즐겁다"고 디킨슨은 말한다. 마치 숨처럼, 칼날처럼, 총알처럼 내지르는 단어와 줄표 기호(에밀리 디킨슨의 시에는 줄표 기호가 말 그대로 비처럼 쏟아져 내린다. 이런 형식은 당시에도 파격적이었다. 우리말에는 없는 형식이지만 디킨슨의 시에서만큼은 줄표 기호를 살려 번역하려 했다—옮긴이)를 통해 디킨슨은 버림받음의 공포를 짤막한 시로 옮기고, 개기일식의 초자연적인 감각을 두 연의 완벽한 시로 그려내고, 날아오르는 희망의 덧없음을 한 줄의 시구로 표현한다. 디킨슨은 자신이 쓰는 언어의 인력을 정확하게 가늠하면서 독자가 의미의 사건 지평선에 매달려 영원히 그 주위만 맴돌 뿐 진실의 심연으로는 떨어지지 못하게 막는다.

1846년 마지막 세 주와 1847년 초봄 사이 어느 때, 에밀리 디킨슨과 그녀의 어머니는 애머스트 호텔의 한 방에서 "은판 사진 예술가"인 윌리엄 C.

노스William C. North 앞에 앉았다. 마리아 미첼의 혜성이 아직 아무에게도 목격되지 않은 채 지구로 날아오고 있었고 마거릿 풀러가 유럽에서 인생의 중요한 장을 열어가고 있을 무렵이었다. 그해 가을 에밀리는 마운트홀요크여자학교Mount Holyoke Female Seminary에 입학했다. 이 학교는 미국에서 여자를 위해 설립된 최초의 고등교육 기관으로 학생들에게는 "과학의 성"이라고 불렸다. 이 학교가 설립된 것은 10년 전, 캐럴라인 허셜과 메리 서머빌이 왕립천문학회의 회원이 되고 풀러가 에머슨을 처음 만난 해였다. 디킨슨은 1학년 때 일기에 이렇게 썼다.

문제는 시인이 되려면 불가능한 일을 해내야 한다는 것이다. … 가장 방종한 자유를 가장 혹독한 정확함과 결합해야 한다. … 단테는 그 날개를 활짝 펼쳐 상상력을 자유롭게 발휘했지만 마치 유클리드처럼 글을 썼다.

에밀리 디킨슨이 마운트홀요크여자학교에서 공부를 시작했을 무렵 디킨슨보다 아흐레 늦게 태어난 수전 길버트Susan Gilbert는 유티커여자학교Utica Female Academy에 입학했다. 서쪽으로 300킬로미터 넘게 떨어진 뉴욕 북부에 있는 학교였다. 고아로 태어나 지금은 수학자가 되기 위해 공부하고 있는 이 소녀는 시인의 첫사랑이자 가장 위대한 사랑이 된다.

유티커여자학교를 졸업한 수전은 언니 옆에 머물기 위해 애머스트에 정착했다. 1850년 여름 마거릿 풀러의 사망 소식이 뉴잉글랜드 전역에 울려 퍼진 지 한 달 후 수전은 디킨슨 가족의 삶으로 들어왔다. 에밀리는 훗날 이 여름을 "현관의 계단에서, 상록수의 그늘에서 사랑이 처음으로 시작되었을 때"로 기억한다. 불과 얼마 전 수전은 부모가 세상을 떠난 후 자신에게 어머니 역할을 해주었던 언니마저 잃었다. 아기를 낳다가 세상을 떠나고 만 것이다. 언니를 추모하기 위해 검은 상복을 차려입고 스무 살치고는 침착하고 진지한 태도를 보인 수전은 디킨슨 가의 남매인 에밀리와 오스틴Austin의 마음을 사로잡았다. 오빠와 여동생은 모두 수전의 침착함과 박식함, 예쁘다기보다는 잘생겼다는 말이 잘 어울리는 우라니아적 매력에 푹 빠져들었다. 완만하고 도톰한 입술과 짙은 눈은 완전히 남자답지도 않았지만 윤곽이 뚜렷하지 않은 달걀형 얼굴과 좁은 이마는 딱히 여자답지도 않았다.

"최고의 마법은 기하학"이라고 에밀리 디킨슨은 쓴다. 지금 에밀리와 그녀의 오빠는 자신들이 기묘한 마력의 도형에 들어와 있다는 사실을 알아차렸다. 마치 마거릿 풀러와 랠프 왈도 에머슨, 캐럴라인 스터지스가 이룬 삼각형, 마리아 미첼과 너새니얼 호손, 아이더 러셀이 그린 삼각형을 연상시키는 이 삼각형의 한 꼭짓점에는 수전이 있었다. 하지만 에밀리의 애정은 일시적으로 지나가는 열병 같은 감정이 아니었다. 수전이 자신의 마음으로 들어온 지 거의 20년이 지난 후에도 에밀리는 전혀 무뎌지지 않은 욕망으로 시를 쓴다.

> 나만의 것으로 수전을 가질 수 있다면
> 그 자체로 더없는 기쁨이야-
> 그 벌로 어떤 왕국을 잃게 되더라도, 주여
> 나를 계속하게 하소서!

디킨슨 가족의 삶에 수전이 들어온 후 열여덟 달 동안 친밀함의 폭풍이 소용돌이쳤다. 두 젊은 여자는 함께 오래도록 숲속을 산책했고, 책을 바꿔 읽었으며, 서로 시를 읽어주는 한편 열렬하고 친밀하게 편지를 나누었다. 이 편지 교환은 점점 진화하여 그 모습이 바뀌게 되지만 에밀리의 평생에 걸쳐 쉼없이 지속된다. "우리는 유일한 시인이야"라고 에밀리는 수전에게 말했다. "다른 사람은 다 '산문'이지."

1852년 초, 시인은 말로 표현할 수 없을 만큼 수전에게 빠져 있었다. 어느 일요일 에밀리는 수전을 불러냈다.

오늘 아침에는 나와 함께 우리 마음속에 있는 교회에 가자. 여기에서는 항상 종이 울려. 설교자의 이름은 사랑이라고 하는데 그는 우리를 위해 탄원해줄 거야!

1851년 가을, 수전이 볼티모어로 가서 열 달 동안 수학 교사로 일하기로 했을 때 에밀리는 서로 헤어져야 한다는 생각에 큰 충격을 받았지만 명랑한 기분을 유지하려고 애를 썼다. "나는 네가 손에 두툼한 이항정리를 들고 허우적거리며 교실로 들어가는 모습을 자주 상상해. 넌 이해하지 못하는 학생들 앞에서 그걸 풀어서 보여줘야 되잖아." 에밀리는 편지에서 수전을 놀려댔다. 수전은 과학의 화신이었기 때문에 앞으로 몇십 년 동안 디킨슨의 시에서 "과학"이라는 이름으로 등장한다. 평생 사귀면서 디킨슨은 종종 자신의 폭풍 같은 애정의 마음에 햇살 같은 재치를 끼워 넣는다. 수전이 "편지시"라고 이름 붙인, 시처럼 읽히는 편지이자 편지처럼 내용을 전달하는 어느 시에서 에밀리는 쓴다.

수지에게- 나는 보내
네게 약간의 선율을-
"천체의 음악"을

"천체의 음악Music of the Spheres"이라는 개념은 피타고라스가 주창한 개념이지만 디킨슨은 그저 "피타고라스의 금언"에 관한 농담을 하면서 수학자인 수전을 놀렸을 가능성이 높다. 허먼 멜빌은 최근 출간된《모비딕》에서 이 금언을 사실로 단정했다. "콩을 먹지 마라. 속에 가스가 차니." 나는 인류 역사상 가장 위대한 시인 중 한 명이 연인에게 방귀 농담을 꺼리지 않았다는 사실이 참으로 재미있다고 생각한다. 연인의 모든 것을, 진지한 부분부터 바보 같은 부분까지 애정 어린 마음으로 받아들이지 않는다면 결국 사랑이 무엇이란 말인가?

농담을 옆으로 제쳐두면 피타고라스를 암시한 것은 탁월한 선택이다. 피타고라스는 셰익스피어만큼이나 그 정체가 수수께끼에 싸여 있으며 신화와 진실 사이를 떠돌고 있는 인물이다. 피타고라스는 수리물리학의 기반이 되는 대수논리학을 발달시키면서 수학 황금시대의 문을 연 인물로, 그의 사상은 플라톤, 코페르니쿠스, 데카르트, 케플러, 뉴턴, 그리고 아인슈타인에게까지 영향을 미쳤다. 피타고라스에게 숫자는 단순히 수를 세고 계산을 하는 도구 이상이었다. 피타고라스는 숫자의 속성 및 그와 관련된 양식을 연구했고 숫자에서 현실의 속성에 대한 좀더 큰 진실을 이끌어내기 위해 노력했다. 시인이 단어를 이용하여 세계를 지시하고 묘사하는 데 그치지 않고 상징적인 논리를 통해 의미를 환기하고 왜곡하는 데 사용하는 것과 마찬가지이다.

피타고라스는 수학을 연구하는 한편 자신을 "지혜를 사랑하는 자"라고 묘사하기 위해 "철학자philosopher"라는 말을 고안해냈으며 신비주의의 상징 언어 체계를 발명하기도 했다. 사회 개혁에 대한 진보적인 견해 탓에 그는 전제군주의 지배를 받고 있던 고향 사모스에서 도망쳐 나와야 했다. 그리스의 식민지 크로토네에 정착한 피타고라스는 여기에서 철학 학파를 설립했다. 피타고라스학파라고 알려진 그의 제자들은 우주에 대한 새로운 개념을 고안해냈고 우주의 중심에 불의 공이 존재한다고 여겼다. 코페르니쿠스가 지동설을 제안하기 1000년도 전의 일이다. 실제로 교황에게 보내는 편지에서 코페르니쿠스는 천동설을 뒤엎는 데 피타고라스학파가 영감을 주었다고 언급했다. 그 시대에 상당히 보기 드문 사례로, 피타고라스학파는 여자도 일원으로 받아들였다. 그중 한 사람인 알렉산드리아의 히파티아는 캐럴라인 허셜을 열네 세기 앞서는, 세계에 알려진 최초의 여성 천문학자이다.

케플러가 《세계의 조화》를 집필하기 1500년 전에 피타고라스는 음악의 화음과 숫자에 존재하는 수학적 화음의 관계를 밝혀냈다. 그 시대에 널리 알려진 악기는 테트라코드Tetrachord라고 하는 고대 그리스의 4현 리라였다. 당시에는 음악가들이 악기를 조율하는 통일된 방식이 없었으며 음이 발생하는 방식에 대한 기본적인 이해가 없던 탓에 어떻게 불협화음을 내지 않고 서로 어울리는 화음을 만드는가의 문제는 직관에만 의존하고 있었다. 피타고라스의 가장 중요한 전기 작가가 되는 4세기 시리아의 학자인 이암블리코스Iamblichus의 주장에 따르면 피타고라스는 악기 조율을 돕는 장치를 직접 고안했다고 한다. 초기의 시각적 도구들이 눈을 위해 이미 하고 있던 일을 귀를 위해서 해주는 장치였다. 이암블리코스의 이야기에 따르면, 피타고라스는 대장간 옆을 지나가다가 수많은 망치가 규칙적으로 노를 두드리는 소리가 한순간 화음을 이루는 소리를 듣고 그 자리에 멈추어 섰다. 피타고라스는 당장 대장간으로 들어가 그 화음을 일으킨 원인을 조사하기 시작했다. 다양한 망치를 이용하여 다양한 방식으로 노를 두드려본 것이다. 어떤 것은 화음을 생성했고 어떤 것은 불협화음을 이루었다. 망치를 두드리는 방식과 망치의 무게를 분석한 결과 피타고라스는 화음을 내는 조합의 단순한 수학적 관계를 발견했다. 화음을 냈던 망치들의 무게가 서로 정확하게 비례했던 것이다.

대장간 일화는 어쩌면 위대한 인물의 전기에서 으레 등장하기 마련인 그럴듯하게 각색된 이야기와 사실에 입각한 이야기 사이의 애매한 경계에 속할지도 모른다. 하지만 피타고라스는 얼마 후 테트라코드에 이 비율을 시험했고 결국 이 악기로 화음을 정확하게 예측할 수 있다는 것을 증명해냈다. 물리적 현상을 뒷받침하는 수학적 규칙이 최초로 발견된 순간이었다. 천체의 음악 개념은 훗날 케플러의 천문학적 상상력에 불을 지피며 멜빌의 농담에 영감을 부여한다.

하지만 피타고라스의 가장 위대한 과학적 업적은 그 후로 1000년이 넘는 시간 동안 학생이라면 누구나 머릿속에 기억해야 했던 피타고라스의 법칙, 바로 직각삼각형 세 변 사이의 수학적 관계에 대한 법칙을 발견했다는 것이다. 직각에 대한 기본적인 정의를 마련하고 너비, 길이, 높이를 측정하는 수직 개념을 확립하면서 피라고라스는 수학을 이용하여 3차원 공간을 근본적으로 이해할 수 있는 길을 열었다.

2000년도 훨씬 뒤에 영국의 수학자이자 정수론의 개척자인 고드프리 헤럴드 하디Godfrey Harold Hardy는 현대 과학의 기반이 된 고대 그리스 수학을 염두에 두고 이렇게 쓴다.

언어는 죽지만 수학 개념은 죽지 않는다. "불멸성"은 어리석은 단어일지 모르지만 그 의미가 무엇이든 이를 실현할 최고의 기회는 아마도 수학자가 가지고 있을 것이다.

마운트홀요크여자학교에서 언어와 수학을 공부하고 있을 무렵 디킨슨은 자신이 "기독교인이 된다는 아주 중요한 문제에 전혀 관심이 없다"는 사실을 깨달았다. 평생 이어질 종교 전통과의 힘겨운 싸움을 처음으로 진지하게 자각한 순간이었다. 이 싸움의 시작은 가족이 믿었던 칼뱅파 교리에서 그토록 확고하게 약속하고 있는 불멸성에 의심을 품은 아주 어린 시절로 거슬러 올라간다. 얼마 후 에밀리는 수전에게 보내는 편지에서 "불신에 대한 설교가 제일 관심을 끌어"라고 이야기한다. 디킨슨은 그녀의 시대에 규범적으로 자리 잡은 전통적인 종교를 거부했고 수전에게 바치는 시에서 이렇게 쓴다.

카드의 마지막 문장을 믿게 되면 신앙의 권리를 박탈당해-
신앙은 의심이야

디킨슨은 풍자적인 시에서 교회에 대한 믿음을, 비판적으로 사고할 줄 모르고 망상에 들뜬 경박한 소녀로 의인화하여 표현한다.

믿음 양이 넘어지네- 웃음을 터트리고 일어나네-
누가 보면 얼굴을 붉히지-
증거의 어린 가지를 꺾어버리고-
그리고 풍향계한테 길을 묻네-
설교단에서의 수많은 의례들-
힘찬 할렐루야의 노래-
마취제로도 진정시킬 수가 없어,
영혼을 씹어내는 그 이빨을-

디킨슨은 결국 영성에 대해 교회보다 마리아 미첼에 가까운 견해를 택했다. 디킨슨은 미첼과 마찬가지로 교회에 적을 두지 않았다. "자연의 법칙을 표현하는 모든 공식은 하느님을 향한 찬가이다." 디킨슨이 35세가 되던 해 미첼은 일기에 적었다. 시인은 공식이 아닌 자연의 영적인 찬가에서 이끌어내는 운문이라는 형식을 선택했다. 혹은 디킨슨의 작품 태반을 차지하는 애가哀歌의 형식을 선택했다. 찬양과 비탄을 이중적으로 담는 애가의 형식은 디킨슨이 삶 자체를 경험하는 방식을 담는 완벽한 그릇이 되어주었다. 또한 환희와 소멸, 위로와 시련을 똑같이 약속하는 사랑을 경험하는 방식을 담기에도 완벽한 그릇이었다.

1852년 초봄 수전이 곁을 떠난 지 여덟 달 뒤에 쓴 혜성 같은 편지에서 디킨슨은 내면의 갈등을 고백하는 폭탄을 던진다.

수지, 나한테 친절하게 대해주겠어? 나는 오늘 아침 버릇없이 굴고 짜증을 냈어. 여기에 있는 누구도 나를 사랑하지 않아. 내가 얼굴을 얼마나 찌푸리고 있는지, 가는 곳마다 문을 얼마나 쾅쾅 닫고 다니는지 본다면 아마 너도 나를 사랑하지 않을 거야. 하지만 화가 나서 그러는 게 아니야. 화가 나서 그런다고 생각하지 않아. 아무도 보고 있지 않을 때 앞치마로 커다란 눈물을 닦아내는 걸. 그리고 일을 하러 가. 쓸쓸한 눈물이야, 수지. 눈물이 너무 뜨거워서 뺨이 데고 눈이 타버릴 것 같아. 너도 많이 울어봤으니 알고 있겠지. 눈물이 나는 건 화보다 슬픔 때문이란 걸.

나는 빨리 달리는 게 좋아. 그래서 그들 모두한테 숨어버리는 거지. 여기 사랑하는 수지의 가슴 안에 사랑과 안식이 있어. 그러니 나는 멀리 가지 않아. 큰 세계가 나를 부른다 해도, 일을 하지 않는다고 나를 때린다 해도 … 수지, 네가 보내준 소중한 편지가 내 앞에서 나에게 다정하게 웃어주고 있어. 이 편지를 보고 있으니 편지를 쓴 사랑하는 사람에 대한 즐거운 생각이 떠올라. 네가 집으로 돌아오면 네 편지를 못 받게 되겠지, 받을 수 있을까? 하지만 "너"를 갖게 되는 걸, 그게 훨씬, 내가 생각할 수 있는 것보다 훨씬 좋아! 나는 여기 내 작은 채찍을 가지고 앉아서 채찍을 휘두르며 시간을 보내고 있어. 남은 시간이 모두 없어질 때까지. 그럼 네가 여기에 있게 되겠지! 그리고 "기쁨"도 여기 있게 될 거야. 앞으로 영원히 계속될 기쁨 말이야!

그해 프로이센의 한 연구소에서는 의사이자 물리학자인 헤르만 폰 헬름홀츠Hermann von Helmholtz가 신경전도속도를 측정하여 초속 24미터라는 결과를 얻어냈다. 1초에 1광년은 족히 움직일 법한 정신에서 비롯된 이토록 강렬한 기분과 폭발적인 감정이 어떻게 단순한 전기 자극으로 치환될 수 있는지 참으로 이해하기 어렵다. 하지만 단순한 생체역학에 따라 움직이는 생물, 그것이 우리이다. 우리 안의 모든 창조적인 힘과 수학적 계산과 사납게 날뛰는 사랑의 감정은 수천 년에 걸쳐 진화해온 신경조직을 따라 1초에 24미터의 속도로 진동한다. 이 사실을 이해하려고 애쓰는 정신의 작용 또한 일련의 전기 자극일 뿐이다.

그 시대의 불친절한 현실에 갇혀 디킨슨은 광속으로 질주하는 욕망의 속도를 줄여야 했지만 그 핵만은 변하지 않은 채 그대로 남는다. 오랜 세월이 지난 후에도 디킨슨은 수전에게 바치는 시에서 이렇게 노래한다.

나는 이 유일한 별을 선택했어.
광활한 밤하늘의 수많은 별 중에서-
수- 언제나 영원히!

하지만 사랑이 처음 싹을 틔우는 열정의 시기에 "영원히"라는 말은 욕망의 즉시성과 충돌한다. 그해 봄 사랑의 감정을 마구 쏟아내던 중에 에밀리는 갑작스레 수전을 3인칭으로 지칭했다. 전능한 관찰자에게 앞으로 다가올 재회의 순간 자신의 욕망을 이루어달라고 간청하는 것처럼 보인다. "나한테는 그녀가 필요해요- 그녀가 반드시 있어야 해요. 오, 그녀를 내게 주세요!"

디킨슨이 자신의 열망에 이름을 붙이는 순간 열망의 설렘에는 차마 말로 표현할 수 없는 뚜렷한 공포심이 섞여든다.

내가 푸념을 늘어놓는 걸까, 투덜거리는 소리에 불과할까? 아니면 내가 슬프고 외로워서 그러지 않고는 못 배기는 걸까? 가끔 그런 기분일 들 때면 이게 잘못된 일일지도 모른다는 생각이 들어. 그래서 하느님이 너를 데려가시면서 나를 벌하실 거라는 생각이 들어. 하느님은 아주 관대하셔서 내가 너한테 편지를 쓰게도 해주시고 내가 너의 다정한 편지를 받게도 해주시지만 내 마음은 "더 많은 걸" 원해.

마치 시에서처럼 이 편지에서도 디킨슨이 사용하는 단어는 여러 겹의 의미를 품고 있다. "하느님"에게 하는 기도는 일탈에 대한 청교도적 징벌 앞에 위축되는 것이 아니라 그 교리에 불경하게 도전하는 것이다. 디킨슨은 질문을 던지는 듯 보인다. 도대체 어떤 종류의 "하느님"이 이토록 무한한 아름다움을 품은 사랑을 잘못된 것으로 만든단 말인가?

4년 전 "과학의 성"에서 공부하고 있을 무렵 에밀리는 어린 시절부터 고민해온 종교의 교리를 의심하기 시작했다. 훗날 에밀리는 그 의심을 시로 옮겨 불멸성을 부여한다.

내가 어렸을 때 고민하기도 했다-

나도 한때는 어린아이였기 때문에-

원자가- 어떻게 떨어졌는지

그런데도 어떻게 천국이 버티고 있었는지-

마운트홀요크여자학교의 설립자이자 초대 교장이었던 메리 라이언Mary Lyon은 구원의 가능성에 따라 학생들을 세 범주로 구분했다. 이미 구원을 받은 이들과 구원될 희망이 있는 이들, 그리고 "희망이 없는 이들"이었다. 교장은 에밀리를 세 번째 범주에 넣었다. 첫 학기가 끝나는 안식일에 에밀리는 라이언 교장의 표현에 따르면 "죄를 뉘우치지 않는" 학생들, 기꺼이 "신을 섬길 것을" 선언하지 못하고 "결정하는 데 보기 드문 불안을 느끼는" 열일곱 명 중 한 명이었다. 이튿날 에밀리는 고향 친구에게 보내는 편지에서 비난의 말을 쏙 빼놓고는 자신이 목격한 온순함에 대해 보고했다. "여기 사람들은 다들 종교에 정말 관심이 많아. 다들 안전한 방주 안으로 떼 지어 몰려가고 있어."

에밀리는 실체가 없는 구원으로 떼 지어 몰려가고 싶지도 않았고 수전에 대한 욕망에 따른 "하느님"의 징벌을 두려워하지도 않았지만, 고집불통인 자기 마음이 그 자체로 징벌이자 보상이라고 생각했다.

수지, 한 번이라도 생각해본 적 있어? 우리 마음이 얼마나 많은 걸 요구하는지 말이야. 네가 생각해본 적이 있다는 거 알아. 이토록 크고 넓은 세상에서 이토록 작고 까다로운 빚쟁이를, 이토록 쩨쩨하기 그지없는 "수전노"를 매일 가슴에 품고 다닌다니 믿을 수가 없어. 인색함에 대한 이야기를 들을 때면

나는 가끔 이런 생각을 해. 마음아, 너 조용히 있어. 안 그러면 누가 널 찾아
내고 말 거야! … 수지, 나는 우리 가슴이 "매일" 부서져버리지 않는 게 참 신
기하다고 생각해. … 하지만 내 마음은 단단한 돌로 만들어져 있는 게 틀림
없어. 전혀 부서지지 않으니 말이야. 사랑하는 수지, 내 마음이 돌로 되어 있
다면 네 마음도 돌로 되어 있을 거야. 돌로 내리치는데도 "전혀" 물러서지 않
으니 말이야. 오히려 "내가" 튕겨버리지. 우리는 계속 "석화되어" 가는 걸까?
수지, 말해줘. 그럼 어떨 것 같아?

에밀리는 명백히 불안해하는 듯 보인다. 포기와 요구 사이에서, 가면을
벗고 제 모습을 보여주고 싶은 사랑의 소망과 정체가 밝혀지는 것에 대한
두려움 사이에서 디킨슨은 계속해서 흔들리고 있다. 그달 말 에밀리는 수전
에게 《로미오와 줄리엣Romeo and Juliet》에 나오는 줄리엣의 "그대는 밤의 가
면이 내 얼굴을 가려주고 있단 걸 알고 있어요"라는 대사를 인용하여 말한
다. "사랑하는 이여, 그대는 알고 있어요!"
　6월이 되자 세 주 안에 볼티모어에서 수전이 돌아오길 기대하면서 에밀
리는 굴레에서 풀려난 솔직한 심정으로 수전을 애타게 그리워한다.

주위를 둘러보고 나 혼자밖에 없다는 걸 알게 되면 나는 널 그리워하면서 다
시 한번 한숨을 쉬어. 작은 한숨, 공허한 한숨이지. 한숨을 쉰대도 네가 집으
로 돌아오는 게 아니니까.
네가 점점 더 많이 필요하고 이 드넓은 세상은 점점 넓어지지. … 네가 멀리
떨어져 있는 동안 매일 나는 내 가장 큰 마음을 그리워해. 내 마음은 헤매고
돌아다니면서 수지를 부르고 있어. … 사랑하는 수지, 날 용서해줘. 내가 한
모든 말을 용서해줘. 내 마음은 너로 가득 차 있어. … 하지만 세상을 위해서

가 아니라 너에게 할 말을 찾을 때, 말은 나를 실망시켜. … 그 소중한 날이 다가올수록 점점 초조해져만 가. 지금까지 나는 너에 대해 "슬퍼하기만" 했어. 이제 나는 너에 대해 "희망을 품기" 시작하려고 해.

에밀리는 자신의 개인적인 욕망과 일반적인 사랑의 기준이 서로 맞지 않는다는 사실을 가슴 아플 정도로 잘 알고 있다는 점을 보여주며 편지를 끝맺는다.

자, 잘 있어, 수지. … 입맞춤을 수줍게 동봉해. 거기 누가 있으면 안 되니까! 아무도 보지 못하게 해. 그럴 거지, 수지?

두 주가 지나 수지가 돌아오기까지 며칠밖에 남지 않자 기대로 부푼 갈망은 최고조에 이른다.

수지, 다음 주 토요일에 정말로 집에 돌아오는 거야? 그리고 다시 내 것이 되어주는 거야? 예전에 그랬듯 입 맞춰주는 거야? … 널 바라는 마음이 너무 크고 널 향한 열망이 너무 커서 더는 기다리지 "못할" 지경이야. 지금 당장 네가 있어야 할 것 같은 기분이 들어. 다시 한번 네 얼굴을 볼 수 있다는 기대감에 몸이 뜨거워지고 열이 나는 것 같아. 심장이 너무도 빨리 뛰고 있어. 밤에 잠자리에 들면 하나도 졸리지 않아서 자리에 앉아 두 손을 맞잡고 돌아오는 토요일을 생각해. … 어머, 수지. 곁에 없던 연인이 이제 곧 집으로 돌아오는 기분이야. 그를 맞을 준비를 하느라 마음이 아주 바쁘게 움직이고 있어.

디킨슨은 자주 자신과 사랑하는 연인의 성별을 나타내는 대명사를 일부러 바꾸어 쓰면서 자신의 사랑을 사회에서 인정하는 남녀의 짝에 맞춘다. 평생 디킨슨은 빈번하게 자신을 남자처럼 지칭한다. 자신의 "소년 시절"에 대해 쓰고, 사촌에게 보내는 편지에 "오빠 에밀리"라고 서명하기도 하고, 여러 편의 시에서 자신을 "소년" "왕자" "백작" "공작"이라고 부르기도 한다. 어느 시에서 디킨슨은 폭력적인 모습을 보이면서 자신의 여성성을 없애버린다.

주근깨가 난 젖가슴을 잘라내라!
남자처럼 턱수염이 자라게 하라!

디킨슨은 몇 번이고 모든 진실을 털어놓지만 그 진실을 살짝 비튼다. 연인의 성별을 생리학적 성별에 맞는 대명사에 맞추지 않는 식이다. 반쯤은 장난으로 훗날 시를 출간할지도 모른다는 생각을 하면서 디킨슨은 이성애의 표준적인 틀에 맞추기 위해 연애시 몇 편의 대명사를 남성 대명사로 바꾼다. 그녀는 이 작업을 대명사에 "턱수염을 달아준다"라고 표현했다. 그 결과 이 시들은 초기의 여자 연인에게 보내는 시와 후기의 남자 연인에게 보내는 시의 두 가지 형태로 남게 된다.

그 견딜 수 없던 봄, 에밀리는 수전에게 이미 자신의 "마음은 '더 많은 걸' 원한다"고 선언한 바 있다. 처음 만난 후로 스무 차례의 8월을 보내고 난 후 디킨슨은 "충분하다는 것은 참으로 굉장한 달콤함이야. 내 생각에 충분하다는 것은 절대 실현될 리 없어. 오직 측은한 위조품밖에 없지"라고 쓴다. 지금 디킨슨은 "더 많은 것"을 오직 은유로만 표현할 수 있었다. 아무리 반항기가 넘쳤다고 해도 당시 디킨슨 또래의 소녀에게 육체의 열정은 오직 은유적인 언어로만 헤아릴 수 있는 것이었다. 그 열기가 넘치던 6월 수전에게 보내는 또 다른 편지에서 디킨슨은 두 사람이 서로 말하지 못한 육체적 열정의 가능성을 자신이 할 수 있는 한 가장 직접적으로 대면한다.

사랑하는 수지, 이 두 개의 삶이 하나가 되는 결합, 감미로우면서도 기이한 관계를 우리는 그저 바라보기만 할 뿐 아직 잘 모르고 있어. 이 결합을 통해 우리의 심장이 어떻게 채워지는지, 어떻게 하나로 모여 세차게 뛰게 되는지 말이야. 어느 날 이 결합은 우리를 집어삼키고 자신의 것으로 만들어버리겠지. 우리는 여기에서 도망가지 않을 거야. 그저 가만히 누워 행복해질 거야! 너와 나는 이 주제만 나오면 이상할 정도로 말을 아꼈어. 수지, 우리는 자주 이 주제를 건드렸다가도 얼른 도망쳐버리고 말았어. 햇살이 너무 눈부셔 어린애들이 눈을 꼭 감아버리는 것처럼 말이야.

[…]

아침에 이슬을 맞고 만족해하는 꽃을 본 적이 있을 거야. 정오가 되면 향기로운 꽃들은 강렬한 햇빛을 받으며 고통스럽게 고개를 숙여. 이 목마른 꽃들에게 지금 뭔가 필요하다는 생각이 들 거야. 이슬? 아니야, 꽃들은 햇볕을 달라고 외칠 거야. 태울 듯 뜨거운 정오를 갈망할 거야. 그 햇살이 꽃들을 태워버리고 해를 입힌다 해도 말이야. 꽃은 평온한 마음으로 이를 감내해. 아침의 남자보다 정오의 남자가 더 "힘이 세며" 그 이후로 자신의 삶이 정오의 남자에게 달려 있다는 걸 알고 있거든. 수지, 이건 정말 위험하고 정말 너무나 소중해. 이 단순하면서도 순수한 영혼들과 그보다 힘이 센, 우리가 저항할 수 없는 영혼들! 수지, 그 생각을 하면 마음이 심란해. 그 생각이 떠오를 때마다 몸이 떨려. 그렇지 않으면 가끔 나 자신을 빼앗겨버릴 것 같거든. 수지, 호색적인 어조를 용서해줘. 아주 긴 편지였어. 여기에 이 선정적인 이야기를 꺼내 나를 묶고 족쇄를 채우지 않았다면 끝없이 편지를 쓸 뻔했어.

디킨슨의 작품 전체에 여러 차례 등장하는 이슬은 사랑의 상징이며 정오는 열정의 상징이다. 하지만 디킨슨이 가장 풍부한 상징 언어로 사용한 것은 바로 꽃이다. 말년의 디킨슨은 이렇게 쓴다. "꽃 앞에서 위축되는 일은 아마 현명하지 못한 일이다. 하지만 아름다움은 종종 소심함이며, 어쩌면 더 자주 고통이다."

꽃의 상징 언어는 1000년 동안 문학에서 중요한 역할을 맡아왔지만 꽃이 식물의 생식기관으로 제대로 이해되기 시작한 것은 18세기 중반에 일어난 카를 폰 린네Carl von Linné의 식물학 혁명 이후의 일이다. 예의범절을 지키는 청교도적 문화에서 꽃의 관능성은 사람들이 성에 대한 의문을 탐구할 수 있는 안전한 은유의 수단이 되었다. 찰스 다윈의 할아버지로 "달의 남자"의 일원이었던 이래즈머스 다윈은 꽃의 생식에 관해 새롭게 등장한 시대의 관심사를 수확하여 1791년 과학과 시의 창의적인 결합인《식물 정원》을 집필하였다. 이로써 그는 앞으로 널리 퍼지게 될 식물적 성애라는 상징 언어의 씨앗을 심었다. 에밀리 디킨슨의 시와 편지보다 이 상징 언어를 더 섬세하면서도 뜨겁고 도발적으로 사용한 곳은 없다. "시인은 천문학, 화학, 식물학, 동물학을 잘 알아야 한다"고 에머슨은 썼다. "시인은 사실을 아는 데서 멈추지 않고 이를 기호로 사용하기 때문이다."

시를 쓰기 시작하기 오래전부터 디킨슨은 방향은 다르지만 비슷한 성향의 고찰과 구성이 필요한 예술 활동에 몰두했다. 바로 꽃을 수집하고 키우고 분류하고 눌러서 말리는 일이었다. 디킨슨은 꽃을 뮤즈의 현현이라고 보았다. 아홉 살 때 에밀리는 식물학 책을 읽기 시작했고 열두 살이 되자 어머니를 도와 정원을 가꾸기 시작했다. 하지만 미학적 아름다움과 과학적 의미를 지닌 이중적인 존재로서 꽃의 훌륭함을 제대로 인식하기 시작한 것은 마운트홀요크여자학교에 들어간 후의 일이다. 이 학교의 설립자는 당시 가장 유명한 원예학자 밑에서 수학한 열렬한 식물학자였다. 마운트홀요크여자학교에서는 모든 학생에게 그 지역의 꽃을 수집하고 연구하고 보존하는 일을 하도록 장려했지만 그중에서도 디킨슨의 식물 표본집은 꼼꼼함과 시적인 아름다움을 담은 보기 드문 걸작이다. 가죽으로 장정된 큰 앨범 안에 애머스트 지역에서 수집한 424개의 꽃들이 66쪽에 걸쳐 등급과 시각적인 운율에 맞추어 놀라울 정도로 섬세하게 정리되어 있다. 거대한 줄표 기호처럼 표본 사이를 가로지르는 기다란 종잇조각에는 식물의 이름이 디킨슨의 우아한 어릴적 필체로, 어느 경우에는 일반적인 이름으로, 어느 경우에는 린네식 분류법의 이름으로 적혀 있다. "체계화된 존재의 기준에 따라 식물의 지위를 정해주는 일은 언제나 즐거운 일이었다"라고 30년 후 찰스 다윈은 자서전에서 말한다.

식물학은 빅토리아 시대의 여자들이 공식적으로 여성에게 폐쇄된 과학 기관에 들어갈 수 있는 뒷문 역할을 해주었다. 디킨슨이 식물 표본집을 만들 무렵 독학으로 식물학을 공부한 영국의 식물학자 애나 앳킨스Anna Atkins는 존 허셜이 발명한 지 채 1년도 되지 않은 청사진 기법을 적용하여 바닷말을 "정확하게 그림으로 옮기는 어려움"을 해결하는 일에 착수했다. 바닷말 수집은 그 시대 과학에 관심이 있는 여자들 사이에서 유행하던 취미였다. 이 취미를 즐기는 이들 중에는 조지 엘리엇과 빅토리아 여왕 같은 유명 인사도 있었다. 하지만 앳킨스는 단순히 표본을 수집하는 것 이상의 일에 관심이 있었다. 자신이 수집한 바닷말을 코발트 빛 배경에 저 세상의 것 같은 하얀 빛으로 빛나는 사진으로 옮김으로써 앳킨스는 최초로 사진을 찍은 여성이 되었으며 자비로 출간된 그녀의 책은 세계에서 사진을 삽화로 넣은 최초의 책이 되었다.

디킨슨이 주의 깊고 엄밀하게 만들어놓은 식물 표본집 갈피에서는 단순한 과학적 호기심 이상의 무언가가 발산된다. 바로 열정적인 끈기로 구성된 시간에 대한 애가이다. 디킨슨이 만든 표본집에서마저 그녀의 시에서 풍기는 특유의 관능과 필멸에 대한 자각이 흐르고 있다. 그리고 수전에게 보낸 초기의 연애편지에서보다 이 시간에 대한 애가가 더 뚜렷하게 나타나는 곳은 없다.

바로 그 여름, 소로는 동쪽으로 120킬로미터 떨어진 곳에서 일기에 쓴다. "모든 시인은 과학의 경계에서 몸을 떨어본 적이 있다."

하지만 그토록 기다려온 토요일, 수전이 볼터모어에서 돌아온 후 두 사람 사이에는 무언가가 변해 있었다. 떨어져 있던 열 달 동안 매일 습관적으로 다니던 숲속 산책 대신 기하급수적으로 강렬함이 더해가는 편지를 주고받으면서 수전은 자신에 대한 에밀리의 감정이 조금이 아니라 아예 완전히 색이 다르다는 사실을, 그리고 자신이 체질적으로 그 감정에 맞춰줄 수 없다는 사실을 깨달았을지도 모른다. 어쩌면 처음부터 에밀리가 수전의 마음을 잘못 해석하고 있었는지도 모른다. 분명한 증거를 일부러 외면하고 맹목적인 희망에만 의존하여 서로를 생각하는 마음이 비슷할 것이라는 환상에 빠져 있었는지도 모른다. 엘리자베스 배럿 브라우닝은 《오로라 리》에서 청춘에 대해서 쓴다.

우리 안에 있는 사랑과 우리 안에 없는 사랑은

서로 뒤섞이고 혼동되어, 우리가 사랑받는지, 사랑하는지

우리 자신도 잘 알지 못한다

상호적이라 생각했던 애정이 실은 한쪽만의 마음이었다는 사실을 깨달

는 순간만큼 우리를 상처 입히는 일은 많지 않다. 디킨슨이 수전의 거절을 어떻게 받아들였는지 상상하기는 어렵다. 여기에 평범한 사람보다 훨씬 높은 곳에 있는 감정의 대기권으로 세상을 경험하고 행복을 경험하는 여자가 있다. 그렇기에 이 여자는 바로 같은 정도로 반대편의 극단으로 곤두박질치게 될 가능성이 높다. 하지만 디킨슨은 처음부터 쭉, 자신의 거대한 감정이 결코 완전히 보상받지 못할 것을 두려워하고 있던 듯 보인다. 무방비로 모든 것을 다 내주며 사랑하는 사람들의 저주이다. 다섯 달 전 에밀리는 수전에게 이런 편지를 썼다.

네 따뜻한 마음 가까이 둥지를 틀고 싶어. … 거기 혹시 내가 머물 자리가 있니? 아니면 나는 집도 없이 홀로 헤매야 할까?

디킨슨은 또한 자신이 사랑 때문에 상처받을 수 있다는 사실을 알고 있었고 상처받는 사람이 자신만이 아닐 수 있다는 사실도 짐작하고 있었다.

오, 수지. 나는 자주 네가 나에게 얼마나 소중한지 말해야겠다고 생각해. … 하지만 말이 아니라 눈물만 나오려 하지. 그래서 실망한 나머지 주저앉아버려. … 사랑하는 사람을 생각할 때면 이성이 모두 사라져버려서 가끔 무서워져. 희망도 없이 미쳐버린 사람을 위한 병원을 만든 다음 그런 시기가 오면 그곳에 나를 묶어 두어야 할까 봐. 너한테 상처를 입히지 않도록 말이야.

수전이 돌아오는 일에 대한 열렬한 기대로 가득 찬 편지에서조차 어느 순간 디킨슨은 생활의 중심을 차지하고 있는 이 사랑이 정말 실재하는지 의문을 품는다.

나는 정말 너를 "몰래 보는 게 아니라 얼굴을 마주하고" 바라보게 될까? 아니
면 그런 "공상"에 빠져 있는 걸까? 축복받은 꿈을 꾸다 아침이 나를 깨우게
될까?

디킨슨은 완전히 잠에서 깨어났다. 거칠게 깨워진 것은 아니었지만 오해
의 여지도 전혀 없었고 돌이킬 수도 없었다. 디킨슨의 간청에 담긴 불안함
에는 수전이 자신의 곁을 떠나버린다는 슬픈 예감이 담겨 있었다. 수전은
공개적으로 구혼하기 시작한 오스틴에게 가려 하고 있었다.

*　　*　　*

그해 여름 에밀리 디킨슨은 적갈색 머리칼을 짧게 잘라버렸다.

《오로라 리》에서 배럿 브라우닝은 애정을 거절당한 상처가 어떻게 곪아
가는지, 실망감으로 마음의 협곡이 얼마나 깊이 패는지 살핀다.

너는 기록하는 사람이니
이 생애의 위기와 변화에 대해
그 첫 시간을 기록해줘
자연은 분명한 "싫어"라는 말로
네 안의 "좋아"라고 말하는 부분에 답하고는 너를 밟고 가버리지
매력적인 경멸의 미소를 지은 채. 우리는 함께 시작해
새들과 함께 노래를 부르고 손을 잡고 힘차게 달리지
6월의 나날들 속에서. 하지만 한순간

새들은 우리가 싫어하는 노래를 부르고 태양은

우리를 죽이려 하는 적의 손에 쥐어진 친구의 검처럼 우리를 내리쳐

칼날이 내리치는 순간

우리는 칼날에 새겨진 정다운 이름을 읽어

"그녀는 모든 힘을 다해 사랑하는 사람이었어요." 디킨슨의 소녀 시절 친구는 시인이 세상을 떠난 후 회고한다. "우리는 모두 그 진심을 알았고 그 사랑을 신뢰했어요." 수전보다 에밀리의 사랑을 더 친밀하게 아는 사람은 없었고, 그 사랑이 오래 지속되리라는 사실을 믿을 이유를 가진 사람도 없었다. 오스틴의 사랑이 욕망이라는 폭풍이 날뛰는 파도로 수전을 쓸어버렸다면, 에밀리의 사랑은 헌신이라는 깊은 해류 속으로 수전을 끌어당겼다. 디킨슨은 이 사랑을 베아트리체에 대한 단테의 사랑, 스텔라Stella에 대한 조너선 스위프트Jonathan Swift(《걸리버 여행기》의 작가이다―옮긴이)의 사랑과 비교한다. 수전은 평생 시인의 뮤즈이자 스승, 첫 독자, 편집자이자 가장 강렬한 애착의 상대, "세상에서 유일한 여성"으로 남는다. 수전에게 디킨슨은 가장 열정적인 편지를 쓰고 가장 사랑받는 시들을 헌정한다. 시인은 수전에게 자신을 고정시키고 수전의 해안으로 몇 번이고 다시 돌아온다. 디킨슨은 인생의 말년에 이런 시를 쓴다.

영원을 보여줘, 나는 기억을 보여줄게-

두 가지 모두 한 꾸러미에 담긴 채

다시 한번 되돌아왔지-

수가 되어줘- 나는 에밀리를 할게-

언제나 그랬던 것처럼 다음의 무한이 되어줘

두 사람 사이에는 무한한 것이 계속해서 남아 있을 것이다. 하지만 1853년 수는 억지로 유한을 강제했다. 에밀리의 흔들림 없는 강렬한 애정에 커다란 당혹스러움을 느낀 나머지 수전은 부드럽지만 의도적으로 거리를 두었다. 에밀리는 수전을 계속 그리워했고 1853년 2월 수전이 다시 한번 멀리 떠나 있는 동안 편지를 썼다.

너를 본 지 아주 오랜 시간이 흐른 것 같아. 우리가 함께한 지 오랜 시간이 흘렀어. 해가 지는 광경을 보며 우리가 사랑하는 것들에 관해 이야기한 지 정말 오랜 시간이 흘렀지. 하지만 넌 다시 돌아오겠지. 그리고 "미래"가 전부 남아 있어, 수지. 손대지 않은 미래가 말이야! 그 미래는 하느님의 창공에서 가장 반짝이는 별이야. 나는 아주 자주 그 별을 바라보고 있어.

디킨슨은 잔인하다시피 한 이별 장면을 묘사했다.

나는 문으로 달려나갔어, 사랑하는 수지. 슬리퍼만 신고 빗속으로 달려나갔어. "수지, 수지" 하고 불렀지만 넌 나를 쳐다보지 않았어. 그래서 나는 거실 창문으로 달려가 온 힘을 다해 유리를 두드렸지. 하지만 넌 바로 옆을 지나가면서도 나를 보지 못했어.
너무 외로운 기분이 들어서 눈물을 참을 수가 없었어. … 내 옆에 없는 사람아, 지금 나는 매일이 빨리 지나가길 바라고 있어. 네가 다시 집으로 돌아오는 모습을 볼 때까지 말이야. 할 수 있는 한 빨리 바느질을 하고 꽃들의 줄기를 다듬고 온 힘을 다해 일을 하고 있어. 그래서 네가 집으로 돌아오는 순간 일을 멈추고 너를 사랑할 수 있도록.
[…]

오, 수지, 수지. 나는 오래고 오랜 방식으로 너를 큰 소리로 불러야 해. 고요 속에서 시계가 똑딱거리며 시간을 흘려보내면서도 내 선물을 가져오지 않는 게 어떤 느낌인지 너에게 말해야만 해. 나만의 사람, 나만의 사람!

수전은 답장하지 않았다. "네가 없어서 미칠 것 같아." 에밀리는 애원했다. 바로 이전에 보낸 편지에서 불타는 듯한 열정을 너무 솔직하게 드러낸 일을 후회하며 에밀리는 간청했다.

사랑하는 이야, 왜 답장을 쓰지 않아? 서둘러 쓴 편지에서 내가 뭔가 널 슬프게 하는 말을 했니? 그래서 평소처럼 펜을 들어 못되고 슬픈 에밀리를 위해 애정을 전하기 어려워졌니?
그렇다면 수지, 오늘 밤 잠들기 전에 나를 용서해줘. 나는 네가 내 뺨에 입을 맞춰주고 나를 사랑한다고 말해주기 전까지는 눈을 감지 않을 거야.

그런 다음 에밀리는 비극적인 예견이 담긴 문장을 덧붙였다. 디킨슨 가의 형제들, 오빠인 오스틴과 "비니Vinnie"라는 애칭으로 불리는 여동생 러비니어Lavinia와 함께 수전에 대해 이야기하는 일이 얼마나 즐거운지 이야기한 것이다.

아주 즐거워. … 네가 모든 사람의 마음속에 살아 숨 쉬면서 그 마음을 따뜻하게 밝혀주고 있다는 사실을 알게 되는 일이 기뻐. 마치 하늘 같고, 달콤한 여름의 정오 같아.

에밀리는 수전에 대한 오스틴의 열정이 정오에 이르렀다는 사실을 아직

간파하지 못했다.

　에밀리가 수전과 나눌 수 있던 유일한 결합은 "사랑이라는 이름으로 불리는" 설교자가 조정해주어야 하는, 마음과 마음의 몽상적인 결혼이었다. 반면 에밀리의 오빠에게는 자신이 원하는 결합이 그 시대에 유일하게 인정받는 애정의 틀과 일치한다는 특권이 있었다. 바로 이성애적 기준에 따른 결혼이다. 에밀리는 사회의 열린 공기에서는 절대 타오를 수 없는 수전에 대한 욕망으로 속을 까맣게 태우고 있었다. 자신을 완전히 알아주길 바라는 욕망, 자신이 지닌 어둠의 날카로움마저 모두 포용하는 사랑의 빛으로 부드럽게 감싸 안아주기를 바라는 욕망이었다. 한편 오스틴은 수전에게 공개적으로 구애하기 시작했다. 수전은 결국 에밀리의 곁을 떠나 에밀리의 오빠에게 가는 길을 선택했다. 에밀리의 점점 커져만 가는 애정에 부담을 느껴서인지, 19세기 중반 서로 사랑하는 두 여자가 할 수 있는 일이 없다고 이성적으로 판단한 결과인지는 알 수 없다. 수전은 천성적으로 실용적인 성향을 타고났고 기댈 곳 없는 고아에 홀로 생계를 꾸리는 수학 교사라는 환경 속에서 그 성향이 한층 강화되어 있었다. 어쩌면 수전은 에밀리의 낭만적인 몽상이 실현 불가능하다는 것을 분명하게 인식하고 있었는지도 모른다. 그래서 가장 현실적인 방법을 선택했는지도 모른다. 그 오빠의 아내가 되어 디킨슨 가를 떠나지 않고 에밀리의 곁에 남는 방법이다.

　33세의 오스틴은 얼마 후 변호사가 되는데, 얼마나 엄숙하고 진지한 인물이었던지 주일에 웃음소리가 들리기만 해도 얼굴을 찌푸릴 정도였다. 풍성한 적갈색 머리칼로 둘러싸인 얼굴의 넓은 입가는 책망하는 표정이 영원히 새겨진 듯 양 끝이 아래로 처져 있었다. 하지만 그 엄격한 인격의 산 안에는 여동생과 동류인 강렬한 감정의 용암이 끓어오르고 있었다. 오스틴은 에밀리가 조심하는 마음 없이는 털어놓지 못한 열정을 자제하려는 노력도 없이 수전에게 편지를 썼다. (청교도적인 뉴잉글랜드에서 남녀의 교제는 대부분 편지 교환으로 이루어졌다. 남녀가 직접 만나는 일은 통제되고 있었고 애머스트대학의 총장은 안식일에 춤을 금지했다. 하지만 젊은이들은 몰래 만나 춤을 추었으며 자신의 반항적인 행동에 P. O. M., 즉 움직이는 시poetry in motion라는 암호를 붙였다.)

1853년 춘분이 지나고 사흘 후, 수전은 일 때문에 여행을 하는 도중 보스턴에 하룻밤 들렀다. 이제 막 하버드 법학대학에 입학한 오스틴은 보스턴에 머물고 있었다. 수전은 보스턴 시내에서 가장 오래된 집, 한때 애국자였던 폴 리비어Paul Revere의 집이었으며 그 후 하숙집이나 여관처럼 운영되고 있는 리비어하우스에 묵었다. 그로부터 30년 후 노년에 접어든 월트 휘트먼이 리비어하우스를 찾는다. 나는 수전이 한때 몸을 뉘였던 침대에서 휘트먼이 쉬었을 것이라고 상상하길 좋아한다. 휘트먼은 이 도시의 공기가 "활기와 연구, 사업, 행복하고 기쁨에 찬 공공의식의 소용돌이에서 뿜어져 나오는 … 미묘한 무언가"에 흠뻑 젖어 있다고 평한다. 휘트먼은 이 공기가 마치 고대 그리스의 도시를 채우고 있던 분위기와 비슷하고 생각한다. "B[보스턴]에는 실로 고대 그리스다운 데가 많다"라고 휘트먼은 마거릿 풀러의 유산을 숨 쉬며 평한다.

수전을 보러 리비어하우스를 찾은 오스틴은 수전에게 청혼했다. 수전은 받아들였다. 이튿날 아침 오스틴은 허락을 받았으나 아직 이루지 못한 욕망에 들떠 편지를 썼다.

수, 그 시간들을 절대 잊지 말자. 나는 이제 불행해질 수가 없어. … 어젯밤 우리가 헤어질 때 네가 나에게 기대며 내 이마에 해준 그 달콤한 입맞춤들, 네가 얼마나 따스하게 내 품으로 안겨들었는지, 네가 얼마나 열정적으로 내

목에 매달렸는지, 내 입술이 어떻게 네 입술에 닿았는지, 나는 절대 잊지 않을 거야. 그 모든 걸 잊지 않게 해줘. 이 깊고 강렬한 사랑이 … 내게 주어졌다는 사실을 결코 의심하지 않을 거야.

편지의 상실은 "감정의 역사에 회복할 수 없는 간극을 남긴다"는 마거릿 풀러의 의견을 확인해주듯 에밀리에게 보내는 수전의 편지는 남아 있지 않다. 수전이 겪은 감정의 역사는 오직 에밀리가 쓴 답장에 파편적으로 인용된 글로만 남아 있다. 수전이 오스틴과 약혼하기 1년 전 에밀리는 수전에게 보내는 편지에서 놀라울 정도로 비슷한 언어로 표현된 열정을 언급했다.

사랑하는 사람, 나를 사랑해줘서 고마워. "집으로 돌아오면 나를 더욱 사랑해줄 거지"? 사랑하는 수지, 그러면 충분해. 그러면 충분히 만족할 수 있어. 하지만 내가 너를 위해 무엇을 할 수 있을까? 네가 "더 사랑스러워질 수는 없어." 이미 너무 많이 사랑하고 있으니까. 마음이 부서질 정도야. 어쩌면 너를 "새롭게" 사랑할 수 있을지도 모르겠어. 내 인생의 매일 아침저녁으로 말이야. 아, 네가 허락해주기만 한다면 난 얼마나 행복할까?

허락을 받지 못한 에밀리는 아버지가 소장한 제인 포터Jane Potter 소설의 한 문장에 밑줄을 긋는다. "사랑이 내 심장을 깔고 앉아서 그 날개로 심장을 찰싹 때린 기분이다." 25년 후 에밀리는 이렇게 쓴다. "사랑은 스스로 구원한다. 우리는 최고의 순간에도 그저 사랑의 흔들리는 상징일 뿐이기 때문이다." 그다음 이렇게 쓴다. "상징은 측정할 수 없다. 그런 이유로 상징이 실현보다 낫다. 실현은 소실될 수 있기 때문이다."

사랑이 실현되지도 소실되지도 않은 상태로 에밀리는 내키지 않는 마음으로 수전에게 보내는 편지에 그저 "에밀리"라고 서명하기 시작했고 이제 시를 동봉하지도 않았다. 얼마 후 에밀리는 시를 떠올리기 위한 생각을 벤저민 뉴턴Benjamin Newton에게 돌렸다. 뉴턴은 아버지의 회사에서 일하는 법학도로, 에밀리가 자신의 "가정교사"처럼 생각한 인물이었다. 10대의 에밀리가 그 유명한 은판 사진을 찍기 위해 카메라 앞에 앉았던 해에 출간된 에머슨의 첫 시집을 선물해준 사람도 뉴턴이었다. 자신이 결핵으로 죽어간다는 사실을 알고 있던 뉴턴은 에밀리가 시집을 출간하는 날을 볼 수 있을 만큼 오래 살아야 한다는 마음으로 힘을 낸다고 말했다. 이 낙관적인 선언을 한 지 일주일 만에 뉴턴이 31세의 나이로 세상을 떠나자 에밀리는 그를 위해 깊이 슬퍼했다. 이 슬픔은 어쩌면 죽음의 손에 스승을 빼앗긴 일에 자신이 꿈꾸던 수전과의 삶을 빼앗긴 일까지 더해진 이중적인 슬픔이었을 것이다. 그해 추수감사절 만찬 자리에서 오스틴이 수전과의 약혼을 발표했다. 수전은 에밀리의 곁을 떠나 다른 가정으로 들어가게 되었다.

우리는 우리가 가는지 알지 못하지- 우리가 갈 때 말이야

우리는 농담을 던지고 문을 닫지-

우리 뒤를 따라 들어온 운명이 빗장을 걸어

우리는 더이상 말을 걸 수가 없어

죽음이든 거리를 두는 일이든 버림을 받는 일이든 영원한 이별에 대한 두려움은 디킨슨의 시를 움직이는 단 하나의 강렬한 힘인 듯 보인다. 수전이 오스틴과 약혼하면서 디킨슨의 시는 전에 없던 원동력을 얻게 되었다.

1856년 여름, 4년에 걸친 교제 기간 끝에 수전 길버트와 오스틴 디킨슨은 결혼을 하고 에버그린즈Evergreens로 이사했다. 에버그린즈는 오스틴

의 아버지가 새로 결혼한 부부를 위해 홈스테드 서쪽 울타리 옆에 새로 지은 현대식 집이었다. 수전은 결혼이라는 계약을 상반되는 감정으로 받아들였다. 오스틴과 육체적으로 친밀하게 가까워지는 것이 "당혹스럽다"는 사실을 깨달았기 때문이다. 사랑에 빠진 이의 결코 지속될 수 없는 자제심으로 오스틴은 육체관계에 대한 수전의 저항에 처음에는 "남자의 욕구"를 기꺼이 포기하겠다고 말하면서 처녀로 남고 싶다면 그래도 좋다고 해주었다. "그래야 당신이 행복하다면 나는 당신에게서 아무것도 요구하지 않을 거야. 당신이 내게 주는 걸 행복해하지 않는다면 당신에게 아무것도 가져가지 않을 거야." 수전이 자기 자신을 내어주는 것을 용납하지 못한 이유는 단순한 육체적인 이유만이 아니라 자신의 완전한 독립을 지키기 위해서였다. 육체와 영혼 그 어느 쪽도 수전은 포기하고 싶은 마음이 없었다. 결혼 1년 후에도 수전은 새로 산 괴테의 책에 자신의 처녀 시절 이름으로 서명했다. 수전이 자신의 의지로 가장 중요하게 여긴 관계는 바로 울타리 너머에 사는 시인과의 교제였다. 시인은 10년 후에 이렇게 쓴다.

천상의 제목은- 내 것이야!
아내에게는- 서명이 없지!

어떤 사랑은 마치 수은처럼 우리 몸의 조직 속에 자리를 잡고 모든 신경 세포와 힘줄에 스며들어 그곳에 머문다. 사람의 일생보다 긴 반감기 동안, 어느 때는 잠들어 있지만 어느 때는 안절부절못하며 깨어난다.

에밀리 디킨슨

주인에게 보내는 편지

18

홈스테드와 에버그린즈 사이에는 풀이 나지 않는 오솔길이 생겨났다. 에밀리와 수전이 매일 얼굴을 보기 위해 혹은 가슴팍에서 편지를 꺼내 서로의 손에 건네주기 위해 가로질러 다녔기 때문이다. 디킨슨은 "그 작은 길이 서로 사랑하는 두 사람이 다니기에 딱 맞게 넓었다"고 말했다. 그 후로 25년 동안 오늘날 유명해진 276편의 시가 두 집 사이를 오가게 된다. 어떤 시들은 손과 발로 전해지지만 대부분의 시들이 우편으로 배달된다. 나는 시인이 집에서 돌을 던지면 닿을 만한 거리의 울타리로 향하지 않고 그곳의 주소를 쓴 봉투에 자신의 감정을 담아 우체통으로 향한 이유가 무엇일지 내내 궁금했다. 하지만 마음은 돌이 아니다. 마음은 날개가 달린 무언가이다.

"돌리Dollie"(수전을 부르는 애칭)에게 바치는 수많은 시 중에 수전이 결혼한 지 4년 후에 쓴 시에서 에밀리는 여전히 사랑의 현실과 비현실 사이에서 계속해서 흔들리며, 버림받는 일에 대한 공포로 괴로워한다.

너는 나를 사랑해- 넌 그걸 확신하지-

나는 실수를 두려워하지는 않을 거야-

나는 "속아서" 깨어나지는 않을 거야-

어느 날 아침 웃으며 일어나-

해돈이가 가버린 걸 알게 되고-

과수원은- 빼앗기지 않지만-

돌리가 가버렸다는 것을 알게 되면!

나는 시작할 필요가 없어- 넌 확신하지-

그 밤은 절대 오지 않아-

두려움에 사로잡혀- 그대의 집으로 뛰어가-

어두운 창문을 발견하는 날은-

돌리가 없다는 걸 발견하게 되는 날은- 들어 봐-

정말 없을까?

확신한다는 걸 확신하길- 알고 있겠지만-

지금은 더 잘 견딜 수 있어-

그렇게 하라고 말해주기만 한다면-

작고 흐린 박하가 자랐던 그때보다-

나의 이 고통 너머로-

너는 찌르지- 다시 한번!

디킨슨이 자신의 삶과 수전의 삶이 점점 멀어지고 있다는 사실을 인식하게 되면서 외로움에 대한 두려움은 한층 커져갔다. 에밀리가 자신의 우주 중심에 수전만을 둔 채 점점 더 방 안의 고독으로 후퇴해 들어가는 동안 수전은 에밀리를 뛰어넘어 적극적으로 자신의 인생을 사교계의 별자리로 꾸며가고 있었다. 수전은 자신의 집 거실에서 마거릿 풀러의 "대화" 모임과 크게 다르지 않은 사교 모임을 열었고, 그 결과 에버그린즈는 애머스트의 지식인이 모이는 중심지가 되어 에머슨을 비롯하여 토머스 웬트워스 히긴슨,《톰 아저씨의 오두막》의 저자 해리엇 비처 스토우,〈스프링필드 리퍼블리컨Springfield Republican〉의 편집자 새뮤얼 볼스Samuel Bowles 같은 지도적인 인물이 드나들었다. 그중 새뮤얼 볼스는 디킨슨과 가장 가까운 편지 친구가 된다. 시인은 가끔 이런 모임에 모습을 보이기도 했지만 대개 사람들이 모이는 자리를 피했다. 나는 1857년 추운 12월의 어느 저녁 에머슨이 애머스트에서 강연한 뒤 에버그린즈에 머물렀을 무렵 디킨슨이 수전의 집 거실에 있는 빅토리아 양식의 안락의자에 몸을 파묻고 있었을 것이라 상상하길 좋아한다. 그랜드피아노 옆 암록색 벨벳 천이 덮인 의자이다. 어쩌면 카노바의 〈큐피드의 입맞춤으로 되살아난 프시케Psyche Revived by Cupid's Kiss〉를 축소하여 만든 대리석상 옆에 놓인 커다란 거울을 통해 몰래, 조용하게 에머슨을 지켜보고 있었을지도 모른다고 상상한다. 콩코드의 현인은 콩이나 자갈처럼 가볍지 않고 다듬어진 돌 같은 무거운 말을 골라내 무게 있는 달변으로 생각의 길을 닦아나갔을 것이다. 바로 몇 시간 전 머나먼 프랑스에 있는 파리천문대Observatorie de Paris를 방문하고 온 마리아 미첼도 파리의 응접실에서 에머슨과 똑같은 일을 한 참이었다.

하지만 에밀리 디킨슨은 에머슨이 에버그린즈에 머무는 동안 자신의 침실을 떠나지 않았을 가능성이 높다. 2000권의 장서가 겹겹이 쌓인 아버지의 서재 유리문을 한 번도 나서지 않았을 것이다. 디킨슨은 그전 해에 친구에게 보낸 편지에서 "나는 등불을 들고 밖으로 나가서 나 자신을 찾아다니지"라고 썼다. 에밀리는 에버그린즈에 손님이 별로 없는 저녁에는 한 손에 등불을 들고 홈스테드와 에버그린즈 사이의 잘 다져진 길로 발걸음을 재촉하기도 했지만, 이번에는 그 길을 가로지르지 않았을 것이다. 에밀리가 에머슨을 만나지 못했다고 추측하는 이유는 에밀리가 그 유명한 손님이 떠난 날 수전에게 상상한 모습에 대해서 편지를 썼기 때문이다. "그는 마치 꿈이 태어나는 곳에서 온 사람처럼 보였을 거야!"

에머슨이 에버그린즈를 방문했을 무렵부터 디킨슨은 하얀색 옷을 입기 시작했고 자신이 쓴 시를 모아 바느질로 엮어 작은 책자로 만들기 시작했다. 이 책자는 디킨슨이 세상을 떠난 후에야 발견된다. 디킨슨은 얼마 지나지 않아 바깥세상과 거의 완전히 차단된 육체의 은둔 생활로 점점 더 깊이 파고 들어가기 시작했다. 남은 25년 동안 에밀리는 자신의 작은 책상에서 글을 쓰며 거의 침실을 떠나지 않았고, 육체가 없는 존재로 방문객을 맞아들이고, 손님들과는 응접실 문을 사이에 둔 채 대화를 나누었다. 심지어 어머니의 장례식에도 참석하지 않았다. 하지만 에밀리는 자신이 은둔한 방 안에서 계속해서 수전에게 손을 뻗었다. 처음 만난 지 거의 30년이 가까워질 무렵 에밀리는 다시 한번 두 사람의 관계를 3인칭으로 지칭하며 위대한 그리스 비극의 줄거리에 빗대어 글을 쓴다. "수전은 자신이 세이렌인 걸 알고 있지- 그리고 그녀의 말 한마디에, 에밀리는 정의를 몰수당하지-"

디킨슨이 의도적으로 세상으로부터 은둔한 정확한 이유는 디킨슨을 둘러싼 신화와 수수께끼를 추론하는 데 가장 중요한 단서이다. 디킨슨의 전기를 쓴 린들 고든Lyndall Gordon은 이 시인이 어쩌면 간질을 앓았을지도 모른다고 주장했다. 하지만 이 가설은 직접적인 증거가 있다기보다 이 질환의 사회적 오명과 디킨슨의 시에 등장하는 상징적 표현에 대한 해석을 결합하여 추론한 결과이다. 직접적인 증거는 부족하다. 간질약으로도 널리 쓰였지만 한편 다른 수많은 질환에도 사용된 비소를 시인이 처방받았다는 처방전과 시인의 조카가 유전적으로 이 질병을 앓았다는 기록이 있을 뿐이다.

앓고 있던 지병에 대한 수치심 때문인지 혹은 불가능하고 일방적인 사랑을 하며 누적되어온 실망감 때문인지, 시인이 햇살 좋은 침실에서 내면의 어둠 속으로 침잠해 들어간 이유를 우리는 영원히 알아내지 못할 것이다. 우리가 아는 것은 시인이 20대 후반부터 거의 밖으로 나오지 않았고 나올 일이 있을 때도 별로 내키지 않아 했다는 사실뿐이다.

우리 자신 뒤에 우리 자신이, 숨어 있어-
다들 깜짝 놀라게 되겠지-

"옷장 밖으로 나오다coming out"는 표현은 단연코 현대적인 어휘이다. 현대적인 한편 이미 구식이 되어버린 말이다. 나는 운 좋게도 진정한 의미에서 "밖으로" 나올 필요가 없던 세대에 속한다. 나 자신이 특별히 "옷장 안에 갇혀 있다"고 느끼지 않았기 때문이다. 자신의 사랑과 인생이 위태롭게 할 위험을 감수하면서도 솔직함을 선택하며 살아온 선배들이 도덕적 용기를 내준 덕분이다. 하지만 "밖으로 나오다"라는 표현은 참으로 적절하다. 자신을 드러내고 자기 "존재의 충만함"을 있는 그대로 내보이기 위해서는 자아의 안전한 내면에서 대중이 무자비한 시선으로 지켜보는 상처 입기 쉬운 곳으로 한 걸음 나와야 하기 때문이다. 오늘날 사람들이 밖으로 나오는 것은 단지 퀴어이기 때문만이 아니다. 퀴어 혹은 오늘날의 현대적이면서도 이미 구식이 된 용어가 무엇이든 상관없다. 에머슨이 지적했듯이 "언어는 역사의 기록 보관소"이기 때문이다. 오늘날 사람들은 무신론자라고 고백하며 혹은 퇴근 후의 예술가라고 고백하며 "밖으로 나온다." 삶에서 직접적으로 은유를 이끌어낸 시인, 그 은유를 오직 절반만 은유적으로 사용한 에밀리 디킨슨에게 "밖으로 나오다"라는 표현은 말 그대로의 의미였다. 자신의 유별난 내면을 그 시대가 요구하는 겉모습과 맞추려고 고군분투하던 에밀리는 단순히 이제 더는 노력하지 않는 길을 택한 것이다. 그래서 침실에 자신을 가둔 채 오직 숨이 가쁜 줄표 기호를 단, 실체가 없는 시로만 밖으로 나왔다.

하지만 엘리자베스 배럿 브라우닝이 《오로라 리》에서 썼듯이 "베일을 뚫고 불타오르는 사랑은 가면을 뚫고도 불타오른다."

자발적으로 은둔 생활을 시작했을 무렵 디킨슨은 그녀를 둘러싼 수수께끼를 가장 정확하게 관통하는 핵심이 될 편지 세 통을 쓴다. "주인에게 보내는 편지Master Letters"라는 이름으로 알려진 이 세 통의 편지는 1858년과 1862년 사이에 쓰였고 에밀리가 세상을 떠난 후에 보내지 않은 초고 상태로 발견되었다. 편지의 수신자는 현실 혹은 상상 속의 "주인"이며, 편지는 거의 폭력적이라 할 만한 욕망으로 가득 차 있다. 무엇에 대한 욕망인지, 사랑에 대한 욕망인지, 인정에 대한 욕망인지, 예술적 자기실현에 대한 욕망인지에 대한 의문은 디킨슨이 "주인"이라고 부른 인물의 정체만큼이나, 시인 자신만큼이나 겹겹이 쌓인 수수께끼로 덮여 있다.

주인에게 보내는 두 번째 편지에서 디킨슨은 3인칭을 사용하여 "너무 커서 그녀를 겁먹게 하는 사랑, 그녀의 작은 가슴으로 돌진하는 사랑, 피를 마르게 하고 하얗게 질려 (완전히) 정신을 잃은 그녀를 돌풍의 팔에 남기고 가는 사랑"에 대해서 쓴다.

주인에게 보내는 세 번째 편지에서 디킨슨은 간청한다.

내가 "흰색 옷"을 입고 간다면 내게 무엇을 할 겁니까? 살아 있는 생명을 넣는 작은 상자가 있습니까? 주인님, 이 세상에 있는 무엇보다 당신을 보고픈 마음이 큽니다. 그 소원, 조금 바뀐 그 소원은 내 유일한 소원이 될 것입니다.

몇 세대에 걸쳐 학자들은 이 편지를 암호문으로 취급하며 이 풀기 어려운 암호를 풀기만 하면 에밀리 디킨슨을 둘러싼 모든 수수께끼가 밝혀질 것이라고 생각했다. 하지만 에밀리 디킨슨의 수수께끼는 한 걸음씩 다가갈수록 오히려 점점 더 밝혀내기가 어려워질 뿐이다. 구체적인 후보를 들어 "주인"의 정체를 밝히려는 시도는 논리적인 일관성이 부족한 탓에 지금까지 모두 실패로 돌아갔다. 제안된 후보로는 새뮤얼 볼즈가 있었다. 에밀리의 가까운 친구이자 편지 친구로, 그가 편집자로 있는 〈스프링필드 리퍼블리컨〉에는 디킨슨이 생전에 발표한 열한 편의 시 중 몇 편이 실린 적이 있었다. 다른 후보에 오른 찰스 워즈워스Charles Wardsworth는 카리스마 넘치는 목사로 에밀리가 20대 초반에 아버지와 함께 필라델피아로 여행을 갔을 때 만난 적이 있다. 수전의 딸이자 가장 초기에 시인의 전기를 쓴 작가인 마서 디킨슨 비안시Martha Dickinson Bianchi는 이 인물을 어떻게든 디킨슨의 연애 상대로 만들기 위해 애쓴 나머지 연애담을 구체적으로 완성하기 위해 고의로 편지의 날짜를 잘못 읽기도 하고, 없던 사건을 만들어내기까지 했다. 그다음 후보로는 오티스 로드Otis Lord가 있다. 나이 지긋한 판사로 디킨슨이 실제로 사랑에 빠진 인물이지만 디킨슨이 로드 판사와 교제한 것은 이 편지를 쓰고 10년 후의 일이다. 디킨슨이 세상을 떠난 후 개인사에 대한 추측들이 난무할 때 오스틴은 "주인"의 정체를 밝히려는 시도를 비웃으면서 자신의 여동생이 "그녀 나름의 방식이기는 했지만 몇 차례 사랑을 한 적이 있다"고 주장했다고 한다. 에밀리의 오빠 자신이 에밀리가 여러 차례 사랑을 했다는 사실뿐 아니라 그 사랑이 속성이나 강렬함에서 모두 표준적인 "방식"에서 벗어났다는 사실을 인정한 셈이다.

각 가설에서 제안하는 주인의 후보들이 어디에서 무엇을 했는지와 디킨슨이 살아간 연대표를 끼워 맞추는 일은 전부 실패로 돌아갔다. 한편 각각의 다양한 가설은 디킨슨의 인간관계와 기질의 감정적 실제를 설명하는 데도 실패했다. 이 사람은 고작 열아홉 살 때 자신의 철학 명상을 이해할 수 없으니 좀더 단순한 문체로 써야 한다고 말했다는 이유로 오빠를 대담하게 놀려댄 여자였다. "나는 쪼그만 멍청이가 될래, 쪼그만 야옹이가 될래, 쪼그만 빨간 망토가 될래. 보닛 속에 벌을 쓰고 머리에는 장미꽃 봉오리를 달래." 오빠의 겉치레뿐인 가부장적 정중함을 비웃기를 주저하지 않던 여자였다. "신발끈을 묶도록 허락해주세요. 개처럼 뒤를 따라가게 허락해주세요. 짖을 수도 있어요. 보세요! 멍멍!" 10대가 지난 이후로 빈정거리는 말은 그만하게 되었지만 에밀리는 자신의 감성을 방어하려는 의지를 고수한다. 또한 사고와 표현에서 자신만의 양식에 조용한 자신감을 품은 채 시를 간소화하자는 제안을 시종 거절한다. 디킨슨이 세상을 떠난 후 오랫동안 그녀의 편집자였던 토머스 웬트워스 히긴스는 수십 년에 걸쳐 그녀 자신의 독특한 문체를 고수하며 교정을 하려는 편집자의 시도에 저항한 자신감에 경의를 표한다. "결국 어떤 생각이 한 사람의 숨을 멎게 만들 때 문법을 두고 잔소리를 하는 것은 주제넘은 일처럼 보인다."

일생을 통틀어 이토록 불손하게 권위를 거부해온 디킨슨이 살아 있는 어떤 남자를 자신의 "주인"으로 모시며 가부장제에 기꺼이 항복했다는 것은 결코 있을 법하지 않은 일처럼 보인다. 내 가설에 따르면, 그 암호문 같은 편지는 살아 있는 사람에게 쓴 정열적인 연애편지보다는 마거릿 풀러가 베토벤에게 썼던 편지와 비슷한 데가 많다. 그녀의 시대에 자신이 존경하는 인물에게 편지를 쓰는 관습은 창작의 야심을 지닌 젊은이 사이에서 그리 드문 일이 아니었다. 인생의 말년에 월트 휘트먼은 젊은 시절 "머릿속의 에머슨"이라는 흔한 질병을 앓은 경험을 떠올린다. 휘트먼은 "나는 경건한 마음으로 그의 글을 읽었고, 그를 공손하게 '주인님'이라 불렀으며 한 달 넘게 주인으로 모셨다"라고 자신이 존경한 인물에 대해 말하면서 여기에 스스로 경험한 지식을 덧붙인다. "진지한 정신을 지닌 대부분의 젊은이는 이런 단계를 거치기 마련이다."

디킨슨은 흔치 않게 진지한 정신을 타고났으며 "주인에게 보내는 편지"를 쓰기 시작했을 무렵 아직 채 30세도 되지 않았다. 수십 년 후 인생의 말년에 디킨슨은 수전에게 편지를 쓴다. "셰익스피어를 제외하고 너는 나에게 살아 있는 어떤 사람보다 더 많은 것을 가르쳐주었어. 이런 말을 충심으로 한다니 이상한 칭찬이지." 이는 정말로 이상한 문장이다. 수전의 영향력에 격식을 차려 감상을 표했다는 점에서도 그렇고, 턱수염을 기른 음유 시인을 무의식적으로, 또 진심으로 살아 있는 사람의 대열에 놓았다는 점에서도 그렇다. 베토벤이 풀러에게 그랬듯이, 셰익스피어는 디킨슨에게 살아 있는 존재였음이 틀림없다. 디킨슨과 풀러가 쓴 편지는 깜짝 놀랄 정도로 비슷하다.

풀러의 편지이다.

주인님! … 그대가 나를 그대 품에 완전히 받아주시기만 한다면.

디킨슨의 편지이다.

주인님, 당신의 삶을 활짝 열어 나를 영원히 받아들여 주세요. …

베토벤에게 보내는 풀러의 편지는 풀러가 죽은 뒤 출간된 《회고록Memoirs》에 수록되어 있다. 이 책은 출간되자마자 뉴잉글랜드 지역에서 베스트셀러가 되었다. 당시 21세였던 에밀리 디킨슨이 이 책을 읽은 것은 거의 확실하다. 디킨슨은 풀러에 대해 잘 알고 있었고 풀러를 존경하고 있었다. 수전에게 보낸 편지들에 자주 사용하던 개인적 어휘 중 일부는 셰익스피어에서 유래한 것이고 일부는 베티나 브렌타노Bettina Brentano가 쓰고 풀러가 번역한 두 여자 사이의 강렬하고 낭만적인 우정을 다룬 소설인 《귄데로데Die Günderode》에서 유래한 것이었다.

디킨슨의 "주인에게 보내는 편지"가 베토벤에게 보낸 풀러의 편지에서 직접 영향을 받은 것이 아니라 해도 그 편지의 수신자가 상징적인 존재일 가능성은 여전히 높다. 셰익스피어처럼 뮤즈이자 스승인 하나의 특정 존재인지, 혹은 에밀리가 사랑한 현실의 모든 남자와 여자의 조각에 더해 연인, 독자, 자매, 스승, 뮤즈에게 자신이 열망하는 모든 것을 쏟아부어 만들어낸 상상 속 연인들의 조각이 합쳐진 모자이크 같은 존재인지는 알 수 없다. 실제로 세 번째 편지의 한 단락은 10년 전에 수전에게 쓴 초기의 연애편지를 그대로 되풀이하고 있는 듯 보인다.

수전에게 보내는 편지이다.

나를 사랑해줘서 고마워. … 사랑하는 수지, 그거면 충분해. 그거면 충분히 만족할 수 있어. … 네가 "더 사랑스러워질 수는 없어." 이미 너무 많이 사랑하고 있으니까. 마음이 부서질 정도야. 어쩌면 너를 "새롭게" 사랑할 수 있을지도 모르겠어. 내 인생의 매일 아침저녁으로 말이야. 아, 네가 허락해주기만 한다면 난 얼마나 행복할까?

주인에게 보내는 편지이다.

나를 영원히 받아주세요. 절대 싫증 내지 않을 테니. 조용히 있고 싶다면 절대 방해하지 않을게요. 당신의 작고 착한 소녀가 될게요. 당신 말고는 누구도 나를 보지 못하게 되겠죠. 하지만 그걸로 충분해요. 더는 원하지 않을게요.

이 모자이크 주인 가설은 아주 주의 깊게 원고를 정리해두는 성격이었던 디킨슨이 주인에게 보내는 편지의 초고를 다른 편지들과 두지 않고 자신의 시들과 함께 보관했다는 사실로 한층 더 뒷받침된다. 현재의 물리적ㆍ감정적 현실을 그 자리에 고정시키는 편지의 산문과는 다르게 시의 상상력은 우리가 사실과 몽상 사이를 여행하도록, 현재, 과거, 미래를 넘나들 수 있도록 허용해준다. 그러므로 독자는, 심지어는 작가 자신마저도 그 글 속에서 환기된 이미지들이 어느 정도까지 우리가 현실이라 부르는 물질과 순간의 교차점과 부합하는지 절대 확신하지 못하며 또한 이를 따져 물을 필요도 없다.

디킨슨에게 현실이란 물질적 사실에 구속받지 않는 것이었다.

에밀리가 살았던 시대는 어디에서나 쉽게 죽음을 접할 수 있으며 사람들이 아주 어린 나이부터 죽음과 마주했던 시대였다. 일찍 부모를 여의기도 했고, 갓난아기인 형제자매를 잃기도 했고, 어린 배우자를 결핵으로 떠나보내기도 했다. 흥미로운 점은 이런 시대에 에밀리 디킨슨은 성인이 되고 어느 정도 시간이 지날 때까지 죽음의 경험과 직접 마주하지 않았다는 사실이다. 그럼에도 디킨슨은 죽음에 완전히 사로잡혀 있었다. 그 시대 보통 가족이라면 한 번은 겪었을 죽음을 직접 가까이에서 경험하지는 못했다 해도 디킨슨은 가족이 홈스테드로 이사 오기 전인 아홉 살부터 25세 때까지 웨스트우드 묘지가 보이는 농장에서 살았다. 마을에서 열리는 모든 장례 행렬은 에밀리의 침실 창문 아래를 지나갔다. 디킨슨은 훗날 이른 시기에 죽음

을 인식하게 된 이후로 자신이 "친구에 대한 외경"을 느끼게 되었고 마음속
에서 그 존재들을 "평온함보다는 불안함이 큰, 불안정한 사랑으로" 품게 되
었다고 쓴다. 죽음이 삶에 부여한 응축되고 신성화된 절박함은 에밀리 디킨
슨의 대다수 시와 편지를 떠받치는 기반이 된다. 디킨슨에게 죽음이란 특별
히 육체의 죽음에만 한정된 것이 아니라 사랑의 상실로 인한 영혼의 죽음
까지 포함하는 개념이었다.

얼굴에 떠오른 단말마의 고통-
급하게 들이켜는 숨-
이별의 황홀경이다
"죽음"이라고 이름 붙여진

디킨슨은 상상 속에서 경험하는 감정적 현실을 예리하고 고통스러울 만
큼 세밀하게 포착할 수 있었다. 디킨슨에게 상상 속에서 경험하는 일은 물
질세계의 실제 사건만큼 실재하는 것이었다. 이만한 상상력을 지닌 사람이
어떻게 그 상상력을 죽음에만 한정하고 삶 자체에는 발휘하지 않을 수 있
단 말인가? 디킨슨은 "서쪽을 향한 방" 안에 환상의 탑을 높이 세웠다. 디킨
슨이 상상 속에서 경험한 사랑들은 어쩌면 상상 속 죽음만큼이나 실재했을
지도 모른다. 어째서 사실의 조각을 억지로 이어붙인 암호 해독술로 디킨슨
자신에게만 속한 사랑들의 시적 현실을 속박하려 하는가?
마지막 주인에게 보내는 편지를 쓰고 얼마 후 디킨슨은 이런 시를 쓴다.

이것은 세계에 보내는 편지야
세계는 결코 나에게 편지를 쓰지 않았지만-

"이것"이 무엇을 의미하는 것일까? 이 특정한 시를 가리키는 것일까? 시를 쓴다는 한층 넓은 차원의 행위일까? 주인에게 보내는 편지일까? "추측하기를 멈춘 삶에서는 너와 나는 집에 있는 기분을 느낄 수 없어"라고 성인이 되고 한참 후에 에밀리는 수전에게 편지를 쓴다. 이 말을 통해 디킨슨이 의미했던 것은 어쩌면 어느 범주에도 들지 못하는 두 사람의 관계일 수도 있고 어쩌면 디킨슨 자신의 내면에 끈덕지게 붙어 있던 수수께끼일 수도 있다.

어떤 사람의 일생을 넘어서 혹은 그 안에서 기록되는 것은 기억되는 것이다. 기록은 서서히 실제로 일어난 사건의 실상을 대체한다. 기록은 우리가 생각하고 느끼고 실천하고 살아간 것들의 단편일 뿐이다. 이 단편들은 최선일 때 선별이라는 행위 자체로 편집되며, 최악일 때는 현실을 고의로 바꾸는 합리화나 허구화로 왜곡된다. 다른 사람에게, 하지만 특히 우리 자신에게 우리 삶에 대해 이야기하는 이유는 우리의 삶을 살 만한 것으로 만들기 위해서이다.

어린 시절 썼던 일기, 과거의 자신이 써내려간 일기, 이해할 수 없는 것의 바다로 우리를 안내하는 동경과 부인으로 가득 차 있는 일기를 다시 꺼내 읽을 때마다 이런 자각이 떠오른다. 이미 오래전에 세상을 떠난 사람의 전기를 읽을 때, 이런 자각은 두 배로 커진다. 여기에는 개인적인 기억이라는 희미한 그물조차 없기 때문이다. 전기란 한 인물의 현세적·정신적 현실을 전혀 알지 못하는 외부인이 선택받아 살아남은 조각을 아무렇게나 한 움큼 움켜쥐고 그것에서 완전한 존재를 재현하려는 것이다. 그 조각들은 그 자체로 이미 선택에 의해 왜곡되어버린 일기와 편지들이다. 전기를 쓴다는 것은 참으로 어려운 일이다. 이는 종종 불가능한 일이다. 가끔은 해서는 안

될 일이다. 에밀리 디킨슨 같은 인물의 삶에서는 모자이크처럼 복잡한 감정들이 자기만의 어휘로 암호화되어 있으며, 상징과 은유 안에서 강렬한 피가 고동치고 있는 삶, 어떤 사람의 전기에서나 존재할 수밖에 없는 사각지대가 그 전체를 뒤엎는 일식이 된다. 우리는 자신이 하는 일에 자신 전체를, 신념과 편견, 경험으로 조각된 호기심과 제한된 지식을 전부 쏟아붓기 때문에 전기 작가란 진실의 매개자라기보다는 의미의 해석자에 가깝다.

그럼에도 과학 이론과 마찬가지로 전기는 하나의 지도이다. 객관적인 외부의 현실을 다루고 있는 수없이 많은 지도 중 하나이다. 주관적인 관찰자는 이 객관적인 외부의 현실을 완전히 식별할 수도, 완전히 설명할 수도 없을 것이다. 하지만 이 현실을 탐험하는 가장 바람직한 방법은 바로 지도를 만들어나가면서 탐험하는 것이다. 알고 있는 영역에서 시작하여 진실의 지형을 추정해나가면서 탐험하는 것이다.

에밀리 디킨슨

상처를 진정시키기 위해
상처를 이야기하기

19

디킨슨이 마지막으로 주인에게 보내는 편지를 쓴 해이자 라이너 마리아 릴케Rainer Maria Rilke가《젊은 시인에게 보내는 편지Briefe an einen jungen Dichter》를 쓰기 정확하게 40년 전인 1862년 봄, 노예제 폐지론자이자 여성 권리 옹호자인 토머스 웬트워스 히긴슨은 〈젊은 기고가에게 보내는 편지A Letter to a Young Contributor〉라는 제목이 붙은 20쪽 분량의 기사를 〈애틀랜틱 먼슬리〉에 싣는다. 수전의 사교 모임에 이따금 얼굴을 내민 손님이었던 히긴슨은 훗날 마거릿 풀러의 전기를 쓴다.

  당시 39세인 히긴슨은 젊은 작가들에게, 특히 〈애틀랜틱 먼슬리〉에 남성 필명으로 원고를 보내는 수많은 여성 작가들에게 보내는 편지에서 이렇게 쓴다. "어떤 편집자도 좋은 원고를 거절할 여유가 없으며 어떤 작가도 안 좋은 작품을 출간할 여유가 없다. 유일한 어려움은 그 선을 긋는 일이다." 히긴슨은 단언한다. 좋은 편집자란 "아주 미세한 부분까지 포착할 수 있도록 눈을 단련하여 마치 박물학자처럼 비늘 하나, 깃털 하나만 보고도 한 눈에 열 종의 표본 중에서 아홉 종의 표본을 구분할 수 있도록" 선을 긋는 법을 습득한 사람이다. 히긴슨은 다소 기이하고 소름 끼치는 비유를 통해 "방대한 범재凡材" 중에서 드물게 묻힌 재능을 찾아내는 편집자의 도전과 설렘을 표현한다.

새로운 재능을 발견하여 세상에 내놓는 일을 주도하는 것은 참으로 매력적인 특권이다. 헨리 할포드 경Sir Henry Halford에게 자신이 아시아 콜레라를 처음 발견하여 이를 대중에 알린 최초의 인물이었다고 자랑하던 의사의 특권에 필적할 만하다.

히긴슨은 계속해서 작가의 포부를 품은 이들이 미래의 편집자에게 구애하는 방법에 관해 한 다발의 조언을 제공한다. 원고를 보내기 전 충분히 교정을 보라. "깔끔한 흰 종이, 좋은 펜, 검은 잉크를 넉넉하게 사용하여" 읽기 쉽게 써라. "예의 바르고 평범한" 표현 양식 말고 "삶의 온기가 충만하고 달콤한 연상을 일으키는" 표현 양식을 계발하여 "모든 문장이 오직 음절의 매혹으로 고동치고 설렐 수 있도록 만들어라." 의미가 난해하다면 문체를 가볍게 하여 균형을 맞추어라. "글의 균형을 맞추고 글 전체의 힘을 끌어올릴 수 있다면 어떤 소중한 문장이라 해도 가차 없이 다듬어라. 문학적 훈련에 이보다 준엄한 시험은 없다"는 사실을 명심하라. 박식함을 뽐내기보다는 결실을 전시하라. "문구 하나가 도서관의 장서보다 더 뛰어날 수 있다"는 사실을 기억하라.

어떤 문구들은 우리가 거주할 수 있는 왕궁이 되고 탐험할 보물이 묻혀 있는 집이 된다. 한 단어가 이 땅 위의 모든 왕국과 영광을 이해할 수 있는 창문이 될 수 있다. 종종 높이 쌓인 책들이 말하려고 애썼지만 전하지 못한 의미가 한 단어만으로 전달되기도 한다. 한 단어에 몇 년에 걸친 파란만장한 열정이 들어 있을 수도 있고 한 문장에 어떤 사람의 반생이 들어 있기도 하다. 그러므로 우리는 생각 자체는 물론이고 표현 방식에도 수고를 들여야 한다. 당신의 중요한 사상에 필요하다면 스무 차례에 걸쳐 옷을 다시 입혀보며 적절한 구절을 찾아라. 위대함을 품은 구절은 명료해야 한다.

서쪽으로 80킬로미터 떨어진 곳의 햇살 가득한 방 안에서 한 여자가 그 기사를 몰입해 읽고 있다. 서른한 해 동안 파란만장한 삶을 살아오며 화산 같은 자신의 가슴속에 열정을 묻어둔 여자이다. 이 여자는 작가는 줄표 기호를 "꼭 필요한 경우에만" 써야 하며 그렇지 않으면 "효과를 모두 잃고 만다"는 히긴슨의 충고를 태연하게 무시한다. 이 여자의 감추어진 재능은 히긴슨의 "콜레라 발견"이 된다.

10년 넘게 디킨슨은 자기 존재 안의 개인적인 용광로에서 피워낸 백열로 자신의 경험과 단어를 용접해왔고 자신의 시를 오직 친한 이들에게만 보여주었다. 미지의 작가들에게 문학의 공적인 삶으로 나오라는 히긴슨의 초대장을 읽은 디킨슨은 살짝 열어놓은 문을 넘어 발을 내디디라는 손짓을 받은 기분이었다.

1862년 4월 16일 에밀리 디킨슨은 토머스 웬트워스 히긴슨에게 자신의 시 네 편을 보냈다. 디킨슨은 거의 알아보기 어렵게 기울여 흘려 쓴 필체로 짧지만 인상적이며 그 시대의 편지 예절을 완전히 무시한 쪽지를 시와 함께 동봉했다. "히긴슨 씨." 에밀리는 예의를 차리는 인사말도 없이 대뜸 그의 이름을 불렀다. "내 시가 살아 있다고 말해주기에는 너무 바쁘신가요?" 의식적으로 그랬는지는 모르지만 에밀리는 아마도 자신이 우러러보던 《오로라 리》를 은연중에 암시한 듯하다. 이 시에서 배럿 브라우닝의 여주인공은 정식으로 시집을 출간한 시인이 되기 위해 분투하던 중에 자신의 소명에 환희를 느낀다.

나는 느꼈다.

내 시 안에서 고동치는 심장의 생명은 보여주고 있었다

시가 살아 있음을

그다음 디킨슨은 덧붙였다.

정신은 자신과 너무도 가까이 붙어 있기 때문에 분명하게 보지 못합니다. 물어볼 사람이 아무도 없어요. 이 시가 숨을 쉬고 있다고 생각하는지 시간을 내서 말해주신다면 감사하겠어요.

디킨슨은 이 쪽지에는 서명을 하지 않았고 대신 좀더 작고 봉해진 봉투 하나를 동봉했다. 그 봉투에는 그녀의 이름을 연필로 적은 크림색 카드가 들어 있었다. 30년이 지난 후에도 히긴슨은 디킨슨이 이런 식으로 편지를 보낸 이유를 여전히 알아내지 못했다.

거침없고 당당하지만 부드러운 편지에 깊은 인상을 받은 히긴슨은 그때까지 한 번도 읽어보지 못한 방식으로 글을 쓰는 이 수수께끼 같은 상대를 좀더 파악하기 위해 답장을 써서 그녀의 삶에 대해 물었다. 이 여자는 누구인가, 어떻게 이런 사람이 된 것인가? 완전히 낯선 사람이라 할 수 있는 히긴슨에게 디킨슨은 반은 자신을 드러내고 반은 자신을 숨기며 거의 우화에 가까운 형태로 자신에 대해 이야기하는 상당히 특이한 답장을 보냈다. 이 답장에서 에밀리는 일부러 개인의 신화를 창작하려는 듯 보인다.

내가 무슨 책을 갖고 있는지 물었죠—시인으로는—존 키츠John Keats, 브라우닝 부부의 작품이 있습니다. 산문으로는—러스킨—토머스 브라운 경Sir

Thomas Browne—그리고 요한 계시록이 있어요. 학교에 다녔지만—당신이 표현한 방식대로라면—전혀 교육을 받지 못했어요. 어렸을 때 한 친구가 있었는데, 내게 불멸에 대해 가르쳐주었지만—그 자신은 너무 멀리 모험을 떠난 나머지—다시는 돌아오지 못했어요. 얼마 후 내 가정교사도 죽었고—몇 년 동안 사전이—내 유일한 친구가 되어주었어요. … 선생님—친구에 대해서 물었지요—언덕과—일몰과—아버지가 사준 나만큼이나 몸집이 큰 개가 있어요. 이 친구들은 사람들보다 나아요—알면서도 말을 하지 않으니까요. … 오빠와 여동생이 있고—어머니는 생각에 대해서는 관심이 없고—그리고 아버지는 보고서를 읽느라 너무 바빠서—우리가 뭘 하는지 몰라요—아버지는 내게 책을 많이 사주면서—읽지 말라고 하는데—책이 내 정신을 뒤흔들까 걱정이 되나 봐요. 나를 빼고는—다들 종교적이고—그리고 매일 아침 일식을 영접해요—자신의 "아버지"라 부르면서요.(에밀리의 시가 아닌 산문에서는 줄표 부호를 빼고 번역했지만 히긴슨에게 보낸 편지들과 뒤에 나오는 케이트에게 보내는 편지의 일부에서는 원문의 호흡을 살리기 위해 줄표 부호를 살려 번역했다. 줄표 부호가 들어간 편지는 거의 시 같은 운율을 지니고 있는 듯 보인다—옮긴이)

이 편지는 역설을 모아둔 디킨슨의 바이외 태피스트리Bayeux Tapestry(중세에 제작된 거대한 태피스트리로 노르만족 정복왕 윌리엄의 활약상을 마치 그림 만화처럼 담아냈다—옮긴이)라 할 수 있다. "의식의 흐름" 개념이 등장하기 40년 전, 숨쉴 틈 없이 이어지는 고백에서 디킨슨은 단어를 날카로울 정도로 정확하게 선택했다. 그 단어들은 현실의 편물을 깎아내 자전적 사실의 씨실과 심리적 진실의 날실을 드러낸다. 왜 디킨슨은 시에 대해 "물어볼 사람이 아무도 없어요"라고 단언했을까? 수전은 10년 동안 내내 충실한 독자였고 홈스테드와 에버그린즈 사이를 오간 수백 편의 시를 상세하게 교정하면서 사실상 편집자 역할을 해주었다. 히긴슨에게 보낸 네 편의 시 중에는 디킨슨의 가장 유명한 시가 들어 있었다. 종교가 약속하는 내세에 대한 회의주의를 담은 이 조롱조의 서정시에 대해서 수전은 두 번째 연을 삭제하자는 의견을 냈지만 디킨슨은 그 의견을 결국 물리쳤다.

석고로 만들어진 방에서 안전하게-
아침이 건드리지도 못하고-
정오가 건드리지도 못하는-
부활을 기다리는 유순한 이들이 잠들어 있다.
공단으로 된 들보 아래, 돌로 된 지붕 아래에서-

해가 장엄하게 지나가고,
그들 위로 초승달이 뜰 때-
세계는 호를 떠내고-
창공은- 노를 젓는다-
왕관들도- 떨어지고-
총독들도 항복한다-
마치 점처럼 소리 없이
눈으로 덮인 표면 위로

편집자를 기쁘게 할 만큼 능숙한 솜씨를 지닌 얌전한 초보 작가처럼 행세하면서 디킨슨은 새뮤얼 볼즈가 이미 자신의 시를 발표한 적이 있다는 사실을 일부러 말하지 않았다. 새뮤얼 볼즈는 여섯 주 전에 디킨슨의 동의 없이, 그 독특한 문체를 순화한 채 〈스프링필드 리퍼블리컨〉에 디킨슨의 시를 발표했다. 디킨슨은 또한 자신이 인생의 절반 동안 내내 시를 쓰며 살아왔다는 사실도 말하지 않았다. 하지만 그전 해 겨울 자신의 시를 출간하는 데 관심이 있는 편집자 두 명이 각각 자신을 방문한 적이 있다는 사실을 넌지시 비쳤다. "[그들이] 내 정신을 달라고 해서ー "왜요?" 하고 물었더니 내가 인색하다고 말했어요ー 그들은 내 정신을 세상을 위해 사용할 거라고 했어요." 하지만 히긴슨을 부추겨 의견을 듣기 위해서 서둘러 덧붙였다. "나 자신은 나를 평가할 수 없어요ー 나 자신은요."

디킨슨은 왜 "전혀 교육을 받지 못했어요"라고 했을까? 디킨슨이 받은 교육은 그 시대 여자들의 평균을 훨씬 뛰어넘는 것이었다. 마운트홀요크여자학교에 들어가기 전에는 뉴잉글랜드의 훌륭한 공공 교육의 혜택을 받았다. 한 세대 전 엘리자베스 피보디와 호러스 맨 같은 교육 개혁가들이 보편적 교육이라는 대의를 위해 자신의 일생을 바쳐 힘들게 노력한 끝에 세워낸 교육 제도였다. 디킨슨이 열 살이었을 무렵 마리아 차일드는 영향력 있는 수필에서 "딸들의 교육만큼 개인의 행복과 국가의 번영에 연관되어 있는 주제는 없다"고 선언했다. 그로부터 3년 전 디킨슨은 불운한 사건에서 행운을 수확했다. 마을의 여자공립학교가 불이 나서 전소되자 근처에 있던 소년을 위한 예비 학교였던 애머스트아카데미Amherst Academy가 지역 사회의 요구를 수용하기 위해 소녀들에게도 문을 열어준 것이다. 성별에 따라 건물의 다른 층을 사용했지만 학교에서는 교과 과정 자체를 바꾸지는 않았다. 그 결과 에밀리는 하버드를 준비하는 남학생들과 같은 교육을 받았다.

에밀리는 히긴슨에게 벤저민 뉴턴을 만난 시절의 자신을ー당시 열여덟 살이었음에도ー"어린 소녀"라고 지칭했다. 하지만 이는 실제로 갓 성년이 된 에밀리가 자신을 경험하는 방식이었다. 22세 때 에밀리는 오빠에게 편지를 썼다. "나는 아이로 있는 게 좋아. 우리가 항상 어린아이였으면 좋겠어. 어떻게 성장해야 하는지 나는 모르겠어." 얼마 후 에밀리는 히긴슨에게 보내는 편지에 지성의 아버지 같은 인물에 대한 어린아이 같은 복종을 암시하며 "당신의 학생"이라고 서명하기 시작한다. 하지만 나는 에밀리의 이런 태도를 있는 그대로 받아들이기가 망설여진다. 에밀리는 결국 편집자들에게 구애하는 방법을 충고하는 공개적인 편지에 답장을 보내고 있을 뿐이었고 그 글에서 히긴슨은 젊은 작가들에게 문학적 선배 앞에서 겸손하라고 권고했다. 〈애틀랜틱 먼슬리〉의 기사에서 히긴슨은 감탄을 표현할 때 감탄 부호를 사용하지 말라는 자신의 권고를 어긴다. "모든 문화의 자존심을 지닌 남자들 중 명민한 여성의 편지에 담긴 힘들이지 않은 우아함에 도달할 수 있는 이는 얼마나 적은가!" 천문학자는 별의 거리와 본래 빛으로 측정되는 실광도를 기반으로 겉보기 등급을 결정한다. 히긴슨은 관찰자와 대면할 때 자존심이 자신을 피력하지만 내면의 광휘를 드러내기 위해서는 오직 겸손한 품위가 있어야 한다는 사실을 알고 있던 것이 틀림없다. 디킨슨 또한 히긴슨에게 자신을 표현할 때 이 점을 알고 있던 것이 틀림없다. 하지만 이 여성은 모든 종류의 표현을, 시의 감성 표현이든 편지의 자기 표현이든 시처럼 공들여 의도적으로 세밀하게 빚어내는 여성이었다.

디킨슨은 자신의 신체적 특징도 마찬가지로 정교하고 정확한 붓질로 표현했다.

나는 … 작아요, 굴뚝새처럼요. 머리칼은 굵어요, 밤송이 가시처럼요- 내 눈은 손님이 남기고 가는 유리잔 속의 셰리주 같죠.

디킨슨은 히긴슨에게 보내는 세 번째 편지를 도발적인 맞춤 시로 끝맺으면서 유혹적으로 물었다. "히긴슨 씨, 나의 선생님이 되어주시겠어요?"

히긴슨은 그러고 싶었고 그렇게 했으며 그 결과 시인과 평생 편지를 주고받게 된다. 하지만 에밀리 디킨슨이라고 서명하는 시인을 둘러싼 모든 수수께끼에 마음을 빼앗기면서도 히긴슨은 그녀의 전복적인 시, 벨벳 같은 필적으로 형식과 언어를 비트는 시들이 출간에 적합하며 시장성이 있을 것이라고는 생각하지 않았다. 편지를 주고받던 초기에 히긴슨은 출간을 미루면 어떻겠냐고 제안한다. 이에 디킨슨은 뒤틀린 방식으로 명성을 포기한다.

"출간"을 미루어야 한다는 제안에 미소를 짓습니다- 출간이라니, 창공에 뜬 지느러미처럼 내 머릿속에서 낯설게 들리는 말이에요.

만일 명성이 내게 속한다면 나는 그녀에게 도망칠 수는 없을 테지요- 속하지 않는다면, 나는 그녀를 쫓기 위해 가장 먼 길을 돌아갈 겁니다- 내 개는 찬성하지 않을 테지요- 그렇다면- 내 맨발의 병사를 선택하겠어요.

고집스럽게 히긴슨을 자신의 "선생님"이라고 불렀음에도 디킨슨은 자신의 시를 길들여 상업화하고 시를 좀더 "정연하게" 다듬으려는 그의 노력을 거부했다. 자신의 이단적인 시가 지닌 무결성에 상당한 자신감이 있었기 때문이다. "어떻게 성장하는지 알려줄 수 있나요?" 디킨슨은 히긴슨에게 보낸 세 번째 편지에서 간청했다. "아니면 그건 선율이나 마법처럼 전달할 수는 없는 것인가요?" 히긴슨이 시를 비평한 뒤 어쩌면 자신이 너무 엄격한 게 아니었냐고 걱정하자 디킨슨은 겸손하고 침착한 태도로 모든 비평을 환영한다고 단언했다. "사람들은 뼈에 대한 칭찬을 들으려고 외과의사를 부르는 게 아니에요, 선생님. 뼈와 골절을 고치는 일이 더 중요해요." 그런 다음 바로 디킨슨은 히긴슨이 편집자로서 전하는 제안을 전혀 고려하지 않은 시

네 편을 또 보냈다.

몇 년에 걸쳐 디킨슨이 히긴슨의 예술에 대한 경직된 이해를 깨트리자 그 틈으로 새로운 빛이 히긴슨의 세계로 흘러들어온다. "항상 한 가지는 감사할 수 있어요- 우리가 우리 자신이며 다른 누가 아니라는 사실 말이에요." 디킨슨은 그에게 말한다. 여기 아무도 무너뜨릴 수 없는 자기 자신으로 있는 작가가 있다. 히긴슨은 마침내 어지럽게 난무하는 구두점 사이에서 "자연과 인생에 대해 완전히 독창적이면서도 심오한 통찰의 섬광"을 "비범할 정도로 생생한 묘사력과 상상력"으로 표현하는 언어를 발견하게 된다. 하지만 디킨슨이 앞으로 문학계의 지평을 변화시키게 될 이 시들을 채굴하기 위해 존재 속으로 얼마나 깊이 들어가야 했는지 히긴슨은 완전히 이해하지는 못한다.

디킨슨이 쓴 글 중 가장 신비로운 문장이자 내게는 가장 아름답게 들리는 문장은 히긴슨에게 보낸 두 번째 편지에서 그녀 자신에 대해 묻는 히긴슨의 질문에 절반은 대답하고 절반은 회피하기 바로 전에 등장한다. 앞으로 다가올 시대에 이 문장을 둘러싸고 온갖 추측의 먼지구름이 난무하게 된다.

나에게는 공포가 있습니다- 9월 이후로요- 아무한테도 말할 수가 없어요, 그래서 노래를 해요. 묘지 옆에서 소년이 하듯이요- 두렵기 때문이에요.

"두려움"도 "충격"도 아닌 "공포terror"이다(두려운 감정을 나타내는 여러 유의어 중에서도 terror는 어느 정도 지속되는 심한 공포를 가리킨다—옮긴이). 자신이 쓰는 단어를 이토록 주의 깊게 선택하는 여자가 내비친 이 심각한 단어 뒤에는 어떤 일이 숨겨져 있는 것일까? 몇 세대에 걸쳐 전기 작가들은 다양한 추측으로 책장을 채워 넣었다. 죽음, 수전과의 관계에서 기록되지 않은 상처, 불행으로 끝난 남자 구혼자의 구애, 신비로운 "주인"으로부터의 구애, 최초의 간질 발작 등이다. 하지만 가장 흥미로운 가설은 디킨슨이 이 암호 같은 문장을 쓴 지 한 세기 가까이 지난 후에 등장했다.

몇 년에 걸친 조사와 여러 기록보관소를 방문한 끝에 1951년 리베카 패터슨Rebecca Patterson은 1861년의 "공포"를 설명하는 완전히 새로운 후보를 제안했다. 바로 케이트 스콧 앤손Kate Scott Anthon이다. 유티커여자학교에서 공부하는 동안 수전과 친구가 된 앤손은 얼마 전 남편을 여읜 후 에밀리를 소개받았다. 에밀리는 이 매력적이고 새로운 인물과 어쩌면 육체관계가 있었을지도 모를 강렬한 연애에 빠져들었다. 케이트가 갑자기 아무 설명 없이 관계를 단절하면서 디킨슨에게 죽음처럼 느껴진 일격을 날리기 전까지의 일이다. 이 사건은 디킨슨이 비탄에 잠긴 시를 쓰게 되는 생생한 소재가 되어준다.

우리가 알고 있는 사실은 이렇다. 케이트는 에밀리보다 몇 달 늦게 태어났다. 미첼이 일식을 보며 최초의 천문학적 관찰을 한 바로 그 해였다.《종의 기원》이 인쇄되고 있을 무렵인 1859년 3월 최신 유행을 따른 검은 모자와 미망인의 면사포를 쓴 케이트의 모습이 오스틴의 마차에서 내려 에버그린즈의 눈 덮인 진입로에 까만 점처럼 나타났다. 앞으로 수없이 방문하게 될 옛 동창 집으로 처음 방문한 것이다.

이는 남아 있는 여러 다양한 문서를 통해 패터슨이 추론한 내용이다. 그중에는 디킨슨의 편지처럼 직접적인 자료도 있고, 케이트가 가장 좋아하는 책의 여백에 쓰인 글처럼 간접적인 자료도 있다. 수전은 케이트가 도착하자마자 울타리 너머 붉은색으로 칠해진 벽돌집에 살면서 케이트에 대해 10년 가까이 이야기를 들어온 적갈색 머리칼의 친구를 소개해주었다. 메리노 양모 숄을 걸친 에밀리는 키가 크고 수려한 외모에 사람을 꿰뚫어보는 짙은 눈을 한 여자, 노래하듯 말하고 문학과 천문학에 생기 넘치는 열정을 품은 여자에게 한눈에 매료되었다.

에버그린즈에서 케이트가 머물던 처음 세 주 동안 28세 동갑이었던 두 여자는 서로 떨어질 수 없는 사이가 되었다. 둘은 에밀리의 개 카를로와 함께 오랫동안 산책했고, 서로에게《오로라 리》를 낭독해주었으며, 저녁이 되면 피아노 앞에 앉아 함께 시간을 보냈다. 케이트는 훗날 에밀리가 즉흥적으로 "그녀 자신의 영감에서 흘러나온 기묘하지만 아름다운 선율"을 연주하던 모습을 떠올린다. 에밀리가 피아노를 연주할 때 케이트는 에밀리의 등 뒤에, 몸집이 작은 시인이 케이트를 부른 별명대로 "골리앗"처럼 서 있었다. 케이트가 에버그린즈를 떠나 집으로 돌아가자 에밀리는 애머스트에 다시 한번 놀러오라고 케이트를 손짓하여 불렀다.

만족스러운 기분으로 깊은 바다에 있어. 하지만 사랑의 힘이 세다면 노를 저어 너를 밖으로 나가게 해줄 거야. 내가 육지로 갈 때까지 기다리지는 마. 나는 다른 쪽으로 기슭에 도달할 테니.

에밀리가 케이트에게 보낸 초기의 편지들은 격한 감정으로 고동친다. 처음 만나고 몇 주 후에 쓰는 편지에서 에밀리는 억누를 수 없고 충족되지 않은 열망의 밀고 당김을 장난스러움 속에 감추려 한다.

나는 전에는 케이트라는 이름을 그리워한 적이 없어. … 올해 3월의 밤 또 다른 후보가 나타났지— 집으로 돌아가! 여기에서 우리는 "케이티"들을 좋아하지 않아!- 아냐, 있어 줘! 내 마음은 너한테 투표했어. 하지만 내가 누구길래 투표한단 말이야?- 네 자격은 뭐야? 우리가 사는 동부에 감히 살려 하다니! 태양이 두려워?- 잔디 사이에서 제비꽃이 힘겹게 새로 피어나는 소리를 듣게 된다면 어떻게 네가 단호하게 굴 수 있겠어? …

그래도 올래? "그렇다면" 널 유망하다고 기록할게! 3월에 케이트가 모였다! 친구야, 이건 아주 작은 꽃다발이야- 크기에서 결핍된 것을 퇴색하지 않는 것으로 보상하지- 많은 사람이 접시꽃을 자랑할 수 있지만 "장미꽃"을 피우는 사람은 드물어!

새로운 꽃이 한정된 친구들에게만 미소를 지어준다면 그녀가 기억하길 기도해. 꽃이 너무 "많다면" 굳이 가슴에 꽂지 않을 거야- 목초지에서 기르지! 그래서 나는 일어나서 그녀를 입어- 그래서 나는 그녀를 쥐고 잠을 자- 마침내 그녀를 내 손에 꼭 붙들고 잠이 들고 내 꽃을 쥔 채 일어나.

직접적이면서도 갈피를 잡을 수 없는 폭발적인 힘으로 가득한 이 편지는 시인의 글에 계속 등장하는 꽃의 비밀 언어가 만발해 있다. 시인은 종종 자신을 데이지로 언급했다. 케이트가 자신의 인생으로 들어온 그 해 여름, 디킨슨은 어느 친구에게 보내는 편지에서 소중하고 힘겹게 손에 넣은 심장의 각성을 다시 한번 꽃의 언어로 표현했다.

용담은 참으로 욕심이 많은 꽃이야. 우리 모두를 추월하지. 정말로 이 세계는 짧아. 나는 몸이 떨려올 때까지 내가 사랑하는 꽃들을 만지고 싶어. 언덕이 붉게 물들고, 회색으로 된 다음 하얗게 변하고, "다시 태어나기" 전까지 말이야. 크로코스가 얼마나 뿌리를 깊게 내리는지 안다면 우리는 절대 그 꽃을 놓아주지 않을 거야. 하지만 크로코스는 수많은 언덕 위에 피어나고 그 언덕의 정원사들은 고통 속에서 그 작은 구근들을 갈아엎어.

케이트에게 보내는 첫 연애편지에 담긴 풍부한 꽃들의 수사적 표현에
는 아름다운 모든 것은 소멸하기 쉽다는 애상적인 정서가 흐르고 있다.
1860년 늦은 겨울 에밀리의 침실에서 두 여자가 함께 시간을 보낸 혼란스
러운 밤에서 영감을 얻었을 다음의 시에서도 이런 정서가 다시 등장한다.

> 그날 밤 그녀의 달콤한 무게가 내 가슴을 누르지
> 눕기 위해 몸을 낮출 필요도 없었어-
> 믿음의 기쁨을 위해 살짝 움직였을 때
> 내 신부는 빠져나가 버렸어-
>
> 그게 단단하게 만들어진- 꿈이라면- 그저
> 천국을 증명하는 거야-
> 혹은 내가 그녀를 꿈꾸었던 것이라면-
> 상상의 힘을 증명하는 거야-

그 중대한 밤에서 몇 주가 지났을 무렵 에밀리는 케이트에게 보내는 편
지에서 이 소중하고 사라져버리기 쉬운 것을 표현한다.

> 찾아내는 일은 느린데 잃어버리는 일은 너무 자주 일어나. 이 같은 세상에서
> 나는 극단적으로 조심스럽게 붙들어. 결핍되어본 적이 있는 사람은 대부분
> 풍요로움에 이끌리지. … 그토록 가난해본 적이 있어? 나는 걸인도 되어봤
> 어. …

이 수사적 표현은 디킨슨의 시에서도 다시 등장한다. "나는 두 번이나 잃어 봤어"라고 디킨슨은 쓴다. "두 번이나 나는 걸인이 되어 서 있었어 / 신의 문 앞에서!" 두 차례 크게 마음에 상처를 입힌 상대는 처음은 수전이었고 지금은 케이트이다. 하지만 이렇게 상실을 피할 수 없다는 사실을 깨닫더라도 모든 것을 집어삼키는 사랑에 대한 갈망을 막을 수는 없었다. 디킨슨은 케이트에게 보내는 편지에서 신중함을 언급한 뒤 바로 테니슨의 《인 메모리엄》에 등장하는 가장 유명한 감상을 넌지시 비친다. "사랑을 하고 상실하는 편이 낫다 / 전혀 사랑해보지 않은 것보다는." 상실을 예측하고 있으면서도 에밀리는 케이트에게 손을 내민다.

> 케이트, 뚜렷하게 알아볼 수 있는 예쁜 네 얼굴이 환영의 자리에 서 있어. 나는 네 손을 만지고 네 뺨에 내 뺨을 대. 네 희미해지는 머리칼을 어루만지지. 친구야, 이렇게 떠날 수밖에 없다면 왜 들어온 거야? 그 마음이 충분히 찢어지지 않아서 "너도" 네 조각을 보내야 하는 거야? … 우리가 절대 이야기하지 않는 주제가 하나 있어. 그 겉치레를 무시한다고 해서 나는 단념하지 않아. 나 또한 아침 일찍 "먼지"를 만나러 나갔어. 나 또한 데이지 동산에 숨겨진 보물이 있어. 그래서 내가 널 더 보호하는 거야.

케이트가 이 모든 일을 어떻게 경험했는지는 알려진 바가 없다. 디킨슨에게 보낸 케이트의 편지는 한 통도 남아 있지 않다. (시인은 여동생에게 자신이 죽은 후에 편지를 전부 불태워달라고 부탁했고 러비니어 디킨슨은 언니의 요구에 따랐다. 귀중한 시 모음을 발견한 후에야 러비니어는 언니의 편지에 막대한 문학적 가치가 있을지도 모른다는 사실을 깨달았다.) 하지만 케이트가 평생 여자에게 마음이 이끌리는 성향이었다는 점은 분명하다. 훗날 케이트는 젊은 영국 여성과 오랜 연인이 되면서 이 성향을 완전히 드러낸다. 에밀리 디킨슨을 만나기 며칠 전에 산 토머스 드퀸시Thomas De Quincey의 책에서 케이트는 이런 문장에 밑줄을 그어두었다. "여자와의 우정이 없어서는 안 되는 여자들이 있다. 이런 여자는 다른 성별과의 어떤 만남에도 만족하지 못한다."

케이트는 자신이 쓴 대부분의 편지에 "토미" 혹은 "토머스"라고 서명했다. 가족과 친구들도 케이트를 이 이름으로 생각했으며 종종 남자처럼 그녀를 "토미 이모," "토머스 이모"라고 불렀다. 케이트의 영국 애인은 그녀를 "펌프 씨"라고 불렀다. "나는 그녀를 열일곱 살 때부터 사랑했다"라고 훗날 케이트는 에밀리가 사랑하는 상대이자 자신이 "미국에서 가장 사랑하는 친구"라고 생각한 수전을 회고한다. 케이트와 수전의 우정 또한 처음에는 케이트가 수전에게 반하면서 시작된 듯하다. 나이가 든 후 케이트는 쓴다.

사랑하는 수, 나는 네가 "반장"이었던 첫날 밤부터 계속해서 널 사랑해왔어. 널 잘 알지 못하면서도 네 사랑스러운 얼굴에 입을 맞추었지. 그렇지 않고는 배길 수가 없었거든! 내 눈을 들여다보던 네 다정한 눈, 나는 그 눈을 영원히 잊지 못할 거야.

이상한 삼각관계였음이 틀림없다. 28세 때 케이트는 자신이 홈스테드와 에버그린즈 사이를 움직이는 꼭짓점이라는 사실을 깨달았다. 자신이 한때 사랑했던, 지금은 결혼한 친구를 방문하던 중에 새로운 여자를 만나 마음이 끌렸는데, 그 여자는 또한 영원한 열정으로 수전을 사랑했고 지금도 여전히 사랑하고 있었다.

이 기묘한 삼각관계는 깨질 수밖에 없는 운명이었다. 남북전쟁이 발발한 해인 1861년 4월 케이트는 에밀리에게 관계를 끝내자는 편지를 보냈다. 그 편지에 어떤 말이 쓰여 있었는지 남아 있지 않지만 아마도 디킨슨은 이 시를 쓸 때 케이트를 생각하고 있었을 것이다.

> 그녀는 그 예쁜 말들을 마치 칼날처럼 내질렀지-
> 그 칼날들이 얼마나 반짝이던지-
> 말 한마디 한마디가 신경을 찔렀고
> 혹은 뼈를 가지고 장난을 쳤어-

수년이 지난 후 에밀리는 히긴슨에게 편지를 쓴다.

> 친구를 잃어본 적이 있다면- 선생님- 다시 시작할 수 없다는 사실을 기억할 거예요. 세계가 더 이상 존재하지 않으니까요-
> 숨을 쉬지 않는 죽음은 숨을 쉬는 죽음만큼 차갑지 않아요.

여기에서 우리는 사랑의 열병이 보답받지 못하는 짝사랑으로 곪아가다가 거절로 인해 썩어가는 감정의 단계를 본다. 우리는 맹목적인 헌신의 감정에 흠뻑 취해 얼마 동안은 감정이 똑같이 보답 받을 것이라는 희망을 품는다. 사랑을 되돌려 받지 못하면, 처음에는 연인이 우리의 감정에 보답하거나 응답하지 못하게 막는 무언가가 있을 것이라고 합리화한다. 어떤 상상속 설명도 설득력이 없지 않다. 상대가 바쁠 수도 있고, 편지가 배달되지 않았을 수도 있고, 심지어 상대가 죽었을 수도 있다. 우리는 상대의 침묵을 우리 자신의 교향악적 환상으로 채운다. 디킨슨은 쓴다. "마녀의 부재가 마법을 무효로 만들지는 않는다." 마침내 감정의 불균형을 인식하고 상대의 마음이 돌이킬 수 없을 만큼 식었다는 사실을 알게 되면, 우리는 처음에는 우리 자신의 달콤하고 강렬한 사랑이 그 자체로 충분한 보상이 된다고 스스로 애써 설득하려 한다. 그다음 상대의 애정을 되돌려 받고자 하는 굶주림을 더 견디지 못하게 될 때, 우리는 마침내 거절의 공포와 마주한다. 사랑하는 마음을 일부분만 돌려받는 일조차 거절이다. 갈망하는 전체를 받지 못하기 때문이다. 하지만 여전히 우리 내면의 일부는 미래에 있을지 모를 재결합에 대한 희망으로 빛난다.

희망이 꺾인 채 에밀리는 친구에게 편지를 썼다.

최고가 사라졌을 때 나는 다른 일들은 중요하지 않다는 걸 알아. 마음은 마음이 원하는 걸 원해. 그게 없으면 아무것도 신경 쓰지 않지.

에밀리는 케이트에게 서글픈 편지를 썼다.

우리가 다시 결합하기까지 얼마나 많은 시간이 그 자신에 이끼를 심어야 할까? 우리는 아마 조금 달라져 있고, 조금 나이가 들어 있겠지. 하지만 여전히 똑같을 거야. 우리 삶과 상실 사이에서 빛나는 태양처럼 말이야. 그리고 제비꽃처럼…

케이트와 관계가 단절되고 몇 달 뒤에 쓴 세 번째 주인에게 보내는 편지에서도 똑같은 정서가 메아리친다. "주인님, 오늘 밤 나는 나이를 먹었어요. 하지만 사랑은 똑같아요. 보름달과 초승달이 똑같은 달인 것처럼요."

이듬해 봄, 세계로부터 도피한 은신처에서 디킨슨은 토머스 웬트워스 히긴슨에게 손을 뻗었다.

히긴슨은 다양한 모습을 취하고 있는 시를 알아볼 준비가 되어 있는 사람이었다. 북부군에서 복무할 당시 그는 흑인 영가에 매혹되어 모닥불 주위에서 들려오는 노랫소리의 가사와 선율을 받아 적으며 그 시의 형식을 보존하기 위해 노력했다. 또한 히긴슨은 특히 불가능한 사랑을 칭송하고 보답받지 못한 마음을 그리는 시를 알아볼 준비가 되어 있는 사람이었다.

히긴슨은 열세 살에 하버드에 들어가 대학교에서 10대를 보냈다. 대학교 학생의 연령대가 10대 초반에서 20대 후반에 걸쳐 있던 그 시대에 그리 드문 일은 아니었다. 학교에서 히긴슨은 윌리엄 헐벗William Hurlbut이라는 남녀 양성의 미인과 사랑에 빠졌다. 처음으로 마음을 각성시킨 고통스럽고 열정적인 사랑이었다. 세라 마거릿 풀러, 랠프 왈도 에머슨처럼 자신의 중간 이름인 웬트워스를 주로 사용한 히긴슨은 남의 눈을 의식하지 않으며 회고록에서 떠올린다.

어느 날 나는 디비니티 강당의 문을 열고 들어가 한 젊은 남자를 만났다. 짙은 살결에 아름다운 외모를 한 그는 마치 동양의 그림 같았다. 늘씬한 체구에 날카로운 눈빛, 칠흑처럼 검은 머리칼을 한 그는 마치 매혹적인 여자처럼 내 눈과 마음을 모두 사로잡았다. … 그는 두 대륙에 걸쳐 수많은 이들의 마음을 아프게 만들었고 … 수많은 이들의 희망을 앗아갔다.

윌리엄의 관심을 사려는 웬트워스의 경쟁자는 다른 누구도 아닌 바로 구세계에서 군림하고 있던 여왕, 오스카 와일드였다. 하지만 윌리엄이 "불성실한 이가 잊지 못하는 이에게 안부를 전합니다"라는 장난스럽게 유혹하는 말로 시작하는 편지를 보내면서 웬트워스의 내면의 불길에 계속 부채질을 했기 때문에 히긴슨은 평생 윌리엄에 대한 마음을 접지 못했다. 히긴슨의 두 번째 아내는 훗날 자신이 쓴 그의 전기에서 이렇게 회고한다. "두 사람이 주고받는 편지는 두 남자 사이에 오가는 편지라기보다 남녀 사이에 오가는 편지 같았다."

언제부터, 그리고 어떤 이유로 상호 간의 강렬한 애정이 고통스러운 기대의 불균형으로 기울어지게 되었는지는 설명할 수 없다. 하지만 어느 순간부터 윌리엄은 웬트워스의 정열적인 편지에 답하지 않기 시작했다. "가장 소중하고 가장 아름다운 이에게 사랑을 너무 많이 주니, 이 얼마나 슬픈 불만인가." 히긴슨은 일기에 괴로운 심경을 털어놓았다. 하지만 그 후로도 몇 년 동안 계속해서 윌리엄에게 편지를 썼다. "여전히 변덕스러운 친구, 깊은 관대함으로 나는 여전히 너를 믿고 있어. 깊은 마음으로 나는 여전히 너를 사랑하고 있어."

수십 년이 지난 후 오랜 세월로도 달래지지 못한 고뇌를 안고 히긴슨은 회고한다. "나는 오직 남자 친구 한 명만을 열정적으로 사랑했다. 그를 위한 내 사랑에는 한계가 없었다. 다른 사람에게는 보여주지 않은 천성적으로 까다롭고 신중한 모습을 오직 그에게만 쏟아부었다. 그를 위해 죽었을 것이라고 말하는 것은 아무것도 아니다. 나는 그를 위해 살았다."

히긴슨은 이 사랑이 그에게 "하나의 가혹한 실망"이었다고 썼다. 히긴슨은 디킨슨의 시에서 통렬하고 무모하며 일방적인 헌신이라는 비슷한 감정을 감지한 것이 아닐까? 그 시 안에서 디킨슨은 불가능한 사랑을 위해 살았고 그 사랑의 제단 앞에서 죽고 또 죽었다. 히긴슨은 디킨슨이 공언한 "공포"에서 자신이 겪은 "하나의 가혹한 실망"의 메아리를 들은 것이 아닐까?

이 시기에 디킨슨이 쓴 편지는 그리 많이 남아 있지 않으며 케이트의 편지는 한 통도 남아 있지 않기 때문에 케이트가 그 9월의 "공포"를 야기하는 유일한 방아쇠였다고 추론하기에는 논거가 희박하다. 수전은 당시 오스틴과 5년 동안 성관계를 절제하던 생활 끝에 임신을 했고, 낙태 시도가 실패하여 석 달 전 첫아이를 낳은 참이었다. 이 사건으로 에밀리는 한층 더 외로움을 느꼈을 것이다. 수전은 틀림없이 에밀리의 괴로움을 알고 있었을 것이다. 수전이 에밀리가 입맞추려 할 때 몸을 돌린 일을 사과하는 편지에서 한스 크리스티안 안데르센의 〈나이팅게일The Nightingale〉의 한 장면을 끌어왔기 때문이다.

지난 여름부터 괴로웠다면 미안해. 에밀리는 내가 절대 들추지 못하는 슬픔을 견디고 있지. 나이팅게일이 가시에 가슴을 찔리면서도 노래를 불렀다면 우리라고 못할 이유가 어디 있겠어?

수전은 이 편지를 10월에 썼다. 지난달에 일어난 "공포"는 수전과의 친밀한 관계가 깨진 것을 상징하는 버림받은 입맞춤은 아닐까? 수전이 마침내 오스틴과의 사회적 계약을 완성하면서, 에밀리는 수전이 자신의 곁에서 멀어지게 될까 두려워하고 있었다. 혹은 이 "공포"는 영혼을 찌르는 상처가 쌓이고 쌓인 상태가 터져 나온 것일까? 할머니는 어린 시절 제2차 세계대전에서 살아남은 이야기를 해주면서 자신이 겪은 공포의 원인은 어떤 개개의 폭력도, 어떤 특정한 군인의 모습도, 공습경보 소리도 아니었다고 말했다. 정말 무서운 공포의 원인은 두려움이 만연한 분위기였다. 무언가를 계속 잃어가고 무언가를 잃게 될 것이라는 예감에 떨어야 하는 분위기가 바로 뼛속까지 떨려오는 공포감을 빚어낸 원천이었다.

케이트와의 갑작스러운 이별, 수전의 입맞춤 거절, 남북전쟁의 발발, 1861년 늦여름 디킨슨은 무언가를 계속 잃어가고 무언가를 잃게 될 것이라는 예감에 떨고 있었다. 그녀의 "주인"과 마찬가지로 그녀의 "공포" 또한 아마 여러 요소로 구성된 복합적인 존재였을 것이다. 디킨슨은 예술작품을 창작하는 데 몰두하는 것으로 이 공포에서 벗어나려 했다. 이후 3년은 시인이 살면서 가장 많은 작품을 쓴 시기로, 이때 오늘날 전해지는 시의 3분의 1 이상을 집필한다. 엘리자베스 배럿 브라우닝이 디킨슨에게 성서 같은 시집이었던《오로라 리》에서 "슬픔을 통해 우리는 천상으로 성장한다. 단순한 희망과 가장 평범한 인내심으로 슬픔을 극복하면서"라고 썼던 구절의 증거이다.

디킨슨의 조카이자 훗날 시인의 전기를 쓰게 될 수전과 오스틴의 둘째 아이 마서는 자신이 아직 세상에 태어나지 않았던 이 동요의 시기를 시인이 사회에서 궁극적으로 물러나도록 내몰린 시기로 구분한다. 호손이 〈애틀랜틱〉에 "삶과 사상에서 멀리 떨어질 수 없다. 은둔으로 봉인될 수 없다. 어쩌면 무덤이라는 은신처라면 이 전쟁의 불온한 영향력이 침투하지 못할 것이다"라는 침울한 기사를 썼을 무렵 디킨슨은 그녀의 가장 유명하고 통렬한 시를 썼다.

영혼은 자신의 사회를 선택하고-

그리고- 문을 닫아-

그녀에게 신성한 다수는-

더는 존재하지 않아-

마음이 움직이지 않아- 마차들이 멈추는 것을 알아차려도

그녀의 낮은 문 앞에-

마음이 움직이지 않아- 황제가 무릎을 꿇어도

그녀의 신발깔개 위에-

나는 그녀를 알았지- 풍부한 나라에서-

하나를 선택하고-

그다음- 관심의 손잡이를 잠가-

마치 돌처럼-

디킨슨이 누구를 초대하기로 선택했는지, 수전인지 케이트인지 "주인"의 얼굴을 한 모자이크적인 사랑인지 알 수 없다. 디킨슨은 남은 24년 동안 문을 닫고 빗장을 걸었다. 그녀는 홀로 모든 초월주의자들이 시도했다 실패한 일을 성취한다. 바로 사회의 떠들썩한 평범함에서 일부러 벗어남으로써 이루어지는 존재의 정화이다. 브룩 농장의 이상향은 구경거리로 전락했다. 소로조차 그 유명한 자립의 월든 실험을 고작 1년 동안 유지했을 뿐이다. 그동안 어머니와 여동생은 매주 일요일 아침 소로에게 신선한 도넛을 가져다주었다.

그러나 1861년 무언가 중대하고 심각한 일이 디킨슨에게, 그녀의 내면에서 일어났다. 이 사건을 디킨슨은 그 시기에 쓴 흥미로운 시에 암호로 바꾸어 담았다. 그녀의 대명사는 다시 한번 성별을 구분할 수 없이 바뀌어버렸다.

그가 네 영혼을 어루만져

연주가들이 건반을 어루만지듯

완전한 음악을 연주하기 전에-

그는 서서히 네 정신을 잃게 만들어-

네 불안정한 천성을 준비시켜

천상의 일격을 맞을 수 있도록

멀리서 들려오는— 희미한 망치 소리-

그다음 점점 가까워지고- 그다음 점점 느려져

숨을 고를 시간이 있어-

두뇌를- 서늘하게 끓일 시간이 있어-

하나의- 장엄한- 번개를- 내리쳐-

네 벌거벗은 영혼의 껍질을 벗기지-

바람이 숲을 발톱으로 움켜쥘 때-

우주는- 고요해-

　1861년 가을 디킨슨의 시를 처음으로 발표한 문학잡지인 〈스프링필드
리퍼블리컨〉의 편집자이자 이후 디킨슨의 친밀하고 애정 어린 편지 친구가
된 새뮤얼 볼즈가 좌골신경통을 앓게 되어 근처의 노샘프턴에 "물 치료"를
받으러 오게 되었다. 9월의 "공포"가 일어난 다음달 볼즈는 애머스트로 와
서 디킨슨 가를 방문하지만 에밀리는 그와 만나기를 거절한다. 이를 사과하
는 편지에서 디킨슨은 자신에게 볼즈를 생각하는 마음이 없다고 생각하지
말아달라고 간청한다. "나는 매일 아침 '알라'에게 당신이 건강해지기를 기
도합니다. 하지만 무언가 나를 괴롭히는 문제가 있어요."

　문제, 공포, 디킨슨은 그 "무언가"를 일으킨 원인에 대해서 입을 열지 않
는다. 혹은 입을 열었다 해도 그 내용은 태워지지 않은 편지에는 남아 있지
않다. 볼즈는 에밀리의 사촌이자 마리아 미첼의 친구이기도 했던 루Loo와
패니Fanny와 함께 에밀리가 가장 친하게 편지를 나눈 세 친구 중 한 명이었

다. 디킨슨이 볼즈에게 그 원인은 말하지 않았을지 몰라도 마음의 비통함에 대해서는 털어놓았을 가능성이 있다. "우리는 상처를 진정시키기 위해 상처를 이야기하지"라고 디킨슨은 어느 시에서 쓴다. 볼즈가 쓴 편지 중에 그 해 7월에 쓴, 받는 사람의 이름이 지워진 편지가 있다. 누군가 짝사랑으로 괴로워하는 사람에게 쓴 보기 드문 위로의 편지로, 어쩌면 그 누군가가 에밀리 디킨슨이었을지도 모른다.

친애하는 -에게

… 받기를 바란다면 주어야 해. 행복, 우정, 사랑, 기쁨을 주어야 해. 그럼 그것들이 전부 너에게 다시 돌아오게 될 거야. 어느 때는 받는 것보다 더 많이 줄 수도 있어. 우리는 모두 관계에서 어느 정도는 그렇게 해. 하지만 보답을 바라지 않고 아낌없이 주는 일은 종종 우리가 인생에서 발견할 수 있는 진정한 즐거움이야. 우리는 고기를 사기 위해 푸줏간 주인과 거래를 하듯 마음의 문제를 두고 거래를 하지 말아야 해. 우리의 과업은 우리가 주어야 하는 것, 우리가 줄 수 있는 것을 주는 일이야. 그로 인한 보답은 우리와는 아무 상관이 없어. … 어떤 이들은 우리가 주는 것을 돌려주지 않아. 어떤 이들은 우리가 줄 수 있는 것보다, 우리가 주는 것보다 더 많은 것을 돌려줘. 그러니 장부의 계산은 스스로 균형이 맞게 되어 있어. 내 사랑과 우정에 있어서는 그래. 다른 모든 사람한테도 그래.

디킨슨의 남아 있는 편지 한 통으로 디킨슨이 볼즈의 편지를 받은 사람이었다는 가설은 훨씬 가능성이 높아진다. 같은 달 가장 친한 친구 중 한 명에게 쓴 편지에서 디킨슨은 볼즈가 권하고 있는 바로 그 마음의 헌신을 실현하고 있다.

어쩌면 넌 나를 비웃고 있겠지! 어쩌면 전 미국이 나를 비웃고 있는지도 몰라! 그렇다고 해도 멈출 수는 없어! 내 과업은 사랑하는 일이니까. 오늘 아침에 정원 끝자락의 작은 덤불 아래, 저 아래에서 새를 봤어. 나는 물었어, 무엇을 위해 노래하니, 아무도 "듣고" 있지 않은데?

그 새는 목구멍에서 울음소리를 냈어, 그 새는 가슴 털을 세웠지. "'내' 과업은 노래하는 일이야." 그러고는 날아가버렸어. 내가 어떻게 알겠어, 하지만 한때 그 자신도 새였던 참을성 있는 천사였다면 아무도 알아차리지 못한 새의 노랫소리에 귀를 기울이고 박수를 쳐주었을까?

그해 히긴슨에게 보내는 편지에서 디킨슨은 이와 비슷한 방식으로 가장 수수께끼 같고 가장 난해한 말을 썼다. "내 과업은 원둘레circumference입니다." 여기 일생의 과업이 사랑, 시, 그리고 "원둘레"였던 여성이 있다. "원둘레"라는 말은 어쩌면 수학자인 수전을 가리키는 암호였을지도 모른다. 혹은 20년 전 그의 가장 유명한 글 중 하나인 〈원들Circles〉이라는 글을 쓴 에머슨을 가리키는 표현이었을지도 모른다.

남자의 인생이란 스스로 진화하는 원이다. 이 원은 알아볼 수 없을 정도로 아주 작은 고리에서 시작하여 모든 방향으로 밀고 나아가 새롭고 큰 원으로 성장한다. 이 성장에는 끝이 없다. 이 원들의 세대, 바퀴 없는 바퀴가 얼마나 커질 수 있는가는 개개의 영혼에 담긴 힘 혹은 진실에 달려 있다.

에밀리 디킨슨

정신에도 볼점에도 위패이지 않는

20

"공포"가 휩쓸고 지나간 다음 몇 년 동안 디킨슨은 100여 편의 힘이 넘치는 시를 썼다. 의심할 여지 없이 아름다우면서도 모호한 의미로 마음을 설레게도 하고 꾸짖기도 하는 시들이다. 병적인 속도로 시를 쓰면서 디킨슨은 상징과 모호함을 허용하는 시의 형식에서 마음에 담아둘 수 없는 방대한 감정을 배출하고 이해하고 수용해주는 표현 수단을 발견한 듯 보인다. 스스로 선택한 고립의 삶을 살고 있었음에도 디킨슨이 하고 있는 일에 대한 소문이 애머스트를 넘어 뉴잉글랜드 전역에 금세 퍼져나갔다. 디킨슨의 은둔 생활에 대한 전설은 그녀의 실제 생활을 선별적으로 재구성한 것에 불과하다. 디킨슨은 방문객을 기피하고 손님들과 벽을 사이에 두고 이야기하는 등의 거의 연극적인 기벽으로 신화를 꾸며내는 일을 즐겼고, 이 신화를 비웃는 일도 즐겼다. 30세 생일 즈음 사촌인 루가 언제나 흰 옷만 입는 시인에 대한 소문을 이야기하자 디킨슨은 이를 비웃었다. "'대중'한테 지금 내가 갈색 옷을 입고 있다는 사실을 말하지는 말아줘. 더 갈색일 수는 없는 망토를 걸치고 똑같은 색의 양산을 들고 있다는 것도!" 애초에 왜 언급할 만한 "대중"이 있었는지 의문을 품고 시골 마을에서 살고 있는 30세 여자의 삶을 추측해보자면, 디킨슨은 마을의 중심가에 있는 가장 멋진 집, 때로는 저택이라 불리는 집에서 살았다. 사람들은 보스턴으로 우편차가 오가는 번화가를 내려다보는 저택의 한쪽 침실에서 애머스트대학의 경리 부장이었다가 하원의원이 된 인물의 딸이 살고 있다는 사실을 잘 알고 있었다. 그리고 그녀가 시인이라는 사실도 알고 있었다.

그 결과 유명한 지식인들이 디킨슨을 찾아와 시집을 출간하라고 설득했다. 디킨슨은 거절했다. 8년 동안의 편지 교환 끝에 히긴슨도 디킨슨을 방문했다. 디킨슨이 사망하기 전까지 이어진 기나긴 편집자와 작가의 관계를 통틀어 히긴슨이 직접 얼굴을 마주하고 디킨슨을 만난 것은 단 두 차례뿐이었는데, 이때가 그중 한 번이었다. "어떤 책을 읽다가 온몸이 완전히 차가워져서 어떤 불로도 덥힐 수 없게 되면," 디킨슨은 그에게 말했다. "나는 '그게' 시라는 걸 알아요. 물리적으로 머리 뚜껑이 열리는 것 같은 기분이 들면 나는 '그게' 시라는 걸 알아요." 히긴슨은 에밀리라는 사람의 기묘함에, 타닥타닥하며 걷는 어린애 같은 걸음걸이에, 유성처럼 빠르게 흐르는 생각과 돌발적으로 포격을 가하는 대화에 깜짝 놀라고 말았다. 훗날 히긴슨은 에밀리를 "애머스트의 내 미친 시인"이라는 별명으로 부른다. 히긴슨의 입에서 이런 별명이 나왔다는 것은 무시하는 뜻이 아니라 애정 어린 동류의식에 따라 에밀리를 인정했다는 뜻이었다. 오래전 노예제 폐지의 대의에 열의가 넘치던 시절 히긴슨은 도망 노예였다가 붙잡힌 젊은이를 풀어주려는 탈출 계획을 세웠다. 그 노예가 갇힌 법원 창문 밑에 매트리스를 깔아 놓고 그에게 그 위로 뛰어내리라고 한 다음 탈출을 위해 마련해놓은 마차에 태운다는 계획이었다. 열의만 넘쳐 정신이 나간 것처럼 무모하다는 비판을 받자 히긴슨은 선언했다. "어딘가 머리가 돌지 않고서는 남자는 시대에 대한 의무를 다할 수 없습니다."

히긴슨은 어린 시절 심각할 정도로 자주 죽음의 지평선을 맴돌던 병약한 아이였다. 그는 어린 시절을 "절반은 죽은 상태"였다고 기억했다. 히긴슨은 자라서는 자신의 연약함에 예방접종을 하기 위해 행동하는 사람이 되기로 결심했다. 자신의 무기로 말을 사용했던 에머슨을 비롯한 다른 개혁론자들과는 달리 히긴슨은 뜻을 이루는 데 행동이라는 물리적 차원이 필요하다고 생각했다. 원래 노예제에 반대하기 위해서 간행된 〈애틀랜틱 먼슬리〉에 처음으로 기고한 〈물리적 용기Physical Courage〉라는 제목이 붙은 글에서 히긴슨은 위험을 무릅쓰고 지하철도 조직을 이용하여 탈출하는 도망 노예들의 초인간적인 신체적 무용을 칭송했다.

> 이 남녀들은 악어와 블러드하운드와 맞서며 외로운 늪지대에서 자신의 용기를 시험했다. 대평원에서 굶주림과 싸우고, 배 선창에 몸을 숨기고, 기관차에 매달리고, 상자에 몸을 구겨 넣은 채 몇 백 킬로미터를 이동하여 발견되거나 버려졌을 때는 거의 반죽음 상태에 이르렀다. 그리고 이 모든 일을 견딘 후 아내와 자식을 구하기 위해 자발적으로 다시 한번 이 모든 위험을 감수하고 나섰다. 그들의 영웅적인 행동에 필적할 만한 능력을 가지고 있다고 주장하다니, 창백한 피부를 한 우리는 도대체 무엇이란 말인가?

히긴슨은 신체적 건강을 옹호하는 선구자가 되었고 1904년, 한 논문에서 보디빌딩이라는 단어가 등장하기 몇십 년 전에 이미 근육 운동의 사도로 활동했다. 나 또한 오래전에 보디빌딩을 해본 적이 있기 때문이 이 특정한 스포츠 분야가 혼란스러운 성 정체성을 풀어나가는 해결책이 될 수 있다는 사실을 잘 알고 있다. 정신과 신체를 구분하여 몸을 여자다움과 남자다움의 이상화된 모습에 복종시키는 동시에 전복하는 수단으로 만들 수 있기 때문이다. 이 점은 자신의 성 취향으로 고민하고 여자를 계속해서 억압하던 성 기준에 사상적으로 반대하던 히긴슨에게도 적용되었다. 어쩌면 히긴슨이 마거릿 풀러를 그토록 존경한 이유는 마거릿 풀러가 만성 질환에 시달리면서도 로마의 미쳐 날뛰는 혁명 한복판에 자신의 몸과 정신을 내던졌고, 임신 7개월의 몸으로 이탈리아에 있는 산을 올랐으며, 영웅적인 행위의 경계에 선 비극적인 죽음을 맞았기 때문일지도 모른다. 에밀리 디킨슨의 힘은 육체가 아닌 정신의 것이었지만 히긴슨은 디킨슨의 시가 단지 "살아 있을" 뿐 아니라 강건하며, 크나큰 역경을 겪으면서 갈고 닦은 아름다움을 지니고 있다는 사실을 알아차렸다. 이 아름다움은 문학 잡지의 책장에 평온하게 자리한 부드러운 시와는 전혀 달랐다. 한편 디킨슨의 시는 히긴슨의 또 다른 강렬한 열정에 호소했다. 몸의 물리성만큼이나 우리 생물의 본성에 기본적인 요소인 자연의 위대함에 대한 인식을 구현한다는 점에서였다. 히긴슨은 타오르는 듯한 정치적인 글로 좁은 개혁론자 공동체에서 존경과 논쟁의 대상이 되었지만, 대중의 상상력을 사로잡고 팬레터를 무더기로 받을 만큼 유명 인사의 자리에 오른 것은 〈애틀랜틱 먼슬리〉에 실린 자연에 대한 수필 덕분이었다. 새뮤얼 볼즈는 〈스프링필드 리퍼블리컨〉에서 "그처럼 숲의 서식지를 어린아이 같은 발과 예술가의 눈, 여성의 마음으로 탐험하는 사람은 없다"고 추어올렸다. 히긴슨의 위대한 영웅인 소로조차 히긴슨의 자연 수필을 칭찬했다. 〈꽃들의 행진The Procession of Flowers〉이라는 제목이 붙은 특히 아름다운 수필에서, 히긴슨은 문학의 기적은 단어에서 진달래 향기라는 감각적인 현실을 풍기게 만드는 기적적인 능력에 있다고 주장했다.

우리는 단순한 언어의 조합을 통해 모든 독자가 하얗고 꿀 내음을 풍기며 달콤함을 흘리는 것, 여름 벌레들이 계속 찾아오고 우주의 영혼이 사랑하는 것의 총합을 느끼도록 만들 수 있어야 한다. 결함은 언어가 아니라 사람에게 있다. 꽃이 아무리 아름답다고 한들 언어만큼 아름다울 수는 없다.

디킨슨이 처음 편지를 보내기 전에 발표한 〈야외에서의 연구My Out-Door Study〉라는 제목의 또 다른 수필에서 히긴슨은 썼다.

우리는 마치 규칙과 계량의 단순한 문제처럼, 기계적인 완벽함을 기하기 위한 일련의 긴 공정처럼 문학을 이야기한다. 하지만 이 모든 것은 미래에만 존재한다고 해도 틀리지 않을 것이다. 야외의 기준을 적용한다면 아직 문학이라는 것은 존재하지 않는다. 언뜻 조금씩 보이는 흔적과 안내판이 있을 뿐이다. 하나의 우발적인 문장 이상으로 신선하고 완벽한 매력을 계속해서 유지하는 글을 쓰는 데 성공한 작가는 아직 없다. 평생에 걸친 훈련을 통해 한 작가가 완벽한 운율이 지속되는 글을 한 쪽 쓰는 데 성공한다면, 정말 잘 살아온 인생일 것이다. 이런 문학 예술가는 자연의 기준에 질적으로가 아니라 양적으로만 부족하게 될 것이다.

그 후로 1년도 지나지 않아 히긴슨은 어느 특이한 작가와 편지를 주고받기 시작한다. 이 작가는 보격을 무시하고 기술적인 숙달과는 상관없이 자신의 시를 쓰며, 순수한 독창성으로 자연을 그려내는 작가이다. 히긴슨과 처음 편지를 주고받은 다음 해인 1863년 디킨슨은 인생에서 가장 많은 작품을 썼다. 디킨슨은 류머티즘성 홍채염에 시달리면서도 그해 말까지 지금 남아 있는 시만 해도 295편을 히긴슨에게 보냈다. 류머티즘성 홍채염은 홍채에 발생하는 보기 드문 질환으로, 당뇨의 합병증으로 자주 나타나며 눈의 고통, 빛에 대한 극단적인 예민함, 흐릿한 시야 같은 증상을 일으킨다. 이 병으로 디킨슨은 애머스트를 떠나 보스턴에 있는 유명한 안과 전문의를 만나러 가야 했으며 훗날 이 기간을 "재앙"이라고 회고하면서 "나를 벌벌 떨게 만든 유일한 사건"이라고 썼다. 이 병으로 "영혼의 가장 강력한 친구인 책"과 떨어져 있어야 했기 때문이다. 그럼에도 디킨슨은 위협적인 기세로 글을 써내려갔고 1년에 200편이 넘는 시를 썼다. 수전에게만 보여주기 위해 쓴 시도 있지만 대부분 히긴슨에게도 보여주었다. 마침내 히긴슨은 디킨슨의 시를 헬런 헌트 잭슨Helen Hunt Jackson에게 보여주었다. 잭슨은 그 시대 가장 존경받는 작가이자 자신의 펜으로만 성공을 거둔 몇 안 되는 여성 작가 중 한 명이었다. 몇 년 후 잭슨은 마거릿 풀러가《호수의 여름》에서 남겨둔 주제에 관심을 기울인 끝에 아메리카 원주민의 추방과 학대를 비난하는 대담한 책인《치욕의 세기A Century of Dishonor》를 집필한다. 명성 있는 보스턴의 제본사였다 출판사가 된 로버츠브러더스Roberts Brothers는 이 원고가 지나치게 논쟁적이라는 이유로 출간을 거절했다.

13년 전 이 출판사는 루이저 메이 올컷의《작은 아씨들》이 너무 지루하다는 이유로 원고를 거절한 적이 있다. 출판업자가 자신의 조카가 그 소설을 읽으며 웃다가 울다가 마음이 부드러워지는 모습을 보기 전의 일이었다.

한 세기 반이 지난 후 나는 불가리아에 있는 할머니의 서재에서 표지가 너덜너덜해진《작은 아씨들》을 발견한다. 할머니의 아버지인 게오르기Georgi가 소유했던 장서이다. 증조부는 내가 태어나기 엿새 전에 세상을 떠나 나는 그를 만난 적이 없지만, 할머니의 이야기를 통해 그를 잘 알게 되었다. 그는 20세기 초반, 불가리아가 500년 오스만제국 치하에서 벗어나 이제 막 군주제를 정착시키기 시작한 시대에 태어난 천문학자이자 수학자였다. 그는 두 차례의 세계대전을 겪은 후 자신의 고향이 몇 세기에 걸친 압제와 몇십 년에 걸친 전쟁으로 황폐화된 끝에 1940년대 공산주의 체제에 굴복하는 모습을 보아야만 했다. 철의 장막을 둘러친 독재 정부는 다른 진영에서 어떤 문화적 신호도 들어오지 못하게 막는 데 온갖 수고를 아끼지 않았다. 사소하지만 거대한 저항의 일환으로, 증조부는 자신의 트랜지스터 라디오를 불법으로 개조하여 BBC 월드 채널에 주파수를 맞추었다. 그리고 50세가 넘어 혼자 힘으로 영어를 공부하기 시작했다. 불법적인 수단을 동원하여 영어 사전과 고전 문학 작품 몇 권을 구한 다음 책의 단어에 밑줄을 긋고, 여백에 번역을 하고, 마치 앨런 튜링Alan Turing처럼 영문법이라는 암호를 해독했다. 1960년대에는 영어를 유창하게 말할 수 있게 되었다. 낮 동안 아홉 명의 손자들을 돌봐야 하자—그중에는 나의 아버지도 있었다—할아버지는 손자들에게 영어를 가르치면서 이 저항의 유산을 전해주기로 결심했다. 할아버지는 손자들을 공원으로 데리고 가서 놀다가 오후 간식 시간이면 손자들이 표준 영어로 샌드위치를 달라고 부탁할 때까지 간식을 주지 않았다.

증조부가 밀수입한 어니스트 헤밍웨이Ernest Hemingway와 제롬 데이비드 샐린저Jerome David Salinger, 스콧 피츠제럴드Scott Fitzgerald의 작품 중에서도 증조부의 조그맣고 깔끔한 주석이 가득한 책은 바로 《작은 아씨들》이었다. 올컷은 조(《작은 아씨들》에 등장하는 네 명의 딸 중 둘째로 씩씩하고 남자다운 성격으로 작가가 되는 인물이다—옮긴이)가 게오르기에게 어떤 영향을 미쳤는지 상상이나 할 수 있었을까? 문학이 가늠할 수 없는 방대한 문화의 지평으로 얼마나 멀리 뻗어나갈 수 있는지, 어떤 변화를 이끌고 어떤 존재를 자유롭게 해줄지 과연 상상할 수 있는 작가가 있을까?

로버츠브러더스는 처음 올컷의 작품을 거절했을 때 이런 상상력에서 몇 광년이나 모자랐고 헬런 헌트 잭슨의 원고를 단호하게 거절했을 때도 마찬가지였다. 뉴욕에 있는 하퍼스앤드브러더스Haper & Brothers가 기회를 잡아 이 책을 출간했다. 이 책은 출간 즉시 대성공을 거두었고 잭슨은 아메리카 원주민의 권리를 처음으로 진지하게 옹호하고 나선 문학 인사가 되었다. 얼마 후 잭슨은 캘리포니아에 있는 아메리카원주민위원회Commission for Native Americans의 수장으로 선출되며 미국 정치계에서 지도적 지위에 오른 최초의 여성 중 한 명이 된다.

하지만 지금 잭슨은 동료 시인으로서, "애머스트의 신화"를 부추겨 시집을 내게 하려고 디킨슨에게 다가갔다. 그것이 문학과 아름다움, 인정을 구하는 여성의 과업에 대한 자신의 의무라고 여긴 것이다. 1876년 3월 디킨슨에게 보내는 편지에서 잭슨은 후대에 대한 작가의 책임을 언급하면서 자신의 주장에 실린 무게를 짐짓 가볍게 만들려고 노력했다.

당신의 시를 몇 편 묶어 만든 책을 갖고 있어요. 이 책을 자주 읽습니다. … 당신은 위대한 시인이에요. 소리 내어 노래하지 않는 것은 당신이 살고 있는 시대에 잘못을 저지르는 일입니다. 당신은 죽은 뒤에 그토록 인색하게 굴었던 걸 후회하게 될 겁니다.

그해 10월 잭슨은 디킨슨을 직접 만나 설득했다. 은둔 생활을 시작한 지 15년 동안 디킨슨이 얼굴을 대면하고 만나는 일을 허용한 몇 안 되는 방문객 중 한 명이었다. 그 시점에 이미 1000편이 넘는 시를 쓴 디킨슨과 마주 앉은 잭슨은 전혀 다른 종류의 재능, 정도가 다른 것이 아니라 아예 종류가 다른 천재적 재능을 감지했다. "당신의 손이 내 손 안에서 얼마나 작게 느껴지던지 겁이 날 정도였습니다." 방문 후에 잭슨은 디킨슨에게 편지를 썼다. "마치 하얀 나방에게 이리 와서 나와 같이 풀을 먹자고 청하는 거대한 황소가 된 기분이었어요. 그 나방이 소고기로 변할 수 없는지 보기 위해서요."
잭슨은 이 이상한 나방에게 햇살 아래로 나오라고 설득하려 한 무례함을
사과했다. "나는 얼마나 멍청했던지요!" 잭슨은 출간을 꺼리는 디킨슨의 저
항을 인정할 수밖에 없는 듯 보였다. 하지만 잭슨은 그런 디킨슨의 결심을
이해하지 않았고 이해할 수도 없었다.

　그리고 어떻게 이런 일을 이해할 수 있단 말인가? 출판에 대한 거부가
단순히 겸손함에서 비롯된 것은 분명히 아니었다. 디킨슨은 자신이 시인이
라는 사실과 자신이 쓴 시에 자부심을 품고 있었다. 자신의 시를 자랑스러
워했기 때문에 디킨슨은 자신이 쓴 시를 바늘로 꿰매어 작은 책으로 묶어
친구들에게 보내는 편지에 동봉했고, 아픈 이웃을 위해 구운 빵 위에 함께
묶어 보냈다. 그리고 자신의 시가 "몇 세기 동안 즐겁게 해줄 거야 / 나는 이
미 오래전에 사라진 뒤에도 / 불명예를 입은 풀들 사이의 한 섬- / 아무도
모르고 오직 데이지만 아는 섬-"이라고 노래했을 때도 오직 절반만이 농담
이었다.

　《오로라 리》를 독실하게 읽은 디킨슨은 어쩌면 배럿 브라우닝의 주장을
교리처럼 받아들였는지도 모른다. "가장 가치 있는 시인은 죽기 전까지 무
관으로 남아 있다. 죽음이 그 이마를 뼈로 표백할 때까지." 디킨슨이 피하려
한 것은 칭찬이 아니라 왕관이었고 사람들이 알아보는 유명한 존재가 되는
것이었다. 오늘날 유행하는 유명인 문화와는 극적일 만큼 동떨어지고 거의
이질적이기까지 한 사고방식이다. 현대의 문화는 유명세를 가치로 오해하
고 있다. 여기에 또 다른 디킨슨의 분열적인 역설이 있다. 디킨슨은 진가를
인정받고 자신을 이해받고 싶었지만 사람들 눈에 노출되고 싶지는 않았다.
어쩌면 디킨슨이 원래 그런 성격이었는지도 모르지만 자라면서 이런 성향
이 키워졌다는 사실은 분명하다.

에밀리가 스무 살 무렵 오스틴은 두 차례에 걸쳐 여동생에게 예뉘 린드의 노래를 들으러 오라고 권했다. "우리는 박물관이나 고요함, 예뉘 린드에는 전혀 관심이 없어"라고 에밀리는 놀리듯 답장을 썼다. 1851년 여름 수전과 사랑에 빠졌을 무렵 마침내 에밀리는 아버지가 집안의 여자들을 데리고 스웨덴의 나이팅게일의 노래를 들으러 외출하는 일에 동의했다. 쏟아지는 폭우를 뚫고 네 식구는 린드가 끌어모으는 청중을 수용할 수 있을 유일한 건물인 고딕풍 성당으로 길을 향했다. 음악가의 콘서트를 한 번도 본 적이 없었고 다시 보는 일도 없었지만 에밀리는 린드의 공연에 매료되었고 린드라는 사람에 한층 더 깊이 빠져들었다. "우리는 그녀의 음악이 아닌 그녀 자신을 사랑하게 된 것 같아." 이틀 후 에밀리는 오스틴에게 보내는 편지에서 "그 부드러운 파란 눈에 드리운 추방자의 분위기"에 대해, "어떻게 예뉘가 어린아이처럼 앞으로 나와 노래를 부르고, 또 부르고, 또 불렀는지, 어떻게 꽃다발이 눈처럼 쏟아져 내렸는지, 어떻게 천장이 박수갈채로 떠나갈 듯했는지, 어떻게 밖에서는 신의 우레가 울려 퍼졌고, 어떻게 안에서는 인간의 우레가 울려 퍼졌는지. … 어떻게 우리가 모두 예뉘 린드를 사랑하게 되었는지"에 대해 썼다.

하지만 모든 사람이 공연을 마음에 들어 한 것은 아니다. 에밀리의 묘사에 따르면 오직 "고독하고 종교적인 책"만 읽은 에밀리의 아버지는 여자가 무대에 오르는 일을 마땅찮게 생각했다. 아무리 천재적인 재능이 있다고 해도 여자가 대중 앞에 자신을 노출하고 자신의 작품에 돈을 청구할 이유는 안 된다고 생각한 것이 틀림없었다. 디킨슨이 일생의 대부분을 침실 안에서 은둔하면서 출판을 거부한 데 다른 이유가 있었을지도 모르지만, 아버지의 신념이 형성한 조형적인 풍토도 전혀 관련이 없지는 않을 것이다.

디킨슨의 계속된 저항에 당혹한 헬런 헌트 잭슨은 이제 감정이입의 역할을 뒤집는 곡예적인 방법을 시도했다. "당신은 내 시를 읽으면서 큰 즐거움을 누린다고 말하지요. 어딘가 당신이 모르는 누군가에게 당신 시를 읽으며 같은 즐거움을 누리도록 해주세요."

어쩌면 디킨슨의 거부는 대중의 능력에 대한 불신에 그 뿌리가 있는지도 모른다. 대중이 자신의 시와 이상의 진가를 인정하기는커녕 이해조차 할 수 없을 것이라 생각했을지도 모른다. 디킨슨은 자신이 유별나고 특출나다는 사실을 스스로 잘 알고 있었을 것이다. 그녀가 사랑해 마지않던 오로라 리는 상업주의와 관습에 물들어 독창적인 예술의 영혼을 좌절하게 만드는 비평가와 출판사, 독자들의 잘못된 이해와 잘못된 인정의 단계를 빈틈없이 열거한다.

내 평론가 해먼드는 기분 좋게 칭찬하면서

마지막 책 같은 작품을 하나 더 원한다

내 평론가 벨페어는 다른 책을 원한다

완전히 다른 종류의 잘 팔리는(그리고 살아가는?) 책을,

인상적이지만 너무 놀라게 하지 않는 책을

대중은 독창성을 비난하오

(불시에 샘물을 퍼 올려서는 안 되오,

불안으로 가득한 예의 바른 대중을 향해서는)

좋지만 미묘하지 않고, 새롭지만 전통을 지키는

책장 귀를 접는 것처럼 손쉬운 독서여야 하오

앞서 말한 대중이 할머니에게 처음 철자법을 배운 다음

50년 동안 손에 들고 넘기는 책으로

그 후에도 일종의 깨달음을 얻을 수 있는 책이어야 하오

그것 참 어렵군요, 벨페어여!

오로라의 가장 큰 걱정거리는 디킨슨 자신의 걱정거리였을 수도 있다. 디킨슨이 자신의 시를 쓰기 위해 파내려간 어둠에는 인위적인 쾌활함이 있을 곳이 없었다.

내 평론가 잡슨은 더 웃음이 많기를 권한다
유쾌한 재능이 시대에 맞기 때문이란다
모든 진정한 시인은 참을 수 없을 만큼 웃음을 터트리게 만드오
셰익스피어와 신들처럼 말이오. 그건 아주 어려운 일이에요
신은 크게 웃을지도 몰라요, 셰익스피어도 말이에요. 단테는 미소를 지었지요
두 창백한 입술 위에 그토록 가난한 마음을 보이면서요
우리는 울부짖어요, "차라리 울어요, 단테." 시는
사람입니다. 진정한 시라면 그렇지요. 대체 누가 사람 사는 집으로 가서
큰 소리로 외친단 말입니까? "이보세요, 이건 아마도
지난주에 떨어진 우레일 거예요, 아내를 죽이고
병약한 남편을 질겁하게 했다지요. 그건 어때요?
자, 일어나 즐거워하세요, 소리를 지르고 박수를 치세요
왜냐하면 유쾌한 재능이 시대에 맞기 때문이니까요"라고요?
누구도 사람한테는 그렇게 말하지 않아요. 그런데 어째서
시한테는 그렇게 말한단 말입니까?

디킨슨이 시에 재능이 있었다면, 그리고 그녀 자신이 그걸 알았다면, 그녀는 그것이 유쾌한 재능은 아니라는 사실도 잘 알고 있었을 것이다. 시를

대중의 취향에 맞추어 왜곡하는 일은 진정성의 날을 무디게 만들어 시를 예술이 아닌 다른 무언가로 만드는 일이다. 배럿 브라우닝도 《오로라 리》에서 이 문제에 질문을 던졌다.

유명세를 얻기 위해서 실천하는 미덕은
악덕처럼 더러워진다. 상찬이나 고용을 위한 예술이
여전히 그 광채를 지키며 순수한 예술로 남아 있을 수 있는가?

하지만 잭슨은 물러나지 않았다. 잭슨은 디킨슨에게 시 〈성공Success〉을 로버츠브러더스에 보내라고 간청했다. 이 출판사는 영어권 세계에서 현재 활동하고 있는 시인들의 작품을 모아 익명으로 된 시선집을 내려 하고 있었다. (〈성공〉은 디킨슨이 살아 있는 동안 발표된 열한 편의 시 중 하나로 14년 전 〈브루클린 데일리 이글〉에 실렸을 때 편집자들이 그 제목을 붙였다. 디킨슨은 자신의 시에 어떤 제목도 붙이지 않았다.) 1878년 10월 디킨슨은 마침내 동의했다. 그해 말 시선집이 평론가들에게 공개되었을 때 〈성공〉은 실망스러운 시들 중에서 유일하게 돋보이는 작품으로 선정되었다. 비평가들은 이 시가 다른 사람이 아닌 에머슨이 쓴 시라고 추측했다.

성공은- 달콤하다고 해
한 번도 성공해본 적 없는 이들이 그런 말을 하지-
넥타를 이해하기 위해서는-
큰 아픔이 필요하니-

그 후로 4년 동안 잭슨은 작가의 정체를 알고 있는 로버츠브러더스의 편집자에게 디킨슨에 대한 칭찬을 늘어놓으면서 디킨슨의 시를 더 출간하라고 끈질기게 부추겼다. 하지만 디킨슨이 다른 시들을 보여주었을 때 출판사는 정중하게 거리를 두었다. 오직 자신이 선택한 친한 이들을 위해서만 시를 쓰고 그들에게만 시를 보여주면서 20년 넘게 개인적으로만 시를 써온 끝에 42세가 되어서야 디킨슨은 처음으로 대중 앞에 자신을 선보이려 했다. 하지만 그 결과는 거절이었다. 디킨슨은 다시는 시를 출간하려 하지 않는다. 한 세대 전 마거릿 풀러는 끊임없이 두드려 맞아야만 하는 창작하는 삶의 시련을 이야기한 적이 있었다. "삶에서, 예술가의 작품에서는 '네'라는 말이 영속적으로 숨을 쉬듯 뿜어져 나온다. 자연도 이를 메아리친다. '아니오'라고 말하고 싶을 때는 사회에 그 일을 맡겨버린다."

디킨슨은 자신의 개인적인 방, 비난이라고는 하나 없는 햇살 아래에서 자신의 "네"들을 계속해서 살아간다. 디킨슨은 인생의 말년에 쓴다. "성공이란 먼지인 한편 영원히 이슬로 젖은 목표이다." 하지만 작품을 거절당한 데 상처받아 시를 출간하지 않으려 했다고 단정하는 것은 경솔한 짓일 것이다. 그보다는 출판사라는 상업적 회사와 잠시 스친 경험으로 명성이라는 문화적 기계 장치에 대한 거부감이 한층 단단해졌을 가능성이 높다. 디킨슨은 편지를 나누기 시작한 초반 히긴슨에게 말한 적이 있었다. "만일 명성이 내게 속한다면 나는 그녀에게 도망칠 수는 없을 테지요." 디킨슨이 명성에 대해 상반된 감정을 품고 있던 것은 분명하다. 한 시에서는 명성에 대해 "상하기 쉬운 음식인데 / 이리저리 돌아다니는 접시에 담겨 있지"라고 노래했다. 다른 시에서는 이렇게 썼다.

명성은 꿀벌이야

노래를 부르고-

침까지 쏘니까-

아, 또 날개까지 달려 있지

　

헬런 헌트 잭슨은 디킨슨의 시를 세상에 소개하려는 노력을 결코 멈추지 않았다. 그녀 자신도 로버츠브러더스에게 거절당한 후 새로운 출판사를 찾아 기념비적인 성공을 거둔 경험이 있었기 때문에, 잭슨은 이 경험을 무기 삼아 시인에게 생각을 바꾸어달라고 계속해서 부탁했다. 처음 잭슨은 시대에 대한 시인의 윤리적인 책임감에 호소하면서 당대에 이토록 훌륭한 재능을 숨기는 것은 "잔인할 정도로 잘못된 일"이라고 몰아붙였다. 그런 다음 잭슨은 디킨슨이 죽음에 열중하고 있다는 점을 이용하여 장난스럽게 디킨슨의 시가 불멸에 이르는 승차권이라고 주장했다. "당신이 소위 사람들이 죽었다고 말하는 존재가 된다면, 남겨두고 온 가엾은 영혼들이 당신의 시를 읽으며 기뻐하고 즐거워하기를 바랄 거예요. 그렇지 않은가요? 그럴 게 틀림없어요." 잭슨은 디킨슨이 이미 명성을 불멸로 가는 통로가 아니라 그 정반대의 것으로 목표에 못 미치고 시간에 유예된 존재로 묘사하는 시를 써서 자신의 의견에 반박했다는 사실을 알지 못했다.

　

어떤 이들은- 불멸을 위해서 일해-

더 중요한 이들은─시간을 위해서 일해-

시간은- 그 즉시- 보상을 해주니-

불멸은- 명성을- 확인하지-

　

히긴슨은 디킨슨의 시에 매료되었지만 시장성이 없다고 판단해 출간을 단념시켰다. 새뮤얼 볼즈도 디킨슨의 시를 몇 편 발표한 적이 있지만 이름을 숨겼고 시를 이리저리 잘라냈다. 이 시대는 결국 미국에서 살아 있는 시인 중 가장 존경받는 시인인 월트 휘트먼이 얼마 전 사망한 미국에서 가장 존경받던 시인인 롱펠로에 대해서 "훌륭한 평균의 마음에 가서 닿았고 예외적인 열정이나 인간성의 들쭉날쭉한 탈선에 대해서는 노래하지 않았다. …… 그는 혁명가가 아니었고 공격적이거나 새로운 것은 아무것도 가져오지 않았으며 강렬한 일격을 가하지 않았다"고 애도하는 시대였다. 다시 말해 롱펠로는 베수비오 화산이 아니었던 것이다. 헬런 헌트 잭슨은 디킨슨의 생전에 그 활화산 같은 재능을 알아본 세 명의 독자 중 한 명이었다. 이 세 독자는 모두 여자이다. 하지만 디킨슨의 문학적 유산 집행자가 되고자 했던 잭슨이 디킨슨에 앞서 몇 달 전 갑작스레 세상을 떠나면서 이 시를 알릴 의무가 나머지 두 사람에게 남겨졌다. 시인의 인생 처음과 마지막을 전혀 다른 방식으로 장식한 두 여자이다. 에밀리의 첫사랑이자 가장 중요한 뮤즈, 평생의 독자였던 수전과 메이블 루미스 토드Mabel Loomis Todd이다. 디킨슨의 우주를 생각지도 못한 방식으로 습격하는 토드는 디킨슨의 가족을 갈라놓는 한편 에밀리 디킨슨의 유산을 전례도 없고 상대도 없는 문학 예술로 봉인하게 된다.

*　　*　　*

오스틴보다 스물여섯 살이나 어리고 에밀리보다 스물네 살이 어린 메이블 루미스 토드가 디킨슨 가의 생활에 춤 추는 듯한 걸음걸이로 들어온 것은 1881년 8월의 마지막 날이었다. 워싱턴에서 배와 기차, 마차를 타고 이동한 2주 동안의 여정이 끝나는 날이었다. "내가 무슨 짓을 한 거지?" 메이블은 일기에서 몸서리쳤다. 메이블은 남편인 천문학자 데이비드 펙 토드David Peck Todd를 따라왔는데, 그는 그해 후반 최초로 금성의 천체면 통과 사진을 찍어 명성을 얻게 된다. 이 현상은 모든 것을 예측할 수 있는 우주의 사건 중에서도 가장 보기 드문 장면이다. 토드는 놀랄 만큼 봉급이 줄어드는 것을 감수하면서 자신의 모교인 애머스트대학의 천문학 교수 자리를 받아들였는데, 그 뒤에는 부유한 후원자가 새로운 천문대에 30만 달러, 오늘날의 가치로는 750만 달러를 투자할 계획이 있다는 말과 함께 토드를 그 새로운 천문대의 관장으로 앉혀주겠다는 비밀스러운 약속이 있었다. 이 약속은 지켜지지 않는다. 하지만 10년 후 그 아내가 에밀리 디킨슨의 복화술사라는 명성을 이용하여 남편을 위한 천문대 기금을 조성하고 나선다.

메이블은 대부분 집마다 형제자매가 많던 시대에 외동딸로 자랐다. 메이블의 아버지는 시인이자 과학자이며 초월주의적 경향을 지닌 자연의 애호가로, 월트 휘트먼, 헨리 데이비드 소로와 함께 종종 야생의 자연을 산책했다. 헨리 데이비드 소로가 아기였던 메이블을 어색하게 안아본 적도 있었다. 메이블의 부모는 풍족하지 못한 살림에도 딸을 3년 동안 조지타운에 있는 학교에 보냈다. 이 학교에서 메이블은 남부식 예의범절을 익히고 천문학과 기하학, 화학을 열심히 공부한 후에 보스턴음악학교Boston Conservatory of Music에 진학했다. 메이블의 고모는 대학을 나온 최초의 여성 중 한 명이었고 메이블의 할아버지는 농부이자 수학자로 《항해력》을 제작하는 마리아 미첼의 동료 중 한 명이었다. 메이블의 아버지 또한 50년 동안 《항해력》 제작에 몸담았다. 아버지의 직장에 놀러갔을 때 메이블은 아버지의 젊고 온화한 동료인 데이비드 토드를 만났다. 토드는 한 번에 여러 명의 여자에게 눈길을 주고 가끔 손을 대기도 하던 쾌락주의자였다.

스물한 달 후 메이블과 데이비드는 결혼했다.

아름답다고는 할 수 없지만 인상적인 외모의 25세의 메이블은 놀라울 정도로 침착한 태도를 지녔다. 붉은 기가 감도는 갈색의 생기 넘치는 큰 눈은 동양인 같은 이목구비를 한 얼굴을 환히 밝혔고, 그 얼굴에서는 아름다움이란 신체가 아니라 존재의 행동에서 발산된다고 믿는 사람의 자신감이 뿜어져 나왔다.

수전과 오스틴이 결혼식을 올린 해에 태어난 메이블은 부부의 스물다섯 번째 결혼기념일이 지나고 얼마 뒤 두 사람의 삶에 들어왔다. 화가이자 피아니스트, 전문적으로 훈련받은 가수, 책을 낸 수필가인 메이블은 어안이 벙벙한 애머스트의 시골에 야심과 카리스마, 도회적인 마음을 들여왔다. 마을에 도착하자마자 메이블은 마을에서 "가장 현실 사회에 가까운 인물"인 수전 디킨슨에게 이끌렸다. "나는 그녀한테 완전히 빠졌어요." 메이블은 신이 나서 어머니에게 말했다. "정말 소탈하고 매력적이고 꾸밈이 없어요. 나를 전적으로 이해해줘요."

하지만 2년이 지난 뒤 메이블은 수전이 죽기를 바라게 된다.

마을에 도착한 지 1년 11일 후에 메이블은 오스틴 디킨슨의 연인이 되며 20년 후 그가 사망할 때까지 계속 그의 연인으로 남는다. 일종의 대안적인 결혼 관계였던 두 사람의 관계는 에밀리 디킨슨의 시가 세상에 퍼지게 되는 가장 중요한 요소가 된다.

배우자가 아닌 사람과의 성관계를 인정하는 자유결혼open marriage 개념이 받아들여지기 훨씬 전에, 자유결혼이라는 용어 자체도 존재하지 않던 시절 토드 부부는 그런 결혼 생활을 아주 만족스럽게 유지하고 있었다. "우리는 좀더 나중의 시대에 태어났어야 해요. 그게 다예요"라고 메이블은 쓴다. "지금부터 100년, 200년 후라면 세계는 우리와 함께 즐거워할 거예요." 결혼 후에도 데이비드는 방종한 생활을 이어가는 한편 아내에게 보내는 편지에는 "연인/남편"이라고 서명했다. 메이블은 일기에 자신의 정력적인 성생활을 기록했다. 그녀는 일련의 상징 기호를 이용하여 사랑을 나누는 일과 오르가슴을 표시했다. (동정으로 죽었던 한스 크리스티안 안데르센은 기독교의 십자가 표지를 이용하여 자위행위를 기록했다.) 데이비드와 사랑을 나누는 일도 새해 첫 날의 1회부터 기록하다가 8월의 75회에 이르러 멈추었다. 오스틴과의 성적 관계에 대해서는 훗날 양이 아닌 질에 대한 기록을 남긴다. "완벽하게 행복하고 만족스러운 두 시간." 메이블은 이 결혼 협정의 대칭성을 이렇게 회고했다.

나는 데이비드가 일부일처제에 순응하는 생물이 될 수 있을 것이라 생각하지 않는다. 그 천성을 다해 나를 사랑하는 것을 아는 한편으로 그가 다른 사람과 굉장한 사랑에 빠질 수 없다고는 전혀 생각하지 않으며 그 사람과 자극적인 시간을 보낼 수도 있다고 생각한다.

메이블과 데이비드는 철학자인 에머슨이 반세기 전에 오직 말로만 감히 표현할 수 있던 것을 직접 실천했다. 메이블이 오스틴과 사랑에 빠진 해에 세상을 떠난 에머슨은 마거릿 풀러에게 이렇게 말한 적이 있다. "영혼은 두 존재의 영속적인 결합이라는 의미에서 결혼이라는 것을 알지 못한다." 그렇다기보다 "영혼은 그 안으로 들어가는 각각의 생각들과 결혼한다."

처음 만난 순간부터 오스틴 디킨슨은 메이블 루미스 토드의 영혼 안으로 들어갔다. 메이블은 그를 "수려한(그리고 인상적인) 외모에 품위 있고 강인하며 조금 별난 데가 있는 남자"라고 생각했다. 하지만 수전에 대한 애착이 오스틴의 여동생에 대한 매혹을 거쳐 수전의 남편에게 향하기까지는 1년이 넘는 시간이 걸리게 된다. 1882년 9월 중순 메이블은 자신의 일기에서 감탄했다.

에밀리는 애머스트의 "전설"이라 불린다. 벌써 15년 동안이나 집 밖에 나오지 않았다. 아주 기이하고 아주 인상적인 시를 쓴다. 여러 측면에서 천재라 할 만하다. 언제나 흰 옷만 입고 은둔 생활을 시작할 당시인 15년 전에 유행한 머리 모양을 하고 있다.

이 일기를 쓰기 바로 전 일요일, 메이블은 오스틴의 손에 이끌려 홈스테드를 처음으로 방문했다. 에밀리가 수전과 오스틴의 마음을 이미 사로잡은 이 새로운 인물에게 집에 와서 노래를 불러주었으면 좋겠다고 부탁했기 때문이다. 메이블은 그 부탁을 들어주었다. 메이블은 피아노 앞에 앉아 베토벤을 연주하며 홈스테드의 공허한 실내를 자신의 안정적인 고음으로 가득 채웠다. "이 거대하고 고요한 집에 내 목소리가 울려 퍼지는 동안"이라고 메이블은 나중에 일기에 기록했다. "에밀리 씨가 그 기묘한 흰옷을 입고 문밖의 그늘에 숨어 내 노랫소리에 귀를 기울이고 있었다고 생각하니 참으로 이상했다." 노래가 마지막 음표에 내려앉은 후 에밀리는 셰리주 한 잔과 메이블의 노래를 들으면서 쓴 시 한 편을 전해주었다. "나는 그녀를 직접 만나야 한다고 생각했다." 메이블은 결심했다. "이 오랜 시간 동안 그녀의 가족 말고는 그녀를 직접 본 사람이 없었다."

메이블 토드는 에밀리 디킨슨을 직접 만나지 못한다. 두 사람이 가장 가까이 접근하게 될 때는 관 뚜껑이 두 사람 사이를 가르고 있었다. 하지만 메이블은 앞으로 다가올 수십 년 동안 대중의 상상력 속에 "전설"을 살아 숨 쉬게 만드는 가장 강력한 원동력이 된다.

메이블이 홈스테드를 찾은 다음 날인 9월 11일 저녁 오스틴은 토드 부부가 머무는 하숙집에 메이블을 데리러 가서 함께 자신의 집까지 걸어왔다. 메이블이 집에서 열리는 모임에 초대를 받았기 때문이다. 폭우가 쏟아지고 있었고 두 사람은 에버그린즈의 대문에서 잠시 걸음을 멈추었다. "한 치 앞도 보이지 않았다." 에밀리 디킨슨이 세상과 만나게 될 계기를 마련하는 날로부터 1주년이 되는 날 메이블은 회상했다. "하지만 보고 싶지도 않았다." 한 치 앞도 볼 수 없던 메이블의 갈색 눈이 적갈색 눈썹으로 뒤덮이고 검은 모자의 낮은 테에 가려져 있던 오스틴의 호박색 눈과 마주쳤다. 오스틴의 신중한 성격을 생각할 때 메이블이 먼저 고백했을 가능성이 높다. 두 사람은 사랑에 빠졌다. 1년 후 메이블은 괴테의 "선택적 친화력" 개념을 모방한 부정한 밀회의 지배적인 마력을 회상한다. "나 자신과 전혀 동떨어진, 내 의지와는 전혀 상관없는 무언가에 이끌려 나는 뻔뻔하게, 기꺼운 마음으로 그 관계에 들어갔다."

오스틴 또한 시작의 순간을 피할 수 없었으며 그 시작이 자신이 의식하는 현실의 범위를 벗어나 있었다고 회고한다.

나는 손을 잡았고 그 손을 놓을 수가 없었다. 그 손도 내 손을 놓지 않았다. 나는 걸어갔다. 내가 꿈속의 나라에 있었던가? 아니면 현실의 세계에 있었던가? 나는 그게 꿈속의 나라가 틀림없다고 생각했다. 눈을 뜨기가 겁이 났다. 내가 깨어 있다는 사실을 "알고" 있었음에도 믿을 수가 없었다. 너무도 강렬했고 대단했다.

오스틴은 훗날 이 넘치는 희열에 사람을 마비시키는 힘이 있었다고 회고한다. "내 인생의 경험은 그런 일을 허용하기에는 너무도 확고했고 단단한 껍질로 덮여 있었어요. 그런데 그것이 모든 것을 부정하고 뒤덮었어요."

도덕적 문제에서 청교도적 엄격함의 구속을 받지 않는 메이블은 두 사람의 개인적인 혁명을 소리 높여 외친다. "위대한 천국이여, 내 사랑, 나는 그 사랑으로 황홀해져요. 거의 압도당할 지경이에요. 우리는 사랑합니다." 메이블은 계속해서 "두 사람이 이토록 고결하고 완전하게 한없이 사랑하는 모습은 신들이 지켜보기에도 흡족했을 것이 틀림없다"라고 쓴다. 역사에서도 전례가 없는 사랑, 상상 속에서도 비길 데가 없는 사랑이었다. "어떤 사랑 이야기도 우리의 사랑에 필적하지 못한다."

오스틴은 일기에서 9월 11일 저녁에 대해 간결하면서도 중대한 의미를 내포한 단어를 이용하여 기록했다. "루비콘." 폭풍이 몰아치는 정원에서 결혼의 정절을 깨트리는 행위를 역사적인 사건에 비유한 것이다. 루비콘강을 건너면서 율리우스 카이사르Julius Caesar는 로마공화국의 신성한 법률을 어기고 내전을 일으켰다. 돌이킬 수 없는 이 순간에서 고전주의 조각부터 로마의 문학과 현대 달력에 이르기까지, 서구 문명의 많은 부분이 탄생했다. 오스틴은 이 은유적인 단어가 내비치는 선견을 간파하지 못했을 것이다. 그날 밤 그와 메이블이 루비콘강을 건너면서 몇 세대에 걸쳐 지속되는 홈스테드와 에버그린즈 간의 유명한 "집안 전쟁"이 시작되기 때문이다. 에밀리 디킨슨의 작품이라는 전장에서 마그마처럼 치열한 감정이 오가는 승자 없는 전쟁은 문학계의 지평을 근본적으로 변화시키는 결과를 낳게 된다.

메이블 또한 자신에게 일어난 사건의 중대함을 직감적으로 깨닫고 있었지만 이 사건의 개인적인 중대함을 표현한 글이 다가올 세기의 문학에 미칠 중대한 영향에 대한 예언으로 읽힐 수 있다는 사실은 전혀 알지 못했다.

이토록 기이하고 전혀 예기치 못한 시작, 형언할 수 없이 아름다운 시작이 평범하거나 시시한 결과로 끝날 수는 없었다. … 완전히 새로운 미래가 열렸다. 가능성들이 내 앞에서 진동했다. 하지만 그때 나는 그 중대함을 제대로 이해하지 못했다.

루비콘강을 건너고 얼마 후 토드 부부는 열여덟 달 된 딸을 데리러 워싱턴으로 잠시 돌아갔다. 부부가 애머스트에서 좀더 확실하게 자리를 잡는 동안 메이블의 어머니가 워싱턴에서 손녀를 돌봐주고 있었기 때문이다. 워싱턴에서 메이블은 오스틴에게 첫 편지를 보냈다. 오스틴은 그동안 대학교 이사진에게 영향력을 발휘하여 데이비드의 봉급을 크게 올려주려 하고 있었다. 오스틴의 호의에 감사의 마음을 표현한 후 메이블은 두 사람의 사랑을 전혀 예측하지 못한 우주적 힘이라고 여기면서 1882년의 대혜성에 빗댄다. 대혜성은 루비콘의 그날 밤 하늘에 나타나 여전히 불타오르며 하늘을 가로지르고 있었다.

　당신이 그 혜성의 모습에 그토록 희망을 품다니 기뻐요. 나는 혜성을 보고 나서 하루이틀은 우울한 생각이 들었지만 그 후에는 희망을 품게 되었어요. 내 영혼의 극단적인 쾌활함으로 혜성의 마지막 날까지 무사히 버틸 수 있을 것이라 생각해요. 앞으로 다가올 모든 일을 완벽하게 알고 있다면 행복하지 않을 수가 없겠죠. 하지만 여관에서 혜성이 신속하게 물러나고 있어서 기뻐요. 나는 삶을 사랑하거든요.

　한 달 뒤 메이블은 삶에 대한 혜성 같은 열정을 오스틴에게 쏟아부으며 둘의 사랑이 기적이자 필연이며 우주를 지배하는 힘과 같은 힘의 지배를 받는다고 말한다.

　당신을 사랑합니다. 당신을 사랑합니다! 왜 그래야 하죠? 왜 그러지 않아야 하죠? 누가 사람의 마음을 만들고 그 마음을 지배하나요! 그늘보다 햇살을 좋아하는 게 어디가 잘못된 건가요? 의식이 없는 행성 또한 빛으로 향하지 않는가요?

　오스틴 또한 멜빌의 "신성한 자석"의 정서를 되풀이하며 같은 마음으로 응답한다.

　오늘 아침에는 정말로 당신이 신비롭고 자발적인 힘에 이끌려 나에게 향하고 있다는 것을 실감합니다. 내가 저항할 수 없이 당신에게 이끌리는 힘과 똑같은 힘이죠.

　이 모든 일이 일어나는 동안 수전은 어디 있는가? 수전은 초기에는 부정을 의심하지 못했을 뿐 아니라 오히려 부추기고 있었다. 어느 밤 오스틴이 친절하게도 메이블을 집까지 걸어서 데려다준 일로 어느 이웃이 놀려대자 수전은 코웃음을 치며 대답했다. "부디 불쌍히 여겨서 그를 비웃지 말아주세요. 그이한테 정말 좋아하는 사람이 한 사람이라도 생긴다면 나 또한 기쁘겠어요." 메이블은 남편에게 디킨슨 부부가 "정말로 감동적이고 무척이나 후한 마음씨로" 어떻게 자신에게 "집과 말과 마음을" 내어주었는지 기쁘게 보고했다. 메이블은 독특하고 마법적인 사고방식으로 내면의 도덕적 불협화음을 진정시킨 듯 보였다. 일종의 또 다른 우주에 자신을 투영하여 오스틴에게 끌리는 강한 힘에 항복한다 하더라도 여전히 수전에게 신뢰와 존경을 받을 수 있으며, 자신도 그녀를 존경하는 친구로 남을 수 있다고 생각한 것이다. 어쩌면 메이블은 단순하게 자신의 부부 관계에서 허용되기 때문에 오스틴의 부부에게도 허용될 수 있으리라는 희망을 품고 있었는지도 모른다. 오스틴과 사랑에 빠지는 중에도 메이블은 이런 일기를 썼다. "데이비드와 나는 함께 있어 아주 행복하다. 우리는 매일 새롭게 서로를 사랑한다. 서로와 함께하는 우리의 삶은 말로 표현할 수 없을 만큼 기쁨이 넘친다."

수전은 남편과 천문학자의 어린 아내 사이에 무언가 "호감" 이상의 것이 있다고 의심하기 시작했고 질투심의 열화를 얼음처럼 차가운 태도로 바꾸었다. 태도 변화가 너무도 뚜렷하고 날카로워 메이블은 자신이 쌓아올린 가능성의 환상을 완전히 무너뜨릴 수밖에 없었다. "수전의 철저하게 냉담한 태도(더할 나위 없는 예의와 결합된)를 거의 참을 수 없을 지경이에요." 그럼에도 메이블은 오스틴에게 쓰는 편지에서 여전히 자신의 평행 우주를 주장했다.

> 내가 어떻게 아직도 그녀를 이토록 사랑할 수 있는지 아시겠어요? 하지만 난 그래요. 수전은 내가 아는 어떤 여성보다 나를 지적으로 자극해요. 정말 매혹적인 사람이에요. 나를 다시 좋아하게 만들기 위해 "무슨 짓"이라도 할 생각이에요. 수전의 손과 손목은 정말 예쁘고 여자다워요. 어젯밤에는 정교하게 세공된 작고 예쁜 팔찌를 하고 있었어요. 언제라도 가서 그 팔찌에 입을 맞출 수 있었을 텐데.

오스틴은 두 사람 사이에 흐르는 기묘한 전류에 휘둘리면서도 53년 동안 쌓아올린 엄격하고 재미없고 청교도적 교리에 구속되어 있는 변호사라는 자아와 새로운 사랑을 통해 다시 태어나 환희로 활짝 피어오르고 억압을 벗어던진, 스스로도 낯설게만 보이는 자아, 이 양립할 수 없어 보이는 두 존재를 화합시켜야 한다는 압박을 느끼고 있었다. 가을에 꽃을 피우는 크로코스는 자신이 계절에 맞지 않게 생명력을 폭발시켰다는 사실에 놀라울 정도로 무관심하다. 그런 크로코스처럼 지금 오스틴 또한 인생의 시월에 갑자기 생명을 피워낸 것이다. 지금껏 깨닫지 못한 새로운 자아의 탄생에 놀란 오스틴은 1882년 말 메이블에게 편지를 쓰면서 그녀의 사랑이 자신 안의 무엇을 일깨웠는지, 애초에 그 부분이 왜 살아오는 내내 잠들어 있었는지를 이해하려 애썼다.

내 인생의 경험은 그런 일을 허용하기에는 너무도 확고했고 단단한 껍질로 덮여 있었어요. 그런데 그것이 내 안의 모든 것을 부정하고 모든 것을 뒤엎고 모든 것을 전복시켰어요. 나를 깜짝 놀라게 하고 압도하는 동시에 그만큼 나를 기쁨에 넘치게 하고 취하게 만들었습니다. 난 당신을 사랑합니다. 존경합니다. 숭배합니다. 나는 당신의 사랑으로 강해집니다. 나는 처음으로 강해졌어요. 유연해졌어요. 나는 높은 자부심으로 경쾌하게 거리를 걷습니다. 사랑받고 있기 때문입니다. 내가 사랑하는 만큼 사랑받고 있고, 내가 사랑하는 곳에서 사랑받고 있기 때문입니다. 당신은 내 마음, 내 정신, 내 인생, 내 세계를 가득 채우고 있어요.

열정에 가득 취해, 하지만 그 열정을 충족시키지 못한 채 석 달을 넘긴 끝에 오스틴은 고통스러워하면서도 환희한다.

어제저녁의 고독감과 허전함, 당신에 대한 갈망은 그 어떤 것도 넘어섰습니다. … 삶이 이토록 잔혹해 보인 적도 없어요. 왜 우리에게 이 모든 맹렬한 사랑과 갈망, 만족시켜주고 싶은 사람을 주었으면서도 절대 손을 못 대게 하는지! 이 공허함과 따분함과 어둠과 오한이라니!
하지만 내 사랑, 내가 사랑하는 당신은 몇 주 동안 이전의 내 인생 전부가 준 것보다 훨씬 더 많은 것, 비교할 수 없을 정도로 많은 것을 주었습니다. 그것만 있었다면 그동안 환희 속에서 살아올 수 있었을 텐데. 그것을 위해 목숨을 버릴 수도 있습니다.

이례적이고 기묘한 순간이다. 무언가 우리를 우리 너머의 영역으로 끌어내면서 우리가 자신의 존재에서 풀려나는 것을 자각하는 순간 말이다. 일시적이나마 우리는 충격 속에서 자아가 우리가 생각하는 것처럼 고정된 것이 아니며 동적인 것, 상황에 따라 다양한 가능성으로 조각되어 존재하는 것이라는 사실을 깨닫는다. 우리 안에 잠자고 있는 어떤 면들은 몇 년 동안 스스로 발전하며 느릿느릿하고 게으르게, 마치 고양이처럼 기지개를 켜며 잠에서 깨어난다. 어떤 면들은 특정한 순간, 특정한 사건 혹은 특정한 사람이 울린 경보를 듣고 충격을 받아 갑자기 깨어난다. 이런 순간들은 전혀 예측할 수 없고 매번 불편을 일으키며 항상 변화를 불러온다. 이 중대한 의미를 띤, 흔치 않은 아침이 오면 우리는 욕실 거울을 보고 어느 때는 마지못해, 어느 때는 기쁘게 우리 안에서 깨어난 반갑고 낯선 이에게 인사한다.

메이블이 자신 안에서 일깨운 자아와 마주했을 때 오스틴에게 그 사건은 다름 아닌 부활이었다.

이제 나는 또 다른 남자입니다. 확장되고 선명하고 영광이 있는 또 다른 세계에 있는 남자입니다. 이 땅과 과거는 내게서 떨어져나가 가장 먼 곳으로 사라졌어요. 당신과 함께 나는 별 위를 걷습니다.

메이블은 그와 함께 걸었다.

당신이 내게 주었던, 내가 당신의 것인 만큼 당신도 나의 것이라는 말로는 표현할 수 없는 증거를 떠올려요. 당신이 내게 그렇듯 내가 당신에게 빛이고 기쁨이라는 증거 말이에요. 그 무엇도 내게서 빼앗아갈 수 없는 커다란 기쁨을 느낍니다.

오스틴은 두 사람 사이를 이어주고 서로를 끌어당기는 혼란스러운 초월성을 이해할 수 없었다. 마침내 오스틴은 이를 이해하려는 노력을 멈추고 그저 단순히 이를 느끼게 되었다.

나는 내가 "왜" 당신을 사랑하는지 의문을 품기 시작했어요. 왜일까요? 지금까지 아름답고 훌륭한 여자들이 사방에 널려 있었어도 가장 평범한 방식으로 조금 흔들린 게 다였는데요. 왜 갑자기 당신에게만은 다른 누구에게서도 볼 수 없던 점을 발견하게 되었을까요? 당신의 사랑을 통해 나는 잠에서 깨어나 새 인생을 살게 되었고, 영감을 받아 새로운 생각을 하고 새로운 감각을 느끼게 되었고, 상상력이 채워지면서 전에는 꿈꾸지 못한 온갖 가능성을 꿈꾸게 되었습니다. 전 세계가 변한 거죠. 모든 것이 풍부하고 자유분방하고 가슴 설레고 만족스럽게 되었어요. 나는 항상 내가 [이 부분에는 이름이 지워져 있다. 아마도 수전일 것이다]을 좋아한다고 생각했습니다. 하지만 당신이야말로 내 인생의 사람입니다. … 물론 이 의문은 결코 멈추지 않을 거예요. 이 비밀은 발견하기에 너무 깊이 묻혀 있으니까요. 이 비밀은 모든 탐색을 피한 채 모든 사물의 본모습에 숨어 있습니다. 마치 삶처럼, 빛처럼. 정말 그렇습니다. 그것만으로 충분해요.

오스틴과 메이블은 자신들의 사랑을 진실하다고 생각하는 만큼 이 사랑을 비밀스럽게 숨겼다. 적어도 가장 중요한 인물에게는 비밀이었다. 바로 수전이다. 수전의 점점 더 커지는 의심을 피하기 위해 두 사람 사이의 연애편지는 오스틴의 공범인 여동생들이 운영하는 지하 우편을 통해 전달되었다. 에밀리와 비니는 8년 전 남편을 잃고 이듬해에 발작으로 몸이 마비된 어머니를 돌보면서 홈스테드에서 함께 살고 있었다. "나한테는 어머니가 있던 적이 없어요." 20년 전 시인은 히긴슨에게 보낸 편지에 썼다. "내 생각에 어머니란 문제가 생겼을 때 우리가 뛰어갈 수 있는 상대겠죠." 하지만 지금 디킨슨 부인이 거의 몸을 가누지 못하게 되면서 부모 자식 간의 역할이 뒤 바뀌자 에밀리는 기이한 위안을 받았고 여기에서 역설적으로 진심으로 사 랑을 전할 수 있는 통로가 열렸다. "그 사람이 우리의 '어머니'일 때는 우리 사이는 결코 가깝지 않았어." 에밀리는 오랜 친구에게 보내는 편지에서 썼 다. "하지만 같은 땅에서 광산의 갱도를 파면 서로 만나게 되는 것처럼 어머 니가 우리 '아이'가 되었을 때 비로소 애정이 피어나기 시작한 거야."

찰스 다윈이 세상을 떠난 지 일곱 달 뒤인 1882년 11월, 디킨슨 부인이 세상을 떠났다. 슬픔을 위로받을 곳 없던 에밀리는 다시 한번 종교의 허위 적인 위안에 가시를 세웠다.

어머니가 죽어가는 모습을 보면서 내 영혼은 큰 충격을 받았어. … 어머니는 바람에 날아가는 깃털처럼 우리 손가락 사이로 빠져나갔어. 그리고 지금은 "무한"이라 불리는 무리의 일부가 되었지.
수많은 이들이 말해주지만 우리는 어머니가 어디 있는지 알지 못해.

에밀리는 어머니의 장례식에 참석한다는 이유로도 자신의 침실을 떠나 지 않았다. 장례식에서는 우아한 애도의 상복을 차려입은 메이블이 가족들 사이에 한층 가깝게 자리를 차지하고 있었다.

디킨슨 부인이 세상을 떠난 후 오스틴의 여동생들은 아무런 간섭도 받 지 않고 독립적으로 살게 되었다. 오스틴과 메이블은 이런 사정을 편리하게 이용했다. 비니가 편지를 전하는 역할을 맡게 되었다. 비니는 메이블에게 보내는 오스틴의 편지를 자신의 이름으로 부쳤고 자신의 이름 앞으로 온 메이블의 편지를 자매의 사서함으로 받았다. 오직 디킨슨 가의 세 형제만이 열쇠를 가지고 있던 사서함이었다.

시간이 흐를수록 점점 부풀어가면서 삶의 더 많은 부분을 삼켜버리는 비밀의 속성에 따라, 홈스테드는 곧 연인의 밀회 장소가 되었다. 1883년 발렌타인 축일에 오스틴과 메이블은 홈스테드 거실의 타오르는 난롯불 앞에서 만났다. 에밀리가 글을 쓰는 두 번째 책상 근처의 꼭 닫힌 북쪽 창문 너머에서는 잎이 다 떨어진 인동덩굴이 불침번을 서고 있었다. 두 사람은 처음으로 사랑을 나누었다.

메이블은 홈스테드를 자주 방문하였다. 오스틴과 밀회하기 위해서도 찾아왔고, 사랑의 문지기가 되어준 디킨슨 자매를 만나기 위해서도 찾아왔다. 이 기묘하게 얽힌 관계의 기하학에서 한층 더 기묘한 사실은 에밀리가 단한 차례도 메이블과 만나기 위해 모습을 드러내지 않았다는 점이다. 메이블을 맞아주는 이는 항상 러비니어였다. 홈스테드 거실에 놓인 피아노에 앉아 바흐와 베토벤을 연주하면서 메이블은 에밀리가 자신의 방과 이 집의 사교적 중심인 거실의 중간 지점인 계단 꼭대기에 걸터앉아 굶주린 듯 온 신경을 기울여 음악을 음미하고 있는 모습을 상상했다. 메이블이 연주를 마치면 실체가 없는 시인은 낮에 일하는 요리사에게 부탁하여 장미나 케이크 한 조각을 곁들인 포도주 한 잔과 연주를 들으면서 쓴 즉흥시를 메이블에게 보내주었다. 메이블은 그 시에 매료되었다. 그 시가 품고 있는 수수께끼는 물론 그 독특한 구절들에 마음을 빼앗겼고, 마치 새로운 과학적 사실을 발견한 듯한 고양감으로 이 재능이 유례가 없는 것임을 알아차리게 되었다. 메이블은 에밀리에게 젤리나 신선한 꽃, 자신이 그린 그림을 보내 이 육체 없는 시인의 관심에 보답했다. 그중에는 디킨슨이 오래전부터 사랑한,

뉴잉글랜드에서 자생하는 꽃인 수정난풀의 그림도 있었다. 에밀리가 10대 때 만든 식물 표본집의 책갈피에 영구히 보존된 꽃 중 하나였다. 시인은 이에 대해 시인을 둘러싼 매혹적인 수수께끼를 한층 깊어지게 만들 뿐인 암호 같은 쪽지로 답장을 보냈다. "어떻게 감사를 해야 할지 모르겠어요. 우리는 무지개에 감사하지 않습니다. 무지개의 전리품은 덫이지만요."

침실에 고립되어 있던 에밀리는 메이블이 자주 찾아오는 진짜 이유를 몰랐을 수도 있다. 자신의 오빠를 사랑하고 오빠가 행복하길 바랐던 만큼 에밀리가 수전을 상처 입힐 수 있는 일에 의도적으로 공모했을 가능성은 낮다. 오빠의 정사를 알아차리기에는 에밀리가 다른 일에 정신이 팔려 있었다고 생각하는 게 훨씬 가능성이 높다. 바로 그녀 자신의 있을 법하지 않은 새로운 사랑이다.

에밀리 디킨슨

죽음 그리고 시의 완성

21

에밀리 디킨슨이 오티스 로드 판사를 처음 만났을 때 판사는 그녀의 아버지와 나이가 비슷한 아버지의 친구였다. 10년 전 판사가 에밀리의 유언을 준비해주기 위해 홈스테드를 방문했을 때 둘은 처음 만났다. 두 사람은 계속해서 연락을 주고받은 것이 틀림없다. 1877년 로드 판사의 아내가 세상을 떠난 후 판사는 디킨슨과 활기차게 편지를 교환하기 시작했다. 이 편지 교환은 이내 연애의 조짐으로 부풀어 올랐다. 1년이 지나기 전에 디킨슨은 판사에 보내는 편지에서 이렇게 썼다.

사랑스러운 세일럼이 내게 미소를 지어요. … 고백하지만 그를 사랑합니다. 그를 사랑한다는 사실이 기뻐요. 천상과 지상을 만든 창조주에게 감사했어요. 내가 사랑하도록 그를 주셨으니. 내 안에 환희가 넘쳐흐릅니다. 내 물길을 찾을 수가 없어요. 시내는 바다로 향합니다. 그대를 생각하면서.

로드 판사는 법정에서는 사람들의 두려움을 살 만큼 존경받고 있었지만, 연설가로서의 날카로움 아래에는 다정한 품위와 인간의 보이지 않는 내면에 대한 섬세한 애정이 있었다. 마리아 미첼이 인생을 돌아보면서 혜성을 발견한 것보다 위대한 시를 집필한 것으로 알려지길 바랐다고 회고하기 10년 전, 로드 판사는 썼다.

정신의 수수께끼는 물리학의 수수께끼보다 한층 섬세하며, 추적과 연구를 훨씬 더 쉽사리 회피한다. 그러므로 인간 정신과 인간의 열정에 정통한 사람은 행성을 발견한 사람보다 훨씬 더 큰 성취를 이룬 것이다.

디킨슨처럼 로드 판사 역시 한 번도 교회에 적을 둔 적이 없었다. 디킨슨처럼 로드 판사도 셰익스피어를 숭배했다. 시인이 불처럼 뜨거운 언어와 열정적인 감성을 쏟아부어 쓴 편지에 완전히 부응해주지 못한 다른 친구들과는 달리 로드 판사는 디킨슨의 낭만적이고 억제된 어조를 확대하여 돌려주었다. 메이블과 오스틴이 그들의 루비콘강을 건넜을 무렵 이미 오십 줄에 들어선 에밀리는 자신보다 열여덟 살이나 많은 이 남자와 사랑할 가능성을 스스로 허용했다. "우리는 둘 다 한 시간에 백 차례나 믿기도 하고 믿지 않기도 해요"라고 에밀리는 썼다. "이 덕분에 믿음을 민첩하게 유지하죠."

로드 판사에게 보낸 디킨슨의 편지는 20년 전에 쓴 주인에게 보내는 편지와 마찬가지로 에밀리의 서류 사이에 보관된 초고로만 남아 있다. 에밀리가 사망한 후 오스틴은 이 서류들을 발견하여 커다란 갈색 봉투에 넣은 다음 메이블에게 주었다. 메이블이 곧 디킨슨의 문학적 유산을 관리하게 되기 때문이다. 디킨슨이 초고를 써놓은 편지를 실제로 판사에게 부쳤는지, 심지어 디킨슨이 로드 판사에게 편지를 부친 적이 있는지조차 지금은 분명하지 않다. 또 다른 당혹스러운 난제는 디킨슨이 왜 로드 판사에게는 자신의 시를 한 편도 보여주지 않은 것처럼 보이는지에 대한 것이다. 시는 에밀리의 가장 내밀한 부분이며 그녀의 낮과 밤, 존재를 채워주는 것이었다. 어느 편지 초고에서 에밀리는 자신이 일부러 몸을 사리고 있다는 사실을 인정한다. 무엇에 몸을 사리는지 성적인 의미로 추측하기는 쉽지만, 실제로는 아마 그보다 훨씬 더 깊은 무언가였을 것이다. 그가 요구하고 에밀리가 거절한 것은 바로 그녀의 시일 가능성이 높다. "내가 자제하면서 주지 않는 동안 당신이 가장 행복하다는 걸 모르겠어요? '아니오'라는 말이 우리가 언어에 위탁한 가장 자유분방한 단어라는 사실을 모르겠어요?"

오스틴과 메이블이 자신들의 자유분방함을 길들이는 동안 디킨슨은 로드 판사에 대한 거부와 항복 사이의 미로를 탐험하느라 바빴다. 하지만 1883년 가을, 그들이 자신들의 루비콘강을 건넌 지 1년 하고 3주가 지났을 때, 대안적 결혼의 위태로운 목가적 생활은 예기치 못한 비극으로 폭발하고 말았다. 오스틴과 수전의 막내인 기브Gib가 장티푸스성 고열로 쓰러진 것이다. 긴 머리칼의 햇살 같은 소년은 채 아홉 살이 되지 않았고 에밀리에게 듬뿍 사랑을 받는 조카이자 아버지 오스틴이 가장 사랑하는 자식이었다. 기브는 오스틴이 수전과의 사랑 없는 오랜 결혼 생활을 견딜 수 있게 해준 집안의 빛 같은 존재였다. 기브의 상태는 급격하게 나빠졌다. 몇 년 만에 처음으로 에밀리는 손에 등불을 들고 홈스테드와 에버그린즈 사이의 잔디를 건너갔다. 이웃의 추측에 따르면 15년 만의 일이었다. 나는 시인이 평생 울타리를 쳐서 막으려 했던 것들을 향해 마음과 발을 재촉하며 다가가는 모습을 상상하려 노력한다. 죽음과 혼란, 부정이다.

10월 5일 새벽 3시, 소년의 침실에 들어선 에밀리는 불가피한 운명의 모습에 그만 무너져내렸다. 동이 틀 무렵 기브는 세상을 떠났다. 어떤 죽음도 디킨슨에게 이토록 깊은 충격을 주지 않았다. 심지어 다섯 달 후 치명적인 발작으로 세상을 떠난 로드 판사의 죽음도 이토록 충격적이지 않았다. 에밀리는 수전을 위로하기 위해 슬픔을 추스르고 시와 산문 사이를 부유하는 인상적인 위로의 편지로 기브를 추도한다.

> 이 생물에게 초승달은 없었어- 그는 만월에서 여행을 시작했지-
> 멋진 활공이었지만 땅에 내리지는 않았지-
> 나는 별 사이에서 그 아이를 봐. 모든 나는 것들 사이에서 그의 멋진 속도를
> 만나지- 그의 인생은 스스로 공기를 불어넣는 나팔 같았어, 그의 애가와 메
> 아리- 진혼곡의 황홀경-
> 하나로 합쳐진 여명과 정오야.

디킨슨의 건강도 안 좋아지고 있었다. 그녀의 마지막 질환이 될 증상에 대해 의사는 "신경쇠약"이라고 했다. "이 아픔의 이름을 알지 못해." 에밀리는 의학의 무능함을 경멸하면서 친구에게 말했다. "나를 피곤하게 하는 것은 오랫동안 쌓여온 슬픔이야. 그게 전부야." 하지만 에밀리는 자신의 괴로움은 옆으로 미루어둔 채 계속해서 수전을 위로했다. 추수감사절 바로 전에는 이런 편지를 썼다.

> 친구야, 어둠의 첫 단면이 가장 짙은 거야-
> 그걸 지나면 빛이 흔들리며 찾아와-

오스틴의 삶에서는 빛이 사라져버렸다. 오스틴은 어둠 속으로 끝없이 가라앉았고 메이블은 오스틴의 그런 상태가 너무도 두려웠다. 메이블은 오스틴의 고통을 위로해주려 했지만 그녀에게는 역부족이었다. 몇 주 동안 메이블은 오스틴을 거의 만나지도 못했다. "그의 슬픔을 생각하는 것만으로도 마음이 아파요"라고 메이블은 부모님에게 편지를 썼다. 11월이 되자 두 사

람은 다시 서서히 연애 관계를 이어가기 시작했다. 기브를 결혼 생활을 유지하는 마지막 닻으로 생각한 수전은 더는 오스틴에게 신경 쓰지 않는 듯 보였다. 오스틴은 이제 거의 필사적인 애정으로 메이블에게 매달렸다. 기브가 세상을 떠난 뒤 오직 메이블만이 인생의 빛이었다. 추수감사절이 지난 후 오스틴은 메이블에게 편지를 썼다.

무언가 감사하고 고마워해야 할 일이 있어. 내 아들이 세상에 없는 이 슬픈 날에, 당신 말고는 나 홀로인 날에 말이야. 나한테는 당신이 있어. 하느님께 빌 테니 내가 당신을 가까이 둘 수 있다면, 내 집에, 내 마음에, 내 팔 안에 둘 수 있다면! 지나친 바람일까? 정말 그럴까?

메이블은 구원자의 역할을 탐욕스럽게 받아들였다. 아마도 불륜 관계의 도덕적 가책을 지우기 위해서였을 테지만, 메이블은 두 사람의 사랑에 신성의 언어를 덮어씌우고는 두 사람의 결합이 신의 존재를 깨닫게 만드는 신비로운 조합이며 지상의 어떤 도덕관념도 그들의 양심을 손상할 수 없다고 생각했다. 메이블은 일기에 이렇게 기록했다.

[오스틴은] 분명하게 몇 번이고 되풀이해서 길버트가 병이 나고 세상을 떠난 그 힘겨운 시간 동안 내가 그를 살아 있게 만든다고 말했다. 자신이 사는 집의 공기를 참을 수 없는 그는 여동생의 집으로 간 다음 그가 오거나 러버니어를 보내 나를 부른다. 오스틴이 삶의 대부분을 차지하고 있는 어둠에서 빠져나와 숨을 쉴 수 있던 것은, 계속 살아갈 힘을 얻을 수 있던 것은 이런 오아시스가 있었기 때문이다. … 지금 오스틴은 나를 위해 살아가기를 소망할 만큼 정신적 충격에서 회복되었다. … 내 인생은 일종의 봉헌이 되었고, 모든

육체적인 문제도 달라 보인다. 나를 위한 그의 사랑에는 어딘가 거룩한 데가 있다. 그 사랑으로 나는 고귀해지고 고상해진다. 매일 하느님에게 이 사랑에 감사한다.

그녀는 이런 생각을 오스틴에게 보내는 편지에서 장황하게 되풀이했다.

당신이 그토록 당당하게 내게 주는 막대한 사랑 안에서 나는 매일 더 기뻐합니다. 당신은 매일 나를 한층 숭고하고 고귀하게 만들어줘요. … 나는 하느님을 믿듯이 당신을 믿고 있어요. 당신은 신성한 헌신으로 나를 사랑합니다. 당신의 사랑은 지성소입니다. 그 사랑에 대한 평범한 생각조차 신성함을 모독하고 말아요. 나는 마음속에서도 그 사랑을 성소처럼 모시고 있어요. 내 안의 가장 순수하고 고결한 마음이 예배를 드리는 곳입니다.

오스틴 또한 기꺼이 이야기의 실을 받아 이어갔다.

내 사랑과 당신의 사랑은 확장되어 하나의 사랑을 초월했습니다. 나의 모든 것, 내가 할 수 있는 모든 것을 당신에게 바칩니다. … 오늘 당신을 사랑하는 내 마음은 그 어느 때보다 엄숙하고 거룩합니다.

메이블보다 나이가 두 배나 많은 오스틴에게는 변명해야 할 나름의 가책이 있었다.

당신은 지식과 인간 마음에 대한 경험에서 나이를 훌쩍 뛰어넘습니다. 삶에 존재하는 가장 깊은 비밀을 날카롭게 판별하고 인식하죠. 이 세상에 무언가 진실한 것, 진정한 것이 있다면 바로 우리 사랑입니다. 우리는 서로를 기쁘게 하기 위해 만들어졌어요. 나는 당신을 사랑합니다, 당신을 사랑합니다.

슬픔에 잠긴 수전은 질투하기보다는 무관심했다. 한편 데이비드 토드는 아내의 대안적 결혼 생활에 깊이 관여했다. 아내의 불륜을 알고 있을 뿐 아니라 성관계를 해도 좋다고 승낙해주고, 오스틴을 가장 친한 친구로 여기기에 이르렀다. 오스틴과 메이블은 연애편지에서 번갈아 데이비드를 자신들의 "공동의 친구"라고 언급했다. 메이블은 일기에 이렇게 썼다.

이 모든 시간 동안 사랑하는 데이비드와 나는 아주 행복하고 다정하고 헌신적인 동료로 지내고 있다. 내 결혼 생활은 분명 흔치 않을 정도로 감미롭고 평온하고 만족스럽다. 그의 성품에 기대어 나는 마음을 가라앉히고 쉴 수 있다. 나는 이 모든 시간이 지난 후 그를 한층 더 사랑하고 그의 존재에 한층 더 감사하게 되었다.

10년 후 오스틴이 세상을 떠나자 데이비드는 그의 장례식이 자신의 삶을 통틀어 가장 슬픈 날이었다고 말한다. 데이비드는 일기에 "오늘 밤 내 가장 친한 친구가 세상을 떠났다. 나는 어딘가 좌초되어버린 것 같다. … 그는 모든 일에 관여했고 앞으로 이끌어주었다"라고 슬픔을 토로한 뒤 가족 금고에 보관하고 있던 오스틴의 편지를 꺼내 깊은 슬픔에 빠져 울고 있는 메이블에게 읽어준다.

하지만 지금 세 사람은 자신들이 맺은 흔치 않은 유대를 기뻐하고 있었다. 메이블의 어머니가 이 타협적인 관계를 인정하길 거부하자 오스틴은 위로의 편지를 썼다. "인습은 스스로 법이 될 만큼, 혹은 모든 화합이 이루어지는 고차원적인 법에 순응할 만큼 충분히 강하지 못한 이들을 위한 것입니다."

사랑에 완전히 취한 오스틴은 여전히 하숙집에서 살고 있던 토드 부부에게 디킨슨 가의 토지 일부를 양도하기로 결심했다. 영원에 뿌리를 내리고 있는 연인이 계속해서 여동생의 집에서만 만날 수는 없다고 메이블이 오스틴을 설득한 결과였다.

겉으로 보기에는 평범한 부동산 양도 수속이었지만, 이는 몇 세대에 걸쳐 이어질 집안 다툼의 불씨가 된다. 그리고 바로 여기에서 에밀리 디킨슨이 남긴 문학적 유산의 운명이 결정된다.

디킨슨 가의 세 형제자매가 토지의 동등한 상속자였기 때문에 토지를 양도하기 위해 오스틴은 여동생들을 설득하여 양도 증서에 서명을 받아내야 했다. 에밀리는 거절했다. 오스틴과 메이블의 불륜 관계에 공범 역할을 하기는 했지만, 그 결과 수전이 얼마나 상처를 입었는지 모르지 않았기 때문이다. 에밀리는 이 관계의 사각형에 동의하지 않는 유일한 꼭짓점이었다. "수는 옛날 편지를 꺼내 읽고 정리하면서 시간을 보내고 있어"라고 오스틴은 무심하게 메이블에게 편지를 썼다. 나는 수십 년 동안 실망만 준 결혼 생활이 사람들 눈앞에서 무너져내리는 동안 수전이 에밀리가 보낸 초기의 연애편지를 다시 읽고 있는 모습을 상상한다. 하지만 수전 앞에는 더 큰 상실이 기다리고 있었다.

1886년 5월 13일 초저녁, 몇 달 동안 병을 앓던 에밀리 디킨슨은 숨을 헐떡이다 의식을 잃었다. 처방받은 올리브오일과 클로로포름은 전혀 효과가 없었다. 디킨슨은 정신의 눈을 다시는 뜨지 못한다. 15일 토요일 오후 6

시, 오스틴이 곁을 지키는 중에 에밀리의 폐는 생명의 나무에서 마지막으로 벗겨낸 숨을 내쉬었다.

　　죽음을 위해 멈출 수가 없었기 때문에-
　　죽음이 친절하게도 나를 위해 멈추어주었어-

　에밀리에게 수의를 입혀준 사람은 수였다. 수는 에밀리에게 하얀 수의를 입히고 그 옆의 작고 하얀 상자 안에 분홍색 개불알꽃을 한 송이 넣어주었다. 비너스와 연관된 보기 드문 난꽃으로 그 길들지 않는 아름다움이 마치 살아 있는 조지어 오키프Georgia O'Keeffe의 그림처럼 보이는 꽃이다. 하얀 수의의 목 부분에 수전은 디킨슨이 "뜻밖의" 화려함 때문에 다른 꽃보다 소중히 여기던 제비꽃 다발을 넣어주었다. 에밀리의 식물 표본집에서 가장 화려한 장을 장식하고 있던 꽃이다. "그녀의 눈 속에 조용히 / 제비꽃이 놓여 있어." 에밀리는 수에게 바치는 초기의 가장 강렬한 시 중 한 편에서 썼다. 이 시는 극적인 효과를 노린 마지막 구절로 끝을 맺는다. "수- 언제나 영원히!"

　히긴슨이 보스턴에서 달려왔다. 우정을 이어온 25년 동안 이 "미친 시인"을 찾아온 건 이번이 네 번째였다. 불안한 마음으로 서두르느라 휘청거리는 걸음걸이로 제비꽃과 미나리아재비, 야생 제라늄이 가득 피어 있는 홈스테드의 향기로운 풀밭을 가로지른 히긴슨은 어두운 집 안으로 달려 들어왔다. 서재 한복판에 너무 작아서 요람처럼 보이는 관이 놓여 있었다. 히긴슨은 이 모든 것이 풍기는 초현실주의적 분위기에 깊은 인상을 받았다. 히긴슨이 가장 충격을 받은 것은 55세의 나이치고 한 가닥의 회색 머리칼이나 주름도 없이 누워 있던 죽은 여자의 얼굴에 떠오른 "불가사의한 청춘의 부활"이었다. 베개의 하얀 색에 대비된 숱이 많은 머리 다발은 여전히 진홍빛을 뿜어내고 있었다. 히긴슨은 믿을 수 없는 심정으로 일기에 디킨슨이 30세처럼 보인다고 썼다. 히긴슨은 처음으로 그녀를 아름답다고 생각했다.

장례식에서 히긴슨은 디킨슨이 좋아하던 시 한 편을 낭독했다. 에밀리 브론테Emily Brontë의 〈마지막 구절Last Lines〉이었다. "겁 많은 영혼은 내 것이 아니다." 이 시는 이렇게 시작한다. "폭풍이 몰아치는 별에서 몸을 떠는 사람이 아니다."

29세였던 메이블도 슬픔에 수척해진 모습으로 장례식에 참석했다. 관속의 신화적 인물을 한 번도 만나보지 못한 사람치고는 슬픔이 과해 보였다. 사흘 전 디킨슨이 세상을 떠난 후 일요일, 검은 옷을 입고 교회의 성가대에 선 메이블은 거의 노래를 부르지 못했다. 냉소적인 시선들은 메이블의 애도가 디킨슨 가로 비집고 들어가기 위해 대중에게 보여주는 책략일 뿐이라고 주장한다. 하지만 메이블이 자신의 머릿속에서 이 시인과의 환상적인 관계를 한없이 부풀린 끝에 정말 그랬다고 진심으로 믿었을 가능성도 있다. 한 번도 모습을 보여주지 않았지만 시와 케이크, 눌려 말린 꽃을 보내주던 이 시인과 특별한 관계였다고 생각했을지도 모른다. 어쩌면 메이블은 관습에 대담하게 도전하는 에밀리에게서 자신의 모습을 보았을지도 모른다. 그 시인의 재능을 완전히 알아본 사람은 자신이 유일하다고 굳게 믿고 있었을지도 모른다.

장례식 후 메이블은 일기에 주목할 만한 예견이 담긴 시적인 광채로 빛나는 감상을 기록했다.

범상치 않던 에밀리 디킨슨이 세상을 떠났다. 그녀가 항상 살았던 수수께끼 속으로 더 깊이 돌아가버렸다.

하지만 에밀리의 재능을 냉정하게 인정하는 마음 한편에는 개인적인 괴로움이 도사리고 있었다. 에밀리의 죽음으로 메이블은 오스틴이 언제라도 자신의 곁을 떠날 수 있다는 생각을 하게 되었다. 오스틴을 잃는다는 생각만으로도 메이블은 미칠 것 같은 기분이었다. 나중에야 어찌 되든 메이블은 지금 이 대안적 결혼 관계에 아주 만족하고 있었다. 메이블은 이미 수전의 자리를 차지한 자신의 모습을 상상하고 있었다. 메이블은 자신의 10대 때 사진이 들어 있는 봉투에 반은 소망하는 마음과 반은 타임머신을 탄 기분을 담아 깔끔한 글씨로 "메이블 루미스 디킨슨"이라는 세 글자의 주문을 새겨 두었다. 에밀리가 세상을 떠나고 얼마 지나지 않아 메이블은 오스틴이 실제로 오래전 아내에게 마음이 떠났음에도 이혼은 하지 않을 것이라는 사실을 알게 되었고 바로 수전을 끌어내기 위한 급진적인 운동을 시작했다. 바로 오스틴과의 사이에서 아기를 수태하여 자신과 디킨슨 가의 DNA를 엮어낸다는 계획이었다. 최초로 사랑을 나눈 지 5년 후 그들이 "실험"이라고 이름 붙인 계획을 활발하게 실행하고 있을 무렵 메이블은 31세였고 오스틴은 거의 예순에 가까웠다.

하지만 운명의 별자리에 아기는 없었다. 두 사람은 몇 주 동안 계속 노력했다. 성관계를 하기 전 메이블은 수태를 돕는다고 알려진 방법대로 뜨거운 물에 몸을 담갔다. 별 소용이 없었다. 메이블은 신의 힘으로 운명 지어진 자신들의 사랑이 어떻게 이토록 신성하지 못한 장애를 맞을 수 있는지 이해하지 못한 채 점점 우울에 빠져들었다. 실패의 언어가 두 사람의 편지에 등장하기 시작했다. 그리고 대부분의 꿈이 죽어가는 방식으로, 쿵하는 소리가 아닌 흐느낌과 함께 "실험"은 점점 희미해진 끝에 그만 사라져버리고 말았다.

하지만 곧 아기보다 더 큰 재산 상속의 기회가 메이블 앞에 나타난다.

디킨슨이 세상을 떠나고 며칠 후 러비니어는 햇살 가득한 남향 창문 옆에 놓인 작은 책상에서 충격적인 시들을 발견했다. 반짝이는 재치가 넘치는 수백 편의 시들이 손바느질로 만든 작은 책들 안에 그 폭발적인 성질을 숨기고 있었다. 시들은 편지 봉투와 종이조각 위에 이리저리 휘갈겨 쓴 글씨로 마치 폭탄의 파편처럼 흩어져 있었다. 물론 러비니어는 언니가 시를 쓴다는 사실을 줄곧 알고 있었지만 그 양과 규모는 짐작도 못하고 있었다. 문득 다시는 일어나지 못할 병으로 누운 언니가 속삭이며 간청했던 말이 러비니어의 머릿속에서 절박하게 불타올랐다. "오, 비니, 내 작품, 내 작품!"

히긴슨은 오랫동안 디킨슨을 격려해왔지만 그 시가 출간하기에 적절하다고 생각한 적은 한 번도 없었다. 헬런 헌트 잭슨은 에밀리의 출판을 바라는 유일한 사람으로 다양한 잡지와 선집에 디킨슨의 시를 보냈지만 성공을 거둔 것은 오직 〈성공〉 한 편이었다. 잭슨 또한 세상을 떠난 지 아홉 달이 되어가고 있었다. 러비니어는 언니의 작품을 세상에 내놓는 임무를 에밀리의 가장 오래되고 가장 충실한 독자에게 맡겨야 한다는 결론을 내렸다. 바로 수전이다.

장례식 하루 전날 〈스프링필드 리퍼블리컨〉에 실린 부고 기사를 쓴 사람도 수였다. 사랑이 듬뿍 담기고 용기 있는 보호자의 역할에 충실한 이 기사는 부드러운 동시에 맹렬했다. 수전은 디킨슨의 개인 세계를 아주 살짝 들여다보고는 에밀리를 완전히 오해한 대중의 시선에 거의 폭력적인 일격을 날렸다. "세상에 실망해서 숨은 것이 아니다." 수전은 맹렬하게 비난했다. "지난 2년 말고는 병약해서 누운 것도 아니었고 공감의 결핍 때문도 아니었다. 정신적인 일이나 사회적 일을 할 능력이 없어서 그런 것도 아니었다. 에밀리의 재능은 훨씬 특별한 것이었다. 하지만 [로버트] 브라우닝이 육체를 일컬었듯 '그 영혼을 담는 그물코'는 너무도 보기 드문 것이었기 때문에 그녀 자신의 집의 신성한 고요가 그녀의 진가에, 그녀의 작품에 어울렸던 것 뿐이다." 에밀리의 시를 읽어본 운이 좋은 사람들에게 에밀리는 "움켜쥘 줄만 아는 서툰 손아귀에는 절대 잡히지 않고 애만 태우던 환상을 손으로 잡을 수 있게 만들어주었다." 에밀리의 정신은 "햇살을 받아 번쩍이며 섬광을 뿜어내는 다마스쿠스 강철로 만든 칼날 같았다." 그 정신의 "전기 어린 불꽃처럼 빠른 직관력과 분석력으로 에밀리는 즉시 핵심을 짚어냈으며 그 진실을 밝혀야 한다는 생각에 가장 적은 수의 단어에도 초조해했다." "그녀의 신속한 시적 환희"로 빚어낸 시들은 "6월의 정오, 숲속에서 들리는 새의 반짝거리는 긴 노래처럼 소리는 들을 수 있지만 아무도 그 모습을 보지 못했다." 이 새는 오직 수전 혼자만을 위해 땅에 내려앉았다.

나는 러비니어가 에밀리의 말년을 지켜보느라 수척해진 모습으로 40권에 이르는 작은 바느질 책을 들고 홈스테드와 에버그린즈 사이를 얼마나 서두르며 뛰어갔을지 상상한다. 러비니어가 수전에게 빌려 준 800여 편의 시들은 몇 년 동안 우편으로 보내지고 울타리 너머 건네진 300편에 가까운 시에 더해지게 될 것이었다.

수전은 시를 옮겨 적기 시작했다. 디킨슨의 판독하기 어려운 필체는 수전에게는 모국어나 마찬가지였다. 에밀리가 사망한 해의 마지막 날, 살아 있었다면 쉰여섯 번째 생일을 맞고 3주가 지났을 무렵, 수전은 폭풍의 맹위를 노래한 시를 골라 뉴욕의 가장 유명한 편집자에게 출간을 고려해달라고 보냈다. 편집자는 이 시를 거절했다. 더 많은 거절이 뒤를 이었다. 디킨슨의 정도를 벗어난 시들은 환상적이며 도전적인 일탈이었기 때문이다. 버트런드 러셀Bertrand Russel이 문화적 진보의 열 가지 계율을 제시하기까지는 아직 반세기의 세월이 남아 있다. 러셀의 일곱 번째 계율은 디킨슨의 시가 거둔 승리와 비극을 반향한다. "정도를 벗어났다는 평가를 받기 두려워하지 말

라. 오늘날 인정받는 모든 의견은 한때 정도를 벗어난 것이었다."

하지만 당시의 편집자들은, 오늘날의 편집자들도 마찬가지지만, 정도에서 벗어나는 일을 두려워했다. 어떤 범주에도 넣을 수 없는 것, 기존의 틀에 맞지 않는 것, 독자에게 약간의 노력이 필요한 그 어떤 작품도 시장성이 없다는 이유로 두려워했다. 수전은 잇따른 거절에 갈피를 잡지 못하고, 자신의 불안 속에서도 갈피를 잡지 못한 채 잠시 행동을 멈추었다. 수전의 내면에는 에밀리가 개인적인 것으로 남겨두려 했다고 알고 있는 것을 대중 앞에 공개하는 일에 대한 불안이 있었다. 수전이 왜 출간을 위한 노력을 그만두었는지는 확실하지 않다. 훗날 메이블은 경쟁자의 명성을 실추시키기 위해 이를 수전의 "극복하기 어려운 게으름" 때문이라고 주장한다. 하지만 나는 수전이 에밀리가 쓴 시의 내밀함을 보호하고 싶은 마음과 이 시가 후대에 막대한 문학적 가치를 지닐 것이라는 뚜렷한 의식 사이에서 갈피를 잡지 못했을 것이라고 생각한다. 수전은 에밀리가 평생 출판에 저항했다는 사실을 너무도 잘 알고 있었다. 수전이 쓴 부고 기사에서는 디킨슨 생전의 출간을 둘러싼 도덕적 역설을 보여주는 문장이 하나 등장한다. "이따금 문학적인 열정이 넘치는 친구가 사랑을 대가로 몰래 훔쳐간 시들을 발표했다." 그녀 자신이 절도범이 되도록 요청받았을 때 수전의 마음은 두 갈래로 갈라졌을 것이다. 그 두 갈래 길에서 수전은 사랑을 선택했다.

수전의 선택이 마음에 들지 않았던 러비니어는 금세 수전에게 등을 돌렸다. 이 적대감은 단지 출간이 고착 상태에 빠졌다는 실제적인 장애보다 훨씬 더 깊은 곳까지 뿌리가 닿아 있었을지도 모른다. 언니가 쓴 막대한 시를 발견한 후에 언니가 몇십 년 동안 수백 편이 넘는 시들을 수전을 위해 쓰고, 수전에게 바치고, 수전에게 주었다는 사실을 알게 되었을 때 러비니어는 과연 어떤 기분이었을까? 이렇게 시작하는 시도 있었다. "우리 집에 자매가 한 명 있고/울타리 너머에도 자매가 있지." 이 시는 "수- 언제나 영원히!"라는 구절로 끝을 맺는다. 자신이 법정 상속인으로 물려받은 이 시들의 진정한 재산이 실은 수전에 대한 에밀리의 사랑이라는 사실을 인정해야 했을 때 러비니어는 얼마나 불편했을까?

수전의 노력이 궁지에 빠졌다는 오스틴의 이야기를 들으며 이 곤경을 몰래 부추기고 있던 메이블은 시간을 낭비하지 않고 이 상황을 자신에게 유리한 고지를 점령할 기회로 삼고 행동에 나섰다. 1887년 초반, 오른손에 오스틴의 결혼반지를 끼기 얼마 전 메이블은 여느 때처럼 홈스테드를 찾아가, 자신이 해먼드 타자기를 빌려 타자 치는 법을 혼자 익히고 있다는 말을 러비니어에게 무심하게 흘렸다. 해먼드사에서 나온 이 신상품은 상용화된 지 10년이 되어가는 다른 타자기들과는 달리 타자를 치는 사람이 자신이 친 문자를 직접 볼 수 있는 타자기였다. 해먼드사에서는 통신 판매 광고지에서 곡선 모양의 기계가 "직접 보면서 작업하세요"라고 인쇄된 종이 한 장을 밀어내는 사진을 통해 이 점을 자랑스럽게 광고하고 있었다. 메이블은 다시 한번 자연스럽게 언니의 시를 타자로 쳐서 보고 싶지 않느냐고 물었다. 러비니어는 그 제안에 마음이 끌렸다. 러비니어는 시 몇 편을 메이블에게 소리 내어 읽어주었다. 나는 메이블이 디킨슨 가의 피아노 앞에 앉아 베토벤을 연주할 때와 같은 자세로, 마치 노래를 시작하려는 것처럼 허리를 뒤로 휘어지게 펴고 가슴을 높이 들어 올린 채 해먼드 타자기의 독특한 초승달 모양 키보드를 연극적인 몸짓으로 두드리는 모습을 상상한다. 메이블의 제안에 완전히 마음을 빼앗긴 러비니어는 메이블에게 시 몇 편을 내주면서 집으로 돌아가 타자기로 쳐달라고 부탁했다. 얼마 후 러비니어는 수전에게 빌려준 800여 편의 시를 전부 돌려받아 메이블에게 넘겨준다. 결혼 생활에 이어 일생에서 가장 중요한 관계에서조차 메이블에게 자리를 빼앗긴 수전은 얼마나 슬펐을까?

메이블은 이내 연기에 나섰다. 이번에는 말 그대로의 연기였다. 히긴슨을 설득하려고 그를 위해 시를 낭독한 것이다. 히긴슨이 살아 숨 쉰다고 느꼈지만 시장성이 없을 것을 두려워한 그 시들이 실제로 후세들이 마땅히 누려야 할 혁신적인 유산이라는 사실을 증명하기 위해서였다. 히긴슨은 출판의 가능성을 두고 러비니어와 이야기를 나눈 적이 있었지만 실제로 출간을 망설이는 마음의 꼭대기에는 시를 베껴 쓰는 일이 만만찮은 노동이 될 것이라는 걱정이 있었다. 1889년 가을 출간에 대해 조심스럽게 상의하기 위해 홈스테드를 찾아온 히긴슨은 그동안 메이블이 시를 타자기로 쳐서 옮기느라 바쁘게 지냈다는 사실을 알게 되었다. 메이블은 그 시점에 이미 수백 편의 시를 옮겨놓은 상태였다. 그럼에도 히긴슨은 옮겨 쓰기의 어려움을 한층 넘어선 개념적인 도전에 대한 자신의 회의적인 태도를 숨기지 않았다. "아무리 훌륭한 생각이라도 대중은 그토록 거칠고 수수께끼 같은 옷을 입은 생각, 뜻을 밝히기 어려운 생각을 받아들이지는 않을 겁니다." 메이블은 이에 대해 미사여구가 아닌, 디킨슨의 시 자체에 담긴 환희로 답했다. 코르셋으로 조인 몸을 바로 세운 메이블은 시를 타자기로 쳐서 옮겨놓은 종이를 손에 든 채 큰 소리로 시를 읽는 극적인 연기를 펼쳤다. 사실은 외워서 낭독하고 있었다. 시를 타자기로 쳐서 옮기는 동안 그 시들을 사랑하게 되었고 그 결과 자연스럽게 외우게 되었기 때문이다. 그 자신감 넘치는 목소리에 담긴 선율은 줄표를 따라 매끄럽게 미끄러졌고, 상징적인 도약에서 폭포가 되어 떨어졌으며, 부조화를 이루는 구두점을 감미롭게 감싸 안으며 "거칠고 수수께끼 같은 옷"의 단추를 끄르면서 디킨슨의 시에 담긴 풍성한 관능을 드러냈다.

히긴슨은 충격을 받았다. 이 시는 살아남아야 한다.

메이블은 오스틴과 아이를 갖는 일에 실패했지만 그 여동생의 작품에 생명을 부여하는 대리모는 될 수 있었다. 에밀리 디킨슨의 시를 타자기로 치고 편집하는 일을 통해 메이블 루미스 토드는 디킨슨 가에 합법적으로 들어가겠다고 요구하고 있었다. 이렇게 생각한다 해도 그녀의 동기를 불합리하게 해석하는 일은 아닐 것이다. 하지만 인간의 동기가 몇 겹으로 겹쳐 있다는 사실을 인정하지 않는 것은 불합리할뿐더러 인색한 일이 될 것이다. 우리를 이끄는 동기는 실로 우리 자신만큼 이리저리 얽혀 있으며 서로 모순되기 마련이다. 일기와 편지를 보면 메이블이 "범상치 않던 에밀리 디킨슨"을 놀라운 찬사의 경계에 이를 만큼 진심 어린 감탄으로 대했다는 사실이 분명하게 드러난다.

빌린 해먼드 타자기를 돌려준 후 메이블은 15달러를 주고 구입한 월드 사의 인덱스 타자기로 막대한 수고가 드는 작업에 착수했다. 이 원시적인 기계는 문자판을 잉크가 묻은 고무 시트에 누른 후 종이에 조악한 대문자를 찍기 위해 문자 하나하나 일일이 손으로 바늘을 돌려주어야 했다. 액자에 넣은 오스틴의 은판 사진이 타자기를 내려다보고 있는 메이블의 책상은 디킨슨을 기리는 제단이 되었다. 한 시간은 하루, 한 달, 일 년이 되었고, 그렇게 몇 년의 시간이 흘렀다. 그동안 메이블은 자신에게는 전혀 권리가 없는 수백 편의 시들을 타자기로 쳐서 정리하는 보상 없는 작업에 몰두하고 있었다. 이 작업에 이토록 오래 전념할 수 있던 이유는 그녀 자신의 이기심뿐 아니라 예술에 대한 이타적인 사랑 때문이었을 것이다.

1890년 5월 메이블 루미스 토드와 토머스 웬트워스 히긴슨은 타자기로 친 200편의 시를 선별하여 출판을 준비했다. 히긴슨은 에머슨의 첫 시집을 출간한 호튼미플린Houghton Mifflin이 이 전례 없는 작은 시집을 내기에 이상적인 출판사라고 생각했다. 호튼미플린출판사는 출간을 거절했다. 그다음 토드는 〈성공〉이 익명의 시선집에서 성공을 거둔 이후 디킨슨 자신이 소심하게 보낸 일곱 편의 시를 거절한 전력이 있는 로버츠브러더스에게 몸을 돌렸다. 출판업자는 두 명의 편집자 앞에서 내키지 않는 심경을 토로했다. "내게는 디킨슨 씨의 시를 후대에 남기는 것이 현명하지 못한 일로 여겨집니다. 아름다움이 두드러지는 만큼 결점도 눈에 띕니다. 그리고 전체적으로 진정한 시적 소양이 결여되어 있습니다."

하지만 어쨌든 그는 이단성에 자리를 양보하기에 이르렀다. 시를 평가하기 위해 고용한 외부 비평가가 이 시가 분명 표준적인 시는 아니지만 재능을 발산하고 있다고 말한 것이 큰 영향을 미쳤다. 어쩌면 지난 10년 동안 헬런 헌트 잭슨이 고집스럽게 가했던 압박이 현재 메이블 루미스 토드의 자신감 넘치는 접근 방식과 결합되어 한번 운에 맡겨보기로 그의 등을 떠민 것인지도 모른다. 메이블은 히긴슨 앞에서 그랬듯이 그 앞에서도 시를 낭독해 보였을까? 로버츠브러더스는 판권 소유자인 러비니어 디킨슨이 인쇄 비용을 부담하고 처음 500권의 인세를 포기한다는 조건 아래 이 시집을 출간하는 데 동의했다. 그리고 몇몇 시를 삭제한다는 조건도 내걸었다. 이는 상업적인 측면뿐 아니라 창작적인 측면에서도 강탈이었다. 3년 동안 이 시들을 위해 몸 바쳐 일했고 이 시들을 자신의 골수까지 흡수한 메이블은 〈나는 아름다움을 위해 목숨을 버렸다〉가 배제되어야 한다는 사실에 경악했다. 하지만 선택지는 이런 조건을 감수하고 출간을 하느냐, 하지 않느냐의 두 가지뿐인 듯 보였다. 메이블, 러비니어, 히긴슨으로 이루어진 디킨슨 진영은 출간하는 쪽을 선택했다. 이 시들이 그들의 증거가 되어줄 터였다.

1890년 11월 12일 《시, 에밀리 디킨슨Poems* Emily Dickinson》이라는 단순한 제목의 얇고 아름다운 시집이 세상과 만났다. 흰색 가죽 표지에 돋을새김으로 새겨진 금빛 제목 아래에 메이블이 그린 수정난풀 그림이 들어갔다. 시들은 디킨슨이 두려워했고 평생 맹렬히 거부한 운명을 겪었다. 줄표가 삭제되었고, 관습에서 벗어나 의도적으로 사용한 대문자들이 소문자로 바뀌었으며, 일부러 제목을 붙이지 않는 시들에 무기력한 제목들이 붙었다. 편집자들은 놀라움을 연출하려고 일부러 운을 맞추지 않은 시에 고삐를 채우기 위해 몇몇 단어에 손을 대기도 했다.

하지만 이렇게 절단된 후에도 시에서는 억제할 수 없는 힘이 고동치고 있었다. 소녀에 의해 문학계를 사로잡을 힘, 시적 의식의 새로운 종을 일깨우는 힘이었다.

히긴슨은 서문에서 환희의 심경을 표현했다.

몇 편의 시는 독자들에게 흙에서 뿌리째 뽑혀온 것처럼 보일지도 모른다. 비와 이슬과 흙이 아직 그대로 시에 묻어 있으면서 다른 방식으로는 전해질 수 없는 신선함과 향기를 전달한다. 파멸과 정신적 대립을 노래한 다른 몇 편의 시들에서 우리는 생생한 상상력이라는 재능에 감탄할 수밖에 없다. 은둔하며 살던 여시인은 단지 몇 차례의 붓질을 통해 신체적·정신적 투쟁의 위기를 아주 생생하게 묘사했다. … 하지만 이 시들의 가장 중요한 특징은 화가 날 만큼 변덕스러운 활력으로 표현되는 비범한 이해와 통찰이다. 이 표현 방식은 제멋대로인 듯 보이지만 사실상 의도했다기보다는 필연적인 것이다.

호튼미플린에게는 원통한 일이었지만 이 책은 눈부신 성공을 거두었다. 처음 500권은 출간된 첫날 서점에서 모두 자취를 감추었다. 출간된 지 1년 만에 11쇄를 찍었으며 무려 1만 1000권이 문화의 몸통 안으로 흡수되었다.

디킨슨의 시가 급류가 되어 세상을 향해 높은 기세로 흘러가고 있던 해, 윌리엄 제임스William James는 혁신적인 저서 《심리학 원리Principles of

Psychology》에서 "의식의 흐름stream of consciousness" 개념을 새로 소개했다. 얼마 후 영국의 평론가들이 한 세기 전 셸리와 키츠의 시를 공격한 이래 유례가 없을 정도의 강한 기세로 디킨슨의 시를 공격하고 나섰다. 공격이 한창일 무렵 윌리엄 제임스의 투병 중인 명민한 동생 앨리스 제임스Alice James는 자신의 일기에 이 자체가 예상치도 못한 문학의 승리라고 쓰며 영국의 비평가들을 비꼰다.

영국에서 에밀리 디킨슨을 5등급으로 발표했다는 소식을 들으니 든든하다. 영국인들은 최고의 것을 놓치는 능력이 탁월하기 때문이다. 강건한 것도 미묘한 것도 모두 그들의 능력 밖이다. … 어떤 철학책이 싸구려 소극을 "되풀이"하는지, 혹은 그저 따라 하는 데 그치지 않고 열망하는 영혼의 가장 고차원적 관점을 좀더 완전하게 표현하는지 그들은 알지 못한다.

누군가가 된다는 것은 얼마나 지루한가?
얼마나 일반적인가? 마치 개구리가
종일 자신의 이름을 말하는 거잖아.
감탄하는 늪지한테.

미국 평론가들은 아무도 보지 않는 한밤중에 미국 문학계의 영웅이 나타났다는 사실에 특별한 자부심을 느꼈기 때문인지 디킨슨을 열정적인 독자층의 토양으로 인도했다. 독자들은 매일 군단 단위로 늘어났다. 메이블은 주요 신문사에 실리는 호평 기사를 잘라내 수집했다. 책이 출간되고 한 달 후 히긴슨은 믿을 수 없는 심경을 담아 메이블에게 편지를 썼다.

당신은 우리가 해낸 이 놀라운 일에 대해 나와 같은 심경을 느낄 유일한 인물입니다. 우리는 보기 드문 재능을 세상에 내어놓았습니다. 구름까지 올라가 구름을 걷어내고 그 뒤에 숨은 별을 새로 찾아 세상에 보여준 기분입니다.

정확하게 50년 후 수학자 G. H. 하디는 쓴다.

아주 조금이라도 영구적으로 중요한 일을 성취하기 위해서는 그게 시집이든 기하학 공리든, 인간 대다수의 능력을 완전히 벗어나는 무언가를 해내야 한다.

에밀리 디킨슨

세계는 하나의 예술작품이다

22

에밀리 디킨슨이 세상을 떠난 지 131년 후 나는 그녀의 침실에 서서 그녀
가 품은 진실의 환영을 좇는다. 그녀의 시에서 큰 소리로 울부짖는 어둠과
그녀 방으로 쏟아지는 햇살의 샘물이 빚는 대조가 인상깊다. 두 개의 벽에
난 큰 창문들로 햇살이 쏟아져 들어온다. 또한 나는 그 방의 크기에 깊은 충
격을 받는다. 디킨슨이 쓴 마호가니로 된 썰매 모양의 침대는 어린이가 쓸
법한 크기이고, 벚나무로 만든 책상은 가로 세로 45센티미터로 거의 축소
모형처럼 보인다. 체화된 인지embodied cognition에 관해 최근 발견된 사실이
떠오른다. 외부 환경의 물리적 변수가 우리 내면의 상태에 어떤 영향을 미
치는지를 밝힌 어느 연구에서는 넓고 개방적인 공간과 높은 천장이 창의력
을 끌어올린다는 사실을 증명했다. 그리고 나는 "사람이 자신을 제한하면
할수록 훨씬 더 재능을 발휘할 수 있다"는 쇠렌 키르케고르Soren Kierkegaard의
주장을 증명하는 "체화된 인지" 이론이 있는지 궁금해진다. 어쨌든 의도적
인 제약은 창의적인 돌파를 이끄는 강력한 촉매제이다. 애그니스 마틴Agnes
Martin(미국의 화가로 기하학적 점과 선, 격자무늬가 특징인 추상화를 주로 그렸다―옮긴
이)은 고정된 기하학적 격자 안에 자신의 재능을 풀어놓았다. 아인슈타인은
유일하게 타협할 수 없는 변수로 빛의 속도를 설정한 끝에 상대성 이론을

탄생시켰다. 앨프리드 히치콕Alfred Hitchcock은 〈이창Rear Window〉에서 방 하나를 배경으로 영화 전체를 펼쳐낸다. 45센티미터의 정사각형. 1700편이 훨씬 넘는 시들.

이 물리적으로 작디작은 공간에서 에밀리 디킨슨은 무한을 창조했다. 아름다움과 의미, 진실의 무한이다.

하지만 내가 가장 깊은 인상을 받은 것은 침실의 방향이다. 침실은 디킨슨이 반복적으로 묘사한 것처럼 서향이 아니라 남서향이다. 남쪽을 향한 벽에 두 개의 큰 창이 나 있다. 침대 왼쪽에 바로 붙어 있는 창문에서는 메인 스트리트의 활기가 내려다보인다. 서쪽 벽으로 난 두 개의 창문으로는 에버그린즈의 모습이 보인다. 단풍나무 사이로 보이는 노란색 벽은 거의 백열하는 듯 보이며, 목련 위로 우뚝 솟은 건물은 불편할 만큼이나 가까워 보인다. 30년 동안 매일, 종일, 에밀리 디킨슨은 반쯤 열린 하얀 레이스 커튼 너머로 자신의 운명과 마주했다. 자신이 평생 사랑한 여자와 오빠가 가정을 꾸리며 살아가던 집을 응시했다. 이토록 가깝지만 결코 소유할 수 없는 존재. 나는 그 방에 서 있다가 불현듯 매일 그렇게 살아가는 것에 공포를 느낀다. 이 공포는 디킨슨이 자신의 방을 묘사한 유명한 구절 "서쪽을 바라보는 방"이라는 말 안에 암호처럼 숨겨져 있다. 나는 처음으로 그 말 안에 숨겨진 의미를 뼈저리게 깨닫는다. 삶이 넘쳐나는 남쪽의 창에서 몸을 돌려 수전이 있는 곳을 향하는 서쪽 창을 바라보는 에밀리의 마음이다. 수전은 그녀의 "세상에서 유일한 여자"였으며 인생의 방향을 잡아준 북극성이었다.

아래층 서재에는 벤저민 디즈레일리Benjamin Disraeli의 연애 소설《엔디미온Endymion》과 키츠의 시집이 꽂혀 있다. 이 시집은 "아름다움을 지닌 것은 영원한 기쁨이니"라는 구절로 시작된다. 처음 만난 지 30년이 되던 해 수가 크리스마스 선물로 준 이 책에는 "에밀리, 보지 못하지만 여전히 사랑하는 이에게"라는 글귀가 쓰여 있다.

인생의 마지막 몇 달, 오스틴이 에밀리의 목숨을 앗아갈 것이라 두려워한 병으로 앓아누워 있는 동안 에밀리는 수에게 편지를 썼다.

심연에서 떠올라 다시 그곳으로 돌아가지 - 그게 인생이야, 친구야, 그렇지 않니?

우리를 묶은 실은 아주 가늘지만 머리카락은 절대 사라지지 않아.

디킨슨이 고작 55세의 나이로 세상을 떠났다는 사실에 세상 사람들은 슬퍼한다. 하지만 그 방에 서서 에버그린즈를 응시하면서 사라지지 않는 사랑의 공허한 무력감과 마주하고 있으려니, 나는 달랠 길 없는 슬픔을 품은 채 그토록 오랫동안 살기 위해서는 영웅적 용기가 필요했을 것이라고 느낀다. 에밀리 디킨슨은 가장 사랑하는 친구, 통렬할 정도로 가장 가까웠던 친구를 36년 동안 자신의 온 존재를 다해 사랑했다.

디킨슨을 깊이 읽은 독자라면 이 사실에 대해 의견이 갈릴 것이다. 이 사실은 에밀리의 생전에는 수전 혼자만 알고 있었고 에밀리의 가족들조차 에밀리가 세상을 떠난 후 방대한 양의 시를 통해서야 겨우 알게 되었다. 이 시도, 저 시도 모두 지독하리만큼 시인에게 우주의 중심이었던 수전을 중심으로 궤도를 돌고 있었다. 러비니어와 오스틴은 아마도 엄청난 충격을 받았을 것이며 메이블은 깊은 고뇌에 빠졌을 것이다. 메이블은 연인의 아내가 이 헤아릴 수 없는 사랑을 통해 불멸의 존재로 남기보다는 죽어버리길 바라고 있었기 때문이다.

그래서 누군가 수전의 존재를 지우기 위해 나섰다. 초판이 출간된 1890년과 재판이 출간된 1892년 사이의 어느 시점에 누군가 책자를 꿰맨 실을 조심스럽게 풀어내고 시 한 편을 빼냈다. 그 시가 적힌 종이가 한때 다른 종이들과 함께 바느질되었다는 사실을 숨기기 위해 바늘 자국을 가위로 잘라 냈다. 바느질 책자에서 떨어져 나온 이 종이는 그 반대편에 수록된 시를 위해 보관되었다. 이 종이에는 "수— 언제나 영원히!"라는 구절로 끝나는 시가 쓰여 있다. 누군가 검은 잉크로 각 시구를 마구 그어 지워버렸고 특히 마지막 구절에는 잉크가 미친 듯이 덧칠되어 있다. 이 시는 에밀리가 수전을 사랑하기 시작했을 무렵 울타리 너머로 건네준 편지들을 보관한 덕분에 살아남았다. 그 시기에 에밀리가 수에게 보낸 많은 편지와 에밀리가 오스틴에게 보낸, 두 사람이 함께 사랑하는 여자에 대한 감정의 분출로 가득한 편지들 또한 비슷한 운명을 겪으면서 파손되었다.

오랫동안 원고를 망가뜨린 범인은 당연히 메이블이라고 여겨져왔다. 가능성은 있다. 수전의 자리를 빼앗아 메이블 루미스 디킨슨이 되지도 못하고, 오스틴과의 사이에서 아기를 가져 디킨슨 가의 혈통을 빼앗아 오지도 못한 메이블은 어쩌면 자신의 능력이 미치는 하나의 작은 가지에 눈을 돌렸을지도 모른다. 하지만 메이블의 일기와 편지를 탐독하며 연구한 끝에 나는 메이블이 원고를 망가뜨렸을 것 같지는 않다고 결론내렸다. 메이블이 10년 동안 디킨슨의 원고를 베껴 쓰고 보관하며 집사 역할을 하는 데 열중했기 때문만은 아니다. 실제로 메이블이 한 일은 헤라클레스 급의 수고가 드는 일이었지만 그 대가로 메이블은 고작 200달러를 받는 데 그쳤으며 그밖에는 천재적 재능에 목소리를 부여했다는 개인적인 만족감을 누렸을 뿐이다. 메이블이 범인이 아니라고 생각하는 이유는 그녀가 이 특정 책자가 절단되기 전에 이미 이 책자를 베껴 쓴 적이 있기 때문이다. 1967년에 출간된 디킨슨 원고의 편집을 다룬 책에서 당시 예일대학교의 바이네케 희귀도서와원고도서관Beinecke Rare Book and Manuscript Library의 관장은 메이블이 원고를 손상시키기에는 디킨슨의 원고를 너무 숭배하고 있었기 때문에 실제로 원고를 망가뜨린 범인은 오스틴이라는 가설을 제안했다. 이 도서관에는 현재 토드 문서가 보관되어 있다. 하지만 이런 짓을 한다고 해서 오스틴이 무엇을 얻을 수 있었을까? 오스틴은 처음부터 수전에 대한 에밀리의 사랑을 알고 있던—물론 에밀리가 보여주는 만큼만 알았겠지만—유일한 인물이었다. 그리고 자신의 연인이 수 년 동안 원고를 편집하고 있을 무렵 오스틴은 이미 수전에게 마음이 떠난 지 오래였다. 시 한 편을 삭제한다고 해서 오스틴이 얻을 수 있는 것은 아무것도 없을 터였다.

나는 여기에서 전혀 의심 받지 않는 배우를 의심한다. 바로 러비니어다.

바느질 책에서 잘려나간 시는 결국 "우리 집에 자매가 한 명 있고 / 울타리 너머에도 자매가 있지"라는 구절로 시작되는 시이다. 그다음 시인은 자랑스럽게 자신의 감정적 우주에서 수전의 지배를 선포한다. "나는 이 유일한 별을 선택했어 / 광활한 밤하늘의 수많은 별 중에서-" 언니를 죽음으로 떠나보낸 후 이 시구, 이 양분되는 정서를 발견하고 러비니어는 어떤 기분이었을까? 언니가 피붙이보다 울타리 너머의 여자가 자신과 더 친밀하다고 선언한 것이다. 시가 잘려나갔을 무렵 수전은 러비니어와 더는 말을 섞지 않고 있었다. 수십 년 동안 에밀리 안에서 여물어 가는 모습을 지켜본 형언할 수 없이 소중한 유산을 러비니어가 남편의 정부에게 맡기며 자신을 배신했기 때문이었다. 러비니어가 수전에게 찾아와 메이블에게 넘긴 시들을 메이블이 타자기로 열심히 쳐서 옮기는 동안 수전은 에버그린즈에서 열리는 사교 모임에서 영향력 있는 손님들의 마음을 사로잡아 출간에 도움이 될 수 있을까 하는 희망을 품고 자신이 보유하고 있는 시들을 큰 소리로 낭독하고 있었다. 이런 모임들에 러비니어는 초대받지 못했다. 배척에 대해 말소만큼 더 좋은 복수가 어디 있단 말인가?

러비니어는 자신의 이익을 위해 현실을 왜곡하면서도 양심의 가책을 전혀 느끼지 않는 사람처럼 보인다. 몇 년 후 오스틴이 토드 부부에게 디킨슨 가문의 토지를 증여한 일을 두고 법정 소송이 주 대법원까지 올라갔을 때 러비니어는 자신이 자의적으로 증여 증서에 서명했다는 것을 부인하면서 위증했다. 재판에서 메이블은 내키지 않았지만 진실을 말했고, 그 대가로 오스틴과의 정사가 폭로되어 대중적인 구경거리로 전락하면서 오명을 뒤집어썼다. (정사가 폭로된 후 배우자가 그 관계를 눈감아 준 메이블의 평판은 더럽혀진 반면, 배우자가 이 사태에서 유일하게 배신당한 피해자였던 오스틴의 평판은 더럽혀지지 않았다.) 하지만 부동산을 둘러싼 분쟁 아래에는 더 크고 깔끔하게 해결할 수 없는 또 하나의 분쟁이 도사리고 있었다. 가장 가치 있는 디킨슨 가의 유산, 에밀리의 시와 편지에 대한 분쟁이었다.

메이블은 단지 애정 어린 마음에서 원고를 옮기기 시작했지만, 그 일을 10년 동안 수행한 끝에 에밀리 디킨슨을 가장 잘 아는 학자이자 집사가 되었다. 메이블은 혁신적인 시집의 출간 기회를 확보하는 한편 한 번도 만나보지 못한 전설적인 인물의 대변인을 스스로 자처하고 나섰다. 메이블은 뉴잉글랜드를 순회하며 디킨슨의 작품에 대해서 대중 강연을 하고, 잡지에 논평을 쓰고, 여자대학교에 소책자를 배부했다. 이 모든 수고에도 러비니어는 메이블에게 시집의 판권을 나누어 주지 않았다. 메이블이 없으면 존재하지 못했을 시집들이었다. 히긴슨도, 수전도, 헬런 헌트 잭슨도, 심지어 에밀리 디킨슨 자신도 거절만 당한 상황에서, 메이블만이 홀로 시집의 출간을 확보하는 데 성공했다. 토드 부부는 법정에서 오스틴 디킨슨이 여동생의 시를 위해 몇 년 동안 애써준 대가로 자신들에게 토지를 증여했다고 주장했다. 오스틴은 소송이 벌어질 조짐이 보이기 7주 전 세상을 떠났다. 러비니어는 오빠가 남긴 공증을 받지 못한 유언장의 지시에 따라 증여 증서에 서명했음에도 법정에서는 자신이 속아서 서명한 것이라고 주장했다. 그리고 디킨슨이 불멸의 명성을 얻게 된 과정에서 메이블이 수행한 결정적인 역할의 가치를 깎아내리려 기를 썼다.

어쩌면 러비니어는 어떤 이상한 이기심 때문에 그랬던 것이 아니라 흔히 그렇듯 그저 야심 없는 재능이 얼마나 무력한지 잘 모르고 있었는지도 모른다. 메이블 루미스 토드는 에밀리 디킨슨의 재능에 자신의 야심을 덧붙였다. 이는 기생 관계가 아니라 공생 관계였으며 에밀리 디킨슨의 시가 오늘날까지 전해지는 데 반드시 필요한 일이었다. 디킨슨을 둘러싼 극적인 사건에서 메이블이 맡은 영웅이자 악당의 역할은 인간이 겪는 곤경의 축소판이다. 우리 내면의 다면성은 자기모순으로 우리를 쪼개며, 디킨슨의 인상을 고정시킨 은판 사진에 담긴 그녀의 머리칼처럼 말끔하게 둘로 나뉘지 않는다. 우리는 절대 하나의 존재가 아니며 우리 안에 잠들어 있는 잠재적 가능성은 상황에 따라 각성되어 밖으로 튀어나온다. 그 상황에서 기회와 선택은 공모하여 우리를 우리였다고 말해지는 존재로 만든다.

집단적인 기억을 기록할 때 동기를 억측하는 일은 의미가 없다. 기억과 동기는 양날의 검이며, 이를 이용하여 우리는 사건에서 경험의 포를 뜨고 인생이라는 나무줄기에서 역사를 베어낸다. 그 역사는 개인의 역사이자 정치, 문명의 역사이다. 기억과 동기 모두 대단히 선택적인 도구이며, 기억으로는 과거를 돌아보고 동기로는 미래를 내다본다. 하지만 디킨슨의 진실을 엮어낸 것은 체를 엮어 만든 것은 바로 이 억측들이었다. 어떤 이야기의 실이라도 너무 길게 늘어난다면 몇 차례에 걸친 논쟁적인 주장에 의해 닳고 단 끝에 진실의 베틀에서 벗겨지기 마련이다. 개인적인 이유로 특정한 주장을 펼치는 이들이 있는가 하면 그 주장을 입증하기 위해 혹은 이해하기 위해 반복하는 이들이 있다. 그런 과정을 거치며 이야기의 실은 점점 더 너덜너덜해진다.

결국 쪽매붙임으로 진실을 이어붙인 이 여자의 인생에서 무엇이 진실이란 말인가? 그녀의 개성을 가장 친밀하게 보여주는 필체조차 인생에 걸쳐 세 차례 극적인 변모를 겪었다. 10대와 20대 시절의 작고 날카로우며 촘촘하고 오른쪽으로 기운 서체는 30대와 40대에 이르러 둥글고 크며 좀더 똑바로 서 있는 서체가 되었다가 인생의 말년에 들어서 문자 사이가 넓게 벌어지고 딱딱하며 거의 인쇄물처럼 보이는 필체로 변했다. 각각의 시기에 쓴 원고를 나란히 놓고 보면 같은 사람이 썼다고 믿을 수 없을 정도이다. 그리고 어떤 의미에서 이 글씨들은 같은 사람이 쓴 것이 아니다. 다른 모든 인생이 그렇듯 그녀의 인생은 하나의 에밀리 디킨슨이 아니라 수많은 에밀리 디킨슨으로 살아진 것이기 때문이다. 러비니어의 언니는 오스틴의 여동생과는 다른 사람이었고, 수전의 연인이 될 뻔한 사람과도 다르고, 히긴슨의 미친 편지 친구와도, 고요한 겨울 온실의 유리 공간에서 난초를 보살피던 여인과도, 메이블에게 포도주와 시를 보내주며 위층 침실에서 베토벤 음악에 귀를 기울이던 유령과도 달랐다. 이 많은 모습은 각기 다른 필요에 따라 순간순간 솜씨 좋게 갈아입는 복장이라기보다는 한 자아의 다른 면, 특정한 빛이 특정한 각도로 비쳐드는 순간 밝게 빛나는 면면이라 할 수 있다. 우리는 여러 상황에 따른 여러 사람들의 합으로 존재하며, 우리 내면에 잠들어 있는 다층적인 면은 특정한 상황, 특정한 인간관계, 특정한 운명으로 인해 잠에서 깨어난다. 그 면면들은 모두 진실되고 모두 실재하며, 이런 면면이 모자이크처럼 합쳐져 우리라는 존재를 만든다.

어떤 예술가의 인생에서 피어오른 수수께끼에 대한 추측들이 그 추측의 원인이 된 예술가의 작품을 가려서는 안 된다. 버지니아 울프는 브라우닝 부부에 대한 글에서 한탄한다. "시인에 대해 읽을 수 있는 시대, 우리가 얼마나 시인에 대해서 깊이 읽을 수 있는가는 전기 작가 앞에 놓인 문제이다."

메이블 루미스 토드는 디킨슨의 작품에 헌신한 지 5년째 되던 해 시인의 편지들을 모아 첫 서간집을 출간했다. 메이블은 디킨슨의 작품이 "생각의 혜성"처럼 불타오르고 있다고 생각했다. 그동안 데이비드 토드는 메이블이 고생하며 만든 타자 원고를 베끼고 옮기고 오자를 확인하는 일을 도왔다. 이 부부는 평생 이런 식으로 서로의 일을 돕고 서로에게 헌신하며 살았다. 그리고 지금 메이블이 데이비드를 도울 차례가 되었다. 메이블은 에밀리 디킨슨의 대변인으로서 새로 얻은 문학적 명성을 이용하여 13년 전 데이비드를 애머스트로 이끈 꿈을 이루기 위해 기금을 모으는 일에 착수했다. 전에는 한 번도 존재하지 않았던 천문대의 건설이다.

여자에게 교육과 직업 선택의 기회가 허용되지 않던 시대에 수많은 천문학자의 아내들이 그랬던 것처럼 메이블 또한 관측과 기록에서 남편의 실질적인 조수 역할을 했고, 그 일을 하는 동안 자신만의 과학적 재능을 키워나갔다. 다른 천문학자의 아내들과는 달리 메이블은 세계 곳곳을 돌아다니는 일식 관측 탐험에도 동행하면서 이 극적인 과학 현상을 시적인 웅대함과 함께 적극 흡수했다. 일본으로 갔던 일식 관측 탐험에서 메이블은 후지산 6부 능선 이상으로의 등반을 허가받은 첫 여성이 되었다.

디킨슨의 서간집이 출간된 1894년, 유명 언론은 디킨슨의 책을 "올해의 책"으로 선정했고, 로버츠브러더스는 메이블 루미스 토드가 쓴 전례 없는 걸작을 출간했다. 일식을 다룬 최초의 대중적인 책으로 개기일식이라는 초자연적인 경험을 시적인 산문으로 묘사하는 한편 일식 현상을 과학적으로 이해하기 쉽도록 풀어 설명하고 고대부터 내려온 유명한 일식의 역사를 생생하게 전해주는 책이었다.

토드는 책의 마지막 장을 디킨슨의 시를 인용하면서 연다. "일식은 예측할 수 있으니 / 과학이 절하며 맞아들이네"라는 구절이다. 그런 다음 덧붙인다. "시인은 보통 과학적 현상의 '모두스 오페란디modus operandi('작동 원인'이란 뜻의 라틴어이다―옮긴이)'에는 별로 신경 쓰지 않는다. 여기 인용한 구절에서는 사실, 결과, 문제 전체에 대한 요지를 담고 있으며 이것만으로 충분할 것이다." 그다음 메이블은 저명한 천문학자이자 물리학자, 비행술의 선구자인 새뮤얼 피어폰트 랭리Samuel Pierpont Langley의 말을 인용한다. "과학계 사람이라면 이 광경을 둘러싼 사실들을 지루하게 설명하겠지만, 이 광경의 인상을 표현할 수 있는 이는 아마도 시인뿐일 것이다."

1894년은 토드가 디킨슨의 시에 매달린 지 7년째가 되던 해이다. 메이블은 디킨슨이 개인적 편지에 동봉한 시들 중에 일식 현상의 기묘함을 절묘하게 묘사한 시가 한 편 있다는 사실을 몰랐던 것이 틀림없다. 알았다면 자신의 책에서 그 시를 인용하지 않았을 리가 없기 때문이다. 이 시는 어쩌면 일식을 노래한 세계 최초의 시일지도 모르며, 세계에서 가장 훌륭한 시라는 점은 분명하다.

1875년 9월 29일 일식의 경로가 뉴잉글랜드를 지나면서 애머스트에서는 거의 완전한 개기일식을 관측할 수 있었다. 이 보기 드문 자연 현상의 기적 같은 장관에 이끌려 디킨슨은 어쩌면 자신이 은둔하던 방 밖으로 나갔을지도 모른다. 나는 에밀리가 주의 깊은 손길로 침실의 상아빛 커튼을 걷고 어둑해지는 창공을 올려다보는 모습을, 그런 다음 과수원으로 달려나가 벚나무의 모습이 잔디 위에 수천 개의 초승달처럼 흩어져 있는 광경에 숨을 들이키는 모습을 상상한다. 일식이 일어나는 동안 이파리 사이의 공간이 작디작은 핀홀 카메라 역할을 하면서 빛과 그림자가 숨 막힐 듯이 멋지게 작용한 결과이다. 아리스토텔레스도 이 현상에 매혹되었지만 이를 이해하지는 못했다.

어떻게 보았는지는 알 수 없지만 디킨슨이 일식을 보았으며 그리고 일식이 디킨슨의 상상력에 깊은 인상을 남겼다는 점은 분명하다. 디킨슨은 그 인상을 포착하여 여덟 줄의 완벽한 시구로 그 초자연적인 분위기를 표현했다. 토드가 1896년 출간한 시집에는 수록되지 않았으며 오직 1877년 8월 히긴슨에게 보낸 편지에만 남아 있는 시이다.

마치 거리가 달리는 듯한 소리가 들렸어-

그다음에- 거리는 가만히 서 있었지-

우리가 창문으로 볼 수 있는 것은 오직 일식뿐,

우리가 느낄 수 있는 것은 오직 외경심뿐-

이윽고- 대담한 이가 은신처에서 몰래 빠져나와

시간이 그곳에 있는지 확인하지-

오팔색 앞치마를 두른 자연이

한층 신선한 공기를 뒤섞고 있지

그달에 미국 해군 천문대의 천문학자들은 화성의 첫 번째 위성을 발견했고 얼마 후에 두 번째 위성도 발견했다. 얼마 전 제작된 지름 66센티미터의 세계에서 가장 큰 반사망원경을 통해서였다. 화성의 위성들은 그리스 신화에 등장하는 사악한 쌍둥이 형제의 이름을 따서 붙여졌다. 두려움의 신인 포보스Phobos와 공포의 신 데이모스Deimos이다. 150년 전 조녀선 스위프트는 케플러의 세 번째 법칙을 인용하며 《걸리버 여행기Gulliver's Travels》

에서 화성의 두 달을 묘사한 적이 있었다. 그해 8월 워싱턴에서 신문을 읽고 그 소식을 알게 된 월트 휘트먼은 수첩에 열광적으로 기록했다. "화성은 이제 지배자로서 창공을 거닌다." 휘트먼은 열흘 뒤에 또 이렇게 썼다. "이번 달 내내 나는 저녁을 먹고 나가 그의 모습을 올려다본다. 가끔은 한밤중에 잠이 깨서는 다시 한번 그의 비할 데 없는 광휘를 올려다본다."

디킨슨이 우주의 장관을 언어로 옮기고 천문학자들이 화성의 위성을 발견한 지 정확하게 한 세기 후인 1977년 8월 보이저 1호와 보이저 2호가 우주로 발사되었다. 40년 후 한 우주선은 다른 우주선을 따라잡고 인간이 만든 물체 중 최초로 태양 자기장의 구속을 벗어나 성간 우주의 신비 속으로 진입한다.

이 과학의 위업에는 낭만의 위업이 실려 있다. 바로 골든 레코드이다. 인간의 정신을 2진법으로 암호화하여 디스크 한 장에 담은 타임캡슐로 보이저호마다 각각 한 개씩 실려 있다. 이 디스크에는 가장 많은 인구가 사용하는 54개 언어와 혹등고래의 울음소리, "당신이 누구든 인사를 드립니다. 우리는 당신들을 친구라 생각하고 우정을 맺습니다"라는 뜻의 고대 그리스어 인사말이 수록되었다. 또한 지구의 삶을 보여주는 사진과 그림 117장이 정보로 변환, 압축되어 수록되어 있다. 이 사진과 그림들로 이루어진 시는 이미지라는 상징적인 언어로 조각조각 제시되지만 전체로 합쳐지면서 인류의 의미를 증류한다. 골든 레코드의 마지막을 장식하는 것은 지구에서 들을 수 있는 소리의 모음인데, 화산 폭발에서 시작하여 베토벤 〈교향곡 제5번〉의 도입부에 이르기까지 다양한 소리가 수록되어 있다. 이 지름 30센티미터의 금박을 입힌 구리 디스크, 베토벤의 음악을 싣고 케플러의 법칙에 따라 해안 없는 우주를 항해하고 있는 이 디스크에서는 "모든 진실은 음악과 수학으로 구성된다"는 마거릿 풀러의 주장이 다시 한번 메아리친다.

골든 레코드 계획을 제안한 인물인 칼 세이건은 골든 레코드를 인류가 어딘가 아득히 먼 곳에 있을 외계 문명에게 보내는 "우주의 환영 편지"라고 여겼다. 골든 레코드의 창작 감독이었던 앤 드루얀은 골든 레코드를 "문화적 노아의 방주"라고 생각했다. 먼지와 파편으로부터 레코드를 보호하기 위해 입힌 금박 위에는 열네 개의 펄서를 기준으로 우리 태양계의 위치를 표시한 그림이 새겨져 있다. 펄서란 도시 하나만 한 크기의 빠르게 회전하는 천체로, 밀도가 높은 핵 물질이 지구의 자기장보다 1억 배에서 1000조 배만큼 강력한 자기를 내뿜기 때문에 우주의 등대 역할을 한다. 펄서는 그로부터 정확히 10년 전 여름 북아일랜드의 조설린 벨Jocelyn Bell이라는 천문학자가 발견했다. 스물네 번째 생일을 맞은 달 벨은 자신이 관리하던 거대한 쌍극망원경에서 흘러나오는 관측 자료에서 어딘가 이상하고 갑작스러운 활동의 "덜미"를 잡았다. 이 활동이 펄서의 작용으로 밝혀지면서 중성자별이 실제로 존재한다는 첫 번째 증거가 되었다. 중성자별이란 별이 죽어가는 과정에서 마지막 폭발 후 붕괴된 중심핵만 남은 별로, 1933년 중성자의 존재가 발견되고 1년 후 처음 이 별의 존재에 대한 가설이 수립되었다. 중성자별의 존재가 증명되면서 결정적으로 아인슈타인마저 매혹적이기는 하지만 순수하게 수학적이며 어쩌면 입증 불가능한 이론상의 개념으로만 여겼던 블랙홀이 실재할지도 모른다는 가능성이 대두되었다. (역자가 이 책을 이제 막 번역하기 시작한 2019년 4월 10일 과학자들은 "사건의지평선 망원경"을 이용한 국제적 협업을 통해 최초로 블랙홀 관측에 성공했다―옮긴이) 펄서의 발견은 현대 천체 물리학의 토대로서, 우주에 대한 우리의 이해를 바꾸는 획기적인 계기였다. 하지만 이 발견으로 노벨물리학상을 받은 사람은 벨의 지도 교수였다. 벨이 발견했음에도 그녀는 수상자에서 제외되었다. 비록 부족하지만 시적인 속죄의 표시로 10년 후 벨의 발견은 보이저 레코드에서 지구의 위치를 표시하는 유일한 기준으로 사용되었다.

골든 레코드의 공식적인 임무는 우주의 다른 문명에게 인류가 보내는 편지 역할을 하는 것이었다. 하지만 무한한 우주를 표류하는 이 레코드의 내용을 해독하는 데 필요한 기술과 의식을 가진 다른 외계 문명이 발견될 가능성은 한없이 0에 가까웠다. 이 달콤할 만큼 순진한 소망은 이 과업의 비공식적인 목표를 숨기고 있었다. 과학적 목표라기보다는 시적인 목표에 훨씬 더 가까운 또 다른 목표는 바로 우리가 이 있을 법하지 않은 작은 행성을 공유하고 있다는 사실을 잊고 있던 시대에, 인류의 가장 훌륭하고 진실된 것들을 우리 자신에게 비쳐 보여주는 것이었다. 세이건은 골든 레코드가 우리 인류가 "희망과 끈기가 있는 종, 최소한 약간의 지성과 충분한 관용과 우주와 접촉하고 싶어 하는 열의가 있는 종"이라는 증거가 되어준다고 생각했다. 냉전이 절정에 오른 시대에 가설상의 외계 문명보다 인류 자신에게 훨씬 더 필요한 증거였다. "우리는 우리 시대를 살아남아 당신의 시대까지 살 수 있기 위해 노력하고 있습니다"라고 지미 카터Jimmy Carter 대통령은 칙칙거리는 소리가 섞인 녹음에서 말한다.

이 위대한 문명적 야심의 배경에는 이 과업의 가장 보이지 않으며 가장 애정 어린 차원이 하나 더 존재했다. 또한 골든 레코드는 시간의 가늘고 긴 조각에 매달린 두 명의 나체 유인원의 사랑 이야기기도 했다.

칼 세이건은 골든 레코드를 위해 음악을 선별하는 과업이 우리 종에게 "다른 방식으로는 성취될 수 없는 일종의 불멸성"을 부여하는 일이라고 생각했다. 바흐, 루이 암스트롱Louis Armstrong, 멕시코 민속 음악, 자바섬의 가믈란, 불가리아 양치기 처녀의 민요, 아프리카 숲 속에서 열여섯 살 피그미 소녀가 성인식 때 부르는 찬가 등이 선택되었다. 하지만 인류의 대표로서 이 과업을 창작의 측면에서 완전하게 만드는 데 헌신하고 있던 앤 드루얀은 동아시아 지역을 대표하는 음악이 불충분하다는 생각에 고민하고 있었다. 몇 달 동안의 조사 끝에 마침내 앤은 한 민속음악학자를 찾았고, 그 학자는 빈 자리에 딱 들어맞는 부족한 조각을 찾아내주었다. 2500년의 역사가 흐르는 〈유수流水〉라는 제목의 중국 선율이었다. 앤은 이 기쁜 소식을 전하기 위해 강의를 하러 투손에 있던 세이건에게 전화를 걸었다. 세이건이 호텔 방에 없었기 때문에 앤은 전갈을 남겼다.

한 시간 후 전화기가 울렸다. 칼이었다. "호텔 방에 돌아왔더니, '애니가 전화했습니다'라는 전갈이 있었어요. 그래서 생각했어요. '왜 10년 전에 이런 전갈을 남겨주지 않았을까?'"

드루얀은 그 순간 심장이 한 박자를 놓친 듯했다고 기억한다.

"어떤 생각은 마치 종과 같다." 엘리자베스 배럿 브라우닝은《오로라 리》에서 썼다. "부딪혀야 울리기 시작한다."

1977년 6월의 첫날이었다. 칼과 애니는 몇 년째 서로 알고 지냈지만 항상 다른 사람과 엮여 있었다. 칼은 지금도 이미 무너져내린 결혼 생활의 마지막 바퀴를 돌고 있었다. 하지만 두 사람 사이에는 이미 따스한 우정이 피어올라 있었다. 골든 레코드 프로젝트에서 함께 일하는 동안 두 사람만 있는 시간이 많았고 서로 이야기할 기회도 많았지만 항상 친구이자 동료였다. 음악과 수학에 대해 수많은 대화를 나누는 동안 서로 사랑에 빠졌다는 사실을 둘은 감히 인정하지 못했다.

앤은 발밑에서 갑자기 신비로운 문이 열려 수많은 가능성으로 떨어지게 된 사람 특유의 비합리적인 용기로 수화기에 대고 말했다.

"영원히?"

"결혼을 말하는 거예요?"

"네."

두 사람은 지금껏 입을 맞춘 적도 없었다. 개인적인 문제를 이야기한 적도 없었다. 골든 레코드의 세레나데에 담긴 무언가가 두 사람을 필멸적인 존재의 절박함으로 밀어붙여 사랑을 인정하도록 만든 것이다. 마치 우주의 영원한 악보 위에서 작고 아름답게 울리는, 돌이킬 수 없는 소리 같았다.

두 사람은 전화를 끊었고 잠시 후 칼이 다시 전화를 걸었다.

"그저 확인을 하고 싶어서요. 방금 정말 있었던 일이죠. 우리 결혼하는 거, 맞아요?"

"네, 우리 결혼하는 거예요."

"알겠어요. 단지 확인하고 싶었어요."

3000킬로미터를 사이에 두고 두 사람은 자신에게 배당된 영원의 조각을 함께하기로 약속했다. 애니는 이 순간을 "유레카!"의 순간으로 경험했고 과학적 발견을 이룰 때 꼭 이런 기분이 들 것이라고 생각했다. 애니의 명랑한 목소리가 내 이어폰으로 흘러 들어온다.

칼과 나는 우리가 행운의 수혜자라는 사실을 알고 있었다. 순전한 운이 이렇게 친절하게 작용할 수도 있다. 이 방대한 우주, 이 광대한 시간 안에서 우리는 서로를 발견할 수 있었다. 우리는 이것이 거의 있을 법하지 않은 소중한 우연인 것을 알았기에 매 순간을 소중히 여길 수밖에 없었다.

8월 20일 보이저 1호가 발사되었다. 1호에 실린 골든 레코드에 수록된 음향 자료 중에는 벨뷰병원Bellevue Hospital에서 녹음된 애니의 심장 소리와 뇌파가 저장되어 있다. 우주적 사랑의 전류로 고동치는 우리 몸의 소리이다. 앤은 두뇌와 신경계의 파동을 소리로 압축하여 레코드에 기록하는 게 무슨 소용이 있는지, 먼 미래의 인간이든 외계 생물이든 이 자료를 해독하고 이 자료를 다시 생각과 느낌으로 환원할 수 있을 가능성이 있기나 한지 칼에게 물은 적이 있다. 칼은 반짝이는 갈색 눈으로 앤을 들여다보며 대답했다. "1억 년은 아주 오랜 시간이에요. 한번 해보는 게 어때요? 누가 알겠어요? 1억 년 안에 무슨 일이 가능하게 될지."

8월 22일 칼과 애니는 보이저 팀에게 약혼을 발표했다. 두 사람은 칼의 남은 19년 동안 함께했고 앤의 회고에 따르면 "서로 미친 듯이 사랑에 빠져 있었다." 두 사람이 함께한 수많은 공동 작업의 결과물 중에는 혜성의 과학을 다룬 최초의 신뢰할 만한 책이 있다. 그 책에서 두 사람은 고유의 시적인 감각을 살려 혜성을 묘사한다. "혜성은 태양과 가장 가까워지는 지점을 지날 때마다 수십 년 혹은 한 지질 시대를 훌쩍 지나치는 거대한 시계이다. 우리는 혜성을 보면서 뉴턴 우주의 아름다움과 조화에 대해, 이 시간과 공간에서 우리의 위치가 무서울 만큼 하찮다는 진실을 깨닫는다."

칼 세이건이 세상을 떠나던 날 보이저호는 해왕성 근처의 어딘가를 항해하면서 성간 우주의 경계로 다가서고 있었다. 그 너머로 미지의 것으로 가득한 우주의 바다가 펼쳐져 있었다. 발사 이후 지구에서 서른다섯 차례의 8월이 지난 후 보이저 1호는 진정한 의미에서 칼과 애니가 상상한 성간 레코드라는 이름에 걸맞은 레코드를 싣고 태양계의 넓고 삐죽삐죽한 경계를 건너기 시작했다. 두 사람은 이 레코드에 "일종의 우주적 외로움을 표현하는 의도가 담겨 있다"라고 생각했다.

칼 세이건은 보이저호의 임무에서 우리 문명의 규범이 될 만한 또 다른 중대한 공헌을 했다. 보이저호는 과학 탐사선으로 그 주요 임무는 태양계 외행성을 탐험하고 기록을 남기는 것이었다. 보이저호에 실린 105킬로그램의 알루미늄과 전기라는 쌍둥이 시로 구성된 과학 기구에는 카메라가 있었다. 빛과 그림자를 포착하려는 탤벗의 조악한 시도에서 한 세기 반도 채 지나지 않았을 무렵 카메라는 이미 행성간 우주를 향해 출발하고 있었다. 보이저 1호와 2호가 시속 5만 6000킬로미터의 속도로 지구에서 멀어지는 동안 카메라는 외행성의 장대하고 선명한 이미지를 촬영했다. 이로써 우리는 우주 이웃의 모습을 처음으로 완전하게 볼 수 있게 되었다. 우리는 갈릴 레오가 네 세기 전에 희미한 점으로 발견하여 신화적 존재의 이름을 붙인 목성의 위성들을 처음으로 황홀할 만큼 세세하게 볼 수 있었다. 우리는 마 거릿 풀러의 눈빛과 같은 천왕성을 보았다. 그 남청색 빛이 너무도 인상적 이고 예측을 벗어났기에 지구의 관측팀은 감탄의 소리를 내질렀을 정도였 다. 그들은 인간이 상상하지 못한 광경을 보았다. 항해 기술자인 린다 모라 비토Linda Morabito는 마지막으로 목성의 사진을 찍기 위해 카메라를 우주선 의 어깨너머로 돌렸는데, 그 순간 목성의 위성인 이오 뒤에서 거대한 우산 형태의 꼬리가 뿜어져 나오는 모습을 보고 그 자리에서 얼어붙었다. 린다 는 지구 외에 다른 세계에서 활동하는 화산 작용을 최초로 목격하고 있다 는 확신에 사로잡혔다. 고향에서 6억 5000킬로미터 떨어진 곳에서 활동하 는 베수비오산이다.

해왕성은 인류의 거대한 인공 눈으로 보게 될 마지막 목표였다. 하이 디 해멀Heidi Hammel은 일지의 여백에 세세한 기록을 남겼는데, 해왕성의 인 상적인 푸른빛 구체, 지구와 비슷하면서도 다른 세상의 분위기를 풍기는 구체를 보고 단 한 단어와 하나의 부호로 그 환희의 심경을 표현했다. "와 우Wow!"

해왕성을 지나 촬영 임무가 완료되면서 나사NASA에서는 우주선의 에너 지를 절약하기 위해 카메라들을 끄라는 명령을 내렸다. 하지만 칼 세이건 은 단순하면서도 혁신적인 생각을 하고 있었다. 카메라의 방향을 돌려 마지막으로 사진을 한 장 더 찍는다는 생각이었다. 바로 지구의 사진이다.

반대 목소리가 등장했다. 거리가 너무 멀고 해상도가 낮아 그 사진에는 과학적 가치가 하나도 없을 것이라는 주장이었다. 하지만 그 사진의 시적인 가치를 확신하고 있던 세이건은 고위층까지 밀고 올라가 사진을 찍게 해달라고 나사의 국장을 설득했다. 우주의 월계관을 쓴 이 시인이 순수한 과학적 가치보다 시적인 가치를 우위에 둔 주장을 펼치며 어떤 언어를 사용했는지는 그저 상상할 수밖에 없다. 나는 그가 메이블이 출간을 설득하기 위해 디킨슨의 시를 연기하며 보여준 자신감 넘치는 카리스마를 발산했을 것이라 상상한다.

1990년 발렌타인 축일, 세이건의 몸 안에서 암이라는 뱀이 아무도 모르게 조용히 자신의 세력을 넓히고 있을 무렵 보이저호는 640만 킬로미터 떨어진 곳에서 태양계 내부를 향해 카메라를 돌렸다. 영상 과학자 캔디스 핸슨 코하체크Candice Hansen Koharcheck는 이 사진을 본 최초의 인물이었다. 빛이 선으로 번진 사진에서 다른 행성의 모습은 희미하지만 쉽사리 알아볼 수 있던 한편 지구의 모습은 사라진 듯 보였다. 핸슨 코하체크는 태양계의 아주 작은 입자도 알아볼 수 있도록 훈련된 눈으로 사진을 관찰한 끝에 마침내 지구를 찾아냈다. 텅 빈 우주의 검은 어둠을 바탕으로 태양의 빛줄기 속에 떠 있는 희미한 점이었다. 끝도 없이 펼쳐진 어딘지도 모를 곳 한복판, 우주의 대부분을 차지하는 순수한 시공간이 흐르는 우주의 대양 한복판에 우리의 작디작은 어딘가가 있었다.

한 세기 전에 에밀리 디킨슨은 자신이 지금 보이저호가 있는 우주의 머나먼 곳에 있다고 상상한 적이 있었다.

나는 우주를 만져보았어

우주는 다시 미끄러져 돌아가고- 나는 홀로 남겨졌지-

공 위의 작은 점 하나-

원의 둘레로 나갔어-

종의 상처 너머로-

칼 세이건이 과거에도 미래에도 존재하지 않는 새로운 관점을 인류에게 선물한 감동적인 글을 쓴 이후로 이 기념비적인 사진은 "창백한 푸른 점pale blue dot"이라는 이름으로 알려지게 된다.

아득히 먼 곳에서 지구는 어떤 특별한 존재로도 보이지 않는다. 하지만 우리에게만은 다르다. 이 점을 다시 한번 들여다보자. 그게 여기이다. 그게 고향이다. 그게 우리이다. 그 위에서 우리가 사랑하는 모든 사람, 우리가 아는 모든 사람, 우리가 들어본 적이 있는 모든 사람, 지금까지 존재한 모든 사람이 자신의 인생을 살아나갔다. 우리의 기쁨과 고통의 집합, 수천 종류에 이르는 종교, 사상, 경제 정책, 모든 사냥꾼과 채집가, 모든 영웅과 겁쟁이, 모든 문명의 창조자와 파괴자, 모든 왕과 농민, 사랑에 빠진 모든 젊은 연인, 모든 어머니와 아버지와 희망에 찬 아이, 모든 발명가와 탐험가, 모든 윤리적 지도자, 모든 부패한 정치인, 모든 "슈퍼스타", 모든 "최고의 지도자", 모든 성인과 죄인이 우리 종의 역사를 통틀어 이곳, 태양 광선에 매달린 먼지 한 톨 위에서 살아갔다.

광대한 우주의 투기장에서 지구는 아주 작디작은 무대이다. 모든 장군과 황제들이 흘린 피의 강물을 생각해보라. 그 영광과 승리를 통해 그들은 이 점에서도 아주 작디작은 부분의 그것도 일시적인 주인이 되었을 뿐이다. 이 티끌 위 한구석의 거주민이 거의 차이를 분간할 수도 없는 다른 한구석의 거주민에게 저지른 끝도 없는 잔인한 짓들을 생각해보라. 우리가 서로를 오해하는 일이 얼마나 많은지, 우리가 서로를 죽이기 위해 얼마나 열심인지, 우리의 증오가 얼마나 뜨겁게 불타오르는지 생각해보라. 우리의 오만함, 우리가 중요한 존재라는 착각, 우주에서 우리가 특별한 위치에 있다는 망상은 이 창백하게 빛나는 점의 도전을 받는다. 우리 행성은 거대한 우주의 어둠으로 뒤덮인 한복판에 떠오른 외로운 티끌이다. 이 광대한 곳에서도 아무도 아는 이 없이 파묻힌 존재이기 때문에 우리를 우리 자신에게서 구원하기 위해 다른 어디에선가 도움의 손길이 올 조짐은 보이지 않는다. 우리는 지금까지 생명을 품은 것으로 알려진 유일한 세계이다. 적어도 가까운 미래에 우리 종이 이주할 만한 곳은 아무 데도 없다. 방문은 할 수 있다. 정착은 아직이다. 좋든 싫든 지금은 지구가 우리가 발을 딛고 살아가야 할 유일한 곳이다. 천문학은 우리가 겸허함을 배우고 성품을 키울 수 있는 학문이라고 말해진다. 우리의 작디작은 세계를 아득히 먼 곳에서 찍은 이 사진보다 인간의 자만심과 어리석음을 증명하는 훌륭한 증거도 없을 것이다. 나는 이 사진을 보며 우리가 서로에게 좀더 친절해야 한다는 책임을, 이 창백한 푸른 점을 보존하고 소중히 여겨야 한다는 책임을 다짐한다. 이곳은 우리가 알고 있는 유일한 고향이기 때문이다.

2017년 개기일식을 보기 위해 오리건까지 100킬로미터 거리를 자전거로 달리면서 나는 보이저호 발사 40주년을 기념하여 앤 드루얀이 과거를 회고하는 이야기를 듣기 위해 "라디오랩Radiolab"을 켠다. 일식 전날이 바로 40주년 기념일이다. 세월의 축적이 아주 미묘하게 느껴지지만 아직 젊게 들리는 목소리가 치직거리며 내 헤드폰으로 쏟아져 들어온다. 마치 타임머신을 타고 온 듯한 드루얀의 목소리에 귀를 기울이며 개기일식을 보기 위

해 내가 선택한 티끌의 한 지점을 향해 열심히 페달을 밟는 동안 내 머릿속
에는 일식을 노래한 디킨슨의 시가 맴돈다.

마치 거리가 달리는 듯한 소리가 들렸어-

그다음에- 거리는 가만히 서 있었지-

우리가 창문으로 볼 수 있는 것은 오직 일식뿐,

우리가 느낄 수 있는 것은 오직 외경심뿐-

이윽고- 대담한 이가 은신처에서 몰래 빠져나와

시간이 그곳에 있는지 확인하지-

오팔색 앞치마를 두른 자연이

한층 신선한 공기를 뒤섞고 있지

죽음의 월계관을 쓴 시인이 개기일식의 월계관을 쓴 시인이 된다는 것
은 딱 들어맞는다. 디킨슨은 히긴슨이 침대에 누워 죽어가고 있는 아내 곁
을 지키고 있을 무렵 그에게 이 시를 보냈다. "우리는 죽음보다 작은 존재가
되어야 합니다. 죽음에 의해 작아져야 해요"라고 디킨슨은 편지에 썼다. "우
리 자신 말고는 돌이킬 수 없는 것은 아무것도 없기 때문입니다." 개기일식
이라는 우주적 장관보다 우리를 작게 만드는 것이 어디 있단 말인가? 디킨
슨이 자신의 존재를 붙잡고 있던 그 부드러움의 중심에는 과학의 가장 가
혹한 사실에 대한 깊은 직관이 자리 잡고 있다. 수십억 년 후 우리의 별이
"이윽고" 다 타버리고 나면 태양은 시간을 왜곡하게 될 것이며, 이 창백한
푸른 점은 무존재의 영원한 정적 속에서 존재하지 않았던 것으로 돌아가게
될 것이라는 사실이다. 세계는 끝이 없는 개기일식 속에서 끝나버릴 것이

다. 어떤 "신"도 영원히 잃어버린 빛을 만회할 수 없다. 디킨슨이 히긴슨에게 보낸 첫 편지에서 가족을 묘사한 문장에서 이런 인식의 편린이 살짝 엿보인다. "나를 빼고는- 다들 종교적이고- 그리고 매일 아침 일식을 영접해요- 자신의 '아버지'라 부르면서요."

에밀리 디킨슨이 최고의 영적인 열정을 담아 영접한 "일식"은 에밀리가 주인이라 불렀던 존재뿐이었다. 손에 넣을 수 없는 사랑, 뮤즈, 개인적인 신, 시인의 정신에 자기적 신호를 보내는 영감의 펄서이다. 주인의 정체를 영원히 확신할 수 없을 것이라는 사실에는 어딘가 아름답고 마음을 차분히 가라앉히는 데가 있다. 주인에게 보내는 편지를 두고 법석을 떠는 문화의 중심에는 이토록 광대한 감정적 힘을 지니고 살아갔던 인생에 지고한 사랑의 대상이 오직 "주인" 하나뿐이라는 잘못된 가정, 그리고 이 주인이라는 인물이 디킨슨의 시를 탄생시킨 내면의 수수께끼로 들어가는 유일한 열쇠라는 잘못된 가정이 있다. 수전에게, 케이트 스콧 앤슨에게, 오티스 로드에게 디킨슨이 쓴 모든 편지를 통틀어 논쟁의 여지가 없는 사실이 하나 있다면 그것은 오직 디킨슨이 아주 빈번하고 격렬하게 사랑을 했다는 것뿐이다. 에밀리의 사랑이 그녀가 자주 비유를 위해 이용했던 꽃이라면, 그녀의 정원에서는 각기 다른 색과 형태의 다양한 꽃들이 거침없이 자라났다.

역사적 선정주의로 흘러가고 있는 이 모든 추측에 무슨 의미가 있는지 의문을 품을 수도 있다. 예술은 결국 예술 자체로 이야기해야 하지 않느냐고 질문을 던질 수 있다. 하지만 여기는 뱀이 자신의 꼬리를 무는 지점이다. 명확화의 시험을 견딜 수 있는 견고한 자아가 존재하지 않는 것처럼 "예술 자체"라는 것도 존재하지 않는다. 엘리자베스 배럿 브라우닝은 이렇게 선언했다.

예술가의 역할은 존재하는 것과 행동하는 것,

특별한 중심의 힘으로 고정시키는 것이다

평범한 사람의 일상적인 경험을

그리고 문득 비틀어 바깥으로 향하게 하는 것이다

절반의 고통과 절반의 환희로

그는 마음 가장 깊은 곳에서 그것을 느낀다. 결코 적게 느끼지 않았다

그가 그것을 노래 부르기 때문이다

예술은 예술가의 전 존재, 마거릿 풀러가 우리 "존재의 충만함"이라 부른 것에서 탄생한다. 그 안의 어떤 요소도 전체와 관련 없다며 잘라낼 수 없다. 예술이라는 외면을 창조하는 내면의 풍부함과 복잡함을 이해하는 일은 예술 자체 그리고 예술과 나눌 수 없는 자아를 한층 더 풍성하게 이해하는 일이다.

리처드 파인먼도 어느 화가 친구가 꽃에 관한 과학적 지식을 아는 일이 그 아름다움을 음미하는 일에 방해가 될 것이라고 주장했을 때 그 주장에 대한 훌륭한 반박으로 이와 같은 주장을 펼친 적이 있다. 오늘날 〈꽃에 대한 송가Ode to a Flower〉라고 알려진 인터뷰에서 파인먼은 꽃 안의 세포와 그 안에서 일어나는 엄청난 과정들을 상상할 수 있다면, 벌레를 유혹하기 위해 꽃의 색이 어떻게 진화되었는지 알고 있다면, 꽃의 아름다움을 오롯이 음미할 수 있다고 열정적으로 주장했다. "과학 지식을 알고 있다면" 파인먼은 카메라를 향해 소년 같은 미소를 지으며 말한다. "꽃에 대한 흥미와 신비로움과 외경심이 훨씬 커질 뿐입니다."

버지니아 울프도 꽃 안에서 우주적 연결을 목격했다. 자전적인 회고에서 울프는 예술가로서 자신의 과업을 이해한 계시 같은 순간을 이야기한다. 어

느 날 오후 정원을 거닐던 울프는 한 송이 꽃을 본 순간 번개를 맞은 듯한 기분에 휩싸인다. 자신이 보고 있던 그 꽃은 줄기를 세우고 있는 흙의 일부이며, 그 흙은 그 아래 있는 땅의 일부이며, 그 땅은 이 행성 전체에 속한다는 사실을 깨달은 것이다. 울프가 보고 있던 것, "일부는 꽃이며 일부는 땅인" 것은 모두 하나였다. 문득 "안일한 일상생활"의 장막이 걷히고 울프는 이 진실의 조각들이 하나의 의미로 합쳐지며 예술가의 임무는 그 의미를 빛으로 끌어내는 것이라는 사실을 깨닫는다. 아주 오래전 내가 처음 읽었던 순간 이래로 내 정신의 통로 사이에서 울려 퍼지고 있는 이 문단에서 울프는 쓴다.

> 안일한 일상생활의 뒤에는 양식이 하나 숨겨져 있다. … 전 세계는 하나의 예술작품이다. …《햄릿Hamlet》이든 베토벤 사중주든 그것은 우리가 세계라 부르는 이 방대한 전체에 대한 진실이다. 하지만 셰익스피어도 없고 베토벤도 없다. 특히 분명하게 신도 없다. 우리는 단어이다. 우리는 음악이다. 우리는 그 자체이다.

1894년 에밀리 디킨슨의 서간집이 세상에 나온 해, 거의 90세에 가까운 나이로 다른 모든 초월주의자들을 앞서 보낸 엘리자베스 피보디가 세상을 떠났다. 피보디가 이름을 붙인 사상으로 존재의 양식화된 상호 연관성에 기반을 둔 초월주의는 그녀보다 오래 세상에 남아 다음 세기를 형성하게 될 이상의 씨앗을 심는다. 그 씨앗에서 피어난 이상 중에는 환경보호운동이 있다.

레이철 카슨

시인의 언어로 바다를 노래한 과학자

23

"우리를 둘러싼 우주의 신비와 현실에 우리가 좀더 분명하게 주의를 기울일수록 파괴를 향한 인류의 성향이 약화될 것입니다." 호리호리한 몸집에 비해 지나치게 큰 강단에 선 여자가 지중해 빛의 눈을 강렬하게 반짝이며 허식이라고는 없는 침착한 태도로 선언했다. "경탄하는 마음과 겸허한 마음은 건강한 감정입니다. 이 감정은 파괴에 대한 욕망과 나란히 존재하지 않습니다."

이 말은 순진한 이상주의자의 꿈같은 말도 아니고 공연히 소란 피우는 것을 좋아하는 이들의 새된 외침도 아니다. 미국에서 가장 존경받는 과학 작가의 날카로운 호소이다. 지금 존버로스메달John Burroughs Medal 수상 소감을 말하려 연단에 오른 이 인물은 사후 미국에서 수여하는 시민이 받을 수 있는 가장 영예로운 상인 대통령자유훈장을 받게 된다.

1952년 봄 레이철 카슨은 자연을 다룬 뛰어난 글에 수여하는 최고의 메달인 존버로스메달을 받았다. 몇 년 동안 미국 정부의 어류및야생동물국Fish and Wildlife Service에서 근무한 무명의 해양생물학자는 선구적인 책인《우리를 둘러싼 바다The Sea Around Us》로 세계적인 유명 인사의 대열에 합류한 참이었다. 몇 달 전 출간된《우리를 둘러싼 바다》는 대양의 수면 아래 보이지 않는 세계에 바치는 아름다운 세레나데이다.

《우리를 둘러싼 바다》로 카슨은 존버로스메달에 더해 전미도서상National Book Award을 받으며 갈릴레오의 엄밀함과 소로의 시적 재능을 결합하여 진지한 과학과 진지한 문학을 잇는 인물이 되었다. "모든 측정을 벗어나 우뚝 솟은, 무한한 너비, 무한한 깊이, 무한한 높이가 있는 우리가 자연이라고 부르는 곳에서"라고 한 세기 전 휘트먼은 슬퍼했다. "그중 문학이 실제로 표현한 부분은… 얼마나 적은가." 카슨은 전례 없는 기교와 뚜렷한 상상력을 지닌 묘사가였다. 앞으로 10년 동안 카슨은 환경보호운동을 일으키고, "생태ecology"라는 용어를 대중에게 소개하고, 새로운 시대를 여는 책인《침묵의 봄Silent Spring》으로 현대인의 환경에 대한 양심을 일깨운다. 《침묵의 봄》은 케플러의《신천문학》, 마거릿 풀러의《19세기 여성》, 다윈의《종의 기원》처럼 인간 정신 자체를 변화시켜 역사를 뒤바꾸는 힘을 지닌 보기 드문 책이다.

카슨은 대양에 대한 글을 쓰면서 자신의 이름을 알렸다. 《침묵의 봄》으로 육지에 상륙했을 때 카슨은 바다에 관한 책을 세 권 집필한 뒤였다. 하지만 인생의 첫 20년 동안 카슨은 바다를 오직 마음의 눈으로만 보았다. 바다에서 멀리 떨어진 펜실베이니아 서부의 한적한 시골에서 자란 카슨은 숲을 돌아다니고 새와 곤충, 꽃들과의 교류에 즐겁게 몰두하면서 어린 시절을 보내는 내내 바다를 꿈꾸고 있었다. 어느 날 가족 농장 뒤쪽에 있던 절벽을 탐험하던 레이철은 화석화된 물고기 뼈를 발견했고 이 신비로운 해양 생물이 어떻게 이미 오래전에 바다가 사라져버린 육상에서 유령으로 남았는지 맹렬한 호기심을 품기 시작했다. 그리고 인간의 삶이 남기는 얄팍한 흔적과 비교하여 이토록 광대한 시간의 폭이 의미하는 바가 무엇인지 의문을 품기 시작했다. 훗날 카슨은 회고한다.

나는 에밀리 디킨슨과 똑같은 말을 했을지도 모른다.

나는 한 번도 황야를 본 적이 없어
나는 한 번도 바다를 본 적이 없어
하지만 히스풀이 어떻게 생겼는지 알아
그리고 파도가 어떤 모습인지도 알아

　대학교 4학년 8월 어느 비 내리는 날, 레이철 카슨은 그 청록색 눈을 처음으로 바다에 던지게 되었다. 케이프코드Cape Cod의 우즈홀Woods Hole에 있는 해양생물연구소Marine Biology Laboratory를 찾아가는 길이었다. 해양생물연구소는 여성 연구자와 학자를 정기적으로 초청하던 최초의 과학 기관 중 하나로 마리아 미첼이 세상을 떠난 지 몇 달 뒤에 설립되었다. (훗날 모더니즘 작가로 성장하는 거트루드 스타인Gertrude Stein은 1897년 이 기관에서 발생학 수업을 들었다. 당시 스물세 명의 학생 중 여섯 명이 여자였다.) 그 후 카슨은 평생 바다를 사랑하게 된다. 동이 틀 무렵 자욱한 안개의 장막 너머로 가문비나무가 줄지어 서 있는 해안은 그 원색적인 풍광이 마치 어린 지구의 모습을 보여주는 듯했다.

　이토록 광대하고 신비롭고 몹시 강한 힘을 지닌 존재 앞에서 인간의 언어로 할 수 있는 말은 아무것도 없었다. 아마도 오직 깊은 영감과 웅장함을 지닌 음악으로만 인간 정신은 그 아침의 의미를 번역할 수 있을 것이다. 베토벤의 〈교향곡 제9번〉 도입부 같은 음악이다. 광대한 거리를 가로질러, 시간의 기나긴 통로를 거쳐 과거에 있던 것과 미래에 있게 될 것의 존재를 느끼게 해주는 음악, 그 안에 담긴 힘이 점점 커져나가면서 저 아래 바다가 바위로 쇄도하는 것처럼 소용돌이치고 폭발하는 음악이다.

아인슈타인이 옥상에서 떨어지는 인부를 목격한 해에 가난한 집안에서 태어난 카슨은 작가가 되고 싶은 소망을 항상 품고 있었다. 아주 어린 시절부터 지칠 줄 모르는 독서가였던 카슨은 제1차 세계대전 때 공군으로 복역한 오빠 로버트가 쓴 편지에 영감을 받아 전쟁을 소재로 이야기를 썼고, 〈구름 속의 전투A Battle in the Clouds〉라는 제목의 이 단편은 당시 유명했던 〈세인트 니컬러스 매거진St. Nicholas Magazine〉에 실렸다. 이 청소년 잡지는 에드나 세인트 빈센트 밀레이Edna St. Vincent Millay, F. 스콧 피츠제럴드F. Scott Fitzgerald, E. E. 커밍스E. E. Cummings, 윌리엄 포크너William Faulkner 같은 문학계 거장들이 초기 작품을 발표할 수 있던 장이었다. 레이철은 이 단편으로 3.3 달러, 한 단어에 1페니의 원고료를 받았다. 열한 살의 나이에 이미 직업적인 작가가 된 것이다.

그달 윌슨 대통령은 의회에서 여자에게도 투표할 권리를 주는 선거법 수정 조항의 승인을 촉구했다. "이 전쟁에서 우리는 여성 여러분과 손을 잡았습니다." 대통령은 강력하게 주장했다. "오직 고통과 희생, 수고의 협력 관계만을 인정하고, 특권과 권리의 협력 관계는 인정해주지 않을 것입니까?" 여성의 선거권을 보장하는 수정 조항이 승인되었을 무렵 레이철 카슨은 열세 살이었다.

레이철은 꾸준히 〈세인트 니컬러스 매거진〉에 글을 보냈고, 고등학교를 졸업할 무렵까지 이 잡지에 몇 차례 더 글이 실렸다. 졸업 논문으로 쓴 〈지성의 낭비Intellectual Dissipation〉라는 제목의 글에서 레이철은 인간의 가장 소중한 능력, 즉 "사고하고 추론하는 정신"을 낭비하지 말라고 권고했다. 논문의 중심에는 레이철의 남은 인생을 지배하게 될 신념이 자리 잡고 있다. 바로 위대한 책에는 우리를 변화시키고 고귀하게 만드는 힘이 있으며, 진정한 문학은 "어제의 우리보다 조금 더 높이 우리를 끌어올려 주고 세계의 과업에서 우리가 맡은 역할을 하고 싶게 만들고, 할 수 있게 만들어준다"는 책에 대한 깊은 신뢰이다.

수십 년 후 카슨은 "'아는 것'은 '느끼는 것'의 절반도 중요하지 않다"는 인식에 이른다. "사실이 지식과 지혜를 생산하는 씨앗이라면, 감정과 감각의 인상은 그 씨앗에 필요한 기름진 토양"이기 때문이다. 작가로서 정점에 이른 시기에 카슨은 이렇게 평한다.

가장 기억에 남는 글은, 지성에 호소함에도 자신이 일부를 이루고 있는 생명의 흐름에 대한 감정적 반응에 뿌리를 내리고 있는 글이다.

1925년 가을 카슨은 주 정부 장학금 100달러를 받아 피츠버그에 있는 펜실베이니아여자대학에 문학을 공부할 생각으로 입학한다. 장학금으로 1학년 학비의 절반을 충당할 수 있었지만 방세와 식비로 다시 575달러가 더 들었다. 카슨 가족에게는 아무리 노력해도 해결할 수 없는 재정적 위기였다. 카슨의 아버지는 한 세기 전 피보디 자매의 아버지처럼 몇 해 동안 여러 직업을 전전하며 가족을 부양하려 노력했지만 별 성과를 거두지 못했다. 피보디 부인과 마찬가지로 카슨의 어머니가 피아노 교습을 하며 겨우 생계를 꾸려나갔다. 매일 카슨의 집에서는 식탁에 음식을 올리기 위해 베토벤이 울려 퍼졌다. 마리아 카슨Maria Carson은 에밀리 디킨슨이 세상을 떠난 지 열한 달 후 라틴어 과목에서 우수한 성적을 거두며 워싱턴여학교Washington Female Seminary를 졸업했다. 레이철만큼은 남편에게 의지하고 살지 않도록 교육을 시키기로 결심한 카슨 부인은 학비를 벌기 위해 더 많은 교습생을 받았고,

그다음에는 집안의 도자기 그릇들을 모두 팔았다. 한번은 레이철의 집에 저녁을 먹으러 놀러온 친구가 가족들이 시리얼 회사에서 판촉물로 나누어 주는 플라스틱 접시에 음식을 담아 먹는 모습을 보고 깜짝 놀란 일도 있었다. 어느 이웃이 훗날 회고한 이야기에 따르면 우연히 저녁 시간에 찾아갔더니 가족들이 사과 한 접시로 저녁을 때우고 있었다고 한다. 학비가 1년에 300달러까지 오르자 카슨의 집안에서는 대학에 낼 수 있는 돈이 한 푼도 남지 않게 되었다. 레이철은 학자금 대출을 받았고, 4학년 중반에 이르자 대출금은 도저히 갚을 길이 없어 보이는 1400달러에 달해 있었다. 그해 미국에서 4년제 대학을 졸업한 여성은 전체 여성 인구의 4퍼센트에도 미치지 못했다. 레이철은 아버지가 부동산 중개업에 손을 댔다 실패한 후 남아 있던 자투리땅 두 곳을 담보로 대학에 제시하고, 1929년 대공황이 찾아오기 정확히 아홉 달 전 계약서에 서명했다.

가느다란 기회의 실에 매달린 레이철은 강박적일 만큼 성실하게 공부했다. 어머니도 힘껏 딸을 도왔고 정기적으로 레이철을 찾아와 몇 시간 동안 딸의 논문을 타자기로 쳐주기도 했다. 내성적인 성격에 책에만 파묻혀 지내던 레이철은 얼마 없는 자유 시간에도 또래들과 어울리지 않았으며 가끔 하키 경기를 했을 뿐이다. 하키를 할 때 파란색 짧은 바지에 검은 스타킹을 신은 레이철은 우수한 골키퍼로 활약했다. 하지만 레이철은 대부분의 시간을 이미 오래전에 세상을 떠난 지도적인 정신들과 어울리며 보냈다. 열여덟 살밖에 되지 않았지만 예전 시대의 문학을 더 좋아했다. 마리아 미첼처럼 레이철은 밀턴을 사랑했다. 마거릿 풀러처럼 셰익스피어를 사랑했다. 멜빌을 사랑했고, "위선에 대한 증오" 때문에 트웨인을 각별히 존경했다. 한 동료는 훗날 "레이철한테는 19세기의 무언가가 있었다"고 회고한다. 카슨은 평생에 걸쳐 침대 맡에 소로의 일기를 두고는 밤마다 이 책을 "즐거운 의식" 삼아 읽었다.

카슨은 대학 생활을 어떻게 보낼지 나름의 계획을 세우고 있었지만 그녀의 지성적·감정적 발달에 가장 큰 영향을 미친 사건은 우리 삶을 가장 크게 변모시키는 것들이 찾아오는 방식으로 그녀의 삶으로 찾아왔다. 계획이라는 이름의 저택 뒷문을 통해서이다.

신입생 시절 전공인 영어 공부에 몰두한 나머지 레이철은 필수 과목인 과학 수업을 미루었다. 2학년을 시작할 무렵 레이철은 메리 스콧 스킹커Mary Scott Skinker 교수가 가르치는 생물학 입문 수업을 신청했다. 스킹커 교수는 거의 외계의 존재 같은 인상적인 아름다움에 우수한 정신을 겸비한 인물이었다. 에밀리 디킨슨의 시가 세상에 나온 해에 태어나 이제 막 30대에 들어선, 키가 크고 몸매가 풍만하며 머리가 뛰어난 교수는 타협이 없는 단호한 교육자였다. 대학교에 재직하는 동안 교수는 자신이 과장을 맡고 있던 생물학과의 세 개뿐인 기본 과목을 열 개로 확장했다. 여기에는 당시 아직 과학의 미개척 분야였던 유전학, 미생물학, 발생학에서의 고등 수업 과정이 포함되어 있었다. 혹독하게 점수를 매기는 방식 또한 학생들 사이에서 두려움을 불러일으켰다. 특히 자기 수업을 들은 가장 인기 많은 여학생에게 C를 준 이후로 교수에 대한 두려움은 더 증폭되었다. 그 여학생의 돈 많은 부모가 대학 총장에게 압박을 가해 총장이 교수에게 점수를 바꾸어달라고 부탁했을 때에도 교수는 굴하지 않았다. 그럼에도 학생들은 스킹커 교수를 숭배했다. 교수는 마치 다른 시대, 다른 세계에서 나타난 유령처럼 보였다. 교수는 매주 토요일 저녁을 먹는 자리에 우아한 정장을 차려입고 꽃 한 송이를 허리나 가슴에 꽂은 채 나타났다. 꽃의 종류는 매주 달라졌고 이에 여학생들은 어떤 신비에 싸인 구혼자가 매주 꽃을 바치는 것이 틀림없다고 추측했다. 주중에는 강의실에서 자연사와 진화에 대한 매혹적인 강의를 하면서 학생들에게 모든 생명의 영광스러운 상호 배치에 대한 인식을 일깨우고 존재의 연속성에 대한 새로운 이해의 씨앗을 심었다. 즉 현재는 시간의 강물 속에서 봉인된 병처럼 떠내려가고 있는 것이 아니라 현재에 앞서는 매일의 화석을 보관하고 있는 찬장이라는 것을 가르쳐준 것이다. 대학 시절 스킹커가 카슨에게 미친 영향력은 수십 년이 지나 생물학에 대한 카슨의 정의에 스며든다. 카슨은 생물학을 "희미한 과거에서 흘러나와 불확실한 미래로 흘러가고 있는 생명의 흐름은 각각의 무한하고 다양한 생명들로 구성되어 있지만 실제로는 하나의 통일된 힘"이라는 사실을 이해하는 학문이라고 정의한다.

열아홉 살 때 레이철은 생물학에 마음을 빼앗겼을 뿐 아니라 이 매혹적인 생물학자에게도 마음을 빼앗겼다. 이중의 마력에 사로잡힌 레이철은 전공을 영어에서 생물학으로 바꾸었다. 계속해서 대학교 잡지에 글을 기고하고 단편으로 상을 받고 가끔 시를 발표하는 한편 레이철은 담쟁이덩굴로 덮인 3층 벽돌 건물 꼭대기에 있는 작은 실험실에서 표본을 해부하며 행복한 시간을 보냈다. 이 3층 건물에는 강의실과 기숙사와 예술 작업실이 있었다. 카슨은 과학과 문학의 교차점에서 자신의 탐구심과 감성적인 지성의 빛을 집중시킬 초점을 발견한 것이다. "나는 항상 글을 쓰고 싶었어." 레이철은 포름알데히드 냄새가 가득한 자신의 낙원에서 어느 늦은 밤 실험실 동료에게 말했다. "생물학을 공부하면서 무언가 쓸 거리가 생겼어." 카슨의 평생에 걸친 신념이 시작되는 순간이었다. 문학과 과학은 현실의 속성을 밝히는 과업에서 공생 관계로 존재한다는 신념이다. 25년 후 카슨은 전미도서상 수상 소감을 밝히는 자리에서 이 신념을 이렇게 표현한다.

과학의 재료란 인생 자체의 재료입니다. 과학은 우리가 살아가는 현실의 일부입니다. 과학은 우리의 경험에서 무엇이 어떻게 왜 일어나는가를 다룹니다. 어떤 이를 둘러싼 환경을 이해하지 않고, 어떤 이를 물리적, 정신적으로 빚어낸 힘들을 이해하지 않고 그 사람을 이해하기란 불가능합니다.

과학의 목표는 진실을 발견하고 진실에 빛을 비추는 것입니다. 그리고 나는 그것이 또한 문학의 목표라고 생각합니다. 전기이든 역사서든 소설이든 말입니다. 그래서 나는 과학 문학literature of science이라는 분류가 있을 수 없다고 생각합니다.

이 말은 오늘날에는 명백한 진실처럼 들리지만 1926년 당시에는 대항 문화적인 개념이었다. 오늘날 전설로 남은 찰스 퍼시 스노Charles Percy Snow의 "두 문화The Two Culture" 강연이 있으려면 아직 30년을 더 기다려야 한다. 스노는 이 강연에서 과학과 문학 예술에 대한 차별을 철폐해야 할 필요성을 촉구하는 분수령을 마련하고, 연구와 상상 경험 사이에 다리를 놓는다. 레이철이 자신의 전공을 생물학으로 바꾸었을 당시 대학교 4학년이었던 스노는 이 강연에 붙인 각주에서 러시아에서는 공대 졸업생의 3분의 1이 여자라는 사실을 언급하며 서구의 상황을 슬퍼한다.

우리의 크나큰 어리석음 중 하나이다. 입으로는 무슨 말을 한다 해도 우리는 실제로 여자가 과학 분야의 직업에 어울리지 않는다고 생각한다. 그 결과 우리는 인간의 잠재 능력을 둘로 나눈다.

레이철이 21세 생일을 맞기 두 달 전 기숙사 방을 같이 쓰던 친구는 대학교에서 매년 열리는 학년말 파티에 레이철과 함께할 상대를 구해주었다. 근처 남자 대학교를 다니는 밥Bob이라는 이름의 청년이었다. 파티에 레이철이 신고 간 은색 덧신은 당시 젊은 여자들 사이에서 유행하던 것처럼 너무 작았다. 중국 여자들이 1000년이 넘는 세월 동안 자신의 발을 꽁꽁 싸매게 만들었던, 작은 발을 선호하는 고통스러운 성 기준의 유물이었다. 하지만 레이철은 짧은 치마에 농익은 복숭아빛 시폰벨벳 블라우스를 입고 허리에 꽂은 라인석에서 만화경 같은 빛을 뿜어내던 메리 스콧 스킹커 교수의 모습에 사로잡힌 채 "아주 유쾌한 시간"을 보냈다. 파티가 끝나고 레이Ray는 "스킹커 교수님은 정말 완벽하게 멋진 사람이다"라고 기록했다. 레이철은 종종 편지에 레이라는 이름으로 서명하기도 했다. 밥에 대한 언급은 없었다. 레이철은 그해 봄 밥을 몇 차례 더 만났지만 그 후로는 다시는 남자를 만나지 않았다.

새로운 열정의 대상을 찾은 후 높이 치솟은 레이철의 고양감은 전공을 바꾼 지 몇 달 후 스킹커 교수가 마음을 갈가리 찢는 소식을 전하면서 절망으로 곤두박질쳤다. 스킹커는 학교를 떠나 우즈홀에서 연구를 한 다음 존스홉킨스대학교에서 박사학위를 딸 작정이었다. 4학년이 된 레이철은 스승과 뮤즈를 동시에 빼앗기게 되었다.

레이철은 큰 충격을 받았다. 이별을 인정하고 싶지 않은 레이철은 그 자리에서 스킹커 교수의 뒤를 따라 존스홉킨스로 가서 동물학 석사 과정에 지원하기로 했다. 레이철은 석사 과정에 지원했고 합격했지만, 현실이 재회의 환상을 가로막았다. 카슨은 펜실베이니아여자대학의 학위를 포기하고 다른 대학에서 더 많은 빚을 질 수 없다는 사실을 깨달았다. 낙심한 레이철은 스킹커 교수가 떠난 후에도 어쩔 수 없는 심정으로 대학에 남았다. 레이철은 한 친구와 함께 과학 클럽을 만들었고 학교를 떠난 뮤즈의 머리글자를 그리스어로 조합하여 뮤 시그마 시그마Mu Sigma Sigma라는 이름을 붙였다.

그리고 보석 세공인에게 부탁하여 클럽 이름을 새긴 작고 예쁜 핀을 만들었다. 그동안 스킹커 교수는 레이철과 계속 연락을 하고 지냈고 앞으로 몇 년 동안 레이철이 과학 분야에서 경력을 쌓을 수 있도록 도움을 준다. 카슨이 학교를 졸업한 후 스킹커는 자신도 연구원으로 일한 적이 있는 우즈홀의 특별연구원 자리에 지원해보라고 권했다. 권하는 데서 그치지 않고 공식적인 추천서까지 써주면서 제자에게 유명한 해양생물연구소에 들어갈 길을 열어주었다. 8주 동안 특별연구원으로 일하는 동안 카슨은 8월의 태양 아래에 신비로 가득한 생명으로 넘쳐나는 조수 웅덩이에서 몸을 굽힌 채 매일 몇 시간씩 보낸 끝에 그 창백한 피부에 주근깨가 피어나게 되었다. 이때의 경험이 심은 씨앗은 20년이 훌쩍 지난 후《우리를 둘러싼 바다》라는 꽃으로 피어나게 된다.

연구소에서 일하면서도 카슨은 존스홉킨스의 꿈을 포기하지 않았다. 그해 여름 카슨은 다시 한번 스킹커 교수의 추천서를 받아 석사 과정에 지원했고 전액 장학금을 받으며 입학하였다. 이 장학금은 대학교에서 지원하는 일곱 개의 장학금 중 하나로, 독립 연구에 대한 성향이 증명된 전도유망한 학자에게만 수여하는 장학금이었다. 카슨이 이 장학금을 받은 일이 얼마나 큰일이었던지 지역 신문에 소식이 실릴 정도였다. "이 장학금의 영예가 여자에게 수여된 적은 거의 없다."

우즈홀을 떠나기 전 카슨은 볼터모어 교정으로 가서 오리엔테이션을 받았고 그런 다음 스킹커 교수와 함께 블루리지산맥으로 휴가를 떠났다. 여기에서 21세의 레이철과 37세의 메리는 테니스를 치고 말을 타며 하루를 보냈고, 함께 쓰는 오두막의 벽난로 곁에서 밤을 보냈다.

카슨을 우즈홀로 인도하여 처음 대양과 만나게 한 사람이 스킹커였다면, 바다에 대한 카슨의 상상력을 처음으로 자극한 것은 이미 오래전에 세상을 떠난 시인의 시였다. 대학을 다닐 무렵 기숙사 밖에서 천둥번개가 날뛰던 어느 날 밤, 영어 과제를 하느라 늦게까지 깨어 있던 레이철은 테니슨의 1835년 시 〈록슬리홀Locksley Hall〉을 읽었다. 이 시는 어린 왈도가 세상을 떠난 후 충격을 받아 문학에 감동할 수 없던 에머슨이 그 슬픈 사건 후 처음으로 읽은 문학 작품 중 하나였다. 이 시 덕분에 에머슨은 자식을 잃은 슬픔의 한복판에서 "한순간이나마 자유와 힘의 감각"을 느낄 수 있었다. 흉포한 폭풍에 대양이 삼켜지는 모습을 묘사하는 마지막 구절을 읽는 순간 카슨에게 마치 발작처럼 깨달음이 찾아왔다.

물가에서 연무가 피어올라 황야와 숲을 검게 덮어버린다
모든 돌풍을 자신의 앞으로 밀어붙이며 가슴에는 벼락을 품고

록슬리홀에 떨어지게 하라, 비 혹은 우박, 불이나 눈도 좋으니
강렬한 돌풍이 일어나 바다 쪽으로 고함치며 달려가니, 나도 달려간다

자연이 지닌 힘과 장대함을 한 번도 보지 못한 채 지금까지 어떻게 살아올 수 있었을까? 카슨은 훗날 이 마지막 구절을 읽으며 격렬한 감정적 동요를 느꼈다고 회고하면서 그때를 계시의 순간으로 지목한다. 카슨이 자신의 존재 안에 있을 것이라고는 생각지도 못한 방의 빗장이 열린 순간이었다. 그리고 이 방에서 카슨의 일생에 걸친 작품들이 탄생한다.

그 구절은 내 내면의 무언가에게 말을 걸었고 나 자신의 길이 바다로 이어져 있다고, 그 당시 내가 한 번도 보지 못했던 바다에 어떤 식으로든 내 운명이 놓여 있다고 말하는 듯했다.

하지만 해양생물학의 길을 선택하면서도 카슨은 결코 글쓰기의 길에서 벗어나지 않았으며 가장 커다란 문학적 애정의 대상인 시를 저버리지도 않았다. 실제로 카슨이 성인이 된 후 처음으로 진지하게 출간을 시도한 작품은 바로 시였다. 카슨의 서류 중에는 〈애틀랜틱 먼슬리〉, 〈시Poetry〉, 〈새터데이 이브닝 포스트The Saturday Evening Post〉, 〈센추리 매거진Century Magazine〉, 〈굿 하우스키핑Good Housekeepin〉 등의 잡지에서 받은 방대한 분량의 거절 편지들이 있으며 그 날짜는 대학 4학년 당시까지 거슬러 올라간다. 그 길 어딘가에서 카슨은 오로라 리와 같은 결론, "살아 있는 시를 쓰며 살아가는 사람은 없으며" 작가로 생계를 꾸리기 위해서는 산문을 써야 한다는 결론에 도달한 것이 틀림없다. 하지만 오로라와는 다르게 카슨은 시가 표준 형식을 벗어난다 해도 무수히 많은 변칙 속에서 살아갈 수 있다는 사실을 깨달았고 시적인 것과 과학적인 것을 접붙인다는 급진적인 결심을 하기에 이르렀다.

그 후 몇 해 동안 카슨은 해양과학에 몰두했다. 논문 주제는 어류의 신장에 관한 것이었는데, 당시만 해도 어류의 신장 기능은 제대로 연구된 적이 없었기 때문에 이 주제는 논쟁의 대상이 될 여지가 많았다. 카슨은 자신이 해부하여 착색해놓은 표본을 현미경으로 들여다보면서 부지런히 "카메라 루시다" 그림을 그렸다. 석사학위 과정을 밟는 동안 빚을 지지 않고 생활하기 위해 카슨은 연구소에서 조수로 일했고 생물학 강사로 근무했다. 그 학과에서는 유일한 여자 강사였다. 카슨은 1932년 동물학으로 석사학위를 받았고, 다시 존스홉킨스에서 박사 과정에 입학했다.

하지만 카슨이 박사학위 과정을 밟는 동안 시련과 재난이 물밀 듯이 들이닥쳤다. 우선 학비를 감당하기가 너무 힘겨워진 나머지 카슨은 어쩔 수 없이 박사학위 과정을 그만둘 수밖에 없었다. 둘째로 카슨이 28세가 된 여름의 어느 날 아침 아버지가 갑작스럽게 세상을 떠났다. 어머니가 심각한 관절염으로 몸을 움직일 수 없었기 때문에 레이철이 살림을 도맡아야 했다. 오빠와 언니는 고등학교도 졸업하지 못한 채 오래전 집을 떠나고 없었다. 얼마 후 언니는 두 차례의 이혼 끝에 어린 두 딸을 데리고 집으로 돌아왔다. 아직 채 30세도 되지 않은 나이에 레이철은 네 명의 피부양자를 거느리고 큰 액수의 학자금 대출을 짊어진 가장이 된 것이다.

카슨은 미국 정부 수산부의 임시직에 지원했고, 일당 6.5달러의 현장 조수로 고용되었다. 상사는 카슨의 문학적 재능을 알아차리고 카슨에게 정부 주관 아래 CBS 라디오에서 방영되는 〈수면 아래의 모험Romance Under the Waters〉이라는 프로그램을 위한 짧은 원고를 쓰는 업무를 맡겼다. 한편 카슨은 볼터모어의 〈선Sun〉 지에 해양 생물을 다룬 좀더 긴 글을 보냈고, 과학과 시적 산문의 보기 드문 결합에 주목한 〈선〉은 카슨을 〈선데이 매거진Sunday Magazine〉에 정기 기고가로 채용했다. 1936년 3월 1일 마리아 미첼이 낸터킷 애서니엄에 고용되어 처음으로 봉급을 받으며 일을 시작한 지 100년 후에 레이철 카슨은 성인이 된 이후 첫 원고료를 받았다. 20달러였다.

당시에는 기생충학, 야생동물 생물학, 해양생물학 분야에서 연달아 공무원 채용 시험이 있었기 때문에 정부에서 일하던 스킹커는 카슨에게 시험을 치르라고 권했다. 카슨이 해양생물학자로서 하급 상근직에 지원할 자격이 되었기 때문이다. 카슨은 다른 모든 경쟁자를 물리치고 연봉 2000달러의 일자리에 고용되었고 워싱턴 D. C. 청사 어두컴컴한 1층에 있는 "우물 바닥에서 일하는 듯한 기분이 드는" 사무실에 배속되었다. 이곳에서 카슨은 20세기의 첫 10년 동안 산업이 크게 발전하면서 어류 개체 수가 급격하게 줄어들고 있다는 사실을 처음으로 인식하고는 두려움에 사로잡혔다.

카슨의 라디오 원고에 깊은 인상을 받은 카슨의 상사는 "바다에 대한 전반적인 내용"을 글로 쓰는 업무를 맡겼다. 상사는 카슨이 관청이 하는 일을 일반 독자에게 소개하고 정부 기관에서 하는 과학 연구와 연간 보고를 요약하는 글을 쓸 것을 기대하고 있었다. 하지만 카슨이 쓴 것은 과학적 사실을 일종의 시로 변환한 글이었다. 글이 너무도 시적으로 표현된 나머지 상사는 카슨에게 이 글이 정부 보고서로는 적합하지 않다고 말하면서 대신 〈애틀랜틱 먼슬리〉에 보내보라고 권했다. 카슨이 훗날 회고한 바에 따르면, 그렇게 권하는 상사의 "눈이 반짝이고" 있었다.

그 권고를 미처 실행하기도 전에 다시 한번 비극적인 사건이 닥쳐왔다. 언니가 40세에 폐렴에 걸려 어린 두 딸을 카슨에게 남겨둔 채 세상을 떠난 것이다.

출간된 산문에서는 그토록 풍부하고 감성적인 글을 쓰는 작가가 개인적으로 쓰는 글에서는 어떻게 그토록 단호하고 냉철할 수 있는지 나는 종종 감탄한다. 카슨은 개인적인 편지에서 자신에게 닥친 비극적 운명이나 앞으로 닥칠 역경을 장황하게 늘어놓는 법이 결코 없었다. 카슨에게 글쓰기란 단순한 "열정"에 그치지 않았으며 글을 쓰는 많은 이들에게 흔히 그렇듯 속죄와 자기 구원, 생명줄 같은 존재였다. 카슨은 과학에서도 위안을 얻었을 것이 분명하다. 우리는 과학이라는 폭넓은 렌즈를 통해 모든 생명이 살고 있는 영구한 우주적 배경에 비추어 개인의 삶을 겸허하게 바라볼 수 있게 되며, 인생에서 일어나는 한때의 소동을 별 것 아닌 것으로 생각할 수 있기 때문이다. 다윈도 소중한 이를 잃고 난 후 이 "장대한" 관점에서 위안을 찾은 적이 있었다.

언니가 세상을 떠나고 얼마 후 카슨은 〈애틀랜틱 먼슬리〉에 글을 보냈다. 〈애틀랜틱 먼슬리〉에서는 원고를 받아들였고 1937년 9월호에 〈해저 Undersea〉라는 제목으로 실었다. 이 글은 월트 휘트먼이 가장 덜 알려진 어느 시에서 "소금물 아래의 세계"라고 부른 세계, 1937년 당시 달세계보다 한층 더 신비에 싸여 있던 세계에 대한 시적인 여정이었다. 기사에는 R. L. 카슨이라는 서명이 있다. S. M. 풀러 이후 한 세기가 지났어도 여전히 카슨은 성별이 글의 권위를 손상시키지 않을지 걱정해야 했다. 그 호에 글이 실린 스물한 명의 기고가 중 카슨은 다가오게 될 세기에 이름을 알린 유일한 작가로 남는다.

이 전례 없는 걸작에서 카슨은 인간이 아닌 생물의 시점에서 지구의 가장 불가사의한 비경을 탐험하라고 독자를 초대한다. 바로 휘트먼의 "다른 구체를 걷는 존재"로서이다. 카슨은 썼다.

누가 대양을 아는가? 당신도 나도 모른다. 육지에 구속된 감각으로는 조수 웅덩이로 밀려드는 파도와 거품만을 알 뿐이다. 그 파도가 넘나드는 웅덩이 속 해초 밑에는 게가 자신의 집에 꼼짝 않고 숨어 있다. 우리는 너른 바다 한복판의 길고 느릿한 물결의 넘실거림만을 알 뿐이다. 여기에서 물고기 떼는 바닷속을 이리저리 방랑하며 먹이를 잡아먹거나 먹이로 먹히기도 하며 살아간다. 돌고래는 공기를 들이마시기 위해 파도를 뚫고 수면 위로 뛰어오른다. 또한 우리는 바다 밑바닥에서 일어나는 생명의 변천을 알 길이 없다. 30미터에 이르는 바닷물을 투과하여 들어온 햇살은 단지 푸르스름한 색을 띤 덧없고 가냘픈 빛에 불과하다. 그 어슴푸레한 빛을 받으며 해면동물과 연체동물과 불가사리와 산호가 살아가고 있다. 작디작은 물고기가 이룬 거대한 무리가 희미한 빛 사이를 누비며 마치 유성의 은빛 비처럼 반짝인다. 뱀장어는 바위 사이에 가만히 몸을 붙인 채 먹이를 기다린다. 하물며 우리는 감히 헤아릴 수도 없는 10킬로미터 밑의 심해로 내려가는 일을 상상조차 할 수 없다. 이곳은 완전한 고요와 불변의 추위, 영구한 어둠이 지배하는 영역이다.

바다 생물에게만 알려진 물의 세계를 느끼려면 우리는 길이와 너비, 시간과 공간에 대한 인간의 지각을 포기해야만 한다. 그리고 바다 생물의 입장이 되어 온통 물로 이루어진 우주 속으로 들어가야 한다.

*　　*　　*

그로부터 한 세기 전, 마리아 미첼이 혜성을 발견하고 에머슨에게 망원경 사용법을 가르쳐준 해에 에머슨은 일기에서 자연 세계의 사실을 아름다운 문학으로 변모시키는 방법이 아직 발견되지 않았다는 것에 비탄한 심경을 고했다.

문학은 자연의 한 짝이 되어야 하며, 그처럼 풍성해야 한다. 나는 우리 책에서 자연을 발견하지 못한다. 나는 자연을 알고 있으며 나 스스로 파악한 바에 따르면 자연은 풍부하고 고요하며 그 비옥함을 헤아릴 수 없다. 일관성이 있기에 모든 현상은 다른 현상의 전조가 된다. 자연은 바다나 별, 공간이나 시간을 자랑스러워하지 않는다. 모든 자연의 동류들은 정선된 극단의 속성을 공유하고 있기 때문이다.

카슨은 존재의 생태라는 개념을 칭송하며 독자에게 모든 생명이 서로 복잡하게 얽혀 있다는 사실을 인식하라고 손짓한다. 10년 전 메리 스콧 스킹커가 카슨에게 일깨워준 사실이다.

아주 작은 생물에서 상어, 고래에 이르기까지 모든 해양 생물은 궁극적으로 대양에서 살아가는 미시적인 식물 존재에 먹이를 의존하고 있다. 부서지기 쉬운 벽 안에서 바다는 필수불가결한 연금술로 물에 녹아 있는 무익한 화학 분자를 햇살의 불꽃으로 용접하여 생명의 물질을 만들어낸다.

이 글은 과학도 문학의 주제가 될 수 있다는 사실을 보여준다. 과학은 일반 독자를 향해 그 음악적인 힘으로 아주 우아하고 운치 있게 노래할 수 있으며, 이를 통해 과학의 권위와 문학 예술의 영예 사이의 거짓된 협정을 거부할 수 있다. 앞으로 다가올 몇 세대의 작가들에게 레이철 카슨은 어느 한쪽에 치우쳐 다른 한쪽을 포기하는 일을 긍지 있게 거부할 수 있다는 본보기로 남는다.

레이철 카슨

광활한 우주에서 뛰노는 정신

24

〈애틀랜틱 먼슬리〉에 이 글이 실린 지 일주일도 지나지 않아 사이먼앤드슈스터Simon and Schuster 출판사의 편집장이 보낸 봉투 하나가 카슨의 책상에 도착했다. 이 글을 확장하여 한 권의 책으로 써달라는 의뢰를 담은 편지였다. 그리고 4년 뒤《바닷바람을 맞으며 Under the Sea-Wind》가 출간되었다. 해안에 사는 생물, 외해에 사는 생물, 심해에 사는 생물의 삶을 시적으로 그려낸 이야기였다. 이 책에서 카슨은 바다를 다룬 유명한 책들의 인간 중심적 관점을 피하려고 했다. 이런 유의 책들은 흔히 어부나 깊은 바다로 들어가는 잠수부, 해안을 거니는 산책자들의 관점에서 쓰였기 때문이다. 카슨은 해양의 세 영역을 특정 생물의 관점을 빌어 탐험했으며 그 생물들에게 학명의 속명을 따서 이름을 붙였다. 30년 후 영장류학자인 제인 구달 Jane Goodall은 곰베에서 영장류를 연구하던 중 침팬지들에게 이름을 지어주었다는 이유로 비웃음을 사게 된다. 이때 구달의 연구를 통해 비인간의 의식에 대한 인식이 혁신적으로 뒤집히며 인간은 자만심을 꺾고 겸허해지게 된다. 카슨은 북극권에서 파타고니아 Patagonia까지 활공하며 이주하는 세가락도요새인 실버바, 뉴잉글랜드의 대륙붕을 누비는 대서양 고등어인 스콤버, 수백만의 친구들과 알을 낳기 위해 버뮤다 남쪽 사르가소해의 심연을 여행하는 뱀장어인 앵귈러를 소개한다. 의인화된 동물들이 이끌어가는 이 풍부한 이야기의 진짜 주인공은 바로 대양 그 자체이다.

카슨은 출판사에 보내는 편지에 이렇게 썼다.

이 각각의 이야기는 내게는 상상력에 대한 큰 도전이었지만, 한편으로 우리 인간의 문제를 좀더 잘 바라볼 기회가 되어준다고 생각합니다. 이 이야기들은 수천 년 동안 셀 수도 없이 계속해서 되풀이되어 왔습니다. 태양이나 비 혹은 바다 자체처럼 나이를 먹지 않습니다. 바다에서 생물들이 생존하기 위해 겪어야 하는 고투는 인간이든 아니든 지구 위에 살아가는 모든 생명의 고투를 집약적으로 보여줍니다.

하지만 다시 한번 운명이 카슨의 길을 가로막았다.《바닷바람을 맞으며》에 대해 〈뉴욕 타임스〉가 "아름답고 보기 드문 책"이라고 칭찬하는 기사를 싣고 여러 언론에서 호평이 쏟아지기 시작한 바로 그때 일본군이 진주만을 공습하기 시작했고, 온 나라는 그 일에 정신을 빼앗겼다. 공습이 일어나기 직전 한 평론가가 이렇게 썼다.

모든 바닷바람 아래에서 일어나는 삶과 죽음의 끊임없는 밀물과 썰물을 마음속에서 생각할 때 우리 자신의 존재를 위한, 환멸에 대한, 좀더 단순하게는 인내를 위한 고투는 별것 아닌 듯이 보인다.

공포의 역설은 공포로 인해 우리의 시야가 아주 작은 구멍으로 좁아진다는 것이다. 두려움에 사로잡힌 우리는 이 작은 구멍을 통해 두려움을 입증하는 증거만 통과시키고 희망을 입증하는 근거는 걸러낸다. 자연 세계의 아름다움과 고대부터 이어진 동료 생물들과의 유사점을 인식하고 어떤 일시적인 위기도 작아 보이게 만드는 우주적 시간의 규모를 재확인하는 일은 공포에 사로잡힌 나라에 꼭 필요한 일이었을 테지만 《바닷바람을 맞으며》는 나라의 관심사에서 걸러져버렸다. 카슨은 3년의 노고가 담긴 작품을 전쟁의 희생자라고 생각했다. 유일한 위안은 이 책이 과학계에서 열광적인 반응을 받았다는 것뿐이었다. 저명한 생물학자들과 박물학자들은 과학의 본질을 희석하지 않고도 대중화된 글을 쓴다는 흔치 않은 위업에 찬사를 보내는 편지를 보내왔다.

하지만 대중의 무관심은 카슨에게 아프게 다가왔다. 출판사조차 이 책에 점점 더 신경을 쓰지 않았기 때문에 7년 동안 불만을 품고 있던 카슨은 결국 계약을 파기하고 말았다. 하지만 150달러라는 돈이 없었기 때문에 판권을 다시 사올 수도 없었다. 사이먼앤드슈스터에 보낸 편지에서 카슨은 너무도 크게 실망하여 기운이 빠진 나머지 또 다른 책을 쓸 엄두조차 나지 않는다고 말했다. 하지만 자신이 다루는 주제의 아름다움과 의미에 대한 한층 깊은 신념을 통해 카슨은 다시 의욕을 내게 되었고, 한층 더 야심 찬 책을 쓸 준비를 하기 시작했다.

한편 카슨은 정부 기관에서 과학자로 고용된 두 명의 여자 중 한 명으로 성실하게 근무한 끝에 현재 어류및야생동물국으로 재편된 기관에서 상급 해양생물학자로 진급했다. 카슨은 기술논문을 탐독했고 해류와 파도를 연구하는 과학 분야에서 새로운 발견이 이루어질 때마다 신문 기사를 잘라 모아두는 한편 자연을 더 잘 이해하는 데 도움이 될 수중음파탐지술이나 전파탐지술 같은 전쟁 기술에 대한 기사들도 잘라 모아두었다.

1944년 가을 카슨은 〈콜리어Collier〉에 1500단어로 된 글을 한 편 보냈다. 박쥐의 음파탐지체계와 인간의 레이더 혁신 사이에 놓인 6000만 년의 연결고리를 그려내며 진화와 현대 기술 사이에 가교를 놓는 글이었다. 이 글은 큰 성공을 거두었다. 여러 잡지에서 이 글을 다시 실었고 해군에서는 "레이더에 대해 쓴 대중적인 글에서 가장 명쾌한 글 중 하나"라고 평하며 이 글을 내부 문서에서 사용했다. 이 기사를 통해 카슨은 잡지의 세계로 들어가는 문의 빗장을 열 수 있었다.

카슨은 자신의 박쥐 글을 다시 실어준 〈리더스 다이제스트Reader's Digest〉에 또 다른 글을 한 편 보냈다. 이번에는 자연과 현대 기술이 맺는 관계의 어두운 측면을 다루는 이야기였다. 카슨은 당시 널리 마구잡이로 사용되던 살충제인 DDT의 부작용에 대한 연구 결과를 눈여겨보고 있었다. 도시에서는 전역에 이 살충제를 살포했고, 정부는 몇 제곱킬로미터에 이르는 숲에 이 살충제를 들이부었으며, 농업용 항공기로 옥수수밭 한가운데에 있는 학교 운동장에서 점심을 먹고 있는 어린이들의 머리 위로 이 농약을 비처럼 뿌렸다. 프린스조지카운티의 패턱센트연구보호지역Patuxent Reaserch Refuge에서는 숲 지붕을 푹 적신 DDT가 패턱센트강으로 흘러들었다. 살충제가 살포된 후 이 지역의 야생생물을 지켜보던 연구원들은 새와 나비, 물고기, 개구리, 여우 들이 고통스러워하며 죽어가는 모습을 관찰할 수 있었다. 흔히 말하듯 해충을 박멸하기 위해 살포되었지만 결과적으로 전 생물에 해를 끼친 이 산업 화학물질의 "양날의 검"을 경고하는 보고서를 읽은 후 카슨은 〈리더스 다이제스트〉에 DDT의 위험을 직시하는 글을 제안했다. "DDT가 우리에게 유익한 곤충, 꼭 필요한 곤충에게 어떤 영향을 미치게 될지, 물새와 곤충을 먹고 사는 다른 새들에게 어떤 영향을 미치게 될지, 현명하게 사용하지 않을 경우 자연 전체의 미묘한 균형을 어떻게 전복시키게 될지"를 다루는 글이었다.

〈리더스 다이제스트〉는 이 글에 관심이 없었다. 카슨은 이 문제에 대해 점점 커져만 가는 근심을 15년 동안 가슴에 품고 있게 된다. 지금 카슨은 파리를 꼬이게 하려면 식초보다 꿀을 써야 한다는 사실을 깨닫고 어류및야생동물국의 홍보용 책자에 실을 열두 편의 글을 쓰겠다고 제안했다. 국가야생동물보호구역 체계를 조명하고 그 필요성을 강조하는 글의 묶음이었다. 〈행동하는 보존Conservation in Action〉이라는 단순하면서도 의미심장한 제목 아래 카슨은 자연의 웅대함과 자연에서 어렵게 습득한 진화의 영광에 대해 시적인 산문을 폭발시켰다. 정부 출간물로는 전례 없던 연재물이었던 이 글 덕분에 카슨은 보호국의 편집장으로 승진했다.

카슨은 계속해서 명성 있는 잡지에 글을 써서 보냈다. 원래는 정부 기관지에 싣기 위해 쓰기 시작한 굴뚝칼새의 이주 성향에 대한 글은 결국 〈콜리어〉의 특집 기사로 실리게 되었다. 이 글에서 카슨은 오늘날 우리가 생체모방biomimicry이라고 부르는, 자연의 작용과 체계를 모방하여 인간 문제에 대한 기술적인 해결책으로 삼는 방법을 그려냈다. "항공 기술자들이 굴뚝칼새의 지혜를 응용할 수 있다면 항공술의 몇몇 골치 아픈 문제를 해결할 수 있을 것이다." 카슨은 이 글의 원고료로 55달러를 받았다. 모욕적일 만큼 하찮은 금액이었지만 맹장 수술을 받고 병원에서 막 퇴원한 카슨은 감사한 마음으로 이 돈을 병원비에 보탰다.

카슨은 줄곧 다음 책의 주제를 생각하고 있었는데, 마침내 평생 그녀에게 영감을 주고 매혹을 느끼게 만든 구름에서 한 가지 주제가 모습을 갖춰 나가기 시작했다. 다음 책은 생명을 만들어내는 모판인 대양에 우리가 얼마나 의존하고 있는지를 다룰 터였다. 글을 쓰기 시작한 지 10년이 되어가던 카슨은 문학 중개인을 찾기 시작했다. 1948년 초반 심사숙고 끝에 카슨은 마리 로델Marie Rodell과 계약했다. 배서대학교를 졸업한 소설가이자 편집자로 이제 막 뉴욕에 자신의 문학 중개 사무실을 연 로델은 훗날 마틴 루서 킹 주니어가 쓴 첫 책의 출판권을 확보한다. "나는 문학 중개인으로 레이철 카슨이 쓴 이런 일, 저런 일을 다루지 않는다"라고 중개인이 되고 얼마 후 마리 로델은 쓴다. "나는 레이철 카슨을 다룬다." 로델은 카슨을 가장 적극적으로 지지하는 옹호자이자 가장 절친한 친구가 된다. 여름이 끝날 무렵 "충심으로, 레이철 카슨 드림"이라는 정중한 문구는 "사랑을 담아, 레이"라는 친밀한 문구로 옮아갔다.

그해, 카슨은 오더번협회Audubon Society(유명한 조류학자인 오더번의 이름을 딴 비영리 자연보호단체로 미국의 자연보호단체 중 가장 역사가 오랜 단체 중 하나이다—옮긴이)의 이사로 선출되었다. 새는 카슨의 첫사랑이었고 모든 생명에 대한 사랑을 이끄는 주요 원동력이었기 때문에 이는 굉장히 기쁜 명예였다. 이사회의 다른 일원으로는 메이블 루미스 토드의 딸인 밀리선트 토드 빙엄Millicent Todd Bingham이 있었다. 밀리선트는 마리아 미첼이 배서대학교에 심어둔 과학 특화 과정에서 4년 동안 열심히 공부한 끝에 하버드로 진학하여 여성 최초로 지질학 박사학위를 취득했다.

하지만 그해는 우울한 음조로 끝을 맺었다. 카슨이 새 책을 쓰기 위한 힘을 축적하고 있을 무렵 메리 스콧 스킹커가 암으로 죽어가고 있다는 소식이 전해졌다. 카슨은 시카고로 날아가 자신을 일깨워준 여성이 누운 침대 맡을 지키며 슬픔에 잠긴 채 2주를 보냈다. 스킹커는 크리스마스를 일주일 앞두고 57세의 나이로 세상을 떠났다. 슬픔에 잠긴 카슨은 자신이 알고 있는 마음을 위로하는 유일한 약으로 눈을 돌렸다. 바로 생명의 위대함에 대해 글을 쓰는 일이었다.

1949년 초에 카슨은 새로운 책의 견본이 될 글을 세 장 완성했다. 로델은 이 글을 옥스퍼드대학교출판부에 보냈다. 옥스퍼드의 편집장은 카슨이 훗날 "사실에 기반을 둔 지식과 마음 깊이 느껴지는 감정의 마법적인 조화"

라고 표현하게 될 개념을 그대로 구현하고 있는 듯한 글에 마음이 사로잡혔다. 이 표현은 작가의 조건에 대해 물은 어느 젊은 여자에게 카슨이 보내는 충고의 편지에서 등장한다.

1949년 6월 3일 카슨은 옥스퍼드대학교출판부와 계약을 하고 선금으로 1000달러를 두 번에 나누어 받았다. 다음 달 카슨은 우즈홀에서 출발하는 "특별한 열흘간의 모험"에 나섰다. 어류및야생동물국 업무의 일환으로 정부의 조사선에 올라 어류 개체 수를 조사해 보고하는 임무를 맡은 것이다. 하지만 공무원들이 배에 탈 해양생물학자가 여자라는 사실을 알게 된 후 상황이 이상하게 돌아가기 시작했다. 그 배는 여자의 승선을 허락한 적이 단한 번도 없었기 때문이다. 마침내 한 관료가 남자 50명과 여자 한 명을 배에 태우는 일을 허용할 수 없다면 여자 두 명을 태우면 괜찮을 것이라고 결단을 내렸다. 카슨은 마리 로델에게 같이 가자고 청했다. 로델은 반은 농담으로 자신이 이 경험을 "나는 어선의 시종이었다I Was a Chaperone on a Fishing Boat"라는 제목의 글로 쓰겠다고 말했다. (15년 후 카슨이 세상을 떠난 해 선구적인 해양학자인 실비어 얼Sylvia Earl은 인도양으로 떠나는 여섯 주에 걸친 조사 항해에 합류했다. 스쿠버 다이빙 장비를 연구에 이용한 최초의 해양과학자 중 한 명이자 오늘날까지 가장 깊은 심해 바닥을 걸은 유일한 인간으로 남아 있는 실비어는 이 배에 탑승한 유일한 여성이었다. 당시 신문은 〈실비어가 70명의 남자와 항해를 떠난다, 하지만 아무 문제가 없을 것으로 기대한다〉라는 머리기사로 이 일을 보도했다.)

앨버트로스 3호Albatros III가 마리아 미첼의 고향 섬 부근을 지날 무렵 카슨은 "작은 배에서 밤바다를 보는 형언할 수 없는 외로움"을 처음으로 실감하게 되었다. 나체의 유인원으로서 육지에서 멀리 떨어진 바다 위, 안개와 해수의 거품에 둘러싸여 본 사람만이 실감할 수 있는 동물적인 감각이다.

그 어두운 밤마다, 나무와 철로 만든 작디작은 섬의 후갑판에 서서 주위를 넘실거리고 있는 거대한 파도의 어슴푸레한 형태를 바라보는 동안 나는 세계가 물의 세계이며 광대한 바다의 지배를 받고 있다는 사실을 전에 없이 의식하게 되었다.

1950년 봄, 마거릿 풀러가 엘리자베스호에 탑승한 지 정확하게 100년이 되던 해, 카슨은 전 인생을 바쳐 착상을 키워왔고 빠듯한 정부 업무 틈틈이 밤과 주말마다 짬을 내어 꼬박 3년에 걸쳐 집필한 책의 제목을 생각해냈다. 《우리를 둘러싼 바다》이다. 이 책을 완성하기까지 카슨은 100편이 넘는 기술 논문을 뒤지고, 여러 전문가와 편지를 교환했으며, 사서 수십 명의 도움을 받아 사람들이 찾지 않는 해양학에 대한 문서와 희귀본들을 찾았고, 수천 권이 넘는 다른 출판물을 참고했다. 그리고 이 모든 것을 증류하여 해양 과학에 대한 책 한 권 길이의 산문시라 할 작품을 탄생시켰다.

그해 겨울 카슨은 《섬의 탄생The Birth of an Island》이라는 책으로 만들기 위해 쓴 글이 과학 저작 부문에서 권위 있는 웨스팅하우스상Westinghouse Prize을 받았다는 소식을 들었다. 이 상에는 1000달러의 수표가 부상으로 수여되었다. 기쁨에 넘친 카슨은 로델에게 편지를 써서 로델이 이 상금에서도 중개 수수료를 받아야 한다고 주장했다. 로델은 따뜻한 제안에 감동했지만 통상적으로 중개인은 출간물에 대한 수수료만 받는다며 카슨의 제안을 거절했다. 카슨은 애정을 듬뿍 담아 고집을 부렸다.

당신들 중개인협회의 낡은 규칙에 대해서는 모르겠어요. 하지만 내가 생각한 결과 당신은 당신이 손을 댄 책에서 나오는 수익에 대해서 당신의 몫을 받을 자격이 있습니다. 중개인 자격을 박탈당하지 않고는 내가 주는 수표를 받을 수 없다면, 적어도 당신이 뭘 원하는지 말해주어야 해요. 이 전리품에서 당신이 받아 마땅한 작은 몫을 챙겨줄 수 있도록요.

그달 하순 로델의 서른아홉 번째 생일에 카슨은 로델에게 〈자연사 매거진〉의 정기구독권과 함께 아름답게 장정된 성서 한 권을 선물하면서 손으로 쓴 쪽지를 동봉했다. "이 선물로 당신에 대한 내 사랑을 떠올려주길. 그리고 당신이 수많은 방식으로 나를 위해 한 모든 일에 내가 진심으로 감사한다는 사실을 떠올려주길."

로델은 《우리를 둘러싼 바다》의 견본이 될 장들을 다양한 잡지사에 보내기 시작했다. 반응은 뜨뜻미지근했다. 중급 과학 잡지 한 곳에서 이 글의 한 장을 축약해서 게재하는 조건으로 50달러를 제안했다. 카슨이 이 새로운 책이 지난번 책처럼 무관심 속에 묻혀버리지 않을까 걱정하는 동안 천우신조의 기회가 가장 있을 법하지 않은 문학 우주의 거주민에게 왔다. 이디스 올리버 Edith Oliver는 젊은 시절 배우였다 〈뉴요커〉의 편집자가 된 인물로 향후 30년 동안 이 잡지에서 저명한 연극 비평가로 재직한다. 올리버는 자신의 책상 위에 놓인 파도에 대한 장을 읽고 이 글에 완전히 매료되었다. 더 많은 장을 보내달라고 요청한 올리버는 〈뉴요커〉의 편집자인 윌리엄 숀 William Shawn 앞에서 카슨의 글을 열정적으로 설명하면서 이 글이 〈뉴요커〉의 문학적 전통에 상징적인 존재가 될 수 있을 뿐 아니라 아직 채굴하지 못한 세계인 과학계로 잡지의 전통을 확장할 흔치 않은 기회라고 열변을 토했다.

숀 또한 올리버만큼이나 카슨의 글에 매혹되었다. 한 세기 전의 메리 서머빌처럼 카슨은 생물학과 지질학, 물리학, 화학 등 다양한 과학이 어떻게 전체적으로 자연을 이해하기 위해 힘을 합치는지 탐구했다. 에머슨, 디킨슨과 마찬가지로 카슨은 자연 세계에 대해 시인다운 적확함과 풍부한 감성으로 글을 썼다. 이 두 가지가 조합된 카슨의 글은 숀이 지금까지 읽어온 어느 글과도 비슷한 데가 없었다. 여름이 중반에 이르렀을 무렵 〈뉴요커〉는 한 장이 아니라 아홉 장 전체를 지면에 싣기로 하고 카슨에게 원고료로 7200달러를 제안했다. 카슨이 정부에서 받는 연봉보다 많은 금액이었다. (한편 〈리더스 다이제스트〉는 DDT에 대한 글을 거절한 데 이어 5년 후 다시 한번 기후에 대한 글을 대중성이 없다는 이유로 거절했다.) 1951년 6월 〈뉴요커〉에 〈바다의 옆얼굴Profile of the Sea〉이라는 제목으로 세 편의 연속 기사가 발표되었고 잡지의 25년 역사를 통틀어 어떤 기사보다 많은 상찬의 편지가 쇄도했다. 〈뉴요커〉의 숀은 로델에게 수표를 보내며 "카슨 양의 훌륭한 기사"에 대해 직접 쓴 쪽지를 동봉했다.

우리 잡지에서 이 글을 발표하게 되어 기쁩니다. 우리에게 처음 파도를 다룬 장을 보내준 일에, 이 행복한 모험을 시작할 수 있게 해준 일에 감사의 마음을 표합니다.

〈뉴요커〉에서 보내온 기쁜 소식으로 마음이 한껏 부푼 카슨은 자연이 행운과 불운을 균등하고 공평하게 베푼다는 사실을 깨닫게 된다. 통상적인 신체검사 중에 왼쪽 가슴에서 작은 종양이 발견된 것이다. 카슨은 야단법석을 피우지 않고 그저 해결해야 할 현실적인 문제를 대하듯 이 문제에 접근했다. 우선 신뢰할 수 있는 외과의를 수소문해서 수술을 받았다. 수술 후 조직검사에서 악성 종양이 검출되었는지 물었다. 의사는 그렇지 않다고 대답하며 더 이상의 치료를 권하지 않는다고 말했다. "의사들이 떼어낸 것은 괜찮대요." 카슨은 걱정을 폭포처럼 쏟아내는 로델을 진정시켰다. "호두만 한 크기였는데, 아주 깊은 곳에 있었대요. 상처가 엄청나게 쑤시는 것 말고는 아주 기운이 넘친답니다."

하지만 이 사건으로 카슨은 자신의 생물학적 생명이 유한하다는 사실을 깨닫게 되었고 새로운 종류의 다급함에 쫓기기 시작했다. 카슨은 개인적인 편지에서 자신이 겪는 곤란을 별것 아닌 듯 말하고 불안한 마음에 대해서도 말을 아끼는 편이었지만, 이번만큼은 친구이자 동료 자연 작가인 에드윈 틸Edwin Teale에게 보내는 편지에서 정신을 재정비할 필요를 넌지시 언급했다.

이번에는 다른 [책을] 시작하기 전에 7년 동안 그저 가만히 손을 놓고 앉아 있지는 않을 거예요! 작가라면 응당 느껴야 할 다급함과 시간에 쫓기는 기분을 이제야 느끼게 된 것 같아요. 글로 말하고 싶은 것들이 이렇게 많이 남아 있는데! 물론 소로는 이 모든 것을 두 개의 문장에 담았습니다. "당신이 작가라면 시간이 부족한 것처럼 글을 써라. 가장 긴 시간이라도 실제로는 정말 짧기 때문이다."

그해 7월 2일 월요일 《우리를 둘러싼 바다》가 〈뉴요커〉에서 미리 공개되어 충격을 준 이후 이미 흥분으로 들끓고 있던 세상에 출간되었다. 출간되기 전날 〈뉴욕 타임스〉 일요판의 표지를 장식한 비평란에서는 이 책을 크게 추천하는 기사가 실렸다. 거의 모든 유명한 신문과 잡지에서 이 책을 상찬하는 기사가 쏟아져 나왔다. 전국 방방곡곡에서 독자 편지가 쇄도하기 시작했다. 카슨은 할 수 있는 한 답장을 쓰기로 하고 이 편지들을 자동차 짐칸에 싣고 집으로 돌아왔다. 작가가 되고 싶어 조언을 구하는 학생들과 젊은 여자들의 편지가 우선이었다.

카슨은 일반 독자와 과학자를 동시에 매료시키는 흔치 않은 위업을 성취했다. 하버드의 어느 저명한 해양학자는 자신이 대양에 대해 50년 동안이나 연구를 해왔음에도 카슨의 책에서 완전히 새로운 "수많은 훌륭한 사실들"을 발견했다는 데 감탄의 마음을 표하며 카슨을 칭찬했다. 혁신적인 캘리포니아공과대학의 지진학자인 휴고 베니오프Hugo Benioff(베니오프 지진대는 그의 이름을 딴 것이다—옮긴이)는 카슨을 "박사"라고 부르는 짧은 편지에서 이렇게 썼다. "내가 읽어본 과학 주제를 다룬 책 중에서《우리를 둘러싼 바다》는 가장 아름답고 이해하기 쉬운 책입니다. 이런 책을 좀더 많이 써주시길 부탁드립니다."

한 지질학 교수는 카슨의 글과 괴테 글의 유사점을 열거한 끝에 이렇게 덧붙였다. "당신 책이 들을 수 있는 최고의 찬사 중 하나는 아마도 우리가 여덟 살 아들에게 이 책을 읽어주었을 때 그 애가 얼마나 열심히 귀를 기울였는지에 대한 이야기일 겁니다."

어느 여름날 아침, 카슨의 집에 전화기가 울렸다. 카슨은 집에 없었다. 어머니가 수화기를 들었다. 시어도어 루스벨트Theodore Roosevelt의 딸이자 워싱턴 사교계의 중심 인물인 앨리스 루스벨트 롱워스Alice Roosevelt Longworth의 노래하는 듯 활기찬 목소리가 흘러나왔다. 전화를 끊은 카슨 부인이 딸에게 보고한 바에 따르면, 앨리스는 카슨 부인에게《우리를 둘러싼 바다》가 "자신이 읽은 책 중에 가장 훌륭한 책"이며 너무 재미있던 나머지 잠도 안 자고 밤새 동틀 무렵까지 책을 두 차례 읽었다고 말했다.

문화적 확률에 반하는 카슨의 위업을 증명하는 희비극적인 증거가 되는 편지들도 있었다. 한 남자는 책등에 적힌 저자의 이름을 눈여겨볼 시간이 없던 나머지 성급하게 짐작한 끝에 생각 없는 편지를 썼다. "나는 그 지식 수준으로 미루어 저자가 남자인 것이 틀림없다고 생각했습니다." 다른 사람은 이런 가정을 생각 없는 풍자의 수준으로 끌어올렸다. "레이철 카슨 양Miss"으로 주소를 쓰고 "친애하는 선생님Dear Sir"이라는 말로 시작하는 편지를 쓴 남자는 자신이 그 책을 무척 재미있게 읽기는 했지만 남자가 여자보다 지적 능력이 우월하다는, 한평생 유지해온 신념을 뒤집지는 않을 것이라고 말하면서 카슨을 남자처럼 호칭하기로 했다고 설명했다. 카슨의 책을 낸 출판사의 남자 편집자 중 한 명은 카슨을 처음 만나는 자리에서 흥분하여 이런 식으로 말하기도 했다. "정말 놀랐습니다. 덩치가 크고 험악한 인상의 여자일 거라고만 생각했거든요."

하지만 대부분은 작품을 열광적으로 지지하는 편지였다. 카슨은 수백, 수천 통에 이르는 편지의 공통된 의견을 요약했다. "우리를 둘러싼 세계를 이해하고 싶지만 채워지지 못한 한없는 갈증을 품은 독자들은 그 정신을 우주의 광활한 공간에서 마음껏 노닐도록 풀어주는 단 한 방울의 정보, 한 조각의 사실이라도 거의 감동적일 만큼의 열정으로 움켜쥔다."

그리고 바로 그 "감동적일 만큼의 열정"이 미친 악영향으로 카슨이 받은 얼마 되지 않은 비판을 설명할 수 있다. 그 비판은 코페르니쿠스, 케플러, 갈릴레오가 몇 세기 전에 받은 비판을 그대로 되풀이하는 것으로 카슨이 감히 창조주로서 "신"의 개념에 도전장을 던졌고 인류가 그토록 필사적으로 매달리는 확실성을 동요시켰다는 비판이다. 이런 비판은 카슨이 사회의 선전 세력에 대해 목소리를 높이는 중에도 계속 따라붙으며, 가끔 우스울 정도로 고조되기도 한다. 카슨이 세상을 떠나기 전 해, 〈선데이 스쿨 타임스Sunday School Times〉의 편집자는 편지를 보냈다. 편집자는 그 잡지가 창간 105주년을 맞은 간행물이라고 애써 강조하고 한 장 반이 넘도록 역겨울 정도로 아첨을 늘어놓은 후에 이렇게 제안한다.

혹시 이런 말씀 드려도 괜찮으시다면 당신이 글을 그토록 충분히, 잘 써왔던 대상들, 그 모든 자연의 신비로움이 전능한 하느님의 손에서 빚어진 것이라는 사실을 아셨으면 좋겠습니다. 진화의 산물이 아니라 창세기의 처음 몇 장에서 창조된 것이지요. 나는 대학교에서 진화론을 공부해야 했지만 교수님께 솔직하게 이 가설을 믿을 수 없다고 말씀드렸더니 교수님은 공정하게도 최고 점수를 주셨습니다. 물론 나는 필요한 공부를 했습니다. 45년 동안 나는 매일 성경을 공부하며 더할 나위 없는 평안과 만족을 느낍니다. … 이미 생각해보지 않으셨다면, 부탁을 드려도 될지요? 친절한 마음으로 이런 일들을 진지하게 생각해보지 않으시겠습니까?

카슨은 훗날 친구에게 보낸 편지에서 이런 비판을 언급한다.

생물학자로서 나는 진심으로 우리가 관찰과 실험에서 나온 결과를 고수하려고 노력해야만 해. 하지만 항상 염두에 두고 있어. 우리가 현재 알고 있는 사실은 실제로 존재하는 것들의 아주 작은 조각에 불과하다는 것을! … 나는 존스홉킨스에서 석사 과정을 공부했어. 그곳에서 많은 것을 배웠지만 그중에서 단 한 가지 절대 잊을 수 없는 교훈이 있어. 바로 우리는 실제로 아무것도 모른다는 사실이야. 우리가 오늘날 안다고 생각하는 것은 내일이면 다른 무언가로 대체되지.

레이철 카슨

과학의 오용에 맞서다

25

《우리를 둘러싼 바다》는 출간 20일 만에 〈뉴욕 타임스〉의 베스트셀러 목록 5위에 올랐고 얼마 지나지 않아 1위의 자리에 올라섰다. 그리고 몇 주 동안 다른 어떤 비소설 서적보다 오래 그 자리를 지켰다. 〈뉴욕 타임스〉는 《우리를 둘러싼 바다》를 올해의 책으로 선정했다. 12월 말이 되자 25만 권이 판매되었다. 수없이 많은 언어로 번역되었고 점자 도서도 뒤이어 출간되었다. 이 책의 성공을 전혀 예측하지 못한 출판사는 수요를 따라가는 데 애를 먹었다. 긴박하게 6쇄를 찍는 중에도 서적상들은 책이 모자란다고 불평을 늘어놓았고 독자들은 몇 달의 대기 명단에 이름을 올려두었다. 그 와중에 옥스퍼드대학교출판부는 카슨의 《바닷바람을 맞으며》의 판권을 구입하여 재출간했다. 10년 전 세상에 나왔다가 1700부도 팔리지 못한 채 절판된 책이었다. 《바닷바람을 맞으며》는 《우리를 둘러싼 바다》와 나란히 〈뉴욕 타임스〉의 베스트셀러 목록에 이름을 올렸으며 새로운 판본이 나오기도 전에 이미 4만 권의 선주문이 들어왔다. 15년 동안 잡지에 글을 기고하는 경험을 쌓고 첫 책을 낸 지 10년 만에 레이철 카슨은 성공의 자리에 올랐다.

카슨은 다음 작업을 위해 그전 해 가을 신청해둔 구겐하임기념재단Guggenheim Fellowship의 지원금 3000달러가 나오자 이를 다시 재단에 돌려주었다. 현재 자신의 책으로 충분한 수입을 올리게 된 이상 훨씬 더 절박한 사정의 다른 예술가들이 그 돈을 훨씬 더 유용하게 사용할 것이라는 생각에서였다.

한번은 크노프출판사Knopf Publishing Co.의 편집자가 카슨에게 그녀가 쓴 해양학의 걸작에 비견할 수 있는 우주학의 걸작을 집필할 작가를 추천해달라고 부탁하기도 했다. "기초가 탄탄한 천문학자로 … 동시에 비범하게 글을 잘 쓰는 작가 말입니다." 카슨처럼 글을 쓰는 일이 결코 쉽지 않다는 점을 인정하면서 그 편집자는 썼다. "당신이 쓴 책 같은 작품은 누가 주문한다고 쓸 수 있는 것이 아닙니다. 그런 책은 작가 안에서 자라나는 것입니다." 《우리를 둘러싼 바다》는 카슨이 우즈홀로 떠난 여행 이후 21년 동안 카슨의 내면에서 마치 산호초처럼 알지 못하는 사이 조금씩 착실하게 자라난 것이었다.

1952년 1월 29일 카슨은 전미도서상을 받았다. 선정 사유에 따르면 이 책은 "지금까지 무시되어왔지만 인류의 정신적·물질적 이득에 아주 중요한 과학적 탐구 분야에서" 일반 독자의 관심을 사로잡았다. "이 책은 정확한 과학 지식을 시적인 상상력과 명료한 문체, 독창적인 접근 방식으로 다루면서 모든 독자의 관심을 사로잡는 작품이다." 시상식에서 평론가인 존 메이슨 브라운John Mason Brown은 다음과 같이 소개하며 카슨을 무대로 불러올렸다.

카슨 씨는 바다의 이상한 생명체, 남자와 여자라고 알려진 두 발 동물이 자신들의 기원에 대한 수수께끼와 심오함과 아름다움에 대해 흥미를 느끼게 만들었습니다. 이는 편협한 자아와 자만심을 지닌 필멸의 존재가 알기를 소망하는 수준을 훨씬 넘어서는 것입니다. … 카슨 씨는 우리의 자아를 산산이 부수었고, 독자들이 새로운 형태의 겸허함, 헤아릴 수 없는 광대함, 우리의 지식 혹은 통제를 넘어선 상호적인 힘을 새로이 느끼게 만들어주었습니다. 카슨 씨는 우리를 한낱 시간의 점으로 만들었지만 한편으로는 훨씬 더 오래된 역사, 우리 중 많은 이들이 실감하는 것보다 훨씬 더 깊은 역사의 후계자로 만들어주었습니다. … 어디에서 산문이 끝나고 시가 시작되는지 말하기 어려울 때가 있습니다. 하지만 나는 카슨 씨가 쓴 것이 무엇인지 알고 있습니다. 보기 드문 아름다움에 대한 시적 산문 혹은 산문적 시입니다.

한 세기 전 프레더릭 더글러스는 "죽은 사실은 살아 있는 표현 없이는 아무것도 아니다"라고 주장했다. "그것은 진실이긴 하지만 숭고함과 영광을 벗어던진 진실, 얼어붙은 진실, 움직임이 결여된 진실, 감정을 불러일으키지 못하는 진실이다." 더글러스는 "감각에 호소하는 작가, 영혼의 가장 깊은 명상으로 들어가는 작가, 자연을 거울에 비추는 작가는 … 청중을 확신할 수 있다"고 믿었다.

카슨은 시인 메리앤 무어와 함께 앉아 있던 탁자에서 일어나 차분한 걸음걸이로 단상 위로 올라갔고 그 자리에서 놀랄 만큼 멋진 수상 소감을 말했다. 마리아 미첼이 전부 여자로 구성된 일식 탐험대를 이끌면서 "보통 사람에게 자연 현상이 과학계에 있는 사람만큼 그 자신에게도 속해 있다는 사실을 가르치기"가 얼마나 어려운 일인지 이야기한 지 한 세기 후에 카슨은 이렇게 말했다.

우리는 과학의 시대에 살고 있습니다. 하지만 우리는 과학 지식이 오직 사제처럼 연구실에 고립되어 있는 몇몇 사람의 특권이라고 생각합니다. 이는 진실이 아니며 진실이 될 수 없습니다. 과학의 재료란 인생 자체의 자료입니다.

과학은 우리가 살아가는 현실의 일부입니다. 과학은 우리의 경험에서 무엇이 어떻게 왜 일어나는가를 다룹니다. 어떤 이를 둘러싼 환경을 이해하지 않고, 어떤 이를 물리적·정신적으로 빚어낸 힘들을 이해하지 않고 그 사람을 이해하기란 불가능한 일입니다.

[…]

바람과 바다, 물결치는 조수는 그저 그 자체일 뿐입니다. 그 안에 신비와 아름다움과 장엄함이 있다면 과학은 그 속성을 발견할 것입니다. 그 속성들이 거기 없다면 과학은 이를 창조할 수 없습니다. 바다에 대해서 쓴 내 책에 시가 있다면 그것은 내가 일부러 시를 그곳에 넣었기 때문이 아닙니다. 어느 누구라도 시를 배제한 채로 바다에 진실한 글을 쓸 수 없기 때문입니다.

한 세기 전 에머슨은 마거릿 풀러와 콩코드의 숲을 산책하던 시기에 2년에 걸쳐 집필한 자신의 기념비적인 에세이 〈시인The Poet〉에서 같은 감상을 표현했다.

바다, 산마루, 나이아가라 폭포, 모든 꽃밭은 아직 노래되지 않은 상태로 존재 이전에 있거나 존재를 초월하여 그저 마치 향기처럼 공기 중을 떠돌고 있다. 귀가 충분히 좋은 어떤 이가 지나가다 이 노래를 들을 때 그는 이 음조를 희석시키거나 망가뜨리지 않고 이 음조를 받아 적으려고 노력한다.

그리고 지금 한 여자가 자연의 아름다움을 시로 옮겨 적을 만큼 좋은 귀를 가지고 있다. 〈뉴욕 타임스〉는 "미국 어류및야생동물국에서 편집자로 일하는 가냘픈 몸매의 온화한 여성"을 호메로스와 비교하며 "개기일식만큼이나 보기 드문 출판계의 현상"이라며 카슨을 격찬했다. 한편 할리우드에서는

《우리를 둘러싼 바다》를 대규모 영화로 만드는 계약을 체결했다. 이 영화는 아카데미상을 받게 되지만 카슨은 이 경험으로 할리우드를 질색하게 되었다. 대본에서 잘못된 과학적 사실을 몇십 쪽에 걸쳐 수정해주어야 했고 이마저 마지막 편집본에서 그만 무시되고 말았기 때문이다. 카슨은 다시는 할리우드와 일을 하지 않는다. 마리 로델에게 보내는 격분에 찬 편지에서 카슨은 최근 〈뉴욕 타임스〉에 실린 윌리엄 포크너의 단편 〈브로치 The Brooch〉를 텔레비전 드라마로 각색하는 일에 대한 기사를 공유했다.

〈브로치〉에 대해 미리 법석을 떨며 광고하는 일은 포크너가 이제 막 얻은 명성을 이용하기 위한 목적인 게 분명합니다. 시청자가 보는 것은 대용품이지 광고한 만큼 품질이 좋은 상품이 아니에요. 문학에 대해 지성을 파괴하는 방법으로 접근하는 것은 텔레비전의 낡은 수법이며 이를 멈추어야 할 때가 되었습니다. 〈브로치〉를 방영한다고 해놓고 〈브로치〉를 안 보여주는 일은 하지 말아야 해요. 통조림으로 만든 채소를 팔기 위해 상표를 붙이는 원칙이 유효하다면, 문학 작품을 선보일 때도 같은 원칙을 적용해야 한다고 생각해요.

그다음 카슨은 격심한 분노를 뿜어내며 덧붙였다.

포크너는 분명히 한순간 마음이 약해져서 자신의 작품을 왜곡하는 데 동조했을지 모르지만 나는 어떤 식으로든 [할리우드 사람들이] 저지른 짓을 허락한 적이 없어요.

카슨은 물밀 듯이 밀려오는 무수한 요청 중 극히 일부만 골라서 받아들였다. 카슨은 마리아미첼협회Maria Mitchell Association가 이 천문학자의 어린 시절 생가에서 개최한 책 서명회에 참석하기 위해 낸터킷을 찾았다. 카슨은 어느 저명한 교향악단이 녹음한 드뷔시의 〈바다La Mer〉 앨범의 해설을 집필했다. 카슨은 이 앨범의 발매를 축하하는 국립교향악단의 오찬 모임에서 연설을 했는데, 거기서 위대한 음악과 "자연 세계의 아름다움과 신비로운 운율"의 상관관계에 대해 고찰하며 자리에 모인 음악가들에게 말했다.

나는 어려운 시기일수록 예술을 살아 숨 쉬게 유지하는 일이 꼭 필요하다고 진심으로 믿고 있습니다. 바로 예술에서 우리는 영감과 용기와 위안을, 한마디로 정신의 힘을 이끌어냅니다. … 그 시대의 음악을 소개하고 해설해주는 교향악단은 이 기계화된 원자의 시대에 결코 사치스러운 존재가 아닙니다. 그 어느 때보다 필요한 존재입니다.

모교에서 명예박사학위를 받기 위해 줄을 서 있는 동안 카슨은 대학 동문 사무실을 운영하고 있는 학교 친구에게 몸을 돌리더니 속삭이는 목소리로 명예학위에 감사하기는 하지만, 이렇게 뾰족하고 높은 굽이 달린 구두를 신고 딱딱한 단상 위를 걷는 것보다 맨발로 조수 웅덩이를 돌아다니는 편이 훨씬 더 자신답게 느껴진다고 털어놓았다.

뉴욕에서 카슨은 서명을 받으려는 사냥꾼들에게 포위되었다. 존버로스 메달을 받기 위해 카슨이 어머니와 함께 찾은 머틀 해변에서는 한 사람이 아침 일찍 카슨이 머물고 있던 모텔 방으로 쳐들어왔고, 마리아 카슨을 지나쳐 이 소란에 놀라 방금 잠에서 깨어 아직 침대에서 일어나지도 못한 카슨에게 서명해달라면서 두 권의 책을 내밀었다. 〈하퍼스 바자Harper's Bazaar〉에서는 카슨의 사진을 찍기 위해 사진 기자를 보냈고, 어떤 기자는 우즈홀까지 카슨을 따라가겠다고 카슨의 표현에 따르면 "협박"을 했다. 이때 카슨은 자신이 "이 말도 안 되는 짓들에 아주 진력이 났다"는 사실을 깨달았다.

그 어떤 상찬의 말보다 카슨에게 가장 의미 있고 마음에 보상이 된 비평은 한때 무관심 속에 버려졌던 《바닷바람을 맞으며》에 대해 헨리 베스턴Henry Beston이 쓴 아름답고 관대한 비평이었다. 헨리 베스턴은 카슨이 숭배하던 문학적 영웅 중 한 명으로, 카슨은 학생일 무렵 볼티모어 프랫도서관의 먼지 쌓인 구석에서 베스턴의 작품을 발견한 이래 20년 동안 그의 작품을 읽고 또 읽어왔다.

우리의 영웅이자 창작계의 선배에게 친절한 격려의 말을 듣는 것만큼 힘이 되는 일은 달리 없다. 카슨이 과학계의 휘트먼이 되기 한 세기 전 휘트먼 자신도 이토록 영혼에 힘을 북돋아주는 은혜를 받은 적이 있었다. 1855년 7월 아이더 러셀이 갑작스럽게 세상을 떠나고 얼마 지나지 않아 휘트먼은 자비로 기념비적인 시집을 출판했다. 에머슨의 수필 〈시인〉에 영감을 받은 시집 《풀잎》이었다. 휘트먼은 의기양양한 희망을 품고 있었지만 쿵 하는 소리와 함께 세상에 떨어진 이 시집은 판매고도 시원치 않았고, 이 시집에 관심을 보여준 얼마 안 되는 비평가에게마저 부정적인 평을 들었다. 그달 말에 아버지마저 세상을 떠나자 휘트먼의 비탄은 곪아들어가 깊은 우울증으로 이어졌다. "내가 한 모든 일이 공허하고 의심쩍어 보인다." 휘트먼은 일기에 썼다. "나의 가장 위대한 생각들이 내가 생각한 것만큼 깊이가 없는 것은 아닌지 의심이 든다. 사람들은 필시 나를 비웃게 될 것이다. … 불안으로 마음이 뒤숭숭하다. 나는 불완전하다." 어떤 창조적인 사람도 바깥세상에서는 보이지 않는 내면의 동요에 면역이 되어 있지 않다는 사실을 당시 휘트먼이 알았더라면 위안을 받았을 것이다. 휘트먼이 가장 숭배한 위대한 영웅조차 그러지 못했다. 마거릿 풀러와의 복잡한 관계가 절정에 이르렀을 무렵 에머슨은 일기에 이렇게 썼다.

나는 미숙하고 불쾌하며 성미가 까다롭고 멍청한 주제에 박식한 척하는 인간이다. 내 주위에 있는 사람들을 완전히 불쾌하고 답답하게 만든다. 혹여 내가 몇몇 좋은 문장이나 시를 쓰기 위해 태어난 존재라면 그 글들은 내 불명예가 완전히 기억에서 사라질 때까지 견뎌야 하리라.

《풀잎》이 세상에 나와 쌀쌀한 반응을 얻은 지 열이레 후 편지 한 통이 도착했고, 이 편지로 모든 상황이 완전히 뒤바뀌었다. 에머슨이 보낸 편지였다. 콩코드의 현인, 마거릿 풀러가 사망한 이후 미국 문학의 유행을 이끄는 제왕적 존재가 된 에머슨이 브루클린에 사는 한 무명 시인에게 편지를 쓴 것이다.

친애하는 선생님께.
나는 《풀잎》이라는 놀라운 선물의 가치를 모르지 않습니다. 이 시집이 지금까지 미국이 보여준 것 중에 가장 비범한 재기와 지혜가 넘치는 작품이라고 생각합니다. 위대한 힘이 우리를 행복하게 만들 듯이 나는 이 시집을 읽으며 무척 행복했습니다. 이 시집은 서구 사회의 재치를 둔하고 비열하게 만들고 있다고 내가 항상 생각해온 불모의 자연처럼 보이는 것을 대체합니다. 당신의 자유롭고 대담한 생각에 기쁨을 표합니다. 그 안에서 엄청난 기쁨을 맛보았습니다. 비할 데 없이 훌륭한 생각이 반드시 그래야 하듯 비할 데 없이 훌륭한 방법으로 표현되었다고 생각합니다. 오직 커다란 인식에서 비롯될 수 있는 대담한 처리에서 큰 즐거움을 발견합니다.

당신의 위대한 경력이 시작된 것을 환영합니다. 이런 시작을 위해서는 분명 어딘가에서 기나긴 전경을 지나쳐와야 했겠지요. 나는 이 햇살이 환상이 아니라는 것을 확인하기 위해 눈을 비볐습니다. 하지만 이 시집의 견고한 감각에서 냉철한 확실성을 느꼈습니다. 이 책은 최상의 가치, 말하자면 강건하게 하고 기운을 북돋는 가치를 품고 있습니다.

휘트먼은 이 편지에 감동한 나머지 편지를 곱게 접어 셔츠 주머니에 넣어 가슴에 품고 다녔다. 함께 살고 있는 연인인 아일랜드 출신의 젊은 역마차 운전수에게 읽어주기도 했다. 1년 후 《풀잎》을 재발간했을 때, 휘트먼은 빈약한 살림을 털어 시집을 호사스러운 장식으로 꾸몄다. 책등에 금빛 문자로 "위대한 경력의 시작을 환영합니다. R. W. 에머슨"이라고 새긴 것이다. 재판의 서문에서 휘트먼은 에머슨의 편지를 생략하지 않고 전문 그대로 실었다. 에머슨의 관대한 격려의 말이 없었다면 절망에 빠진 시인의 개인적인 결말은 어쩌면 우리가 알고 있는 것과는 달랐을지도 모른다. 어쩌면 우리에게 휘트먼이 없었을지도 모른다.

베스턴은 수많은 부분에서 카슨의 에머슨이라 할 만했다. 카슨은 베스턴을 본보기로 삼았고 일생에 걸쳐 그 시적이고 초월주의의 영향을 받은 산문에서 감화를 받았다. 자신의 영웅이 쓴 글을 읽으며 카슨은 얼마나 감미로움을 느꼈을까!

시적 감각은 어떤 사람의 인간성을 정당화하는 도구이다. 이는 또한 그가 살고 있는 불가해한 세계를 정당화하는 도구이기도 하다. 천문학자가 태양을 어떻게 이해하고 있다 해도 태양은 거대한 이온 덩어리 그 이상의 존재이다. 태양은 웅장함이자 신비이며 힘이자 신성이며 삶이자 삶의 상징이다. 과학적 지식을 시적 의식과 결합하는 것은 카슨의 특별한 능력이며 카슨은 이를 통해 우리에게 세계에 대한 진정한 감각을 돌려준다.

하지만 모든 비평가가 과학자이자 자연을 노래하는 시인으로서 카슨의 전례 없는 작품에만 초점을 맞춘 것은 아니었다. 수많은 비평가가 카슨의 외모도 평가의 범위 안으로 끌어들였다. 〈보스턴 포스트〉의 한 비평가는 카슨이 대담하면서도 여성적이라고 주장하면서, 마치 뜻밖의 일이라는 듯이 이런 조합은 신화의 생물에서만 가능하며 실재하는 여자에게는 찾아볼 수 없다고 했다.

어디에서도 카슨 씨의 사진을 찾아보기가 어렵다는 것은 분명하다. 그래서 우리는 이 문제를 해결했다. 레이철은 아마도 여성 과학자가 아니라 바닷속 동굴에서 사는 마녀일지도 모른다. 그곳은 빛이 지독하게 안 들기 때문에 저자의 사진을 찍기가 어려운 것이다.

〈뉴욕 타임스〉에 호평 기사를 쓴 비평가조차 이런 식으로 덧붙이지 않고는 배기지 못했다.

출판사에서 책의 표지에 카슨 씨의 사진을 붙이지 않은 것은 참으로 유감이다. 아름다움과 적확함으로 과학에 대한 글을 쓸 수 있는 여자가 어떤 모습을 하고 있는지 알고 싶기 때문이다.

성 역할을 강요하는 이런 둔감한 말들 뒤에는 온 나라가 카슨의 책과 사랑에 빠진 결과 그 저자와도 사랑에 빠져들었다는 단순한 사실이 숨어 있다. (한 세기 전 멜빌도 "어떤 사람도 훌륭한 작가의 작품을 읽으며 그 작품을 한껏 음미하는 동안에는 그 작가와 그 정신에 대해 어떤 이상적인 상을 품을 수밖에 없다"는 말과 함께 호손에게 빠져들었다.)

문학적으로 성공을 거둔 카슨은 지금까지 생계를 꾸리기 위해 견딘 고생에서 벗어나 재정적인 여유를 누릴 수 있게 되었다. 카슨은 15년의 근무 끝에 정부 일을 그만두었다. 공식적인 서류에서 사직의 이유를 적는 난에 카슨은 단순하게 진술했다. "글 쓰는 일에 전념하기 위해서." 그런 다음 카슨은 바다 옆에 살고 싶어 했던 어린 시절의 꿈을 이루기 위해 나섰다. 뉴잉글랜드 해안가를 뒤진 끝에 카슨은 웨스트사우스포트섬과 사랑에 빠졌다. 웨스트사우스포트는 메인주의 십스콧강 어귀에 있는, 상록수와 떡갈나무 사이에 아늑하게 자리 잡은 그림 같은 섬이다. 이 섬에서는 물개들이 해변에 자주 출몰하고 고래들이 카슨이 사랑하는 멜빌의 소설에서 튀어나온 것처럼 큰 파도를 일으키며 지나다닌다. 책의 인세를 받은 카슨은 이 섬에 여름 별장을 짓기 위한 땅을 구입했다. 이 별장은 카슨이 이미 작업을 시작한 다음 책을 집필할 연구실이 되어줄 것이었다. 다음에 쓰게 될 책은 기이하고 불가사의한 경계인 해변을 다루는 야심 찬 안내서가 될 터였다. 한때 휘트먼은 해변을 "제안하고 분리하는 선이자 접촉점이자 합류점으로 ⋯ 현실과 이상을 뒤섞으며 각각을 서로의 일부로 만드는 경계"라고 찬양한 적이 있었다. 훗날 《바다의 가장자리 The Edge of the Sea》라는 책으로 탄생하게 될 작품에서 카슨은 생태학적 렌즈를 도입하여 "우리가 '생명'이라고 알고 있는 놀랍고 강인하고 활기차고 유연한 무언가가 어떻게 바다 세계의 한 부분을 차지하게 되었으며, 모든 측면에서 작용하는 거대하고 맹목적인 힘들에도 불구하고 어떻게 자신을 적응시키고 살아남았는지에 대한 이야기"를 풀어놓는다. 카슨이 꿈에 그리던 여름 별장은 그녀가 탐험을 벌일 장소가 되어

줄 것이었다.

나는 썰물 때의 이 섬 말고 내가 머물고 싶은 흥미로운 장소를 생각할 수 없다. 이른 새벽 물이 빠지기 시작하면 세계는 소금 냄새, 파도 소리, 안개의 부드러움으로 가득 찬다.

마리 로델에게 보낸 보고의 편지는 인간에게 신세 지지 않으며 인간이 소유할 수도 없는 기적인 자연을 공경하는 마음으로 가득 차 있다. "나는 메인 해안에 있는 가장 완벽한 땅의 소유주(이상하고 부적절한 표현이지만)가 될 것입니다." 카슨은 이 섬에서 행복하고 풍요로운 시간을 보낸다. 마리아 미첼이 낸터킷의 뼛속까지 파고드는 추위 속에서 별을 관찰했던 것처럼, 카슨도 웨스트사우스포트섬의 따개비들이 줄지어 붙어 있는 얼음처럼 차가운 조수 웅덩이를 몇 시간이고 첨벙이고 돌아다니며 표본을 수집하고 그 표본을 확대경으로 조사한다. 얼음처럼 찬 물에 너무 오래 들어가 있던 탓에 몸이 마비되어 해변 안내서의 삽화를 그린 예술가이자 정부 일을 할 무렵부터 친구였던 밥 하인즈Bob Hines가 해변까지 데리고 나와야 했던 적도 있다.

유명세 덕분에 카슨이 이 섬의 토지를 구매했다는 소식은 지역 신문에도 실렸다.

사우스포트섬 신문을 뒤적이던 도로시 프리먼Dorothy Freeman은 1년 전 자신이 사랑에 빠진 책의 저자가 이웃이 될 것이라는 소식을 읽고 깜짝 놀랐다. 1952년의 크리스마스 직전 프리먼은 카슨이 읽어주기를 바라는 마음으로 섬에 온 것을 환영한다는 따뜻한 인사를 담은 편지를 카슨의 출판사로 보냈다. 그 무렵 카슨은 매주 수백 통의 편지를 받고 있었다. 카슨이 프리먼의 편지를 읽는 것은 순전히 운에 달린 문제이며 카슨이 답장을 보내는 것은 운이 조각하는 선택의 문제이다. 그날 카슨의 책상에 얼마나 많은 편지가 있었을까? 카슨의 시간을 요구하는 다른 어떤 볼일들이 있었을까? 무슨 일 때문에 카슨이 특별히 관대한 기분이 들었을까? 이 질문들에 대한 답들이 카슨의 정서적 삶의 핵심이 되는 요소를 결정하게 된다.

19세기의 마지막 해에 태어나 55세가 된 도로시는 쾌활한 성품에 교육을 받은 여자로, 에밀리 디킨슨의 고향에 있는 정부 기관에서 일하던 시절 스탠리 프리먼을 만났다. 도로시는 청소년 기관에서 4H(머리head, 마음heart, 손hand, 건강health)를 가르치고 있었다. 여자로서는 최초로 지역 본부장까지 승진했지만 스탠리와 결혼하면서 일을 그만둘 수밖에 없었다. 결혼한 여자가 4H를 가르치는 일이 허용되지 않았기 때문이다. 29년 동안 사랑이 넘치고 서로에게 헌신적인 결혼 생활을 하며 주부로 살아오던 도로시는 혼자 힘으로 공부하여 조류와 해양 생물에 깊은 관심을 가진 박물학자가 되었다.《우리를 둘러싼 바다》는 도로시의 가장 살아 있는 부분을 노래한 작품이었다.

도로시는 레이철 카슨에게 답장을 받고 깜짝 놀랐다. 카슨은 편지에서 따뜻한 감사의 마음을 표하며 6월 초 오두막이 완성되면 한번 자신과 어머니를 방문해달라고 도로시 부부를 초대했다.

1953년 7월 12일 일요일, 저녁 식사 시간이 막 지났을 무렵, 상록수 사이로 초저녁 햇살이 비쳐드는 한편 아직 보이지 않는 달이 해안 몇 미터 아래서 썰물을 당겨 올리던 시간, 도로시와 스탠리 프리먼은 바위 절벽 끝자락에 길고 낮게 엎드려 있는 청회색 오두막으로 이어지는 바위투성이 길을 긴장한 기색이 역력한 채 걸어 내려가고 있었다. 문을 두드리기 전에 부부는 얼굴을 마주 보았을지도 모른다. 나무문을 똑똑 두드린 사람은 누구였을까? 두 사람은 기다렸다.

레이철 카슨은 만이 내려다보이는 거대한 창문 옆에 놓인, 책이 일렬로 늘어선 책상에서 몸을 일으켜 현미경과 그날 아침 수집한 표본이 가득 널린 작업용 책상을 지나 문을 열고 손님을 맞아들였다. 오두막의 거실에서는 아직도 방금 켠 소나무 냄새가 풍기고 있었다. 붉은 벽돌을 쌓아 만든 난롯가에서 친밀한 시간이 녹아들었다. 자연과 뉴잉글랜드 해안의 독특한 아름다움에 대한 사랑이라는 공동의 관심사로 작은 모임은 더욱 친밀해졌고 여기에 도로시 또한 집에서 노쇠한 어머니를 보살피고 있다는 공통점이 더해졌다. 카슨은 키가 크고 외모가 수려한 스탠리가 특히 해양 야생생물에 열정을 가진 사진가라는 이야기를 듣고 기뻐했다. 하지만 카슨이 특히 마음을 빼앗긴 상대는 바로 도로시였다. 도로시는 특별히 아름답다고는 할 수 없지만 활기차면서도 꾸밈 없고 따뜻한 공감으로 상대의 마음을 잡아끄는 여성이었다. 그날 저녁 무언가 멋진 일이 카슨의 인생에 일어났다. 그날 밤 늦게 도로시와 스탠리가 집을 나설 무렵 캄캄한 수평선에서 솟아오르던 머리카락처럼 가는 초승달만큼이나 멋지지만 아직 잘 알아보기 어려운 무언가였다. 레이철은 훗날 도로시에게 말한다. "처음 당신을 봤을 때부터 알았어요. 내가 당신을 더 많이 보고 싶어 할 거라는 걸요. 사우스포트를 떠나기 전에 이미 당신을 사랑하게 되었어요."

도로시는 유명 작가라는 가면 뒤에 숨은, 생각에 잠긴 눈빛의 다정하고 겸손한 사람을 보았다. 새로 얻게 된 명성에 아직 어리둥절한 듯 보이는 작가는 어떤 사진으로도 포착할 수 없는 희미하지만 뚜렷하게 존재하는 애수를 풍기고 있었다. 어쩌면 도로시는 90년 전 한여름의 어느 날 휘트먼이 워싱턴의 거리에서 링컨과 마주쳤을 때 휘트먼이 링컨을 보았던 방식으로 레이철을 보았는지도 모른다.

나는 에이브러햄 링컨의 어두운 갈색 얼굴을 아주 분명하게 본다. 깊게 새겨진 주름과 깊은 슬픔이 숨어 있는 듯한 그 눈빛. … 그 어떤 예술가도, 그 어떤 사진도 이 남자의 얼굴에 서린 깊지만 미묘하고 이차적인 표정을 제대로 포착해낸 적이 없다. 그 표정에는 무언가가 있다. 이를 표현하려면 두어 세기전의 위대한 초상화가가 필요하다.

휘트먼에게 링컨은 초상화로는 인간적인 본질을 절대 포착할 수 없는 사람이었고 아름다움의 범주에서 벗어나는 사람이었다. 이런 부류의 사람들은 "미묘하면서도 뚜렷한 상위의 기준에 따라" 움직이며, "얼굴에 어린 현실의 삶은 마치 야생의 향기처럼, 과일의 맛처럼, 활기찬 목소리에 어린 열정처럼 묘사하기가 거의 불가능하다." 당시 사진술은 아직 초기 단계에 불과했지만 휘트먼은 사진에서 불가피한 한계를 직관적으로 짚어냈고, 우리는 레이철 카슨의 모든 사진에서 그 한계를 볼 수 있다.

국가적 유명 인사의 따뜻한 환대에 깜짝 놀란 동시에 감동한 도로시와 스탠리는 그해 여름이 끝나기 전 다시 한번 카슨의 집을 방문했다. 세 사람에 카슨 부인과 마리 로델까지 합류한 일행은 카슨의 오두막 아래쪽 해안의 조수 웅덩이로 모험을 떠났다. 서늘한 9월의 물가에서 탐험을 마치고 돌아온 일행은 찻주전자를 올린 난롯가에 둘러앉아 몸을 녹인 후 카슨의 서재를 둘러보았다. 도로시는 현미경을 통해 불가사리 표면에 우둘투둘 돋아난 외계의 브라유 점자를 들여다보면서 "새로운 세계", "신비롭고 아름답고 믿을 수 없는" 세계를 발견했다. 겨울이 오기 전 프리먼 부부가 사우스포트 섬을 떠나기 바로 전날 카슨은 도로시를 마지막으로 한 번 더 보고 싶은 충동을 참지 못해 숲속을 걸어 프리먼 부부의 집을 찾아가 도로시에게 입을 맞추며 작별 인사를 건넸다.

헤어진 후에도 레이첼과 도로시는 계속해서 편지를 주고받았고, 이내 이 편지 교환은 두 사람의 세계에서 감정의 중심으로 자리 잡았다. 카슨은 평생 도로시와 편지를 주고받게 되며, 여기에서 카슨의 가장 찬란한 글 몇 편이 탄생한다. "왜인지 모르겠지만," 카슨은 도로시에게 말한다. "'당신'과 함께라면 아름답고 사랑스러운 것들을 함께하는 일이 훨씬 더 만족스러워요. 지금까지 다른 누구와 했던 것보다요."

두 여자 사이에서 강렬한 애정이 급속도로 분출하기 시작했고 물리적으로 가까이 있고 싶은 열망이 애정을 한층 더 부채질했다. 두 사람은 섬에서 고작 여섯 시간 반을 함께했을 뿐이라고 계산했다. 수백만의 사람에게 숭배받는 인물에게 이토록 갑작스럽고 강렬하게 애착을 느끼게 된 일에 도로시는 불안을 느끼기 시작했다. 12월 초에 도로시에게 보낸 편지에서 카슨은 도로시의 불안감을 다독이고 의심의 여지 없는 애정을 솔직하고 확고하게 내보이며 대담하게 도로시를 붙잡아주었다.

당신도 마음속으로는 알고 있지 않나요? 당신의 편지에 잔뜩 뿌려진 그 모든 "왜"라는 질문에 아주 단순한 답이 하나 있다는 사실을요. 왜 내가 당신의 편지를 소중히 보관할까요? 왜 마지막 밤 내가 당신을 찾아갔을까요? 왜일까요? 내가 당신을 사랑하기 때문이에요! 지금 여기에 계속해서 내가 당신을 사랑하는 이유를 나열할 수도 있지만 그러려면 시간이 좀 걸릴 거예요. 지금으로선 이 단순한 사실 하나가 모든 문제를 해결할 것이라고 생각해요.

1953년 마지막 날의 하루 전, 카슨은 보스턴에서 열리는 미국과학진흥회American Association for the Advancement of Science 모임에서 대양의 기후 변화와 영향이라는 주제로 강연해달라는 초청을 받았다. 프리먼 부부가 겨울을 보내는 집이 보스턴 남쪽으로 한 시간 거리였기 때문에 레이철과 도로시는 이 강연을 두 사람이 함께 시간을 보낼 완벽한 기회라고 생각했다. 카슨은 편지를 썼다. "기차에서 바로 당신의 팔로 뛰어드는 게 가장 좋겠지만(출판사가 마련한 레드카펫보다 훨씬, 훨씬 더 좋을 거예요) 일부러 그렇게 계획을 짜는 것도 바보 같은 일일 거예요." 카슨은 자신이 종일 이어질 토론회로 정신이 없을 테고, 강연 전에 긴장해 있을 것이라고 생각했다. 그래서 도로시에게 강연을 마친 후 호텔에서 만나자고 제안했다. 그런 다음 함께 차를 타고 프리먼의 집으로 갈 계획이었다.

강연을 마치고 우레 같은 박수를 받으며 무대에서 내려왔을 때 카슨은 도로시가 강당 뒤편에 조용히 서 있는 모습을 보고는 우뚝 멈추어 섰다. 두 사람의 눈이 마주치자 레이철은 한마디 말도 없이 그대로 도로시에게 다가가 충동적으로 입을 맞추고는 속삭였다. "이럴 계획은 아니었는데, 그렇지 않은가요?"

두 사람은 카슨이 머물던 호텔로 돌아가 한 시간을 보냈다. 두 사람은 같은 공간 안에 함께, 닫힌 문 너머에, 우리가 역사라고 오해하는 부분적인 기록 너머에 있었다. 두 사람의 관계에 대해서 남아 있는 기록은 서로 떨어져 있는 동안 주고받은 편지들뿐이다. 하지만 두 사람이 함께 있었을 때 무슨 일이 일어났을까? 두 사람이 물 흐르듯이 주고받았을 말, 폭우처럼 쏟아졌을 손길, 감각의 은하와 감정의 우주를 담고 서로를 쳐다보았을 시선, 기록되지 않고 기록될 수 없는 순간들이다.

자동차를 타고 프리먼의 집으로 가는 도중에 레이철과 도로시는 연못가에 차를 세우고 연못에서 헤엄치는 오리들을 바라보았다. 두 사람만의 시간을 좀더 누리는 동안 둘은 서로를 자석처럼 끌어당기는 "선택적 친화력"을 이해하려고 노력했다. 훗날 카슨은 반은 재미있어 하고 반은 쑥스러워하면서 당시 도로시가 자신이 하는 말의 뜻을 모를 것이라 생각했기 때문에 시험 삼아 "그 주제의 언저리를 맴돌았다"고 회상한다. 물론 도로시는 알고 있었다. 느끼기 때문에 알았던 것으로, 여기에 대해서 카슨은 사후에 출간된 경이에 대한 책에서 "'아는 것'은 '느끼는 것'의 절반도 중요하지 않다"라고 썼다. 서로에 대해 알아갔던 연못가에서의 수줍은 시간은 도로시가 앞으로 "뜻밖의 일"이라 부르게 될 사건의 씨앗이 되었다. 두 사람이 감히 말로 표현하지 못한 것, 혹은 어떻게 표현해야 할지 몰랐던 것을 말로 표현하게 되는 사건이다. 몇 주 후 카슨은 이런 편지를 쓴다.

맞아요. 우리는 조금 수줍어했지요. 그랬죠. 특히 처음에는 더했어요. 하지만 그래서 더 소중했어요. 어쩌면 당신과 내가 함께하는 처음은 그랬어야 했는지도 몰라요!

늦은 오후의 붉은 햇살을 받으며 두 사람은 연못을 떠나 프리먼 부부의 집으로 향했다. 그곳에서 레이철은 하룻밤을 묵었다. 1954년의 첫날 메릴랜드 실버스프링의 집으로 돌아온 레이철은 편지에서 처음으로 도로시를 "내 사랑"이라고 불렀다.

현실은 종종 희망에 못 미치기 쉽고 특히 기대가 높을 때는 기대에 못 미치기 쉽지요. 수요일의 기억이 어떤 실망감으로, 어떤 실현되지 못한 희망으로 조금도 그늘지지 않았기를 바랍니다. 나한테는 그런 그늘이 전혀 없습니다. 내가 사랑하는 당신, 당신에 대해서라면 할 수 있다고 해도 그 어떤 것도 바꾸고 싶지 않아요.

"이 모든 일에 대한 완전하고 넘쳐흐르는 행복"으로 마음이 부푼 카슨은 두 사람 사이에 "존재하는 느낌"을 잘 그려냈다고 생각한 키츠의 소네트를 인용했다.

아름다운 것은 영원히 지속되는 기쁨이니
그 사랑스러움은 커져만 가네
결코 아무것도 아닌 것으로 돌아가지 않으리라
계속해서 우리를 위한 조용한 그늘이 되어주리라
달콤한 꿈으로 가득한 잠이 되어주리라

그런 다음 카슨은 덧붙였다.

내가 가장 사랑하는 당신, 나는 이 사랑이 영원히 지속되는 기쁨, 몇 년 동안 커져만 가는 사랑스러움이 될 것이라고 확신해요. 우리가 헤어져 있기에 수요일의 행복을 계속해서 누릴 수 없다 해도 우리 각자의 마음속에는 서로의 존재가 머무는 작고 평화로운 오아시스와 "달콤한 꿈"이 있을 거예요. 지금 이 순간에도 당신의 눈을 볼 수 있어요. 그 사랑스러운 마음에 축복이 내리길!

카슨은 훗날 두 사람의 관계에서 일어난 이 기념비적인 사건을 "열세 시간"이라고 표현한다. 우주의 광대한 시간 규모를 생각하며 진화상의 누대累代에 대해 글을 쓰던 이 과학자는 자신의 개인적인 삶을 시간 단위로 측정했다. 카슨은 사랑이 얼마나 찾기 어려우며 소중한 것인지, 눈 깜짝할 사이에 끝나버릴 인간의 존재에서 두 생명이 서로 의미 있는 방식으로 교차하는 일이 얼마나 일어나기 어려운 일인지 너무도 잘 인식하고 있었다.

도로시는 여전히 수백만의 사람들이 사랑하고 우상으로 숭배하는 카슨이 왜 자신을 선택한 기적이 일어났는지 어리둥절해하고 있었다. 카슨은 도로시에게 보내는 편지에서 익살스럽게 자신이 대중 앞에 나설 때는 "다른 여자"의 가면을 쓴다고 생각하라고 말하고는, 진지하게 도로시의 심정을 헤아리며 확신을 주기 위해 노력했다.

최근에 받은 편지에 당신이 대답하지 말라고 한 "왜"라는 질문이 있어요. 나는 대답하지 않을 겁니다. 그저 모든 사실은 당신이 당신이라는 이유로 설명된다는 말만 할게요. 내 삶에서 당신을 대체할 만한 그 어떤 것도 상상할 수 없다는 말만 할게요.

사랑이 싹트기 시작하는 모든 순간은 어떤 후광으로 둘러싸여 보인다. 서로가 운명의 존재라는 아름다운 환상이다. 사랑의 고양감에 취한 연인들은 믿을 수 없는 기분으로 서로 만나기 전부터 갖고 있던 엄청나게 많은 공통점을 발견한다. 좋아하는 시와 비밀스러운 집착, 같은 쪽 허벅지의 같은 자리에 있는 주근깨. 두 사람은 마치 하나의 인생에서 둘로 갈라져 나온 인생을 각각 살아온 것처럼, 아주 오래전 어떤 잔혹한 운명에 의해 멀어졌다가 다시 만나 서로를 완성시키는 것처럼 보인다. 두 사람은 마치 동시에 같은 생각을 하고 있는 듯 보인다. 레이철과 도로시가 맹렬한 속도로 애정을 키워가던 무렵 두 사람 또한 이 후광에 둘러싸여 있었다. "사랑하는 당신"이라고 레이철은 썼다. "내가 미처 생각을 표현하기도 전에 당신은 내가 무슨 생각을 하는지 이미 알고 있어요. 언젠가 내가 여기에 익숙해질 수 있을지 궁금합니다." 두 사람은 쌍둥이 같은 자신들의 삶이 이렇게 뜻밖의 우연으로 만나게 된 일을 가리켜 "우주먼지stardust"라고 불렀다. 이는 오늘날 우리가 말하는 "공시성synchronicity"으로 그 당시에는 이 용어와 이 용어가 가리키는 개념이 실제로 전혀 알려져 있지 않았다.

공시성 개념은 정신과 의사인 카를 융Carl Jung과 물리학자인 볼프강 파울리Wolfgan Pauli 사이의 가장 있을 법하지 않은 우정의 산물이다. 파울리는 훗날 배타원리, 즉 하나의 양자계에서 다수의 동일한 입자가 동시에 동일한 양자 상태에 있을 수 없다고 주장하는 양자물리학 원리로 노벨 물리학상을 받는다. 그보다 훨씬 전, 중성미자에 대한 가설을 수립하고 있을 무렵 파울리는 존재론적 혼란에 빠져들었다. 어머니가 자살로 세상을 떠난 것이다. 계속 폭풍 상태였던 결혼 생활도 1년 만에 이혼으로 막을 내렸다. 불행한 결혼 생활 동안 알코올로 도피하며 술과 절망의 거미줄에 사로잡힌 파울리는 마침내 융에게 도움을 청했다.

이미 시공간에 대한 아인슈타인의 개념에 깊은 영향을 받은 융은 뛰어난 과학자이지만 곤란에 처한 친구에게 흥미를 느꼈다. 일련의 꿈 해석 상담으로 시작된 두 사람의 교류는 결국 파울리의 남은 22년 인생 동안 이어질, 물리학과 심리학이라는 이중의 렌즈를 통해 현실의 본질에 대한 중대한 의문들을 탐험하는 교류로 이어지게 된다. 두 사람 모두 자기 전문 분야의 도구를 이용하여 이미 알고 있는 것과 미지의 것을 나누는 해안선을 밀어내는 한편 힘을 합쳐 원자, 원자의 핵, 그 핵을 도는 전자와 자아, 그 중심의 에고, 그 주위를 둘러싸는 무의식 사이의 유사점을 이끌어냈다.

과학의 역사에는, 특히 물리학의 역사에는 신비주의와 뉴에이지 사상에 의해 강탈당한 길고 통탄할 만한 시기가 존재한다. 그러나 융과 파울리의 공동 작업에는 두 가지 주목할 만한 점이 존재한다. 첫째 진정한 과학자,

그것도 곧 노벨 물리학상을 받게 될 과학자가 물리학과 연금술적 상징 사이의 유사성을 이끌어냈다는 점이다. 둘째, 과학적 원칙을 비과학적 분야에 직접적으로 대입하면 과학이 왜곡되어 의사과학과 신비주의로 변질되기 마련이다. 반면 파울리는 의도적으로 개념적 유사성을 지적하는 차원에서 그쳤다. 즉 두 분야에서 새로운 착상을 불러일으킬 수 있는 추상적 은유를 마련하기 위한 목적으로 개념적인 유사성을 제시했을 뿐이다. 각 분야에서 그 개념들이 실제로 어떻게 적용되는지는 완전히 달라질 것이었다. 그리고 바로 이 물리학과 심리학을 뒤섞은 막자사발에서 공시성의 개념이 탄생했다. 공시성이란 외부에서 일어난 어떤 사건과 관찰자 내면에서 일어난 상황의 유사성과 비인과관계를 정리하는 체계이다. 어떤 사건을 경험한 관찰자는 자신의 주관적인 상황을 기반으로 자신과 그 사건의 연결고리를 찾는다. 즉 내면의 현실과 외부의 현실이 만나는 접점이라 할 수 있다. 공시성이라는 말 자체는 1948년 파울리가 융에게 쓴 편지에서 두 사람이 전날 만나 나눈 대화를 언급하며 처음으로 등장한다. 융은 훗날 파울리에게 쓰는 편지에서 말한다. "얼마 전에 공시성에 대한 생각을 써보라고 말해주었지. … 오늘날 이런 생각에 진지하게 관심을 두는 사람은 물리학자들이 유일하네."

파울리는 "물리 세계의 작용에 대한 과학적 경험에 심리학을 밀접하게 접목하게 될 것"을 예견하면서 학문의 교차수분에 대한 융의 열정에 공감을 표했다.

사실상 자연은 인과성과 공시성 사이의 모순을 절대로 확인하지 못하도록 만들어졌습니다. 물리학에서 보어의 "상보성"과 마찬가지입니다. … 현대 양자물리학을 구성하고 있는 사실들이 당신이 공시성이라는 새로운 원칙으로 설명하는 다른 현상들과 어떻게 연관되어 있을까요? 우선 분명한 사실은 이 두 현상이 "고전적" 결정론의 틀을 넘어선다는 것입니다.

융은 "원형archetype"이라는 케플러의 용어를 빌려쓰며 이 천문학자의 연금술적 상징주의를 이용했다. 케플러의 연금술 이후 세 세기 뒤 파울리의 배타원리는 주기율표를 체계화하는 기본 원리가 되었다. 연금술사들은 어떤 면에서는 내내 옳았다. 단지 잘못된 규모에서 작업을 했을 뿐이다. 원소는 오직 원자적 차원에서 방사능과 핵분열을 통해 다른 원소가 될 수 있다. 심지어 원자 자체도 규모의 문제를 뛰어넘어야 했다. 그리스 철학자인 데모크리토스Democritus는 기원전 400년에 이미 원자에 대한 이론을 세웠지만, 원자의 존재를 실험적으로 증명하지도, 반증하지도 못했다. 우리가 육안으로 확인할 수 있는 것보다 10만 배나 작은 원자는 내내 볼 수 없는 존재로 남아 있었다. 그로부터 23세기가 지난 후에야 우리는 우리의 시각을 확장하는 도구인 현미경의 도움을 받아 규모의 문제를 해결할 수 있게 된다.

애초에 파울리가 융에게 관심을 갖게 된 것은 상징과 원형에 대한 작업 때문이었다. 이제 파울리도 케플러에 대한 집착에 사로잡히게 되었다. 파울리는 다양한 글과 강연을 통해 어떻게 케플러의 연금술과 원형적 착상들이 이 통찰력이 있는 천문학자의 과학에 영향을 미쳤는지 고찰했다. 파울리는 물리학에서 연금술과 비슷한 점을 많이 발견했다. 등방성에서 물질의 원형적 구조를 발견했고, 원소 입자에서 연금술사들이 찾던 현실의 기초를 찾아냈다. 별의 화학적 구성 물질을 연구할 수 있도록 만들어준 분광 사진에서 연금술사의 화덕과의 유사성을 발견했다. 파울리 자신이 "기대한 결과값 사이의 실제적인 대응 … 그리고 실험적으로 측정된 빈도수"라고 정의한 확률에서는 원형적인 수비학과의 수학적 유사성을 찾아냈다.

하지만 파울리는 양자물리학의 시대가 열리면서 현실의 다른 측면들을 서로 조화시켜야 할 새로운 필요성이 대두되었다는 사실을 깨달았다. 케플러에 대한 한 강연에서 파울리는 고찰했다.

> 물리학과 심리학이 같은 현실을 바라보는 서로 보충적인 측면이라고 생각하는 것이 가장 만족스러운 방법일 것입니다. 케플러나 플러드Fludd(르네상스 시대의 신비사상가—옮긴이)와는 다르게 우리[현대 과학자들]가 유일하게 인정할 수 있는 관점은 현실의 "두" 측면을 양립할 수 있는 존재로 인식하고 이 둘을 동시에 포용할 수 있는 관점입니다. 바로 양적인 측면과 질적인 측면, 물리적 측면과 심리적 측면입니다.
>
> […]
>
> 내 생각에 이것은 진실로 향하는 유일하고 "좁은" 길입니다(과학적 진실이든, 다른 진실이든 말입니다). 마치 신비주의의 푸른 안개가 낀 스킬라와 상상력이 결핍된 이성론의 카립디스 사이를 지나는 길 같습니다. 이 길은 언제나 위험으로 가득하며 이 길을 지나는 이들은 양 옆의 어느 쪽으로도 떨어질 수 있습니다(《오디세이아》에서 오디세우스는 배를 타고 집으로 돌아가는 길에 한쪽에는 스킬라, 한쪽에는 카립디스가 있는 사이를 빠져나가야 하는 궁지에 처한다. 스킬라는 동굴 속에 살며 지나가는 모든 것을 잡아먹는 괴물이고 카립디스는 바닷물을 삼켜 배를 난파시키는 바다 괴물이다—옮긴이).

"블랙홀blackhole"이라는 용어를 처음으로 대중에게 소개하게 될 존경받는 물리학자인 존 아치볼드 휠러John Archibald Wheeler가 "이 우주는 참여 우주이며 관찰자의 참여에서 정보가 생성된다"라는 영향력 있는 주장을 펼치기 40년 전에 파울리는 융에게 이런 편지를 썼다.

현대 미시물리학에서 관찰자는 다시 한번 소우주의 창조자 역할을 맡게 됩니다. 자유롭게 선택할 수 있는 능력(적어도 부분적으로는)과 관찰 대상에 대해 근본적으로 통제되지 않는 영향을 미치게 되니까요. 하지만 그 현상들이 관찰 방법에 따라(어떤 실험적 체계를 사용하는가에 따라) 달라진다면, 또한 관찰자에 따라(즉, 관찰자의 심리적 속성에 따라) 달라진다는 것도 가능하지 않을까요? 만약 뉴턴 이후로 결정론의 이상을 추구해오던 자연과학이 마침내 자연법칙의 통계적 속성에서 근본적인 "만약에"의 단계에 도달한다면 … 그렇다면 "물리학"과 "심리학" 사이의 구분을 궁극적으로 없애버리는 그 모든 특이함을 위한 자리가 충분히 있지 않을까요?

하지만 파울리는 "미시물리학에서는 관찰의 비인과적인 형태를 고려하고 있지만 그런 관찰은 실제로 '의미' 개념에서는 쓸모가 없다"라고 조심스럽게 인정한다. 즉 의미는 현실의 근본적인 기능이 아니며, 단지 인간 관찰자가 덧붙이는 해석에 불과하다는 것이다. 파울리가 "의미 대응"이라는 말로 부르는 편을 더 좋아한 공시성은 바로 인간의 해석이 강조되어 나타나는 현상이다.

융은 《우리를 둘러싼 바다》가 출간된 해에 처음으로 대중 앞에서 공시성에 대한 강연을 했다. 《우리를 둘러싼 바다》는 바로 레이철 카슨의 삶에 도로시 프리먼을 끌어들인 책이다. 전혀 만날 일이 없었을 법한 두 여자의 인생을 그토록 의미 있는 방식으로 교차시킨 창공 위로 "우주먼지"가 빽빽하게 흩어져 있다는 사실에 감탄하며 "압도적인 감정적 경험"에서 힘을 얻으면서도 도로시는 계속해서 절반은 입 밖에 내지 못하는 "왜?"라는 질문으로 자신을 괴롭혔다. 또한 카슨이 자신과의 관계에 열중하는 바람에 작품을 쓰지 못하지는 않을지도 염려했다.

"열세 시간" 후의 어느 겨울날 카슨은 우화를 통해 도로시의 이런 근심에 길고 아름다운 방식으로 답을 들려주었다. 2페니밖에 없는 가난한 사람이 1페니로는 빵을 사 먹고 1페니로는 "자신의 영혼을 위해서 하얀 히아신스"를 샀다. 카슨에게 글을 쓰는 직업은 평생의 노력 끝에 식탁에 올릴 수 있게 된 빵이었지만 도로시는 그녀의 하얀 히아신스였다. 두 사람의 사랑을 통해 카슨은 우리 몸의 영양만큼이나 중요한 영혼의 자양분을 얻을 수 있었다. 레이철은 도로시에게 자신이 도로시를 사랑하는 것은 어떤 특별한 특징이나 도로시가 자신에게 하는 어떤 특정한 행동 때문이 아니며, 그저 도로시라는 사람의 영혼 자체 때문이라고 단언했다.

레이철이 그 편지를 쓴 2월 6일을 두 사람은 특별한 기념일로 기억하게 된다. 두 사람이 "히아신스 편지"라고 부르게 된 그 편지에서 카슨은 깊은 개인적 감정을 토로하는 한편 창작하는 삶의 외로움에 대해 그 어느 때보다도 솔직한 심경을 표현한다.

나는 글을 쓰는 작가들이 어떻게 일을 하는지, 글을 쓰는 영혼에 어떤 종류의 자양분이 필요한지 실제로 아는 사람이 없을 것이라고 생각해요. (특히 남자인지 여자인지는 절대 모르겠죠!) 나한테는 나라는 사람에 깊이 헌신하는 누군가가 있다는 걸 아는 일이 참으로 중요해요. 그 사람은 상대방의 입장이 되어 창작에 따르는 압도적인 부담감을 나눌 수 있을 만큼 이해력과 깊이를 갖추어야 해요. 심장의 고통, 정신과 몸의 피로, 글을 쓰다 보면 가끔씩 찾아오는 어두운 절망감을 알아줄 수 있어야 해요. 나와 내가 창조하려고 노력하는 것들을 소중히 여겨주는 사람이지요. … 내 창작의 고통을 이해해주는 몇 안 되는 이들은 나와 감정적으로 친밀한 관계가 아니에요. 기이한 역설이지만, 작가가 아닌 내 모습을 사랑하는 사람들은 작가인 내 모습을 전혀 이해하지 못해요! 그런데, 사랑하는 당신, 당신이 내 삶으로 와준 거예요! … 처음 당신을 봤을 때부터 알았어요. 내가 당신을 더 많이 보고 싶어 할 거라는 걸요. 사우스포트를 떠나기 전에 이미 당신을 사랑하게 되었어요. 지난가을 우리가 편지를 주고받기 시작했을 무렵 나는 당신이 내 삶의 지적이고 창조적인 부분에 완전히 들어올 수 있는 동시에 깊이 사랑하는 친구가 될 거라 생각했어요. 그리고 하루하루가 지날수록 내가 당신에게 예감한 모든 것이 내가 꿈꾼 것보다 훨씬 더 근사한 방식으로 실현되고 있어요.

매번 잠시 멈춰 서서 그토록 어둡던 시간, 아무것도 기대하지 않을 때 어떻게 이토록 사랑스럽고 더할 나위 없이 만족스러운 일이 내 인생에 일어났는지를 생각하면 경탄과 기쁨의 물결이 밀려오는 것을 느껴요.

카슨은 모든 사랑에는 상대에 대한 불안이 존재한다는 것을 감동적으로 증명하기 위해 그 등식을 뒤집어 자신이 도로시에게 도대체 무엇을 줄 수 있는지 고민한다. 애정 어린 결혼 생활을 누리고 있던 도로시가 전혀 외로울 리가 없기 때문이다.

물론 이 모든 것에는 또 다른 측면이 있어요. 나는 당신과의 만남이 내게 어떤 의미인지는 잘 알고 있지만 어떻게 "내가 당신에게" 그에 상응하는 보답을 할 수 있는지는 도무지 모르겠어요! 하지만 사랑하는 당신, 여기에 이의를 제기하기 전에 내 말을 들어주세요. 나는 당신과는 다르게 내가 당신 인생의 어떤 필요를 충족시켜준다는 사실을, 어떻게 그런지는 모르겠지만, 순수하게 인정하고 있어요. 그게 어떤 필요인지 당신이 말해주지 않는다면, 당신이 말해줄 때까지는 중요하지 않아요. 어쩌면 당신도 모를 수 있어요. 그 부분은 중요하지 않아요. 중요한 것은 그저 내가 당신에게 큰 의미가 있다는 사실에 내가 무척이나 감사하고 있다는 거예요.

일주일 후 발렌타인 축일 전야에 카슨은 다시 이 주제로 돌아와 사랑의 자기 팽창적인 속성을 고찰한다. 사랑은 한정된 자원이기 때문에 한 사람을 사랑하는 일은 반드시 다른 사람에 대한 사랑을 대가로 지불해야 한다는 숨 막히는 믿음, 일부일처 혼인 계약의 토대가 되는 믿음과는 아주 상반되는 생각이다. 카슨은 이렇게 쓴다.

사랑하는 당신 … 처음 만났을 때 가장 깊은 인상을 받은 것 중 하나는 바로 당신 부부가 얼마나 사랑스러운 인생을 살아가고 있는지에 대해서였어요. … 아무리 잠깐이라도 당신과 스탠리와 함께 시간을 보낸 사람은 두 사람이 얼마나 헌신적이며 비슷한 기질을 지녔는지 알아볼 수밖에 없을 거예요. 당신이 그토록 큰 사랑을 주고받으며 사랑에 흠뻑 잠겨봤던 경험이 있기 때문에 당신 인생에 나타난 이 새로운 사람이 바치는 헌신을 한층 더 잘 받아들일 수 있는 건지 궁금해요. 몇 주 전에 당신은 사랑을 주는 우리의 능력이 훈련을 통해 어떻게 더 커질 수 있는지 참으로 아름다운 편지를 써주었지요. 어쩌면 사랑을 많이 받으면 받을수록 우리는 사랑을 더 많이 흡수할 수 있게 되나 봐요. 그런 의미에서는 누구도 충분히 사랑을 받지 못했다고 할 수 있겠죠. 나는 우리 사랑의 중심에 우리가 믿을 수 없을 정도로 "동류의 영혼"이라는 사실과 우리가 여러 이유에서 서로에게 큰 의미가 되어야 한다는 사실이 있을거라 믿어요. 하지만 우리가 서로에게 한 말들을 생각하면 도무지 정의하기 어렵고 손에 잡히지 않는 무언가가 항상 남아 있을 것 같다는 생각이 들어요. 전체는 다양한 "이유"의 총합보다 더 큰 무언가일 것이라고 생각해요.

카슨은 이 편지에서 헨리 베스턴이 《바닷바람을 맞으며》를 두고 쓴, 그녀 자신이 크게 감동한 비평문을 인용한다. "태양은 거대한 이온 덩어리 그이상의 존재이다. 태양은 웅장함이자 신비이다." 그다음 덧붙인다.

우리의 [사랑에 대한] 분석은 아름답고 위안을 주고 만족스럽지만 아마도 절대 완성되지는 못할 거예요. 그 총체적인 "웅장함과 신비"를 망라하지는 못할 거예요.

그해 5월 레이철과 도로시는 카슨의 오두막에서 다섯 밤을 함께 지내면서 E. B. 화이트의 작품을 서로 읽어주고 난롯가에서 동이 틀 때까지 밤새이야기하며 무언가를 창작할 때나 사랑하는 사람과 함께 있을 때만 경험할수 있는 시간의 흐름이 멈춘 듯한 상태를 만끽한다. E. B. 화이트의 《샬롯의거미줄Charlotte's Web》은 《우리를 둘러싼 바다》와 같은 해에 출간되었다. 말로표현하기 어려운 두 사람의 유대감에는 어딘가 좋은 쪽으로 정신이 나간것 같은 데가 있었다. 카슨의 표현에 따르면 "똑같은 시간에, 똑같은 방식으로 둘 다 '미쳐 있기'" 때문에 한층 더 강화되는 유대감이었다. 카슨은 도로시에게 말했다. "어쨌든 우리의 '광기'는 우리 말고 다른 사람은 조금 이해하기 어려울 거예요." 두 사람이 지닌 종류의 "광기"는 관습으로 포장된 길을 벗어나 우라니아적 우주의 문턱을 넘는 일에서 비롯되는 광기였다. 이우주에는 범주를 초월하고, 문화적 · 생물학적 책무를 초월하며, 가장 정확하고 시적인 언어로 표현할 수 있는 것조차 초월하는 사랑이 존재한다.

두 집 사이에 편지가 끊임없이 오갔다. 세련된 문방구를 이용하여 손으로 쓴 편지가 많았고 아주 가끔 타자로 친 편지도 있었다. 이따금 깜짝 선물로 조심스럽게 눌러 말린 꽃이 있기도 했다. 주고받는 편지의 분량이 놀랄 만큼 많아지고 편지에 담긴 감정 또한 점점 강렬해지고 있다는 사실을 잘 알고 있던 두 사람은 한 차례에 보내는 편지를 두 부분으로 나누어 쓰는 것이 좋겠다고 생각했다. 집의 식구 중 누가 읽어도 좋을 보통의 편지에서는 개인적인 소식이나 문학, 자연 등 여러 공통 관심사를 평범하게 이야기하고, 그 안에 접어 넣는 개인적 편지에서 억누를 수 없는 감정을 마음껏 풀어놓는 식이었다. 그 편지는 "우리에 대한" 편지였다. 두 사람은 개인적 편지를 자연에서 주는 달콤함과 성서에서 언급하는 죄를 적절하게 엮어 넣어 "사과apple"라고 부르기 시작했다. 설명하는 법, 분류하는 법을 알지 못한 사랑에 대해 느끼는 이중성을 반영한 이름이었다. (한 세기 전 청교도적으로 예의를 따지던 에머슨은 사과를 자신이 유일하게 죄책감을 느끼는 기쁨이자 큰 도덕적 약점이라고 생각했다.) 도로시와 레이철의 "사과"는 다른 식구들이 절대 보지 못하도록 엄중하게 보호되는 은신처인 "금고"에 보관되었다. 이 편지들은 훗날 태워버리도록 되어 있었는데, 카슨은 도로시의 편지를 한 번도 태우지 않는다. 어쩌면 카슨은 오스틴에게 받은 연애편지를 도저히 없애버릴 수 없던 메이블처럼, 도로시의 편지를 "신성한" 것으로 여겼을지도 모른다.

개인적 편지가 점점 더 친밀해지는 중에도 도로시는 스탠리에게 아무것도 숨기려 하지 않았으며, 한번은 위험을 감수한 채 스탠리에게 "사과"의 일부를 읽어주기도 했다. 스탠리는 도로시의 고백에 기뻐했다. 마음이 놓인 도로시는 반은 사과하는 마음으로 레이철에게 스탠리의 반응을 보고했다. 카슨은 도로시가 자신의 편지를 스탠리에게 보여준 일에 전혀 신경 쓰지 않으며, 오히려 기뻤다고 말하면서 스탠리의 반응을 듣고 자신도 마음이 놓였다는 답장을 썼다. "어쩌면 이 일은 이 사건 전체를 완성하는 마지막 붓질일지도 몰라요"라고 레이철은 썼다. 그리고 한 번 더 도로시를 안심시켰다.

당신에게 그토록 이해심이 많은 남편이 있다는 것이 나에게도 참으로 큰 의미가 있어요. 사랑하는 당신 … 당신이 그에게 내 편지, 혹은 그 일부를 읽어주었다는 것이 참으로 기쁩니다. 당신이 내게 어떤 의미인지 스탠리도 알았으면 "좋겠어요."

스탠리는 이 일로 자신이 결혼 관계의 동등한 자리에서 밀려나지는 않을 것이라는 사실을 아주 잘 알고 있던 듯 보인다. 레이철을 사랑하는 도로시의 마음은 스탠리를 사랑하는 마음과 경쟁하는 것이 아니라 그 자신만의 영역을 가지고 있었고, 도로시는 이 새로운 영역을 발견하면서 자신의 존재 자체를 확장할 수 있었다. 스탠리는 자신이 사랑하는 여자가 마음의 새로운 영역을 발견한 일을 기뻐했다.

레이철과 교류하기 시작한 지 2년째가 되던 해, 한 통의 무척 특별한 편지에서 도로시는 결혼 생활의 중요성과 자신의 세계에서 스탠리와 레이철이 맡은 역할을 아주 깊은 감정을 담아 표현한다. 4월의 폭우가 쏟아지던 황혼 무렵, 보이지 않는 새가 창문 밖의 나무에서 "마치 슬픔에 잠긴 카나리아처럼 구슬프고 애처로운 노래를 부르고 있는 동안" 도로시는 레이철에게 이렇게 쓴다.

이건 실험이에요. 나는 방금 한 시간 동안 시간을 보류해놓고 살아봤어요. 그리고 여기에 대해 이야기하려 해요. 내가 이 일에 대해 왜 편지를 쓰는지 당신이 이해할지, 이해하지 못 할지 모르겠어요. 이 일에 대해 종이 위에 적어두어야 할 것 같은 기분이 들어요. 당신에게 편지를 쓴다면 그저 나 자신만을 위한 기록으로 남기는 것보다 내가 하고 싶은 말을 더 잘할 수 있을 것 같아요. 나는 집 제일 안쪽에 있는 침실에 틀어박혀 있어요. 내 마음속에서 이

곳은 오직 당신에게 속한 공간이에요. 그곳이 어딘지, 이유가 뭔지 당신은 알고 있겠죠.

낮잠을 자려고 2층으로 올라간 도로시는 죄책감에 괴로워했다. 노쇠한 홀어머니를 어머니의 결혼 59주년 기념일이었던 전날 홀로 남겨둔 일이 마음에 걸렸다. 그중에서도 가장 마음에 걸리는 일은 그날 아침 스탠리에게 짜증을 부린 일이었다. 스탠리는 마음 상한 기색이 역력했다. 도로시는 "그의 팔에 안겨 용서를 구했고" 스탠리가 사과를 받아주었지만 도로시는 자신을 용서할 수 없었다. 그리고 지금 도로시는 침실에 틀어박혀 "인간의 운명"을 탐험하고 "인간의 성품에 관한 신비로운 연구"를 하는 철학을 가미한 모험 소설을 읽고 있었다. 그 순간 처음 들어보는 매혹적인 교향곡이 라디오에서 홍수처럼 흘러나왔다. (카슨 또한 같은 시각 같은 주파수의 라디오를 들었을 것이 틀림없다. 당시에는 라디오 방송국이 몇 개 없었고, 그중에서 그 시간에 교향곡을 들려주던 방송국은 단 한 곳밖에 없었다. 도로시의 편지 여백에 레이철이 적어 놓은 글에 따르면 도로시가 들은 그 곡은 구스타프 말러Gustav Mahler의 〈교향곡 제3번 D단조〉였다.) 도로시는 이렇게 쓴다.

책에서 대단원에 이르기 전에 나오는 위기의 순간이 닥쳐왔을 때 음악이 나를 압도했고, 나는 책을 내려놓을 수밖에 없었어요. 눈에서는 그저 눈물이 흘러내렸죠. 음악 소리가 잦아들다가 이따금 사람의 풍성한 목소리가 음악의 일부로 섞여들었어요. 음악이 내게 도달한 순간 음악은 높은 현에서는 아주 우아한 선율을 연주했고, 낮은 현에서는 어두운 그늘을 연주했어요. 음악은 내가 읽던 책을 아주 완벽하게 보완하는 듯했어요. 다음 순간 나는 다른 방에서 잠들어 있을 스탠리를 생각했는데, 불현듯 그 아름다운 선율 아래 금관

악기의 불협화음이 조화를 이루지 못하고 침입하듯 들려왔어요. 마치 경고하는 소리처럼 들렸죠. 다음 순간 나는 그와 함께한 내 인생이 얼마나 멋졌는지, 그가 나에게 얼마나 잘해주었는지, 우리가 함께한 삶이 얼마나 소중했는지를 말해야 한다는 생각이 들었어요. 스탠리 덕분에 나는 참으로 행복했어요. 나에게 참 많은 것을 주었죠. 나는 오랫동안 내게 헌신한 그에게 보답할 방법이 없다는 기분이 들었어요. 물론 나는 내 안의 깊은 곳에서 "그를 잃으면 어쩌지?" 하는 생각을 하고 있다는 걸 알아요. 그래서 오늘 밤 나는 내가 느끼는 감정을 모두 말로 옮겨 표현하려고 노력해볼 작정이에요. 그렇게 하는 게 좋은 일이겠죠? 고마운 마음을 말로 표현하는 일은 아무리 해도 충분치 않으니까요. 그렇죠?

그러나 도로시가 마음의 빗장을 열고 스탠리에 대한 사랑을 기꺼이 인정할 수 있던 것은 바로 도로시 안에 오직 레이철만 들어갈 수 있는 영역이 있기 때문이었다.

오늘 오후 내게 가장 큰 영향을 미친 것은 그 책이에요. 우리를 위해 많은 단락에 표시를 해두었어요. 이 책을 나와 공유할 수 있는 사람은 당신밖에 없으니까요.
아마도 현실로 돌아가면, 아니면 그게 환영일까요? 이렇게 감동하지 않을지도 몰라요. 그리고 그 책을 당신에게 읽어주면서 왜 이렇게 표시를 해두었는지 궁금해할지도 모르죠.
하지만 이미 말했듯이 나는 시간을 보류해두었어요.

도로시는 오직 두 사람만의 찬란한 현실을 함께 나누었다.

사랑하는 친구에게. 당신과 나는 우리 섬에서 너무도 찬란하게 빛나는 빛을 보고 있어요. 다른 사람에게는 보이지 않는 빛이죠. 그 영광스럽고 기적적인 빛이 나에게 말로는 다 할 수 없는 행복을 가져다주었어요. 당신에게도 그랬을 것이라고 바라고 또 믿어요.

"히아신스 편지"를 쓴 이듬해 봄부터 카슨은 대중 앞에 나가 강연을 할 때마다 도로시에게 받은 작은 꽃장식을 달기 시작했다. 카슨은 스탠리가 찍은 사진을 강연에서 자주 자료로 이용했다. 프리먼 부부는 해변에 대한 새로운 책을 집필하기 위한 표본 수집 탐험에 자주 동행했다. (수중 사진을 찍는 법을 가르쳐준다는 스탠리의 말에 용기를 얻은 카슨은 큰마음 먹고 35밀리미터 엑젝타Exakta 카메라를 구입했다. 엑젝타 카메라는 인간의 창의력을 보여주는 화석 같은 작품으로, 지질학적 관점에서는 눈 깜짝할 사이인 100년 만에 빛과 그림자의 덧없는 격자창을 포착한 탤벗의 조악한 "쥐덫"에서 대양을 육지로 옮길 수 있는 작고 휴대할 수 있는 장치로 도약한 결과였다.)

카슨은 점점 더 강연 의뢰를 까다롭게 고르기 시작했다. 동식물학자 세계의 중심인 오더번협회의 연간 모임에서부터 낡은 교도소를 어린이 박물관으로 바꾸기 위한 마을의 기금 마련 행사에 이르기까지, 카슨은 강연료나 모임의 명성이 아니라 그 자리의 가치에 따라 의뢰를 선택했다. 16년 뒤 '지구의 날'로 선포될 기념일 전야에 카슨은 여성 언론인 모임에서 강연하게 되었다. 지구의 날(4월 22일이다—옮긴이)은 카슨의 유산에서 시작된, 환경에 대한 책임을 되새기는 기념일이다. 이 강연은 카슨의 정신을 너무도 간결하게 요약하고 있었기 때문에 사후에 〈신념의 언명A Statement of Belief〉이라는 제목의 글로 출간된다. 카슨은 오하이오의 한 강당에 모인 1000명의 기자 앞에서 말했다.

나는 감상적인 사람이라는 평을 듣는다 해도 자연의 아름다움이 개인 혹은 사회가 정신적으로 발달하는 데 필요하다고 말하는 것이 두렵지 않습니다. 나는 우리가 아름다움을 파괴할 때마다, 지구의 자연적인 속성을 우리가 만든 인공적인 무언가로 대체할 때마다, 인류의 정신적 성장이 일부분 퇴보한다고 믿습니다.

이 강연을 하고 얼마 후 어느 맑은 5월 아침, 카슨은 헨리 베스턴의 집을 처음으로 방문하였다. 문학적 우상에게 연락한다는 생각만으로도 긴장이 되었기 때문에 카슨은 2년이 지난 후에야 베스턴에게 편지를 써서 자신의 첫 책에 대한 그의 관대한 비평이 자신에게 얼마나 큰 의미가 있었는지 말할 용기를 낼 수 있었다. 베스턴은 당장 답장을 보내 메인주에 있는 자신의 농장을 찾아달라고 초대했다. 문학적 우상을 만나러 가는 일은 참으로 의미 있는 일이었기 때문에 카슨은 도로시에게 함께 가자고 말했다. 여름으로 넘어갈 무렵, 새들의 노랫소리를 들으며 두 사람은 메인까지 함께 차를 몰고 갔다. 두 사람이 돌아간 후 베스턴의 아내는 헨리가 카슨의 편지에 "아주 기뻐하고 감동했다"고 고백하는 편지를 보내 카슨을 깜짝 놀라게 만들었다. 카슨이 베스턴 부인이 보낸 편지에서 "남편이 자신에 대한 상찬의 말에 이토록 의미를 두는 인물이 또 있다고는 생각하지 않아요."라고 쓴 말을 읽었을 때 기쁨의 물약이, 인정받았다는 달콤함이 카슨의 존재 안으로 흘러들었으리라.

나는 카슨이 자기 의심의 심연으로 점점 깊이 떨어질 때 자신을 붙잡는 수단으로 그 편지를 베스턴의 《가장 먼 집Outermost House》을 꽂아 놓은 책장 아래 붙여두었을지 궁금하다. 지금 쓰고 있는 해변에 대한 책은 벌써 2년 넘게 작업하고 있었고, 호튼미플린출판사의 계약서에 명시된 마감일은 이미 지나버렸다. 이 책을 쓰는 일은 정신을 혹사하는 고역이 되었다. 카슨은 항상 자신이 글을 천천히 쓰는 작가이며 꼼꼼한 교정자라고 생각하고 있었지만, 지금은 한 문장 한 문장을 써나가는 것이 너무도 고통스러운 나머지 한 쪽마다 "도로시에게"라는 문구로 시작한다면 훨씬 빨리 글을 쓸 수 있을 것이라 농담할 정도였다. 카슨은 사랑하는 이에게 지금 쓰게 되는 책이 무엇이 되든《우리를 둘러싼 바다》의 성공으로 설정된 불가능한 기대에 못 미치게 될까 봐 두렵다고 몰래 털어놓았다. 오직 예술가들만 알고 있는 이 외롭고 무력한 장소에서 카슨은 도로시에게 말했다.

그 중심에는 운명에 대한 생각과 관련된 뭔가 아주 복잡한 게 있어요. 일어나는 일에서 나는 그저 단순한 도구에 불과하다는, 나 자신은 일어난 일과는 전혀 관련이 없다는, 말로 표현하기 어려운 느낌이에요. … 외로움 이야기를 하자면, 당신의 사랑과 당신과의 교제가 얼마나 외로움을 달래주는지 당신은 아마 완전히 알지 못할 거예요.

카슨은 윌리엄 블레이크William Blake의 〈순수의 전조Auguries of Innocence〉 첫 구절을 언제나 사랑했다.

모래 한 알에서 세계를 보고
들꽃 한 송이에서 천국을 봐
손바닥 안에 무한을 담고
한 시간 안에 영원을 담지

카슨이 처음으로 완성한 장이 모래 해안을 다루는 장인 것은 어쩌면 이 시 때문이었을지도 모른다. 이 장에서 카슨은 "모든 영원을 마음대로 쓸 수 있는, 무한한 여유를 가지고 서둘지 않으며 유유하게 움직이는 지구의 작용"을 떠올리게 하는 모래 해안의 풍광을 묘사한다.

마리 로델이 이 장을 〈뉴요커〉에 보냈을 때 윌리엄 숀은 바로 전화를 걸어 그 자리에서 그 장뿐 아니라 책 전체에 대한 연재권을 계약하자고 제안했다. "또 해냈군요!" 편집자는 로델에게 감탄하며 외쳤다. 이 소식을 듣고 의기양양해진 카슨은 자기 의심의 폭풍을 헤치고 나올 수 있도록 도와준 사랑에 감사하는 마음을 담아, 도로시에게 특별한 선물을 보냈다. 작가 서명이 들어간 《바닷바람을 맞으며》와 《우리를 둘러싼 바다》의 초판본이었다. 두 책 모두에 짧은 "사과"가 동봉되어 있었다. 이 "사과" 편지에서 카슨은 자신을 바다로 이끈 것은 바로 테니슨의 시구였다는 이야기를 한 다음 이렇게 썼다.

> 그리고 알다시피 일이 그렇게 되었어요. 마침내 내가 바다의 전기 작가가 되자 바다는 내게 명성과 세계가 성공이라 부르는 것을 가져다주었어요. 내게 사우스포트를 주었어요. 내게 당신을 주었어요.
>
> 그래서 지금 바다는 내게 전에 없던 의미를 지니게 되었어요. 심지어 이 책의 제목조차 새롭고 개인적인 의미를 품게 되었죠. 우리를 둘러싼 바다. 나를 위해 이 책을 간직해주길. 이 책의 의미를 모두 이해해주길.
>
> 깊은 사랑을 담아, 레이철.

1955년 3월 카슨은 마침내 새 책의 거의 완성에 가까운 원고를 호튼미플린의 참을성 있는 편집자인 폴 브룩스Paul Brooks에게 보냈다. 폴은 카슨에게 이 책이 그녀가 쓴 글 중 최고의 작품이며 수많은 단락이 "《우리를 둘러싼 바다》의 그 어느 단락보다 월등하게 뛰어납니다"라고 말했다.

10월에 출간된《바다의 가장자리》의 목차 뒤에는 다음과 같은 헌정사가 적혀 있다.

도로시와 스탠리 프리먼에게 바칩니다.
나와 함께 썰물의 세계로 내려가 그 아름다움과 신비를 느껴준 이들에게.

카슨은 자연의 모든 음조를 상호 의존적으로 자연스럽게 배치하는 교향악적인 방식으로 글을 썼다. 이 방식은 카슨의 음악에 대한 깊은 이해에서 비롯되었는데, 카슨은 자신과 음악과의 관계를 완전히 이해하는 사람은 오직 도로시뿐이라고 생각했다. 두 사람이 주고받은 편지에서는 베토벤, 바흐, 멘델스존, 말러, 차이콥스키 같은 이들의 음악이 울려 퍼졌으며 두 사람이 물리적으로 함께 보내는 소중한 시간의 많은 부분이 두 사람이 좋아하는 협주곡과 소나타, 교향곡으로 채워졌다. 두 사람은 차이콥스키 자신이 "열정의 교향곡"이라고 이름 붙인 〈교향곡 제6번〉을 자신들의 곡이라 생각했다. 《바다의 가장자리》가 출간된 이듬해 봄, 카슨은 레너드 번스타인Leonard Bernstein이 지휘하는 뉴욕교향악단의 차이콥스키 공연 표를 구입했다. "우리의 교향곡과 번스타인의 멋진 조합을 놓칠 수야 없지요"라고 레이철은 도로시에게 썼다. 두 사람 모두 음악에 열정이 있었기에 카슨은 창작자로서, 음악이 뗄 수 없는 존재의 일부인 사람으로서, 사랑하는 사람에게 특별하게 여겨지고 이해받고 있다는 느낌을 누릴 수 있었다. 카슨은 "어떤 범주의 지식이나 창의적인 재능에서 멀리 나아가는 순간 우리를 관통하는 모든 생각을 대체하는 법칙 같은 생각은 음악이라는 바탕 안에서 우리를 사로잡고 우리를 드높인다"는 마거릿 풀러의 확신에 공감하고 있었다.

카슨은 자연에 대한 글을 모은 선집을 편집하는 일을 하고 있었는데, 그 일을 하는 힘겨운 기간에 도로시에게 쓴 "사과" 편지에서 베토벤의 축복을 받아 창작적인 비약을 이룬 굉장한 경험을 이야기했다. 풀러가 "새로운 생각을 떠올리게 하는 자극이자 우리를 부양하는 탄성"이라며 음악을 찬양한 지 한 세기가 조금 더 지난 후 카슨은 이야기했다.

베토벤을 듣고 있는 동안 분위기가 좀더 창조적으로 바뀌었어요. 그리고 다소 갑작스럽게 나는 이 선집이 어떤 모습이 되어야 하며 어떤 이야기를 해야 하는지 이해하게 되었고, 이 선집이 깊은 의미를 지닐 수도 있겠다는 생각이 들었어요. 이걸 말로는 절대 표현하지 못하겠지만 당신은 말을 하지 않아도 이해해줄 수 있겠죠. 무시무시한 고양감이 찾아와 나는 울었어요. 방 안을 이리저리 걸어 다녔어요. 당신이 내 옆에 있기를 바라는 마음이 간절해서 몸이 갈가리 찢기는 기분이었어요. 사랑하는 당신, 이건 당신과 나만의 이야기에요. 아직 이런 감정을 세상 앞에 밝힐 마음이 들지 않거든요. 하지만 내가 이토록 깊은 감정을 느낄 때, 내 밖의 무언가에 의해 지배받는 느낌이 들 때면 나는 내가 옳은 일을 하고 있다는 내면의 자신감을 느낄 수 있어요.

몇 번이고 작가의 벽에 가로막힐 때마다 카슨은 베토벤에게 도움을 청했다. 카슨은 도로시에게 쓴 또 다른 편지에서 어떤 단락에서 일어난 비약적인 창작의 순간을 묘사한다. 카슨이 쓰고 있던 이 단락은 훗날 손을 본 후에 그녀가 쓴 가장 아름다운 글 중 한 편으로 완성된다.

모든 파편과 조각들이 그곳에서 중심적이며 통합적인 발상을 기다리고 있었어요. 내가 지금 이 글에 만족한다면 이는 적어도 부분적으로는 어제 베토벤의 저녁을 보낸 덕분이에요. 어젯밤 서재에서 나는 〈교향곡 제6번〉과 〈제7번〉, 〈제9번〉을 틀었고 〈바이올린 협주곡〉을 들었어요. 그의 음악을 듣는 동안 그 멋진 창조력의 작은 조각들이 뇌세포로 침투하는 기분이었어요. 어쩌면 내 감정으로 스며들었다고 말해야 할지도 모르겠어요. 〈교향곡 제9번〉의 첫 몇 마디를 들어주겠어요? 내가 그랬듯 전율이 등을 타고 올라오는지 확인해주겠어요? 그 음악은 대양에서 바라보는 첫 아침에 대한 가장 완벽한 음악적 표현이에요. 대양에서 맞는 아침에는 안개와 바위와 바다 말고는 아무것도 없으며 마치 고생대로 돌아간 것 같은 기분이 들지요.

카슨은 도로시에게 이 감각이 자신의 글에 스며들었으면 좋겠다고 했다. 《바다의 가장자리》가 출간되고 몇 주가 지나 기대한 만큼의 상찬을 받고 있을 무렵, 레이철 카슨은 자신이 대중을 대상으로 쓴 글 중에서 가장 개인적인 글을 〈우먼스 홈 컴패니언 Woman's Home Companion〉에 발표한다. 〈아이가 궁금해하게 도와주세요 Help Your Child to Wonder〉라는 제목의 글에서 카슨은 부모들에게 자연에 대한 호기심과 자연에 대한 상냥하고 존중하는 마음을 계속 유지하려 노력하라고 권한다. 이는 본래 모든 인간에게 갖추어진 본성이지만 소위 문명이라는 힘 아래 생활하면서 점점 무뎌지게 되는 속성이다. 카슨은 사랑하는 조카의 아들 로저 Roger와 함께한 자신의 경험을 예로 든다. 로저는 아장아장 걸어다닐 무렵부터 카슨의 별장으로 놀러왔고, 카슨이 연구하고 우러러 공경하는 따개비 가득한 조수 웅덩이로 프리먼 부부와 함께 즐거운 소풍을 나설 때마다 줄곧 카슨을 따라다녔다. 카슨은 맑고 그믐달이 뜬 한여름 밤, 시포트섬의 곶, "저 멀리 떨어진 수평선이 공간의 가장자리를 둘러싸고 있는" 곳에서 도로시와 함께 보낸 시간을 회상하면서 썼다.

누워서 하늘을 바라보는 우리 위로 수백만 개의 별이 어둠 속에서 반짝거렸다. 밤이 너무도 고요하여 만 어귀 너머 바위에 부딪히는 부표 소리가 들릴 정도였다. 멀리 떨어진 해안에서 누군가의 말소리가 한두 차례 맑은 공기에 실려 오기도 했다. 저 멀리 불이 켜진 오두막 몇 채가 보였다. 그 밖에 인간의 존재를 상기시키는 것은 아무것도 없었다. 오직 친구와 나와 별들뿐이었다. 나는 이토록 아름다운 별들의 광경을 본 적이 없었다. 안개 낀 강물처럼 보이는 은하수는 하늘 위를 도도하게 흐르고 있었다. 별자리는 밝고 뚜렷하게 그 모습을 드러내고 있었고 불타는 듯한 행성이 수평선 가까이 걸려 있었다. 한두 차례 유성이 지구의 대기를 뚫고 불타오르며 떨어졌다.

이 광경이 오직 한 세기에 한 번 혹은 한 세대에 한 번만 볼 수 있는 광경이라면 이 작은 곳은 관광객으로 북적일 것이라는 생각이 들었다.

이 글이 잡지에 실리고 얼마 후 부모를 잃고 카슨이 보살핀 조카이자 로저의 엄마인 마저리Marjorie가 가계에 유전하는 만성 당뇨병과 중증 관절염의 합병증으로 세상을 떠났다. 이제 막 50세를 앞둔 카슨은 또 다른 상실의 충격 속에서 로저를 자신의 아들로 입양했다. 카슨은 자신의 어머니를 보살피는 한편 이 어린 소년에게 어머니가 되어주었다. 이제 80대 후반에 이른 마리아 카슨은 시들어가고 있었고 다른 사람의 간병을 물리치고 오직 딸에게만 의존하고 있었다. 어머니가 고집을 부리는 통에 카슨은 전업 가정부를 고용하지도 못한 채 과학자이자 작가, 연인이자 어머니, 간병인이자 주부라는 역할을 모두 감당하고 있었다.

＊　　＊　　＊

　　대중의 눈에는 시와 과학의 교차점을 다시 한번 정복한 유명 작가의 모습만 보였다. 《바다의 가장자리》가 세상에 나오자 칭찬하는 비평과 상들이 폭포처럼 쏟아졌고, 그 뒤로는 강연 의뢰와 수상 소감 의뢰가 물밀 듯이 따라왔다. 카슨은 전보다 훨씬 까다롭게 강연 자리를 골라야 했고 화려한 상업적 강단보다 여성협회들과 비영리 문화단체를 우선 선택했다. 여기 사서협회에서의 강연처럼 카슨이 하는 말은 이제 거의 봉헌 의식처럼 느껴지기 시작했다.

　　우리가 가장 낮게 밀려 내려간 썰물의 해안선 중에서도 가장 낮은 곳으로 들어가 그 얕은 물 안을 들여다볼 때, 그 안에는 새로운 세계를 발견하는 흥분이 도사리고 있습니다. 우리가 일단 이 새로운 세계로 들어가면, 그 세계의 매력은 점점 커지며 우리는 정신에 새로운 차원이 열린 듯한 기분을 느낍니다. 새로운 관점으로 세상을 보게 된 것입니다. 그 후 우리는 언제나 그 세계의 아름다움과 이상함과 신비로움을 기억할 수밖에 없습니다. 그 세계는 지금 우리가 살고 있는 세계만큼 이 우주의 일부로 실재하는 세계입니다.

　　《바다의 가장자리》를 "올해의 책"으로 선정한 미국여성협회National Council of Woman에서 수상 소감을 말할 때 카슨은 자신의 정신이 이제 막 향하려 하는 새로운 영역을 미리 내다보는 듯한 강연을 했다. 바로 이 새로운 영역에서 카슨의 유산이 설립되고 이 유산으로 문화 전체의 방향이 재설정될 것이다.

문학이라는 이름을 지닐 가치가 있는 작품은 무엇이든 자유롭고 대담하게 진실을 추구한 결과이자 표현입니다. 작가는 자기 자신을 섬세한 악기로 만들어 자신의 내면 세계와 자신을 둘러싼 세계의 인상을 표현합니다. 그 예술 작품의 위대함과 비례하여 개인으로서 우리는 많은 것을 알게 되고 많은 것을 얻게 되는 한편, 전체로서의 세계는 어둠에서 벗어나 빛을 향해 나아가게 됩니다. 지금 우리를 우리 자신에게서 등 돌리게 하는 의심과 두려움과 불신의 그늘을 대체하는 것은 오직 진실밖에 없기 때문입니다. 오직 진실을 발견하고 표현함으로써 우리는 진정한 의미에서 자유로워질 수 있습니다.

카슨은 점점 더 인간과 자연의 관계에 드리운 어두운 진실에 눈을 뜨고 있었다. 카슨은 정치적·경제적 세력이 사회를 길들여 귀를 막고 진실을 침묵시키는 모습을 지켜보았다. 어린 시절부터 카슨은 그저 작가이자 과학자가 되고 싶어 했지만 지금 새로운 종류의 정치적 책임감이 그녀 안에서 깨어나고 있었다. 한 세기 전 "연단의 여자"가 되는 일에 대한 거리낌을 조금씩 극복한 후 자신이 살고 싶은 세상에 꼭 필요하다고 생각하는 대의를 위해 기꺼이 일어섰던 마리아 미첼처럼, 카슨도 어떤 분야를 면밀하게 연구하는 과학자라면 응당 그렇듯, 우주의 어느 조각을 깊이 사랑하면서 우주의 다른 부분이 공격을 받고 있을 때 우주 전체를 위해 일어서지 않기란 불가능하다는 사실을 깨달았다. 4년 전 어류및야생동물국에 사직서를 낼 때 카슨은 글을 쓰는 일에 시간을 헌신하기 위해서라는 이유를 댔다. 물론 이는 분명 가장 중요한 이유였지만, 유일한 이유는 아니었다. 정부에서 일하는 과학자로서 카슨은 정치적 문제에 대한 견해를 제한하여 표현할 수밖에 없었다. 정부가 자연에 대해 점점 더 무모하게 정책을 펴면서 카슨은 점점 더 커지는 불안을 그 좁은 곳에 가둬둘 수 없었다.

카슨이 사직서를 냈을 무렵, 뜨겁게 달아오른 1952년 대통령 선거의 결과가 다가오고 있었다. 선거는 민주당 20년 집권의 막을 내리는 결과로 끝났다. 아이젠하워 대통령이 백악관을 접수한 후 공화당 정부는 자연을 산업이 이용할 수 있는 상품으로 만들어 자연을 파괴하는 결과를 초래하는 정책들을 발 빠르게 제정하기 시작했다. 당시 자연계를 보호하고 보존하는 책임을 맡은 유일한 정부 기관인 어류및야생동물국은 정부가 노리고 있던 대상의 목록에서 가장 꼭대기에 있었다. 사업가를 내무부 장관으로 임명한 공화당 정부는 오랫동안 어류및야생동물국의 국장을 지냈으며 훈련받은 현장 과학자이자 열정적이며 상상력이 풍부한 환경보호론자로 카슨이 자신과 동류의 영혼이자 스승으로 여겼던 앨버트 M. 데이Albert M. Day를 해임하고 그 자리를 과학자도 아닌 정치적 졸개에게 맡겼다. 새로운 국장은 어렵게 확보한 환경보호 장치들을 제거하고 자연을 "자연 자원natural resources"으로 사용하기 위한 정책들을 승인하게 된다. "자연 자원"이란 자연을 돈벌이로 이용하겠다는 말을 듣기 좋게 포장한 표현이었다.

카슨은 경제적·정치적 이득을 얻기 위해 자연을 인정사정없이 개발한다면 "모든 생각 있는 시민들이 깊은 불안을 느낄 것이 틀림없다"고 생각했다. 도로시를 처음 만난 여름인 1953년 8월 카슨은 〈워싱턴 포스트〉의 편집자에 보내는 편지에서 정신을 번쩍 들게 하는 수사학을 쏟아부었다. 카슨이 이미 미국에서 가장 존경받는 과학 작가의 자리에 올라 있었기 때문에 이 편지는 연합통신Associated Press의 그물에 걸려 각 언론사에서 동시에 발표했고 얼마 후 〈리더스 다이제스트〉에도 다시 실렸다. 요즘의 바이럴 마케팅처럼 급속도로 퍼져나간 것이다. 이 글에서 카슨의 목소리는 저항을 촉구하는 나팔 소리처럼 울려 퍼졌다.

국가의 진정한 부는 지구의 자원입니다. 바로 흙, 물, 숲, 광물, 야생생물들입니다. 미래의 세대를 위해 이 자원을 보존해야 하는 한편 이 자원을 현재의 필요에 따라 이용하려면 폭넓은 연구에 기반을 두고 정교하게 균형을 잡을 수 있으며 지속적으로 운용될 수 있는 계획이 필요합니다. 자연 자원의 운용이 정치적 문제가 되는 것은 적절하지 않을 뿐더러 그래서도 안 됩니다.

자연 자원에 책임을 지는 기관은 과학자들의 발견을 이해하고 그에 주의를 기울일 수 있을 만큼 전문 지식과 경험이 있는 사람이 운영해야 한다고 카슨은 주장했다. 불길한 예견을 품은 카슨의 경고는 그 시대를 거쳐 지금 우리 시대에 이르기까지 수십 년에 걸쳐 반향을 불러일으킨다.

수십 년 동안 뜻 있는 시민들이 자연 자원이 우리 나라에서 얼마나 중요한지를 깨닫고 나라 전역에 걸쳐 이 자원을 보존하기 위해 노력해왔습니다. 지금 그들이 어렵게 얻어낸 노력의 성과가 사라질 위기에 처해 있다는 것은 분명합니다. 정치적인 사고로만 움직이는 정부가 통제되지 않은 개발과 파괴의 어두운 시기를 우리에게 돌려주고 있기 때문입니다.

월트 휘트먼이 "미국은 혹여 전략과 파멸의 위기에 처하더라도 나라 밖이 아니라 나라 안에서 위기를 맞게 될 것이다"라고 표현한 지 한 세기 후 카슨은 자신의 편지를 비슷한 의견으로 맺었다.

우리 세대의 얄궂은 결과 중 하나입니다. 외부의 적에 대항하여 나라를 지키는 데 집중한 나머지 내부에서 나라를 파괴하는 세력에 주의를 기울이지 못한 것입니다.

카슨이 "잘 알려져 있으며" 체계적으로 정리된 세계 기후변화에 대해 언급한《바다의 가장자리》가 출간되고 몇 달 후, 환경 문제를 둘러싸고 들썩이고 있던 근심의 가마솥이 끓는점에 도달했다. 환경 문제는 카슨의 다음이자 마지막 책의 주제가 되며 여기에서 현대 환경 운동에 불을 붙이는 걸작이 탄생한다.

10년도 전에 〈리더스 다이제스트〉가 DDT에 대한 글을 거절한 이후 카슨은 이 화학적 독성 물질의 위험에 계속해서 촉각을 곤두세우고 소위 해충 구제라는 명목 아래 살충제를 앞뒤 가리지 않고 마구 살포하는 경향을 주시하고 있었다. 카슨은 야생동물에 대한 살충제의 영향을 다룬 과학 논문을 빠짐없이 찾아 읽었고 이 주제를 다루는 신문 기사를 찾아 모아두었다. 살충제의 폐해를 다룬 기사들은 점점 늘어갈 뿐이었다. 나라 여러 도시와 마을에서 살충제를 살포한 후 새와 물고기, 개구리, 작은 동물, 소, 말, 애완동물들이 집단으로 죽어나간다는 이야기가 점점 많이 들려오기 시작했다. 과학자들은 심지어 디킨슨이 "우리의 작은 동족"이라고 칭송한 생물이자 다윈이 마지막 저서에서 땅을 갈아 우리가 알고 있는 흙을 만들어내는 주체로서 그 없이는 농업이 "완전히 불가능하지는 않겠지만 아주 힘겨운 일이 되었을 것"이라고 찬양한 지렁이마저 살충제에 중독되어 떼로 죽어가는 현상을 발견했다. 살충제가 뿌려진 지역에서 지렁이들은 오직 20퍼센트만이 체내에 화학 물질을 축척한 채 살아남았고, 지렁이를 먹이로 삼는 새들은 지렁이를 통해 살충제에 중독되었다. 인간이라는 동물도 안전하다고 말하기는 어려웠다. 무시무시한 사례들이 계속해서 보고되었다. 문맹인 38세의 어느 농부는 담배 농작물에 살포하던 화학 물질에 독성이 있다는 것을 알지 못해 살충제로 몸을 흠뻑 적셨다가 15시간 만에 사망했다. 대학교에서 살충제를 연구하던 젊은 곤충학자는 어느 날 아침 보호 마스크 쓰는 것을 깜빡했고 그날 오후 연구실에서 메스꺼움을 호소한 끝에 저녁에 집으로 돌아간 후 사망했다. 숲에서 발견한 병에 테트라에틸피로인산Tetraethyl pyrophosphate이 들어 있다는 사실을 모르고 내용물을 마셔버린 열 살짜리 어린이는 입에 거품을 문 채 15분 만에 목숨을 잃었다. 테트라에틸피로인산은 1940년대 후반 개발되어 미국 중서부를 괴롭히던 "17년 동안 지속된 메뚜기 습격의 해결책"으로 언론의 환호를 받았던 살충제였다. 이런 사례들은 단발적인 사고와는 거리가 멀었다. 캘리포니아주에서만 해도 1년에 1000건이 넘는 살충제 중독 사례가 보고되고 있었다.

미국에서 해충 구제에 가장 널리 사용한 화학 물질은 DDT였다. DDT는 다이클로로다이페닐트라이클로로에테인dichloro-diphenyl-trichloroethane의 약자로, 10년 전 스위스의 화학자인 파울 뮐러Paul Müller는 이것을 발명한 공로로 노벨상을 받았다. DDT의 사용은 유대인 난민에게 이가 있다는 이유로 DDT 목욕을 시키며 인간성을 박탈한 제2차 세계대전 당시 가속화되었다. 1943년 미국 육군은 나폴리에서 티푸스를 억제하는 방책으로 수백만에 이르는 시민을 DDT로 흠뻑 적셨다. 질병의 발생을 억제하는 데 다른 요소가 영향을 미쳤을 가능성도 있었지만 당시 DDT는 곤충을 매개로 한 전염병에 특효약이라는 광휘를 얻었다. 그리고 얼마 지나지 않아 한 세기 전 수은이 처방되었던 것처럼 마구잡이로 활용되기 시작했다. 수은과 마찬가지로 부작용은 아직 실험되지 않았고 장기적인 효과 역시 고려되지 않은 상태였다.

1957년 카슨이 살충제에 대해 오랫동안 우려하고 있다는 사실을 잘 알고 있던 마리 로델은 롱아일랜드에서 일어난 사건을 카슨에게 귀띔해주었다. 열네 명의 시민이 자신의 토지에 매미나방 살충제 살포를 금지하려고 정부를 상대로 소송을 제기한 사건이었다. 시민들은 DDT의 환경적인 위험에 점점 더 불안이 높아지고 있다는 점을 지적했고, 애초부터 이 지역에 매미나방이 문제를 일으켰다는 증거가 부족하다고 주장했다.

소송을 주도한 이는 시인이자 농부였던 마저리 스폭Marjorie Spock이었다. 소아과 의사였던 벤저민 스폭Benjamin Spock의 동생인 마저리는 전통적인 삶을 강요하는 가족의 압박에 저항하며 스위스로 가서 생물역학 농업을 공부했다. "유기농organic"이라는 농업 용어는 10년이 지난 후에야 정착될 것이다. 마저리는 오스트리아 출신의 철학자이자 사회개혁가인 루돌프 슈타이너Rudolf Steiner 밑에서 공부하는 동안 슈타이너의 또 다른 제자를 만나 사랑에 빠졌다. 폴리Polly라는 별명으로 통하던 메리 리처즈Mary Richards였다. 폴리는 평생 만성소화장애증일 가능성이 높은 소화 장애에 시달렸기 때문에 아주 순수한 형태의 음식만 섭취할 수 있었다. 20대인 두 연인은 함께 미국으로 돌아와 휘트먼의 고향 마을과 멀지 않은 롱아일랜드에 정착하여 훌륭한 채소밭과 젖소 두 마리가 있는 소박한 유기농 농장을 가꾸며 살았다.

1957년 정부 항공기가 마저리와 폴리의 작은 농장 위로 두 시간마다 한 번씩 연료와 섞은 DDT를 살포하기 시작했다. 휘트먼이 "숲에서 풍기는 섬세한 야생의 향취"라고 찬사를 보낸 롱아일랜드의 공기는 화학 물질과 비행기 연료의 독한 냄새로 가득 찼다. 독성 물질로 시민권을 침해받고 생명의 위협까지 느꼈지만 두 사람이 살충제 살포를 금지하려면 소송을 제기하는 것밖에 달리 방법이 없었다. 스폭은 실력 있는 변호사들을 고용하고 살충제 살포 지역의 다른 거주민들을 끌어들였다. 그중에는 J. P. 모건J. P. Morgan(미국의 유명한 은행가이자 기업가이다—옮긴이)의 딸과 시어도어 루즈벨트의 아들, 저명한 박물학자이자 미국자연사박물관American Museum for Natural History의 조류관 관장을 지낸 로버트 쿠시먼 머피Robert Cushman Murphy도 있었다.

22주 동안 사건을 심리한 결과 아이젠하워 대통령이 임명한 판사는 과학적으로 논쟁의 여지가 없는 75가지 사실을 증거로 채택하기를 거부하고, 시민들의 항소를 기각했다. 법정 다툼에서 패소한 스폭과 리처즈는 10만 달러를 지불해야 했지만, 이 사건은 정부가 자연을 침해할 때 시민이 어떻게 저항할 수 있는지를 보여주는 본보기로 남았다.

재판 과정을 주의 깊게 지켜본 카슨은 판결에 분노했다. 13년 전 DDT의 폐해를 폭로하는 기사를 거절한 〈리더스 다이제스트〉가 살충제 살포의 이익을 옹호하는 기사를 준비하고 있다는 사실을 알게 되자 불안감은 더욱 커졌다. 카슨은 로델에게 스폭과 연락할 수 있게 해달라고 부탁했고, 카슨이 이 사건에 관심이 있다는 소식을 들은 스폭은 기뻐했다. 그다음 카슨은 살충제 공중 살포가 야생생물에 미치는 영향을 연구하는 업무를 맡은 정부 기관들에 전화를 걸기 시작했다. 자신과 이야기를 할 마음이 있는 관료가 한 명은 있으리라는 희망을 품고 미국 연방의회까지 손을 뻗었다.

마침내 미국 식품의약국Food and Drug Administration에서 일하는 한 내부 인사가 대형 유아식 제조 회사에서 살충제 오염을 이유로 특정 채소의 사용을 중지했다는 소문을 몰래 전해주었다. 그 소문의 진위에 대해서는 아직 정부 기관에서 조사하는 중이라고 했다. 카슨은 증거를 수집하는 한편 〈리더스 다이제스트〉의 편집자에게 편지를 보내 "해충 구제를 위해 독성 물질을 사용하는 사업이 급속도로 확장되고 있는데, 이는 야생생물뿐 아니라 공중 보건에 큰 위험이 될 수 있다. 특히 살충제를 광범위하고 무작위적으로 공중 살포하는 일은 위험하다"라고 경고했다. 다시 한번 사람들은 카슨의 경고를 귀담아듣지 않았다.

1958년 1월 〈보스턴 헤럴드〉는 뉴햄프셔에 사는 스폭의 친구가 보낸 맹렬한 어조의 편지 한 통을 실었다. 유기농으로 농사를 짓는 농부이자 박물학자였던 스폭의 친구는 살충제 살포에 따른 야생생물의 죽음을 보고하고 인간에게도 치명적인 결과를 일으킬 가능성을 경고하면서 시민들에게 "대량 중독"에 대한 태도를 분명히 밝히라고 촉구했다. 신문에는 이 편지에 대한 다양한 반응도 실렸는데 그중 한 편에서는 살포 계획과 관련이 있는 한 남자가 살충제가 "완전히 무해"하다고 단언하면서 그 여자의 편지를 "분별 없는 소리"라고 치부했다.

〈보스턴 헤럴드〉의 문학 편집자였던 올거 오언스 허킨스Olga Owens Huckins는 〈보스턴 헤럴드〉의 편집자에게 쓴 편지에서, 작년 여름 자신이 살고 있는 작은 해안가 마을 위로 살충제 살포 항공기가 모기를 퇴치한다며 독성 물질을 비처럼 뿌리고 지나간 후 집 뒤에 있는 조수 보호 구역에서 새들이 떼로 죽었다는 무서운 이야기를 전해주었다.

그 "무해하다"는 독성 물질이 살포된 후 우리의 사랑스러운 새들 일곱 마리가 바로 죽었다. 살충제가 살포된 다음 날 아침 문 앞에서 새 세 마리의 사체를 주웠다. 몇 년 동안 마당에 있는 나무에 둥지를 틀고 우리를 신뢰하며 가까이에서 살아온 새들이다. 그다음 날 아침에는 새를 위해 마련해 놓은 미역통 주위에 다시 세 마리가 흩어져 죽어 있었다. (나는 살충제가 살포된 후 물통을 비우고 박박 문질러 닦았지만 "어떻게 해도 DDT를 없애버릴 수는 없었다.") 이틀 날 아침 울새 한 마리가 숲에 있는 나뭇가지에서 갑자기 뚝 떨어져 죽었다. 마음이 너무 아파서 다른 사체들을 찾으러 다니지 못했다. 새들은 모두 똑같이 끔찍한 모습으로 죽어 있었다. 부리는 딱 벌어져 있었으며 쫙 벌어진 발톱을 고통스러운 듯 가슴 쪽으로 바짝 끌어당기고 있었다.

허킨스는 모기와의 전쟁에서 DDT가 모기보다 나은 차악의 방법이라는 주장에 반박하면서 살충제를 살포한 탓에 실제로 그전 해보다 훨씬 더 고약하고 살충제에 내성이 생긴 모기들이 태어난다는 점을 지적한다. 이에 대한 해결책은 살충제의 독성을 두 배로 높이는 것이 아니라 "야생생물과 인간에 미치는 단기적 · 장기적 영향력에 대한 생물학적 · 과학적인" 충분한 증거가 확보될 때까지 살포를 전면 중단하는 것이라고 주장했다.

허킨스는 이 편지의 복사본을 카슨에게도 보내주었다. 두 사람은 7년 전 《우리를 둘러싼 바다》에 대한 아름다운 비평에 카슨이 허킨스에게 감사의 편지를 쓴 이후로 서로 편지를 주고받는 사이였다. 허킨스는 카슨에게 워싱턴에서 도움을 줄 수 있는 사람을 찾아달라고 간청했다. 훗날 카슨의 회고에 따르면 카슨은 친구를 도울 수 있는 사람을 수소문하는 과정에서 이 주제를 다루는 책을 쓰는 일을 진지하게 고민하기 시작했다고 한다.

허킨스의 편지를 받고 얼마 후 카슨은 E. B. 화이트에게 도움의 손길을 구했다. 화이트는 카슨이 도로시와 함께 서로 읽어준 아름다운 자연에 대한 수필을 쓴 저자이자 또한 자신이 윤리적으로 잘못되었다고 생각하는 문제에 대해 찬란한 정신의 광선검을 무자비한 힘으로 휘두르는 인물이었다. 《샬롯의 거미줄》과 《스튜어트 리틀Stuart Little》로 사랑을 받고 있던 작가는 〈뉴요커〉의 사설에서 자연을 대상으로 인간이 과학을 오만하게 오용하는 위험을 경고한 최초의 인물이기도 했다.

나는 인간이 이 행성을 점진적으로 몰래 오염시키는 행위들, 공기 중으로 먼지를 날려버리고, 우리 뼛속을 스트론튬으로 중독시키고, 한때 맑게 흘렀던 강물에 산업폐기물을 배출하고, 안개와 화학물질을 뒤섞는 짓들이 모두 합쳐져 기괴한 환상을 만든다고 생각한다. 그 결과 이 주제에 대해 어떤 말을 해도 희미하고 무력하게 들릴 수밖에 없다. … 나는 관습에서 벗어난 소수파에 속해 있다. … 전 세계의 강물에 배출하는 화학 폐기물의 적절한 양은 "아예 내보내지 않는 것"이라고 생각한다.

카슨은 롱아일랜드 사건을 화이트에게 보고하는 한편 도로시에게는 "이 사건은 화이트가 마음만 먹는다면 초토화시킬 수 있는 부류의 사건"이라고 말했다. 카슨은 가장 영향력 있는 잡지에서 화이트가 이 사건을 바로 잡는 모습을 보게 되길 고대하고 있었다.

화이트는 바로 답장을 보냈다. 편지에서 화이트는 살충제는 환경오염이라는 거대한 문제의 일부이며, 의식 있는 시민이라면 이 문제를 "최고의 관심사와 걱정거리"로 대해야 한다고 말했다. "이 문제는 가정의 부엌에서 시작하여 목성과 화성까지 확대됩니다"라고 화이트는 오직 훗날 돌아볼 때만 이해할 수 있는 예지를 담아 말했다. 하지만 화이트는 "염소화탄화수소와 짓이겨진 벌레"는 잘 모른다고 고백하면서 카슨이야말로 이 일을 하는 데 과학적으로 훨씬 더 자격이 있다고 말하며 〈뉴요커〉 지면에서 카슨이 직접 이 주제를 다루는 것이 좋을 것이라는 뜻을 내비쳤다.

하지만 카슨이 화이트에게 연락을 한 이유는 이 대의를 도덕적으로 확신하고 있음에도 이 과업을 떠맡기에는 너무 지쳤기 때문이었다. 카슨은 85세의 어머니를 보살피는 데 기력을 다 소진하고 있었고 새로 아들이 된 여섯 살 아이의 어머니가 되는 법을 배우고 있었다. 카슨은 4년 전 하퍼앤드브러더스Haper & Brothers와 "세계의 전망World Perspectives"이라는 총서에 들어갈 생명의 기원을 다루는 책을 쓰겠다는 계약을 한 이후 죄책감에 좀먹히고 있었다. "세계의 전망"은 철학자 루스 넌더 앤션Ruth Nanda Anshen이 기획한 총서로, 세계의 위대한 "정신적 · 지적 지도자들, 자신의 분야에서 우리 시대에 닥친 화급한 문제들을 완전히 자각하고 있는" 인물들의 저서로 구성될 예정이었다. 저자로는 닐스 보어 Neils Bohr와 로버트 오펜하이머 Robert Oppenheimer 같은 인물이 있었다. 카슨은 결국 진화에 대한 이 책을 완성하지 못한다. DDT의 위험과 인간의 오만한 자연 파괴, 정치적·군사적 힘의 도구인 과학이 강탈당한 일에 점점 더 크게 동요하고 있었기 때문이다.

카슨은 도로시에게 이 문제 때문에 "오랫동안 정신적으로 막혀 있었다"고 털어놓았다. 카슨은 생명의 파괴라는 어두운 사실을 배경으로, 진정으로 생명을 찬양하는 법을 찾아내기 위해 애쓰고 있었다. 핵과학의 출현과 그 오용을 목격하는 동안 카슨은 이 단절감으로 점점 더 괴로워했다.

너무도 불쾌한 생각들이 떠오르는 바람에 나는 아예 그 생각들을 완전히 차단해버렸어요. 과거의 관념을 떨쳐내기가 어려워요. 특히 그 관념들이 감정적으로, 지적으로 나에게 소중한 것이었을 때는 말이에요. 이를테면 자연의 대부분이 영원히 사람의 손이 미치지 못하는 곳에 있을 것이라고 믿었을 때가 좋았어요.

카슨은 원자폭탄의 끔찍한 여파를 목격했다. 원자폭탄은 셀 수 없이 많은 사람의 목숨을 앗아갔을 뿐 아니라 생태계 전체에도 엄청난 영향을 미쳤다. 일본에 떨어진 원자폭탄은 한순간에 반경 7킬로미터 안에 있는 모든 생명을 죽였고 그 지역 사찰에 안치된 평온한 얼굴의 불상을 녹여버렸다. 방사능 낙진으로 대양과 하늘이 오염되었고, 방사능 물질이 식물이 자라는 토양으로 흡수되었으며, 그 식물을 먹고 살아가는 동물 세포 안으로 침투되면서 자연의 몸 안에 단단히 자리를 잡았다.

이 모든 일은 20년 전 11월의 어느 날 시작되었다. 처음에는 파괴의 충동이 아니라 과학을 탐구하는 순수한 충동에서 시작된 일이었다. 경외심과 호기심을 융합하여 이를 통해 우주를 이해하기 위한 열망에서 비롯된 일이었다. 물론 이 모든 일은 그보다 더 오래전에 시작되었다고 볼 수 있다. 모든 시작은 모든 사건과 모든 시대를 아우르는 연속체에 찔러 넣은 임의점arbitrary point이기 때문이다.

레이철 카슨

인간과 시간의 흐름에 관하여

26

1901년 어느 맑은 7월의 아침, 빈의 구시가지에 위치한 베토벤의 이름을 딴 시장에 있는 유명한 남학교에 창백한 얼굴의 젊은 여자가 출석한다. 흥분으로 고조된 피로가 짙은 색 큰 눈을 둘러싸고 있다. 23세의 여자는 남학생들이 대학에 입학하기 위해 반드시 치러야 했던 시험인 마투라Matura를 치르려 하고 있다. 그 여름까지 오스트리아의 대학교에서는 여자를 받아들이지 않았다. 하지만 9년 전에 이미 공공 교육을 마친 리제 마이트너Lise Meitner는 자신 있었다. 리제는 지칠 줄 모르고 열심히 공부하여 8년 분량의 수학과 논리, 문학, 그리스어, 라틴어, 동물학, 식물학, 물리학을 이 시험을 준비한 20개월 안에 압축해 넣었다. 그리고 지금 마침내 시험을 치를 허가를 받은 것이다.

마이트너는 시험에서 훌륭한 성적을 거두고 빈대학교에 입학하여 물리학자이자 철학자인 루트비히 볼츠만Ludwig Boltzmann 밑에서 공부하게 되었다. 볼츠만은 통계수학을 통해 원자의 속성이 물질의 속성을 형성하는 과정을 예측하는 모델을 최초로 마련한 인물이다. 볼츠만이 세상을 떠나고 몇 달 후 마이트너는 물리학에서 박사학위를 받은 세계 최초의 여성이 되었다.

박사학위를 받았음에도 마이트너에게 일자리를 제안한 곳은 가스램프 공장이 유일했다. 마이트너는 이를 거절하고 빈을 떠나 양자 이론의 선구자인 막스 플랑크Max Planck 밑에서 공부하려는 마음을 품고 베를린으로 향했다. 하지만 마치 타임머신을 탄 것 같았다. 독일의 대학교는 아직도 여자에게 문을 굳게 닫고 있었다. 힘겨울 정도로 수줍음이 많았던 마이트너는 플랑크의 강의를 듣기 위해 특별 허가를 구해야만 했다.

레이첼 카슨이 태어나고 몇 달 후 29세의 리제 마이트너는 오토 한Otto Hahn을 만났다. 진보적인 독일의 화학자로 마이트너와 동갑에 성격도 아주 비슷했던 오토 한은 여자와 함께 연구하는 일에도 전혀 거리낌이 없었다. 두 과학자는 현실의 미시적 규모에서 대다수의 질문이 아직 해명되지 못했다는 사실에 초조해하고 있었고 그 질문들이 아마도 해명될 수 없을 것이라는 생각에 반대하고 있었다. 둘은 힘을 합쳐 그 질문들의 답을 찾아내기로 했다. 하지만 베를린의 화학연구소(카이저빌헬름 화학연구소Kaiser Wilhelm Institut für Chemie)는 여자가 연구하기는커녕 안에 들어가는 것도 금지되어 있었다. 공동 연구를 위해 마이트너와 한은 그 건물 지하에 있던 목공소를 개조하여 연구실을 만들었다. 한에게는 위층으로 올라가는 것이 허용되었지만 마이트너에게는 금지되어 있었다. 굳이 설명할 필요도 없을 만큼 상징적인 상황이었다.

30년에 걸친 공동 연구 과정에서 두 과학자는 각자의 재능으로 서로의 빈 곳을 채워준다. 물리학을 공부한 마이트너는 뛰어난 수학자이기도 했기 때문에 자신의 착상들을 시험하는 과정에서 개념적 사고에 따라 상당히 독창적인 방식으로 실험을 설계할 수 있었다. 화학을 공부한 한은 꼼꼼한 실험 작업에서 뛰어난 실력을 발휘했다. 마침내 마이트너는 공동 연구에서 독립하여 자신만의 연구를 한 끝에 1921년에서 1934년 사이에 무려 56편의 논문을 발표했다. 마이트너는 그 시대 핵물리학의 선구자이자 탁월한 실험

주의자로 명성을 얻었으며 아인슈타인은 마이트너를 독일어권의 마리 퀴리라고 선포했다.

　노벨상을 두 번이나 받은 마리 퀴리도 모든 유기적 생물의 운명을 벗어나지는 못했다. 에이드리언 리치는 "그녀의 몸은 수년에 걸쳐 폭격을 받고 있었지, 그녀가 정제한 원소에 의해"라고 노래한다. 마리 퀴리가 사망했을 무렵 방사능에 대한 그녀의 선구적인 연구에서 지금까지 있던, 그리고 앞으로 있을 모든 것을 구성하는 기본 단위를 이해하는 완전히 새로운 방식이 탄생했다. 1930년대 초반 중성자가 발견되면서 현실의 물리적 속성이 이 물질의 수수께끼 같은 기초 안에 암호화되어 있을 것이라는 생각이 한층 강화되었다. 성취를 이루는 데 필요한 무수히 많은 외부 조건에 자신의 개인적 자아를 맞추는 보기 드문 재주로 중성자를 발견한 제임스 채드윅James Chadwick은 훗날 마이트너가 자신이 누린 몇 가지 특권을 이용할 수 있었다면 마이트너가 먼저 중성자를 발견했을 것이라고 회고한다. 케플러가 어머니의 운명을 예견한 지 세 세기가 지났어도 상황은 별로 달라지지 않았다.
　마이트너는 인류가 다시 한번 도약할 기회를 마련하지만 이 도약은 뒤틀린 끝에 윤리적 심연으로 곤두박질치게 된다. 마이트너가 물리학자로 두각을 나타낼 무렵 나치가 유럽을 폭력적으로 정복하기 시작했다. 마이트너, 한과 함께 연구한 후배 과학자인 프리츠 슈트라스만Fritz Strassmann은 나치 입당을 거부했다는 이유로 이미 정치적 박해의 대상이 되어 있었다. 1938년 세 과학자가 물질의 구조와 작용을 밝힐 가장 선도적인 실험을 수행하고 있을 무렵 나치 군대가 오스트리아로 진격했다. 마이트너는 자신의 유대 핏줄을 숨기기를 거부했지만, 그렇다고 떠날 수도 없는 처지였다. 나치가 이미 대학 교수가 나라를 떠나지 못하게 금지하는 반유대주의 법률을 제정해놓았기 때문이다.

체포되어 강제수용소에 갇힐 위험에 처한 마이트너는 밤의 어둠을 틈타 도망쳤다. 지갑에는 10마르크가 조금 넘게 있었고 오토 한의 어머니 소유였던 다이아몬드 반지를 가지고 있었다. 한은 국경 초소에서 뇌물로 쓰라며 친구에게 반지를 주었다. 7월 13일 마이트너는 간신히 네덜란드로 통하는 국경을 넘었다. 마이트너는 네덜란드에서 다시 덴마크로 넘어갔고 그곳에서 동료 과학자인 닐스 보어와 함께 지냈다. 닐스 보어는 덴마크로 도망친 과학자들을 지원하는 기관을 마련해두고 있었다. 마이트너는 결국 스웨덴의 노벨물리학협회Nobel Institute for Physics에 영구적인 피난처를 마련할 수 있었다. 세 세기가 지났지만 종교적 교리의 폭정 아래 사상이 억압받는 상황은 거의 변하지 않았다. 세 세기 전 데카르트 또한 갈릴레오의 재판을 목격한 후 같은 운명에 처하는 것을 피하기 위해 스웨덴으로 몸을 숨겼다.

그해 11월 한은 코펜하겐에 있는 닐스보어연구소Niels Bohr Institutet에서 강연을 했다. 그곳에서 네 명의 세계적인 과학 지성, 한과 보어, 마이트너, 그리고 마이트너의 조카이자 공동 연구자인 오토 프리슈Otto Frisch가 비밀스러운 모임을 열었다. 한과 슈트라스만이 얻어낸 당혹스러운 실험 결과를 의논하는 자리였다. 우라늄의 원자(원자 번호 92번) 핵을 하나의 중성자로 폭격한 결과 라듐의 핵(원자 번호 88번)이 얻어진 것이었다. 이 원자핵은 화학적으로는 원자량이 라듐의 절반에 가까운 바륨(원자 번호 56번)과 같은 방식으로 반응했다. 이 변화는 물리적으로 불합리했다. 느린 속도로 움직이는 이 작은 중성자가 원자처럼 아주 단단한 무언가를 불안정하게 만들고 산산이 부수어 원자량을 변화시키고 화학적 반응을 바뀌게 한다는 것은 마치 다윗이 골리앗을 해치운 일처럼 신화적으로 보였다.

반세기 전에 에밀리 디킨슨은 썼다.

내가 어렸을 때 고민하기도 했다-

나도 한때는 어린아이였기 때문에-

원자가- 어떻게 떨어졌는지

그런데도 어떻게 천국이 버티고 있었는지-

세계에서 가장 훌륭한 물리학자 중 한 명인 마이트너는 세계에서 가장 훌륭한 방사화학자 중 한 명인 한에게 그 화학적 반응은 물리학적 관점에서 볼 때 전혀 말이 되지 않는다며 다시 실험해야 한다고 말했다. 한편으로 마이트너는 이 당혹스러운 수수께끼를 계속 숙고했다.

크리스마스 날, 조카와 함께 산책을 하던 중 마이트너에게 깨달음의 순간이 찾아왔다. 오토 프리슈는 자신의 회고록에서 이 사건을 이야기하면서 역사적으로 여자들이 과학 분야에서 어떻게 진보를 이루어냈는지에 대한 완벽한 은유를 의도치 않게 제공했다.

우리는 눈 위를 이리저리 걸어 다녔다. 나는 스키를 신고 있었고 이모는 걷고 있었다. (이모는 걸어도 보조를 맞출 만큼 빨리 갈 수 있다고 말했고 자기 말을 증명했다.)

겉으로 볼 때 이치에 맞지 않는 결과를 설명하기 위해 마이트너와 프리슈는 "핵분열nuclear fission"이라 불리게 될 개념을 생각해냈다. 다음 달 두 사람이 함께 발표하게 될 논문의 일곱 째 단락에서 "핵분열"이라는 용어가 처음으로 등장한다. 당시 원자의 핵이 분열하여 다른 원자로 변환된다는 개념은 급진적인 것으로 연금술사가 그 조악한 방법으로 떠올린 발상을 제외하고는 그때까지 이를 간과한 이는 아무도 없었다. 마이트너는 핵분열이 어떻게 일어나며 왜 일어나는지를 설명한 최초의 과학자였다.

마이트너가 목숨을 구하기 위해 도망칠 수밖에 없던 해, 엔리코 페르미Enrico Fermi는 이탈리아의 반유대주의 법을 피해 미국으로 건너갈 수 있었다. 페르미는 토륨과 우라늄 원자를 느린 중성자로 폭격한 결과 새로운 방사능 원자를 발견하고, 이 공로를 인정받아 같은 해에 노벨상을 받은 후의 일이다. 마이트너는 페르미가 발견한 것은 새로운 원자가 아니라 핵분열의 산물이라는 사실을 증명하며 이 결과가 잘못임을 입증했다. 오늘날 과학계의 여론은 페르미가 노벨상을 잘못 받았다고 여긴다. 마이트너는 아무런 상도 받지 못했다.

핵분열은 지금까지 이루어진 과학적 발견 중 가장 강력하고 위험한 것으로 증명된다. 자연의 신비에 대한 인간 지성의 승리가 인간 윤리의 패배로 이어진 것이다. 핵분열의 개념에서 원자폭탄이 탄생했기 때문이다. 사실상 마이트너에게는 "원자폭탄의 유대인 어머니"라는 끔찍한 이름이 붙게된다. 마이트너의 발견이 순수하게 과학적이었으며 이 발견이 악의적으로 적용되는 시기보다 수십 년 앞서 있었다는 사실에는 아무도 관심이 없었다. 이 발견을 파괴의 수단으로 사용하려는 계획을 알게 된 마이트너는 폭탄연구를 거부했다. 마이트너는 원자폭탄이 인류의 중대한 전환점이 될 것이라 생각했고 남은 삶을 불순한 인간의 충동에서 과학의 순수성을 보호하는 일에 매진했다. 75세의 나이로 강연을 하기 위해 빈으로 돌아왔을 때 마이트너는 과학적 세계관의 핵심에 대해 고찰했다. "과학을 통해 우리는 이기심을 버리고 진실과 객관성에 도달할 수 있습니다. 과학을 통해 우리는 감탄과 존경의 마음으로 현실을 받아들이는 법을 배웁니다. 사물의 자연적인 질서에서 느끼는 깊은 기쁨과 외경심은 말할 것도 없습니다."

인생의 말년에 이르러 마이트너는 과학을 끔찍하게 강탈한 결과인 원자폭탄으로 끝을 맺은 시대에 씁쓸한 한탄의 심경을 표현했다.

> 우리가 하는 일을 사랑하면서 항상 두려움에 시달릴 수는 없는 노릇이다. 그 아름다운 과학적 발견으로 사람들이 어떤 무시무시하고 사악한 짓을 저지를지 모른다는 두려움이다.

살충제를 점점 더 깊이 조사할수록 레이철이 괴로워한 이유도 사람들이 저지르는 이 무시무시하고 사악한 때문이었다. 카슨은 살충제pesticide라는 용어가 더는 적절하지 않다고 보았다. 어떤 생물을 "해충"이라고 규정하고 다른 생물, 즉 인간이라는 생물의 이득을 위해 그 생물을 대량으로 학살하는 일은 자연의 기본적인 상호 연결성에 대한 모독이기 때문이었다. 카슨은 이런 독성 물질로 지구를 "모든 생명이 살기에 적합하지 않게 만드는" 현상을 적절하게 표현하려면 살상제biocide라는 용어가 더 어울린다고 생각했다.

과학의 윤리적 측면을 이야기하는 사람은 아무도 없었다. 누구도 인류의 어깨에 손을 올리고는 이 파괴적인 교만함에서 몸을 돌리도록 해주지 않았고, 우리를 흔들어 정신을 차리게 하여 겸허함을 깨닫도록 해주지 않았다. 누구도 우리가 거만한 발로 짓밟기 전부터 오랫동안 번성해왔으며 우리가 사라진 후에도 오랫동안 번성해야 할 이 기적처럼 놀라운 세계의 연약함을 일깨워주지 않았다.

1958년 4월 첫날, 성베드로대성당에서 마거릿 풀러가 지오반니 오솔리와 우연히 마주친 지 정확하게 111년 후 레이철 카슨은 세 사람과 기나긴 전화 통화를 했다. 전화의 상대는 역시 이 문제에 관심을 갖고 있던 〈뉴스위크〉의 과학 편집자와 〈뉴요커〉의 편집자, 호튼미플린의 담당 편집자인 폴 브룩스였다. 통화를 마친 카슨은 도로시에게 살충제 문제를 다루는 책을 쓸 것이라는 편지를 썼다. 가제는《자연의 통제The Control of Nature》였다. 당시만 해도 카슨은 자신이 쓰게 될 책이 위대한 작품이 될 것이라는 사실을, 이 창백한 푸른 점에 아직 구원의 기회가 남아 있는 동안 인류가 걷게 될 길을 바꾸자는 교향악적 초청장이 될 것이라는 사실을 알지 못하고 있었다.

레이철의 재능을 보호하고 싶은 마음이 컸던 도로시는 자신이 "독약 책"이라 부르는 책을 쓰다가 카슨이 이 불쾌한 주제에 매이게 될 일을, 카슨의 재능과 평판이 더럽혀질 일을 염려했다. 하지만 카슨은 이 추한 주제 안에 다른 종류의 아름다움을 위한 새로운 지평이 있다고 생각했다. 윤리적 용기라는 아름다움이었다. "나는 이 책이 큰 성공을 거두리라고는 생각하지 않았어요." 훗날 레이철은 도로시에게 말한다. "단지 이건 내가 너무도 깊이 믿고 있던 것이기 때문에 달리 길이 없었을 뿐이에요." 레이철은 도로시에게 보내는 편지에서 자신의 기분을 완벽하게 표현한다고 생각한 구절을 인용했다. 수많은 사람과 마찬가지로 카슨도 에이브러햄 링컨의 말이라고 생각하고 있었지만 실제로는 1914년 발표된 엘러 휠러 윌콕스Ella Wheeler Wilcox의 시집을 여는 첫 구절이었다. "마땅히 항의해야 할 때 침묵으로 죄를 저지르는 일은 사람을 겁쟁이로 만든다."

카슨 앞에는 약속으로 빛나는 어마어마한 과업이 놓여 있었다. 지적인 차원에서는 과학자로 한층 성장하는 데 도움이 될 도전이었고, 문학적인 차원에서는 작가로서 자연에 내재한 한층 더 큰 진실의 아름다움에 추악한 사실들을 엮어낼 기회였으며, 윤리적인 차원에서는 우리가 광대하고 위대한 우주의 티끌에 불과하다는 사실을 일깨워 인류를 겸허하게 만드는 과업이었다.

카슨은 시작하기 전부터 산업계와 정치계의 이해 관계자들이 공격해오리라 예측했고, 그 공격에 맞설 수 있도록 자신의 주장을 뒷받침하는 데 인용할 수 있는 연구를 하는 과학자들을 모으기 시작했다. 얼마 후 카슨은 살충제라는 광대한 분야와 수많은 관련 분야를 연구하는 저명한 과학자 거의 모두와 편지를 교환하기 시작했다.

현장 생물학자들과 동물학자들은 DDT 살포 후에 발생한 조류 사망률에 대한 세밀한 보고를 보내주었다. 다윈이 《종의 기원》을 출간한 지 100년이 되는 해 레이철 카슨은 〈워싱턴 포스트〉에 보내는 또 다른 편지에서 모든 생명이 상호 배치되어 있다는 불편한 진실을 다시 한번 되새겨주었다.

우리 중 많은 이들에게는 새들의 노랫소리가 갑작스럽게 멈추게 된 일, 새라는 생명의 색과 아름다움과 관심이 소멸하게 되는 일 자체가 격렬한 후회를 느낄 충분한 이유가 됩니다. 하지만 자연의 가치 있는 기쁨을 전혀 알지 못하는 이들에게도 여전히 예외가 될 수 없는 끈덕진 질문이 남아 있습니다. 이 "죽음의 비"가 새들에게 이토록 파멸적인 결과를 불러일으켰다면 우리 자신을 포함하여 다른 생명에게는 어떤 영향을 미치게 될까요?

노래하는 새들의 침묵에 대한 카슨의 윤리적 분노와 생명이 있는 것들에 대한 공감에서 비롯된 비통함은 책의 마지막 제목을 낳는다. 《침묵의 봄》.

카슨은 창작의 도전이나 노고를 전혀 두려워하지 않았지만 지금 자신의 처지를 이상한 나라에 비유하여 설명했다. "지금 하는 작업은 격렬한 기세로 진행되고 있지만 나는 그저 그 자리에 있기 위해서 가장 빨리 뛰어야 하는 붉은 여왕이 된 기분이에요." 10월 무렵 카슨은 DDT에 기인한 조류 개체 수 감소에 대한 특정한 자료, "어떤 공격에도 버틸 수 있는 사실에 입각한 비교 자료"를 열심히 수집하고 있었다. 집안일을 한 후에도 글을 쓰기 위해 늦게까지 잠자리에 들지 못하고 "식구들이 일어나기 전에 생각하고 정리할 수 있는 한 시간을 확보하기 위해" 동트기 전에 잠자리에서 일어나는 생활을 하면서 카슨은 편집자에게 쓴 편지에서 이렇게 말했다. "내가 이 일을 계속할 수 있는 힘은 내면의 확신 덕분입니다. 마침내 이 책이 완성된다면 이 책은 결코 흔들리지 않는 토대 위에 서 있게 될 것이라는 확신이에요."

카슨이 자신이 선택한 힘겨운 길에서 자신감을 얻기 시작할 무렵 이제 90세에 가까워지고 관절염으로 다리를 절던 카슨의 어머니가 발작을 일으켰고 곧바로 급성폐렴에 걸렸다. 일주일 후 마리아 카슨은 의식을 잃고 집 침실에 누워 산소호흡기에 의존하게 되었다. 딸과 함께 20년 동안 살아온 집이었다.

1958년 12월 첫날의 동이 트기 전 레이철은 아주 오랫동안 지키고 앉아 있던 어머니의 침대 맡에서 일어났다. 그리고 불을 켜지 않은 거실로 나가 창문 밖을 내다보았다. 맑은 겨울 하늘 위로 은하수가 숨이 멎을 만큼 장대한 모습으로 펼쳐져 있었다. 월트 휘트먼이 "초인간적인 교향곡이자 우주적 불확실성에 대한 송가로서 음절과 소리를 경멸하는, 영혼에 말을 거는 신성의 번득임"이라고 칭송한 원시적인 별들의 강물이었다. 은하수의 2000억 개 별 중 하나의 주위를 공전하는 행성 위에서 사고하고 느끼며 살았던 한 생물이 모든 물질의 운명과 마주하고 있었다. 그 생물에게 생명을 준 원자는 이제 막 우주먼지로 돌아가려 하고 있었다.

레이철이 어머니의 침실로 돌아가고 얼마 후 마리아 카슨은 딸의 손을 잡은 채 숨을 거두었다.

어머니를 여읜 슬픔에 잠긴 카슨은 마저리 스폭에게 보내는 편지에서 어머니를 애도했다. 이 편지는 마치 자신을 묘사하는 글처럼 읽힌다.

어머니의 가장 놀라운 특징은 삶과 살아 있는 모든 것에 대한 사랑이었습니다. … 온화하고 다정한 사람이었던 어머니는 틀렸다고 믿는 것들과 맹렬하게 싸울 줄도 아는 사람이었습니다. 지금 우리가 하고 있는 싸움처럼 말이에요! 이 문제에 대해 어머니가 어떻게 생각했는지 잘 알고 있기 때문에 나는 다시 이 작업을 할 수 있습니다. 그리고 이 일을 완수해낼 겁니다.

조사를 할수록 이 문제는 과학의 문제가 아니라 경제 체제와 정치 체제의 문제인 것처럼 보였다. 기업 세력이 속임수에 넘어간 대중을 공범으로 만들면서 자행한 자연의 파괴에는 "기묘한, 이상한 나라의 앨리스 같은 특징"이 있었다. 10년 전 카슨은 전미도서상 수상 소감의 말미에서 이 불온한 기이함을 예견하는 말을 한 적이 있었다.

우리가 너무도 오랫동안 망원경을 거꾸로 들여다본 적이 없는 것은 아닌지 궁금합니다. 처음 우리는 우리 인간을 허영과 탐욕과 그날 혹은 그해의 문제만 가진 존재로 보았습니다. 그런 다음에야 이 한쪽으로 치우친 관점에서 우리는 바깥으로 시선을 돌려 인간이 아주 잠깐 살았을 뿐인 지구를 바라보았고, 이 지구가 극히 일부분을 차지하고 있을 뿐인 우주를 보았습니다. 이는 모두 거대한 현실로서, 이런 현실을 배경으로 할 때 우리는 인간의 문제를 조금 다른 관점에서 볼 수 있습니다. 우리가 망원경을 돌려 저 머나먼 우주에서 인간을 내려다본다면 우리 자신을 파괴하려고 계획할 시간도 없을 것이며, 그렇게 하고 싶은 마음도 없어질 것입니다.

그리고 지금 카슨은 망원경을 뒤집었다. 반세기 후 기후 변화를 부인하는 현상을 미리 내다보기라도 한 것처럼 카슨은 자신 앞에 놓인 만만치 않은 과업을 표현했다.

어떻게든 불쾌한 사실을 외면하고 싶은 대중의 벽과 무관심을 뚫고 들어갈 방법을 찾아내는 것이 가장 큰 일입니다. 문제가 존재한다는 것을 인정해야 해결할 수 있기 때문입니다.

1960년대 초반에 이르자 책의 진행 속도는 카슨이 이 주제를 둘러싼 가장 불쾌한 측면을 파고들기 시작하면서 눈에 띄게 느려졌다. 바로 DDT와 암 발생 위험의 인과관계였다. 2년 전 일어난 롱아일랜드 재판에서 피고 측이 소환한 의학계의 한 증인은 DDT와 혈액의 돌연변이 사이에 어떤 연관성도 없다고 단언했다. 하지만 이 재판과 관련하여 카슨이 수집한 자료 중에는 어느 야외 활동가가 보낸 편지 한 통이 있었다. 이 편지에는 적어도 DDT와 암 발생에 상관관계가 있음을 주장하고 있었다.

1957년 8월 말 노던브리티시컬럼비아에서 사냥 여행을 하던 중 우리는 스무 하루 동안 밤마다 텐트에 DDT를 뿌렸고 충분히 환기하지 않았습니다. 9월에 집으로 돌아왔을 때 나는 골수와 백혈구, 적혈구가 심각하게 손상된 상태였고 거의 목숨을 잃을 뻔했습니다. 나는 필라델피아에서 각각 네 시간에서 여덟 시간 동안 지속되는 정맥 주사를 마흔한 차례 맞았고 지금 아주 천천히 회복하고 있는 중입니다.

그 남자의 편지 아래쪽 여백을 가로질러 카슨의 둥근 필체로 이렇게 쓰여 있다. "1959년 5월, 백혈병으로 사망." 하지만 카슨은 펜을 쥐고 있는 바로 그 손가락에서 이미 암세포의 은밀한 변형이 진행되고 있다는 사실을 알지 못했다.

1960년 봄 카슨은 몇 차례에 잔병을 치르며 몸이 쇠약해졌다. 심각한 축농증과 궤양을 앓았고 폐렴에 걸려 몇 주 동안 글을 쓰지 못한 끝에 왼쪽 가슴에서 두 개의 멍울을 발견했다. 살충제와 암의 상관관계를 다루는 두 장을 거의 완성해가던 무렵 카슨은 10년 전에 받은 가벼운 수술과 다를 바 없을 것이라 생각하며 멍울을 제거하는 수술을 받기로 했다. 최근 4년 동안 스탠리가 건강이 나빠져 입원과 퇴원을 반복하고 있었고 회복할 기미도 보이지 않았기 때문에 도로시는 스탠리를 잃을 수도 있다는 불안에 사로잡혀 있었다. 최근까지 병원에 입원해 있던 스탠리 때문에 심란한 와중에도 도로시는 레이철에게 수술 전에 읽으라며 세라 티즈데일Sara Teasdale의 시를 보내주었다. "평화가 내 마음속으로 흘러들어옵니다." 이 시는 이렇게 시작된다. "마치 해안가의 웅덩이에 밀물이 차오르듯이." 하지만 이 시를 선택하며 보여준 의연함 아래에서 도로시는 근심으로 속을 태우고 있었다. "어서 빨리 회복해주길." 도로시는 편지에 서명하기 전에 걱정 어린 마음으로 간청했다. "네가 필요하니까. 널 사랑해."

카슨은 마저리 스폭에게 자신이 "며칠 동안" 병원에 입원할 것이라고 편지를 썼다. 2주 뒤 퇴원했을 무렵 카슨은 스폭에게 특유의 삼가는 표현으로 "병원에서 겪은 모험"으로 "어떤 크기의 축소"가 일어났다고 말했다. 카슨은 무엇이 어떻게 축소되었는지는 언급하지 않았다. 종양 중 하나가 "충분히 의심스러워" 보였기에 카슨은 극단적인 유방절제술을 받아야 했다. 수술이 끝난 즉시 레이철은 도로시에게 전화를 걸었다. 우리는 전화선의 양 끝에서 두 사람이 어떤 말로 삼킬 수 없는 슬픔과 부드러운 마음을 전했는지 결코 알지 못할 것이다. 이튿날 도로시가 레이철에게 보낸 편지를 통해 조금이나마 짐작할 수 있을 뿐이다.

> 오늘은 당신 말고 다른 생각을 못하겠어요. … 내 사랑, 당신이 나에게 어떤 의미인지 안다고 생각한 적이 있다면 그걸 무한으로 증대시켜보세요. 그럼 조금은 짐작할 수 있을 거예요!
> 정말 사랑해요.
> 도로시.

수술을 마친 후 카슨은 외과 의사에게 수술로 제거한 종양이 전이했는지 단도직입적으로 물었다. 의사는 전이하지 않았다고 답했다. 의사는 자신 앞에 있는 사람을 과학자이자 삶과 죽음을 묻는 한 인간이 아니라 그저 여자이자 환자로 보았으며 거짓으로 대답했다. 알라인 파인먼의 의사가 알라인의 불치병에 대해 거짓말을 한 이후로 20년이 지났지만 변한 것이 없었다. 카슨의 암은 림프절로 전이되어 있었다. 카슨은 죽어가고 있었다.

10년 전 카슨의 종양이 양성이라고 대답한 의사 또한 거짓말을 한 것인지도 모른다. 당시 종양을 제거하는 수술을 받고 카슨은 대서양을 마주보는 해안에서 요양을 했다. 그러던 어느 날 아침 해변에서 다리가 하나밖에 없는 세가락도요새를 관찰하고 이를 공책에 기록했다.

> 나는 이 새의 왼쪽 다리가 2센티미터도 채 되지 않은 짧은 둥치만 남아 있다는 사실을 알아차렸다. 북극 지방에서 여우 같은 동물에게 다리를 잡혔을지 혹은 덫에 걸렸던 건지 궁금해졌다. 새는 밀려오는 흰 파도를 향해 한 다리로 퐁퐁퐁 하고 뛰어가 부리를 벌리고 먹이를 찾기 위해 해안을 이리저리 뒤

지고 다니다가도 흰 파도의 거품이 밀려오면 다시 퐁퐁퐁 하고 뛰어 도망친다. 내가 관찰하고 있는 동안 몸을 적시지 않기 위해 날개를 펼친 것은 고작 두 차례밖에 없었다. 그 작은 다리가 얼마나 아플지 생각하니 마음이 아팠다. 하지만 그 새의 전반적인 태도에서 쾌활하고 용감한 정신이 풍겨 나왔다. 이는 아마도 떨어진 멧새의 신이 그를 잊지 않았다는 뜻일 것이다.

카슨은 의사의 거짓말을 알아채자마자 조지 "바니" 크라일 주니어George "Barney" Crile, Jr.에게 의학적 조언을 구했다. 카슨은 살충제 문제를 조사하던 중에 클리블랜드클리닉에서 내과 의사로 일하는 크라일 박사가 암에 대해 쓴 책을 우연히 발견했다. 카슨은 크라일 박사를 "의학계를 넘어서는 인물"로 생각하며 존경하고 있었다. 박사는 "아직 제대로 밝혀지지 않았지만 지극히 중요한 신체 세포의 생태"라는 섬세한 상호 연결성에 대해 방대한 지식을 쌓고, 이를 제대로 이해하고 있는 동료 생물학자이기도 했다. 크라일 박사는 카슨의 치료 계획을 세우고 선구적인 방사능 요법을 소개해주었다. 당시 방사능 요법은 아직 새로운 치료법으로 주류 의료계가 활용하게 된 지는 10년밖에 되지 않았다. 원자폭탄을 만드는 데 사용된 바로 그 과학이 인간의 생명을 구하는 데 활용되고 있었다. 카슨은 자연에 어떤 간섭을 가할 때 우리가 얻게 될 이득과 대가를 명료하게 인식하고 있었다. 훗날 카슨은 혹독한 방사능 요법 치료를 받는 와중에 도로시에게 말한다. "이 중요한 전투에서 200만 볼트의 괴물이 나의 아군입니다. 최고이기도 하지만 무시무시하기도 한 아군이지요. 이게 암세포를 죽이는 동안 나에게도 어떤 짓을 하고 있는지 나는 알고 있어요."

카슨은 불평 한마디 없이 그 괴물이 일으키는 고통과 피로를 용기 있게 견뎌냈다. "치료를 받는 중간에 열심히, 생산적으로 일을 하기를 바라고 있어요." 카슨은 편집자에게 장담했다. "어쩌면 어느 때보다도 간절하게 이 책을 빨리 완성하고 싶어요." 하지만 카슨의 결심은 정신의 다급함에 필적하지 못하는 몸의 한계에 부딪혔다. 크리스마스 무렵 카슨은 심각한 독감으로 쓰러졌고 그 뒤를 이어 포도상구균에 감염되어 양 무릎과 한쪽 발목이 망가졌다. 이는 카슨의 가계에 전해 내려오는 류머티스성 관절염의 시작으로 카슨은 세상을 떠날 때까지 이 병으로 고통받는다. 1961년 2월 병원으로 실려가던 중 카슨은 자기 자신의 고통은 특유의 극기심으로 의연하게 견뎌낼 수 있었지만 고작 열 살의 로저가 옆에 앉아 흐느껴 우는 모습을 지켜보며 마음이 무너져 내렸다. 나 또한 이 소년을 생각하면 마음이 아프다. 태어났을 때부터 아버지의 존재를 몰랐고, 역시 고아였던 생물학적 어머니를 여의고, 지금 또다시 어머니의 죽음과 마주하고 있는 것이다. 하나의 심장이 얼마나 많은 상실을 감당할 수 있단 말인가? (카슨이 세상을 떠난 후 《바다의 가장자리》와 《침묵의 봄》의 담당 편집자였던 폴 브룩스가 세 번이나 혈육을 잃은 이 소년을 맡아 키운다.)

카슨은 5주 동안이나 침대에 누워 지내야 했고, 그다음 휠체어, 보행기, 지팡이로 천천히 옮겨온 끝에 마침내 친구에게 보고한 것처럼 "거의 정상적으로 걸을 수 있는 축복 받은 상태"에 이르게 되었다. 카슨은 신체적 장애는 그저 실질적인 문제로 체념하고 넘겼지만 책의 작업을 다시 시작할 마음에 초조해했고, 시간을 잃은 것에 "미칠 것 같다"며 안타까워했다.

일시적으로 몸이 회복하는가 싶더니 이번에는 눈에 급성 염증이 생겨 매일 일정 시간 이상 일을 하지 못하게 되었다. 원고는 거의 완성되었지만 카슨은 꼼꼼한 교정자였다. 카슨은 타는 듯한 통증이 느껴지는 눈으로 모든 쪽을 몇 번이고 살펴보면서 전달하려는 뜻과 이를 담고 있는 문장을 완벽하게 다듬고 각 단어를 시적인 적확함으로 연마했다. 이 힘겨운 작업을 하는 동안 카슨은 "빨리 달리고 싶지만 그러지 못하는 꿈속에 있는 듯"한 기분을 느꼈다. 아직 존재하지 않는 것을 마주하고 있는 카슨의 태연자약한 외면 아래에는 이를 어서 존재하는 것으로 만들어내고 싶은 활화산 같은 다급함이 날뛰고 있었다. 이것 없이는 세계 자체도 계속해서 존재할 수 없기 때문이었다. 이 작품은 문명화된 망상의 바다 한복판에 떠오른, 괴롭지만 생명을 구할 진실의 섬이 될 것이었다.

10년도 훨씬 전에 카슨은 《우리를 둘러싼 바다》에서 이렇게 썼다. "화산섬은 맹렬한 진통이 계속 연장된 끝에 탄생한다. 무언가를 창조하려는 땅의 힘과 그에 대항하는 대양의 힘이 맞선 결과이다." 카슨 자체가 이 서로 대항하는 힘들이 날뛰는 폭력적인 전장이 되어 있었다. 문화 전체를 변모시키게 될 마지막 창작 활동을 하면서 카슨은 몸을 파괴하는 암과도 온몸으로 싸우고 있었다.

처음 책에 대한 착상을 떠올린 지 20년 후인 1962년 1월, 모든 신체적 한계를 초월하는 4년 동안의 힘겨운 작업 끝에 레이철 카슨은 〈뉴요커〉에 원고를 넘겼다. 바람이 거세게 몰아치던 겨울날의 햇살이 이제 막 사라졌을 무렵 전화기가 울리고 〈뉴요커〉의 편집장인 윌리엄 숀의 목소리가 밤의 공기를 가로질러 들려왔다. 그는 카슨이 살충제라는 불쾌한 주제를 아름다운 문학 작품으로 변모시켰다고 말하며 이 책을 "뛰어난 성취"라고 칭찬했다.

전화를 끊은 카슨은 로저를 침대에 눕혀주고 잘 자라는 입맞춤을 해준 다음 사랑하는 검은 고양이 제피Jeffie를 서재로 데려와 문을 닫고 가장 좋아하는 베토벤의 바이올린 협주곡을 틀었다. "불현듯," 이튿날 카슨은 도로시에게 그날 저녁 일어난 일을 자세하게 이야기했다. "4년 동안의 긴장감이 풀어졌고 나는 그저 눈물이 흐르도록 내버려두었어요." 카슨은 자신을 몰아

세운 피할 수 없던 힘을 돌아보았다.

지난여름 … 나는 내가 할 수 있는 모든 일을 다 하지 않고는 지빠귀의 노랫소리를 다시는 행복한 기분으로 들을 수 없을 것이라고 말했어요. 그리고 어젯밤 모든 새와 모든 생물과 자연에 존재하는 모든 사랑스러운 것들에 대한 생각이 깊은 행복감과 함께 물밀 듯이 찾아왔어요. 지금 나는 할 수 있는 일을 다 했으니까요. 나는 그 책을 완성할 수 있었어요. 그 책은 이제 자신만의 생명을 갖게 되었어요.

카슨은 도로시가 "배후의 그림자"라고 부른 것과의 조용한 전투를 계속 이어갔다. 방사능 요법은 암의 전이를 막는 데 효과가 없었다. 겨드랑이 쪽의 또 다른 림프절이 부어올랐고 목과 허리에서 새로운 통증이 나타났다. 엑스선 검사에서는 아무것도 나타나지 않았다. 카슨은 도로시에게 암이 몸을 공격하는 동안 정신에 미치는 맹렬한 저주에 대해 이야기했다. "이 질병과 상대할 때 문제는 완전히 별 것 아닌 평범한 병도 마치 무시무시한 병처럼 여겨진다는 거예요. 그 증상을 검사해서 별 것 아닌 것으로 밝혀낼 때까지 나만의 작은 지옥을 견뎌야만 해요."

카슨은 이 지옥을 두 개의 동아줄을 붙잡은 채 용감하게 견뎠다. 그중 하나는 도로시의 사랑이었다. "지금 이 시간 그리고 항상, 당신이 내게 주는 의미 때문에 내가 당신을 얼마나 사랑하는지 알고 있나요? 이 쪽지는 작지만 여기에는 헤아릴 수 없는 사랑이 담겨 있습니다."

또 다른 동아줄은 카슨이 《침묵의 봄》을 집필하게 된 동기인 윤리적 책무였다.

권력을 쥐고 싶은 인간 본성의 가장 추악한 악의를 샅샅이 분해하는 동안 계속해서 아름다움을 원동력으로 삼았다는 위업은 어떤 식으로 표현해도 과장할 수 없다. 카슨은 산문의 탁월함을 결코 양보하지 않으면서도 이글을 통해 정부와 산업계가 자연에 자행한 공격에 구체적인 책임을 물었다. 카슨은 발전을 위해 자연이 희생되어야 한다는 개념을 오래전부터 반대해왔다. 문화적 서사에서 이 끔찍한 거래는 은연중에 당연한 것으로 여겨져왔다. 10년 전 카슨은 1000명의 여성 기자들이 모인 자리에서 이렇게 말한 적이 있다. "아름다움과 아름다움에서 유래한 모든 가치는 달러로 환산되어 측정되거나 평가되는 것이 아닙니다." 카슨은 상업적 이득을 위해 자연을 강탈하는 사례를 아주 간접적으로나마 겪어본 적이 있다. "바다"에 관한 책이 성공을 거둔 이후 카슨에게 쏟아져 들어오던 무수한 제안 중 특히 돈벌이가 될 만한 제안이 하나 있었다. 도우케미컬컴퍼니Dow Chemical Company가 텍사스만 해안에 새로 지을 화학 공장 내부에 수족관을 놓을 예정이라고 하면서, 이곳에 걸어놓을 현판 내용을 스물다섯 단어로 써달라고 제의해온 것이다. 이 제안에 마리 로델은 카슨이 관심을 보일 가능성이 "극도로 낮다"고 대답했지만 도우는 얼마든 지불할 의향이 있다는 뜻을 밝혔다. 카슨은 그저 액수를 말하기만 하면 되었다. 카슨은 액수를 말하지 않고 제안을 거절했지만 이 사건은 씁쓸한 뒷맛을 남겼다. 카슨은 화학 회사들이 자신에게 유리한 이미지를 만들기 위해서라면 어떤 방법까지 동원할 수 있는지를 알았다.

카슨에게는 다른 이들의 양심에 촉매작용을 일으켜 자신이 가장 소중하게 여기는 것을 방어하는 것 말고는 달리 윤리적 선택지가 없었다. 《침묵의 봄》의 목표는 세 가지였다. 첫째는 딱딱한 사실을 시간의 시험을 견딜 수 있는 문학 작품으로 변모시키는 일이었다. 둘째는 최면에 걸린 대중에게 화학 회사들이 만병통치약처럼 마구잡이로 시장에 내놓는 화학 물질들의 위험을 인식시키는 것이었다. 마지막으로, 이런 위험을 규제할 책임을 회피하고 있는 정부가 책임을 다하도록 만드는 일이었다. 카슨은 전문가들이 좁은 시야에 갇혀 상호 연결되어 있는 전체를 보지 못하는 시대, 자유 시장 방식이 이익의 제단에 진실을 희생하는 시대에 파편화와 상업화, 진실의 철저한 말소를 경고했다. 시민들이 이의를 제기하고 명백한 증거와 함께 이런 세력에 도전하려 할 때, 이런 세력은 시민들에게 "반쪽짜리 진실의 안정제를 먹인다." 카슨은 반세기 후에도 효과가 반감되지 않을 인상적인 주장을 펼치며 강력하게 촉구했다. "거짓된 확신을 어떻게든 끝장내야 한다. 입에 맞지 않는 불쾌한 진실에 대한 사탕발림을 끝장내야 한다." 무엇보다도 카슨은 "시간과 공간에서 멀리 떨어진 곳에 미칠 결과"를 진지하게 고찰하면서 단기 이익만을 생각하는 기업 세력들의 고질적인 질병을 비판했다. 그들이 독성 물질을 침투시킨 이 섬세한 생태계에서는 어떤 생물도 다른 생물과 독립적으로 존재할 수 없으며 시간의 흐름이라는 강에서는 어떤 순간도 섬으로 고립될 수 없기 때문이다.

1962년 6월《침묵의 봄》의 첫 번째 연재 기사가 〈뉴요커〉에 실리기 닷새 전 카슨은 남은 체력을 모두 끌어모아 생전 처음으로 대륙을 가로지르는 제트 여객기를 타고 캘리포니아의 스크립스대학에서 오랫동안 기다려온 졸업식 연설을 하러 갔다. 카슨은 이 연설에 "인간과 시간의 흐름에 대하여Of Man and the Stream of Time"라는 제목을 붙였다. 이 연설은 카슨의 윤리철학의 결정체로 자신이 소중히 여기던 세계에 대한 작별 인사이자 다음 세대에게 그 소중함을 물려주는 의식이었다. 카슨은 졸업생들에게 이렇게 말했다.

오늘 우리 지구는 또 다른 세상으로 나가는 해안이 되었습니다. 이 해안에서 우리는 별 사이로 항해를 나설 때 우리가 무엇을 찾게 될지 알지 못한 채 우주라는 어두운 대양을 올려다봅니다.

[…]

시간은 앞으로 흘러가며 인류는 그 시간과 함께 나아갑니다. 여러분의 세대는 반드시 환경과 합의해야 합니다. 여러분은 진실을 회피하기 위한 무지의 피난처에 숨는 대신 현실을 직시해야 합니다. 여러분이 짊어진 책임은 무겁고 심각한 것이지만 한편으로는 빛나는 기회이기도 합니다. 여러분은 인류가 한 번도 겪어보지 못한 도전을 받고 있는 세상으로 나갑니다. 자연에 대해서가 아니라 우리 자신에 대한 도전, 인류의 성숙함과 우월함을 증명해야 하는 도전입니다.

그곳에 바로 우리의 희망과 운명이 놓여 있습니다.

케플러는 지구가 살아 있는 생물처럼 소화하고 호흡한다고 믿었으며 지구에 영혼이 있다고 믿었다. 이 믿음으로 케플러는 몇 세기나 비웃음을 받았다. 레이철 카슨이 등장하여 광대하고 다양한 생물로 이루어진 생태계에 분포되어 있는 생명의 숨결 안에서, 조수의 맥박을 뛰게하는 바다의 심장 안에서 그 영혼을 찾아내기 전의 일이다. 다윈은 기나긴 시간의 궤도를 거슬러올라 다른 생물체와 우리 인간의 진화적 동족 관계를 논증했다. 하지만 과학적 사실 안에 숨은 시적 진실로 대중의 상상력을 이끌고, 차가운 지성적 인식에 따뜻한 감성적 문체를 불어넣음으로써 환경에 대한 양심을 일깨운 것은 카슨의 공적이다. 풀러는 에머슨에게 쓴 편지에서 말했다. "오직 감정을 통해서만 우리는 그대, 자연을 느낄 수 있어요! 우리는 그대의 가슴에 기대어 자연의 맥박이 고동치는 소리를 우리 자신의 고동처럼 느낍니다. 그

것은 지식입니다. 그것은 사랑입니다. 사고는 결코 여기에 도달할 수 없습니다." 초월주의자들이 지적인 놀이로 시작한 생태와 윤리의 결혼을 공식적으로 주재한 것도 다시 한번 카슨의 공적이다.

레이철 카슨

"권력이 부패할 때
시인은 정화에 나섭니다"

27

카슨은 캘리포니아에 있는 동안 〈뉴요커〉의 교정쇄를 확인하면서 보냈다. 스크립스대학에서 졸업 연설을 한 다음 날은 도로시의 예순세 번째 생일이었다. 카슨은 구독자가 많은 이달의책클럽Book-of-the-Month Club이 10월의 도서로 9월 출간 예정인《침묵의 봄》을 선정했다는 소식을 듣게 되었다. 한편 카슨은 살충제라는 주제가 뉴욕의 지식인 집단보다 미국 중부 농업 지대에 사는 농부와 그 가족들에게 훨씬 더 직접적으로 다가간다는 사실을 깨달았다. 카슨은 10월의 책으로《침묵의 봄》이 선택되었다는 사실에 기뻐하며 이 기회를 통해 "〈뉴요커〉는 차치하고 서점이 어떻게 생겼는지도 모를 전국 각지의 농장과 마을에《침묵의 봄》이 퍼져나가게 될 것"이라고 생각했다. 5000킬로미터 가까이 떨어진 곳에서 레이철은 도로시에게 말했다.

아주 좋은 소식이에요. 오늘밤은 정말 깊고 평온하고 행복한 기분이 듭니다. … 당신을 얼마나 사랑하고 있는지 당신은 알고 있나요? 이 모든 것을 당신과 함께할 수 있다는 게 얼마나 큰 의미인지 말이에요. 잘 자요. 생일 축하해요. 사랑을 보냅니다, 언제나처럼.

《침묵의 봄》은 강력한 힘을 가지고 있었고 현상 유지에 대한 현실적인 도전만이 할 수 있는 방식으로 여론을 양극화했다. 카슨은 공범인 정부가 주는 농업 장려금의 주요 수혜자이자 8억 달러의 가치를 지니고 있던 농약 업계의 가림막을 젖혀버렸고, 또한 업계에서 "반쪽짜리 진실의 안정제"를 배포하며 벌이고 있던 가차 없는 선전 활동의 허위를 밝혀냈다. 〈뉴요커〉에 독자들이 보내는 편지가 미친 듯한 기세로 쏟아져 들어오기 시작했고, 미국 농무부 또한 갑자기 정부에 배신당하고 위협을 느낀 무수한 시민들이 분노에 차 퍼붓는 편지의 폭격을 받기 시작했다. 다윈은 그 시대 지배 세력의 권위, 자신의 뜻대로 대중을 조종하는 교회의 권위를 자신의 걸작으로 위협했다. 마찬가지로, 카슨 또한 자신의 걸작으로 자신의 시대를 조종하는 지배 세력에 도전장을 내밀었다. 카슨이 도전한 세력은 바로 자본주의를 지배하는 비양심적인 기업과 상업적 이해 세력이었다.

《침묵의 봄》에 실린 충격적인 보고는 여론을 움직이는 전국의 주요 기관에 크게 울려 퍼졌다. 〈뉴욕 타임스〉는 카슨의 편에 서서 앞으로 카슨의 이론에 신용을 떨어뜨리려 애쓰는 이들 혹은 카슨의 책을 읽지도 않으면서 그저 얻어들은 인상에 기대어 반응할 이들이 카슨의 이론을 어떻게 왜곡시킬지 언급했다. 우리가 잊곤 하는 이 문화적 병폐는 소셜미디어의 시대에만 볼 수 있는 것은 아니다. 물론 소셜미디어가 이 병폐를 몇 곱절 더 악화시킨다는 사실은 분명하다. 〈뉴욕 타임스〉는 이 문제를 부인하고 묻어버리는 쉬운 방법을 택하고자 하는 사람들이 카슨을 공연히 소란을 피우는 사람이라고 비난하게 되리라는 것을 정확하게 예측했다.

카슨 씨는 화학 살충제를 절대 사용해서는 안 된다고 주장하지 않는다. 다만 대중에 의한 오용과 남용의 위험을 경고하고 있을 뿐이다. 대중은 화학자들이 신성한 지혜를 소유하고 있으며 그 시험관에서는 오직 우리에게 이득이 되는 것 말고 다른 것이 나올 수 없다는 최면에 걸려 있다.

사실상 카슨은 아주 제한된 상황에서 살충제를 사용할 수도 있다고 인정했다. 이를테면 이탈리아에서 살충제를 이용하여 장티푸스를 억제하는 데 성공한 사례 같은 경우이다. 하지만 카슨은 장기간에 걸쳐 화학 독성 물질을 사용하면 위험할 뿐 아니라 내성이 생긴 곤충이 우수종으로 변이하고, 효과가 없어져 결국 더 강력한 독이 필요하게 될 것이라고 강력하게 경고했다. 카슨이 중요한 표적으로 삼은 것은 화학 물질 자체가 아니었다. 제대로 시험을 거치지 않았을 뿐 아니라 국지적 차원이 아닌 생태계 전반의 차원에서, 장기간에 걸친 효과는 고려하지도 않고 무차별적으로 화학 물질을 사용하도록 허용하는 부주의한 정책이었다. 화학적 살충제는 표적에 대한 정밀도가 떨어졌다. 하나의 "해로운" 곤충 종을 박멸하기 위해 사용된 살충제는 카슨이 한때 "소박한 땅의 교향악단을 구성하는 악기"라고 부른 생물들을 마구잡이로 죽였다. 카슨은 이 무자비한 방식에 대해 더 정교한 대안들을 제시했다. 카슨의 생각에 과학은 조심스럽고 정교하게 사용해야 하는 도구였다. 시험해보지도 않은 산업적 화학물질을 꼴사납게 퍼부어대며 남용하는 것은 과학이 아니었다. "마치 혈거인의 몽둥이만큼이나 조잡한 무기이다"라고 카슨은 썼다. "화학물질이 생명으로 엮은 천에 폭격처럼 퍼부어졌다. 이 천은 섬세하고 파괴되기 쉽지만, 반면에 기적적으로 튼튼하고 회복력이 있으며 전혀 예상치 못한 방식으로 반격할 수 있는 능력이 있다." 《침묵의 봄》의 승리는 단순한 사실의 승리가 아니며 전에는 한 번도 연관되어 있을 것이라 생각하지 못했던 사실들의 승리였다.

소피아 피보디 세대의 사람들 수천 명이 무분별한 수은 처방으로 불구
가 된 지 한 세기 후 제대로 시험되지 않은 또 다른 유사과학적 자만심이
일으킨 여파가 영국, 서독, 캐나다를 휩쓸고 지나갔다. 수천 명이 넘는 신생
아들이 팔이나 다리가 없거나 선천적 결손증을 안고 태어났다. 원인은 임
산부들에게 입덧과 불면증 "치료제"로 마구잡이로 처방된 진정제 탈리도마
이드thalidomide로 추정되었다. 이 약이 미국 시장에 퍼지지 않은 것은 한 과
학자의 엄격한 회의적 태도 덕분이었다. 미국 식품의약국에서 일하는 약
리학자이자 의사인 프랜시스 올덤 켈시Frances Oldham Kelsey는 약물의 안정
성에 대한 구체적인 질의에 제조회사가 제대로 된 답변을 내놓지 않자 이
약물의 안정성을 인정하지 않았다. 켈시의 엄격한 고집이 수천 명의 생명
을 구한 것이다. 인류에 대한 봉사에 감사를 표하기 위해 존 F. 케네디John F.
Kennedy 대통령은 켈시에게 미국에서 가장 영예로운 상의 하나인 연방시민
훈장을 수여했다. "그녀의 비범한 판단력으로 기형아 출산이라는 크나큰 비
극을 예방할 수 있었다." 케네디 대통령은 켈시의 목에 훈장을 걸어주면서
자신 앞에 선 과학자와 미국을 향해 이렇게 말했다.

우리는 모두 켈시 박사에게 큰 빚을 지고 있습니다. 나는 우리가 자녀들과
맺는 관계, 우리가 자녀에게 품는 희망에서 켈시 박사가 우리의 가족을 보호
하기 위해 자신과 자신의 동료들이 하는 일이 얼마나 중요한지 생생하게 느
낄 수 있으리라 확신합니다. 그러니 박사님, 박사님이 한 일을 우리 나라가
얼마나 감사하고 있는지 잘 알고 있으시겠죠.

101세까지 산 켈시 박사는 대통령 훈장을 받은 두 번째 여성이었다. 케
네디 대통령은 훗날 켈시의 업적에 기반을 둔 획기적인 약물규제법을 통과

시킨다.

1962년 6월 〈뉴요커〉에 《침묵의 봄》의 세 번째이자 마지막 연재 기사가 실린 지 두 주 후에 〈워싱턴 포스트〉에서는 〈FDA의 "여장부", 나쁜 약을 시장에서 몰아내다〉라는 제목으로 켈시의 업적을 다룬 특집 기사를 실었다. 이 기사는 이렇게 시작된다.

　이 이야기는 정부에서 일하는 한 의사가 자신의 회의주의와 고집스러움으로 미국에서 무시무시한 비극이 될 사건을 막아낸 이야기이다. 수백 혹은 수천 명의 아기가 팔이 없거나 다리가 없이 태어날 뻔했다.

한 기자가 카슨에게 이 사건에 대한 의견을 물었을 때 카슨은 《침묵의 봄》의 중심에 담긴 주장을 명료하게 요약하여 답했다. "탈리도마이드와 살충제는 모두 같은 조각의 이야기입니다. 두 가지 모두 결과가 어떻게 될지 알지 못한 채 그저 성급하게 새로운 물질을 사용하고 싶어 하는 우리의 모습을 대변합니다."

롱아일랜드에서 발행되는 〈뉴스데이Newsday〉의 의욕적인 26세 기자 로버트 카로Robert Caro는 "유명한 생물학자이자 작가인 레이철 카슨"이 촉발한 논쟁을 명료하게 정리했다. 이 기자는 10년 후 가공할 만한 전기 《막후인물The Power Broker》에서 로버트 모지스Robert Moses(뉴욕의 고위 관료로서 뉴욕 중심부의 도시 계획을 주도적으로 이끈 인물이다—옮긴이)를 샅샅이 파헤친다.

　막후에 숨겨져 있던 논란의 뚜껑이 이제 막 폭발하려 하고 있다. 16년 동안의 경고에도 미국 농무부가 그토록 열광적으로 촉진한 화학 살충제가 야생 생물을 몰살하고 지금 인간을 암과 백혈병, 비정상적인 유전자 발달로 위협하고 있다는 과학적 증거가 점점 더 쌓여가고 있기 때문이다.

　카슨의 경고를 증폭시키는 다섯 부로 이루어진 기사에서 이 젊은 기자
는 농무부 장관인 오벌 프리먼Orville Freeman을 찾아가 취재하는 데 성공했
다. 장관은 기자의 질문에 살충제로 얻을 수 있는 이득이 희생보다 더 중요
하다는 기계적인 답변만을 내놓았다. 장관은 카슨이 불필요한 "공황과 히스
테리 발작"에 불을 붙였다고 주장했다. 자궁을 어원으로 하는 "히스테리"라
는 폭탄을 던진 것이다. 이는 세계 역사에서 부당함과 학대에 목소리를 높
인 거의 모든 여성에게 던져진 폭탄이다(히스테리hysteria는 그리스어로 자궁을 뜻
하는 hustera에서 유래한 말로 과거로부터 특히 여자에게 일어나는 감정적 동요를 비롯
한 증상을 보이는 병을 의미했다. 현대 의학은 여자를 억누르는 수단으로도 사용된 이 질
병을 인정하지 않는다―옮긴이).

　부정은 카슨에게 고발당한 범인들이 택한 두 가지 중심 전략 중 하나였
다. 카슨의 책에 화를 내는 사람들은 카슨이 대담한 진실에 대한 발언을 환
영하는 이들에 비하면 소수였지만, 그 소수는 부유하고 권력이 있어서 사
람들의 관심을 끄는 데 수단과 방법을 가리지 않았다. 이들은 카슨의 고발
에 인간이라는 동물이 위험에 처할 때 보이는 가장 예측 가능한 두 가지 방
식으로 반응했다. 바로 투쟁-도피 반응이다. 정부 관료와 기업의 대변인들
은《침묵의 봄》이 드러낸 불편한 진실에서 도망쳤다. 그리고 도망치는 과정
에서 온힘을 다해 대중을 납치했다. 짧게 대답하며 자리를 피하는 정치적인
회피 뒤에서 그들은 피비린내 나는 개인적인 전투를 준비하고 있었다.

　카슨의 오랜 친구이자 어류및야생동물국에서 함께 일한 적이 있는 셜리
브리그스Shirley Briggs는 오벌 프리먼이 살충제가 유익하며 제대로 된 규제에
맞춰 사용되고 있다고 주장하며 시간을 버는 사이 농무부에서 카슨이 쓴

글의 신뢰도를 떨어뜨리기 위한 준비를 하고 있으며 〈뉴요커〉에 실린 기사를 빈틈없이 뒤져 명예훼손의 근거를 찾아내고 있다고 경고해주었다. 살충제 제조업체들도 가만히 있지는 않았다. 뒤퐁DuPont은 《침묵의 봄》의 신간 견본을 요구했는데 법정 소송을 준비하기 위한 목적일 가능성이 높았다. 또 다른 주요 살충제 제조회사인 벨시콜Velsicol은 《침묵의 봄》을 낸 호튼미플린 출판사에 출간을 그만두지 않거나 책에서 자신들의 제품에 대한 부정적인 언급을 삭제하지 않으면 소송을 걸겠다고 협박했다. 마침내 살충제에 대한 비판이 공산주의자들의 음모라는 주장이 나오기에 이르렀다. 캘리포니아에 사는 어떤 남자는 〈뉴요커〉에 보낸 편지에서 카슨이 공산주의자라는 비난을 그대로 답습하며 완전히 진지한 태도로 이렇게 덧붙였다. "우리는 새나 동물 없이도 살 수 있다. 하지만 현 시장의 불황이 보여주는 대로 기업 없이는 살 수 없다." 8년 후 대중문화에 깊이 뿌리 내린 《침묵의 봄》의 유산에 따라 조니 미첼Joni Mitchell은 자신의 노래 〈커다란 노란 택시Big Yellow Taxi〉의 가사에서 이 남자의 말을 멋지게 반박한다.

DDT는 저리 치워요.
사과에 반점이 있어도 괜찮으니
우리에게 새와 꿀벌을 남겨주세요.
제발 부탁드려요.

그 남자는 〈뉴요커〉에 보낸 편지를 말도 안 되는 헛소리로 끝맺는다.

곤충에 대해서 말인데, 벌레 몇 마리가 죽는다고 무서워하는 건 정말 여자나 할 법한 짓이 아닌가요? 우리가 수소폭탄을 갖고 있는 한 별일 없을 겁니다.

추신. 그 여자는 아마도 평화광인 게 틀림없어요.

카슨에게 공산주의자라는 혐의를 씌우는 것은 도무지 말도 안 되는 일
이었지만 산업계에서 힘 있는 세력들이 이를 고집스럽게 주장하자 마침내
FBI가 카슨을 조사하기 시작했다. 이 조사 결과는 두 장의 별 것 아닌 보고
서로 완성되었고 기밀문서로 분류된 이 보고서는 다른 쓸데없는 조사 보고
서들과 함께 파기되었다.

카슨은 책에서 주장한 과학적 사실이 확고한 기반 위에 서 있다는 데 자
신이 있다고 출판사에 보증했다. 《침묵의 봄》은 목록이 55쪽에 이르는, 꼼
꼼하게 출처를 확인한 수백 편의 참고문헌이라는 버팀목 위에 군건하게 서
있었다. 농무부는 카슨의 과학에서 어떤 꼬투리도 찾아낼 수 없었고, 벨시
콜도 마침내 소송을 한다는 협박을 멈추었다. 훗날 벨시콜은 다른 종류의
소송에 휘말리게 된다. 몇 달 후 멤피스에 사는 주민 20명이 벨시콜 화학
공장 근처를 흐르는 시내에서 피어오르는 연기를 들이마신 후 몸이 안 좋
아지게 되었다. 공장에서 일하는 노동자 스물네 명은 공장에서 가스를 마신
후 병원에 입원해야 했다. 카슨의 인생 마지막 달에 농무부는 해리엇 호스
머와 마크 트웨인이 한때 그 원시적인 아름다움에 감탄했던 미시시피강에
서 일어난 대규모 어류 폐사가 DDT보다 30배나 치명적인 살충제인 엔드
린endrin 누출 때문이라는 사실을 밝혀냈다. 엔드린이 누출된 곳은 같은 벨
시콜 공장이었다. 그 결과 멤피스의 하수도는 1미터에 가까운 독성 물질로
뒤덮였고 엔드린은 뉴올리언스의 공공 상수도까지 오염시켰다.

그해 8월 출간이 한 달 앞으로 다가왔을 무렵 《침묵의 봄》은 대통령의
의제에 올랐다. 텔레비전으로 방영된 백악관 기자회견에서 존 F. 케네디 대
통령은 살충제의 위험에 대한 질문을 받자 카슨의 책이 불러일으킨 직접적

인 결과로 몇몇 정부 기관에 이 문제를 조사하라는 임무를 맡겼다고 대답했다. 케네디 대통령의 선거 공약에는 해안을 야생동물보호구역처럼 보호하겠다는 카슨에게 영향을 받은 공약도 있었다. 두 달 전 내무부의 한 대리인이 카슨을 찾아와 과학적 개념을 일반 대중에게 전달하는 일에 카슨의 도움을 받을 수 있게 되기를 바란다는 뜻을 전하고 간 적이 있었다. 케네디 대통령이 기자 회견에서 언급하지 않은 부분은 연방정부가 이미 살충제를 집중적으로 조사하기 위해 대통령 과학자문위원회Science Advisory Committe와 협의하기 위한 특별부처간위원회를 설립했다는 사실이었다.

대통령의 과학 고문이 〈뉴요커〉에 연재된 기사에 주의를 기울이고 있었지만 케네디 자신은 집에서 훨씬 더 가까운 경로로 접할 수 있던 《침묵의 봄》 자체에 관심을 가졌을 가능성이 높다. 5년 전 롱아일랜드의 판사가 DDT 살포 금지 명령을 주장한 주민들의 요구를 물리쳤을 때 마저리 스폭과 배우자는 항소했고 이 사건은 대법원까지 올라오게 되었다. 대법원에서는 이 사건을 기각했지만 이에 강력하게 반대하는 인물이 한 명 있었다. 대법원 판사였던 윌리엄 O. 더글러스William O. Douglas였다. 투철한 환경적 양심을 지닌 더글러스는 카슨이 쓴 〈워싱턴 포스트〉 기사를 인용하면서 이 사건을 심리하지 않겠다는 법원의 판결에 이의를 제기했다.

더글러스는 몇 년 동안 바비 케네디Bobby Kennedy와 함께 등산을 하는 친구였다. 《침묵의 봄》으로 나라 전체가 들끓었을 무렵 더글러스는 환경 문제에 대해 대통령의 가장 영향력 있는 비공식적 고문이 되어 있었다. 롱아일랜드 사건의 불공정한 판결을 잊지 않고 있던 더글러스는 《침묵의 봄》의 신간 견본을 집어삼킬 듯한 기세로 읽고는 호튼미플린 출판사에 이 책을 "《톰 아저씨의 오두막》 이후 가장 혁명적인 책"이라며 격찬을 아끼지 않았다. 방사능 치료를 받던 카슨은 5월에 백악관에서 열린 자연보호회의에 초청 인사 자격으로 참여하여 더글러스를 만났다. 더글러스는 DDT의 무차별적 사용에 대항하는 성전을 치르기 위한 오래 지연된 증거로서《침묵의 봄》을 열정적으로 지지한다는 뜻을 밝히고는 15만 부에 달하는 이달의책클럽 판본을 위해 추천사를 써주겠다고 제안했다. 이 추천사에서 더글러스는《침묵의 봄》을 "모든 독성 물질을 다루는 산업에 대한 효과적인 통제"를 촉구하는 설득력 있는 주장을 펼친다고 칭찬하면서 당당하게 선언한다. "이 책은 인류를 위한 이 세기의 가장 중요한 연대기이다."

《침묵의 봄》은 1962년 9월 27일 출간되었다. 모든 주요 언론사가 이 책에 대한 비평을 실었고 책의 내용을 발췌하여 인용했다. 〈뉴욕 타임스〉는 더글러스 판사의 말을 되풀이하며 이 책을 "20세기의《톰 아저씨의 오두막》"이라고 하면서 "분노와 격분, 항의로 들썩이는" 문학적 걸작이라고 칭찬했다. 〈뉴욕 타임스〉는 날카로운 지적을 통해 카슨을 비판하는 이들이 후렴구처럼 반복하게 될 말, 즉 이 책이 "불공평하며 한쪽으로 치우쳐 있다"는 비판을 미연에 방지하고 나섰다. "《톰 아저씨의 오두막》이 신중하고 '공정'했다면 절대 나라를 각성시키지 못했을 것이다."

제대로 된 언론사는 대부분 전적으로 카슨의 편을 들어주었지만 화학회사가 내놓은 입장을 앵무새처럼 따라 하는 언론도 몇 군데 있었다. 화학회사는 공교롭게도 가장 돈벌이가 되는 광고주였기 때문이다. 〈이코노미스트〉는 아무도 이 책을 진지하게 받아들이지 않을 것이며 이 책이 일으킬 유일한 결과는 카슨이 "신뢰할 수 있는 과학 저널리스트"의 명성에 흠을 입게 되는 것일 뿐이라는 예측을 내놓았다. 〈타임〉은 1년 전에 발표되어 그 이후로도 계속 논쟁거리가 된 DDT의 안전성에 대한 연구 결과를 인용하며 DDT가 "무해"하다고 주장했다. 또 이 책이 "불공정하고 편파적이며 히스테리적으로 한쪽의 견해만을 강조"한다고 말하는 한편 카슨이 꼼꼼하게 조사하여 쓴 내용을 두고 "명백하게 논거가 희박"하며 "정확하지 않은 사실을 감정적으로 썼다"라고 주장했다. 20년 전에 카슨의 DDT 폭로 기사를 거절한 〈리더스다이제스트〉는《침묵의 봄》이 출간되기 두 달 전 이 책의 요약본을 싣기로 호튼미플린과 체결한 계약을 철회하고 〈타임〉에 실린 비평 기사를 요약하여 실었다. (레이철 카슨이 세상을 떠나고 몇 년 후인 1969년, 〈타임〉은 환경 부문에 카슨의 사진과 함께 뒤늦은 속죄의 기사를 실었다. "7년 전 레이철 카슨이《침묵의 봄》에서 살충제의 위험을 폭로한 이래 이 화학물질이 새와 식물, 어류, 동물, 그리고 이따금 인간에게 해로운 영향을 미친다는 근거가 계속해서 쌓여가고 있다." 〈타임〉은 훗날 카슨을 20세기의 가장 영향력 있는 인물 100인 중 한 명으로 선정한다.)

가장 무자비한 공격은 화학 회사와 농업계에서 왔다. 이달의책클럽만큼 발행 부수가 많은 잡지인 〈몬산토 매거진Monsanto Magazine〉은《침묵의 봄》첫 장을 패러디하여 〈황량한 해The Desolate Year〉라는 기사를 실었다. 카슨이 나무와 동물과 가족이 독성 물질의 맹렬한 공격을 받은 후 "모든 생물들이 떠나버린" 황량한 풍경을 묘사한 장면을 교묘하게 비틀어 그 시적인 산문만 흉내 낸 채 그 반대의 풍경을 묘사한 것이다. 바로 곤충과 다른 "해충"들이 지구를 지배하게 된 암흑시대의 풍경이다.

국가영양위원회National Nutrition Council의 공동 설립자이자 회장은《침묵의 봄》을 "허튼소리"라고 단언했다. 국가영양위원회는 기업 친화적 기관으로 운영 자금 대부분을 몬산토를 비롯한 미국의 주요 농약 제조 업체가 내는 회비로 충당하고 있는 곳이었다. 영양재단Nutrition Foundation 또한 이와 비슷하게 산업형 농업 회사와 밀접하게 유착되어 있으며 주요 정크푸드 제조 업체의 이사진이 위원을 맡고 있는 기관인데, 여기에서도 마찬가지로 한 목소리로 카슨의 신뢰성에 흠집을 내기 위한 공격에 착수했고 선전을 위해 터무니없는 허위 사실을 동원하기에 이르렀다.

홍보업자들과 저자의 추종자들, 음식 유행을 좇는 이들, 돌팔이 의사들, 특별히 이해관계가 얽힌 단체들에서는 이 책이 과학자가 집필한 과학적으로 나무랄 데 없는 책인 것처럼 홍보하며 장려하고 있다. 모두 사실이 아니다. 이 책은 대부분 한쪽의 의견만으로 선택된 비관적인 정보만을 전달하고 있으며, 오랜 기간 중에서 극히 일부의 정보만을 사용하여 결과적으로 크게 왜곡된 그림을 보여준다. 저자는 자신이 논의하고 있는 분야의 과학자가 아니라 전문적인 저널리스트이며, 근거를 인용하고 해석하는 데 객관적인 자세를 유지한다는 과학의 가장 근본적인 본질을 놓치고 있다.

영양재단은 《침묵의 봄》이 출간된 후 "농약 산업의 이미지"를 개선하는 일에 25만 달러의 예산을 배당한 미국농업화학협회 National Agricultural Chemical Association와 힘을 합쳤다. 영양재단은 이 책에 대한 부정적인 비평들을 모두 수집하여 배포했고, 제대로 된 과학자에게 반대 의견을 구하는 과정에서는 아무런 성과를 거두지 못한 채 《침묵의 봄》에 반박하는 《사실과 허상 Fact and Fancy》이라는 제목의 홍보 책자를 만들었다. 카슨이 강조한 연구들의 신뢰성을 훼손하기 위한 목적에 맞추어 대안적인 "사실"들을 수집해놓은 책이었다. 같은 수법으로 어느 농업 잡지는 〈레이첼 카슨에게 답하는 법 How to Answer Rachel Carson〉이라는 제목의 기사를 실었다. 《침묵의 봄》에 제시된 근거에 반하여 대규모 농법을 옹호해야 할 때 독자에게 반박의 논지를 미리 주지시켜 놓으려는 의도에서 쓰인 기사였다. 이 기사에서는 카슨의 비판자들이 가장 자주 사용하는 전략을 택했다. 즉 자신의 적이 실제로 하지도 않은 주장을 반박하는 것이다. 카슨이 이 책에서 주장하는 바가 모든 상황에서 모든 살충제를 전면적으로 포기해야 한다는 뜻은 아니라고 명백하게 명시한 단락을 아예 무시한 채 어떤 이들은 카슨을 반과학주의자라고까지 몰아세웠다. 카슨은 화학 물질을 이용하여 티푸스나 말라리아를 막아 생명을 구하는 사례에 대해 언급한 바 있다. 여기에서 참으로 역설적인 것은 카슨이 반대한 것이 과학이 아니라 가장 비과학적인 태도였다는 점이다. 즉, 근거로 뒷받침되지 않는 잘못된 확신의 오만함과 실제로 답이 없음에도 답이 있는 체하는 위험한 기만이다.

《침묵의 봄》이 출간된 지 반세기가 훨씬 지난 후 내가 이 책에 대한 논평을 트위터에 공유했을 때 누군가가 2500단어로 된 논평을 읽는 데 걸리는 시간보다 훨씬 더 빨리 답글을 달았다. 그는 당시의 허위 주장을 그대로 되풀이하면서 말라리아로 100만 명이 사망한 책임을 카슨에게 돌렸다. 문화의 세포에 일단 자리를 잡은 허위의 반감기가 이토록 길다.

카슨을 비판하는 이들 중에 대중 앞에 가장 두드러지게 나타난 인물은 로버트 H. 화이트-스티븐스Robert H. White-Stevens라는 기업 측 화학자였다. 일부러 연민을 자아내는 듯한 연극적인 태도를 취하는 인물로 포마드로 번들거리는 머리칼에 얇은 코밑수염을 기르고 두꺼운 검은 눈썹이 검은 뿔테안경 위에 자리 잡고 있는 모습이 마치 누아르 영화의 악당처럼 보이는 인물이었다. 화이트-스티븐스가 《침묵의 봄》에 반박하는 데 사용한 주요 전략은 인과관계와 상호 관계를 마구 뒤섞어버리는 것이었다. 그는 살충제를 사용하지 않는 세계의 다른 지역에서는 질병과 기근이 기승을 부린다고 주장했다. 그는 경제 발전의 개념을 염두에 두지 않거나 의도적으로 모른 체하고 넘어갔다. 빈곤한 국가에서는 단순히 살충제 비용을 감당할 수 없었고 그 나라 국민의 건강과 생산량에 부정적인 영향을 미치는 것은 살충제의 부재가 아니라 빈곤 그 자체였다.

하지만 아무리 선전 활동을 벌인다 해도《침묵의 봄》이 출간된 지 며칠 만에 이 책을 접하게 된 대다수 대중을 다시 잠재우지는 못할 것이었다. "민주주의는 여전히 살아 있다"라고 워싱턴의 한 신문은 선언했다. "레이철의 노래는 크고 또렷하게 울려 퍼진다." 처음 찍어낸 10만 부가 금세 매진되어 버린 후《침묵의 봄》은 〈뉴욕 타임스〉 베스트셀러 목록을 차근차근 올라가고 있었다. 추수감사절 무렵에는 1위에 올랐다. 호튼미플린으로 감사의 편지가 물밀 듯이 쏟아져 들어왔고 마리 로델은 이 편지들을 거대한 가방에 담아 카슨에게 전해주었다. 독자들은 "인류 전체를 위해 작은 생명을 보호하려는 끊임없는 헌신"에 대해 카슨을 칭찬했다. 잡지 〈예방Prevention〉의 편집자인 루스 애덤즈Ruth Adams는《침묵의 봄》을 시민의 힘을 보여주는 소중한 무기라고 극찬했다.

그리고 이 책을 쓴 사람이 바로 레이철 카슨인 것이다! 이상한 괴짜도 아니고 유행을 따르는 사람도 아니고 공산주의자도 아닌, 베스트셀러 작가이자 최고 수준에 오른 진정한 과학자이다. 카슨이 아름답게 쓴 온건한 작품들은 모든 학교의 도서관에 비치되어 있다. … 바로 우리가 이런 책을 써주었으면 하고 바라는 부류의 인물이다! 나는 카슨이 이 책을 써준 것이 참으로 기쁘다.

분노를 일으킬 만한 자연의 학대를 폭로하는 책을 쓰면서 카슨은 분노가 아닌 연민을 강조했고 두려움을 명료하게 적시하면서도 부드러움을 잃지 않았다. 펜실베이니아 중부에 사는 한 여자는 카슨에게 보내는 편지에서 이 이례적인 성취에 대해 이야기했다.

카슨 씨에게.

나는 사회복지사로 일하고 있습니다. 일하고 있을 때는 문제에 휘말린 사람들에게 필요한 것을 마련하기 위해 계획을 세우느라 분주하게 움직입니다. 사회복지 분야에서는 일하는 사람들의 수고가 편안한 사람들의 편의를 위해 좌절되는 경우가 종종 있습니다. 특권에 깊이 뿌리를 내리고 있는 사람들, 정치계와 정치인들과 연줄을 대고 있는 사람들, 명성과 상표에 집착하는 사람들 말입니다.

어제는 특히 더 피곤한 하루를 보낸 후 기차를 타고 《맥콜스》를 읽다가 클리블랜드 에이머리Cleveland Amory가 당신의 철학에 대해 쓴 짧은 글을 읽었습니다. 당신이 바다에 의지하며 사는 작은 생물을 보호하기 위해 노력하고 어머니다운 마음으로 모든 생명에 관심을 기울인다는 내용이었습니다.

어떻게 된 일인지, 왜인지 모르겠지만 피곤함이 싹 가시는 기분이 들었습니다. 푹 자고 일찍 일어난 사람처럼 개운하고 새로운 기분이었어요.

《침묵의 봄》은 10여 개 언어로 번역되어 세계로 퍼져나갔다. 런던의 한 신문은 "55세의 노처녀가 쓴 한 권의 책이 시카고에 도살장을 근절시킨 업튼 싱클레어Upton Sinclair의 《정글The Jungle》이후 그 어느 책보다 미국에 자기반성을 일으켰다"라고 보도했다. 자신이 이끄는 탐험대에 여자 대원을 단호하게 거절했던 선구적인 극지 탐험가 어니스트 섀클턴의 아들이자 자연보호론자인 섀클턴 경이 영국판 서문을 쓰겠다고 나섰다. 이 서문에서 섀클턴은 자연을 보호하기 위해 꼭 필요한 "윤리적이고 미학적인 가치"에 빛을 비추어준 일에 대해, "생물학자의 경험과 작가의 기술을 결합하여 인간의 기술 발전에 따른 중대하고 심지어 불행한 측면에 강력한 힘을 행사해준 일"에 대해 카슨을 칭찬했다.

암스테르담에 사는 한 여자는 카슨에게 쓴 편지에서 이렇게 말했다.

두 번의 세계대전을 겪은 후 나는 권력을 쥔 대부분의 사람들이 얼마나 사악할 정도로 어리석고 무자비해지는지 너무도 잘 알고 있습니다. 그들은 오직 눈앞의 이득을 얻기 위해 기를 쓰고 덤빌 뿐 결코 장기적인 공익을 위해 행동하지 않습니다. 하지만 여론이 일단 각성되기 시작하면 무언가를 이룰 수 있습니다. … 나는 당신이 인류를 위해 위대한 일을 해냈다고 생각해요. 당신이 그려준 두렵지만 설득력 있는 그림이 없었다면 어떤 행동을 취한다는 것은 여전히 불가능한 일로 남아 있었을 겁니다.

시애틀에 살며 편지를 보낸 또 다른 여자도 같은 의견을 전했다. "권력이 있는 사람의 잘못을 지적하는 사람은 외롭고 오해받는 자리로 몰리기 마련입니다. 하지만 옳은 일을 기꺼이 하려는 카슨 씨 같은 사람이 있다는 것에 우리가 얼마나 감사하는지 모릅니다."

시대의 위대한 정신 중에도 이런 용기를 지닌 사람을 좀처럼 찾아보기 어렵다. 케플러가 인생의 마지막 해에 《꿈》의 처음 여섯 쪽을 직접 조판하면서 자신의 우화로 마침내 코페르니쿠스의 논쟁적인 관점을 인류에게 소개할 수 있으리라는 희망을 품고 있을 무렵, 데카르트는 자신의 모든 철학의 정수를 종합하기 위해 쓴 《세계론Le Monde》이라는 저서에서 코페르니쿠스 모델을 해설하는 일에 착수했다. 데카르트는 이 책을 쓰는 데 4년이나 공을 들였지만 1633년 갈릴레오의 운명을 목격한 후 자신의 정신적 사상이 신체 고문을 유발할 위험이 있음을 심각하게 고민하기 시작했다. 데카르트가 주장한 정신과 신체의 분리는 창공 속으로 사라져버리고 말았다(데카르트는 정신과 신체가 분리되어 있다는 심신이원론을 주장했다—옮긴이). 이 책이 나오면 목숨을 잃을 것이라고 짐작한 데카르트는 출간을 완전히 단념해

버렸다.

1633년 11월 말 친구인 마랭 메르센Marin Mersenne에게 보내는 편지에서 데카르트는 새해 선물로 갈릴레오의 《천문대화》를 보내주려 했지만 갈릴레오가 재판에서 유죄 선고를 받고 이 책이 불태워졌다는 사실을 알게 되었다고 쓴다. "이 사건으로 정말 놀랐습니다"라고 데카르트는 쓴다. "그래서 내 논문을 전부 태워버릴까 하는 생각도 하고, 적어도 아무한테도 보여주지 말아야겠다는 생각도 했습니다." 충격을 받은 데카르트는 갈릴레오를 불행에 빠트린 불편한 진실, 지구가 운동한다는 개념이 자신이 쓰는 저서의 중심을 차지하고 있다는 사실을 언급한다. "이 관점이 거짓이라고 한다면 내 철학을 이루는 모든 근본 또한 거짓입니다." 데카르트는 메르센에게 한탄한다. "내 철학의 바탕 위에서 그 사실은 아주 명료하게 논증될 수 있습니다. 이 관점은 내 논문에서 중심을 차지하고 있기 때문에 책 전체를 불완전하게 만드는 위험을 감수하지 않고 그 부분만 삭제할 수는 없습니다." 데카르트는 자신이 진실로 알고 있는 사실을 대중 앞에 선언함으로써 검열 제도에 자신을 노출시키거나 혹은 더 안 좋은 일을 감수하기보다 차라리 "교회가 동의하지 않는 하나의 단어가 들어간" 책을 출간하지 않기로 결심했다. 데카르트는 "불완전한 형태로 출간하는 것보다 아예 출간하지 않는 편"이 더 좋다고 말했다. 책에서 진실을 삭제하지 않고 그대로 출간하는 방법은 데카르트가 고려한 선택지에는 없었다. 이런 결정은 데카르트이기 때문에 한층 더 당혹스럽다. 데카르트의 고향인 프랑스에서는 종교재판이 존재하지 않고 코페르니쿠스에 친화적인 네덜란드에서는 갈릴레오에게 동의하는 사람들이 속속 등장하고 있었기 때문이다. 어쩌면 데카르트는 그저 자신의 책이 팔리지 않을 것이라는 생각이 마음에 안 들었을지도 모른다. 혹은 자신의 명성이 이 논쟁으로 침몰될 수 있다는 사실이 못마땅했을지도 모른다. (이듬해 4월 메르센에게 보낸 편지에 따르면 데카르트의 좌우명은 "눈에 띄지 않고 사는 사람이 잘 사는 것이다"였다.)

마땅히 항의해야 할 때 침묵으로 죄를 저지르는 일은 사람을 겁쟁이로 만든다.

데카르트에게는 우리 모두와 마찬가지로 지적인 용기와 지적인 비겁함을 발휘할 잠재력이 있었고 일생을 지적인 용기를 발휘하며 살아갔다. 하지만 어느 순간 스스로 너무도 잘 알고 있는 진실을 옹호하지 못했다. 아마도, 결국, 우리는 정신과 정신으로 나뉜 것처럼 정신과 신체로 분리되어 있지 않은지도 모른다. 그리고 인류를 앞으로 이끌어나가는 가장 확실한 힘은 동류의 정신과 정신이 연대하여 하나의 공통된 진실을 고수하는 일이다.

카슨은 《침묵의 봄》을 독일계 프랑스인 철학자이자 의사인 알베르트 슈바이처Albert Shweitzer에게 헌정했다. 《우리를 둘러싼 바다》를 통해 카슨이 자연을 돌보는 최고의 집사 지위에 오른 지 1년 후에 슈바이처는 "생명에 대한 외경" 철학을 주창한 공로로 노벨 평화상을 받았다. 《침묵의 봄》이 받은 수많은 상 중에서 카슨에게 가장 의미 깊은 상은 바로 동물복지연구소Animal Welfare Institute가 주는 슈바이처 메달이었다. 이 상을 받으면서 카슨은 슈바이처와 공유한 중요한 신념을 고찰했다.

우리가 오직 사람과 사람 사이의 관계 속에 있다고만 생각한다면 우리는 진정으로 문명화한 것이 아닙니다. 중요한 것은 사람과 모든 생명의 관계입니다. 이 관계가 이토록 비극적으로 간과된 시대는 일찍이 없었습니다. 지금 우리는 기술을 통해 자연 세계와 전쟁을 벌이고 있습니다. … 불필요한 파괴와 고통을 묵인하며 우리는 인간으로서 우리의 명성을 땅에 떨어뜨리고 있습니다.

한 세기 전 에밀리 디킨슨은 수전에게 보내는 시-편지에서 이렇게 썼다.

> 그건 자연이 아니야-
> 친구야, 누군가야
> 자연을
> 인정해주는
> 새는
> 소리 없는 존재가 돼
> 해설해주는 이가 없다면

《침묵의 봄》에서 레이철 카슨은 현대 환경 운동의 기본이 될, 자신이 주장하는 중심 명제를 명료하게 표현한다.

> 질문은 대체 어떤 문명이 자기 자신을 파괴하지 않고, 문명화되었다고 불릴 권리를 잃지 않고, 생명을 상대로 무자비한 전쟁을 벌일 수 있는가 하는 것이다.

책이 출간되고 3주 후 카슨은 내무부 장관의 집에서 열리는 케네디연구회에 참석해달라는 백악관의 초청을 받았다. 농업계 이해 세력의 대변인인 오빌 프리먼이 공격해올 것을 염두에 두고 카슨은 논리를 꼼꼼하게 다듬은 연설문을 준비하여 모임에 나갔다. 양면에 깔끔하게 타자를 친 11쪽의 카드를 보고 준비한 연설은 하면서 카슨은 한발 더 나아가 화학 살충제라는 조악한 무기에 대한, "상상력 넘치고 창의적이며 과학적으로 근거 있는" 대안을 제시했다. 그중 가장 상상력이 넘치는 방법은 다른 생물에 해를 끼치지 않으면서 특정한 종의 생식을 축소하는 생물적 방제 방법이었다. 이 모임에서 정확하게 55년 후 카슨의 저서의 직접적인 결과로 설립된 환경보호국Environmental Protection Agency에서는 한 선구적인 기술을 승인한다. 시험관에서 키워 세균에 감염시킨 수모기를 풀어놓아 암모기를 불임으로 만드는 방식으로 모기의 개체 수를 제어하는 기술이다. 카슨은 정부에 대한 중대한 도전을 제시하며 발표를 마무리했다. "이런 종류의 접근 방식에는 … 원조가 필요합니다. 좀더 많은 기금과 대중의 이해라는 원조입니다. 나는 이 방향에 우리의 미래를 위한 최고의 희망이 존재한다고 확신합니다."

〈뉴욕 타임스〉는 카슨이 산업계의 뒷주머니에서 정부를 꺼내오는 임무에 성공한다면, 그리고 정부에게 자연과 자연의 시민을 보호하는 책임을 물을 수 있다면, 카슨은 "DDT를 발명한 사람만큼이나 노벨상을 받을 자격이 있다"라고 선언했다. 실제로 카슨이 몇 년 더 살 수 있었다면 노벨위원회의 고질적인 성차별을 극복하고 노벨 평화상을 받았을지도 모른다. 리제 마이트너의 노벨상은 어디 있는가? 베라 루빈과 조설린 벨 버넬의 노벨상은 어디 있는가?

심지어 〈피너츠Peanuts〉(찰리 브라운과 스누피로 유명한 신문 연재만화로 50년 동안 연재하며 인기를 누렸다―옮긴이)에서도 카슨의 공적을 기렸다. 한 연재분에서 루시는 들뜬 기분으로 새로운 야구 방망이를 찰리 브라운에게 자랑한다. 찰리는 방망이에 쓰인 이름이 뭔지 묻는다. "미키 맨틀Mickey Mantle이야, 윌리 메이즈Willie Mays야?"(모두 유명한 야구 선수들이다―옮긴이) "이건 여자애 방망이야"라고 루시가 대답한다. "여기에는 '레이철 카슨'이라 쓰여 있어." 또 다른 연재분에서 루시는 화가 난 슈뢰더에게 카슨의 책에 나온 지질학적 지식을 인용한다. "맨날 레이첼 카슨, 레이첼 카슨! 넌 맨날 레이첼 카슨 얘기뿐이잖아!" 루시가 반박한다. "우리 여자애들한테도 영웅이 필요하다고!" 전미도서상을 받았을 때보다 〈피너츠〉에 등장한 후로 친구들에게 더 많은 축하 전화를 받은 카슨은 농담을 했다. "이제 알았어요! 진정한 불멸의 명성을 얻기 위해서는 신문 연재만화에 등장해야 한다는 것을요."

대중 앞에서는 항상 쾌활한 모습을 보였지만 카슨은 점점 체력이 떨어지고 있었고 다른 사람에게 대리 수상을 부탁해야 한다는 사실에 슬퍼했다. "생각을 안 할 수가 없어요." 레이첼은 한 친구에게 털어놓았다. "10년 전에 이 지점에 도달할 수 있었으면 얼마나 좋았을까요? 이렇게 많은 일을 할 기회가 있는데, 몸은 점점 약해지고 남은 시간은 얼마 되지 않아요."

언론의 인터뷰 요청이 쏟아져 들어왔지만 카슨은 습관적으로 이들을 거절하고 대신 자신의 마음을 감동시킨 독자의 편지에 답장을 쓰는 데 몰두했다. 언제나처럼 학생들의 편지가 우선이었다. 《침묵의 봄》 작업을 정신없이 마무리하던 마지막 몇 달 동안에도 카슨은 글 쓰는 법을 조언하는 글을 써달라는 시카고고등학교의 요청에 따로 시간을 냈을 정도였다. 다른 곳에서는 한 번도 발표된 적이 없으며 예일대학교의 바이네케도서관에 초고만 남아 있는 이 글은 작가로서 카슨의 철학을 가장 구체적으로 표현한다.

바다에 대해 글을 쓰면서 나는 중요한 진실을 배웠다. 작가의 주제는 항상 작가 자신보다 훨씬 크고 중요하다는 사실이다. 이는 나비의 날개처럼 사소해 보이는 주제에 대해서도 바다처럼 웅대한 주제와 마찬가지로 진실이다. 작가, 읽을 가치가 있는 작품을 쓰는 작가는 그를 통해 진실을 표현하는 도구일 뿐이기 때문이다. 작가는 진실을 창조하지 않으며 다만 자신의 무언가를 통해 진실에 표현을 부여하고 독자를 위해 진실에 빛을 밝히는 존재이다. 가장 중요한 목표를 성취하기 위해 작가는 절대 자신의 주제에 대해 자신을 강요하려고 해서는 안 된다. 작가는 독자 혹은 편집자가 읽고 싶어 한다고 생각하는 틀에 따라 진실을 조형하려고 해서는 안 된다. 작가의 초기 임무는 자신의 주제와 친밀해지는 것으로 그 주제의 모든 면을 이해하고 그 주제가 자신의 정신을 채우도록 만드는 것이다. 그다음 주제가 책임을 떠맡고 지휘하기 시작하는 순간이 오면 그때부터 진정한 창작의 행위가 시작된다. 그 결과 작가와 주제가 신비롭게 융합된 작품이 탄생한다. 두 작가에게 같은 주제를 주고 글을 쓰게 한다면 당연히 다른 작품이 나올 것이다. 교향곡의 주선율을 현악기로 연주하느냐, 목관악기로 연주하느냐에 따라 우리 귀에 다르게 들리는 것과 마찬가지이다. 하지만 선율이 악기보다 중요한 것과 마찬가지로 글을 쓰는 데 무엇을 말하는가의 문제는 그 주제를 말하는 작가보다 더 중요하다. 작가가 되는 훈련은 가만히 앉아 자신의 주제가 자신에게 말하는 것에 귀를 기울이는 것이다. 위대하고 보편적인 진실과 일체감을 경험한 적이 있는 작가라면 이를 표현하는 작가의 역할이 특권이자 풍성한 만족을 준다는 사실을 잘 알고 있다.

카슨은 바로 이런 진실의 악기로써 《침묵의 봄》을 집필했다. 하지만 지금 카슨은 화학 회사들이 지휘하는 오해와 고의적인 오역의 불협화음을 듣고 있었다. 별로 내키지 않는 마음으로 카슨은 두 차례에 걸쳐 주요 언론에 출연하기로 결정했다. 하나는 잡지 〈라이프〉의 인물 소개 기사였다. 카슨은 처음에는 거절하려 했지만 마리 로델이 영리하게도 화학 회사들의 로비스트라면 이런 기회를 절대 거절하지 않았을 것이라고 지적하자 마음을 바꾸었다. 실제로 카슨에 대항하는 반영웅인 로버트 H. 화이트-스티븐스는 살충제를 옹호하고 카슨을 비난할 기회란 기회는 모조리 찾아다니고 있었다. 《라이프》에서 카슨을 취재하기 위해 찾아온 기자—여자였다—는 카슨이 "나는 여자나 남자가 한 일에는 관심이 없습니다. 사람이 한 일에 관심이 있지요"라고 한 말을 인용하면서, 이를 정체성-정치학적 자유를 발휘하여 해석한 끝에 같은 문장 안에서 카슨을 "결혼하지 않았지만 페미니스트는 아니다"라고 표현한다. 〈"침묵의 봄"에 대한 차분한 평가A Calm Appraisal of "Silent Spring"〉라는 제목을 단 〈라이프〉의 기사는 "모든 훌륭한 운동가들과 마찬가지로 레이철 카슨 또한 한쪽으로 치우친 주장을 펼친다"라고 주장하면서 "허리케인 레이철"이 불러일으킨 소동과 화학 회사 측의 반박을 요약하여 정리했다. 카슨의 책이 "연구 결과로 충분히 뒷받침된다"라고 언급하면서 카슨을 "만만치 않은 적수"라고 표현하기는 했지만, 궁극적으로 〈라이프〉는 어중간한 태도를 취했다.

레이철 카슨이 묘사하고 있는 사막과 화학 전쟁을 치르고 있는 이들이 예언하는 정글 사이 어느 지점에 화학과 생물학, 야생생물과 인류가 평화로이 공존하며 벌들이 계속 노래할 수 있는 중간 지점이 있다. 문제는 복잡하다. 이 문제들은 조류 과학자나 화학자가 해결할 수 있는 문제가 아니다. 이 문제는 생태학자들과 생물학자들이 해결해야 하는 문제로, 이들은 모든 환경을 평가한 연후에 대중에게 필요한 완전한 대답을 해주어야 할 것이다.

아스피린과 라이터 광고 사이에 카슨의 사진이 실렸다. 서재에서 사랑하는 고양이 제피와 함께 있는 모습과 쌍안경을 들고 자연으로 나간 모습을 찍은 사진에서 〈라이프〉가 카슨을 생물학자가 아니라 조류 관찰자로 생각하고 있다는 사실이 명백하게 드러났다.

카슨이 여전히 별로 내키지 않는 마음으로 승낙한 두 번째 언론 노출은 바로 유명 텔레비전 프로그램인 〈CBS 리포트〉였다. 이 프로그램의 프로듀서는 미국인의 눈앞에 살충제를 둘러싼 쟁점을 보여주고 싶어 했다. 호튼미플린의 홍보부는 카슨에게 카메라 앞에 서는 법을 알려주었다. "지나치게 엄격하게" 보이지 말 것. 붉은 립스틱을 칠하지 말 것. 이렇게 어두운 주제에 대해 이야기하지만 웃고 웃고 또 웃을 것.

11월 CBS 방송팀이 카슨을 인터뷰하기 위해 실버스프링에 있는 카슨의 집을 여러 차례 찾았다. 반짝이는 검은 가발을 쓰고 아픈 기색이 역력한 카슨은 몇 시간 동안이나 밝은 카메라 조명 앞에 앉아 있는 고통을 조용히 삼켰다. 촬영 시간은 예정보다 열 배로 늘어났다. 카슨은 엄격한 자세로 앉아 침착하게 할 말을 했다. 카슨은 진지하고 차분하게 이야기했고 그 자연스럽고 따스한 표정에 단 한 번도 억지 미소를 떠올리지 않았다. CBS의 사회자는 카슨의 달변과 오류 없는 논리와 권위 있는 존재감에 마음을 빼앗겼지만, 그만큼 카슨의 몸 상태에 불안을 느꼈고 이 프로그램을 어서 방송해야 한다는 다급함에 휩싸였다. 촬영을 마치고 직원들이 돌아갈 무렵 카메라맨 한 사람이 프로듀서에게 몸을 돌리더니 말했다. "제이, 주인공 숙녀분이 죽어가고 있는데."

카슨도 다급해졌다. 로저에게 크리스마스 선물로 레코드 플레이어를 사주려고 외출했을 때 카슨은 정신을 잃고 전시된 레코드 위로 쓰러졌다. 축 늘어진 몸 아래 베토벤 음반들이 흩어져 있었다. 검사 결과 카슨은 협심증 진단을 받았다. 실버스프링 집에 병자용 침대가 설치되었고 카슨은 집 안에만 머물면서 가능한 한 걸어서는 안 되며 계단은 절대 오르면 안 되고 모든 집안일을 중단하라는 명령을 받았다. 암이 척추골로 침투하면서 카슨은 심한 허리 통증 때문에 제대로 서 있지도 못했다. 새롭게 방사선 치료를 받기 시작하면서 심한 구역질의 발작을 견뎌내야 했다.

매년 도로시에게 보내는 크리스마스 편지에서 레이철은 올해가 두 사람에게 참으로 "다사다난한 해"였다고 인정했다. 《침묵의 봄》이 거의 이해할수 없을 정도로 성공을 거두었지만, 자신의 암과 스탠리의 계속되는 입원때문에 폭풍처럼 밀려드는 두려움에 떨어야 했다. 카슨은 도로시에게 인생의 실질적인 동반자가 되어줘 고맙다는 뜻을 표하면서 말했다. "당신이 없었다면 이 두 가지 모두 내게는 외로운 경험이 되었을 거예요." 레이철은 사랑과 새해에 대한 희망을 담은 말로 편지를 맺었다. "슬픔보다 더 많은 기쁨이 찾아오길, 서로 함께 하는 일에서, 서로에게 속해 있는 일에서 새로운 기쁨이 찾아오길."

카슨은 여전히 자신에게 닥친 시련을 대중에게 알리지 않았다. 한편 카슨에 대한 공공연한 공격은 계속 이어졌다. 아이젠하워의 농무부 장관을 지내고 훗날 모르몬 교회의 교조가 되는 인물은 "아이도 없는 노처녀가 도대체 왜 유전학에 그토록 신경을 쓰는지" 모르겠다는 말을 했다. 그는 이 질문에 자신의 가설로 대답하는 데 주저하지 않았다. 바로 카슨이 공산주의자이기 때문이라는 것이었다. 게으른 손에 쥐어진 "노처녀"라는 폭탄이 카슨에게 던져진 것은 처음이 아니었고 마지막도 아닐 터였다. "노처녀"라는 폭탄은 한 세기 전 기념비적인 여성권리대회 Wome's Rights Convention가 "여자로서 매력이라고는 찾아볼 수 없는 노처녀들"로 구성되었다고 비웃음을 당한 이래 문화적으로 진화하지 못한 손이 계속해서 쥐어온 무기였다. 카슨의 문학적 모교라 할 수 있는 볼터모어 〈선〉의 기자가 왜 결혼하지 않았느냐고 묻자 카슨은 단순하게 "시간이 없으니까요"라고 대답했다. 그 뒤를 이어 카슨은 아내가 집안일을 맡아주고 비서 역할까지 해주기 때문에 오로지 집필작업에만 집중할 수 있는 남자 작가의 사치스러운 특권을 누릴 수 있다면 좋겠다는 메리 서머빌의 한탄을 되풀이하여 말했다. 사실상 레이철에게 배우자의 개념과 가장 가까운 인물은 도로시였지만, 두 사람의 관계는 가사를 분배하는 차원에 구속받지 않았다. 카슨은 비록 집안일을 나누는 특혜를 누리지 못했지만 아마도 그 덕분에 두 사람의 사랑을 숭배의 신비한 영역에 놓아둘 수 있었을 것이다. "내가 당신을 숭배하고 있다는 걸 아나요?"라고 도로시는 긴 연애편지의 끝자락에 쓴 적이 있었다. 설거지 거리가 산더미처럼 쌓인 부엌 개수대의 제단에서 숭배의 감정을 품기란 불가능하다고는 할 수 없지만 참으로 어려운 일이다.

카슨은 질병이라는 가혹한 생물학적 현실과 마주해야 했다. 두 달 동안 왼쪽 어깨에서 통증이 사라지지 않았는데, 단지 관절염이라고 생각한 통증이 전이암 때문이라는 사실이 밝혀졌다. 암은 이제 쇄골과 목까지 침투해 있었다. 카슨은 생존 본능에 따라 낙관적으로 사태를 부인하는 한편 도로시와 자기 자신 "이 모든 일 때문에 불행의 수렁에 빠지지는 말아요"라고 간청했다. 그 대신 이 난공불락의 존재와 더불어 남은 시간을 도로시와 함께 보기로 결심했다.

우리는 행복해질 거예요. 인생에 의미를 부여하는 모든 사랑스러운 것들, 해돋이와 해넘이, 만에 비치는 달빛, 음악, 좋은 책, 지빠귀의 노랫소리, 지나가는 야생 거위의 울음 소리를 함께 즐길 겁니다.

1월 중순에 카슨은 뉴잉글랜드야생화보존협회 New England Wildflower Preservation Society에서 〈오늘날 세계의 가치관A Sense of Value in Today's World〉이라는 제목으로 강연을 했다. 식물종을 보존하는 임무를 수행하는 단체를 앞에 두고 카슨은 "야생화의 부서지기 쉬운, 한순간의 아름다움"에서 무언가 더 크고 문화에 본질적인 것을 이끌어내면서, 현재의 탐욕스러운 손아귀에서 미래를 보호하기 위해 윤리적 용기를 낼 것을 촉구했다.

우리는 오늘날의 사소한 일과 기나긴 내일의 오래 지속될 현실을 구분할 수 있어야 합니다. 우리의 가치를 인정하고 정의한 후에 우리는 두려움 없이, 변명 없이 우리의 가치를 지켜내야 합니다.

크리스마스가 지난 후에도 〈CBS 리포트〉의 방송 날짜는 여전히 공표되지 않았고, 카슨은 프로듀서들이 자신을 비판하는 사람들의 편으로 돌아선 것은 아닌지 걱정하기 시작했다. 카슨을 비판하는 이들은 점점 더 목소리를 높여 여론에 호소했다. 하지만 카슨의 편에 서는 사람이 없는 것도 아니었다. 카슨은 알베르트 슈바이처 박사에게 《침묵의 봄》을 헌정해주어 고맙다는 자필 편지를 받았다.

카슨의 편에 서준 유명한 과학자와 작가 중에는 전혀 있을 법하지 않는 인물이 한 명 있었다. 신학자이자 트라피스트회 Trappist 수사인 토머스 머튼 Thomas Merton이었다. 1963년 1월 머튼은 카슨에게 편지를 보냈다. 존재의 가장 깊은 진실들이 어떻게 서로 연결되어 있는지, 어떻게 그 진실들이 학문과 종교의 신조를 모두 초월하는지, 어떻게 그 진실을 통해 우리가 현실 자체, 그리고 생명이라는 거미줄에 대한 우리의 책임에 이를 수 있는지를 전하는 편지였다. "뛰어나고 정확하며 설득력 있는 책"에 "개인적인 존경심을 전하는 모든 표현"으로 카슨을 상찬하며 머튼은 이렇게 썼다.

[《침묵의 봄》은] 어쩌면 당신이나 내가 생각하는 것보다 훨씬 더 시의적절한 책일지도 모릅니다. 당신은 우리의 기술화된 문명의 한 가지 측면만을, 그것

도 상당히 세분화된 측면을 다루고 있기는 하지만 아마 완전히 실감하지 못한 채로 우리 문명의 병폐들을 진단하는 데 가장 가치 있고 본질적인 증거의 조각을 제시하고 있습니다. … 당신의 책을 통해 나는 우리가 하는 모든 일에, 우리 문화와 사상, 경제, 삶을 살아가는 방식의 모든 측면에 "일관된 양식"이 존재한다는 사실을 확신하게 되었습니다.

한 세기 전 휘트먼은 에머슨의 가장 위대한 재능은 "시인이나 예술가, 스승"으로서의 재능이 아니라 사회의 "진단자"로서의 재능이라고 평했다. 현재 머튼은 사회가 자신의 치명적인 증상들을 교정하기 시작하려면 기본적인 질환들이 드러나야 한다고 썼다. 카슨이 전대미문의 진단 솜씨로 불러일으킨 문명 차원에서의 자기 인식이다.

나는 감히 이 질병은 어쩌면 생명 자체에 대한 아주 실질적이고 무시무시한 증오일지도 모른다고 말합니다. 물론 잠재의식적으로 우리 자신과 우리의 부유한 사회에 대한 한심하고 피상적인 낙관주의 아래 파묻혀 있기는 하지만 말입니다. 하지만 나는 물질적인 풍요로움을 생각하는 사고 작용들 자체가 궁극적으로 자멸적이라고 생각합니다. (물질적인 풍요로움 자체를 추구하는 각기 다른 경제 체제에서 모두 같은 사고 작용을 발견할 수 있습니다.) 이 사고 작용들 안에는 수없이 많은 좌절이 있을 수밖에 없으며, 그 좌절은 필연적으로 "풍요"와 "행복"의 한복판에서 우리를 절망으로 이끕니다. 이 절망이 맺는 끔찍한 열매는 생명의 이름으로 자행되는 무차별적이고 무책임한 파괴이며 생명에 대한 증오입니다. "생존하기" 위해 우리는 본능적으로 우리의 생존이 의지하고 있는 것들을 파괴합니다. … 기술과 지혜는 결코 서로 적대하지 않습니다. 반대로 우리 시대의 의무, 현대인의 "사명"은 최고로 겸허한 태도로

이 두 가지를 결합하는 것입니다. 바로 여기에서 완전한 무사무욕의 창조와
봉사가 탄생하게 될 것입니다.

3월의 마지막 주,《침묵의 봄》이 50만 부나 팔려나갔을 무렵 CBS는 마
침내 카슨에게 프로그램에 등장하는 다른 인물들의 명단이 수록된 공식 방
영 일정을 우송했다. 여기에는 로버트 H. 화이트-스티븐스가 화학 업계를
대표하고 있었고, 연구 결과에 대해 이야기하는 과학자들이 몇 명 있었으
며, 살충제 규제 정책에 대해 이야기하러 나온 미국 공중보건국 국장과 식
품의약국 국장, 농무부 장관을 비롯한 정부 고위 관료가 몇 사람 있었다. 카
슨은 목록의 이름 옆에 연필로 표시를 해두었다. "+표시는 적어도 합리적
으로는 내 편이라는 뜻이고, 0은 부정적인 경향이 있을지도 모르지만 중립
적인 태도를 취하는 사람이고, -표시는 … 완전히 부정적이라는 뜻이에요"
라고 카슨은 도로시에게 설명했다. 그리고 계산을 해보니 이 프로그램이 자
신에게 반하여 엇나갈 것이라고 생각할 충분한 이유가 된다고 말했다. 한편
CBS에는 화학 업계에서 획책한 편지 쓰기 운동의 결과라고 여겨지는, 프로
그램이 "공정할" 것을 요구하는 수천 통이 넘는 편지가 쏟아져 들어오고 있
었다. 중요한 광고주 다섯 곳 중 세 곳에서 방송 이틀 전에 광고를 철회했다.
두 곳은 식품 제조 회사였고 한 곳은 리졸 화학 소독제를 만드는 제조사였
다. CBS는 전혀 기세가 꺾이지 않았고 그대로 프로그램을 방영하기로 했다.
〈CBS 리포트—레이철 카슨의 "침묵의 봄"〉은 1963년 4월 3일에 방영되
었다. 카슨이《침묵의 봄》이 될 에베레스트산에 오르기 시작한 지 정확하게
5년하고도 이틀 뒤였다. 한 사람이 어떤 의견을 제시하면 다른 사람이 그에
대응하는 반대 의견을 말하는 형식으로 편집된 이 프로그램은 마치 카슨과
화이트-스티븐스가 양쪽에 앉아 있고 그 사이에 정부의 대변인들이 파벌

을 이룬 채 벌이는 토론처럼 보인다. 의자에 기대앉은 카슨은 한결같은 태도로 단어 하나하나 주의 깊게 선택하여 핵심을 전달한다. 카슨의 말 한마디 한마디는 깊은 의미로 충만하다. 화이트-스티븐스는 완전히 열의에 넘쳐 카메라 쪽으로 몸을 들이민 채 부담스러울 정도로 몸 전체를 움직이고 덥수룩한 눈썹을 치켜올리면서 한 문장 한 문장을 강조하여 선언하듯이 말한다. 그가 레이첼 카슨 "양Miss"의 책이 "실제 사실을 천박하게 왜곡하고 있다"라고 선언할 때 입고 있는 흰색 실험복이 그의 연극적인 권위를 더해준다.

카슨이 《침묵의 봄》의 일부분을 소리 내어 낭독하는 동안 화면은 중간중간 눈부신 자연의 풍경을 보여준다. 반짝거리는 물고기 떼의 모습, 둥지에서 아기 새들에게 먹이를 주는 어미 새들의 모습, 원시 지구를 떠올리게 하는 가문비나무가 줄지어 선 안개 낀 해변에 파도가 밀려오는 풍광들이다. 그런 다음 다른 장면들이 삽입된다. 관에서 화학 물질이 대량으로 배출되는 모습, 상점의 선반에 5만 5500가지의 합법적으로 승인된 살충제가 가득 들어찬 모습, DDT를 강과 숲과 집 위로 살포하는 비행기의 모습, 죽음의 고통으로 경련을 일으키는 새와 물고기의 모습을 찍은 장면들이다. 그 위로 카슨의 차분한 목소리가 질문을 던진다. "지구 표면에 독성 물질을 이렇게 퍼부어대면서 모든 생명이 살기에 부적합하게 만들지 않을 수 있다고 누가 믿겠습니까?"

화이트-스티븐스는 산업적 화학물질이 생태계를 황폐화시켰다는 지적에 대해 야생생물의 개체 수는 신속하게 회복하기 마련이라는 주장으로 대응한다. 이 주장을 인간이라는 동물에 적용하면 뼛속까지 오싹해진다. 인간의 "개체 수" 또한 진화적 시간의 관점에서 본다면 신속하게 회복되기 마련이다. 하지만 우리는 여전히 우리 자신의 종에 대한 의도적인 대량 학살을 살인, 테러 행위, 집단 학살이라 부른다.

카슨과 화이트-스티븐스 사이에서 오벌 프리먼은 정부의 혼란스러운 입장을 더듬거리며 표명한다. 식품의약국 국장은 농산물에서 검출된 농약에 문제가 있다는 사실을 확고하게 부인한다.

CBS는 의도적으로 대비를 연출했고, 그 결과 카슨이 두려워하던 것과는 정반대의 효과가 나타났다. 전국에 방영된 이 토론에서 카슨은 분명한 승리자로 떠올랐다. 화학 업체의 로비스트들은 자신의 이득을 위해 사람들을 속이는 분별없는 선전주의자로 보였다. 정부 관료들은 대중의 신뢰를 받을 자격이 없는 근성 없고 무능한 인물이 되었다. 프로그램의 사회자는 카슨과 카슨을 비판하는 세력의 근본적인 차이를 지적하면서 결론을 맺는다. 자연과 인간의 관계, 자연에서의 인간의 지위를 바라보는 관점에서 하나는 겸허함에 뿌리를 내리고 있고, 다른 하나는 교만함에 뿌리를 내리고 있다는 차이이다. 화이트-스티븐스가 카메라를 향해 자연의 균형을 무너뜨리는 일은 문제가 아니라 인간의 특권이라고 선언할 때, "현대의 화학자, 현대의 생물학자, 현대의 과학자들은" 겁을 먹지 말고 자연을 "통제"하는 일을 목표로 삼아야 한다고 주장할 때, 화면은 바로 카슨의 모습으로 전환된다. 카슨은 마치 미네르바 여신 같은 모습으로 지혜를 전한다.

이 사람들에게 자연의 균형이란 인간이 무대에 등장한 순간 폐기되어야 하는 무언가임이 틀림없습니다. 차라리 중력의 법칙을 폐기할 수 있다고 생각하는 편이 나을 겁니다. 자연의 균형은 살아 있는 생물이 맺고 있는 일련의 관계, 살아 있는 생물과 그 생물이 사는 환경이 맺고 있는 일련의 관계를 기반으로 형성되어 있습니다. 이는 우리가 그저 야만적으로 밀고 들어가 다른 여러 것들은 그대로 둔 채 어떤 한 가지만을 바꿀 수 있는 것이 아닙니다. 물론 우리가 절대 간섭을 해서는 안 된다는 뜻이 아닙니다. 우리에게 유리한 방향으로 자연의 균형을 기울이는 시도조차 할 수 없다는 뜻이 아닙니다. 하지만 이런 시도를 할 때 우리가 무슨 일을 하고 있는지, 그 결과가 어떻게 나오게 될지를 반드시 알고 있어야 합니다.

프로그램은 카슨이 스크립스대학교 졸업 연설을 맺으며 했던 말을 변주하며 마무리된다. 마음을 울리는 카슨의 호소는 이제 한 대학교의 졸업생이 아니라 나라 전체를 향하고 있다. 어쩌면 그 시대를 초월하여 함께할 미래를 앞둔 전 지구를 향한 건지도 모른다. 반세기가 지난 후 유전자 조작과 인공지능처럼 과학이 광범위한 분야에 적용되고 윤리적으로 복잡해진 이 시대에도 카슨의 말은 날카로움을 전혀 잃지 않은 채 울려 퍼진다.

우리는 여전히 정복이라는 용어로 이야기를 하고 있습니다. 우리는 이 광활하고 엄청난 우주에서 우리 자신이 작디작은 부분에 불과하다는 사실을 인정할 만큼 성숙하지 못합니다. … 인류는 한 번도 겪어보지 못한 도전을 받고 있습니다. 자연에 대해서가 아니라 우리 자신에 대한 도전, 인류의 성숙함과 우월함을 증명해야 하는 도전입니다.

프로그램이 끝난 직후 CBS에는 상찬의 말이 쏟아져 들어왔다. 수백 명이 넘는 시청자가 전화를 걸고 편지를 보냈다. 근본적으로 공익과 시민의 권리에 엄청나게 큰 선물이 되어준 프로그램에 감사하는 마음을 전하는 전화와 편지였다. 미국 식품의약국과 농무부, 공중보건국에는 그와 반대되는 의견들이 물밀 듯이 쏟아져 들어왔다. 화학적 맹습에 대한 정부의 공모를 비난하고 변화를 촉구하는 목소리들이었다. 방송이 방영된 후 얼마 지나지 않아 가장 목소리가 큰 카슨의 옹호자였던 내무부 장관은 정부에서 최초로 문을 여는 살충제와 야생생물을 연구하는 연구소 출범식에서 이런 말로 연설을 마무리했다. "한 위대한 여성이 우리를 둘러싼 위험에 대해 힘 있는 이야기로 나라 전체를 일깨워주었습니다. 우리는 레이철 카슨에게 많은 빚을 졌습니다."

전국 방송에서 카슨의 승리를 목격한 1000만에서 1500만 명으로 추산되는 시청자 중에는 존 F. 케네디 대통령도 있었다. 며칠 동안 백악관은 대통령 과학자문위원회가 오래전에 약속한 살충제 보고서를 완성하기 위해 서둘렀다. 카슨이 마지막 생일을 맞기 2주 전에 아무런 예고도 없이 갑작스레 공개된 이 43쪽짜리 보고서는 마치 《침묵의 봄》을 입증하는 문서로 보였다. 이 보고서는 카슨의 책이 출간되기 전까지 "사람들은 일반적으로 살충제의 독성을 인식하지 못하고 있었다"고 언급하면서 정부와 업계 양측에 책임을 묻고 농약 규제 법률을 시급히 세워야 한다고 강조했다. 그날 저녁 CBS에서는 〈레이철 카슨의 "침묵의 봄"의 평결〉이라는 제목으로 후속 프로그램을 방영했다. 방송은 전에 방영된 카슨의 《침묵의 봄》 낭독 장면과 화이트-스티븐스의 반박 장면 사이에 정부 보고서의 주요 결론을 강조했다. 사회자는 이견이 없는 평결로 프로그램을 마무리했다.

레이철 카슨 씨에게는 두 가지 직접적인 목표가 있었습니다. 그중 하나는 대중을 일깨우는 것이었고, 나머지 하나는 정부의 발에 불을 붙이는 것이었습니다. 그 첫 번째 목표를 카슨은 몇 달 전에 완수했습니다. 대통령 자문단이 작성한 오늘 보고서는 카슨 씨가 두 번째 목표를 달성했다는 명백한 증거입니다.

《침묵의 봄》은 진정한 민주주의는 정치적 법률에 따라 성취되는 만큼—"두 배"만큼은 아니더라도—"적합하고 민주적인 사회학, 문학, 예술"에 의해 성취된다는 휘트먼의 확신을 보여주는 증거가 되었다. 카슨은 사회를 일깨우는 과학의 봉사자로서 문학이라는 예술을 이용하여 정부의 궤도를 수정했다.

CBS 프로그램이 방영된 후 도로시는 확신하건대 레이철 카슨의 이름이 고든 쿠퍼Gordon Cooper보다 더 오래 사람들의 기억에 남게 될 것이라고 자랑스럽게 말했다. 고든 쿠퍼는 머큐리Mercury 계획에서 마지막으로 쏘아올린 유인 우주선을 타고 미국인으로서는 두 번째로 지구의 궤도를 돈 우주비행사이다. 실제로 나는 고든 쿠퍼라는 이름을 들은 적이 없다. 쿠퍼가 탑승한 페이스Faith 7호는 CBS가 카슨에 대한 프로그램을 방영하는 날 발사되었고, 방송은 발사 중인 우주선의 소식을 전하느라 일곱 차례나 중단되었다. 하지만 결국 미국이 관심을 기울인 것은 카슨이었다. "지금 이 나라에 당신 이름을 모르는 집은 없을 거예요"라고 도로시는 레이철에게 갈채를 보냈다. 회복기에 접어든 스탠리를 돌보기 위해 집에 발이 묶여 있던 도로시는 자신이 사랑하는 사람의 승리를 함께하지 못한 일을 아쉬워했다.

이렇게 큰일을 함께할 수 없다니, 가장 중요한 일은 승리의 순간에 당신과 함께 있어 주는 일인데 말이에요. 어젯밤(나는 지금 아침 6시에 이 편지를 쓰고 있어요) 텔레비전 화면으로 당신을 보면서 당신을 만질 수 없다는 사실에 낙담했어요. 당신이 조명 아래 구부러진 계단을 내려오며 박수갈채를 받는 모습을 직접 보았다면 얼마나 좋았을까요!

갈채는 정부 관료 사이에서도 울려 퍼졌다. 코네티컷주의 상원의원인 에

이브러햄 리비코프Abraham Ribicoff는 환경 위험에 대한 대규모 조사를 수행하는 위원회의 의장으로 임명되었다. CBS 방송이 있고 2주 뒤 리비코프는 6월에 예정된 청문회의 핵심 증인으로 카슨을 초청했다. 카슨은 워싱턴에서 청문회에 참석하게 되면 자신이 사랑하는 바다의 가장자리에서 도로시와 함께하는 소중한 시간을 희생해야 한다는 사실을 잘 알고 있었음에도 초청을 받아들였다. 가망이 없다는 걸 잘 알면서도 희망을 놓지 않던 두 사람은 그 여름이 그들이 함께할 마지막 여름이 될 것이라는 사실을 알고 있던 것이 틀림없다. 카슨은 도로시를 다시 만날 순간을 손꼽아 기다리고 있었다. "당신 눈을 들여다보는 일이 얼마나 행복한지 모릅니다!"라고 카슨은 도로시와 함께 보낼 계절에 대한 기대에 부풀어 편지를 썼다. 하지만 지금 카슨은 자신이 사우트포트섬까지 가도 되는 상태인지 염려하기 시작했다. 섬으로 가면 의사와 900킬로미터를 떨어지게 된다는 뜻이었다. 어쩌면 도로시가 메릴랜드에 있는 카슨의 집을 방문하는 편이 더 나을지도 몰랐다. "당신에게 말하고 싶은 것들이 너무도 많아서 넘칠 지경이에요." 카슨은 편지에 썼다. "당신이 여기 온다면 아마 말들이 마구 쏟아져 나올 거예요."

그달 말에 카슨은 "뼛속까지 피곤에 지쳐 있었다." 며칠 동안 극심한 가슴 통증이 심장을 관통하고 있었다. 4월의 마지막 밤, 카슨은 협심증으로 심장이 미친 듯이 고동치는 한편, 이상할 정도로 시야가 뿌옇게 흐려지면서 앞을 잘 볼 수가 없었다. 카슨은 아침이 될 때까지 살아 있지 못할까 봐 두려웠다. 카슨은 자신 때문이 아니라 자신이 사랑하는 연인을 위해 슬퍼했다. "당신이 사랑하는 생명들이 하나씩 당신을 떠나고 있어요"라고 카슨은 도로시의 고양이 윌로Willow가 세상을 떠난 후 도로시에게 보내는 편지에 썼다. 도로시에게 작별 인사도 하지 못하고, 하고 싶은 말도 하지 못한 채 곁을 떠난다는 생각에 괴로워진 카슨은 침대에서 거의 기다시피 일어나 모든 "사과" 중에서도 "사과"인 편지를 쓰기 시작했다. 이 편지에서 카슨은 그 모든 시간 동안 자신이 사랑하는 이가 자신에게 어떤 의미였는지를 삼가지 않고 솔직하게 표현했다.

나는 보상과 만족으로 가득한 풍성한 삶을 살았어요. 이런 삶을 누리는 사람은 그리 많지 않지요. 만약 인생이 여기에서 끝난다 해도 바라던 것을 대부분 이루었다는 기분을 느낄 수 있습니다. 처음으로 내게 남겨진 시간이 짧다는 것을 깨달은 2년 전까지만 해도 이렇게 말할 수는 없었겠지요. 이 여분의 시간을 누린 것에 감사하는 마음이에요.
사랑하는 당신, 오직 마음에 걸리는 것은 당신이 슬퍼하게 될 일과 로저를 홀로 남겨두는 일이에요. 로저가 성인이 되는 모습을 보고 싶었는데. 그리고 나와 생명이 연결된 제피를 남기고 가는 것도 마음에 걸립니다.
하지만 후회는 그 정도로 해둘게요. 내가 정말 하고 싶은 말은 우리가 함께한 기쁘고 재미있고 행복한 시간에 대한 것입니다. 당신이 이런 시간을 기억해주었으면 좋겠어요. 당신의 행복한 기억 속에 내가 남아 있었으면 좋겠어요. 이런 일에 대해 좀더 편지를 써야겠어요. 하지만 오늘 밤은 많이 피곤하고 이제 불을 꺼야 해요. 이 말을 하고 싶어요. 내 사랑은 항상 살아갈 겁니다.

날이 밝고 증상이 조금 가라앉는 것을 느낀 레이첼은 이 편지를 접어 "금고"에 넣어두고는 환자용 침대에 앉아 도로시에게 다시 편지를 썼다.

사랑하는 당신…
당신한테 편지를 쓰고 싶지만 어떤 말을 해야 할지 자꾸만 주저하게 됩니다.

주위를 둘러싼 모든 것에 대해 말을 할수록 우리가 바라지만 가질 수 없는 것을 한층 애타게 갈망하게 되니까요. 그리고 그 밖에 달리 무슨 말을 해야 할지 모르겠어요! 당신도 같은 기분이란 걸 알고 있어요.

당신에게 이야기하고 싶은 다른 일들이 있지만 그건 당신을 품에 안고 해야 할 이야기예요. 그러니 어떻게 편지로 쓸 수 있겠어요? 어떻게든, 어디서든 당신을 만나야겠다는 기분이 듭니다.

그런 다음 레이철은 특유의 이성과 낭만 사이의 중간 지점으로 돌아와 덧붙였다.

참으로 역설적이에요. 우리 두 사람 모두에게 이토록 의미 깊고 사랑스러운 일들에 대해 편지를 쓸수록 마음만 더 아파진다는 것이 말이에요. 하지만 사랑하는 당신, 우리는 이 모든 사랑스러움 안에서, 층층나무들로 이루어진 요정 숲에서 들려오는 개똥지빠귀의 노랫소리와 달빛이 비치는 밤에 들려오는 쏙독새의 노랫소리와 아름다운 음악 안에서 우리가 서로를 위해 살아간다는 사실을 기뻐해야 한다고 생각해요.

지난 10년 동안 도로시는 아주 자연스럽게 두 사람을 동등하게 사랑해왔지만 지금 갑자기 상충하는 물리적 현실과 마주하게 되었다. 5월 초 스탠리가 다시 병원에 입원하게 된 것이다. 스탠리가 건강을 회복하지 못할 것이라는 두려움에 다시 한번 휩싸인 도로시는 아픈 스탠리를 홀로 남겨둘 수도 없었고, 레이철과 계속 떨어져 있는 일도 견딜 수가 없었다.

지독할 정도로 힘겨운 상황이에요. 나는 덫에 갇혀 있어요. 어느 쪽도 감히 떠날 수가 없어요. 다른 한쪽을 보고 싶고 함께 있고 싶은 마음이 거의 참을 수 있는 한계를 뛰어넘었는데도 말이에요.

레이철은 언제나처럼 깊은 애정과 관대한 마음으로 도로시에게 스탠리가 몸을 회복하는 동안 곁에서 있어주어야 한다고 했다. 5월 말 레이철은 닷새 동안 프리먼 부부와 함께 보내기 위해 로저를 데리고 섬으로 날아갔다. 자동차를 타고 가는 것은 생각할 수도 없는 일이었다. 함께 120시간을 보냈다. 카슨은 어떻게 되었든 그해 여름을 사우트포트섬에서 보내기로 마음먹었다. 이 여름이 마지막 여름이 될 수 있다는 사실을 뼈저리게 알고 있던 카슨은 도로시 없이 이 여름을 보내는 일을 생각조차 할 수 없었다.

하지만 그전에 카슨은 워싱턴으로 돌아가 살충제에 대한 의회 청문회에 출두해야만 했다.

1963년 6월 4일 카슨은 올즈모빌의 조수석에 올라탔다. 비서가 실버스프링에서 카슨을 태우고 미국 국회의사당으로 데려다주었다. 등과 허리, 어깨, 목의 통증이 참을 수 없을 만큼 심해진 나머지 아주 짧은 거리조차 운전할 수 없게 되었기 때문이었다.

밝은 조명 아래 앉은 카슨의 권위 있는 태도에서 신체적 고통의 흔적은 찾아볼 수 없었다. 카슨은 의회 건물 안의 창문이 없고 나무판으로 벽을 댄 102호실 증인석에 자리를 잡고 앉아 있었다. 한때 진홍빛이었을 얼룩진 카펫 위에 군중이 모여 있었다. 군중 아래 섞여든 사진기자들은 그 작은 방의 문밖까지 포진해 있었다. 에이브러햄 링컨이《톰 아저씨의 오두막》의 저자인 해리엇 비처 스토를 "바로 이 작은 여성이 이 위대한 전쟁을 시작하게 만든 책을 쓴 분입니다"라고 소개한 지 101년 후 리비코프 상원의원은 "카슨 씨, 오신 것을 환영합니다. 이 모든 일을 시작한 장본인입니다. 부디 그 일을 계속해주십시오"라는 인사말로 카슨을 맞아들였다.

마치 꽃다발처럼 보이는 여섯 개의 마이크 앞에서 카슨은 차분한 말투로 자연의 상호 연결성이 얼마나 섬세한지, 독성 화학 물질이 일단 생태계 안으로 침투하면 얼마나 광범위하게 생태계를 황폐화시키는지 이야기하며 40분 동안 증언을 이어나갔다. 카슨은 "견고하고 끈기 있는 노력"을 통해 살충제의 사용을 줄여나가 궁극적으로는 근절해야 한다고 촉구했다. 카슨의 증언은 사실을 기반으로 삼고 있는 동시에 생태계를 위한 애가라는 시적인 울림을 담고 있었다. 이 증언은 넉 달 뒤 로버트 프로스트Robert Frost에 대한 추도 연설에서 존 F. 케네디가 하게 될 완벽한 말을 생생하게 구현하고 있었다. "권력이 부패할 때 시인은 정화에 나섭니다." 시와 과학을 서로 나누어 생각하기를 거부하며 살아온 카슨은 자신의 두 가지 재능을 결합해 전례를 찾아볼 수 없는 권력의 정화라는 업적을 이루었다.

증언이 끝나갈 무렵 관중석에 있던 알래스카주의 상원위원은 카슨에게 자연을 보호하는 임무를 맡은 정부 기관의 가능성에 대한 의견을 물었다. 카슨은 이런 기관의 설립을 강력하게 권한다고 대답했다. 정부가 기념비적인 발전이 될 이 기관을 설립하는 데는 또 다른 7년이라는 시간이 소요된다. 카슨은 환경보호국이 탄생하는 모습도, 환경보호국에서 DDT를 금지하는 모습도 보지 못한 채 죽는다. 두 가지 모두 카슨의 업적에서 비롯된 직접적인 결과이다.

카슨이 의회 청문회에서 증언한 후로 권력 앞에서 불편한 진실을 이야기해준 일에 감사를 표하는 시민들의 편지가 쇄도했다. 이 증언은《침묵의 봄》으로 이어진 몹시 힘겨운 몇 해를 버티게 해준 힘이었던 의무감이 절정에 달한 순간이었다. 시민으로서, 과학자로서, 지난 5년 동안 생명의 대변인으로서 자신의 책임을 다한 카슨은 이제 자유롭게 사우스포트섬으로, 바다로, 도로시에게로 돌아가고 싶은 마음뿐이었다.

　레이철과 도로시가 함께 보낸 마지막 여름의 몇 주에 대해서는 남아 있는 기록이 없다. 편지가 없는 것으로 보아 두 사람이 매일 소중한 시간을 함께했으리라 짐작할 수 있을 뿐이다. 조수 웅덩이 소풍은 이제 과거의 유물이 되었다. 척추뼈가 압박골절되어 카슨은 잘 걸을 수가 없었고, 심지어 서 있기조차 고통스러웠다. 도로시는 레이철이 설화석고로 만든 상처럼 보인다고 생각했다. 두 사람은 카슨의 오두막 근처 숲에 있는 작은 공터에서 함께 오후를 보냈다. 흘러가는 구름을 바라보고, 나무 위에서 울려 퍼지는 새들의 노랫소리를 듣고, 자신이 가장 좋아하는 책들을 서로 읽어주었다. 헨리 베스턴, E. B. 화이트, 레이철이 가장 좋아하는 1908년에 출간된 어린이 소설인 《버드나무에 부는 바람The Wind in the Willows》이었다.

　9월 초 어느 화창한 날, 도로시는 레이철을 데리고 두 사람이 좋아하는 섬의 끝자락으로 나갔다. 이곳에서 두 사람은 강물처럼 흐르는 은하수의 안개를 가로지르는 별똥별들이 한순간 빛의 다리를 그려내는 광경을 목격한 적이 있었다. 팔을 둘러 서로를 부축하면서 두 사람은 별로 멀지 않은 해변의 가장 높은 곳에 놓인 긴 나무의자까지 힘겨운 걸음을 천천히 옮겼다. 그리고 늦은 아침의 파란 하늘 아래 의자에 자리를 잡고 앉았다. 파도가 밀려 부딪치는 해안가 위, 바람의 선율을 노래하는 가문비나무들 아래 도로시와 레이철은 친밀한 침묵 속에 가만히 앉아 남쪽의 수평선을 향해 날아가는 위풍당당한 제왕나비 떼의 행렬을 지켜보았다. 나비 떼는 마치 검은빛과 금빛으로 빛나는 살아 있는 유성처럼 보였다. 반세기 후 제왕나비는 국제우주정거장International Space Station에 탑승하게 되며 카슨이 자신이 두 가지로 헌신했음을 알게 된 어류및야생동물국은 제왕나비를 멸종위기종보호법Endangered Specied Act이 규정하는 보호 목록에 포함시킬 것을 요구한다. 멸

종위기종보호법은 《침묵의 봄》이 일으킨 직간접적인 결과로 1970년대에 가결된 10여 개 환경보호법 중 하나이다.

그날 오후 레이철은 도로시에게 아침에 대한 시적인 "추신"을 보냈다. 작가로서 레이철은 분명하게 표현할 수 없는 일들에 대해서는 말을 하는 것보다 글로 쓰는 것이 더 적합하다고 항상 생각하고 있었다. 자신의 기억 속에 각인된 멋진 광경, 하늘의 특정한 색조와 파도가 부서지는 특정한 소리를 세밀하게 기록한 다음 카슨은 썼다.

무엇보다 나는 그 제왕나비들을 기억할 겁니다. 서둘지 않고 서쪽으로 날아가는 강물 같던 그 제왕나비들을요. 작은 날개를 단 생물의 뒤를 이어 또 다른 작은 날개를 단 생물이, 저마다 무언가 보이지 않는 힘에 이끌려 날아가고 있었지요. 우리는 제왕나비의 이주에 대해서, 그 삶의 역사에 대해서 잠시 이야기했어요. 나비들은 다시 돌아오게 될까요? 우리는 그렇지는 않을 거라고 생각했지요. 적어도 대다수의 나비에게 이 여행은 자신의 생명을 끝마치는 여행일 테니까요.

하지만 오늘 오후 그 광경을 찬찬히 돌아보니 참으로 행복한 광경이었다는 생각이 듭니다. 나비가 돌아오지 못할 것이라고 이야기하면서도 우리는 전혀 슬퍼하지 않았다는 게 생각났어요. 그게 맞아요. 어떤 살아 있는 생물이 생명 주기의 끝을 향해 달려갈 때 우리는 그 끝을 자연스럽게 받아들이는 법이니까요.

제왕나비는 생명의 주기가 이미 밝혀진 몇 달이라는 기간으로 측정되지요. 인간의 경우 기준이 다르기 때문에 생명 주기가 얼마나 될지 우리는 알지 못해요. 하지만 의미는 똑같아요. 그 가늠할 수 없는 생명의 주기가 흘러가다 생명이 끝을 맞이하는 일은 자연스러운 일이고 결코 불행한 사건이 아닌 거예요.

이것이 오늘 아침 그 반짝거리며 팔랑거리는 생명의 조각들이 내게 가르쳐
준 것입니다. 그 안에서 나는 깊은 행복을 느낍니다. 당신도 그럴 수 있기를.
오늘 아침을 선물해주어 고마워요.

"나는 곤충의 시간을 별의 시간보다 더 좋아합니다"라고 노벨상 수상자
인 폴란드의 시인 비슬라바 심보르스카Wislawa Szymborska는 몇 계절이 지난
후 쓴다. 카슨은 곤충의 시간과 별의 시간이 똑같은 시간의 연속체 위에 존
재한다는 사실을 이해하고 있었다. 인간이라는 동물은 야심은 너무도 큰 반
면 한정된 시간을 배당받은 소멸하기 쉬운 존재로, 곤충의 시간과 별의 시
간 사이 어딘가에서 곤충과 별의 은혜를 입으며 존재하고 있다. 곤충이 없
는 세계는 별이 없는 세계만큼 어두울 것이며, 세계를 세계로 만드는 함께
나눌 우주먼지를 빼앗긴 세계일 것이다.

레이철 카슨

영원을 향한 마지막 여행

28

사우스포트섬의 여름이 저물자 카슨은 내키지 않는 마음으로 실버스프링으로 돌아가기 위해 오두막의 짐을 챙기기 시작했다. 카슨은 의식의 차원에서는 현실을 부인하며 빗장을 단단히 걸어 잠그고 있었지만, 몸의 세포 차원에서는 다시는 돌아오지 못할 것을 의식하고 있었다. 우리는 인생의 마지막을 보지 못하는 존재이다. 생존을 위해 진화한 인간 심리가 비영구성을 고집스럽게 반박하기 때문이다. 우리가 불멸을 꿈꾸는 것도 바로 이런 이유 때문이다.

카슨은 몸을 움직이는 것조차 무척 힘겨웠다. 골반 뼈가 새로 골절되면서 걸음을 내딛는 것이 고통스러웠다. 섬을 떠나던 날에는 오랜 친구이자 어류및야생동물국의 동료이며 《바다의 가장자리》의 삽화를 그린 예술가이자 카슨과 오랫동안 가깝게 일해온 밥 하인즈가 거의 레이철을 들어 올리다시피 해서 자동차에 태워주어야 할 정도였다. 실버스프링으로 차를 타고 돌아오는 열두 시간은 마치 고문과 같았다. 밤새 차를 타고 오느라 다들 기진맥진했지만 자동차를 멈추고 모텔에 들어갔다 나오는 고행을 하는 것보다는 그게 더 나을 것이라고 생각했다.

메릴랜드로 돌아온 카슨은 밀려드는 언론의 인터뷰 요청을 모두 거절했지만 학생들이 보내는 편지에는 계속 답장을 썼고, 농약을 쓰지 않는 농산물로만 아기 음식을 만드는 업체에 대해 문의하는 어느 어머니에게도 답장을 보내주었다. 식품 분야에서 "유기농"이라는 용어가 어느 정도 자리 잡기까지는 아직 4년이라는 시간이 남아 있다. 침대에 누워 지내던 중에도 카슨은 펜실베이니아 고등학교 과학동아리가 발행하는 〈연금술사〉라는 제목의 잡지에 글을 쓰기 위해 정보를 문의해온 한 학생의 요청에도 정성스레 답장을 써주었다. 그 어린 학생은 사랑스러울 정도로 순수한 마음으로 카슨에게 또 다른 기사를 기고해줄 것을 부탁했다. "내년 호에 실으면 정말 기쁠 겁니다."

카슨에게 내년이란 존재하지 않았다.

그해 10월 카슨은 새롭게 테스토스테론 치료를 받기 시작했다. 곧 있을 대륙 횡단 여행을 감당할 수 있을 만큼 고통이 조금이라도 완화되기를 바라는 마음이었다. 카슨은 샌프란시스코에서 강연하기로 약속을 했고 그 약속을 지킬 작정이었다. 마리 로델이 자청해서 카슨을 데려다준다고 나섰다. 처음으로 그랜드캐니언 위를 날아 지나가면서 카슨은 지구의 지질학적 기록 안에 깊이 새겨진 이 육지와 바다의 관계를 보여주는 기념비에 깊은 경외심을 느꼈다.

카슨은 자신을 초청해준 이들에게 급성관절염 때문에 휠체어를 타고 있다고 평소처럼 설명했다. 암을 선고받은 후에 카슨은 자신이 심각한 병을 앓고 있다는 사실을 사람들에게 알리고 싶어 하지 않았다. 카슨이 암을 앓고 있다는 사실은 몇몇 아주 친한 사람들만 알았고 그들조차 완전히 다 알지는 못했다. 카슨이 습관적으로 별로 아프지 않은 것처럼 이야기했기 때문이다. 카슨은 꼬치꼬치 캐묻는 이웃에게 자신이 전보다 더 건강하다고 이야기해달라고 도로시에게 부탁했다. 글뿐 아니라 그녀 자신이 공격 대상이 되어 있는 상황에서 카슨은 자신의 병을 숨기기 위해 더 주의를 기울이고 있었다. 자신이 앓고 있는 병이 자신의 평판을 떨어뜨리는 도구로 부당하게 이용될 수 있다는 사실을 너무도 잘 알고 있었기 때문이다. 실제로 관절염조차 카슨을 모욕하는 수단으로 이용되었다. 샌프란시스코 시내에 자리한 호화스러운 페어먼트호텔에서 카슨은 방을 가득 채운 관중에게 살충제와 생태 환경에 대해 우아한 강연을 했다. 어느 지역 신문은 카슨이 이야기한 과학이나 강연의 핵심은 슬쩍 건너뛰고 "관절염으로 다리를 저는 중년의 노처녀"인 카슨이 지팡이를 짚고 "절뚝거리며 연단에서 내려왔다"는 데만 주의를 기울였다. 또 다른 신문은 카슨이 절뚝거리며 연단에서 내려올 때 울려퍼진 열광적인 갈채에는 일부러 귀를 닫고는 카슨이 "몸집이 작고 지극히 유순한 여자"라고 묘사하면서 "한 무리의 걸스카우트 단원에게도 주목하라고 명령하지" 못할 것이라고 간주했다.

강연 후 카슨은 캘리포니아의 삼나무숲을 보고 싶었던 평생의 소망을 이루기로 결심하고 뮤어숲Muir Woods을 찾아갔다. 존 뮤어John Muir(카슨보다 앞선 세대의 자연주의 작가로, 특히 미국 서부의 숲을 보존하기 위해 노력했고 유명한 자연보호단체인 시에라클럽을 창설했다—옮긴이)는 에머슨의 수필집 여백에 이렇게 쓴 적이 있다. "소나무 두 그루 사이마다 새로운 삶의 방식으로 통하는 문이 있다." 새로운 삶의 방식이란 바로 이미 존재하는 자연의 상호 의존성을 이해하고 적극적으로 그 안에서 살아가는 방식이었고, 카슨은 자신의 인생을 바쳐 이런 삶의 방식을 구현했다. "어느 것 하나만을 집어내려 할 때 우리는 우주의 다른 모든 것들이 따라온다는 사실을 알게 된다"라고 뮤어는 썼다.

카슨의 오랜 독자인 시에라클럽Sierra Club의 이사 데이비드 브라워David Brower가 뮤어숲을 안내하겠다고 나섰다. 브라워는 훗날 아주 간결한 문장으로 카슨의 재능을 요약한다. "카슨은 조사를 철저하게 해왔다. 말을 신경 써서 했고 세심했다."

브라워가 카슨의 휠체어를 밀며 수천 년 수령의 장엄한 나무들이 늘어선 숲을 거니는 동안 카슨은 한 세기 전 처음 서부로 여행을 떠난 휘트먼이 "야외의 자연에 실재하는 상쾌하고 기운 넘치는 균형감, 책이나 인간의 삶에서 제정신을 찾고 싶은 순간 영원히 의지할 수 있는 유일한 존재"라고 묘사한 것을 음미했다. 카슨이 이곳을 찾은 지 반세기 뒤 나는 휘트먼의 책을 넣은 배낭을 메고 뮤어숲을 거닐며 카슨보다 오래 살았고 나보다 오래 살아갈 이 고아한 나무들의 거칠고 향기로운 껍질을 손으로 만져본다.

카슨이 캘리포니아에서 돌아오고 얼마 되지 않아 케네디 대통령이 암살되며 온 나라가 혼란에 빠졌다. 망연자실한 카슨은 아무런 생각을 할 수 없었고, 한 세기 전 휘트먼이 링컨의 암살에 대해 생각하려 노력한 방식으로 생각할 수 없었다.

군인이 마치 파도처럼 쓰러져 가라앉는다. 하지만 대양의 병사들이 변함없는 기세로 밀고 들어온다. 죽음은 수백, 수천의 목숨을, 대통령과 장군과 대위와 일병 모두의 목숨을 앗아가며 자신의 임무를 수행한다. 하지만 나라는 불멸한다.

처음 바다에 대해 글을 쓰기 시작한 이후 카슨은 불멸에 가장 가까운 것은 조석이라는 변화의 주기라고 생각했다. 변화의 주기는 계속해서 한 물질과 한 생명을 파괴하고, 그 원자를 흡수하여 다른 물질과 다른 생명을 만들어낸다. 이는 언제나 우주의 방식이었고 자연의 방식이었다. 하지만 인간의 정신을 침투한 암이 일으킨 케네디의 잔혹한 죽음에는 불멸의 약속 같은 것은 없었다. 카슨은 자신이 "망연하고 무감한" 상태에 빠졌다는 것을 알았고 며칠 동안 단어 하나조차 쓸 수 없었다. 레이철이 편지를 보내지 않는 이유를 짐작한 도로시는 레이철이 차마 하지 못한 말을 표현해주었다. "지난 며칠 동안 세계가 사라진 기분이 들었어요. 시간과 공간에서 우리 집 안에서 살고 있는데도, 세계를 뒤흔든 사건이 이토록 가깝게 느껴져요."

남쪽으로 위도 70몇 도쯤 내려온 곳에서는 호르헤 루이스 보르헤스Jorge Luis Borges가 아르헨티나 국립도서관National Library of Argentina에서 케네디 암살 소식을 들었다. 망연자실한 보르헤스는 충격을 받아 믿을 수 없는 기분으로 동네를 어슬렁거리며 걷다가 거리에서 알지도 못하는 사람들과 포옹을 나누었다. 집단적 기쁨과 비견되는, 집단적 슬픔에 대한 인간의 지극히 동물적인 반응이었다. 케네디가 계획하고 있던 달 착륙이 이루어진 날에 보르헤스는 이 두 가지 사건이 모두 "인류 사이에 일종의 교감이 이루어진 상태"를 불러일으켰다고 생각했다. 훗날 보르헤스는 이 두 가지 사건을 잇는 공통된 직물을 발견한다. 달과 정신이상자이다(정신이상자를 의미하는 lunatic은 달이 사람을 미치게 만든다는 믿음에 기초하여 달을 의미하는 라틴어luna에서 유래했다—옮긴이).

일어난 사건에서 비롯되는 감정이 있었다. 또한 수천, 수백만에 이르는 사람이, 어쩌면 전 세계의 모든 사람이 지금 일어나고 있는 일에 대해 강렬한 감정을 느낀다는 사실을 아는 데서 비롯되는 감정이 있었다.

케네디는 링컨의 게티스버그 연설 100주년을 축하하기 위해 게티스버그에서 연설을 해달라는 초청을 받았지만, 민주당 내에서 높아지고 있던 긴장감을 중재하러 댈러스로 가야 했기 때문에 이 초청에 응하지 못했다. 드와이트 아이젠하워Dwight Eisenhower 전 대통령이 대신 나서 "자유로운 나라, 모두를 위한 자유와 존엄과 정의가 실현되는 나라"라는 링컨의 유산을 이어나가자고 촉구했다. 바로 다섯 달 전에 마틴 루서 킹 주니어는 앨라배마에서 비폭력 시위를 이끌던 중 허가 없이 행진했다는 이유로 폭력적으로 체포되었다. 킹 박사는 버밍엄의 시립 교도소에서 쓴 유명한 편지에서 정의의 생태를 인지할 것을 촉구했다.

어느 한 곳에서라도 부정이 존재하면 다른 모든 곳의 정의를 위협합니다. 우리는 피할 수 없는 상호 관계망 안에 갇혀 있으며, 하나의 운명으로 묶여 있습니다. 어느 한 사람에게 직접적으로 영향을 미치는 것은 다른 모든 이들에게 간접적으로 영향을 미치게 됩니다.

킹 박사가 암살되기 1600시간 전, 링컨이 암살된 지 86만 4353시간 후, 자신이 하지 않은 게티스버그 연설이 있은 지 72시간 뒤에 케네디는 텍사스에서 총을 맞았다. 만약 케네디 대통령이 게티스버그로 향했다면 어떻게 되었을까? 또다시 운과 선택의 문제가 대두된다.

한편 카탈루니아 출신의 위대한 첼로 연주자이자 지휘자인 파블로 카살스Pablo Casals는 대통령자유훈장Presidential Medal of Freedom을 받으러 백악관으로 향하고 있었다. 외국인이 이 훈장을 받는다는 것은 아주 드문 영예였다. 2년 전, 케네디가 대통령으로 취임하고 얼마 후 카살스는 백악관을 방문하여 스페인의 민속음악인 〈새들의 노래The Song of the Birds〉를 첼로로 옮겨 깜짝 놀랄 솜씨로 연주했다. 카살스는 대통령에게 이 곡이 세계의 자유와 평화를 위한 소망을 담고 있다고 말했다. 카살스는 자신의 고향인 스페인에서 벌어지는 프란시스코 프랑코Francisco Franco의 독재 정치에 저항하는 의미로 스페인의 독재 국수주의 정권을 인정하는 나라에서는 연주를 거부해왔지만 케네디를 위해서만 예외를 두었다. 케네디 대통령이 민주주의와 예술, 인류의 정신을 이끄는 등불 같은 인물이라고 생각했기 때문이었다. 케네디가 암살되던 날, 두 차례의 세계대전에서 살아남고 무시무시한 독재 정권의 폭력을 겪은 이 인물은 전에 한 번도 경험하지 못한 어둠의 심연으로 곤두박질쳤다. 케네디라는 인물의 암살 안에서 인류 전체를 불명예스럽게 만드는 추악함을 목격했기 때문이다. 암살 사건의 "괴물 같은 정신 이상"은 남은 평생 그를 따라다니게 된다. 93세의 나이로 카살스가 이 사건을 회고할 무렵 그에게 이 사건은 여전히 생생하게 살아 있는 것이었다. "나는 일생에 걸쳐 무수히 많은 고통과 죽음을 목격해왔다. 하지만 그때보다 더 끔찍한 순간을 살아본 적은 없었다. 몇 시간 동안 입을 열 수도 없었다. 다른 무엇으로도 대체할 수 없는 아름다운 세계의 일부가 돌연히 찢겨 나간 기분이었다."

케네디가 암살된 지 사흘 후 나라 전체가 충격과 슬픔을 추스르는 동안 대뉴욕유대인연합United Jewish Appeal of Greater New York에서는 25번째 연례 기금 조성 행사인 "별들의 밤"을 케네디를 추도하는 모임으로 바꾸었다. 부통령 린든 B. 존슨Lyndon B. Johnson이 연설할 예정이었지만 취소되었고, 그 대신 레너드 번스타인이 미국에서 가장 저명한 예술가와 작가, 유명 인사 앞에서 케네디에게 열정적으로 감사를 표하고 폭력에 대해 날카로운 성찰을 보여주는 연설을 했다. 전날 밤 레너드 번스타인은 뉴욕교향악단 공연에서 케네디를 추도하며 말러의 교향곡 제2번 〈부활Resurrection〉을 지휘했다. 그 자리에서 번스타인은 이 곡을 선택한 폭넓은 의미에 대해 이야기했다.

이렇게 묻는 사람들이 있었습니다. 왜 〈부활〉 교향곡인가? 왜 현세의 고통에 대한 희망과 승리를 통찰하는 교향곡인가? 왜 진혼곡이나 관례대로 〈영웅-Eroica〉 교향곡의 장송 행진곡이 아니었는가? 정말로 왜 〈부활〉이어야 했을까요? 우리가 말러의 교향곡을 연주한 것은 단지 우리가 사랑했던 영혼이 부활하기를 바라는 마음에서만은 아니었습니다. 그를 애도하는 우리 모두의 내면에서 희망이 부활하기를 염원하는 마음으로 이 곡을 연주했습니다. 우리는 이 죽음으로 인한 충격과 치욕, 절망을 뛰어넘어 인류를 고양시키기 위해 어떤 식으로든 힘을 모아야 합니다. 그가 소중히 여겼던 목표를 향해 계속해서 나아가기 위해 힘을 모아야 합니다. 그를 추도하면서 우리는 그에게 어울릴 만한 가치가 있는 사람들이 되어야 합니다. … 우리는 그를 사랑했습니다. 그가 단어로 표현되었든 음표, 그림, 수학 기호로 표현되었든 상관없이 예술을, 인간 정신의 모든 창조적인 충동을 명예롭게 여겼기 때문입니다.

번스타인은 케네디가 암살되지 않았다면 몇 시간 후 읽으려 했던 연설문에서 한 문장을 인용했다. "미국의 지도력은 학문과 이성의 힘으로 이끌어야 합니다." 케네디의 암살이 학문과 이성의 정확한 대척점, 즉 "무지와 증오"의 산물이라는 사실을 의식하면 그 상실의 슬픔이 훨씬 더 깊어질 뿐이라고 번스타인은 말했다. 나는 항상 그가 지휘하는 교향악단에게 총보의 내용을 전해주던 번스타인의 눈썹이 물결처럼 움직이는 모습을 떠올릴 수 있다.

학문과 이성. 케네디는 이 두 단어를 제때 말하지 못했습니다. 하지만 우리는 모두 이 단어가 떨어진 곳에서 이를 주워 우리 자신의 일부, 합리적 지성의 씨앗으로 만들 수 있습니다. 합리적 지성 없이는 우리 세계는 더는 유지될 수 없습니다. 이것은 선의를 지닌 모든 인간의 임무가 되어야 합니다. 계속 되풀이하다 지루해질 위험을 감수하면서도 "절대 지치지 않고" 이성이 폭력에 승리를 거두는 세상을 이루기 위해 계속해서 노력하는 것입니다.

케네디가 암살되기 거의 정확하게 1년 전 "미국의 예술행렬An American Pageant of the Arts"이라는 이름이 붙은 자선 공연에서 행사 총 책임자였던 번스타인은 케네디 대통령 앞에 중국에서 태어나 프랑스에서 자란 일곱 살짜리 첼로 연주자를 선보였다. 요요마라는 이름의 소년은 피아노를 연주하는 열한 살 누나인 여챙과 함께 150년 전에 작곡된 장 바티스트 브레발Jean Baptist Bréval의 소협주곡을 연주했다. 이 소년은 카살스 덕에 번스타인의 눈에 들었는데, 카살스는 이 소년의 연주를 듣는 순간 재능을 알아보았다. 행사 자리에서 앞으로 다가올 위대한 세기의 음악가 중 한 명을 소개하는 번스타인의 목소리는 따스한 자부심을 싣고 크게 울렸다. "여기 귀를 기울이며 곱씹어 생각할 수 있는 문화적 개념을 소개합니다. 중국 출신의 일곱 살 첼로 연주자가 새로운 미국의 동포를 위해 프랑스의 고전음악을 연주합니다."

전국에 방영된 이 자선 공연에서, 케네디 대통령은 자신의 시대와 모든 시대를 뛰어넘어 문화에 가장 영속적으로 남을 제안을 했다.

나는 세월의 먼지가 우리 도시 위를 지나간 이후 우리가 전쟁에서의 승패, 정치에서의 승패가 아니라 인류 정신에 대한 공헌으로 기억될 것이라는 점을 확신합니다.

마침내 마음을 추스른 카슨은 도로시에게 마치 가족 중 누가 살해당한 것처럼 정신의 뼈를 깎아내는 듯한 상실의 슬픔에 사로잡혀 있었다고 말했다. 하지만 이토록 죽음이 가까이 있는 순간에도 삶에 대한 의지는 전진하고 있었다. 열흘 전 카슨은 정원에서 전에 없던 하얀 얼룩을 발견했다. 척추뼈의 극심한 통증을 느끼면서 몸을 구부려 시들어버린 늦가을의 풀을 옆으로 치웠더니 그 아래에서 히아신스가 피어난 화분이 나타났다. 지난봄부터 그곳에 버려져 잊힌 화분이었다. 전혀 어울리지 않는 시기인 11월 말, 화분의 구근에서 이 봄의 영광을 나타내는 몇 송이의 꽃봉오리가 고개를 내밀고 나와 있었다. 카슨은 그 화분을 침실에 가져다 놓았다. 그곳에서 상식과 계절을 무시한 채 하얀 히아신스들이 활짝 피어났다. "내 영혼을 위한 하얀 히아신스예요"라고 레이철은 도로시에게 말했다.

케네디 대통령 암살의 충격에서 아직 벗어나지 못한 카슨은 무언가 위안을 얻고 싶은 마음에 전에 없는 행동을 했다. 어느 날 밤 침대에 누웠는데도 마음이 복잡해 잠들지 못하던 카슨은 잠이 들 수 있을 만한 읽을거리를 찾았다. 책장으로 걸어간 카슨은 드물게 찾아오는 무언가에 홀린 듯한 자포자기 상태에서 자신이 쓴 첫 책인 노란 표지의 《바닷바람을 맞으며》를 집어 들었다. 이 책을 읽으며 카슨은 마음이 서서히 가라앉는 것을 느꼈다. 긴장이 풀린 상태에서 카슨은 마침내 정신이 아니라 골수에서부터 자신의 독자들이 이 책에서 무엇을 발견했는지 이해할 수 있었다. 우리의 시야를 확장시키는 지질학적·우주적 시간을 배경으로 보고 있노라면 인간의 극적인 사건은 지극히 사소해 보인다는 점이다. "인간의 근심이여, 모든 것이 헛되도다!"라고 세 세기 전 케플러는 자신의 좌우명을 표현했다. 카슨은 《바다의 가장자리》의 초고에서 맺는말로 쓴 단락을 떠올렸다. 이 단락은 짧고 존재론적인 색채를 띤 〈영원한 바다The Enduring Sea〉라는 제목의 한 장으로 완성되었다. 카슨이 쓴 글 중에서 도로시가 가장 좋아하는 글이었다. 암에 걸리기 전, 케네디 대통령이 암살되기 오래전에 카슨은 서재의 창문틀에 걸터앉아 밀물이 들려주는 영원의 세레나데에 귀를 기울이면서 시간과 공간이 어떻게 바다에 모여드는지 고찰했다.

　지금 오롯이 나로 있는 이 순간에 내가 느끼는 차이는 단지 순간의 차이일 뿐이다. 그 차이는 시간의 흐름에서, 바다의 길고 규칙적인 움직임에서 우리가 어디에 위치하는지에 따라 결정된다. 내 발밑의 바위투성이 해안은 한때 모래밭이었다. 그다음 바다가 융기하여 새로운 해안선을 발견했다. 그리고 다시 안개에 숨겨진 미래에서 파도는 다시 이 바위를 침식하여 모래로 만들고 해안을 이전의 상태로 되돌릴 것이다. 그러므로 내 마음의 눈에서 이 해안가의 풍경은 끊임없이 변하는 만화경 같은 양식 안에서 계속해서 융합하고 동화한다. 최종적인 상태, 궁극적이고 고정된 현실이란 존재하지 않는다. 지구는 바다만큼이나 유동적인 존재로서 변화하고 있다.

　죽을 수밖에 없는 운명과 영원의 수평선이 맞닿은 해안선은 카슨의 내면에서 끊임없이 오르내렸다. 어느 날 카슨은 집착과 현실 부인이라는 강력한 특효약을 마시고 아직 성취하지 못한 목표의 가능성을 향해 날아올랐다. 또 어느 날에는 깊고 깊은 우울 속으로 끊임없이 빠져들었다. 휘트먼은 평범한 사람과는 수준이 다른 감정의 밀물과 썰물을 예술가의 축복이자 저주라고 인정했다. "햇살이 내리쬐는 광활한 창공에서 하늘에 닿을 듯이 높이" 도달할 수 있는 이들은 모두 "황량한 어둠 속에서 거주하기" 쉬운 경향을 지닌 이들이기도 하다. "나는 이런 경향 없이는 일류에 속하는 예술가가 될 수 없으며 일류에 속하는 예술작품을 창조할 수도 없다고 생각한다"라고 휘트먼은 강력하게 주장했다.

　자신이 죽은 후 로저와 제피를 어떻게 해야 할지 깊이 근심하는 카슨의 모습을 지켜보던 스탠리는 자진해서 자신과 도로시가 소년과 고양이를 보살펴주겠다고 나섰다. 스탠리는 로저가 아장아장 걸으며 사우스포트섬에 처음 놀러갔을 무렵부터 로저에게는 아버지 같은 존재가 되어주었다. 스탠리의 관대한 제안에 마음 깊이 감동했지만, 레이철은 그 질문과 마주할 마음의 준비가 아직 되어 있지 않았다. 죽음이라는 위험이 임박할 때 인간이라는 생물이 발현하는 부인이라는 생존 본능에 사로잡혔기 때문이다.

레이철은 도로시와 스탠리에게 뉴욕에서 만나자고 부탁했다. 뉴욕에서 레이철은 여러 상을 받을 예정이었다. 그중 첫 번째는 오더번협회에서 환경 보호에 막대한 공적을 세운 사람에게 수여하는 최고 메달이었다. 이 메달은 그때까지 여성에게 수여된 적이 한 번도 없었다. 이틀 뒤 미국지리학회American Geographical Society의 메달을 받는 자리에서 스탠리는 우아한 실크 드레스를 입은 도로시와 레이철이 한껏 미소 짓고 있는 사진을 찍었다. 카슨은 그 기쁜 행사가 있던 다음 날을 "열아홉 시간"이라고 기억하게 된다. 카슨은 그 어느 때보다 예민하게 자신의 시간, 그들의 시간이 빨리 흘러감을 감지하고 있었다. 하지만 그달 카슨이 가장 마음 벅차하며 받아들인 영예는 회원을 오직 50명의 예술가로만 한정하고 있는 미국문예아카데미American Academy of Arts and Letters에 입회한 것이었다. 살아 있는 여성 중에 아카데미 회원이 된 여성은 오직 세 명뿐인데, 카슨 외에는 노벨 문학상을 받은 최초의 미국 여성인 펄 S. 벅Pearl S. Buck과 10년 전 카슨이 전미도서상을 받을 때 함께 탁자에 앉았던 시인 메리앤 무어였다. 카슨은 자신이 쓴 책의 과학적·시민적 차원에 대해서는 온갖 인정과 포상을 받았지만 이번 영예는 다른 의미에서 소중했다. 전형적으로 소설가와 시인에게 내려지는 영예였던 아카데미 회원이 된 것은 바로 문학 예술가로서 카슨의 공적을 인정받았다는 의미였기 때문이다. 과학으로 몸을 돌렸지만 절대 포기하지 않은 어린 시절의 꿈이 실현된 것이다.

하지만 그달의 환희는 크리스마스 직전에 고양이 제피가 갑자기 죽으면서 어둠 속으로 곤두박질쳤다. 카슨은 깊은 슬픔에 잠겼다. "나는 사랑하는 고양이의 눈 안에서 생명과 그 의미에 대한 깊은 깨달음을 발견했다"라고 카슨은 몇 년 전 쓴 글에서 말했다. 그러나 한편으로 카슨은 자기 자신의 원자를 바다에 돌려주고 난 뒤의 로저를 걱정하는 것처럼 제피를 걱정할 필요가 없다는 어두운 안도감을 느꼈다.

크리스마스는 항상 레이철과 도로시에게 특별한 시간이었다. 두 사람은 이 크리스마스가 두 사람이 함께 맞는 마지막 크리스마스라는 사실을 알고 있었을 것이다. 10년 동안 매년 주고받은 크리스마스 편지는 두 사람만의 개인적인 전통이 되어 있었다. 도로시는 올해의 크리스마스 편지에서 두 사람이 사랑한 시간을 돌아보았다. 레이철의 사랑으로 자신의 인생이 완전히 바뀌었다고 밝히며 도로시는 그 편지의 날짜를 AC(After Carson, 카슨을 만난 후—옮긴이) 1963이라고 적었다. 도로시의 편지는 사랑과 앞으로 닥칠 상실이라는 두 가지 평행한 조류를 따라 흘러갔다.

10년이에요. 처음으로 크리스마스 편지를 쓴 지 10년이 지났어요. 1953년에 하지 않은 말 중에 10년이 지난 지금 무슨 말을 할 수 있을까요? 표현은 다를지 모르지만 나는 당신이 필요하고, 당신을 사랑한다는 주제는 똑같아요. 그 당시 나를 이해해주는 존재로서, 누구도 되어주지 못한 일종의 동료의식을 느끼게 해주는 상대로서 당신이 필요했던 것처럼 지금도 그때만큼, 아니 그때보다 더 많이 당신이 필요합니다. 그때 당신이라는 사람 자체를, 당신이라는 사람이 상징하는 모든 것을 사랑한 것처럼 지금도 그때만큼, 성의와 진심과 열망으로 당신을 사랑합니다.

지난 10년 동안의 크리스마스에 고맙다는 인사를 보내요. 10년 동안 당신 덕분에 내 인생이 풍요로워졌을 뿐 아니라 삶 자체가 바뀌었어요. 우리 둘 다에게 기쁨과 슬픔이 가득한 10년이었죠. 우리는 기쁨을 함께하는 만큼 슬픔도 함께했어요. 가끔 당신의 변함없는 사랑이 없었다면 그 깊은 심연의 시간을 견뎌내지 못했을 것이라는 생각이 듭니다. 당신이 없었다면 그 그늘진 나날들 속에서 나는 살아갈 가치를 찾지 못했을 거예요.

이 편지에 담긴 마음은 3년 반 전 레이철이 유방절제술을 받으러 갈 때 도로시가 레이철에게 보낸 시 한 편으로 거슬러 올라간다. 그 시는 이런 구절로 끝을 맺는다.

천국만큼이나 높았던 내 희망들은
당신 안에서 다 채워졌습니다
나는 금빛으로 빛나는 못이 됩니다
태양이 넘어가며 붉게 타오를 때
당신은 깊게 물드는 내 하늘이 됩니다
당신의 별을 내게 주세요, 내가 손에 쥘 수 있도록

레이철이 정확히 언제 크리스마스 편지를 받을 수 있을지 알지 못한 도로시는 편지를 이렇게 끝맺었다.

언제 이 편지를 읽게 될지는 모르지만 부디 알아주세요. 비유적인 의미에서 내 팔은 당신을 꼭 끌어안고 있다는 것을. 그러니 눈을 감고 느껴보세요. 당신이 사랑받고 있다는 것을.

도로시는 이 편지에 〈새터데이 리뷰Saturday Review〉의 12월 21일자 기사를 오려내 동봉했다. 이 기사에서 기자는 이렇게 썼다.

이 세상에 출간되어 나온 수천 권의 책 중에 … 실제로 문명의 흐름을 바꾸는 책들은 몇 권이나 될까? … 단순히 서점과 독자에서 그치지 않는 책의 영향력에 대한 또 다른 사례로 바로 머릿속에 떠오르는 책은 《침묵의 봄》이다.

크리스마스 직후 도로시는 자동차를 몰고 실버스프링을 찾아와 나흘 동안 머물렀다. 두 사람은 함께 베토벤의 음악을 듣고 서로에게 책을 읽어주고 점점 줄어드는 시간의 달콤하고 쌉싸름한 맛을 한껏 누리려고 노력했다. 도로시가 집으로 돌아간 후 레이철은 세월을 거슬러 올라가 서로의 마음을 알게 된 "열세 시간"을 회고했다. 당시 레이철은 키츠의 "아름다운 것은 영원히 지속되는 기쁨이니"라는 구절로 시작하는 시로 사랑을 약속했다. 그 약속을 돌아보며 레이철은 도로시에게 보내는 편지에 썼다.

그 구절은 최고의 진실로 증명되었어요. 내가 그 시를 당신에게 보낸 지 10년 동안 말이에요. 우리 두 사람 중 한 명이라도 살아 있는 동안에는 나는 우리의 사랑이 "결코 아무것도 아닌 것으로 돌아가지 않으리라"는 것을 알고 있어요. 우리의 사랑은 평온하게, 우리가 함께한 모든 소중한 기억들과 함께 조용한 그늘에 보관될 겁니다. 다시 이 말을 할 필요는 없겠지만 하고 싶어요. 사랑해요. 지금도 그리고 항상.

그로부터 두 주 후 스탠리가 부엌 탁자에 앉아 방금 자신이 씨앗으로 채워둔 먹이통에서 새들이 즐겁게 모이를 쪼는 모습을 흐뭇하게 바라보고 있을 때, 심장이 멈추었다. 몇 년 동안 건강이 안 좋아 입퇴원을 거듭한 끝에 그전 해 수술을 받은 후 도로시가 겨우 마음을 놓은 참이었다. 평범한 일상에서 너무도 갑작스럽게 닥친 스탠리의 죽음은 초현실적으로 보였다. 자신의 인생에서 마지막 몇 주만을 남겨두고 있던 레이철은 격심한 고통에 시달리는 와중에도 스탠리의 장례식에 참석하기 위해 웨스트브리지포트로 날아왔다. 어떻게든 도로시의 슬픔을 덜어주기 위한 마음에 쫓겨 레이철은 실버스프링으로 돌아오는 비행기에 타자마자 도로시에게 편지를 쓰기 시작했다.

스탠리가 세상을 떠난 후 도로시와 레이철은 밤마다 전화로 이야기를 나누었다. 상식적인 기준에서 생각할 때 스탠리가 레이철보다 오래 살았어야 했다. 하지만 세 사람의 삶이 서로 얽히게 된 방식이나 지금 그 삶들이 서로에게 풀려나게 된 방식 그 어떤 것도 상식적이거나 기준에 맞지 않았다. "누군가를 사랑하도록 운명 지어진 사람은 없다"라고 에이드리언 리치는 쓴다. "그저 그런 일이 일어날 뿐이다."

어느 날 저녁 오랜 통화를 마치고 전화를 끊은 다음 레이철과 도로시는 둘 다 마지막으로 다시 한번 "잘 자"라는 인사를 해야 한다는 기분에 휩싸여 서로에게 전화를 걸었다. 서로 전화를 걸고 있던 나머지 각각의 전화기에서는 통화 중이라는 신호만이 들려왔다. 그날 밤 상호적 동시성이라는 달콤한 감각을 되씹으며 레이철은 도로시에게 보내는 편지에서 썼다.

사랑하는 당신, 우리가 함께하는 모든 시간을 잘 쓰도록 해요. 나만이 아니라 우리 모두에게 시간은 정말로 소중한 선물이기 때문이에요. 시간은 비축해둘 수도 없는 것이니 시간이 우리 손가락 사이에서 흘러나가버리는 동안 우리는 이 시간을 기쁘게 잘 활용해야만 해요.

한 달도 채 지나지 않아 암이 카슨의 간까지 전이되었다. 카슨은 동료 작가이자 시민권 운동가이며 유니테어리언 목회자인 덩컨 하울렛Duncan Howlett 목사에게 자신이 죽고 난 뒤의 일을 부탁했다. 카슨의 작품을 열렬히 지지하는 사람인 하울렛 목사는 카슨의 책에 기초해 설교를 했고,《침묵의 봄》에 대한 공격이 한창일 때는 카슨을 예레미야와 같은 수준에 오른 우리 시대의 예언가로 생각한다고 말하기도 했다. 그리고 지금 하울렛은 죽음을 앞둔 카슨의 부탁을 듣게 되었다. 점점 줄어만 가는 자신의 시간을 차분하게 바라보면서 카슨은 자신을 화장하고 유골을 사우트포트섬에 뿌려달라고 말했다. 그리고 장례식을 검소하게 치르고 그 자리에서 도로시가 가장 사랑하는《바다의 가장자리》의 마지막 장인 〈영원한 바다〉를 낭독해달라고 부탁했다.

1964년 4월 14일 늦은 오후, 햇살이 낮게 비쳐들 무렵 레이철 카슨은 심장 발작을 일으켰다. 카슨이 마지막 숨을, 케플러와 디킨슨, 풀러, 그리고 이 창백한 푸른 점의 공기를 호흡한 모든 인간의 폐에서 한때 고동쳤던 분자들을 마지막으로 들이마셨을 때 태양은 봄빛으로 빛나는 언덕마루를 막 넘어가고 있었다.

레이철의 몸이 아직 채 식기도 전, 몇십 년 동안 가족 곁을 얼씬도 하지 않던 레이철의 오빠 로버트가 발소리도 요란하게 집으로 들어오더니 흐느껴 울고 있는 로저와 가정부를 무시한 채 여동생의 모든 소망과 의지에 반해 자기 멋대로 일을 결정하기 시작했다. 레이철이 숨을 거둔 지 몇 시간도 지나지 않아 로버트는 레이철의 서류를 급하게 훑어보고는 논란이 될 만하다고 판단하는 서류들을 모두 파기해버렸다. 로버트는 함부로 로저의 침실로 들어가 슬픔으로 힘겨워하는 열두 살 소년이 가지면 안 된다고 생각하는 모든 물건을 그 자리에서 압수해버렸다. 카슨이 자신의 아들에게 모든 재산을 물려주었다는 사실은 안중에도 없었다. 그리고 화장해달라는 레이철의 유언을 취소하고 장례 준비를 위해 레이철의 시신을 장례식장으로 보낸 다음 워싱턴국립성당Washington National Cathedral에서 국가 규모의 장례식을 치르기 위한 준비를 하기 시작했다. 마리 로델은 그를 말릴 수 없었고 도로시는 막으려는 시도조차 하지 않았다. 시대가 달랐다면 도로시는 배우자로서 발언권이 있었을지도 모른다. 이는 오직 사랑으로 부여되는 최고의 권리이지만 입법부의 비준을 받지 못한 당시에는 아무런 힘이 없었다. 레이철을 잃은 슬픔으로 마음이 무너지고 법적으로도 아무 힘이 없던 도로시는 그 어떤 주장도 할 수 없었다. 그저 간신히 자신을 추슬러 장례식장으로 가서 한때 히아신스의 영혼이 머물렀던 시신을 바라보는 것이 고작이었다.

한편 카슨의 사망 소식이 라디오와 신문을 통해 전국으로 퍼져나갔고 카슨의 독자는 보르헤스적인 집단 슬픔의 상태에 빠졌다. 아무도 카슨이 치명적인 병을 앓고 있었다는 사실을 알지 못했다. 〈뉴욕 타임스〉는 몇 쪽에 이르는 부고 기사를 통해 과학의 옹호자이자 문화 변혁을 이끈 중개자로서 카슨의 업적을 연대기로 기록했으며 〈뉴욕 타임스〉답지 않게 애정을 담아 카슨을 애도했다. "이 작은 체구에 진지한 표정을 한 여성은 침착하고 솔직한 눈빛을 하고 있었다. 말하는 것보다 듣는 것을 좋아하는 생각이 깊은 어린이에게 흔히 볼 수 있는 종류의 눈빛이었다." 다른 부고 기사에서는 이렇게 선언했다. "이 온화하고 용감한 여성 덕분에 인류는 어느 정도는 어리석고 무정하고 무자비한 길에서 벗어나 좀더 나은 길을 찾게 되었다."

그해 여름 린든 존슨 대통령은 미국 야생보호구역 체계를 설립하는 야생 법령에 서명한다. 전 세계 어디에서도 전례를 찾을 수 없는 기념비적인 성취로, 연방 토지의 많은 부분을 인간의 무자비한 손길에서 보호하도록 명시하는 법령이다.

전혀 알지 못하는 사람들이 보내는 애도의 편지가 호튼미플린출판사와 마리 로델의 사무실로 쏟아져 들어오기 시작했다. 1년 전 세계여성협회 International Coucil of Women에서 카슨의 강연을 들은 한 여자는 "58개 나라에서 온 다양한 언어를 쓰는 여자들이 세계를 향한 카슨의 연설을 완전하게 이해하고" 기립 박수를 보낸 일을 이야기했다. 편지의 첫머리에 자신을 "명함 전문가"라고 소개한 한 남자는 카슨의 사망 소식이 "개인적인 상실처럼 느껴졌다"고 고백하면서 《우리를 둘러싼 바다》가 "이 놀라운 여성에 대한 시대를 초월한 묘비명"으로 남게 될 것이라고 썼다. 또 다른 남자는 카슨의 사망 소식을 듣고 "엄청난 충격을 받았다"고 보고하면서 로델에게 말했다. "당신의 크나큰 슬픔과 나라의 크나큰 상심에 깊은 위로의 마음을 전합니다." 한 여자는 이런 편지를 보냈다. "쾌활하고 온화한 성품의 당당한 여자이자 내면에 다른 사람보다 더 많은 영원을 품고 있던 사람이었다고 생각해요. 이토록 보기 드문 인물에게 우리는 잘 가라는 작별 인사보다는 안녕이라는 인사를 해야 한다는 생각이 듭니다."

대중이 내키지 않는 기분으로 카슨에게 작별 인사를 하는 장례식은 4월 17일 금요일 아침에 거행되었다. 카슨의 오빠는 하울렛 목사를 부르지 않았다. 그 대신 여자의 성직 서임을 반대하고 비백인을 배척하는 단체의 회원인 워싱턴의 네 번째 주교가 150명의 추도객이 모인 장례식 행렬을 이끌었다. 이 주교는 카슨이 낭독해달라고 부탁한 부분을 읽지 않았다. 자연에 대한 숭배의 마음을 표현한 이 글에 진화론적 의미가 크게 함축되어 있다는 이유에서였다. 그 대신 주교는 오빠가 선택한 기도문을 낭독했다. 로버트는 관을 맬 여섯 사람 또한 자신이 선택했다. 리비코프 상원의원과 카슨의 오랜 친구였던 밥 하인즈를 비롯한 여섯 남자가 거대한 돔 천장 아래에서 청동관을 맸다.

카슨의 친오빠라는 사람이 카슨이 예상치 못한 명성을 얻은 후 가장 두려워하던 일을 저질러버린 것이었다. 바로 대중에게 보이는 가면의 무게 아래 레이철이라는 개인을 뭉개 없애버리는 일이었다. 청동관 안에 누워 있는 사람은 레이철이 아니었고 레이철과 도로시가 "다른 여자"라고 불렀던 사람이었다. 장례식이 레이철이 통렬하게 비판하는 것들의 총합이었기 때문에 카슨을 사랑하던 이들은 큰 충격을 받았다. 충격을 받아 정신을 차린 도로시와 마리 로델, 밥 하인즈, 카슨의 가정부, 연구 조수는 힘을 모아 카슨의 시신을 화장하지 않고 어머니 곁에 묻어야 한다는 오빠의 주장에 맞섰다. 아마도 공공연하게 소란을 일으키면 유명한 여동생의 명성에 편승했다는 사실이 탄로나게 될까 두려워하는 마음 때문이었을 테지만, 로버트는 마침내 조금 양보하여 시신을 화장하는 데는 동의했지만 화장한 유해의 절반은 공동묘지에 묻어야 한다는 주장을 굽히지 않았다.

로델은 로버트의 불경한 주장에 질색한 나머지 일종의 엄마 곰 같은 본능에 사로잡혀 공식 장례식이 끝난 후 로버트를 피해 하울렛 목사에게 연락했다. 그 주의 일요일 카슨과 친하게 지냈던 이들이 완전히 다른 형태의 추도식을 하기 위해 유니테어리언 교회에 모였다. 하울렛 목사가 카슨이 우리 시대의 진정한 예언가였다는 선언으로 추도식을 열었고 그다음 카슨이 낭독해달라고 부탁했던 〈영원한 바다〉를 읽은 다음 도로시가 이 추도식을 위해 목사에게 빌려준 제왕나비의 편지를 읽었다.

카슨의 친오빠가 모든 것을 망가뜨렸지만 그럼에도 "금고"는 무사했다. 도로시는 금고 안에서 레이철이 보내지 않은 편지를 발견하고는 마치 회색빛 기적이 일어난 것 같은 기분이 들었다. 그해 봄 카슨이 아침까지 살아 있지 못할 것이라 두려워한 그 무서운 밤에 쓴 편지였다. 도로시가 편지를 읽을 때 얼마나 가늠할 수 없는 사랑과 슬픔의 조류가 그녀의 마음 안으로 밀려들어왔을지 감히 상상하기 어렵다.

> 사랑하는 당신, 심장 발작이 일어나 내가 갑작스레 세상을 떠나게 된다면 그
> 편이 내게 얼마나 쉬울지를 생각해주세요. 사랑하는 이들을 남기고 가는 일
> 이 몹시 마음이 아픕니다. 하지만 내가 떠나는 일이 슬프지는 않아요. 얼마
> 전에 나는 늦게까지 서재에 앉아 베토벤을 들으면서 진정한 평온함과 행복
> 감을 느꼈습니다.
> 사랑하는 당신, 내가 이 모든 시간 동안 당신을 얼마나 깊이 사랑했는지 잊
> 지 말아 주세요.
> 레이철.

5월 초 화창하고 하늘이 파란 어느 아침, 도로시는 사우스포트섬의 ㄲㅌ
머리로 자동차를 몰고 나갔다. 자동차 옆자리에는 레이철의 유해 절반이 놓
여 있었다. 도로시는 레이철과 함께 제왕나비의 행렬을 본 곳으로 걸어가서
는 크게 숨을 들이마신 다음 밀려들어오는 밀물 위로 한때 사랑하는 영혼
을 구성했던 우주먼지를 흩뿌리기 시작했다. 레이철의 유해가 대양으로 흘
러들어갈 무렵 도로시는 그 뒤로 하얀 히아신스를 한 송이 던졌다.

14년 전 양성이라고 생각했던 종양을 제거하는 첫 번째 수술을 받은 후
카슨은 몸을 회복하기 위해 일주일 동안 해안에 머물면서 매일 아침 해변
을 거닐며 자신이 관찰한 것들을 공책에 빼곡히 적어나갔다. 나는 카슨이
느슨하고 물결치는 듯한 필체로 글을 쏟아놓은 작은 줄 공책의 가장자리를
살짝 어루만진다.

해변을 따라 남쪽으로 걸었다. 구름이 많이 끼고 가끔 소나기가 내리는 회색

빛 아침이다. … 세가락도요처럼 보이는 새의 발자국을 보았다. 그 발자국을 조금 따라가 보았더니 물속으로 이어져 있었고 파도가 덮쳐오며 이내 발자국을 지워버렸다. 바다는 얼마나 많은 것들을 쓸어내버리고 마치 처음부터 없던 것처럼 만드는 것일까? 시간도 마치 바다와 같아서 우리에 앞서 존재했던 모든 것을 품는다. 머지않아 우리 또한 시간의 흐름 속으로 쓸려가버리고 우리가 존재했던 흔적 또한 깨끗하게 지워져 없어질 것이다. 오늘 아침 바다가 새의 발자국을 쓸어가버린 것처럼.

바다에 쓸려가버렸을 때 레이첼 카슨은 쉰일곱 번째 생일을 앞두고 있었다. 카슨이 태어나기 정확하게 57년 전 마거릿 풀러는 이탈리아를 떠나 대양의 심연을 가로질러 미국으로 돌아가야 할 때가 되었다고 생각했다.

마거릿 풀러

재능으로 세계의 일원이 되다

29

1850년 7월 18일 바다에서 두 달을 보낸 엘리자베스호는 승리감에 도취된 채 뉴저지 앞바다의 메이곶과 바니것 사이에 자리 잡고 있었다. 니노의 기적적인 회복을 여전히 기뻐하는 마거릿 풀러는 이튿날 뉴욕에 도착한다는 집단적인 설렘에 전염되어 공책들과 자질구레한 물건들을 트렁크 안에 챙겨 넣고 니노에게 잘 자라는 입맞춤을 한 다음 니노가 입을 옷들을 주의 깊게 골라 꺼내놓는다. 니노의 할머니가 그 팔에 처음으로 니노를 안을 때 입을 옷들이다.

해가 지면서 발하는 마지막 빛이 강철처럼 빛나는 수면과 점점 두꺼워지는 구름 사이에서 가느다란 주황색 띠가 되어 빛날 때 이쪽 수평선에서 천둥소리가 낮게 울부짖으며 레이철 카슨이 "전혀 예상치 못하게 움직이는 바다의 힘과 능력 … 우리가 아는 것이 얼마나 없는지에 대해, 영원히 바다의 것으로 남을 수수께끼에 대해 일깨워준다"라고 묘사한 활동의 시작을 알린다.

9시가 되자 점점 거세지는 바람이 돛을 강타한다. 배를 이곳까지 밀어준, 모두가 그토록 기뻐한 돌풍이 소용돌이치며 폭풍으로 둔갑하고 있다. 자정 무렵이 되자 폭풍은 허리케인으로 커진다. 갑작스럽게 흉포함을 띤 파도가 배를 덜컹덜컹 흔들고 강한 해류가 배를 원래 항로에서 북쪽으로 밀어낸다. 새벽 2시 30분 신출내기 선장은 바다 깊이를 21패덤(약 39미터)이라고 측정하고 배가 지나가기에 여전히 안전하다고 판단한 다음 자기 침대로 잠을 자러 가버린다. 한 시간 후 엘리자베스호의 바닥이 날카로운 것과 충돌한다. 선장이 뉴저지 해안의 것으로 잘못 판단한 등대는 실은 파이어섬의 바위투성이 해안에 있는 등대였다는 사실이 밝혀진다. 바로 젊은 레이철 카슨이 처음으로 대양과 만나는 항해를 떠날 때 지나친 곳이다.

큰 돛대와 작은 뒤쪽 돛대가 순간 부러져버린다. 파도가 계속해서 갑판을 휩쓸고 지나간다. 배에 실린 구명정이 모두 파도에 쓸려가는 동안 배는 바위투성이 해안을 향해 돌진한다. 배의 아랫부분에 선적된 무거운 대리석이 파도를 이기다 못해 선체를 부수고 배 밖으로 떨어져 나가고 그 구멍으로 상상할 수 없이 빠른 속도로 바닷물이 몰려 들어오기 시작한다.

혼돈이 엘리자베스호를 집어삼킨다. 승객들은 죽음의 입안에 던져졌다는 사실을 자각한다. 다들 주객실로 몰려나가 바람이 불어오는 쪽에 붙어 몸을 지탱하려고 애를 쓴다. 어떤 이는 기도를 하고 어떤 이는 저주를 퍼붓고 어떤 이는 그저 조용히 견디고 있다. 저 멀리에서 몰인정한 사이클롭스의 거대한 눈처럼 등대의 불빛이 깜빡인다.

마거릿 풀러는 이제 더는 육체를 초월한 지성이 아니며 감각의 폭풍에 휩쓸린 한 육체에 불과하다. 그리고 이 육체를 구성하는 것과 같은 원소들의 포위 공격을 받고 있다. 머리칼이 어깨 위로 폭포처럼 흘러내린다. 흠뻑 젖은 제노비아처럼 하얀 잠옷은 빗물과 바닷물의 소용돌이치는 대홍수를 맞아 피부에 찰싹 달라붙어 있다. 마거릿은 물에 흠뻑 젖고 겁에 질린 니노에게 노래를 불러주고 있다. 어떤 언어로 된 어떤 노래였을까? 다른 승객들은 유일하게 부러지지 않은 앞쪽 돛대 주위에 무리 지어 모여 있다.

배가 쩌억 소리를 내며 부서지고 배 안에 물이 차오르는 몇 시간 동안 사람들은 해안가의 누군가가 도움의 손길을 내밀어주길 기다린다. 해변에 사람들이 모여드는 모습이 보이지만 구명정의 모습은 보이지 않는다. 몇몇 선원은 자신의 목숨을 구하기 위해 바닷물로 뛰어든다.

신출내기 선장 다음으로 지위가 높은 대담한 일등 항해사인 데이비스가 승객을 한 사람씩 구출하자는 계획을 제안한다. 승객을 한 명씩 손잡이를 매단 널판자에 엎드리게 한 다음 데이비스가 그 간이 뗏목을 밀며 헤엄쳐서 90미터 떨어진 해안까지 옮기는 방식이다. 헤이스티 선장의 미망인이 가장 먼저 이 널판자를 탄다. 익사할 위기를 두 번이나 넘긴 미망인은 해안으로 밀려 올라가 간신히 목숨을 구한다. 다시 돌아온 데이비스는 풀러에게 다음 차례로 널판자에 타라고 다그친다. 하지만 풀러는 가족이 모두 함께 가지 않는다면 못 간다고 거부하며 구명정이 나타나기만을 기다린다.

시간이 지난다. 썰물이 빠지면서 파도를 달래준 짧은 시간 동안 좀더 쉽게 탈출할 기회가 생기지만 풀러와 오솔리는 가족이 절대 떨어지지 않겠다는 확고부동한 의지를 꺾지 않는다. 해변에 구명정이 보이지만 누구도 구명정을 바다에 띄울 생각을 하지 않는다. 폭풍이 시작된 지 12시간 뒤 데이비스는 풀러의 고집스러움에 항복하고는 남은 선원들에게 알아서 자신의 목숨을 구하라고 명령한다. 선원 네 명이 이 명령을 무시하고 다른 사람을 돕기 위해 배에 남는다. 사람을 이쪽 길과 저쪽 길로, 용기의 길과 보신의 길로 나누는 요소는 무엇일까? 그중 한 선원이 풀러를 설득하여 니노를 캔버스 가방에 태우고 자신의 목에 가방을 묶은 다음 해안으로 헤엄쳐 가겠다고, 소년을 구하지 못한다면 자신도 살아 있지 않겠다고 약속한다. 그런 다음 풀러는 널판자 뗏목을 타고 갈 수 있게 될 것이다. 이제 조수의 흐름이 바뀌어 폭풍은 다시 포악한 기세로 맹렬하게 날뛰고 있다.

그해 봄 풀러는 일기에 배가 난파되었다는 소식을 기록했다. 그 배에 타고 있던 파리의 한 친구가 목숨을 잃었다. 풀러는 고향으로 돌아가는 항해를 염두에 두고 이렇게 썼다.

그렇다면 안전이란 신중한 선견지명으로도 보장되지 못하는 것이다. 나는 우리의 상선에 좀더 침착한 태도로 승선하고는 열심히 기도를 해야겠다. 제발 바다에서 아들을 잃는 것이 내 몫이 되지 않기를. 고통을 덜어주지 못하는 질병이나 울부짖는 파도 속에 아들을 잃게 되지 않기를. 만일 그렇게 된다면 오솔리와 안젤로, 내가 함께 가게 되기를. 그 고통이 짧게 끝나기를.

나는 풀러가 사팔뜨기인 연한 남청색 눈을 강렬하게 빛내며 비에 젖어 반짝이는 갑판의 끝에 마지못해 몸을 붙인 채 새벽의 빛 속에서 어깨너머로 멀어지는 아들을 바라보는 모습을 머릿속에 그릴 수 있다.

하지만 풀러가 널판자에 탈 기회가 오기 전에 거대한 파도가 배를 덮친다. 유일하게 남아 있는 앞쪽 돛대를 부러뜨린 파도는 갑판을 휩쓸고 지나면서 그 위에 있던 모든 이를 미쳐 날뛰는 바닷속으로 쓸어버린다. 마거릿이 입은 잠옷 자락이 한순간 하얀 풍선처럼 부풀어 올랐다가 이내 파도의 거품 속으로 사라져버린다.

폭풍이 몰아치는 구름 위에서는 육안으로 볼 수 있는 혜성 하나가 시속 16만 킬로미터의 속도로 7월 밤하늘을 가로지른다. 그 아래에서 우주먼지가 바다의 거품이 되었다가 다시 우주먼지로 돌아간다.

20분이 지난 후 니노를 업고 헤엄쳐 오던 선원이 해안가로 밀려 들어온다. 두 사람 모두 숨이 끊어졌지만 아직 몸은 따뜻하다. 풀러의 트렁크 하나도 해안가로 밀려 들어온다. 살아남은 선원들은 그토록 애지중지 귀여워하던 소년을 상자에 누이고 흐느껴 울면서 소년을 모래에 묻는다. 마거릿과 오솔리의 유해는 발견되지 않는다. 마거릿의 서류 중에서는 바다가 삼키지 못한 유일한 트렁크에 들어 있던 연애편지만이 남았다. 풀러의 가장 자랑스러운 작품, 이탈리아혁명에 대한 유일한 연대기가 되었을 작품 또한 바닷속으로 쓸려가 사라져버렸다.

*　　*　　*

풀러가 탄 배가 난파되기 열흘 전 허먼 멜빌은《향유고래의 자연사Natural History of the Sperm Whale》라는 책을 산다. 사진이 발명된 해에 출간된 이 책은 멜빌이《모비딕》을 쓰는 동안 가장 중요한 과학적 참고 자료가 된다. 풀러의 유해가 대양 바닥으로 쓸려가고 있을 무렵 멜빌은 훗날 너새니얼 호손에게 헌정하게 될 이 소설의 일곱 번째 장을 쓴다.

무언가에 덮인 듯한 침묵이 흐르다 간간이 요란한 폭풍의 비명이 들려와 침묵을 깰 뿐이다. 조용히 입을 다물고 있는 예배자들은 각자의 조용한 슬픔이 외로운 섬이며 남에게 전할 수 없는 것이라 생각하는 모양인지 일부러 서로 멀찍이 떨어져 앉아 있었다.

열여섯 장 후에 멜빌은 이렇게 쓴다.

깊고 진지한 모든 생각은 바로 영혼이 자신만의 광활한 바다를 독립적으로 지키려는 대담무쌍한 노력이다. … 뭍이라고는 하나 없는 곳이어야만 지고의 진리가 거주하는 것처럼 해안이 없는 곳이어야만 신처럼 무한한 존재가 거주한다. 수치스럽게 바람이 불어가는 쪽에 매달리기보다는 이 울부짖는 무한 속에서 소멸하는 편이 훨씬 낫지 않은가?

87년 후 레이첼 카슨은 〈애틀랜틱 먼슬리〉에 처음으로 실린 기사에서 "바다의 변하지 않는 법칙"에 대해 쓴다. 카슨이 풀러가 난파당한 나이가 되었을 때 잡지에 실린 이 기사는 앞으로 카슨이 이어나갈 문학적 여정의 시작을 알린다.

각각의 생명은 시야에서 사라지지만 일종의 물질적인 불멸성 안에서 다른 형태의 육체에 깃들어 계속해서 모습을 나타낸다. 상상도 못할 만큼 먼 옛날, 고대의 바다에서 뒹굴던 원형질의 원시적인 조각을 탄생시킨 바로 그 힘과 비슷한 힘들이 우리는 이해하지 못하는 광대한 작업을 계속해서 이어가고 있다. 이 우주적인 배경 앞에서 어떤 식물이나 동물의 생명 주기는 그 자체로 완결되는 한 편의 완성된 극이라기보다는 그저 끝없이 이어지는 변화의 파노라마에 끼어드는 짧은 막간극처럼 보일 뿐이다.

풀러 자신도 전쟁으로 참화를 입은 로마에서 남동생에게 편지를 쓰면서 파괴와 창조의 피할 수 없는 순환 고리를 직감했다.

사랑스러운 정원이 폭풍으로 망가져버렸다는 이유로 자연이 또 다른 정원을 창조하지 못할 것이라고 생각하는 것은 바보 같은 생각이야.

또 다른 바보 같은 생각을 해보자. 훗날 돌이켜 볼 때 도무지 떨쳐버릴 수 없는 "만약에"라는 승산 없는 시합이다. 엘리자베스호가 울부짖는 무한

속으로 곤두박질쳤을 때는 《항해력》이 등장하기 5년 전이었다. 엘리자베스호가 선원의 직관이 아니라 마리아 미첼의 천체 계산에 따라 항해했더라면 이 배는 다른 운명을 맞을 수 있었을까? 이탈리아에 머물러 있으라는 에머슨의 열정적인 간청이 풀러에게 닿았더라면 풀러는 애초에 배를 타고 나서게 되었을까? 그리고 만약 배가 아무런 사고 없이 무사히 미국에 도착했더라면 풀러와 오솔리의 있을 법하지 않은 사랑의 목가가 그 후로도 영원히 지속될 수 있었을까? 혹은 왈도와 다시 만나고, 한때 자신이 군주로 군림하던 문화계에 다시 발을 담근 풀러가 지적인 활기라고는 없이 그저 유순할 뿐인 오솔리의 상냥함의 마력에서 깨어나게 되었을까?

열아홉 살의 나이로 풀러의 "대화" 모임에 처음 참석한 이후 풀러의 모습에 자신을 깊이 대입한 캐럴라인 힐리 돌은 난파 사건 이후 자신의 일기에서 이 질문들을 깊이 고민했다. 돌은 풀러와 오솔리의 연애가 고작 3년 만에 죽음으로 막을 내리지 않았다면 환멸과 각성이 풀러를 기다리고 있었을 가능성이 높다고 생각했다. 풀러는 결국 쉴 새 없는 지적 활동으로 꽉 들어찬 인생을 살아온 여성이기 때문이었다.

나는 마거릿이 그 안개가 걷히기 전에 세상을 떠난 것이 행복이었다고 생각한다. 진정한 결합은 단지 마음과 육체의 결합이어서는 안 된다. 정신과 정신의 결합이어야 한다. 우리는 반드시 함께 사고해야만 한다.

몇 년 전, 마거릿과 복잡한 관계에 휘말렸던 왈도는 〈삶LIFE〉이라는 제목 아래 이런 일기를 썼다.

배는 낭만적인 사물이지만 우리가 배에 오르는 순간 그 배에 대한 낭만적인 감정은 즉시 자취를 감추며 우리는 수평선을 항해하는 다른 모든 배에 집착하기 시작한다. 하지만 오래된 저주는 우리 배의 갑판을 몇 개의 무미건조한 판자로 만들어버린다. 그 이상은 없다.

"만약에"라는 각각의 문 뒤에는 가능성들에 대한 골드버그 장치(미국 만화가인 루브 골드버그가 고안한 장치로, 아주 복잡한 작동 원리를 통해 아주 단순한 작업을 하는 장치를 의미한다—옮긴이)를 뒤틀리게 하는 대답할 수 없는 질문이 하나씩 놓여 있다. 우리가 앞으로 알게 될 유일한 삶은 지금 우리가 사는 삶일 뿐이다. 그리고 이 삶에서조차 확실한 것은 찾아보기 어렵다.

엘리자베스호가 가라앉기 사흘 전, 영국에서는 치명적인 세균이 애니 다윈의 몸으로 침투하고 있었고, 프랑스에서는 갑작스레 심장 발작을 일으킨 루이 다게르의 돌연한 죽음에 대한 애도가 한창이었다. 애머스트에서는 에밀리 디킨슨이 수전 길버트와 사랑에 빠지기 시작했고, 보스턴에서는 해리엇 호스머가 〈헤스페로스, 저녁 별〉이라는 작품을 구상하고 있었다. 한편 존 애덤스 휘플은 하버드천문대에서 위대한 반사망원경을 이용하여 최초의 별 은판 사진을 찍고 있었다. 바로 직녀성 사진이었다. 직녀성은 북반구의 하늘에서 볼 수 있는 두 번째로 밝은 별로, 갈릴레오는 이 별을 대상으로 태양중심설을 뒷받침하는 증거를 마련하기 위한 가장 독창적인 실험을 했다. "별의 기적을 보는 이들에게 그보다 더 놀라운 것은 없다"라고 엘리자베스 배럿 브라우닝은 《오로라 리》에서 노래했다.

시공간의 사자인 직녀성의 빛은 사반세기 전 별의 모습을 전달하기 위해 25광년 떨어진 곳의 망원경 렌즈에 와서 닿았다. 25년 전은 십대의 마거릿 풀러가 "탁월해지기로 결심"한 시기였다.

에머슨의 대자인 윌리엄 제임스William James의 일곱 살 동생 헨리 제임스는 가족의 친구였던 워싱턴 어빙Washington Irving이 풀러의 난파 소식을 전해 주었을 때 아버지와 함께 연락선을 타고 맨해튼에서 롱아일랜드로 향하던 중이었다. 풀러는 헨리 제임스의《보스턴 사람들》에 출몰하는 "마거릿 유령"이 된다. 제임스는 풀러를 "아무런 조력도, 아무런 축복도 없는 상황에서 날카로운 정체성을 찾아낸" 인물이며 "목마른 젊은이들에게 넘치는 샘이 되어준 이례적인 여성"이었다고 칭찬했다. 어쩌면 당시 막《풀잎》을 집필하기 시작한 월트 휘트먼 또한 헨리 제임스가 타고 있던 연락선을 타고 있었을지도 모른다. 휘트먼은 연락선을 "다른 곳에서는 찾을 수 없는, 쉴 새 없이 움직이며, 절대 실망시키지 않는 살아 있는 시" 같은 존재로 사랑했고 딱히 어디를 가지 않을 때도 그저 뉴욕의 강물 위를 가로지르는 "인간의 위대한 조류"를 음미하기 위해 자주 연락선을 탔다.

난파 소식에 마음이 어두워진 에머슨은 이튿날 일기에 이렇게 쓴다.

마거릿 풀러가 파이어섬 해변의 바위에서 죽다. 해변에서 거리가 300미터밖에 안 되는 곳이다. 마지막 순간까지 마거릿의 고국은 마거릿을 푸대접한다. 용감하고 달변인 데다 예리하고 박식하고 헌신적이며 언제나 변함없는 그 영혼! … 친한 친구들의 모임이 있을 것이다. 베토벤의 음악으로 애도할 것이다.

세계의 상실보다 더 깊은 곳에 개인의 상실이 있다. 마거릿은 에머슨의 실현되지 못한 "이상적인 관계의 오각형"을 이루는 중요한 꼭짓점이었으며 활도에게 이해받는다는 기분의 기쁨을 비록 완전하지는 않지만 가장 근접하게 느끼게 해준 사람이었다.

마거릿은 연민과 우정에 묶여 있었고 나는 그녀의 전부를 알았고 사랑했다. … 아는 사람이 별로 없는 마거릿의 마음은 모든 사람이 아는 그녀의 지성만큼이나 위대했다. … 그녀 안에서 나는 청중을 잃었다.

하지만 왈도와 마거릿 사이에서 애정의 탄력성을 닳아빠지게 만든 밀고 당기기의 갈등이 마지막으로 한 번 더 나타난다. 삶이 두 사람을 갈라놓은 것처럼 죽음도 그러했다. 왈도는 비극이 일어난 장소에 차마 찾아갈 수가 없으며, 자신의 영혼에 비밀의 언어로 이야기한 유일한 영혼이 남겼을지도 모를 유품을 구하러 떠날 수가 없다. 그 대신 에머슨은 자신의 지성을 이용하여 반은 풀러의 추도문이며 반은 풀러의 전기가 될 글을 쓰기 위해 콩코드에 남는다. 그리고 33세의 소로를 자신의 말에 태워 70달러를 주고 파이어섬으로 보내면서, "우리를 대신해 난파된 현장에서 들을 수 있는 모든 정보를 수집하고 할 수 있다면 원고 조각이나 다른 유품들도 챙기라"고 말한다.

파이어섬에 도착한 소로는 생존자들과 이야기를 나누고 해변으로 밀려온 풀러의 유품을 항목별로 정리한다. 풀러의 트렁크 하나가 더 발견되었지만 그 안은 비어 있다. 소로는 "바다에 의해 비워졌는지, 도둑들의 손에 비워졌는지 알 수 없다"고 기록한다. 소로는 유품을 약탈한 사람들이 살고 있다고 생각하는 곳에 가려고 세 명의 술 취한 어부를 고용하여 굴 채취선에 탔다가 하마터면 목숨을 잃을 뻔한다. 마거릿의 유품을 아무것도 찾지 못한 소로는 아이들이 배의 잔해를 뒤져 나온 모자를 가지고 놀고 있는 초현실적인 광경을 바라본다.

일주일 넘게 소로가 해변을 오가는 동안 수평선은 마치 죽은 듯이 고요하고 잔잔하다. 그때 소로는 괴테의 시 〈바다의 고요Meeresstille〉를 생각하고 있었을까? 이 시는 베토벤이 한때 음악으로 옮긴 적이 있으며 마거릿이 읽었고 어쩌면 독일어를 공부하던 시절 번역하려 했을지도 모를 시이다.

깊은 고요가 바다를 지배한다
대해는 잔잔하게 아무런 움직임도 없다
선원이 문제를 찾아보지만
보이는 것은 오직 광활하고 평평한 수평선뿐

제피로스조차 움직이지 않는구나!
마치 무덤처럼 무시무시한 고요함이 감도는구나!
대양이라는 광대한 황무지에서
파도는 휴식을 위해 가라앉아 버렸다

자신의 별을 잃은 〈트리뷴〉은 가장 장래가 유망한 젊은 기자를 사고 현장에 급파한다. 시인이자 여행 작가였다가 저널리스트가 된 베이어드 테일러Bayard Taylor이다. 그해 가을 테일러는 예뉘 린드의 미국 순회공연에 맞추어 그녀에게 바치는 송가인 〈스웨덴의 나이팅게일The Swedish Nightingale〉로 시 공모전에서 우승하며 문학적 명성을 얻는다. 그해 겨울 테일러는 결혼한 지 몇 달 만에 젊은 아내가 결핵으로 세상을 떠나면서 상실의 슬픔에 빠진다.

25세인 테일러는 파이어섬에서 난파된 배의 잔해를 조사하고 흉포한 자연의 힘과 인간 본성의 결함이 공모하여 일어난 이 비극적인 사건의 원인을 규명하려 애를 쓴다. 우선, 배가 난파된 원인을 테일러는 선장의 어리석음 때문이라고 여긴다. 그다음 이 비극을 한층 비극으로 만든 것은 방관자들의 무자비하고 소극적인 태도라고 결론짓는다. 테일러는 살아남은 선원들과 이야기를 나누었고, 선원들은 날이 밝은 후 처음으로 본 광경이 해변으로 밀려들어온 짐들을 훔치는 약탈자들의 모습이었다고 증언한다. 사람들은 조난자들을 구조하려고 노력하기는커녕 "무지하고 비양심적인 탐욕"에 빠져 있었다. 유일한 구명정이 있던 등대는 고작 5킬로미터밖에 떨어져 있지 않았다. 날이 밝고 정오가 되기까지 아무도 이 구명정을 가지러 가지 않았고, 결국 이 구명정은 바다에 띄워지지도 않았다. 공평무사함을 구사할 여유가 없다. 테일러는 슬픔으로 얼룩진 비난을 담아 섬 사람들이 날이 밝자마자 조수가 높아지기 전에 구명정을 바다에 띄워 난파된 배로 저어갔다면 모든 사람의 생명을 구할 수 있었을 것이라고 고발한다. 테일러는 풀러를 찾기 위한 소란스러운 수색 작업을 목격한 마을 사람들이 가라앉는 배에 탄 여자가 그토록 유명한 사람이라는 걸 알았다면 구출하러 갈 걸 그랬다고 외쳤다는 사실을 보고한다. 이토록 공허한 말에 나는 모든 인생에 가치가 있고 위대함을 실현할 능력이 있다고, 기회만 주어진다면 재능은 "빛처럼 흔하다"고 열렬하게 믿은 풀러가 범죄 수준에 이를 만큼 차별적인 자비심의 구원을 원했을지 의심한다.

풀러의 사망 소식이 에머슨을 거쳐 칼라일과 브라우닝 부부에게로 전해진다. 이 "끔찍한 사건"에 충격을 받은 엘리자베스 배럿 브라우닝은 풀러에 대한 찬사를 영원히 남기기 위해 서두른다.

그녀에게는 높고 순수한 열망이 있었고 부드러운 여자의 마음도 있었다. 우리는 그녀가 지녔던 진실과 용기에 경의를 표한다. 여자나 남자 모두에게 찾아보기 어려운 특징이다.

그런 다음 영원히 손실된 풀러의 혁명에 대한 기록이 필적할 상대 없는 대화 모임에 필적할 만한 유일한 저작이 되었을 것이라고 감히 표명한 후에 브라우닝은 덧붙인다. "나는 풀러가 어떤 일에서든 행복했을지 궁금하다. 풀러는 내게 한 번도 행복한 적이 없었다고 말했다."

개인적으로는 한 번도 풀러를 따뜻하게 대한 적이 없는 롱펠로조차 문학계와 나라와 세계의 손실에 대해 슬퍼한다.

이 얼마나 큰 불행인가! 뉴잉글랜드가 낳은 이 훌륭한 여성은 독립적이었고, 어느 정도 고집스러운 면도 있었지만, 재능이 넘쳤고 많은 것을 이루었다. 고난과 낭만으로 가득한 인생의 결말로는 비극적이다.

에머슨이 편집한 풀러를 추도하는 책을 읽은 후 칼라일은 한탄한다.

이 거대한 우주를 마치 굴이나 달걀처럼 먹어치우려는 결심, 우주 안에서 자신의 예술이 도달할 수 있는 모든 극치와 영광의 절대적인 여제가 되려는 결심은 다른 어떤 사람의 영혼에서도 보지 못했다.

풀러의 유해는 발견되지 않았지만 에머슨을 중심으로 한 풀러의 지인들은 풀러의 고향인 케임브리지에 있는 거대한 공동묘지인 마운드오번에 풀러의 묘비를 세웠다. 에밀리 디킨슨이 태어난 해 첫 무덤의 흙이 떠진 공동묘지이다. 나는 풀러가 사망한 지 150만여 시간이 지난 후 어느 비 내리는 가을 아침 풀러의 묘비를 찾으러 이 공동묘지에 찾는다. 연못에 떨어지는 빗방울의 소나타에 귀를 기울이며 미로처럼 구불구불한 길을 걷는다. 수령이 100년에 이르는 떡갈나무들과 단풍나무들이 나를 내려다본다. 금갈색 잎사귀들은 마치 비로 검게 물든 나뭇가지에 앉은 제왕나비 떼처럼 보인다.

나만큼 키가 크지만 과시하는 구석이라고는 없는 풀러의 묘비를 찾는다. 풀러의 묘비는 풀러가 세상을 떠났을 무렵에는 씨앗에 불과했을 백참나무 아래 잔디로 덮인 완만한 비탈 위에 서 있다. 나는 비바람에 닳아진 대리석 위를, 풀러가 남긴 유일한 은판 사진을 그대로 새겨놓은 옆얼굴 위를, 묘비에 새겨진 글씨 위를 살며시 손가락으로 쓸어본다.

마거릿 풀러 오솔리를

기념하며

매사추세츠, 케임브리지에서 1810년 5월 23일 태어나다.

태어나기를 뉴잉글랜드의 자녀로 태어나

입양으로 로마의 시민이 되었고

재능으로 세계의 일원이 되었다.

어린 시절에는

가장 높은 차원의 문화를 추구한 열정적인 학생이었고

성인이 된 후에는

교사이자, 작가이자, 문학과 예술 비평가였고

성숙한 나이에는

수많은 이들의 동지이자 조력자이며

미국과 유럽의 진정한 개혁가였다.

내 손가락은 마치 촉각의 후렴처럼 여섯 번째 구절 위를 어루만지고 또 어루만진다. "재능으로 세계의 일원이 되었다." 나는 재능으로 세계에 속한다는 실존적인 상태가 인생을 실현하는 데 가장 단순하면서 가장 완벽한 방법이라는 것을 깨닫는다. 명성이나 성공보다 훨씬 가치 있으며, 개인적인 애정이나 그 애정에서 비롯되는 탐욕스러운 애착보다 훨씬 관대하며, 행복이나 행복에서 비롯되는 혼란스러운 목표보다 훨씬 적확하다.

*　*　*

그동안에도 세계 어딘가에서는 누군가 사랑을 나누고 있으며 누군가는 시를 쓰고 있다. 우주 어딘가에서는 3등성인 우리 태양보다 몇 곱절이나 큰 별이 맹렬하게 회전하며 블랙홀로 붕괴되기 전의 마지막 순간을 살아가고 있다. 블랙홀은 시공간을 왜곡하면서 우리를 스쳐 지나간 모든 원자, 우리가 지금까지 만들어낸 모든 정보, 우리가 알고 있는 모든 시와 조각상과 교향곡을 삼켜버릴 수 있는 무無의 우물을 만들어낸다. 비난과 자비의 질문에 무감각한, "왜"라는 질문이 결여된 엔트로피적 장관이다.

40억 년이 지나면 우리의 별 또한 그 같은 운명을 따라 백색왜성이 되어버릴 것이다. 우리는 결국 우연히 나타난 존재이다. 보이저호는 한때 케플러가 "천공의 산들바람"이라고 상상한 날개에 실려 여전히 경계 없는 성간 공간을 항해하고 있으리라. 보이저호에 실린, 아득히 먼 곳의 푸른 점에서 아득히 오랜 옛날 사랑과 전쟁과 수학을 만들었던 교향악적 문명이 제작한 금빛 디스크 안에는 베토벤의 음악이 수록되어 있을 것이다.

하지만 그날이 오기 전까지 한번 창조된 것은 그 어떤 것도 우리를 완전히 떠나지 않는다. 한번 심어진 씨앗은 몇 세대, 몇 세기, 몇 문명의 시간이 지난 후, 집단과 나라와 대륙을 가로질러 이주하여 꽃을 피울 것이다. 그

동안 사람들은 날뛰는 전쟁 중의 평화 속에서, 잠재적 재능이 숨어 있는 빈곤과 무명 속에서, 더 많은 것을 얻지 못한 많은 것을 가지고, 난파된 사랑의 잔해 속에서 살아가고 죽는다.

나도 죽으리라.

당신도 죽으리라.

우주적 관점에서 아주 잠깐 자아의 그림자 주위로 뭉쳤던 원자들은 우리를 만들어낸 바다로 돌아가게 되리라.

우리 중에 살아남게 될 것은 기슭 없는 씨앗과 우주먼지뿐이리라.

참고 문헌

책을 닥치는 대로 읽어치우는 독자라면 정신의 바벨탑에 듀이 십진분류법 같은 것은 없다는 사실을 잘 알고 있을 것이다. 미로 같이 복잡한 서가 사이를 걷고 있으면 아주 오래전에 읽은 방대하고 수없이 많은 책을 덮고 있는 티끌에서 먼지를 뒤집어 쓴 토끼처럼 생각이 우리 앞으로 튀어나오는 법이다. 어떤 의미에서는 이 책에 내가 읽은 모든 책과 내가 품은 모든 생각을, 즉 나 자신의 전부를 쏟아부었다고 말할 수 있다. 그런 까닭에 의식적으로든 무의식적으로든 내가 평생 흡수한 모든 자료를 일일이 항목을 밝혀 완벽한 참고문헌 목록을 작성하는 일은 불가능한 일이 되었다. 하지만 이 책을 위해 일부러 찾아본 자료들도 있다. 나는 주로 일차적인 자료, 즉 내가 다루는 인물이 쓴 편지, 일기, 개인적인 글들을 참고하려 했다. 대부분 저작권이 소멸된 글들이다. 그리고 이를 보충하기 위해 전기와 이차 논문의 도움을 받았다. 후자의 저자들에게 감사의 마음을 전한다.

여기에서는 내가 의식적으로 찾아본 참고문헌을 인물별로 소개한다. 순서는 얼마나 많이 참고했는지에 따랐다.

주요 인물

요하네스 케플러

The Harmony of the World by Johannes Kepler, translated by E. J. Aiton, A. M. Duncan, and J. V. Field

Kepler's Dream by John Lear

Kepler by Max Caspar

BBC *In Our Time*: "Johannes Kepler"

The Astronomer and the Witch: Johannes Kepler's Fight for His Mother by Ulinka Rublack

마리아 미첼

Life, Letters, and Journals by Maria Mitchell

Maria Mitchell: A Life in Journals and Letters by Henry Albers

Our Famous Women: Maria Mitchell by Julia Ward Howe

Among the Stars by Margaret Moore Booker

Maria Mitchell and the Sexing of Science: An Astronomer Among the American Romantics by Renee Bergland

The Maria Mitchell Association archives, 재신 펑거에게 특히 감사의 뜻을 전한다.

마거릿 풀러

The Letters of Margaret Fuller, volumes I – VI, edited by Robert N. Hudspeth

Woman in the Nineteenth Century by Margaret Fuller

Summer on the Lakes by Margaret Fuller

Papers on Literature and Art by Margaret Fuller

Memoirs of Margaret Fuller Ossoli, edited by Ralph Waldo Emerson, William Channing, and James Freeman Clarke

These Sad but Glorious Days: Dispatches from Europe, 1846 – 1850 by Margaret Fuller

Margaret Fuller: Whetstone of Genius by Mason Wade

Eminent Women of the Age: Margaret Fuller Ossoli by Thomas Wentworth Higginson

Love Letters of Margaret Fuller, edited by Julia Ward Howe and James Nathan

Margaret Fuller: A New American Life by Megan Marshall

The Lives of Margaret Fuller by John Matteson

Essays and Lectures by Ralph Waldo Emerson

Ralph Waldo Emerson: Selected Journals 1820 – 1842, edited by Lawrence Rosenwald

The Dial, volume 1, edited by Margaret Fuller

해리엇 호스머

Harriet Hosmer: Letters and Memoirs, edited by Cornelia Carr

Harriet Hosmer: A Cultural Biography by Kate Culkin

Our Famous Women: Maria Mitchell by Julia Ward Howe

Harriet Hosmer (1830 – 1908): Fame, Photography, and the American "Sculptress," Ph.D. thesis by
    Margo Lois Beggs

Lives of Girls Who Became Famous: Harriet Hosmer by Sarah Knowles Bolton

에밀리 디킨슨

The Letters of Emily Dickinson, edited by Thomas H. Johnson

The Complete Poems of Emily Dickinson

Lives Like Loaded Guns by Lyndall Gordon

Austin and Mabel by Polly Longsworth

The Life of Emily Dickinson by Richard Sewall

Open Me Carefully: Emily Dickinson's Intimate Letters to Susan Huntington Dickinson, edited by
    Martha Nell Smith and Ellen Louise Hart

White Heat: The Friendship of Emily Dickinson and Thomas Wentworth Higginson by Brenda
    Wineapple

The Gardens of Emily Dickinson by Judith Farr

The Editing of Emily Dickinson by R. W. Franklin

레이철 카슨

Always, Rachel: The Letters of Rachel Carson and Dorothy Freeman, edited by Martha Freeman

Beinecke Rare Book and Manuscript Library: The Rachel Carson Papers

The House of Life: Rachel Carson at Work by Paul Brooks

On a Farther Shore: The Life and Legacy of Rachel Carson by William Souder

Lost Woods: The Discovered Writing of Rachel Carson, edited by Linda Lear

The Sea Around Us by Rachel Carson

The Edge of the Sea by Rachel Carson

Silent Spring by Rachel Carson

The Sense of Wonder by Rachel Carson

Rachel Carson: Witness of Nature by Linda Lear

주변 인물

Specimen Days by Walt Whitman

Black Hole Blues and Other Songs from Outer Space by Janna Levin

How the Universe Got Its Spots by Janna Levin

Memoirs and Correspondence of Caroline Herschel, edited by Margaret Her\-schel and Mary
 Cornwallis Herschel

Genius: The Life and Science of Richard Feynman by James Gleick

Atom and Archetype: The Pauli/Jung Letters, edited by C. A. Meier

Migraine by Oliver Sacks

The Discoveries by Alan Lightman

Origins: The Lives and Worlds of Modern Cosmologists by Alan Lightman and Roberta Brawer

The Glass Universe by Dava Sobel

Personal Recollections, from Early Life to Old Age by Mary Somerville

The Civil Wars of Julia Ward Howe: A Biography by Elaine Showalter

The Portable Frederick Douglass, edited by John Stauffer and Henry Louis Gates, Jr.

BBC In *Our Time*: "The Invention of Photography"

Radiolab: "Where the Sun Don't Shine"

PBS: *The Farthest: Voyager in Space*

Capturing the Light: The Birth of Photography by Roger Watson and Helen Rappaport

The Peabody Sisters by Megan Marshall

Passages from the American Notebooks by Nathaniel Hawthorne

Passages from the English Notebooks by Nathaniel Hawthorne

Passages from the French and Italian Notebooks by Nathaniel Hawthorne

Letters, Diaries, Reminiscences & Extensive Biographies by Nathaniel Hawthorne

The Divine Magnet: Herman Melville's Letters to Nathaniel Hawthorne, edited by Mark Niemeyer

The Letters of Robert Browning and Elizabeth Barrett Browning

감사의 말

시를 사랑하는 나의 마음에 불을 붙여준 에밀리 러바인Emily Levine에게 마그마와 같은 감사의 마음을 보낸다. "마리아 미첼"의 이름을 발음하는 법을 고쳐준 일에, 내가 끝내 항의했음에도 아주 처음부터 이 작업을 "책"이라고 고집하여 불러준 일에 대해서 제임스 글릭James Gleick에게도 감사의 마음을 표한다. 끝없는 아량과 사려 깊음과 친절함을 보여준 댄 프랭크Dan Frank에게 감사한다. 소중한 의견을 제시해주고 위기의 순간에 함께해준 어맨더 스턴Amanda Stern과 서니 베이츠Sunny Bates에게 감사한다. 집에서 멀리 떨어진 또 다른 집에서 이 책의 많은 부분을 쓸 수 있게 해준 어맨더 팔머Amanda Palmer와 닐 게이먼Neil Gaiman에게 감사한다. 줄 곧 격려를 아끼지 않아준 데비 밀먼Debbie Millman, 너타셔 맥켈혼Natascha McElhone, 에밀리 스피백Emily Spivack, 제너퍼 벤카Jennifer Benka, 앨런 라이트먼Alan Lightman에게 감사한다. 내가 제정신을 유지할 수 있게 돌봐준 브리타 밴 던Britta van Dun, 루스 버트먼Ruth Burtman, 리서 그랜트Lisa Grant에게 감사한다. 떠돌아다니는 한 작가를 위해 마음을 열어주고 집에까지 초대해준 더스틴 옐린Dustin Yellin과 재키 옐린Jackie Yellin, 캐런 말도나도Karen Maldonado에게 감사한다.

그리고 재너 러바인Janna Levin에게 감사한다, 모든 것에 대해.

진리의 발견(무선 보급판)

초판 1쇄 2024년 10월 14일

지은이 마리아 포포바
옮긴이 지여울

펴낸이 김한청
기획편집 원경은 차언조 양선화 양희우 유자영
마케팅 정원식 이진범
디자인 이성아 김현주
운영 설채린

펴낸곳 도서출판 다른
출판등록 2004년 9월 2일 제2013-000194호
주소 서울시 마포구 동교로27길 3-10 희경빌딩 4층
전화 02-3143-6478 팩스 02-3143-6479 이메일 khc15968@hanmail.net
블로그 blog.naver.com/darun_pub 인스타그램 @darunpublishers

ISBN 979-11-5633-641-9 93800

다른 다른 생각이
다른 세상을 만듭니다